한국 한시의 독법

장진엽 저

보고사
BOGOSA

서설

　이 책은 "한시를 어떻게 읽을까"에 대한 고민의 산물이다. 즉, 한시의 독법에 대한 소고(小考)라고 할 수 있다. 여기에는 한시에서 '무엇을' 읽어낼까, 그리고 '무엇을' 통해서 한시를 읽을까에 대한 탐구도 포함된다. 한편 논의의 대상이 고려와 조선의 한시이기 때문에 '한국 한시'라고 하였다. 한국 한시를 '잘' 읽으려면 한시 일반에 적용되는 보편적인 독법 외에 한국 문학사의 맥락을 고려한 별도의 시각과 방법이 적용되어야 할 것이다. 그래서 책의 제목을 "한국 한시의 독법"이라고 하였다.

　한국 한시의 '독법'을 탐구한다고 하였으나, 필자는 아직 이에 대한 체계적인 방법론을 제시할 만한 역량을 갖추고 있지 못하다. 대신 기존의 연구 방법을 활용하여 작품에 대한 '꼼꼼한 읽기'를 시도하였다. 그리고 그 과정에서 그동안 무의식적으로 적용하던 해석의 도구와 시각에 대한 반성적 검토를 병행하였다. 이 책에 수록된 아홉 편의 논고 가운데는 한시 해석의 방법이나 해당 작가의 작품 세계를 바라보는 새로운 시각을 제시한 글도 있고, 새로운 작품이나 작가의 소개에 중점을 둔 것들도 있다. 그러나 후자의 성격을 띤 논고들에서도 대상 작품들의 의미와 그 의의를 논할 때 '한국 한시'의 맥락을 고려한 적절한 해석 방법을 찾는 데 유의하였다.

　한시의 독법과 관련하여 필자가 특히 관심을 갖고 있는 주제는 '작가와 작품의 관계'이다. 여기에는 작가와 시적 자아의 관계, 작가의 생애·사상을 고려한 작품 연구의 방법, 창작 주체로서의 작가의 역할

등에 논의가 포함된다.

　본서의 제1장에는 작가와 시적 자아의 관계에 대한 두 편의 논고가 실려 있다. 한시를 연구할 때 시적 진술을 매개하는 시적 자아의 설정 없이 작품을 작가의 직접 발화로 간주하는 경향이 있다. 서사적 성격이 강한 작품이라 해도 등장인물의 행동을 관찰하고 그들의 발화를 전달하는 화자는 시인 자신으로 간주된다. 그러므로 한시는 어느 경우에나 작가의 내면에 대한 진솔한 고백으로, 또 정직한 관찰의 결과물로 인식된다. 이러한 관점은 '허구성'을 문학의 핵심으로 보지 않는 동양적 전통을 고려할 때 어느 정도 타당성이 인정된다. 그러나 이러한 접근 방식은 서정시—때로는 서사적 요소를 포함하거나 서사시로 분류될 수 있는 작품들과 함께—의 분석에서 언제나 외부의 참조점—창작 상황과 시인의 행적·사상과 같은—을 찾게 만든다는 문제가 있다. 이것은 한시 해석 방법의 이론화를 저해하는 요소의 하나이다.

　그렇다고 해서 한시의 시적 자아가 작가와 완전히 구별되는 별개의 존재라는 것은 아니다. 여성 화자를 내세운 남성의 한시, 서민들의 목소리를 담은 악부풍의 시, 매개 화자 없이 등장인물의 직접 발화로 구성된 서사적 성격의 작품 등에서는 시인과 분리된 화자가 나타나지만, 대부분 서정 한시의 시적 자아는 현실의 작가와 긴밀히 연관된 존재이다. 또한 동일한 작가의 서로 다른 작품들에 나타나는 시적 자아들은 각각 개별적인 존재이면서 동시에 서로 연관되어 통합적인 자아를 구성하는 재료가 된다. 이색의 시에 나타난 '노년/노쇠함'의 시적 자아를 다룬 논고에서 이 문제를 집중적으로 다루었다.

　이규보의 작품에 나타난 자기형상을 다룬 글도 이 주제와 관련이 있다. 이 글은 "문학작품을 통해 파악된 작가의 자아상은 실제 인물이 처한 총체적 현실을 반영하지 않은, 순간적이고 부분적인 자기 인식의 조합"(56쪽)이라는 관점을 취한다. 또, "문학 텍스트에서 확인되는 작가의 자기형상은 일차적으로 그의 '주관적 의식의 산물'로서, '자기 자신'에 대한 '문학적 표현'의 한 양태"(56쪽)임을 강조한다. 이 논고는 작가가 자기 자신을 '시적 대상'으로서 형상화한 방식을 다룬 연구인데, 작가와 시적 자아의 관계에 대한 논의와 상통하는 면이 있으므로 이색의 시에 대한 논고와 함께 제1장으로 묶었다.

　작가와 시적 자아의 관계에 대한 고려는 이 두 편 이외에 다른 글들에도 나타난다. 제2장에 수록된 이달의 이별시에 대한 논고는 이달 시의 수사와 짜임새에 대한 분석, 즉 문예미 고찰을 위주로 한 글이다. 그러나 이달 이별시의 성격을 논할 때 시적 자아와 작가의 관계를 명확히 하고자 했다. "이달의 많은 작품에서 시적 자아는 '나그네'와 '떠돌이'로서의 속성을 지니고 있다. 이러한 시적 자아는 한 곳에 정착하지 못하고 떠돌며 살았던 시인 이달의 실제 삶을 반영한 존재로서, 시적 화자의 자기 진술이 위주가 되는 작품들에서 주로 나타난다"(160쪽)고 한 것이 그 예이다. 이외 다른 논고들에서도 개별 작품을 분석할 때 이 점에 주의를 기울였다.

　작가와 시적 자아를 구별하는 것과 함께 작품의 소재가 된 실제 사물(현실)과 작품에 '형상화'된 시적 대상을 구분하는 것도 필요하다. 즉, 작품의 창작 배경을 작품의 내용과 도식적으로 연결하는 태도를 지양해야 한다는 것이다. 작가는 특정한 현실 상황이나 경험을 재료로 하여 문학작품을 창작한다. 작가는 현실의 다양한 요소들을 당대의 '창작 관습'에 따라 문학 텍스트로 '조직'하는 역할을 한다. 문학 텍스트가 작가의 경험이나 그가 처한 현실 및 당대의 상황을 '거울처럼' 반영하는 것은 아니다. 작가의 경험은 작품과 복잡한 방식으로 관계를 맺고 있으며, 작가는 '창작 주체'로서 현실의 사물과 표현된 대상의 관계를 설정하고 조정한다. 현실과 문학작품의 관계에 대한 이상의 설명은 특히 리얼리즘 비평과 관련하여 서사문학에 주로 적용되는 것이지만, 서정시라고 해서 예외는 아니다. 시적 자아 개념의 확립, 그리고 현실과 텍스트의 관계에 대한 고찰은 '언어예술'로서의 한시의 기본적인 성격을 환기하며 문학작품으로서의 한시 연구를 가능케 하는 출발점이 된다.

이러한 접근 방식은 거칠게 말해서 작가와 작품을 '분리'하는 태도이다. 그러나 본서가 작가의 경험과 성향이 작품의 주제 및 의식 지향, 때로는 형식미의 구현에 있어서 결정적인 역할을 한다는 점을 간과하고 있는 것은 아니다. 오히려 작품을 제대로 읽기 위해서는 작가 연구가 심화되어야 한다는 것이 필자의 생각이다. 작가의 삶의 국면에 따른 작품 창작의 추이를 검토한 제1장의 글들을 비롯하여 그 외 논고들에서도 작품 이해를 위해 창작 배경 및 작가의 생애를 주요하게 참고하였다. 그러나 해당 정보를 도식적으로 적용하지 않고 그것과 작품과의 관계를 세밀하게 들여다보고자 했다. 이행의 애도시를 다룬 논고를 예로 들어본다.

이행의 대표작 「팔월십팔야(八月十八夜)」의 "평소의 벗들이 모두 세상 떠나고 / 백발 되어 그림자와 몸뚱이만 서로 보고 있구나.[平生交舊盡凋零, 白髮相看影與形.]"라는 구절은 두보의 시구와 이밀의 글귀를 훌륭하게 점화하여 벗들을 잃고 홀로 늙은 적막함을 절실하게 표현한 시구이다. 노년이 아닌 장년기(1520년, 43세)의 작품임에도 벗을 모두 잃었다고 한 것, 그리고 행간에 드리운 깊은 상실감을 통해 저자가 겪은 갑자사화의 여파를 느끼게 하는 작품이다. 그런데 위 표현은 사화가 있기 전에 부친을 대신해서 쓴 만시에 이미 나타나고 있으며, 이후 저자의 여러 작품들에서 다양하게 변주되어 등장한다. 즉 이 구

절은 애초에 저자가 하나의 '표현기교'로서 고안해낸 것이었는데, 고
난을 겪고 나이를 먹어가면서 심상히 쓰던 표현에 무게가 실려 깊은
정감을 자아내게 된 것임을 알 수 있다.(240~241쪽)

　물론 이러한 분석이 이 시가 전하는 감동을 감쇄하는 것은 아니다.
당대인들은 이행의 이 시를 읽으며 그가 겪은 모진 풍파를 떠올렸을
것이고, 현대인들은 나이가 들면서 찾아오는 고립감을 절절하게 느낄
수 있다. 그러나 위와 같은 분석은 적어도 작품 해석의 기준에서 '진실
성'이라고 하는 요소를 지나치게 강조해서는 안 됨을 보여준다. 이
시가 점화의 성과라는 점에서 이미 작가적 숙련의 소산임이 드러났거
니와, 오랜 기간 습관적으로 써오던 표현이 몇 가지 다른 요소들—달
밤의 누대라는 시적 배경, 시각과 청각 이미지의 교차 등—과 결합하
여 이채를 발하게 된 것이다. 저자의 '깊고 진실한 감정'은 이 작품의
성취를 결정하는 데 단지 일부의 역할만을 했을 뿐이다.

　반대로 작품의 특징을 통해 작가의 성향을 유추한 경우도 있다. 예를
들어 "김종직의 매화시에 나타나는 화락한 기상과 관념성의 부재는
주어진 현실 속에서 주변과 조화를 이루며 자신의 뜻을 성실하게 펼쳐가
려고 했던 작가의 삶과 맥이 닿아 있는 것"(154~155쪽)이라는 파악이
이에 해당한다. 김종직을 '도학파' 문인으로 보고 그의 작품을 도학자적
성향과 연관 지어 분석하는 경향은 기존 연구에서 이미 비판되었지만,
그와 같은 도식적인 해석이 완전히 불식되었다고 보기는 어렵다. 김종직
의 매화시에 대한 논고는 기본적으로 '조선전기 매화시의 계보'를 추적한
다는 목적하에 작성된 것인데, 개별 작품의 분석 및 결론 도출 과정에서
작가의 삶과 창작 성향의 관계에 대한 고찰이 이루어진 것이다.

　한시 연구에서 작가 연구의 목표는 일차적으로 그 작가의 전체 작품
을 더 잘 이해하기 위해서이다. 한편 작가 연구는 특정한 문학 갈래와

관련하여 '형성-발전-쇠퇴'를 반복하는 '창작 관습'의 이해를 위해서
도 필요하다. 특정한 창작 관습, 혹은 창작의 전통은 그 시대에 활동한
개별 작가들의 창작방식의 총체이기 때문이다. 한시의 창작 관습은
개별 작품의 창작 원리를 결정하고 '한시'라는 갈래의 발전과 전변에
영향을 미치는 중요한 동인이 된다. 그렇기에 한시 연구자는 작가 연
구를 통해 창작 관습 및 그와 관련한 당대의 정신적·지성적 궤적을
재구하는 한편 작가 연구의 결과를 개별 작품의 해석에 적용하는 적절
한 방법을 찾기 위해 노력해야 한다.

　본서에는 또한 새로운 작품이나 작가를 소개하는 논고가 포함되어
있다. 김종직의 매화시와 정약용의 제화시에 대한 글은 널리 알려진
작가의 새로운 작품을 다룬 것이다. 정약용의 제자인 황상의 문학에
대해서는 몇 편의 논고가 제출되기는 했으나 그의 영물시를 다룬 논고
는 없었다. 홍현주의 시에 대한 본격적인 고찰은 필자의 글이 최초였
으며, 심상규의 시를 다룬 글은 전체적인 시 세계를 검토한 연구 이후
처음으로 제출된 본격적인 작품 분석이다. 홍현주와 심상규는 19세기
문단에서 주요한 위상을 점했던 작가인데, 작품이 번역되지 않아 그동
안 연구가 부진했던 것으로 보인다. 두 편의 논고를 "한시와 문화적
맥락"이라는 제목으로 묶은 것은 이 작품들이 19세기 서울의 문화적
현상과 밀접한 관련 속에서 창작된 것들이기 때문이다. 작가와 작품의
관계에 대한 고찰을 비롯하여 적절한 한시 독법의 마련이라는 필자의
문제의식은 이상의 논고들에도 녹아들어 있다.

　한시 연구 초기부터 오늘에 이르기까지 한국 한시에 대한 정교한
독법이 체계적으로 정리되지는 못한 듯하다. 선학들의 연구에서 본받
을 만한 해석 방법이 종종 발견되기는 하지만, 후진들이 새로운 연구
에 용이하게 적용할 수 있는 종합적인 분석의 시각이나 이론적 틀을

제공하고 있는 연구는 몇 편 꼽기 어렵다. 요컨대 앞에서 필자가 지적한 작품과 작가의 관계뿐 아니라 그것을 포함한 한시 연구의 방법 자체가 명료하게 제시되지 못하고 있는 것이 현실이다. '분석'을 통해 한시를 이해해야 하는, 한시를 창작하지 못하고 '눈으로 읽으면서' 한시를 공부하는 젊은 연구자들에게 이 점은 한문 해석에 대한 부담과 함께 또 하나의 난점으로 작용한다. 가뜩이나 인문학이 위축되고 있는 시대에 한시 연구는 그중에서도 '소외' 분야가 되고 있는 것이다. 전근대문학에서 한시가 차지해온 위상을 상기할 때 아쉬움을 금하기 어려운 부분이다.

한시를 '문학작품'으로 읽고 연구한다는 것은 한시를 통해 감동을 받거나 교훈을 얻는다는 뜻만은 아니다. 그것은 한시 연구를 통해 우리가 오늘날 생각하는 '문학' 연구의 목적을 두루 달성할 수 있으며, 그러기 위해 노력해야 한다는 뜻이다. 우리는 문학을 통해 즐거움을 얻는다. 나아가 문학은 과거와 현재를 이해하는 통찰력을 길러주며, 인간이 이 세계와 관계 맺는 방식을 제안한다. 문학 연구는 그러한 문학의 존재 방식과 역할에 대한 성찰이다. 한시 연구의 목적도 여기서 벗어나지 않는다. 이를 위해 한국 한시를 읽고 이해하는 방법을 더욱 갈고닦아야 함은 물론이다.

일러두기

- 본서에 수록된 글들은 아래 논문들을 다듬은 것이다. 각 글의 요지는 그대로이며, 일부 서술과 문장 표현, 번역을 수정하고 각주를 보완하였다. 추가 서술이 필요한 경우 각주를 달아 해당 내용을 서술하고 별표(*)로 표시하였다.

    1. 「이규보 문학에 나타나는 자기형상의 양상과 그 의미 −自述的 요소에 주목하여−」, 『온지논총』 제68집, 온지학회, 2021.
    2. 「이색 시에 나타나는 '노년/노쇠함'의 시적 자아와 그 성격」, 『한문고전연구』, 한국한문고전학회, 2021.
    3. 「金宗直의 매화시 고찰」, 『동방한문학』 제90집, 동방한문학회, 2022.
    4. 「손곡 이달의 이별시에 대하여」, 『대동한문학』 제71집, 대동한문학회, 2022.
    5. 「容齋 李荇의 哀悼詩 연구」, 『한민족어문학』 제96집, 한민족어문학회, 2022.
    6. 「다산 정약용의 제화시 연구」, 『동양학』 제84집, 단국대학교 동양학연구원, 2021.
    7. 「치원(巵園) 황상(黃裳)의 영물시 검토 −『치원유고(巵園遺稿)』 수록 작품을 대상으로−」, 『열상고전연구』 제66집, 열상고전연구회, 2018.
    8. 「斗室 沈象奎 시문학의 한 국면 −東坡 숭상과 작품 수용 양상을 중심으로−」, 『동방한문학』 제87집, 동방한문학회, 2021.
    9. 「洪顯周 詩 세계의 一端 : 불교적 사유를 중심으로」, 『남명학연구』 제42집, 경상국립대학교 경남문화연구원, 2014.

- 한자 표기가 필요할 경우 '한글(한자)' 형식으로 병기하였다. 단, 각주의 작품 제목은 한자로만 표기하였다.

차례

손곡 이달의 이별시 고찰

제3장 갈래별 한시 독법

용재 이행의 애도시 연구

다산 정약용의 제화시 연구

치원 황상의 영물시 연구

제4장 한시와 문화적 맥락

홍현주 시 세계의 일단 : 불교적 사유를 중심으로

두실 심상규 시문학의 한 국면
: 동파 숭상과 작품 수용 양상을 중심으로

제 1 장

작가와 시적 자아

이규보 문학에 나타나는
자기형상의 양상과 그 의미

Ⅰ. 들어가며

본고는 이규보(李奎報, 1168~1241) 문학의 자술적(自述的) 요소에 주목하여, 여기에 드러나는 작가의 자기형상을 검토하는 것을 목적으로 한다. 여기서 '자술(自述)'이란 자기 자신의 삶과 지나온 행적에 대해 서술한다는 의미로서 자전(自傳)이나 자서(自序)와 같은 산문 계열의 글쓰기를 비롯하여 운문 양식의 자기 술회까지를 포괄하는 개념이다.[1] '자술문학'이라고 하지 않고 '자술적 요소'라고 한 이유는 자술문학으로 분류하기 어려운 작품들 속에 일정 부분 포함된 '자술문학적' 요소들을 아우르기 위해서이다. 이규보는 한국문학사 최초의 자탁전(自托傳)인 「백운거사전(白雲居士傳)」을 남기고 있는바, 이 글은 명백히 자술문학, 더 좁게는 자전문학에 속하는 작품이다. 그러나 『동국이상국집(東國李相國集)』의 다른 작품들에서도 그 자신의 삶에 대해서 기술하고

---

1 한자문화권의 자서전적 글쓰기가 산문뿐 아니라 운문 양식까지 포괄한다는 점은 심경호(2010), 『나는 어떤 사람인가』, 이가서, 623쪽 참조. '자술문학'이라는 용어에 관한 논의는 심경호(2017), 「일본의 자술문학 전통에 관하여」, 『민족문화연구』 제76호, 고려대학교 민족문화연구원, 10쪽 참조.

있는 부분이 풍부하게 발견되며, 이에 대한 전반적인 검토를 통해 이규보 자기형상의 구체적 양상을 도출해 낼 수 있다.

이규보 문학 속의 자기형상에 관심을 갖는 이유는 다음과 같다. 「백운거사전」, 그리고 연관 작품인 「백운거사어록(白雲居士語錄)」의 창작을 통해서도 알 수 있듯이 이규보는 당대 및 후세의 독자에게 자기 삶의 지향과 자아의 이미지를 전달하는 데 관심이 많은 작가였다. 실제 그의 작품을 보면 구관(求官)이나 친교(親交)를 위해서든 혹은 순수한 문학적 발산을 위해서든 자신이 '어떤 인물'인지를 말하고 있는 부분이 많다. 이규보의 나르시시즘적인 자의식에 대해 분석한 논고[2]가 제출된 바 있거니와 이규보 문학의 그러한 측면은 보다 깊이 탐구될 필요가 있다. '자기형상의 구축과 전달'은 이규보 스스로 의식적·무의식적으로 지향한 하나의 목적으로서 그의 문학세계를 구성하는 중요한 요소이기 때문이다. 이에 본고는 이규보의 전체 작품을 대상으로 자기형상이 형성, 전개되는 양상을 살펴보되, '광(狂)'과 '직(直)'의 두 측면에 초점을 맞추고자 한다.

기존 연구 가운데 이규보의 자아상을 다룬 것으로는 이동철의 논문[3]이 있다. 여기서는 임춘(林椿)과 이규보의 작품에 나타나는 자칭어(自稱語) 및 시 작품을 통해 드러나는 이들의 자기 인식을 살펴보고 있다. 이 논문에서는 이규보 작품에 나타나는 자칭어 가운데 암시어에 속하는 어휘들을 제시하면서 "이러한 암시어들은 語辭 자체를 유형별로 분류할 때 소극적이고 비애감을 주는 孤, 狂, 老, 旅, 衰, 殘과 관계된 것들이 단연 우위를 占하고 있는 반면, 적극적이고 긍정적인 뜻을 지닌 어사들

2　문철영(2020), 「이규보의 나르시시즘과 광기」, 『동방학지』 제193집, 동방학회.
3　이동철(1998), 「高麗 中期 文人들의 自我 認識의 樣相 −林椿과 李奎報의 境遇−」, 『어문학』 제62집, 한국어문학회.

은 열세를 면치 못하고 있다."[4]고 파악하였다. 긍정적 성향의 암시어들은 주로 구관시(求官詩)나 교신시(交信詩)에 나타나며 일상적 소재나 독백조의 작품에서는 부정적 성향의 암시어가 주류를 이룬다는 것이다. 이어서 작품을 통해 확인되는 두 문인의 자의식을 검토하고, 그중 이규보에 대하여 "詩人的 伎倆이나 以文輔國을 내세웠을 때 긍정적 자아 인식이 형성"되고 있으며, "宦路의 시련기와 노년의 무상감에 젖었을 때 소극적 자아 인식이 나타나고" 있고, 여인들과의 관계에 있어서는 "자신을 능동적 풍류객으로 인식하고 있다"고 정리하였다.[5]

이 논문은 자기 표현적 성격이 강한 이규보 문학에 나타나는 자기 인식을 다룬 초기 연구로서 일정한 의의를 지닌다. 그러나 특정한 자아상에 대해 긍정/부정/중도형이라는 식으로 일면적으로 단정하고 있는 점이나 시기별 자의식의 양상이 다소 포괄적으로 제시되었다는 점이 한계로 남아 있다. 이후의 연구들 가운데 이규보의 전체 작품 속에 나타나는 자의식의 양상을 일관되게 살펴본 시도는 확인되지 않는다. 그러나 이동철의 연구에서 제기한 문제의식은 아직 유효하다. 즉 고려 중기의 대표적 문인인 이규보의 자기 인식의 양상을 구체적으로 확인하는 작업이 필요하다는 것, 그리고 이러한 시도가 이규보 문학 연구에서 적지 않은 의의를 지닌다는 점이다. 물론 특정 작품에 나타나는 이규보의 자기 인식에 대해서는 기존 연구들에서 꾸준히 다루어졌으나 이 주제에 관한 상세하고 집중적인 논의가 제출된 것은 아니다.

한편 근래의 연구 가운데 이규보의 한시에 나타나는 각 시기별 내면 의식을 추적한 이희영의 연구[6]가 본고의 논의와 관련하여 참조할 만하

---

4 같은 글, 180~181쪽.
5 같은 글, 197쪽.
6 이희영(2016), 「李奎報 漢詩의 內面意識 硏究」, 고려대학교 박사학위논문.

다. 이 논문은『동국이상국집』에 수록된 시 작품을 대상으로 이규보의 '내면적 사유'의 전개 양상을 살펴본 연구이다. 여기서는 이규보의 삶을 다섯 시기로 나누고 각 시기별 내면의식을 "삶의 방향에 대한 모색"(1196년 4월 최충헌 집권 전까지), "격변의 시대와 개인의 좌절"(1196년 5월~10월), "새로운 삶을 위한 자기 성찰"(1197년~1207년 12월), "官人으로서의 고민과 애착"(1207년 12월~1237년 12월 치사(致仕)할 때까지), "현실의 속박과 자유의 지향"(1238~1241)이라는 측면에서 검토하였다. 이 논문은 작가의 내면에 초점을 맞추고 있다는 점에서 본고의 문제 설정과 상통하지만, 자아로 향하는 시선에 집중하기보다는 전반적인 작가의 의식세계를 다루고 있어서 그 지향점은 같지 않다. 그러나 특정 시기 이규보의 내면을 이해하는 데에 이 연구를 참조할 만하다.

역사학계에서 제출된 논문 가운데 이규보의 심리 상태를 '나르시시즘과 광기'라는 측면에서 살펴본 문철영의 연구 역시 주목할 만하다. 이 논문은 심리학의 개념을 활용하여 주로 청년기의 그의 행동과 심리를 분석한 것이다. 이규보는 신동으로 알려졌던 어린 시절 아버지의 기대에 의해 '과대적 자기'를 형성하였는데, 계속된 과거 낙방으로 그러한 기대가 좌절되자 '자기애적 수치심'을 갖게 된다. 아버지와의 대상사랑에서 좌절을 겪게 된 이규보는 "대상으로부터 거두어들인 리비도를 다시 자아에 투여"함으로써 모든 관심과 에너지를 자기 자신에게만 몰두시키는 상태가 된다. "술로 기세를 부리며 자기 마음대로 살면서 스스로 단속하지 않는" 상태가 그러한 것이다. 한편 이규보는 과거 낙방 후 상처받은 과대적 자기를 안고 살아가면서 타인에게 '자기애적 분노'를 표출하곤 했다. 그는 중독자들이 그러하듯 술을 마심으로써 자신이 강하고 가치 있다고 느끼며 그러한 자기애적 분노를 마음껏 분출한다. 주변에서는 그런 그를 광인(狂人)으로 지목하며 비난했다.

그런데 「정낭중윤위서(呈郎中尹威書)」와 「광변(狂辨)」에 의하면 이러한 이규보의 광기는 질병으로서의 미침이 아니라 사회에 길들여지지 않은 자의 그것이다. 논문에서는 이규보의 광기를 '덜 미친 집단'(관료집단)의 '폐쇄적 자위체제'를 향해 울부짖는 것으로 결론짓는다.[7]

문철영의 논문은 무인정권기 지식인의 심리 상태를 파악한다는 목적에서 수행된 것이다.[8] 그러나 이 논문은 이규보의 작품에 보이는 독특한 점, 즉 자기도취적 면모에 대한 새로운 방식의 접근을 보여준다는 점에서 문학 연구와 관련해서도 흥미로운 시사점을 제공한다. 자기 자신을 중요하고 특별하다고 여기는 자기애적 성격 장애, 즉 나르시시즘은 이규보 문학의 특정 부분을 추동하는 주된 원천임이 분명하다. 본고에서 이규보 자아상의 주된 축으로 상정한 광(狂)에 대한 이해에 있어서 이 논문의 해석을 참고할 만하다. 그런데 이 논문에서는 이규보의 광기를 그의 나르시시즘에서 비롯한 것으로 서술하면서도, 마지막에 가서는 그것을 일종의 사회적 반항인 것으로 묘사하고 있다. 그러면서 「광변」에 나타나는 이규보의 어조를 그대로 따라 어느 쪽이 더 미친 것이고 어느 쪽이 더 이성적인 것인지에 대해 질문을 던진다. 이는 앞부분에서 이규보의 작품들과 비평적 거리를 유지하면서 발화 내용을 객관적으로 평가했던 것과는 다른 태도이다. 이규보의 광(狂)을 푸코나 라캉이 말한 '광기'와 등치시켜 논하고 있는 것도 재고의 여지가 있는 부분이다. 본고는 이러한 점들을 염두에 두고 이규보 자아상의 전반적인 면모를 탐색하고자 한다.

---

7 문철영(2020), 87~118쪽.

8 논문에서는 이규보가 현실도피와 광기의 삶, 광기에 대한 회개와 권력자에 대한 추종 사이에서 왔다 갔다 하는 것처럼 보이는 것은 "당시 '압도적인 외부 사건'과 같은 사회적 충격 속에서 살아남기 위해 이렇게 갈팡질팡할 수밖에 없었던 이 시기 문인들의 집단적 트라우마에 대한 하나의 징후"라고 하였다.(같은 글, 113쪽)

　필자는 『동국이상국집』 수록 작품의 자술 부분을 검토한 결과 이규
보 자기형상의 핵심을 '광(狂)'과 '직(直)'의 두 측면에서 파악하였다.
'광(狂)'과 '직(直)'은 기존 연구들에서도 언급된 바 있으나, 작품 전반을
통해 드러나는 지속적인 자의식의 측면에서 이 개념들을 조명한 연구
는 없었다. 이동철의 논문에서 예거했다시피 이규보가 스스로를 표현
한 말들은 이 두 가지에 그치지 않는다. 그러나 청년기부터 노년기에
이르기까지 지속적으로 ―특정 시기에는 잠시 숨어있기도 하지만―
나타나며 강렬한 이미지를 형성하고 있는 것은 바로 이 두 가지이다.
또한 '광(狂)'과 '직(直)'은 긍정/부정을 아우르는 다면적 성격을 띠면서
이규보의 자기 인식을 입체적으로 구성하는 데 기여하는 개념들이다.
이에 본문에서는 이 두 측면을 중심으로 이규보 자기형상의 구체적
양상과 그 의미를 탐구한다. 이로써 고려중기, 특히 무인정권기를 대
표하는 문인인 이규보의 의식세계에 보다 가까이 접근할 수 있을 것으
로 생각된다.

Ⅱ. '광(狂)'의 자기형상

1. 청년기의 광(狂)과 지속된 정체성

　이규보의 자기형상을 구성하는 핵심적인 속성은 '광(狂)', 즉 '미침'
이다. 그는 작품 속에서 빈번하게 '광인(狂人)', 광객('狂客)', '광생(狂
生)', '광거사(狂居士)' 등으로 자칭하곤 했다. '광(狂)'의 사전적 의미는
'미치다'이다. '미치다'의 하위 항목으로 '정신 이상이 되다', '행동이
상규(常規)에 벗어나다', '경솔하고 조급하다', '어리석다, 또는 마음이
미혹되어 어리석어지다'라는 뜻이 달려 있다. '광(狂)'의 또 다른 의미

는 '거만하다', '오만무례하다'이다.[9] 이규보가 스스로 칭한 '광인', '광객'의 의미는 대체로 이러한 의미에서 사용된 것인데,[10] 그중에서도 '행동이 상규에서 벗어나다', '거만하고 무례하다'와 같은 표현이 가장 적절해 보인다. 아래에서는 이규보의 광(狂)이 구체적으로 어떤 맥락에서 어떠한 자질을 가리키는 말로 사용되었으며, 또 그가 광인으로 자처한 이유가 무엇인지 살펴보고자 한다.

광(狂)의 속성과 관련하여 가장 먼저 떠오르는 것은 술[酒]과의 연관이다. 이규보의 삶과 문학에서 술이 차지하는 역할에 대해서는 재론할 필요가 없을 것이다.[11] 그가 미치광이라고 불리게 된 주된 요인 역시 술이었다. 「연보(年譜)」에서는 이규보가 16세부터 20세까지 사마시에서 세 차례 낙방한 것을 이야기하며, "공은 이 4, 5년 동안 술을 마시고 멋대로 놀며 검속하지 않았으며, 풍월만을 일삼고 과거에 대한 글은 조금도 익히지 않아서 연달아 응시했지만 합격하지 못했다."[12]고 하였다. 그는 스스로 "제가 젊었을 때 술에 정신이 팔려 방광(放曠)했으므로 광역(狂易)하다는 이름을 얻은 것"[13]이라고 회고했는데, 술 때문에 미

---

9 이상 '광(狂)'의 의미에 대한 설명은 大漢韓辭典編纂室 編(1998), 『敎學 大漢韓辭典』(교학사)에 의함.

10 '광(狂)'에는 '세차다', '뜻이 높다', '오로지 한 가지 일에만 매달리다' 등의 뜻이 있다. 이중 앞의 두 가지는 이규보 시문에서도 그 용례를 종종 확인할 수 있다. 그러나 본 장에서 다룰 광인으로서의 자아상과는 직접 관련이 없는 용례이므로 함께 다루지 않는다.

11 이에 대해서는 이규보의 삶을 다룬 여러 연구들에서 공통적으로 언급하고 있다. 최근 연구 중에서는 안영훈(2019), 「한국 고전작가와 술 -이규보와 정철을 중심으로-」, 『동아시아고대학』 제55집, 동아시아고대학회 참조.

12 『동국이상국집』〈年譜〉, 「年譜」(李涵). "公自四五年來, 使酒放曠不自檢. 唯以風月爲事, 略不習科擧之文, 故連赴試不中." 본고의 인용문은 모두 필자가 번역한 것이며, 원문은 한국고전종합DB 제공 《한국문집총간》 수록 원문이다. 이후 각주에서는 『동국이상국전집(東國李相國全集)』은 『전집』으로, 『동국이상국후집(東國李相國後集)』은 『후집』으로 표시한다.

치광이라는 지목을 받았음을 말한 것이다. 술을 많이 마시고 술주정을 부리는 것 자체가 광(狂)이다. 술 취한 상태를 가리키는 '전광(顚狂)', '광전(狂顚)', '광취(狂醉)', '광태(狂態)'와 같은 표현은 이규보 작품에서 빈번하게 나타나며, 스스로의 행적을 '주광(酒狂)'이라고 표현하기도 했다.[14]

또한 이규보의 광(狂)은 남의 시선을 아랑곳하지 않고 제멋대로 말하고 행동하는 것을 지칭한다. 「칠현설(七賢說)」에 묘사된 행동이 이에 해당한다. 이규보의 나이 열아홉에 죽림고회(竹林高會)의 선배들이 그에게 오세재(吳世才) 대신 칠현의 궐석을 채울 것을 권하자 "칠현이 무슨 조정의 벼슬이라고 궐석을 채운답니까. 혜강과 완적 뒤에 그 자리를 이어받은 자가 있다는 말은 듣지 못했습니다.[七賢豈朝廷官爵而補其闕耶. 未聞嵇阮之後有承之者.]"라고 하였고, 그 자리에서 지은 시에서 "모르겠구나, 칠현 가운데 / 누가 오얏씨 뚫는 사람인지.[未識七賢內, 誰爲鑽核人.]"라고 하였다. 전자에 대해서는 모두 크게 웃었지만 후자에 대해서는 불쾌한 기색을 보였다. 그러자 이규보는 "거만하게 크게 취하여 자리를 나왔다[傲然大醉而出]"고 한다. 이러한 자신의 행동에 대해 그는 "내가 젊었을 때 이처럼 미쳤기 때문에 세인들이 모두 광객으로 지목했다.[予少狂如此, 世人皆目以爲狂客也.]"고 하였다.

한때 이 글은 죽림칠현에 대한 이규보의 거부감을 표한 것으로 이해되기도 했지만, 그보다는 미치광이 같았던 자신의 예전 성격을 보여주

---

13 『전집』 권26, 「呈尹郞中威書」. "蓋僕少時, 嘗使酒放曠, 因得狂易之名."

14 이규보 작품에서 '광(狂)'은 여색(女色)에 이끌려서 실없는 말이나 행동을 하는 것을 형용하는 표현으로도 자주 쓰인다. 예를 들어 두목(杜牧)의 일화를 전고로 활용한 부분에서 "紫雲在席誰先問, 忽憶分司御史狂."(『전집』 권6, 「九日二日書記開筵公舍見邀醉贈一首」)라고 하거나, "往日狂携金谷妓, 今朝始禮雪山童."(『전집』 권6, 「遊氷靖寺 示住老」)에서 기생을 데리고 다닌 것을 '광휴(狂携)'라고 표현한 것 등이다. 물론 이런 행동들 역시 술과 관련이 있다.

는 일화를 소개한 글로 보아야 한다.[15] 가까이 교류하던 연장자들 앞에
서 거리낌 없이 속마음을 내뱉고 그들의 말을 거만스럽게 비꼬기도
하는 등의 행동을 통해 자신의 광(狂)을 구체화한 것이다. 물론「칠현
설」의 일화에도 술이 등장한다. 그러나 단지 술을 많이 마시기만 하는
것이 아니라, 취하여 하고 싶은 말을 결국 다 내뱉고야 마는 성격이
광(狂)이다. 즉, "술 마시면 매번 크게 부르짖어 / 미친 말이 자주 사람
들 놀라게 했지.[得酒每呼叫, 狂言屢驚衆.]"[16]라고 말한 것과 같다.

 이러한 행동은 그가 관료 사회에 진입하는 것을 방해하는 요인이
되었다. 이규보는 39세 때 쓴 글에서 "제가 옛날 약관에 과감하게 자부
하여 험한 길이 앞에 놓여 있더라도 곧바로 나아가고 돌아보지 않았으
며, 남들의 시비를 논하면서 입에서 나오는 대로 다 뱉으니 조관과
사부들이 눈을 흘기며 놀라고 혹시 찾아가면 번번이 문을 닫아걸었습니
다."[17]라고 회고하였다. 술 때문이기도 했지만 하고 싶은 말을 다 쏟아내
지 않으면 안 되는 것이 그의 성격이었다. 이는 또한 자신의 능력을
자부하였기에 가능했던 일로, 오세(傲世)[18]의 태도라고 할 수 있다. 아직
벼슬하지 않은 자가 관료들의 잘잘못을 논했다면 이는 분명 부담스러운
일이다. 그가 당시의 정치 현실에 대한 비판적 관점을 갖고서 위정자들
의 '불의(不義)'를 꾸짖기 위해 의도적으로 이러한 행동을 했는지, 아니

---

15 심호택(1991),『高麗中期 文學論 硏究』, 계명대학교 한국학연구원, 139~140쪽. 이
  글은 오히려 이규보가 죽림고회와 '긍정적 일체적' 관계임을 보여주는 것이다. (141쪽)
16 『전집』권6,「九月十三日會客旅舍 示諸先輩」.
17 『전집』권37,「祭張學士自牧文」. "我昔弱冠, 果敢自負, 蓁藜在前, 直前不顧, 論人是
  非, 到口輒吐, 搢紳士夫, 橫目瞿瞿, 雖蹈其門, 輒鎖厥戶."
18 이규보는「辛酉五月 草堂端居無事 理園掃地之暇 讀杜詩 用成都草堂詩韻 書閑適之
  樂【五首】」(『전집』권10)에서 "스스로는 밭두둑에 물 대는 한가한 농부라 하지만 /
  모두들 부르길 세상 얕보는 고고한 사람이라 한다네.[自號灌畦閑老圃, 皆呼傲世一高
  人.]"라고 읊기도 했다.

면 단순히 사리(事理)를 따져서 특정 행동의 잘잘못을 논했는지에 대해
서는 알기 어렵다.[19] 아마 이러한 모든 면을 포괄하여 남들을 의식하지
않는 그의 거침없고 직설적인 언행이 문제가 되었을 것이다.

아래 편지글에는 자신이 미치광이로 자처할 수밖에 없었던 이유,
그리고 애초에 미치광이 같은 행동을 할 수밖에 없었던 상황에 대한
해명이 나타나 있다.

> 높은 벼슬아치들부터 벗들에 이르기까지 미치광이라고 지목하지 않
> 는 이가 없고 저 또한 뭇사람의 말을 견디지 못해 스스로 광객이라 이름
> 하였으니, 미쳤다는 것은 헛된 이름이 아니라 또한 정말로 그러했던
> 것입니다. 무릇 대장부가 재주를 갖고서도 떨치지 못하고 온축한 것이
> 있는데 드러내지 못하면 기운이 세차게 일어나 마치 물이 굽이진 곳을
> 만나 괴어 있어서 성난 듯 소리치며 빠져나오지 못하는 것과 같이 됩니
> 다. 그러다가 술을 마시면 기운이 가슴에서 나와서 목구멍까지 치밀어
> 올라 물이 제방을 무너뜨리고 언덕을 할퀴어 솟아올라 가득 넘치듯 스
> 스로 그칠 수가 없어 모조리 다 쏟아내고 나서야 그치게 됩니다. 이
> 때문에 미치광이가 되는 것입니다.[20]

---

19 이희영은 위 부분을 인용한 뒤에 "그는 不義한 현실 속에서 세상의 시비에 대하여
　거침없이 토로하였기 때문에, 조정에서 일하던 관료들이나 출세를 위해 준비하던
　士夫들은 이규보와 같은 이들을 멀리하고 화가 미치지 않도록 조심하였을 것이다."라
　고 설명하였다.(이희영(2016), 9쪽) '남들의 시비'를 논할 때 이규보의 현실 비판적
　사고가 반영되었을 것은 분명하다. 그러나 관료와 사부들이 꺼렸던 그의 광(狂)적인
　면은 「칠현설」에서 묘사된 삐딱한 태도나 「기오동각세문론조수서(寄吳東閣世文論
　潮水書)」(『전집』 권26)에 나타나는 집요하고 공격적인 태도를 포함한 것으로 생각해
　야 할 것이다. 이규보의 글에 나타나는 '자기애적 분노'와 공격적인 태도에 대해서는
　문철영(2020), 100~106쪽 참조.

20 『전집』 권6, 「呈尹郞中威書」. "自搢紳至于朋伴, 莫不以狂目之, 僕亦不堪衆人之口,
　因自號狂客, 狂非虛名, 亦誠有之. 夫大丈夫有才不奮, 有蘊不洩, 則氣洶洶, 如水之
　遇廻曲而淳蓄吼怒, 不得發洩. 及中酒然後, 氣發於胸次, 到于喉吻, 如水之決隄齧
　岸, 崩騰汎溢, 不能自止, 盡洩然後已. 是所以狂也."

위 인용문은 이규보 31세[21] 때에 윤위(尹威)에게 올린 자천서(自薦書)
의 일부이다. 이 글에서 이규보는 윤위가 자신을 미치광이라고 멀리하
지 않고 관직에 추천해 준 것에 감사하고, 자신이 미치광이라는 이름
을 얻게 된 연유를 밝혔다. 재주를 품고도 뜻을 펼치지 못해 가슴에
가득한 울분이 밖으로 새어 나오는 것을 막을 수가 없었고, 이 때문에
광객으로 지목되었다는 것이다. 이어지는 부분에서 그는 이러한 광기
는 실의(失意)하였을 때에 술에 기대어 생긴 것일 뿐이며, 하루아침에
관작을 얻어 득의하게 되면 마치 야생마에게 굴레를 씌워 천리마로
변화시키듯 바뀌게 될 것이라고 장담하였다. 이 글에서 이규보는 자신
이 미친 것은 정말로 미친 것이 아님을 거듭 강조한다. 편지글의 전체
내용이 모두 자신의 광(狂)에 대한 해명이라는 점이 인상적이다.

이규보가 주변으로부터 미치광이라는 손가락질을 받기 시작한 것
은 국자감시에 불합격하고 죽림칠현과 어울리던 10대 후반 무렵부터
였던 듯하다. 예부시 급제 후 관직을 얻지 못하고 백운거사로 자호하
며 술과 시를 즐기며 살던 20대 중반에도 여전히 광인으로 불렸으며,
위 자천서에서 보이듯이 구관에 열중하던 30대 초까지도 여전히 그
이름을 벗어나지 못했다. 그러나 스스로는 이십 대 후반에 자신의 광
기가 사그러들었다고 말하기도 했다. 위 글에서도 미치광이 같던 자신
의 행적을 과거의 일로 서술하고 있으며, 30세에 쓴 시에서는 "내 광기
점점 그쳐 중 노릇 할 만하니 / 당년의 엽장(獵將)으로 보지 마시오.[我
狂漸息堪禪縛, 莫作當年獵將看.]"[22]라고 읊기도 했다. 이규보는 「정장시랑
자목일백운(呈張侍郎自牧一百韻)」을 지은 26세 무렵부터 구관을 위한

---

21 본문에서 밝힌 작품의 저작연대는 모두 김용선(2013), 『이규보 연보』(일조각)를 참조
   한 것이다.
22 『전집』 권7, 「日晚到寺小酌 用皮日休詩韻各賦」.

자천을 시작한 것으로 보이는데, 구직에 대한 초조함과 갈망이 높아지면서 광객이라는 호칭이 부담스럽게 여겨졌던 듯하다.

이규보는 윤위에게 주는 글에서 주변의 시선으로 인해 자신도 광객으로 자처하였으나, 이는 어쩔 수 없는 일이었다고 거듭 변명하고 있다. 후술하겠지만 '광(狂)'이라는 속성은 문인 작가의 성품으로서는 긍정적인 것이 될 수 있다. 그러나 관료의 자질로서는 아무래도 결격 사유인 것이다. 이규보가 자신의 광기가 젊은 날의 실의 때문이었음을 강조한 것은 이러한 이유에서다. 이러한 맥락에서 그는 자신의 광(狂)이 진짜로 미친 것이 아니라 '양광(佯狂)', 즉 거짓 미침이라고 주장한다.

물 있지만 누가 적셔주겠으며	有水誰霑鮒
갈림길 많아 끝내 양을 놓쳤네.	多岐竟失羊
'돌돌' 자만 쓰던 은호와 같고	頗同殷咄咄
허둥지둥 돌아다니던 공자와 나란하네.	更比孔遑遑
공적은 퇴문총에 부치고	功寄堆文冢
곤궁함은 송귀장을 이끌어오네.	窮牽送鬼檣
본디 기박한 명 때문이지만	本雖由薄命
반평생을 그대로 미친 척했네.	半亦坐佯狂[23]
젊은 나이에 일찍이 경박하여	年少曾輕薄
미친 척하며 오늘에 이르렀네.	佯狂遂至今
어느 공경이 반갑게 맞아주겠나	公卿誰躧履
귀한 집에서는 소매 걷어붙이고 쫓아내기도.	貴介或攘襟
영락하면 남들의 웃음거리 되는 것	落魄從人笑
궁달은 명을 믿어야 함이 정말이라네.	窮通信命諶[24]

---

23 『전집』 권7, 「上趙令公永仁【幷引】」(부분).

　앞의 인용문은 30세 때 작품으로, 당시 인사를 맡았던 조영인(趙永仁)에게 지방관 추천을 부탁하며 올린 시의 일부이다. 즉, 「정장시랑자목일백운」으로부터 시작해 여러 해에 걸쳐 지어진 구관시(求官詩)의 하나이다. 여기서 그는 자신이 재주가 있으나 이끌어 주는 사람이 없어 허둥지둥 돌아다니며 궁하게 살았다고 하며 이전의 삶을 '양광(佯狂)'으로 규정하였다. 두 번째 인용문은 이규보 33세 때 전주목사록 겸 장서기(全州牧司錄兼掌書記)로 재직하면서 부속 군현을 돌며 업무를 수행하던 시절에 지은 시의 한 부분이다. 남에게 증정한 시인데, 젊은 날에 경박하였고 그때의 양광의 태도가 지금에 이르렀다고 회고하고 있다. 벼슬을 얻었으나 그리 만족스럽지 못한 상황에서 지어진 작품으로서 당시의 처지에 대한 자조를 담고 있다.

　'양광'이란 정말로 미친 것이 아니라 거짓으로 미친 척하는 것이다. 대개는 높은 도(道)를 품었으나 겉으로는 숨기고자 하는 사람의 행동을 형용할 때 쓴다. 기자(箕子)가 주왕(紂王)의 폭정을 막을 수 없어 "머리를 풀고 거짓으로 미친 척하여 노예가 되더니 끝내 숨어서 거문고를 타며 슬퍼하였다.[被髮佯狂而爲奴, 遂隱而鼓琴以自悲.]"(『사기(史記)』권38, 「송미자세가(宋微子世家)」)고 한 것이 이에 해당한다. 춘추시대 초나라의 은자 육통(陸通) 역시 거짓 미치광이라고 하여 '위초(僞楚)'라고 일컬어 졌다. 난세에 벼슬하지 않고 세상을 피한 자의 행색이 곧 양광인 것이다. 그런가 하면 당나라의 시인 이백(李白) 또한 양광으로 칭해졌다. 시주(詩酒)에 미친 사람이라는 뜻이지만, 신선과 같은 자질로서 세속에 처하여 미친 자처럼 보였다는 의미가 담겨있다. 요컨대 양광이란 뜻이 높고 고상한 인물들의 처신(處身)이라는 뜻을 함축하고 있는 말이

---

24 『전집』권9, 「次韻高先生抗中獻廉察尹司業威【幷序】」(부분).

다. 이규보는 오세재를 회고하며 "전원으로 돌아감은 팽택(도잠)을 떠올리게 하고 / 미친 척한 것은 한림(이백)을 생각게 하네.[歸去追彭澤, 佯狂憶翰林.]"[25]라 하기도 했다. 오세재는 이규보가 젊은 시절 가장 존경하고 따르던 선배 문인이었다.

자기 자신의 모습을 양광으로 묘사하는 것은 자신이 미치광이처럼 보였다는 것을 인정하는 말인 동시에 실제로는 높은 재주와 덕을 간직한 인물임을 피력하는 것이다. 즉, 광(狂)은 겉으로 드러난 모습일 뿐이며 자신의 본질은 그렇지 않다는 말이다. 이러한 생각은 31세 때의 작품인 「광변(狂辨)」(『전집』 권20)에서도 확인된다. 이 글에서 이규보는 자신을 미치광이로 지목하는 세상을 향해 자신이 물불에 뛰어드는 것과 같은 미친 짓을 하는 것을 보았느냐, 그것도 아닌데 어째서 미쳤다고 하느냐며 항변한다. 그리고 벼슬자리에 올라서 이랬다저랬다 하며 전도된 행동을 하는 자들이야말로 정말로 미친 자이며, 자신은 미친 것이 아니라 "그 형적은 미친 듯하나 그 뜻은 바른 자[狂其迹而正其意者]"라고 주장한다. 단순히 미치지 않은 것이 아니라 마음속에 정대한 뜻을 품고 있는 자라는 뜻으로, '양광'의 의미를 풀어쓴 것과 다르지 않다.

이처럼 이규보의 광(狂)은 일차적으로 '실의와 좌절'이라는 부정적인 상황 속에서 발현된 자질이다. 그 자신 광객으로 자처하긴 했으나 자의에 의한 것은 아니었고, 남들의 지목을 감당할 수 없어 '자조적으로' 붙인 이름이라고 하였다. 미치광이라는 평판은 벼슬에 나아가는 데 걸림돌이 아닐 수 없었기에 이십 대 후반 이후로는 이규보 스스로 그 이름에서 벗어나기 위해 애쓰고 있다. 그러나 본인의 의지와는 무

---

25 『전집』 권1, 「次韻東皐子用杜牧韻 憶德全」.

관하게 그러한 평판은 쉬이 없어지지 않았던 모양이다. 더군다나 오랜
좌절 끝에 겨우 얻은 전주목사록 자리도 오래 유지할 수 없었으며,
통판 낭장(通判郞將)과의 불화로 거듭 출세가 막히게 된다. 여전히 불안
정한 자신의 처지, 주변과의 갈등 및 그로 인한 비방, 그리고 녹봉이
떨어질 때마다 부닥치는 생활고는 그를 힘겹게 했다. 이러한 처지는
그로 하여금 계속해서 미치광이로 자처하게 만들었다.[26]

그런데 이러한 광인의 자아상은 이규보 스스로 형성하고 또 유지한
것이기도 하다. 이는 자신이 원래 '미치광이'라고 말함으로써 그러한
'불만족'의 상황에 대한 이유를 찾고자 하는 심리에서 비롯한 것으로
보인다. 관직을 얻지 못한 상황에 대한 변명으로 자신의 광(狂)을 들었
던 것처럼, 만족스럽지 못한 현재의 처지에 대해서도 그 자신의 광(狂)
을 앞세운 것이다. 또, 이는 자신을 공격하는 외부세계에 대하여 '상처
받은 자존심'을 지키고자 하는 위악적 자기형상일 수도 있다. 그는
관직을 얻기 위해 광인이라는 칭호를 벗어나고자 애썼지만 스스로는
그러한 자아상을 굳게 간직하고 있었다. 자신의 미침은 양광이라고
해명했으나, 광인으로서의 정체성을 부정한 것은 아니다.

이규보는 최우(崔瑀)에게 발탁되어 출셋길을 달리게 된 이후에는 특
히 말을 삼가려고 애썼다. 48세에 정언(正言)을 제수받고 지은 시에서
"평소에 꽁꽁 묶어 놓은 듯 말 어눌했더니 / 사람들 말하길 말 없는

---

26 이규보는 36세 때의 작품에서 "다만 (나와 같은) 쓸모없는 미치광이는 / 마음이 모난
    바퀴 같아 구를 줄을 모른다오.[唯殘無賴狂癡客, 心似方輪未解旋.]"(『전집』 권12,
    「復和」)라고 읊었다. 또, 39세 때에는 끼니를 해결하기 위해 겨울옷을 전당포에 잡히
    고 나서 "평소에 마음에 담아두었던 것 / 취하면 속에 간직하지 못해 / 죄다 내뱉고서야
    그치니 / 비방이 따라다님 알지 못했네.[平日心所蓄, 及醉不能持. 盡吐而後已, 不知
    讒謗隨.]"(『전집』 권12, 「典衣有感 示崔君宗藩」)라고 읊었다. 술을 마시고 거침없이
    말을 내뱉는 버릇은 이때에도 여전했던 것이다. 즉, 그가 30대 내내 미치광이로서의
    자아상을 떨칠 수 없었음을 볼 수 있다.

늙은 정언이라 한다네.[平生口訥如囊括, 人道無言老正言.]"[27]라고 한 데서
이를 알 수 있다. 그렇다고 해서 광인으로서의 자의식을 버린 것은
아니다. 70세에 태위(太衛)를 제수받고 지은 다음 시를 보자.

세상 사람들 나를 대단한 미치광이라 부르니	世人呼我大狂顚
나도 마다하지 않고 또한 그렇게 여긴다네.	我不爲嫌亦謂然
천고에 미친 재상 있다는 말 듣지 못했는데	千古未聞狂宰相
어떻게 오늘 재상 자리에 올랐는가.	如何今日躡台躔[28]

　기구와 승구에서는 자신이 미치광이로서의 자아상을 갖게 된 연유
를 말했다. 「정윤낭중위서」에서 말한 그대로이다. 이미 입신양명을
이룬 지 오래되었고, 그토록 바라던 재상 자리에까지 오른 지금 이규
보는 자신을 '광재상(狂宰相)'이라고 이름한다. 광생·광객·광거사에
광재상이 추가된 것이다. '광(狂)'의 자기형상에 대한 집착마저 느껴진
다. 당신들이 미치광이라고 손가락질했던 그 사람이 재상 자리에까지
올랐다는 말은 자신의 진가가 이제야 증명되었다는 통쾌한 기분을 표
현한 것으로 보인다. 그러나 여기에는 여전히 자조의 어감이 느껴지
며, 위축된 자아에 대한 보상으로서의 과시욕이 드러나 있다. 인생의
큰 목표를 이룬 득의의 상황에서 평생 자신을 따라다녔던 비난을 의식
하고 있는 것이다.[29]

---

27 『전집』 권14, 「初拜正言有作」.

28 『전집』 권17, 「拜大尉有作」.

29 이러한 태도는 74세 작인 「올좌자상(兀坐自狀)」(『후집』 권8)에서도 확인된다. 이
시에서는 "눈 말똥거리며 말도 없이 우뚝하게 앉았으니 / 사람들이 괴물로 바라보네.
[兀坐瞪無言, 人以怪物視.]", "너희는 지금 나를 여우라 부르고 싶고 / 또 괴물과
같이 보려고 하지. / 말이라 부르든 소라 부르든 / 너희 마음대로 지목하게나.[汝今欲
狐我, 又作怪物類. 呼馬亦呼牛, 任爾所當指.]"라고 하였다. 자신에 대한 평가에 연연

2. 광달(曠達)한 성품과 문인의 자아상

앞 절에서 이규보가 한평생 광(狂)의 자기형상을 버리지 못했음을 논하였다. 이때 광(狂)은 실의와 좌절 속에서 어쩔 수 없이 택했던 자아상으로 파악된다. 음주와 그로 인한 거리낌 없는 언행이 세인의 질타를 받게 되고, 나는 본래 미친 사람이라고 자처함으로써 그러한 비난에 대응한 것이다. 이렇게 보면 미치광이로서의 자기형상은 수동적이고 부정적 자기인식의 산물로서, 더 나은 상태로 나아가려는 자아는 그것에서 벗어나려고 애쓰는 것이 온당하다. 그러나 이규보는 삼십 대 내내, 그리고 70세에 재상 자리에 오르기까지 광인의 정체성을 버리지 않았다. 하고 싶은 말을 다 쏟아내는 성격 때문에 여전히 주변과의 반목이 많았던 삼십 대에는 이전까지의 자의식이 연속될 수 있었겠으나, 관직이 올라가며 말을 삼가고 신중한 태도를 보였다는 40대 후반 이후에도 계속해서 광인의 정체성을 가진 것에 대해서는 의문이 생긴다. 스스로 광인의 자기형상을 고수한 것이다.

이를 해명하기 위해서는 광(狂)의 또 다른 측면에 주목해야 한다. 만약 광(狂)이 부정적인 속성만을 지니고 있다면, 그것이 아무리 반발심에서 생겨난 자의식이라 하더라도 장기간 지속되기는 어려웠을 것이다. 이와 관련하여 이규보가 한때 자신의 광(狂)을 적극적으로 부인한 이유가 무엇인지에 대해 상기할 필요가 있다. 즉, 삼십 대 초반 작품들에서 자신을 양광으로 표현하고 예전의 광기가 많이 사그러들었다고 자평한 것은 미치광이라는 '평판'이 출셋길에 걸림돌이 되고 있음을 절감했기 때문이다. 즉, '관료'로서의 자질을 갖추기 위한 몸부

하지 않겠다는 선언이지만, 그 이면에는 외부의 평가를 강하게 의식하는 자아가 감지된다. '呼馬亦呼牛'는 『장자(莊子)』「천도(天道)」에 출전을 둔 표현이다.

림이었던 것이다. 「광변」 등의 글에 나타나는바 자신을 둘러싼 비난에
대한 거센 반발은 그러한 상황에 대한 답답함의 표현으로 이해할 수
있다.[30] 그러나 삼십 대 초반 이후로는 그러한 부인은 나타나지 않으
며, 오히려 시 속에서 자신을 광객 등으로 지칭하며 덤덤하게 수용하
는 경향이 발견된다. 이는 그가 광(狂)이라는 표현에서 자신과 어울리
는 어떤 속성을 발견했기 때문이다.

이 점은 그가 관료 이전에 '문인(文人)'의 정체성을 갖고 있었다는
사실과 관련이 있다. 주지하다시피 한자문화권에서 음주, 그리고 술
로 인한 미치광이 같은 행동은 문인이나 시인에 대하여는 오히려 칭송
과 선망의 대상이 되어온 것이다.[31] 대표적인 인물이 이백이며, 동양의
수많은 문인 예술가들의 음주 행위는 세속에 대한 반항과 자유분방한
기질의 발현으로서 긍정되었다. 음주는 시작(詩作)과도 뗄 수 없는 관
계에 있다. 강산(江山)과 함께 문인들의 풍류를 구성하는 가장 중요한
요소가 술과 시라는 것은 더 말할 필요가 없다. 이규보가 스스로 광인
의 자기형상을 받아들였던 까닭은 마치 이백과 같은 주선(酒仙)으로서
의 광객(狂客)이라는 의미로 전용할 수 있었기 때문이다. 실제로 그는
'주필(走筆) 이당백(李唐白)'이라는 별명을 갖고 있기도 했다.[32]

> 인생살이 즐기는 것 너무 늦었으니　　　　人生行樂苦不早
> 미치광이 되어 남들의 비난 돌아보지 않으리.　顚狂不顧旁人欺

30　그러나 실제로 그가 광인의 정체성은 부정한 것은 아니다. 다만 관직을 구해야 한다는
　　현실적 목적에 따라 자신의 광을 양광(佯狂)으로 규정하는 '전략'을 채택한 것이다.
31　안영훈(2019), 11쪽.
32　『후집』卷終, 「守大保金紫光祿大夫門下侍郎平章事修文殿大學士監修國史判禮部事
　　翰林院事太子大保致仕 贈諡文順公墓誌銘【并序○侍郎李需述】」(李需). "平生不自
　　名唐白, 時人指之曰走筆李唐白."

천 잔 술을 번개같이 들이켜야지.　　　　要使千鍾如電釂
그대 보지 못했나, 유랑이 술 마실 때면 꽃향기 찾는 것을
　　　　　　　　　　　　　　　　　君不見劉郎飮酒趁芳菲
그 풍류가 소년에 짝한단 것 알겠도다.　解道風情敵年少[33]

가장 감사한 건 황친께서 나쁜 객을 용납하사　最感皇親容惡客
미친 듯 취하여 천진을 드러냄을 허락하신 것.　許敎狂醉露天眞[34]

백운거사 본디 미치광이라　　　　　　白雲居士本狂客
인간 세상에서 십 년간 이룬 일 없어　十載人間空浪迹
마음껏 취해 노래한들 누가 다시 탓하랴　縱酒酣歌誰復訶
한평생을 마음대로 그저 자적할 뿐.　一生放意聊自適[35]

　앞의 두 인용문은 26세 때의 시 일부로, 예부시에 급제했지만 아직 관직을 얻지 못하고 있던 시절에 지은 것이다. 첫 번째 시는 죽림고회의 한 사람인 이담지(李湛之)와 꽃구경을 하며 술에 취해 지은 시이다. 좋은 시절에 광음(狂飮)하며 남들의 시선을 상관하지 않고 풍류를 즐기겠다는 말이다. 두 번째 시는 종실(宗室)인 선사에게 증정한 작품의 한 구절로, 절에서 술을 마시게 허락해 준 것에 사례하는 부분이다. 술에 취한 것을 '천진을 드러내는[露天眞]' 일로 형용하고 있음을 볼 수 있다. 세 번째 인용문은 29세에 절친한 사이인 전이지(全履之)와 술을 마시며 주필(走筆)로 쓴 시의 한 부분이다. 백운거사는 본디 광객이어서 술 취해 노래하며 '마음대로[放意]' 자적한다고 하였다. 문맥으

---

33 『전집』 권2, 「醉中走筆 贈李淸卿」(부분).
34 『전집』 권2, 「呈安和寺宗室王禪師」(부분).
35 『전집』 권5, 「全履之家 大醉口唱 使履之走筆書壁」(부분).

로 볼 때 십 대 후반부터 당시까지 십 년간의 삶을 회고하는 어조이다. 위 시들에 그려진 미치광이는 호방한 기상을 지닌 문인 예술가의 모습에 가깝다.

「정윤낭중위서」에서 스스로 말했듯이 이규보의 광(狂)은 길들이기 어려운 야생마의 성질과 유사하다. 즉, 세상의 기준으로 구속할 수 없는 '광달(曠達)한 성품'을 가리키는 것이다. 그가 「백운거사전」에서 도연명에 빗대어 그려낸 자아상이 바로 이러한 성격을 지닌다. 이 작품에서 이규보는 스스로에 대해 "성품이 방광하고 검속함이 없으며, 육합을 좁게 여기고 천지를 비좁게 여겼다.[性放曠無檢, 六合爲隘, 天地爲 窄]"고 하였다. 이 표현은 다음 시에서도 변주되어 나타난다.

술 얼근해 둘러보니 마음 날아오르는 듯　　　　　酒酣四顧心飛揚
천지 육합이 좁게 느껴져　　　　　　　　　　　天地六合爲之窄
문득 시비 불러 고려지 펼치고　　　　　　　　　忽呼侍婢鋪蠻牋
시 속에 미친 마음 쾌히 쏟으라 청하네.　　　　請我快放詩中顚
가슴 가득 장한 울분 다 토하고야 말아　　　　　塡胸壯憤吐乃已
이리하여 미친 노래 남겨주노라.　　　　　　　　因之留贈狂歌篇[36]

27세 때 지은 시의 한 부분으로, 역시 술에 취해 주필로 쓴 것이다. 이 시에서는 술을 마시면 마음이 날아올라[飛揚] 천지 육합이 좁게 느껴진다고 말하고 있다. 이런 자신의 마음을 아는지 주인은 종이를 가져와 그 마음을 시에 쏟아내라 한다. 그리하여 흥중에 쌓인 '장분(壯憤)'을 모조리 토해내고, 그것이 '광가편(狂歌篇)', 곧 이 시를 이루었다고 하였다. 이 작품을 바탕으로 「백운거사전」을 보면, 명리를 초탈한 듯

---

36 『전집』 권3, 「留醉閔判官光孝家 主人乞詩 走筆贈之」(부분).

한 한가로운 자아상의 이면에 분출하지 못한 장분(壯憤)이 도사리고 있음을 감지할 수 있다. 반대로 「백운거사전」을 통해 위 시구를 이해하자면 이규보가 본래부터 갖고 있던 광달한 성품－"志固在六合之外, 天地所不囿."라고 할 때의－으로 인해 세간의 삶에 답답함을 느끼고 있으며, 술을 마시고 시를 씀으로써 그러한 감정을 해소할 수밖에 없다는 것으로 이해할 수 있다. 어느 쪽으로 해석하든 그가 '구속받기 싫어하는 활달한 성품' 때문에 세상에 적응하지 못하고 시주(詩酒)로 삶을 보내는 인물로서 자신을 그리고 있음은 분명하다. 이는 바로 광인의 형상인데, 좌절과 실의라는 외적인 요인보다 타고난 성품이라는 내적인 요인을 더 강조한 것이다.

다음 작품에도 그러한 광달한 성품이 형상화되어 있다.

내 성품 본래 활달하여	我性本曠坦
가는 곳마다 마음대로 머문다네.	所至任意留
웅덩이 만나면 그칠 만하고	得坎卽可止
강물 있으면 배를 띄울 만하네.	乘流卽可浮
여기 머문들 나쁠 것 있나	此留有何惡
저기에 간들 무엇을 구하리오.	彼去有何求
커다란 천지 안에서	大哉乾坤內
내 인생 느긋하고 한가롭다네.	吾生得休休[37]

1196년 5월 큰 누이를 데리고 황려로 귀양 가 있는 매형을 찾아가던 길에 지은 작품의 한 부분이다.[38] 시에서 화자는 무더운 여름날 길을

---

37 『전집』 권6, 「憩施厚館」(부분).

38 바로 전달, 최충헌이 이의민을 죽이고 정권을 잡으면서 개경에는 또 한 번 살육이 일어났고, 이규보는 공포에 질려 쫓기듯 남쪽으로 내려갔다. 즉, 이 시 역시 앞날이

가다 정자에서 쉬며 잠깐의 휴식을 즐기고 있다. 작가가 다른 시에서
읊었듯이 "우리 인생은 잠시 묵어가는 것일 뿐이니[吾生如寄耳]"[39] 한
곳에 집착할 필요가 없다. 자신은 본래 광탄(曠坦)한 성품으로서 어디
에도 구속받지 않고 천지 사이에서 한적하게 소요하며 즐거워한다고
하였다. 「백운거사어록」에서 형용한 구름의 미덕과도 상통한다. 「백
운거사어록」이 그가 지향하는 삶의 이상을 그려낸 것이라면, 이 시의
정서는 짧은 순간이지만 시인이 실제로 겪은 감정 상태를 시화한 것이
다. 즉, 자신이 추구하는 삶의 지향을 체현한 존재로서의 긍정적 자기
형상이 구체화된 작품이라고 할 만하다.

광달한 성품에 대한 긍정은 자신을 신선으로 여기는 관념으로 이어
진다. 31세 때 쓴 「대선인기여서(代仙人寄予書)」(『전집』 권26)에서 이규
보는 자신이 본래 상제(上帝)의 문신(文臣)으로서 조칙을 담당한 신선이
었는데 그의 노고에 대한 보상으로 인간세계에 보내졌다고 하였다.
이러한 생각은 자신의 불우에 대한 자위(自慰)의 차원에서 떠올린 것이
지만, 그 바탕에는 그 자신이 세속 사람들과는 구별되는 활달한 성품
을 지녔다는 자부가 깔려있다. 아래 시는 34세 작품의 한 부분으로,
술을 마시며 주필로 쓴 것이다.

나 옛날 어느 곳에 있었던가	我昔在何處
아득한 곳 생황 소리 울리는 궁전이라네.	笙簫宮殿有無中

보이지 않던 암울한 시기에 지어진 것이다.

39 『전집』 권2, 「칠월십일효음유감 시동고자(七月十日曉吟有感 示東皐子)」의 첫 구이
다. 본래 소식(蘇軾)의 시구이다. 『전집』 권2, 「부유서교초당(復遊西郊草堂)」에서도
"나는 말하길 천지 안에서 / 덧없는 인생 참으로 더부살이라네. / 이것도 저것도
진짜 집 아니요 / 뜻대로 가다가 멈춰 사는 게지.[我言天地內, 浮生信如寓. 彼此無眞
宅, 隨意且相住.]"라고 하였다.

천상의 음악 소리에 달콤한 꿈 꾸는데	釣天廣樂夢正酣
어느 누가 날 이끌어 홍진을 밟게 했나.	何人引我踏塵紅
대지도 내 발을 실을 수 없고	大地不能戴我足
태산도 내 가슴 삼킬 수 없다.	太山不足吞吾胸
훌쩍 솟아 육합 밖으로 벗어나려네	軒然要出六合外
육합 안은 수레바퀴 모두 가 닿았으니.	六合之內轍皆窮[40]

육합을 좁게 여기는 것에서 나아가 그것을 벗어나겠다고 읊고 있다. 술에 취해 고양된 감정을 표출한 것으로, 이백과 같은 광달한 성품의 소유자로서의 자기형상을 선명하게 그려낸 작품이다.

이규보는 59세 때의 작품에서 "나 옛날 미친 척하며 마음대로 노닐 때 / 팔황을 뜰로 삼고 사해를 연못으로 삼았지.[我昔佯狂放意時, 八荒爲庭四海以爲池.]"라고 회고하고 있다. 자신의 광(狂)을 활달한 기상으로서 긍정하고 있음을 볼 수 있다. 74세 작품에서도 "시와 술 즐기는 자리 / 옛날부터 마음껏 놀아 광객이라 이름했지.[詩筵酒席, 自往昔縱遊因號狂客.]"라고 읊었다. 마찬가지로 호방한 문인의 형상으로 젊은 날을 회고하고 있다. 현달한 후에 지은 작품이므로 지난날의 자신의 모습을 여유 있게 받아들일 수 있게 된 것이기도 하다. 그러나 미치광이라는 비난을 받던 젊은 시절부터 이규보는 그 칭호를 거부하지 않았다. 대신 그는 광(狂)이라는 자질이 함축하는 또 다른 측면을 적극적으로 수용하였다. 그리고 활달한 성품으로 천지 사이를 자유롭게 소요하는 긍정적인 자기형상을 주조해냈던 것이다.

---

40 『전집』 권10, 「大醉走筆 示東皐子」(부분).

Ⅲ. '직(直)'의 자기형상

1. 관직 생활의 시련 속에서 형성된 자아상

앞 장에서 논한 광(狂)의 자기형상은 과거시험 준비기부터 과거 합격 후 구관에 나서기 전까지의 시기에 주로 형성되어 노년기의 자의식으로까지 꾸준히 이어진 것으로 이해할 수 있다. 관직에 진출한 이후의 자기형상에서는 여기에 더하여 '직(直)'이라는 속성이 확인된다.[41]

먼저 '직(直)'의 사전적 의미를 확인해 보자. 사람의 성격을 가리킬 때의 '직(直)'은 '곧다'와 '솔직하다'의 두 가지 의미가 있다. '곧다'의 경우 '굽지 아니하다', '시비(是非)를 밝혀 치우치지 아니하다', '바르다, 정의롭다', '사심이 없이 강직하다', '공정하다'와 같이 풀이된다.[42] '솔직하다'라는 의미 역시 숨김이 없다는 뜻에서 '곧다'와 통한다. 대체로 '직(直)'은 '올바르다'라는 가치가 담긴 개념으로서, '직도(直道. 바른 도리)', '직량(直諒=諒直. 정직하고 성실함)', '방직(方直. 방정하고 정직함)' 등의 어휘에서 이를 볼 수 있다. 그러나 '졸직(拙直=直拙. 고지식함, 우직함)'

---

41 이희영(2016)에서는 강남 유람(29세) 이후부터 직한림에 권보(權補)(40세)되기 전까지의 시기 동안의 이규보의 의식의 하나로 "拙直한 삶에 대한 성찰"을 들었다. 여기서는 이규보가 자신의 졸직(拙直)함에 대하여 비록 그것이 스스로 지켜나가야 할 삶의 방향이지만 이 때문에 세상과 어울리기 힘든 약점이라고 여겼으며, 졸직함을 유지해야 할지 구복을 채우기 위해 그것을 버리고 유연한 태도를 취해야 할지 고민했다고 하였다.(47쪽) 또, "강남 유람 이후 이규보는 구관에 대한 뜻을 지속적으로 보여주지만, 그의 拙直한 품성은 불의와 허위가 주를 이루고 있는 당대의 현실을 받아들이기에는 어려웠다."(52쪽)고 논했다. 이 논문에서는 '졸직(拙直)'의 의미에 대해 명확히 밝히지 않았는데, 문맥상 '傲然하면서도 강직한 모습'(46쪽)이나 '올곧고 솔직한 삶의 태도'(51쪽) 정도로 이해할 수 있다. 또한 졸(拙)은 세상살이에 요령이 없는 모습을 뜻하는 것으로도 읽힌다. 이는 본고에서 사용한 직(直) 개념과 기본적으로는 상통하지만, 구체적 의미는 조금 다르다. 본고에서는 이규보가 '남에게 굽히지 않는 태도'를 가진 존재로서 직(直)의 자기형상을 창출하였고, 후일 이것이 '올바름'이라는 가치를 지닌 '곧은(꼿꼿한)' 인물의 형상으로 확대되었음을 보이고자 한다.

42 『교학 대한한사전』 참조.

이나 '광직(狂直. 행동이 거칠고 솔직함, 지나치게 곧음)'이라는 표현에서 알 수 있듯이 융통성이 없고 곧기만 한 것을 의미하기도 한다. 여기서 예시한 어휘들은 이규보의 글에서 확인되는데, 모두 관료로서의 자의 식과 연관되어 출현하고 있는 표현들이다. 또한 광(狂)과 마찬가지로 부정적인 상황에서 그 의미가 부각되고 있음을 볼 수 있다.

　이규보에게 직(直)의 자기형상이 어느 날 갑자기 등장한 것은 아니다. 직(直)은 이규보가 자신의 본래 성격으로 여기는 부분의 하나로서, 관직 진출 이전에도 이와 관련한 자기형상을 그려낸 적이 있다. 아래 시는 1196년(29세) 9월 13일 상주에서 모임을 갖고 쓴 시의 일부이다. 직접적으로 직(直)이라는 표현을 쓰고 있지는 않지만 자신을 남에게 굽히지 않는 강직함, 또는 융통성 없이 곧은 태도를 가진 인물로 묘사하고 있다.

우리 이씨는 본래 신선의 자손이라	我李本仙枝
집이 자하동에 있다네.	家在紫霞洞
사물과 본래 기(機)가 없어서	與物本無機
일찍이 한음의 항아리를 안았지.	曾把漢陰甕
어찌하여 인간 세상에서	胡爲人間世
실의한 채 바쁘게 돌아다녔나.	失意翻憁恫
낙양 먼지 옷 더럽힘이 싫으니	化衣厭洛塵
신발 끌며 상송을 노래하리.	振履作商頌
도마뱀이 거북과 용을 조롱하고	蝘蜓嘲龜龍
올빼미가 난새와 봉황을 비웃네.	鴟鴞笑鸞鳳
내 어찌 차마 허리를 굽히어	何忍折我腰
둥글둥글하게 못난 사람을 섬기겠나.	突梯事傯儱
길게 휘파람 불며 국문을 나가니	長嘯出國門
큰 강 물결이 세차게 솟아오르네.	大江凌洶湧[43]

이 시는 상주를 떠날 날을 앞두고 술자리에서 그 회포를 읊은 것이
다. 인용한 부분은 앞부분인데, 자신이 본래 신선의 혈통이라고 말하
면서 시상을 열고 있다.[44] 자신은 신선의 자손으로서 기심 없는 질박한
자질을 가졌으니 벼슬을 구하기 위해 초조하게 도성을 돌아다니지 않
겠다는 말이다. 고귀한 존재인 거북과 용, 난새와 봉황이 오히려 도마
뱀이나 올빼미 같은 못난 사람들에게 조롱을 받는다. 자신은 허리를
굽혀 못난 사람을 섬길 수 없으니 더 이상 출세에 연연하지 않고 도성
을 떠나겠다고 하였다.[45] 위 시에서 주목할 부분은 "내 어찌 차마 허리
를 굽히어 / 둥글둥글하게 못난 사람을 섬기랴.[何忍折我腰, 突梯事傷
儻.]"라고 한 곳이다. 직접적으로 직(直)이라는 표현을 쓰지 않았으나,
이후의 작품에 나타나는 직(直)의 자기형상은 이러한 성격과 통한다.
자신은 고상하고 뛰어난 사람이니 작은 이익을 위해 용렬한 무리들에
게 굽신거릴 수 없다는 것이다. "나는 다섯 말의 곡식 때문에 허리를
굽혀 향리의 소인을 정성스레 섬길 수 없다.[吾不能爲五斗米折腰拳拳事鄕
里小人邪.]"(『진서(晉書)』)라고 한 도연명을 떠올리게 하는 대목이다.

그는 이러한 '곧은' 성격을 (광인이라는 평판과 아울러) 자신이 출세하
지 못한 원인으로 여기기도 했다. 이규보는 1196년 개경으로 돌아와

---

43 『전집』 권6, 「九月十三日 會客旅舍 示諸先輩」(부분).

44 이규보는 노자(老子) 역시 이씨(李氏)였기에 자신이 그의 자손이라고 말하곤 했다.
'우리 이씨[我李]'라고 했으므로 여기서도 이것을 의미하는 것으로 보인다.

45 이 시는 단지 '시적 진술'일 뿐, 실제 이규보는 이때 개경으로 돌아가서 적극적으로
구직에 나서게 된다. 그렇다고 해서 이 시가 '진실성'이 없다고 말하기는 어렵다.
이규보는 관직을 얻지 못하면서 답답하게 세월을 보내는 것이 전원에 돌아감만 못하
다는 생각을 여러 번 표출하였고, 거취를 정하지 못하고 망설이는 자신을 책망하기도
하였다. 이때에도 마음 한편으로 여전히 세속의 굴레를 벗어던지고 싶은 마음이 있었
으나 구직을 포기할 수도 없었던 것이다. 바로 이틀 후에 상주를 떠나면서 지은 시에서
는 "전원으로 돌아가려는 뜻 이루지 못했으니 / 대궐 그리는 뜻 이기기 어렵네.[歸田計
未遂, 戀闕意難勝.]"(『전집』 권3, 「九月十五日發尙州」)라고 읊고 있다.

최선(崔詵)을 비롯한 중서문하성의 여러 낭관들에게 구관시를 바치고, 이듬해에도 조영인, 임유(任濡), 최당(崔讜), 최선에게 시를 보냈다. 24세부터 32세까지 이규보가 10년간 쓴 구관시는 모두 28수[46]로 확인된다.[47] 이 작품들에서 이규보는 자신이 뛰어난 능력에도 불구하고 벼슬을 얻지 못했음을 호소하곤 했다. 「상조영공영인【병인】(上趙令公永仁【幷引】)」(『전집』 권7)에서는 "호소할수록 더욱 구렁텅이 아래로 내려가고 / 꼿꼿하고 강직한 성격은 곁길을 싫어하네.[號呼逾壑底, 骯髒厭門傍.]"라고 하였다. '항장(骯髒)'은 꼿꼿하고 강직한 모습을 뜻한다. 「주뢰설(舟賂說)」(『전집』 권21)에서 이규보는 뇌물을 쓰지 못해 관직을 얻지 못하는 자신의 처지를 한탄하였는데, 그런 식의 방법을 쓰지 못하는 곧은 성격임을 말한 것이다. 또, 1198년(31세)에 쓴 「투이이부(投李吏部)」(『전집』 권8)에서는 "모난 바퀴가 어찌 구를 줄 알겠나 / 이리저리 얽어서 참소하는 말 만들었네.[方輪那解轉, 貝錦謾蓬蔂.]"라고 하여 모난 성격으로 인해 참소를 입었음[48]을 호소하였다.

이규보 작품에서 본격적으로 직(直)의 자기형상이 나타나는 것은 전주목사록 재직 시기이다. 그는 1199년 5월 32세에 최충헌의 집에 불려가 「천엽류화(千葉榴花)」 시를 짓고 6월에 전주목사록 겸 장서기에 보임

---

46 배규리(2020), 「李奎報의〈呈張侍郎子牧一百韻〉분석 -청년기 이규보의 문학세계」, 『한국고전연구』 제50집, 한국고전연구학회, 51~52쪽. 여기서는 유점순(2002), 「李奎報의 現實認識과 宦路詩 硏究」, 충남대학교 석사학위논문, 52쪽에서 인용한 구관시 작품 목록을 제시하였다. 목록의 연번은 22번까지인데, 4번 「정내성제랑(呈內省諸郎)」은 7수의 시를 포함하고 있으므로 전체 수량은 28수가 된다.

47 구관시를 쓰거나 자천서를 올린 것을 굴신(屈身)으로 볼 수도 있겠으나, 이규보에게 이는 문인으로서의 자신의 능력을 알리는 떳떳한 행위였고 그들은 용렬한 무리가 아니라 존경할 만한 고관들이었다. 그러나 천재로 자부했던 그가 자신의 능력을 알아달라고 거듭 호소해야 했던 것이 자존심에 상처를 입혔을 것임도 짐작할 수 있다.

48 1197년 12월 지방직에 추천되었는데 이규보에게 악감정이 있던 누군가가 차자를 빼앗아 분실했다고 하는 바람에 그의 임명이 취소된 일이 있었는데, 이를 가리키는 듯하다.

되어 9월 전주에 부임하였다. 이 시기 그는 「막도위주락(莫道爲州樂)」, 「정월십구일부도부령군유작(正月十九日復到扶寧郡有作)」, 「영소거사후 죽순(詠所居舍後竹笋)」(이상 『전집』 권9) 등 관료로서의 자의식을 드러내 는 작품들을 창작하기도 했다. 그러나 얼마 지나지 않은 이듬해 12월 파직되어 돌아오게 된다. 「연보」에서는 이 상황에 대해 "처음 공이 고을을 다스릴 때 통판 낭장 모(某)가 탐오하고 방자하였는데 공이 굽히 지 않았으며, 공사(公事)로 인해 자주 부딪쳐 노하게 했다. 통판이 분을 이기지 못하고 또 멋대로 하고자 하여 마침내 참소하는 말을 지어내었 다."[49]고 전하고 있다.

이미 재직 시절부터 호강(豪强)한 자에 대한 분노를 표출한 작품[50]이 있거니와, 파직된 후의 작품은 더욱 의기소침한 어조를 띠고 있다. 재직 시절 이규보는 '편협한 분노[褊憤]'를 이기지 못해 병이 날 것 같다 고 하며 그래도 "백방으로 잘못 찾으려 하나 굽힐 수 없으니 / 이 마음 길이 물과 더불어 맑음을 다투네.[百計覓瘢難屈處, 寸心長共水爭淸.]"[51]라 고 하였다. 자신의 마음이 깨끗함을 확신하고 불의한 상대에게 굽힐 수 없다고 말한 것이다. 또, "도가 곧으면 사람마다 원수 되니 / 처음엔 수십 일도 머물 뜻 없었네. / 올해도 또 가을이 반이나 지났으니 / 우습구나 내가 요지유된 것.[道直無人不作讐, 初心不意數旬留. 今年又見秋 强半, 笑我翻成繞指柔.]"[52]이라고도 했다. 통판과의 대립 상황에서 자신 을 '도가 곧은 자[道直]'의 위치에 놓고 있다.

파직 후에 지은 일련의 작품들 가운데 직(直)의 자기형상과 관련 있

---

49 『전집』〈年譜〉, 「年譜」(李涵). "初公之理州也, 通判郎將某貪且偃肆, 公不屈, 因公 事屢激怒之. 通判不勝其憤, 又欲自專, 遂搆貝錦之詞."

50 『전집』 권9, 「詠懷」. "不待任棠來置蕪, 奮髥直欲拔强豪."

51 『전집』 권9, 「全州客舍夜宿書褊懷」.

52 『전집』 권9, 「自眙雜言【八首】」 중 제8수.

는 부분을 인용하면 다음과 같다.

참소한 이 그대로 있건만 누가 호랑이에게 던져주랴
讒人尙在誰投虎
우리 도(道) 행해지기 어려워 부질없이 기린을 슬퍼하네.
吾道難行謾泣麟[53]

도(道)가 곧아 본래 화살 같음을 누가 알아주려나　道直誰憐元似矢
반백 귀밑털 점점 희어지는 것 어찌할거나.　　　鬢斑爭奈漸成霜[54]

유순한 혀 배우지 못했으니 달게 자책한다만　未學舌柔甘自責
본디 털끝만한 잘못도 없으니 무엇이 부끄러우랴.　本無毫犯亦何慚[55]

누가 네게 홀로 곧으라고 하여　　　　誰使爾孤直
세태 따라 처신하지 못하게 했나.　　不隨時卷舒
무고를 되풀이하니 믿게 되었고　　　誣成市有虎
바로 너무 깨끗한 죄 때문에 걸려들었네.　正坐水無魚[56]

　이규보는 훗날 지은 「천인상승설(天人相勝說)」에서 "내가 그때 조금
만 참고 그와 틈을 만들지 않았더라면 반드시 이런 일은 없었을 것이다.
내가 스스로 불러들인 일이거늘 어찌 천명에 관계된 것이겠는가."[57]라
며 이때의 일을 여유롭게 회고하였다. 그러나 당시에는 참는 것이 불가

53　『전집』권10, 「十二月十九日被讒見替 發州日有作」(부분).
54　『전집』권10, 「路上有作 示甥壻韓韶【韶自京師 至全州迎去】」(부분).
55　『전집』권10, 「二十九日入廣州 贈晉書記公度」(부분).
56　『전집』권10, 「自嘲【入京後作】」(부분).
57　『전집』권21, 「天人相勝說」. "我於其時, 若小忍之而不與之爲隙, 則必無是也. 以予
　　所自召而致之也, 則何關乎命哉."

능했다. 참는다는 것은 불의한 인물을 용납하는 행위로 여겨졌기 때문이다. 위 작품들에서 이규보는 자신이 아첨하는 재주가 없고 홀로 곧아서 세태를 따르지 못했다고 말하고 있다. 화살같이 곧은 도를 행해왔으나 남들이 알아주지 않으며, 참소하는 이가 처벌받지 않음은 도가 행해지기 어려운 난세이기 때문이라고 하였다.

이규보는 30대 이전부터 자신이 작은 이익 때문에 남에게 굽히지 않는 성격임을 말하곤 했다. 그러다가 전주 재임과 파직을 거치면서 '옳음'이라는 가치가 강조된 '고직(孤直, 홀로 곧음)'의 자기형상을 확립하게 되는 것이다. 두 해가 지난 35세 때의 작품에서도 "좌도가 때를 타니 직도가 쫓겨나네.[左道乘時直道黜]"[58], "마한에서 남긴 울분 그대는 어찌 묻나 / 교묘한 혀가 어떻게 곧은 도를 이기리.[馬韓遺憤君何問, 巧舌那將直道勝.]"[59]라고 하였다. 통판이 죽기까지 9년 동안 이규보를 모함하여 벼슬길을 방해했다고 하니, 전주에서 겪은 일을 계속해서 곱씹을 수밖에 없었을 터이다. 억울한 일이 거듭될수록 자신이 옳고 상대가 그르다는 생각을 강화하기 마련이다.

'올바른 위치에서 곧음을 지키고, 이로 인해 남들에게 용납되지 않는 자'로서의 자기인식은 삼십 대 후반까지도 이어진다. 1202년 12에는 운문산 반란군 토벌에 종군하여 한 해 동안 막부에서 일하였으나, 1204년 3월 개경으로 돌아왔을 때 논공행상에서 제외되었다. 39세 무렵에는 「전의유감(典衣有感) 시최군종번(示崔君宗藩)」(『전집』 권12)에서 보이듯 심한 가난으로 고생하기도 했다. 여전히 불만족스러운 현실, 그리고 불안정한 미래 앞에서 당시의 억울했던 일은 과거지사가 아니었다. 38세 작품에서 그는 "나는 차라리 세상과 더불어 미진을

---

58 『전집』 권11, 「全履之見訪 與飮大醉贈之」.
59 『전집』 권11, 「尹同年儀見和 復次韻贈之」.

헤맬망정 / 남의 비위 맞춰 아첨하지는 않으리. / 파리가 갑자기 옥에 점 남겼을 땐 / 울화가 치밀어올라 억누르기 어려웠네.[我寧與世着津迷, 義不從人甘竈媚. 青蠅一箇忽點玉, 心火炎炎難可撲.]"[60]라고 읊었다. 여기서 이규보는 남에게 아첨하지 않겠다고 선언한다. 그리고 그런 성격으로 인해 예전에 전주에서 모함을 받았음을 덧붙였다. 이십 대에 이규보는 곧은 성격 때문에 출셋길이 막혔음을 한탄하였는데, 실제로 관직 생활에서도 이 때문에 어려움을 겪게 된 것이다. 그러나 통판과의 불화로 겪게 된 일련의 고난에 대해서 이규보는 전혀 후회하지 않으며, 오히려 올곧은 인간으로서의 자기형상을 확고하게 내세우고 있음을 볼 수 있다.

2. 관료적 자부심의 원천으로서의 직(直)

이상에서 살펴본 직(直)의 자기형상은 40세 이후의 작품에서는 빈번하게 나타나지 않는다. 그의 직(直)이 다름 아닌 외부와의 불화에 의해 부각된 것인 만큼 문제가 해결된 뒤로부터 그러한 형상이 약화된 것은 자연스럽다. 40세에는 한림 자리에 올랐고, 최우의 측근 문인으로 발탁된 이후로는 더는 불안해할 필요가 없었다. 중간에 탄핵을 받아 계양도호부로 좌천되기도 하였으나 최우의 신임은 여전했기 때문에 크게 좌절하지는 않은 것으로 보인다. 이렇게 보면 이규보에게 직(直)의 자기형상은 관직을 얻지 못했을 때 형성되어 시련기에 강화된 '일시적인' 자기인식의 형태였다고 이해해야 할 것이다.

그러나 직(直)의 자의식이 완전히 사라진 것은 아니었다. 광(狂)의 형상만큼 지속적인 것은 아니었으나, 직(直)의 형상 역시 이규보의 자

---

60 『전집』권12, 「復答【幷序】」.

의식을 구성하는 주요한 부분으로서 노년기에 이르기까지 폐기되지
않고 있었다. 고위직에 오르면서 항상 말조심을 하는 등 보신(保身)에
유념했던 그이기에 별다른 갈등 없이 관직 생활을 누릴 수 있었던 듯하
다. 그러나 1230년 63세 되던 해에 팔관회 사건으로 위도(猬島)로 귀양
을 가게 되면서 다시 한번 시련을 맞는다. 위도에 간지 두 달 만에
고향 황려현으로 이배되고, 여섯 달 후에는 사면을 받아 상경하게 된
다. 결과적으로 볼 때 그리 길지 않은 기간이었으나 처음 귀양을 갔을
때에는 이를 알 수 없었을 것이고, 이에 그는 비탄의 어조를 담은 작품
들을 쏟아냈다. 바로 이 시기에 직(直)의 자기형상이 다시금 등장한다.
  위도에 온 지 얼마 되지 않아 지은 시에서 이규보는 "가의는 장사에
귀양 갔고 / 굴평은 상강의 죄인 되었네. / 옛 어진 이 다 그러하거늘
/ 천명이요 인간 때문 아니로다. / 하물며 나같이 망령되고 못난 자는
/ 쫓겨남이 진실로 마땅하다네.[賈誼謫長沙, 屈平作湘纍. 古賢皆尙爾, 天也
非人爲. 矧予妄庸者, 見逐固其宜.]"[61] 라고 하였다. 은연중에 자신을 가의
(賈誼)와 굴원(屈原)에 빗대고 있는 것이다. 여기서는 천명이니 어쩔 수
없다고 말하고 있으나, 자신이 어째서 이런 일을 겪어야 하는지 그
후로도 여러 날 생각했던 듯하다. 이듬해 정월 이규보는 꿈에서 가의
와 굴원을 만났고, 그 일을 시로 적었다.

정직하면 사람들 반드시 비난하고	耿介人必非
강직하고 바르면 세상 모두 배척한다네.	剛正世皆斥
모든 일은 어물쩍 넘어가는 것을 귀히 여기니	凡事貴依違
분명하게 밝히고자 해선 안 된다.	不欲大明白
내 일찍이 이 말 명심했으나	我早銘斯言

---

61 『전집』 권17, 「坐上走筆 謝李詹事等諸公大設筵見慰」.

성질이 모나서 능히 하지 못했지.	性方不自克
그러더니 결국 위기를 밟아서	果然蹈危機
이렇게 만 리 밖으로 유배 오게 되었네.	受此萬里謫
옛날에 굴원과 가의 조상하면서	伊昔吊屈賈
그들의 방직함을 꾸짖었지.	兼責彼方直
오늘 밤 그 두 사람 꿈속으로	今夜夢二子
전에 내가 꾸짖은 말 따지러 왔네.	來理前所責
어찌 유독 우리만 그러하랴	寧獨我輩歟
방직함은 네가 더 심하도다.	方直汝尤劇
우리는 온축한 것 믿고서	我輩負所蓄
의리 펼쳐 나라 다스리고자 한 것인데	陳義圖經國
당시 임금이 쓰지 못해서	時君不能用
이 때문에 쫓겨난 신세 된 것이라.	所以爲逐客
그대는 무슨 말로 버티다가	而子抗何辭
마침내 이 곤액에 떨어지게 되었나.	乃落大困阨
네가 우리를 꾸짖은 말을	爾所責於吾
도리어 그대가 얻게 되었네.	反爲子所得
굶주림 견디며 궁벽한 고을에 앉아	忍飢坐窮鄕
물고기 자라와 같이 지내네.	魚鼈同窟宅
다시는 우리가 한 일 꾸짖지 말고	勿復責我爲
전적을 고쳐서 네 갈 길을 생각하라.	改轍思爾適
나는 부끄러워 바로 대답 못하고	我慙未遽答
손가락만 씹으며 부질없이 탄식했네.	咋指空大息[62]

평소 자신이 굴원과 가의의 '방직(方直)'함을 꾸짖었는데, 자신이 귀양 온 처지가 되어서 오히려 그들로부터 질책을 들었다는 것이다. 여

---

62 『전집』 권17, 「辛卯正月九日記夢」.

기서 이규보가 자신의 성격을 묘사하는 말로 사용한 표현은 '경개(耿介. 정직하여 아첨하지 않음)', '강정(剛正. 강직하고 올바름)', '성방(性方. 성품이 모남, 또는 반듯함)', '방직(方直. 방정하고 정직함, 즉 반듯하고 곧음)'이다. 이 단어늘은 모두 관료의 성품으로서 긍정적인 가치를 담고 있는 것들인데, 이 시에서는 극복해야 할 어떤 것으로 묘사되고 있다. 유배를 온 것은 분명 '처신'에 실패한 것이다. 그러나 아무리 생각해 보아도 그것은 자기의 잘못, 즉 부덕(不德)의 소치가 아니었고 오히려 강직한 성품으로 인해 세상의 질시를 받았기 때문이다. 이 시에서 시인은 표면적으로는 직(直)의 가치를 부정하고 있으나 실은 자신은 무죄이며 오히려 마음속에 올곧음을 품고 있는 존재라는 점을 역설하고 있다. 그러므로 "勿復責我爲, 改轍思爾適"의 두 구에서 방점은 앞 구에 놓여 있다고 할 수 있다.[63]

이러한 이중적인 표현 방식은 「요잠(腰箴)」에서도 확인된다. 다음은 이 글의 전문이다.

활처럼 굽히지 않고 항상 꼿꼿하면	常直不弓
남의 노여움을 받게 된다.	被人怒嗔
경쇠처럼 굽힐 수 있으면	能曲如磬
몸에서 욕을 멀리하게 된다.	遠辱於身
사람의 화복은 다만	惟人禍福
너의 굴신에 달린 것이다.	係爾屈伸[64]

---

63 이희영(2016), 95쪽에서는 이 구절에 대하여 "자신의 삶도 제어하지 못했던 것에 대한 반성이자 앞으로의 삶에 있어서는 지금보다 더 삼가면서 살아야 하겠다는 이면의 정서를 보여주고 있는 것"이라고 해석하고 있어, 본고의 관점과는 상반된다.

64 『전집』 권19, 「腰箴」.

남에게 허리를 숙이지 않고 꼿꼿하면[直] 노여움을 사게 되고, 반대로 잘 굽히면[曲] 몸을 보전하게 된다. 이에 따라 사람의 화복이 결정된다. 광언(狂言)으로 인해 늘 남의 노여움을 샀다던 이규보가 이런 글을 지어 자신을 경계했을 법도 하다. 그러나 겉으로는 보신주의에 대한 지향처럼 보이는 이 작품은 시적 화자(작가)가 실상은 '도저히 남에게 굽히기 어려운' 방직(方直)한 성격을 갖고 있음을 암시한다. 잠(箴)을 지어 경계했다는 것은 그 일이 그만큼 어렵고 중요한 일이라는 뜻이다. 이 작품은 직(直)의 자기형상을 반대쪽에서 드러내는 역할을 한다. 굴원과 가의의 곧음을 꾸짖는 태도 역시 이와 같다. 두 사람을 자신의 분신으로 여겼던 것이다.

한편 이러한 직(直)의 자기인식이 이 시기에 갑작스레 다시 나타난 것은 아니다. 구체적인 자기형상으로 묘출된 적은 없으나, 40대 이후 글에서 자신의 성격을 형용할 때에 직(直)과 연관된 표현들이 종종 등장한다. 때로는 자기 성격의 결함으로, 또는 미덕으로서 거론되었다. 41세에 처음 한림을 제수받고 최충헌에게 이를 사례하는 글을 올렸는데, 여기에서 "항상 항직(抗直)하여 상관에게 굴하지 않다가 과연 교묘한 참언을 입어서 거의 설분하지 못하는 상황까지 되었습니다."[65]라며 전주 파직 사건을 회고하였다. 48세에 우정언지제고를 제수받고 올린 표(表)에서도 "그러나 본성을 지켜 곧게 행동하여 기미의 마땅함을 몰랐으므로 사람들과 어울리지 못하여 소개하는 사람도 없었습니다."[66]라고 하며 과거 불우했던 이유를 곧은 성격 때문으로 들었다. 심각한 갈등상황이 없었기에 드러나지 않았던 것일 뿐 직(直)의 자기형상을

---

65 『전집』권27,「上晉康侯謝直翰林啓」. "常抗直不屈於長官, 果被巧讒, 幾不自雪."
66 『전집』권21,「謝右正言知制誥表」. "然守性直行而不解機宜, 故與人寡合而本無介紹."

간직하고 있었던 것이다.

이러한 자기형상은 만년의 작품에서도 발견된다. 70세 때의 작품인 「금중소(衾中笑)」의 제5수이다.

우스운 일 중 네 번째는 바로 나 자신	笑中第四是予身
세상살이에 별 탈 없음은 요행일 뿐이라.	涉世無差僥倖耳
곧고 모나며 우활한 것 사람들 모두 아는데	直方迂闊人皆知
스스로는 원만해서 이 자리에 올랐다 여기는 것.	自謂能圓登此位[67]

65세 이후 이규보는 강화 천도로 인해 한동안 생활상의 어려움을 겪긴 했지만 태위가 되어 재상 자리에 오르는 등 최고의 영예를 누렸다. 위 작품은 퇴직을 구하고 있던 시기에 쓴 것인데, 세상에 웃을만한 일 다섯 가지를 읊은 것이다. 이 시기 작품들에서 이규보는 재상이 된 것에 대해 만족감과 자부심을 표현하고 있는데 위 시도 그중 하나이다. 장년기까지의 인식과는 다르게 자신의 처세에 대하여 "涉世無差"라고 자평하고 있다. 그러나 그것은 순전히 요행으로서, 자신의 성격은 예나 지금이나 "直方迂闊"하며 그것이 웃을 거리라고 하였다. 위도에서 쓴 시에서와 같은 인식이지만, 여기에는 그때만큼의 심각성과 무게가 느껴지지는 않는다.[68]

광인이라는 호칭이 타인에게서 비롯한 것이었음과 달리 직(直)의 자아상은 이규보가 스스로 만들어낸 것이다. 또, 광(狂)이 관료로서는

---

67 『후집』 권2, 「衾中笑」.

68 직방(直方)과 함께 거론된 '우활(迂闊)'이라는 속성 역시 이규보 시문에서 '졸(拙)'과 함께 자신의 성격을 묘사할 때 간혹 등장하는 표현이다. '우활'이나 '졸'은 능력이 없다는 뜻으로 쓴 표현인데, 利를 도모하기 위해 남과 타협할 줄 모른다는 의미에서 직(直)과 관련 있는 개념이다.

부적합함을 보여주는 표지였던 반면 직(直)은 관리가 가져야 할 바람직
한 덕목 중의 하나이다.[69] 다만 세상이 혼탁하여 그러한 덕목이 반대로
핍박을 불러오게 된 것일 뿐이다. 전주목사록에서 파직된 일을 계기로
이규보는 직(直)의 자기형상을 강화하게 되었다. 비록 시련을 겪는다
해도 자신은 '옳게 행동했다'는 '자부심'이 있다면 견딜 수 있다. 직(直)
의 자기형상은 이러한 속성을 지닌다. 그가 위도에서 다시 한번 자신
의 방직(方直)을 읊은 것은 그 자신이 겪은 시련을 의미화하고 그것을
견뎌내기 위해서였을 것이다. 이렇게 볼 때 직(直)의 자기형상은 '관료'
로서의 이규보의 자부심을 뒷받침하는 핵심적인 요소가 된다.[70] 이는
광(狂)의 자기형상이 '문인' 이규보의 정신적 구심점이 되었던 것과 좋
은 대비를 이룬다.

Ⅳ. 나가며

이규보는 「백운거사전」을 통해 당대와 후대의 독자들 앞에 이상적
인 자기형상을 성공적으로 그려냈다. 한편 「백운거사어록」은 갈래상
'어록'이기 때문에 간결하고 압축적인 자아상을 보여주기 어렵지만,
그 대신 작가의 이상과 지향을 구체적이고 생생하게 드러낸다는 장점

---

69 예를 들어 이규보는 임유(任濡)에 대하여 "性惟質直, 慕石立書馬之謙."(『전집』 권29,
「任相公濡讓樞密副使吏部尙書表」)라고 하였고, 박현규(朴玄珪)에 대해 "道直行方
而趣尙不爲雷同"(『전집』 권33, 「樞密院副使朴玄珪乞退不允敎書」)라고 표현하였
다. 이외에 '醇厚正直', '諒直'이라는 표현도 자주 나온다. 이규보뿐만 아니라 전통시
대 대부분의 문인들에게 직(直)은 관료로서, 또 사(士)로서 갖추어야 할 기본적인
덕목으로 여겨졌다.

70 본문에서 미처 언급하지는 못했지만 이규보 만년 작품에 나타나는 '청백(淸白)'의
가치에 대한 지향 역시 관료적 자의식과 무관하지 않으며, 직(直)의 자기형상과도
일정 부분 관련이 있다.

이 있다. 그러나 이들 작품 외에도 이규보의 문학에는 '나'에 대해 말하는 부분이 많다. 그는 스스로 최고의 문인으로 자부했으나 오랜 기간 자신의 능력을 펼칠 기회를 얻지 못했다. 만년에는 재상 자리까지 오르는 영예를 누렸으나, 사십 대 후반에 이르기까지 불평의 삶을 살았다. 자의식이 강한 인물이었던 만큼 그러한 불만족의 상황 속에서 자신의 성격과 그것의 의미를 곱씹어보는 일이 많았던 것이다. 또, 십여 년에 걸쳐 지어진 구관시와 자천서에서 자신의 이력에 대해 서술한 부분도 많다. 몇몇 작품들에 나타나는 독특한 '자기도취적 면모' 역시 그의 문학에서 눈길을 끄는 부분이다. 이러한 사정은 이규보의 문학에 나타난 자기형상의 궤적을 추적해 볼 필요성을 말해준다.

본고는 이규보의 자기형상을 광(狂)과 직(直)이라는 두 가지 키워드를 통해 살펴보았다. 광(狂)의 자기형상은 청년기의 좌절과 실의 속에서 형성된 것이다. 이십 대 후반 본격적으로 구관에 나서면서 이규보는 자신의 광을 양광(佯狂)으로 규정하며, 실제로는 도를 품고 있는 고상한 인물임을 피력하고자 애쓴다. 즉, 관료로서의 자질을 증명하기 위해 자신의 광(狂)에 대해 '변명'하고자 한 것이다. 그러나 실제로는 광인으로서의 정체성을 부정하지 않았다. 이러한 자아상은 평생토록 지속되며, 노년에 이르기까지 여전히 타인의 비방을 의식하며 방어적인 차원에서 자신을 광인으로 규정하고 있음을 볼 수 있다. 그러나 이규보는 한편으로 광(狂)이 가진 긍정적인 속성을 적극적으로 수용하기도 했다. 바로 「백운거사전」에 묘사된바 어디에도 구속되지 않는 광달한 성품을 지닌 자유로운 문인 예술가의 형상이다.

한편 직(直)의 자기형상은 관직 생활을 시작한 30대에 본격적으로 등장한 것이다. 그 이전 29세에 지은 작품에서 자신이 못난 사람들에게 허리를 굽히지 않는 성격임을 밝히고 있는데, 이러한 성격이 이후의 직(直)의 자기형상을 세우는 단초가 되고 있다. 이규보는 32세에 전주목사록에 임명되었는데, 통판과의 불화로 이듬해 파직을 당한다. 그의 모함에 대한 억울함으로 이규보는 심적 고통을 겪게 되는데, 이때 자신의 성격을 고직(孤直)으로 규정하고 그로 인해 시련을 겪게 되었다는 인식을 보인다. 본래 꼿꼿한 성격 정도로 표현되었던 직(直)은 여기에 이르러 '옳음'이라는 가치를 지키고 불의를 견디는 형상으로 전화된다. 이러한 자기형상은 삼십 대 내내 지속되다가 사십 대 이후 작품에서는 두드러지지 않는다. 그러다가 63세에 위도로 귀양을 간 일을 계기로 다시 한번 방직(方直)의 자아상이 떠오르게 된다. 그는 굴원과 가의를 등장시켜 자신의 곧음을 나무라는 내용의 시를 쓰는데, 실제로는 자신이 떳떳함을 역설하려 한 것이다. 요컨대 직(直)은 이규보의 관료로서의 자의식과 밀접한 관련이 있는 자기형상으로, 관직 생활의 시련 속에서 자부심의 원천으로서 작용했다고 할 수 있다.

서두에서 언급했듯이 광(狂)과 직(直)은 이규보의 자기형상을 규정하는 핵심적인 개념이다. '졸(拙)', '고(孤)', '청백(淸白)' 등의 표현들도 있지만 이러한 말들은 그 빈도나 지속성의 측면에서 이 두 개념과 동등한 비중을 차지하지 못한다. 한편 본문에서는 광(狂)과 직(直)의 정체성을 별개의 장으로 나누어 검토하였으나 실제로 이 두 개념은 긴밀히 연관되어 있다. 광(狂)은 과거에 급제하지 못했던 때와 구직에 어려움을 겪던 시절에, 직(直)은 관료 생활에서 시련을 맞았을 때 형성된 자아상이다. 광(狂)은 결국 문인으로서의 기상에, 직(直)은 바람직한 관료상으로 귀착되지만 애초에는 이와 같은 '자기 해명'의 필요에서 출현한 자아상이라는 점에 주목할 필요가 있다. 즉, 두 가지 형상 모두 부정적 현실 속에서 왜소해진 자아에 대한 '변명'으로서 주조된 것으로, 평생동안 이규보의 내면에 나란히 존재해 왔던 것이다. 고려, 조선

시대의 다른 문인들에게서도 광(狂)이나 직(直)의 자기형상이 발견될
수 있다. 그러나 여타의 인물들과 구별되는 이규보 자기형상의 독특한
점은 여기에 있다. 이는 곧 당시 작가가 처했던 정치·사회적 상황과도
관련이 깊다.

　그런데 이렇게 파악된 이규보의 자기형상이 일면적 성격을 지니고
있음에도 주의해야 할 것이다. 한 인물의 정체성은 개인의 성격이나
가정환경 등에 의해서도 결정되지만 그가 속한 다양한 집단이 개인에
게 부과하는 사회적 역할에 의해서도 규정된다. 이규보의 예를 들자면
중년기 이후의 이규보는 '최씨 무인정권'의 '측근 문인'으로서 최씨 정
권의 입장을 일정 부분 대변하는 역할을 했다.[71] 그러나 문학작품, 특
히 '자술'에 해당하는 부분에서 이규보의 그러한 정치적 역할이나 사
회적 위상에 대해서는 거의 알기 어렵다. 즉, 문학작품을 통해 파악된
작가의 자아상은 실제 인물이 처한 총체적 현실을 반영하지 않은, 순
간적이고 부분적인 자기인식의 조합일 수 있는 것이다. 예컨대 이규보
는 억울한 상황 속에서 자신의 내면이 곧음[直]을 강조했으나, 그러한
주장만으로 그가 불의와 타협하지 않는 강직한 성품을 지녔다고 단정
할 수는 없다. 문학 텍스트에서 확인되는 작가의 자기형상은 일차적으
로 그의 '주관적 의식의 산물'로서, '자기 자신'에 대한 '문학적 표현'의
한 양태로 보아야 한다. 그러므로 이규보의 자기형상에 대한 파악은
작가 연구(외재적 접근)라기보다는 작품 연구(내재적 접근)에 가깝다.

　그렇다고 해서 한 작가의 자기형상을 소설이나 서사시 속 인물형상
과 동일하게 보아야 한다는 것은 아니다. 이규보의 자기형상은 각 시
기 그 자신이 처한 실제적 상황에서의 대응을 바탕으로 형성된 것이

71　예를 들어 강화 천도 결정에 대한 옹호 등에서 그러한 입장이 나타난다. 황병성(2008),
　『고려 무인집권기 문사 연구』, 경인문화사, 172~181쪽 참조.

며, 비록 '주관적인 해석'이나 '의식적·무의식적 변개'가 있을지라도 실체와 분리된, 완전히 허구적인 가공물은 아니다. 이 때문에 한 인물의 자기형상은 그가 속했던 실제의 사회와 역사를 이해하는 실마리를 제공하기도 한다. 예를 들어 이규보가 무인정권기 한미한 가문 출신의 인물로서 과거에 급제한 후에도 계속해서 관직을 얻지 못해 실의의 나날을 보냈다는 것은 분명한 역사적 사실이다. 그것이 광인이라는 세인의 비난 때문이라는 것은 그 상황에 대한 이규보의 판단이고, 스스로 광인으로 자처하고 광달한 성품을 마음껏 발산했다는 것은 그러한 현실 및 현실 판단에 기초한 인물의 대응방식이다. 이는 하나의 문학적 형상인 동시에 고려중기 무인정권기 문인 지식인의 존재 양태에 대한 참조할 만한 사례가 된다. 이규보의 자기형상에 대한 본고의 논의는 이러한 점에서 더욱 확대된 함의를 지닌다고 할 수 있다.

이색 시에 나타나는 '노년/노쇠함'의 시적 자아와 그 성격

I. 들어가며

목은(牧隱) 이색(李穡, 1328~1396) 한시 연구의 키워드 중 하나는 '일상(日常)'이다. 다작(多作)의 시기로 불리는 50부터 55세까지 이색이 창작한 한시 작품의 수는 무려 3,505제(題) 5,048수(首)[1]에 이른다. 다작기 목은 시의 일상성에 대해서는 선구적인 연구가 제출된 바 있거니와,[2] 본고가 주목한 것은 이 시기 작품에 나타나는 '노년/노쇠함'의 문제이다.

'노년'이라는 주제는 오늘날의 고령화 사회에서 주요한 화두인바, 한시 문학, 그중에서도 고려 말을 대표하는 한시 작가이자 자신의 일상을 읊은 시를 대량으로 남긴 이색이 자신의 노년을 어떻게 인식하고 있으며, 어떠한 방식으로 '늙음'을 형상화하고 있는지 궁금했다. 이를

---

1 여운필(2013), 「시와 삶이 하나로」, 민병수·김성언 외, 『내가 좋아하는 한시』, 태학사, 284쪽.

2 김보경(2007), 「목은 이색의 버들골살이와 시」, 『동양고전연구』 제27집, 동양고전학회; 김동준(2013), 「牧隱 李穡의 漢詩에 나타난 老年의 日常과 詩的 形象」, 『한국한시연구』 제21권, 한국한시학회; 여운필(2013); 여운필(2014), 「다작기의 목은시」, 여운필 외, 『목은시를 읽으면서 주운 이삭』, 월인.

위해 먼저 어느 시기의 작품부터 '노년시'로 보아야 할지를 검토하였고, 그 결과 작가가 이미 사십 대의 끝에서 자신을 노년으로 여기고 있음을 알 수 있었다. 다음으로 그의 문집에서 노년의 삶을 제재로 한 작품들을 찾아보았는데, 여기에서 두 가지 난점에 부딪쳤다. 하나는 '노년'이라는 소재 자체를 중점적으로 다루거나 늙음 일반에 대한 견해를 표출한 작품들이 많지 않다는 것이었다. 그러나 한편으로는 너무나 많은 작품들에서 자신의 노쇠함을 거듭해서 강조하는 모습이 나타나고 있었다. 일상처럼 시를 짓다 보니 자기 자신에 대해 읊은 시가 자연 많아졌고, 그러한 작품들에서 '늙고 병든' 화자의 모습이 빈번하게 언급되고 있는 것이다.

만약 '노년' 자체를 소재로 한 시에 국한하여 검토한다면 이색 작품 전체에 나타나는 노년/노쇠함의 문제를 전반적으로 살피기 어렵게 된다. 그렇게 하지 않고 노년의 자기 삶을 읊은 시 전부를 대상으로 한다면 이러한 제한성은 해결될 것이다. 그런데 이러한 작품들은 대부분 노년이나 노쇠함 자체를 문제 삼고 있는 것이 아니라, 단지 그 시기 작가가 처한 상황이나 그때그때의 생활상을 떠오르는 대로 읊은 것들이다. 따라서 이러한 작품들에서 작가의 노년기 시에 나타난 현실 인식이나 세계관, 또는 일상의 형상화 방식을 도출할 수는 있겠지만, 노년 그 자체에 대한 작가의 사고 또는 문학적 표현의 양태를 확인하기는 어렵다는 문제가 있다. 그렇다면 이색 시에 나타나는 노년의 문제를 기술하기 위한 가장 적절한 방법은 무엇일까. 본고는 이에 대한 하나의 해결책으로 '노쇠함의 시적 자아'(또는 '노쇠한 시적 자아')의 태도를 고찰하는 방식을 시도해 보았다. 이는 작품 속에 구현된 작가의 인식을 직접 살펴보는 것이 아니라, 시적 발언의 매개자로서 시적 자아의 목소리와 그 성격에 주목하는 방법이다.

본고의 논의와 관련하여 참고할 만한 선행 연구는 이색의 노년기 시에 나타나는 일상성의 한시사적 의미를 밝힌 김동준(2013)의 연구이다. 이 논문은 이색 한시에 드러나는 '노년기적 특성'에 대한 몇 가지 논의를 포함하고 있다. 이색은 노년기에 들어 "자신의 육체와 정신을 되돌아보며 자부하고 다짐하고 탄식하고 슬퍼하고 반성하고 응시하는 시선"을 멈추지 않았다. 그는 젊어서부터 '자영(自詠)' 류의 시를 지었지만, 50대 이후에는 그 빈도가 크게 늘어나며 내용상으로도 자기 연민과 반성적 다짐의 비중이 커졌다. 자영 류 외에 신체와 관련된 작품들도 노년기적 특성과 관련이 있다. 음식, 질병, 선물, 신체기관 등이 자주 시적 소재로 활용된다. 또한 노년기의 심리로서 "고독감의 형상"이 부상한다. "세상을 주도해 갈 위치에서 배제되었으면서도 완전한 귀거래(歸去來)를 이룰 수도 없는 어정쩡한 상태"의 지속은 그로 하여금 "반성, 탄식, 다짐이 혼성된 고독감"을 표출하게 만들었다. 그러나 이러한 고독감은 자기 상실감으로 떨어지지 않으며, 오히려 "광대한 세계 안에 자신을 굳건히 정립시키려는 의지와 맞닿아" 있는 것이라고 하였다.[3]

김동준의 논문에서 노년 인식이 아니라 '노년기적 특성'을 언급한 것은 본고의 문제의식과 상통하는 부분이다. 또한, "자부하고 다짐하고 탄식하고 슬퍼하고 반성하고 응시하는 시선"을 지적한 부분도 눈여겨볼 필요가 있다. 이는 곧 '문학적 주체'로서의 '노쇠한 시적 자아'가 자신의 삶에 대해 취하는 몇 가지 태도를 나열한 것이기 때문이다. '문학적 주체'로서의 시적 자아라는 개념은 본고가 이색 한시에 나타난 노년/노쇠함의 문제를 확인하기 위해 설정한 분석의 범주이다. 본

---

3 김동준(2013), 55~59쪽.

문에서는 먼저 이색의 오십 대 한시에서의 노년의 의미와 '노쇠함'의 시적 자아를 살펴보고, 이어서 그러한 시적 자아의 태도를 문학적 주체의 성격이라는 측면에서 세 가지 양상으로 나누어 검토한다. 구체적인 분석의 방법은 본론에서 제시할 것이다. 이러한 방법의 유효함에 관해서는 논의의 결과를 통해 확인하고자 한다.

Ⅱ. 이색 시에 나타나는 '노년/노쇠함'의 시적 자아

노년은 언제 시작되는 것일까. 고래로 환갑을 축하해 온 것은 예순이 넘으면 노령으로 보았다는 뜻이며, 칠순을 고희(古稀)라고 지칭한 것은 이 나이면 충분히 장수했다고 이를 만했기 때문이다. 오늘날에는 기대수명이 길어져서 칠순을 넘겼다고 해서 장수했다고 하지는 않는다. 『맹자』에서는 "오십이면 비단옷이 아니면 따뜻하지 않고, 칠십이면 고기가 아니면 배부르지 않다.[五十非帛不煖, 七十非肉不飽.]"고 했다. 이것이 양로(養老)의 세목을 말한 것임을 고려하면 쉰 살부터는 봉양을 받아야 할 노인으로 간주했다고 할 수 있다. 그러나 이는 문왕(文王) 때의 일을 말한 것으로, 이때의 생산력 및 기대수명을 기준으로 논한 것이다. 즉, 노년기의 시작점은 문화적·사회적 요인에 의해 결정되는 것으로서, 이는 특정 사회의 인식에 따라 달라질 수 있다.

또한 '나는 언제부터 노인이 되었는가'에 대해서도 사람마다 다르게 인식할 수 있다. '늙어감'의 속도는 개인의 삶의 양식에 따라 달라진다. 또, 실제 노령이 아님에도 불구하고 문학적으로는 '노인'이 될 수도 있다. 한시 문학에서 노년의 가장 대표적인 심상은 하얀 귀밑머리[鬢] 혹은 백발이나 반백(斑白)의 머리인데, 청장년 시기의 작품에서 자신의 백발을 언급하는 경우가 종종 있다. 또, 스스로 '옹(翁)'이나 '로(老)' 라고 지칭하는 일도 많다. 특정한 시적 효과를 거두기 위해 실제 노년 은 아니지만 늙어가는 자아, 노쇠해가는 자아를 설정한 것이다. 수많 은 예가 있지만 한 수만 인용하면 다음과 같다.

> 성 남쪽 성 북쪽에 살구꽃 붉은데 城南城北杏花紅
> 꽃 서편에 해 있어 꽃 그림자는 동쪽이네. 日在花西花影東
> 필마 탄 병든 늙은이 절후에 놀라니 匹馬病翁驚節候
> 비스듬히 부는 바람에 성가퀴에 눈물 뿌리네. 斜風吹淚女墻中[4]

남효온(南孝溫, 1454~1492)이 봄날 돈의문 성에 올라서 꽃을 보며 지 은 시이다. 여기서 시적 화자는 자신을 '병옹(病翁)'으로 지칭하고 있 다. 화자를 시인으로 본다면, 남효온은 마흔이 되기 전에 세상을 떠났 으므로 그에게 노년의 삶은 없었다고 해야 할 것이다. 그러나 일찍이 벼슬을 포기하고 마음에 맞지 않는 현실 속에서 신고(辛苦)를 맛보며 살았던 시인으로서는 자신이 노쇠했다고 느낄 수도 있다. 저물녘 꽃을 보면서 눈물을 뿌리는 시적 화자는 젊은이보다는 노인이라고 하는 편 이 더 어울린다. 두보가 「춘망(春望)」 시에서 "흰머리 긁으니 또 짧아 져, 온통 비녀를 이기지 못하는구나.[白頭搔更短, 渾欲不勝簪.]"라고 끝 맺은 것과도 비슷하다. 「춘망」은 두보의 46세 작이므로 흰머리가 빠 진다는 말이 과장은 아니지만, 의도적으로 시적 화자의 '노쇠함'을 부 각함으로써 작품의 주된 정조인 상실감과 불안을 더 적실하게 전달한 것이라고 할 수 있다.

이처럼 작품 속에서 일시적으로 노인이 될 수도 있지만, 실제로 시

---

4 남효온, 『추강집(秋江集)』 권3, 「二月晦日登敦義門城」.

인이 노년일 때에 작품에서 노년인 시적 화자가 등장하는 것이 일반적이다. 따라서 한 작가의 노년기 작품을 통해 그의 노년 인식과 늙음의 형상화 방식, 그리고 '노년의 시적 자아'가 세상에 대해 어떤 태도와 시각을 취하는지를 확인할 수 있다. 그러나 이 경우에도 주의할 점이 있다. 대체로 한시에서는 시인이 자신과 분리되는 제3의 화자를 매개하지 않고 스스로 화자로 등장하여 서정을 직접 토로하는 방식을 취한다. 그러나 그렇지 않은 작품들도 없지 않은데, 서사 한시나 악부시, 궁사(宮詞)에 그런 작품들이 많다. 또, 사물이나 정경의 묘사를 위주로 한 시, 일반적인 흥취를 담아냈거나 설리(說理)를 위주로 한 시에서는 시적 화자, 또는 시인의 목소리가 문면에 노출되지 않기도 한다. 따라서 한 시인의 노년 인식 및 노년기의 시적 태도를 검토하려면 시 속에 화자를 지칭하는 특정한 표현이 있거나 화자가 자신의 삶을 술회하는 내용으로 된 작품을 대상으로 해야 할 것이다.

작가와 시적 자아의 관계 역시 고려할 부분이다. 작품이 작가의 삶을 제재로 한 것이라 해도 작품 속 시적 자아를 작가와 동일한 존재로 보아서는 안 된다. 후술하겠지만 작품 속의 시적 자아는 실제 작가의 인격을 부분적으로 반영한 순간적·일면적인 존재이다. 즉, 특정 작품에 등장하는 시적 자아가 해당 시기의 작가를 구성하는 모든 특질을 그대로 지니고 있다고 간주할 수 없다는 것이다. 한 작가의 노년기 작품 모두가 반드시 '노인'으로서의 자의식을 바탕으로 한 것이라고 단정하기는 어렵다는 말이다. 시인은 때로는 노년의 눈으로 세상을 보고, 때로는 아이의 눈으로 세상을 본다. 젊은 시인이 노쇠한 시적 자아를 내세울 수 있듯이, 시인이 노년이라고 해서 시적 자아 역시 반드시 노인이라고 할 수 없다는 말이다. 노년기의 작품이라고 해서 반드시 '노년'의 시적 자아가 등장하는 것은 아니다. 요컨대 한 작가의 노년기 작품을 통해 해당 시기 작가의 세계 인식을 도출할 수는 있지만, 그렇게 확인된 특징들이 모두 '노년의 시각'을 보여주는 것은 아니라고 할 수 있다. 본고에서는 이러한 점들을 염두에 두고 이색 시의 노년 인식을 분석하는 데 가장 적절한 방법이 무엇인지를 탐색하고자 한다.

　노년기에 대한 인식, 그리고 노년의 시적 형상화 방식에서 이색의 시에는 특기할 만한 점이 있다. 가장 먼저 눈에 띄는 점은 이색에게 노년이 비교적 일찍 '당도'했다는 사실이다. 다음은 1376년, 49세 때의 작품이다.[5]

젊었을 땐 태평 시대를 미쳐 달렸는데	少年狂走太平時
위태한 세상 길에서 노쇠해질 줄 어찌 알았으랴.	豈意危途更老衰
격렬한 창자는 한갓 무쇠와 같고	激烈中腸徒似鐵
쓸쓸한 두 귀밑머리 이미 하얗게 세었네.	蕭疎雙鬢已成絲
공명의 사업은 천하를 삼분한 나라였고	孔明事業三分國
자미는 평생에 재배하는 시를 읊었다네.	子美平生再拜詩
몹시 발광할 듯하지만 석 자 부리를 닫고	甚欲發狂關尺喙
문득 침묵하며 깊은 생각에 잠기네.	却成緘默謾沈思[6]

　이 작품에서 이색은 자신이 위태로운 세상 길에서 '노쇠(老衰)'하였

5　이색 작품의 창작 연대는 이익주(2013), 『이색의 삶과 생각』, 일조각, 328~458쪽에 수록된 작품연보를 참조하였다. 이하 동일.

6　이색, 『목은시고(牧隱詩藁)』, 권6, 「有感 三首」 중 제2수. 작품 원문은 《한국문집총간》 수록 『목은고(牧隱藁)』(1626년 중간본, 서울대 규장각 소장)의 『목은시고』 부분을 참조하였다. 본고에서 인용한 작품의 번역문은 모두 한국고전종합DB 제공 『목은고』의 번역을 참조하여 필자가 새로 번역한 것이다. 이하 『목은시고』 인용문의 각주에서는 권수와 작품명만 표기한다.

으며, 양쪽 귀밑머리[雙鬢]가 실처럼 하얗게 되었다고 말한다. 『목은시고(牧隱詩藁)』에는 1361년(34세)부터 1374년(47세)까지의 작품이 없다. 이색이 모친상을 당해 관직에서 잠시 물러났던 때가 1371년(공민왕 20)이고, 기복(起復)되었다가 다시 사퇴하여 한산군에 봉해진 것이 1373년(공민왕 22) 11월이다. 즉, 이색이 한창 활동하던 청장년기의 시가 하나도 남아 있지 않은 것이다. 『목은시고』 권6은 1375년(48세)의 작품에서 시작하는데 1376년까지의 작품은 14편으로 추정되며, 50세가 되는 1377년부터 폭발적으로 작품 수가 늘어난다. 그런데 위 시를 기점으로 다작 시기의 작품들에서 이색은 줄곧 자신을 노인으로 지칭한다. 40대 초중반의 작품이 없어 그 시작점을 알 수는 없지만, 40대의 끄트머리에서 이색은 자신의 노년기가 시작되었다고 생각한 것이다.

　50대 이후, 특히 다작 시기인 50대 초반 이색은 일상처럼 시를 지었다. 그러다 보니 일상사나 그날그날의 상념을 읊은 시가 다수를 차지하며, '즉사(卽事)', '유감(有感)', 견흥('遣興'), '자영(自詠)', '우제(偶題)'와 같이 구체적인 내용을 지시하지 않는 막연한 시제가 많다. 여기에서 시적 화자의 노쇠함을 직접, 또는 간접적으로 드러낸 작품은 일일이 헤아리기 어려울 정도로 많다. 『목은시고』 권6부터 권34[7]까지 '노쇠함'과 관련된 시어의 빈도수를 조사하면 白髮 219회, 白頭 201회, 鬢髮[8] 22회, 蒼頭 18회, 老衰 25회, 衰老 27회, 衰病 27회, 老病 36회,

---

7　『목은시고』 권6부터 권34까지에서 오십 대의 작품이고, 권35는 60대의 작품이다. 권34에도 60대 작품이 수록되어 있으나 10여 편에 불과하므로 합산하였다. 물론 이러한 표현들은 권5 이하에서는 거의 나타나지 않는다.

8　鬢髮은 '귀밑머리'라는 뜻으로, 그 자체로는 늙음을 나타내는 것은 아니다. 그러나 귀밑머리를 언급하는 것은 그것이 하얗게 변했다거나 짧아졌다는 말을 하기 위해서이므로 늙음을 형용하는 시어에 포함될 수 있다. 단, 근심 때문에 귀밑머리가 센다고 표현하는 경우도 있으므로 모든 사례가 여기에 속하는 것은 아님에 주의할 필요가 있다. 鬢은 鬢髮 외에도 兩鬢, 雙鬢, 鬢毛, 鬢絲 등의 어구로 쓰이기도 한다. 권6부터

衰翁 41회, 老夫 35회, 衰容 8회, 衰顔 9회, 衰身 7회로 확인된다. 또, 晩歲 14회, 晩年 12회, 衰年 20회, 殘生 62회, 殘年 22회가 있다.[9] 老牧(63회), 牧老(25회), 牧翁(124회)처럼 자신의 호에 '老'나 '翁'을 붙여서 쓰는 방식도 빈번히 나타난다.[10] 늘그막을 뜻하는 老境이라는 시어도 69회가 확인된다. 이러한 시어들은 이색이 오십 대에 들어 자신을 완전한 '노년'으로 인식하고 있었음을 분명히 보여준다.[11]

노년의 자의식은 나이와만 관련 있는 것은 아니다. 앞에서 언급한 시어들은 '노(老)'뿐 아니라 '쇠(衰)'의 의미도 포함하고 있는데, 이때 '쇠(衰)'는 '노(老)'의 결과인 동시에 그 원인이 되기도 한다. 즉, 나이가 들어 기력이 감퇴하여 노쇠해졌음을 느낄 수도 있고, 병약(病弱)함이 원인이 되어 쇠함이 촉진되고 그것이 자신의 노(老)를 환기할 수도 있는 것이다. 권근(權近)의 행장에 의하면 이색은 모친상을 겪고 건강이 악화되었는데, 공민왕의 죽음(1374) 이후로 더 위독해져서 7, 8년을 와병하였다[12]고 한다. 실제로 이색의 50대 작품에서 그가 수년에 걸쳐

권34까지에서 鬢 자가 쓰인 횟수는 모두 172회이다.

9 이 시어들이 시적 화자를 지칭하지 않는 경우도 섞여 있겠으나, 이색의 작품은 자술 형식의 작품이 대다수를 차지하므로 검색된 시어 대부분이 시적 화자를 형용하는 표현이라고 간주해도 무방할 것이다.

10 기존 연구에서 이색이 작품 속에서 시간의 추이와 상황에 따라 자신의 호를 '牧隱', '牧童', '牧翁', '牧老' 등으로 변용하고 있음을 지적한 바 있다. 이 연구에서는 "'쇠약한 얼굴', '늙고 병든 몸', '가난한 집' 등의 현실적 환경과 주변에 대해 살피면서 자신의 처지에 대한 위축된 내면 인식이 '묵은 노인[牧老]'이나 '늙은 목은[牧老]'으로 표출된 것으로 이해될 수 있다."고 하였는데, 본고의 논의와 상통하는 부분이다. (최재남 (2014), 「목은시의 시적 자아의 특성과 그 변모」, 여운필 외, 『목은시를 읽으면서 주운 이삭』, 월인, 57쪽)

11 작품 속에 翁이나 老라는 글자가 쓰였다고 해서 그 시가 노쇠함의 문제에 집중하고 있는 것은 아니다. 또, 시적 자아가 자신을 翁이나 老로 지칭하는 것은 일종의 관습적인 시적 표현이기도 하다. 그러나 여기에서 이러한 시어들의 양적 분포를 언급한 것은 이색의 작품에서 시적 자아의 '특질'로서의 노쇠함이 반복적·지속적으로 나타나며, 그것이 이색의 오십 대 작품에 나타나는 주목할 만한 특징임을 보이기 위해서이다.

질병으로 고생하는 모습이 확인된다. '병든 육신'으로 인한 고통은 시시각각 자신의 '노쇠함'을 확인하게 해주는 구체적인 증표였다.

가련하구나, 이 몸이여.	可憐哉此身
질병이 항상 휘감고 있네.	疾病常繞纏
칼로 도려내는 듯해 끙끙 앓고	呻吟劇刀刮
위장은 기름불을 태우는 듯.	腸胃如膏煎
괴로워라 겨울밤 길기도 한데	艱辛冬夜永
잠깐도 편히 잠들지 못하네.	寸刻無安眠
모든 집이 한창 깊이 자는데	萬戶睡正熟
나는 근근이 숨만 쉬고 있구나.	鼻息方綿綿[13]

밤에 누워 있으니 온몸이 시리고 아파	夜臥骨酸辛
뒤척이며 괴로이 근심 많구나.	展轉苦愁絶
간담이 타는 듯하니 몹시 슬프고	深悲肝腎焦
살갗이 찢기는 듯해 크게 겁나네.	大恐皮肉裂[14]

온 집안이 한창 곤히 자는데	渾家政酣夢
긴 밤을 홀로 깨어 끙끙대네.	長夜獨沈吟
치통에다 이어서 머리까지 아프고	齒病連頭痛
허리는 뼛속 깊이 쑤셔댄다네.	腰酸入骨深[15]

위 세 작품은 각각 1376, 1377, 1378년 작(作)이다. 이색은 요동,

---

12 이색, 『목은고』, 「鮮牧隱先生李文靖公行狀」(權近). "甲寅秋, 恭愍王薨. 公自遼陽之
    逝, 哀毁成疾, 中惡嘔泄, 聞王薨愈篤, 杜門臥者七八年."
13 권6, 「可憐哉三首」 제2수.
14 권6, 「晨興三首」 제1수(부분).
15 권7, 「夜詠」(부분).

치통, 안질, 종기 등 각종 병에 시달렸으며, 다리가 아파서 걸어 다니기 힘든 지경에 이르기도 했다.[16] 문을 닫고 와병했다는 행장의 언급이 과장이 아님을 알 수 있다. 병든 몸에 대한 감각은 자신이 노쇠했다는 인식과 결합하여 '노쇠함'의 자의식을 강화하는 역할을 한다. "쇠약한 나이에 병까지 많아 / 백발이 시든 얼굴을 비추고 있네.[衰年又多病, 白髮照蒼顔.]"[17], "나이 많아 눈은 침침해지고 / 병 오래니 허리둘레 줄었구나.[年衰昏目視, 病久減腰圍]"[18], "오랜 병에 그대로 늙으려 하니 / 마음 속 뜻은 다시 논할 것 없네.[久病仍將老, 情懷不復論.]"[19] 등의 시구가 이를 보여준다. 이색은 빈번하게 자신을 病骨(64회), 病軀(40회), 病客(35회), 病夫(11회)라고 지칭하며, 현재의 상태를 病餘(126회), 病裏(43회), 多病(91회), 病中(71회), 臥病(49회), 病床(8회)이라고 표현한다.[20] 白頭病客(5회)과 같이 늙음과 병든 몸을 결합한 시어도 눈에 띈다.

이색이 일찌감치 '노쇠함'의 자의식을 갖게 된 것은 질병으로 인한 기거의 어려움에 기인한 바 크다. 그러나 이와 함께 당시 이색의 심리적 측면에서도 그 이유를 찾을 수 있다. 이와 관련하여 행장에서 공민왕의 죽음과 이색의 병세를 연결지어 언급한 것을 눈여겨볼 필요가 있다. 공민왕의 죽음은 든든한 정치적 후원자의 상실을 뜻했으며, 정계에서의 이색의 입지를 크게 위축시키는 계기가 되었다. 비록 질병 때문에 관직 생활이 어려웠다고는 하나, 우왕 초의 정치적 상황은 이

---

16 이색이 겪었던 각종 질병과 치료의 과정, 질병에 대한 의식과 수용 자세 등은 강민구(2010), 「牧隱 李穡의 疾病에 대한 意識과 文學的 表現」(『동방한문학』 제42집, 동방한문학회)에서 상세히 논한 바 있다.

17 권7, 「自賦」.

18 권7, 「幽居卽事」.

19 권7, 「自詠二首」 중 제1수.

20 마찬가지로 권6부터 권34까지의 출현 빈도를 조사한 것이다.

색의 정계 복귀를 더욱 어렵게 했다. 실직(實職)이 없는 상태에서 그가 당시 정치에 관여하는 것은 매우 어려운 일이었다. 1375년(우왕 1) 정몽주, 이숭인 등 신흥유신(新興儒臣)들이 대명(對明)·대원(對元) 외교의 노선을 둘러싼 갈등으로 대거 축출되었으며, 1377년(우왕 3) 무장 지윤(池奫)이 제거될 때 이색의 동년들이 그의 당여(黨與)라는 명목으로 죽음을 당하기도 했다. 두 사건 모두 이색과 밀접한 연관이 있었으나 이색은 이 일들에 아무런 관여도 하지 못했다. 그만큼 정계에서의 입지가 약해졌음을 알 수 있다.[21]

고려와 원(元) 양국에서 과거에 급제하고 관직을 제수받았으며 젊은 나이부터 요직에서 활동하던 이색에게 이러한 '반강제적인' 은거 생활은 예기치 못한 일이었다. 질병과 실직(失職) — 이는 그에게 강제로 노년을 맞이하게 했다. 앞서 이색에게 노년이 '당도'했다고 말한 것은 이러한 이유에서다. 공민왕의 죽음과 건강 악화가 우연히 겹친 일인지, 아니면 모친에 이어 지음(知音)의 군주를 잃은 정신적 충격으로 병이 심해진 것인지는 알 수 없다. 물론 마침 병세가 심하여 관직을 맡기 어려웠을 것이므로 요양을 위해 '자발적인' 은거를 택한 것과 비슷한 모양새가 되기도 했다. 그러나 그의 은둔 생활은 적극적인 낙향이나 귀거래가 아닌, 도성 근처에서의 어정쩡한 '한거(閑居)'였다. 이러한 상황은 그 자신의 '늙고 병든' 처지를 지속적으로 상기시켰다. 당시의 정치적 위축과 그로 인한 무력감이 '노년'을 앞당긴 것이다.

나날의 일상과 사념을 노래한 오십 대의 작품들, 그중에서도 51~52

---

21 이익주(2013), 83쪽. '신흥유신(新興儒臣)'이라는 개념은 '신흥사대부' 개념의 문제점을 해결하기 위해 이익주가 제안한 것이다. '신흥유신'이라는 개념은 중소지주 및 대지주 출신을 막론하고 성리학을 받아들이고 과거에 급제하여 좌주-문생 관계를 맺은 사람들을 모두 포괄한다.(같은 책, 22쪽)

세 때의 작품에는 이러한 '노쇠하고 병든' 시적 자아가 특히 자주 등장
한다. 이 시기에 시를 많이 짓기도 했지만 몸 상태도 그만큼 좋지 않았
던 듯하다. '병든 몸'과 함께 '고립된 처지'와 '적막감'이 부각된다. 병
든 육신이 신체적인 측면의 노쇠를 구성한다면 고립과 소외는 노년과
노쇠의 정서적인 측면이다.

> 수년을 병으로 누워 궁벽한 집에서 탄식했는데　　　　數年臥病嘆窮廬
> 다시 새봄 되어 반달 남짓 지났구나.　　　　　　　　又見新春半月餘
> 관도는 평탄하고 산길은 좁으니　　　　　　　　　　官道砥平山路狹
> 본래부터 벗의 수레 찾아오기 어려운걸.　　　　　　由來難枉故人車[22]

　몇 년을 병석에서 보냈는데 또다시 새봄이 찾아왔다. 관직에 있을
때는 좋은 절기를 만나 찾아오는 사람도 많았다. 아마 그건 관도(官道)
가 평탄했기 때문이었으리라. 지금 나를 찾는 사람이 없는 것은 산길
이 험하기 때문이다. 병들고 노쇠하여 '잊혀진' 존재가 된 것을 약간의
해학을 섞어 자위하고 있다. 이 작품은 정당(政堂) 벼슬을 하는 익재(益
齋) 이제현(李齊賢)의 손자에게 보낸 연작시 8수 중 제7수이다. 앞의
5수에서는 상대에 대한 그리움과 축원을 읊고 뒤의 3수에는 늙고 외로
운 자신의 처지와 회춘에 대한 소망을 담았다. 바로 앞 수에서 이색은
"쇠하고 병든 후로 겨울밤 긴 것 알았으니 / 닭 울음 기다리며 마른
등걸처럼 꼿꼿이 앉았네.[衰病始知冬夜永, 候雞危坐似枯株.]"라고 하여 노
년의 긴 밤을 실감 나게 형용했다.
　후술하겠지만 이색이 자신의 노쇠함과 노년을 부정적으로만 인식
한 것은 아니다. 한 편의 작품 안에 병고와 노쇠로 인한 시름과 그것의

22　권8, 「寄李政堂八首」 제7수.

긍정적 수용이 나란히 나타나기도 한다. 그러나 시인이 자신의 노쇠함을 고립과 소외로 여긴 것은 분명하다. 다음과 같은 시구들이 이를 말해준다. "오래되었구나, 내가 병이 많아진 것이. / 누가 한 번 정겹게 찾아주려나.[久矣吾多病, 惠然誰一來.]"[23], "세상과 더불어 누구와 이야기할까. / 오직 하늘만이 나를 알아주리라.[與世將誰語, 惟天肯我知.]"[24], "병든 몸 근심 많은 건 말할 것도 없거니와 / 손님 자주 물리치고 문 닫아걸었네.[病軀多患不須論, 麾客頻頻掩却門.]"[25], "병든 뒤 신세는 세속 인연 끊었고 / 사물에 뜻 부쳐 회포 일으키니 문득 서글퍼지네.[病餘身世絶塵緣, 寓物興懷却惘然.]"[26], "문 앞엔 이미 발걸음 소리 끊어졌으니 / 헝클어진 백발의 목옹이로세.[門前已絶足音跫, 白髮鬅鬙一牧翁.]"[27] 등이다.

이색이 자신의 오십 대를 노년이라고 여긴 것은 일차적으로는 '병든 육신'으로 인한 고통 때문이었다고 할 수 있다. 그러나 질병과 노년을 연결 짓는 사고가 당연한 것은 아니다. 자신의 병을 일시적인 고난으로 볼 수도 있고, 섭생을 잘못하여 탈이 난 것으로 여길 수도 있다. 이십 대의 젊은이라면 자신의 병을 노쇠함과 연결 짓지는 않았을 것이다. 그러나 오십은 늙었다면 늙은 나이다. 이색 스스로 "오십이면 요절이 아니라는 다섯 자를 / 하루 한순간이라도 잊은 적이 있었던가.[五十不稱夭五字, 一日何曾忘一刻.]"[28]라고 읊었듯이 오십이란 나이는 장년과 노년의 경계에 있는 나이다. 이 때문에 이색은 자신의 병과 노쇠함을

---

23 권6, 「全判書敬先挽詞」.
24 권7, 「追憶金經有感」.
25 권7, 「卽事二首」 제1수.
26 권8, 「憶紫霞洞」.
27 권8, 「憶梅花」 2수 중 제1수.
28 권7, 「引逸吟」.

손쉽게 등치시킨 것이다.

그러나 작품에서 '노쇠한 자아'를 내세우는 것은 또 다른 문제이다. 이색의 작품들에서 시인의 질병과 노쇠는 시적 대상으로만 등장하는 것이 아니라 시적 화자의 목소리를 결정짓는 주된 특질로서 나타나고 있다. 이렇게 질문해 볼 수 있겠다. 만약 이색이 당시 정계에서 활발히 활동하고 있었다면 병에 걸렸다 해서 자신이 '노쇠했다'고 여겼을까. 비록 그렇게 여겼다 해도 자신의 시 속에 '노쇠한 시적 자아'의 목소리를 이처럼 자주 담아내었을까. 정치적 위상의 상실로 인한 무력감과 소외감이 곧 이색의 오십 대 작품에 '노쇠한 시적 자아'를 계속해서 불러낸 것이 아닐까. 흥미로운 점은 1377년 11월 관직에 복귀하고 처음 맞는 봄에 쓴 작품들에서는 어느 정도 건강을 되찾은 듯 활기찬 모습을 보이고 있다는 것이다. 1378년 4월 초에 지은 시에서는 "멋진 일 이로부터 손꼽아 기다리리 / 내 나이 이제 반평생 지명(知命)을 지났는걸.[勝事從今須屈指, 年過知命半浮生.]"[29]이라고 읊었다.[30] 오십이면 요절이 아니라는 인식과는 딴판이다. 병세의 호전과 관직 복귀 시기 역시 우연히 맞물린 것일 수도 있고, 건강이 나아졌기에 복직을 수용한 것이라고 볼 수도 있다.[31] 그러나 이색의 '병'이 어쩌면 무력감이나 소외감의 소산은 아니었나 의심이 가는 대목이다. 요컨대 이색 작품에서 '노쇠함'이란 시인이 처한 '정치적 소외'와 그로 인한 '무력감'의 알레

---

29 권11, 「是夜困臥頹然 夢覺天已明矣 追紀勝覽 聊以遣興」.

30 이익주(2013), 83~87쪽.

31 그러나 관직 복귀 이후에도 이색은 '회춘(回春)'하지 못했다. 예전과 같은 영향력을 행사할 수 없었을 뿐더러 이후 1387년까지 사퇴와 복직을 거듭하며 모호한 지위에서 외교문서 작성 등에 관여했을 뿐이다. 60대 초반 잠시 실권을 행사하기도 하였으나, 곧이어 유배지를 전전하며 몇 년간 정치적 수난을 겪으며 가족과 친지들을 잃고 고통스러운 처지에서 조선의 개국을 맞이하게 된다.

고리라고 이해할 수도 있다.

　본고에서 주목한 부분은 이색의 작품에서 '노쇠한 시적 자아'를 설정함으로써 어떠한 시적 효과를 달성하고 있는가 하는 점이다. 앞서 언급했듯이 이색의 작품에서 '노쇠함'이란 많은 경우 시적 대상이라기보다는 시적 화자의 특질에 속하기 때문이다. 작품 속 화자의 노쇠함은 시인의 실제 처지를 반영하는 동시에 시인이 자신의 작품 속 화자에게 부여한 하나의 속성이다. 이색의 오십 대 작품에서 노쇠한 시적 화자가 자주 등장하는 것은 시인 자신이 스스로를 노년으로 인식하고 그러한 시각에서 세상을 바라보았기 때문이다. 그러나 그가 자신의 작품 속 화자로서 '노쇠한 시적 자아'를 등장시키는 것은 작품 표현상의 한 수법으로 파악해야 한다. 시적 자아는 작가의 처지를 반영하고 있으면서 시인과 일정 정도 분리된 상태에서[32] 시적 대상에 대하여 특정한 태도와 관점을 취한다. 이색의 많은 작품들에서 시적 자아는 자신의 삶과 현실에 대하여 발언하고 있으며, 이때 '노쇠함'이라는 특질이 그러한 발언의 내용과 성격을 규정하는 데 주된 역할을 한다. 다음 장에서는 이와 같은 '노쇠한' 시적 자아가 이색의 오십 대 작품에서 어떠한 양상으로 드러나는지, 그리고 그러한 시적 자아가 작품의 주제 구현에 어떠한 역할을 하는지 대해 구체적으로 살펴보고자 한다.

32　본문에서 언급했듯이 한시에서는 시인과 시적 화자가 일치하는 경우가 많다. 그러나 이 경우에도 시인이 자신의 실제적인 처지와 상황을 작품 속 화자를 구성하는 특징으로서 부여했다고 보는 것이 맞다. 시에서 읊고 있는 상황은 현실의 한 부분이며, 이때 시적 대상을 향해 발언하는 화자는 특정한 상황에 잠시 등장했다가 (작품의 종결과 함께) 사라지는 일시적인 인격이다. '부분'이자 '반영(혹은 투영)'으로서의 시적 화자는 '전체'이자 '실체'로서의 작가와는 존재 양식이 상이하다고 할 수 있다.

Ⅲ. '문학적 주체' 개념으로 본 '노쇠한 시적 자아'의 성격

본 장에서는 이색의 노년시, 즉 오십 대 작품[33]에서 확인되는 '노쇠한 시적 자아'의 성격과 작품 속 역할을 살펴본다. 앞 장에서 살펴보았듯이 이색 작품의 시적 자아는 단순히 '노인'이 아니라 '늙어서 쇠한', 또는 '늙고 병든' 화자이다. 이러한 시적 자아는 정치적 실의와 병고로 인해 무력함과 소외감을 느꼈던 오십 대 이색의 처지를 반영한 것이다. 이색은 이 시기 작품에서 지속적으로 노쇠한 시적 자아를 내세움으로써 특정한 시적 효과를 거두고 있다. 이에 본 장에서는 그러한 시적 효과를 시적 자아의 태도와 이를 통한 주제의 형상화라는 측면에서 살펴보고자 한다. 즉, '노쇠함'이라는 자질이 시적 자아가 세상을 바라보는 관점과 위치를 특징짓는 동시에 특정한 시적 대상에 주목하고 그것을 중점적으로 시화(詩化)하게 만든다는 점에 주목한 것이다.

이때 특정한 역할을 하는 시적 자아를 본고에서는 '문학적 주체'라는 개념으로 파악하였다.[34] 여기서 주체란 일차적으로 작가와 분리된

---

33 이색이 자신의 오십 대를 노년으로 인식하고 노년의 시적 자아를 지속적으로 노출하였다는 점에서 그의 오십 대 작품을 '노년시'라고 지칭할 수 있다. 다만 '노년시'라고 하면 권35에 수록된 육십 대 작품까지를 모두 포함하게 된다. 이색의 육십 대 작품 역시 다작 시기인 오십 대 작품과 유사한 시풍을 보여주고 있으므로 이 작품들까지 모두 '노년시'로 포괄할 수 있다. 다만 본 장에 다룰 작품들은 오십 대 작품에 한정되므로, 이 장에서 '노년시'라고 하면 권6부터 권34에 수록된 이색의 오십 대 작품을 가리키는 것임을 미리 말해둔다.

34 한시 문학에서의 주체 개념은 현재 명백히 이론화되어 있지 않다. 한시 문학에 '주체'의 개념을 도입하려는 시도는 소설사의 해석에 있어 '문학적 주체' 개념을 활용한 윤채근의 논의에서 착안한 것이다. 윤채근은 '주체', 즉 '문학적 주체'는 "실존 작가와 그 텍스트의 소비자인 독자가 만나면서 문학 텍스트 속에서 형성해 내는 텍스트의 의미장"이라고 하였다. 주체 개념은 작가를 포함하고 있으나, '작품의 창조자'로서의 작가를 상정하는 방식을 지양하며 "작가와 작품을 매개로 구현된 작가의 세계 이해 방식을 질문하는 분석자의 방법론적 도구"이다.(윤채근(1999), 『소설적 주체, 그 탄생과 전변: 韓國傳奇小說史』, 월인, 28쪽) 이 책에서는 서사문학의 활용에 '문학적 주체' 개념을 적용하여 소설사의 전개과정을 설명하였다. 본고에서 사용한 '주체'

시적 자아를 가리키는 말이다. 그러나 이때의 시적 자아는 작가와 완전히 구별되는, 독립적인 어떤 실체인 것은 아니다. 각 작품에 등장하는 시적 자아는 작가가 그때그때 처한 현실 상황을 반영하거나 그러한 상황에 대한 작가의 인식을 대변하는 존재이다. 이러한 시적 자아는 작품마다 독립적으로 설정되며 각각의 시적 자아는 이론적으로 실제 작가와 동일시될 수 없는 개별적인 존재이다. 그러나 이러한 개별적인 자아들은 궁극적으로 전체이자 실체인 작가와 어떤 방식으로든 연관을 맺고 있다는 것도 분명하다. 시적 자아, 또는 시적 주체는 시적 화자라고 할 수도 있는데, 지배적인 발화자 외에 작품 속 등장인물의 목소리도 여기에 포함될 수 있다.

'시적 자아' 또는 '시적 화자'라는 말 대신에 '문학적 주체'라는 용어를 사용하는 까닭은 개별 작품의 시적 자아가 갖는 독립적인 성격과 함께 각각의 자아들이 연동되어 통합적으로 존재한다는 점을 드러내기 위해서이다. 이러한 '주체'는 작가가 의도적으로 설정한 특정한 목소리로서 개별 작품에 별개로 존재하는 동시에 여러 작품들에 동시적으로 존재하며, 부분적 차이들과 함께 연관된 속성들을 지니면서 서로 계열 관계를 이룬다. 한 작가의 여러 작품들은 일관성 있는 작가의 목소리를 담고 있다기보다는 개별 상황에서 출현한 다중적인 시적 자아의 목소리를 포괄하고 있다. 그러나 이 목소리들은 파편화된 개별자

개념은 이 책의 주체 개념과 많은 부분 차이가 있다. 서사문학과 시문학은 본질적으로 다른 갈래이기 때문이다. 그럼에도 불구하고 윤채근의 논의를 언급한 까닭은 서사문학과 시문학을 포함하여 고전문학 연구 전반에 있어서 '작가'와 '작품 속 서술자/화자'의 관계에 대한 검토가 필요하다고 생각하기 때문이다. 한시에서의 시적 자아와 작가의 관계 및 '주체' 개념에 대해서는 필자가 향후 더 발전적인 논의를 제출할 예정이다. 본고에서는 '시적 자아와 작가의 관계'에 있어서 '개별성과 통합성'을 드러내고 각 작품의 시적 자아 간의 '개별성과 연관성'을 모두 고려하기 위한 용어로서 '주체' 또는 '문학적 주체'라는 용어를 택했다는 점만을 밝혀두고자 한다.

로서 존재하는 것이 아니라 작가의 의식적·무의식적 의도와 지향을 통해 어느 정도의 통합성과 목적성을 부여받고 있으며, 이러한 바탕에서 각각의 작품에서 일정한 시적 기능을 수행한다.

요컨대 본고는 한시 문학에 있어서 "작가 및 현실 세계의 부분적 반영인 동시에 그것과 분리되어 존재하는 개별적이고 독립적인 목소리로서, 한 작가의 전체 작품 속에서 상호 간 계열 관계를 이루며 특정한 기능을 수행하는 시적 자아 또는 작품 속 발화자"를 '문학적 주체' 또는 '시적 주체'라는 용어로 규정하고자 한다. 본문에서는 맥락에 따라 '주체', '문학적 주체', '시적 주체', '시적 자아', '시적 화자' 등의 용어를 혼용한다. '어조'나 '태도'라는 일반적인 표현 대신 '주체'라는 용어를 사용한 까닭은 앞에서 설명한 것과 같은 시적 자아의 문학적 존재 방식을 드러내기 위해서이기도 하며, 그와 같은 시적 자아의 속성이 작품의 어조뿐 아니라 시적 대상의 선택과 형상화 방식에도 영향을 미치고 있기 때문이다.

이상의 개념 규정을 바탕으로 본 장에서는 이색의 오십 대 한시 속의 '노쇠한 시적 자아'의 역할을 주체의 성격이라는 측면에서 검토하고자 한다. 이때 주체의 성격은 세 가지 측면, 즉 '회고와 탄식의 주체', '성찰과 관조의 주체', '수용과 긍정의 주체'로 대별된다. 이러한 주체들은 '노쇠한 시적 자아'의 서로 다른 발현 양상으로서, 이러한 주체의 성격은 작품에서 특정한 주제를 구현하는 데 주요한 역할을 한다. 이색의 작품은 그 양이 방대하기 때문에 관련 작품을 모두 예시하기 어렵다. 아래에서는 몇몇 대표적인 작품들을 예로 들어 논의를 진행하기로 한다.

1. 회고와 탄식의 주체

이색은 일상을 읊은 독백 조의 시를 즐겨 지었다. 그중에는 하루하루의 생활을 담은 시들도 있지만 특정한 시기의 자신의 삶, 또는 그때까지의 자기 인생 전체를 읊은 작품들도 있다. 이때 노쇠한 시적 자아는 왕성하게 활동했던 젊은 날의 자신을 회고하며 늙어버린 지금의 삶을 탄식하곤 한다. 시적 자아의 노쇠함이 전제되어 있기에 그 자신의 '화려했던' 과거가 손쉽게 소환될 수 있었고, 이는 곧 '대비'의 수법을 통해 그리움의 대상으로 묘사된다. 다음은 1378년 8월의 작품이다.

소년 시절엔 태학에서 고관들 사이에 끼었고	少年璧水忝簪紳
한림원에선 가을날 새로운 흥취 일으켰네.	翰苑秋高發興新
세월은 유유히 흘러 약물을 가까이하고	歲月悠悠親藥物
천지는 아득히 풍진으로 막혀버렸네.	乾坤漠漠阻風塵
빙탑에서 부채질하는데 둥근 달 떠오르고	扇搖氷榻一輪月
은상에 술 방울 떨어지니 천리춘이로다.	酒滴銀床千里春
옛일 느꺼워 시 지으며 때로 읊조리니	感舊題詩時咀嚼
병중에 그럭저럭 정신이 화창해지네.	病中聊復暢精神[35]

수련에서 화자는 국자감 유학과 한림원 재직 시절을 회고한다. 이어 함련에서 시간·공간상의 단절을 나란히 제시했다. 오랜 세월이 지나 자신은 늙고 병든 몸이 되었고, 쇠퇴한 원나라 조정과는 관계가 격절해졌다. 경련에서는 이러한 정회를 일으킨 눈앞의 경물을 묘사했다. '빙탑(氷榻)'은 '얼음같이 차가운 평상'이라는 뜻으로, 이색의 다른 시에서 더위가 물러난 뒤의 시원한 가을날을 묘사할 때 쓰인 적이 있다.[36]

---

35 권9, 「感懷」.

'천리춘(千里春)'은 명주(名酒)의 이름으로 추정된다.[37] 둥근 달이 뜬 가을밤 술상을 앞에 놓고 옛일을 떠올린 것이다. 함련과 경련의 대구가 정교하다. 미련에서는 이러한 정경을 보면서 이 시를 쓰는 시인 자신을 문면에 드러내고 있는데, 이색의 시에서 자주 활용되는 수법이다. 지나가 버린 과거를 추억하는 것은 쓰라린 일일 수도 있지만 시인은 이것이 병중에 정신을 시원하게 해준다고 말한다. 이 시의 주체는 과거를 돌아보며 아쉬워하되, 비애에 젖지는 않는다.

과거와 현재를 한 구씩 놓는 방법으로 현재의 쇠락함을 강조하는 방식 역시 빈번히 나타난다. "괴로워라, 당년엔 일찍 출세했는데 / 늙어서는 쇠하고 병들어 걸음도 삐딱하네.[苦恨當年早起家, 老來衰病步欹斜.]"[38], "뜻이 컸던 그 시절엔 원유부를 지었는데 / 말로엔 아득하니 심하구나 쇠함이여.[遠遊曾賦我狂時, 末路悠悠甚矣衰.]"[39], "당시의 한림이 지금은 병으로 누워 / 다만 쇠약한 눈물로 붓끝 적실 뿐이네.[當日詞臣今臥病, 祇將衰淚滴毫端.]"[40], "소년 시절 행락을 어찌 다시 말하랴 / 흰머리에 시든 낯으로 부질없이 문 닫고 있네.[少年行樂更何言, 白髮蒼顔空掩門.]"[41], "누가 알았으랴 장원랑이 / 문득 절뚝발이 중과 같아질 것을.[誰知狀元衰, 却類浮屠躄.]"[42] 등이 그런 예이다. 또, "천자의 도읍에서 뭇 영재들과 어울렸었지. 한림원은 꿈속 일과 같네.[天邑趨群彦, 鑾坡似夢中.]"[43], "소상 동정 두루 돌아 바다 끝에 이르렀고, 돌아오니 시구가

---

36 권7, 「追憶金經有感 三首」 중 제2수. "氷榻暑將去, 松簷秋可疑."

37 권3, 「백의송주래 사이동년광주사록열(白衣送酒來 謝李同年廣州司錄悅)」에서 "贈之千里春, 侑以一束玉."이라고 했다.

38 권14, 「思鄕」 3수 중 제1수.

39 권8, 「感舊」.

40 권6, 「奉懷仁熙諸相國」.

41 권10, 「思奮游」.

42 권15, 「興敎院奮游」.

서울에 가득했지.[遊遍湖湘到海涯, 歸來詩句滿京華.]"[44], "천도에서 벼슬한 것 진실로 꿈속 일, 옥당 깊은 곳 가장 맑고 한가했네.[游宦天都眞夢間, 玉堂深處最淸閑.]"[45]와 같이 지난 일을 떠올리며 그리워하기도 한다. 이 시구들이 포함된 작품들은 비애의 정조가 중심이 된 것들도 있지만, 노년의 한가로운 생활과 무욕의 경지에 이른 만족감 등 긍정적인 정조를 띤 것들이 더 많다. 앞서 인용한 시와 마찬가지로 회고가 곧 비탄으로 이어지지는 않고 있다.

한편 「상사일(上巳日)」(권15)이라는 작품은 시 전체가 과거에 대한 회고로 이루어져 있다. 시적 자아는 태학에 유학하고 원에서 벼슬을 하다가 어머니를 모시기 위해 고려로 돌아온 이력을 회상한다. 그리고 자신의 과거에 대해 "당시의 지극한 즐거움은 천하에 드문 일[當時至樂天下少]"이라고 하며 세월이 빠르게 지나간 것을 탄식한다. 시는 "지금 병석에 누운 지 또 며칠이던가, 매번 좋은 절기 만날 때마다 눈물 흘리네.[祇今臥病又幾日, 每遇良辰雙淚零.]"라는 말로 끝을 맺는다. 이 시가 탄식으로 마무리된 것은 돌아가신 어머니를 떠올렸기 때문이다. 그러나 이색 시에서 영달했던 젊은 시절에 대한 회고는 자긍심의 원천으로 나타나는 경우가 더 많다. 한 작품을 더 인용한다.

부자가 잇달아 천자의 조정에 들어가	父子聯翩輦轂塵
옥당 깊은 곳 고운 자리에 참예했네.	玉堂深處接芳茵
삼한의 인물을 중조에서 알게 되었고	三韓人物中朝識
서한의 문장엔 붓 잡으며 가까워졌네.	西漢文章下筆親
세월 속에 백발 되니 늙고 또 병들어	歲月白頭衰且病

---

43 권16, 「雨中詠懷三首」 중 제1수.
44 권14, 「因憶無說」.
45 권10, 「冬至-又吟」 4수 중 제4수.

조관들의 청안에 옛일이 새롭구나.	衣冠青眼舊猶新
가을바람에 강산 깨끗해짐을 점차 느끼니	秋風漸覺江山淨
베 버선 푸른 신에 흥이 절로 참답구나.	布襪青鞋興自眞⁴⁶

부친 이곡(李穀)과 자신이 대를 이어 원나라에서 벼슬을 하고 명망 있는 선비로 인정받았던 일을 자랑스럽게 회고하고 있다. 쇠약하고 병든 현재의 자신을 조관들은 반가이 맞아주었고, 여기에서 당당했던 예전 모습을 새삼 떠올린 것이다. 시적 자아는 자신의 늙음을 의식하고 있지만, 추흥(秋興)을 즐기며 기분 좋게 옛일을 회고하고 있다.

개인적인 영달을 회고한 시와는 달리 변해버린 세상에 대한 회고는 비탄의 정조를 수반하곤 한다. 이색은 비록 원명 교체를 현실로 받아들이고 공민왕의 친명 외교 노선에 동조하였으나, 쇠해버린 원나라의 신하라는 자의식을 갖고 있었다. 태학에 유학하고 한림원에서 그윽하게 붓을 잡았던 과거는 젊은 날의 아름다운 추억으로 회고된다. 고금의 역사를 조망하는 시적 주체에게 원의 쇠퇴는 천명(天命)의 불가피성에도 불구하고 비애와 상실감을 불러오는 사건이었다. 원의 쇠락을 읊은 시들에서는 원에서 벼슬하던 과거의 일들이 현재의 상실감을 배가하는 역할을 한다. 세계제국 원에서 급제하고 벼슬하였던 일이 이색에게 특별한 자긍심의 원천이었던 만큼 원의 쇠망에 느낌이 없을 수 없었던 것이다.

젊은 때엔 어찌 만국이 뒤집힐 줄 알았으랴	早歲寧知萬國翻
만년에 바야흐로 두 하늘 있음을 보네.	晚年方見二天存
풀 시든 사막엔 양과 말이 주둔하고	草枯羊馬屯沙塞

---

46 권11, 「自詠」 2수 중 제1수.

바람 급한 해문을 곤과 붕이 공격하네. 風急鯤鵬擊海門

일월과 같아 북쪽에서도 오고 남쪽에서도 오며 自北自南同日月

건곤이 있어 여기에 의지해 생기고 시작하네. 資生資始有乾坤

늘그막에 마음속의 피를 토해내어 老來嘔出心中血

가을 하늘 향해 뿌리니 두 눈이 어둑하네. 洒向秋空兩目昏[47]

이 시는 원명 교체에 대한 이색의 의식을 보여주는 시로서 기존 연구에서도 인용된 바 있다.[48] 본고의 논의와 관련해서 주목할 점은 작품 속에서 '노쇠한 시적 자아'가 천하의 흥폐를 목도하고 이를 탄식하는 주체로 등장하고 있다는 점이다. 조세(早歲)에는 천자의 조정에서 걱정 없이 벼슬하였는데 만년(晚年)에는 천하가 번복(飜覆)됨을 보았다. 승승장구하던 젊은 날과 쇠락한 노년이 역사의 흥망과도 겹친다. 두 하늘이 존재하는 것은 그 자체로 천도에 어긋나는 것인데 더구나 전란으로 모든 것이 불안하다. 이색 자신으로서는 형세론적 화이관에 따라 현실적으로 대명 외교의 정상화에 비중을 두어야 한다고 생각했다.[49] 그러나 이 시의 주체는 전조(前朝)의 몰락을 괴롭게 지켜보는 유신(遺臣)으로서 자못 격렬한 정서를 표출하고 있다.

"가련하다 늙은 목은 지금 이미 쇠했는데 / 천지가 뒤바뀌었으니 어찌 그리 슬픈지.[可憐老牧今已衰, 陵谷易處何其悲]"[50], "명당에 조회 간 것 꿈결 같은데 / 당시의 성대한 교화 하늘과 짝하였네. / 천지가 갈라진 것 누구에게 물어볼까 / 비와 구름 흩어지고 나만 홀로 궁하네.[入覲明堂似夢中, 當時盛化配蒼穹. 天分地坼從誰問, 雨散雲離獨我窮.]"[51], "당시의

---

47 권9, 「卽事」.

48 이익주(2013), 148쪽.

49 같은 책, 171~172쪽.

50 권6, 「同年歌」.

여러 사람들 지금 어디 있는가 / 동해의 외로운 신하는 두 귀밑머리 반백이네.[當時諸子在何處, 東海孤臣雙鬢斑.]"[52], "멀리 들으니 사해가 난마처럼 얽혀 있다 하니 / 청구에 엎드려 있다가 머리털 하얗게 세었네.[遙聞四海亂如麻, 跧伏靑丘鬢已華.]"[53]라고 한 것들은 모두 원의 쇠망을 안타까워하는 '노쇠한 시적 자아'의의 목소리이다. 물론 반드시 시적 자아의 늙음을 드러내지 않더라도 유사한 정서를 표출할 수 있고, 그러한 작품들도 있다. 그러나 노쇠한 시적 자아는 세계의 변화상을 그것을 바라보는 개인의 삶과 포개어놓음으로써 자아의 차원에서 그 사건의 개별적인 의미를 생성한다. 이때 시적 자아는 단순히 사건을 관찰하고 그 소회를 표백하는 것이 아니라 외부 세계의 사건을 자아의 영역으로 끌어들이고 있다. 노쇠한 시적 자아가 탄식의 주체로서 됨으로써 불러일으킨 문학적 효과라고 할 수 있다.

또 하나 주된 회고의 대상은 선왕(先王), 즉 공민왕이다. 아래는 1379년 8월의 시이다.

선왕께서 남쪽으로 떠나시던 날　　　　　　先王南幸日
온화하게 말씀하시며 궁궐을 나섰지.　　　　溫語出深宮
백로 깃털은 맑은 햇살에 반짝이고　　　　　鷺羽耀淸旭
용 장식한 임금 배 푸른 하늘에 떠갔었네.　龍舟行碧空
중흥의 고운 기운 상쾌하였고　　　　　　　中興佳氣暢
외제의 짧은 시는 공교로웠지.　　　　　　　外制小詩工
누가 알았으리, 향 머금은 객이　　　　　　誰念含香客
쓸쓸히 늙은이가 되어버릴 줄.　　　　　　　蕭條成老翁[54]

51　권11, 「有感」.
52　권10, 「冬至-又吟」 4수 중 제4수.
53　권11, 「卽事」.

이 시는 1361년(공민왕 10) 공민왕이 홍건적을 피해 안동으로 파천했을 때의 일을 회상한 것이다. 당시 이색은 승선으로서 국왕을 호종하였다. 시의 제목은 "안동 영호루에서 밤에 술 마시던 일을 추억하여 쓰다"로서, 위 인용문은 3수 중 제2수이다. 첫 수에서 "시름 없애려 술 마시고자 했으니 / 피란 온 것 또한 천명이어라.[澆愁謀飮酒, 避亂亦由天.]"라고 시상을 열었다. 인용한 제2수에서는 먼저 차분한 모습으로 궁을 나서던 임금의 모습과 수면을 유유히 떠가는 배를 묘사하였다. 수도가 함락되고 피란하는 상황이었는데도 기억 속의 장면은 따사롭고 영롱하다. 맑은 햇살에 반짝이는 백로의 흰 깃털과 푸른 하늘을 가로지르며 나아가는 배가 그림 같이 펼쳐진다. 달밤 영호루에는 공민왕의 중흥(中興)을 축원하듯 상쾌한 기운이 가득했고, 곁에서 모시며 지은 자신[外制: 知制誥]의 시도 아주 뛰어났다. 함향객(含香客)은 상서성의 낭관을 가리키는 말이다. 당시의 함향객이 이제 쓸쓸한 노인이 되었다고 했다. 이어지는 제3수에서는 19년의 세월이 쏜살같이 흘러갔고 지금은 천하의 대통이 달라졌다고 하며, 하늘 끝으로 피란했던 당시를 잊을 수 없다고 읊었다. 힘들었던 시간이지만 곤경에 처한 임금을 가장 가까이에서 성심껏 모셨던 시간이기에 시적 화자의 회상속에서 그립고 아름다운 순간으로 채색된 것이다. 젊은 날의 영광을 회고할 때나 원나라의 쇠망을 노래할 때와는 또 다른 방식이다. 한 편을 더 인용한다.

인희전 북쪽 흰 모래언덕 　　　　　　　　　　仁熙殿北白沙岡
임금님 머무실 때 신하들 축수 올렸지. 　　　　駐蹕群臣獻壽觴

54 　권19,「追記安東映湖樓夜飮」3수 중 제2수.

병중에 괴로이 읊는데 가을은 또 저물고	病裏苦吟秋又晚
꿈속에선 때때로 선왕을 모신다네.	夢中時或侍先王[55]

1379년 9월 작품으로, 국화를 보며 지은 시 네 수 중 셋째 수이다.[56] 인희전(仁熙殿)은 공민왕의 비(妃)인 노국대장공주(魯國大長公主)의 혼전(魂殿)으로서, 공민왕이 생전에 이곳에 자주 행차하였다. 작품의 제목이 "대국유감(對菊有感)"인 것을 보면 아마도 국화가 필 무렵 왕을 호종하여 축수하러 가곤 했을 것이다. 시적 자아는 가을날 '病裏苦吟'하고 있으며, 꿈에서 가끔 선왕을 시종한다고 하였다. 앞의 시에서는 피란지의 정자에서 술을 마시던 일을, 이 시에서는 왕비의 혼전에 술을 올렸던 일을 회고하고 있다. 임금의 측근 신하로서 많은 일들이 있었겠지만 시로 읊어진 것들은 거창하지 않은, 어떻게 보면 다소 감상적인 몇몇 순간들이다. 여기서도 노쇠한 시적 자아는 회고와 탄식의 주체로 나타나는데, 이때 주된 정조는 절절한 그리움이다.

위 두 작품에서 화자의 노쇠함은 대상과의 시간적 격절감을 깊게 하는 역할을 한다. 선왕은 세상을 떠났고 늙은 신하만 남아 있으며, 성군(聖君)과 현신(賢臣)의 결합은 이제 꿈에서만 볼 수 있다. 물론 지금도 위에는 훌륭한 임금이 있고 조정에는 현명한 신하들이 가득하다.[57] 그러나 '회고와 탄식의 주체'인 시적 자아는 자신이 한때 가졌던 이상적인 관계의 상실을 읊을 뿐이다. 물론 우왕 대에도 이색은 관직을

---

55 권19, 「對菊有感」 4수 중 제3수.

56 이 작품의 첫째 수가 바로 목은의 대표작 중 하나인 다음 작품이다. "人情那似物無情, 觸境年來漸不平. 偶向東籬羞滿面, 眞黃花對僞淵明." 첫째, 둘째 수에서는 늦가을 피어난 국화를 대한 감회를, 셋째 수와 넷째 수에서는 공민왕에 대한 회고를 읊었다.

57 "鷄鳴東方白, 顚倒朝旣盈. 群賢政得志, 君后方守成. 謨猷可且否, 德澤霑民生."(권12, 「初十日」); "梧桐將棲覽德鳳, 霜風直掃辛螫蜂. 老臣閉戶誦功德, 何幸堯舜躬親逢."(권12, 「逢堯歌」)

제수받았고 국왕을 보좌하여 치세를 이룰 것이라고 다짐하고 있다. 그러나 적어도 선왕을 추억하는 이러한 작품들 속에서 시적 화자의 '노쇠함'은 그러한 관계의 영원한 상실을 암시한다. 젊은 날의 영달을 회고하거나 원조의 쇠망을 탄식할 때와 달리 임금과의 일대일의 관계를 제재로 했기 때문에 더욱 그러하다. 각 경우 모두 회고와 탄식의 주체로서 노쇠한 시적 자아가 특정한 역할을 하고 있지만, 작품의 정조와 강조점은 조금씩 다르게 나타나고 있다.

2. 성찰과 관조의 주체

'노년'은 시간의 흐름을 자각하고 그것의 의미를 돌아볼 수 있는 위치에 자신을 놓게 해주는 바탕이 되기도 한다. 이런 점에서 노년과 병은 시인 이색에게 어지러운 현실에서 발을 빼고 세상을 관조하며 지나온 삶을 성찰하는 계기를 제공했다고 할 수 있다. 이는 곧 그의 한시 작품에서 '성찰과 관조의 주체'로 구현되고 있다.[58] 이러한 시적 자아의 목소리는 몇 가지 양상으로 나타난다. 하나는 자신의 지나온 삶을 반성하고 공명과 거리를 두고자 하며 귀거래의 의지를 표출하는 방식이다. 또, 기심(機心)을 잊으려 하거나 기심이 사라진 평온한 마음 상태를 읊기도 한다. 비록 노쇠하지만 도(道)의 체득을 위해 끊임없이 내면을 갈고닦겠다는 뜻을 내비친 작품들도 있다.[59] 하나의 작품에 두

---

58 '성찰'이라는 것이 지나온 삶에 대한 반성을 의미한다는 점에서 이 주제는 앞서 언급한 '회고와 탄식의 주체'를 포함하기도 한다. 즉, 성찰과 관조의 주체가 나타나는 작품에도 회고의 목소리가 담겨 있으며, 이때 해당 작품은 '회고와 탄식의 주체'라는 측면에서 분석할 수도 있다는 의미이다. 그러나 본고에서 두 개의 주체를 분리하여 살펴본 것은 특정한 시적 주체가 작품의 '주제'를 구현하는 데 어떠한 역할을 하는지를 살펴보기 위해서이다. 하나의 작품에 나타난 시적 자아는 다양한 성격을 동시에 가질 수 있는데, 그중에서 특정한 주제를 드러내는 데 주요한 역할을 하는 주체가 있다는 의미이다.

세 가지 양상이 복합적으로 나타나기도 한다.

내 생애 내 스스로 살펴보노니	吾生吾自省
거울 속 두 귀밑머리엔 가을 들었네.	雙鬢鏡中秋
명예와 이익을 급급하게 좇았고	汲汲名兼利
즐거움과 근심에 구구하게 매달렸네.	區區樂且憂
동파는 삶은 잠시 묵어가는 것이라 탄식했고	東坡嘆如寄
팽택은 장차 삶이 다해갈 것을 느꼈지.	彭澤感行休
바람과 달빛 끝이 없는데	風月無涯處
홀로 누각 기대어 소리 높여 읊는다.	高吟獨倚樓[60]

1379년 5, 6월경의 작품이다. 수련에서 자기 삶을 돌아본다고 하며 늙어버린 자신의 모습으로 시상을 열었다. 함련은 자신의 지나온 삶을 요약한 것이다. 귀밑머리 하얗게 센 지금 돌이켜보니, 젊은 날엔 명리를 좇아 바쁘게 다녔고 희로애락에 연연했었다. 명리를 추구하고 감정에 흔들리는 것은 인간의 일반적인 욕망이요 삶의 양태다. 그러나 늙고 병든 지금, "인생이란 잠시 더부살이하는 것일 뿐[吾生如寄耳]"이라는 소동파의 말과 "내 인생이 장차 끝나감을 슬퍼한다[感吾生之行休]"는 도연명(팽택)의 말이 실감이 난다. 동파의 시구와 도잠의 탄식은 젊은 날부터 익히 외웠던 글귀지만 지금에야 새삼스레 그 의미가 와닿은 것이다.[61] 맑은 바람이 귓가를 스치고 밝은 달빛이 한없이 펼쳐진 이

---

59 이러한 목소리가 나타난 작품들에는 노쇠함의 시적 자아가 문면에 드러나지 않는 경우도 있다. 그러나 개별 작품의 시적 자아 간의 어느 정도의 연계성을 상정하고 있는 문학적 주체라는 개념에서 보면, 같은 시기의 작품들에서 비슷한 성격의 시적 자아가 설정되어 있다고 전제할 수 있다. 다만 본 장에서는 명료한 논의를 위해 '늙고 병든' 시적 자아가 발화의 주체로서 직접 등장하고 있는 작품만을 살펴본다.

60 권17, 「吾生」.

밤, 홀로 누대에 기대어 시를 읊는다. 노년의 화자는 삶의 유한성을 깨닫고 이를 담담히 받아들이고 있다.

　소식과 도연명은 두보와 함께 이색이 평생 흠모했던 시인들이다. 위 작품에서도 「귀거래사」의 한 구절을 인용하고 있는데, 전원으로 돌아가 도연명과 같이 자연과 합일된 삶을 사는 것은 이색이 젊은 시절부터 꿈꾸던 것이기도 했다.[62] 현실 정치에 적극적으로 참여하기 힘들어진 오십 대에 이르면 귀거래에 대한 의지가 더욱 빈번하게 표출된다. 이색은 늘 고향인 한산과 외가가 있는 영해를 그리워했다. 그는 전토가 없어서 귀거래가 어렵다는 생각을 표출하곤 했는데 우왕 대에 여흥의 전토를 하사받은 후로는 실제로 낙향이 가능해지기도 했다. 그러나 이색으로서는 끝끝내 도성을 떠날 수 없었다. 현실 참여의 가능성이 완전히 박탈된 것은 아니기 때문이다. 이러한 시인의 상황은 작품 속에서 귀거래에 대한 절실한 소망과 그러면서도 여전히 떠나지 못하고 있는 자신에 대한 책망을 표출하는 시적 자아로 드러난다.

몸 구부정하니 키는 더 작아졌고	傴僂身逾短
헝클어진 머리칼은 이미 듬성듬성하네.	鬖鬖髮已稀
시 읊어서 야사(野史)를 이루고	吟詩成野史
대궐 바라보며 조의(朝儀)를 상상하네.	望闕想朝儀
마읍엔 구름이 길을 메우고	馬邑雲埋路
여강엔 달빛이 낚시터에 가득하리.	驪江月滿磯

61　다음 시구에서도 노년에서야 삶의 덧없음을 알게 되었다는 인식이 확인된다. "늙어감에 득실의 귀착점을 알겠으니 / 본디 천지는 거친 자리일 뿐이네.[老去乘除知落處, 自來天地是籧篨.]"(권8, 「醉中二首」 중 제1수) '籧篨'는 갈대나 대를 엮어 만든 거친 자리를 뜻한다.

62　여운필(1995), 『李穡의 詩文學 硏究』, 태학사, 176쪽.

흰머리로 어찌 떠나지 않는가.　　　　　　白頭胡不去

오십이 년 세월이 그릇되었네.　　　　　　五十二年非[63]

　　1379년 2, 3월 즈음의 작품이다. 화자는 먼저 자신의 노쇠한 외모를
형용하고, 이어서 지금의 삶을 지탱하는 두 개의 축을 말한다. 하나는
시를 읊는 일인데 이것으로 야사를 쓴다고 하였으니, 시사(詩史)로 일
컬어진 두보의 시를 염두에 둔 표현이다. 대궐을 바라본다는 것은 늙
어서도 여전한 우국 단심을 드러낸 것이다. 그렇다면 지금 노년의 삶
역시 무미(無味)한 것만은 아니지만, 다른 말로 하면 단지 시만 쓸 뿐이
며 대궐을 바라보기만 할 뿐이라는 말이다. 그렇다면 이제 어디로 향
해야 하는가. 고향인 한산(마읍)에도 갈 수 있고 하사받은 전토가 있는
여흥에도 갈 수 있다. 그런데도 자신은 백발이 되도록 떠나지 못하고
있다. 지난 인생을 돌이켜보니 모두 그릇되었다. 오십이 되어 49세까
지의 잘못을 깨달았다는 거백옥(遽伯玉)의 고사를 인용한 표현이다.
거백옥은 오십 이후에도 자신을 변화시켜 60세까지 60번을 변화하였
다지만, 이 시의 화자는 여전히 거취를 결정하지 못하고 있다. 성찰의
주체로서의 시적 자아는 그간의 삶을 돌아보며 자책하고 있으나 새로
운 다짐에는 이르지 못하고 있는 것이다.
　　노년의 삶을 되돌아보며 낙향에 대한 소망을 피력하거나 떠나지 못
하는 자신을 책망하는 목소리는 오십 대 작품 곳곳에서 확인된다. 위
작품의 제1수는 "흰머리로 어찌하여 떠나지 않는지 / 부끄러움 참는
것이 옳은가 그른가.[白頭胡不去, 忍恥是耶非.]"라고 마무리된다. "병든
몸 괴로운데 봄은 또 반이나 지나 / 어째서 아직도 귀거래사 못 짓고

63　권15, 「自詠二首」 중 제2수.

있나.[病骨酸辛春又半, 奈何猶未賦歸歟.]"[64], "국은 갚지 못하고 아직도 지체하고 있으니 / 강산을 저버린 것 묻노니 몇 년인가. / 얼굴 가득 누런 먼지에 몸은 바싹 여위었는데 / 어느 때 돌아가서 일광루에 누우려나.[國恩未報尙遲留, 辜負江山問幾秋. 滿面黃塵身瘦盡, 何時歸臥日光樓.]"[65], "자고로 급류에선 용감히 물러나기 어려우니 / 너는 지금 병 많으니 돌아가 쉼이 옳도다.[自古急流難勇退, 汝今多病可歸休.]"[66] 등 많은 예가 있다.

한편 1377년 다시 관직을 받은 이후의 작품에서는 임금을 보좌하여 성대를 이루어보겠다는 포부를 드러내는 시들이 간간이 발견된다. 그러나 관직에 재진출한 뒤에도 이색의 정치적 영향력은 미미했으며, 여전히 반쯤 은거에 가까운 생활을 했다. 그는 성남(城南), 즉 도성의 남쪽에 살면서 현실과 전원 양측에 대해 모호한 거리를 유지하고 있었다. 그는 어떤 면에서는 아직 조정의 신하이고, 어떤 면에서는 정계에서 물러난 시골의 노인이었다. 완전히 낙향한 것은 아니었으나 성남에서의 한적한 생활은 이미 은자의 삶과 다를 바 없기도 했다. 어떤 작품들에서 시적 자아는 이미 어지러운 현실을 벗어난 외물(物外)의 존재로 자신을 형용하기도 한다. 공명으로 표현되는 세속적 현실에 뜻을 잃은, '기심을 잊은 늙은이'로서의 자아의 형상이다. 전원으로 돌아가지는 못했지만, 마음으로는 이미 은둔자의 평정심을 획득한 것이다.

병 다스리느라 탕약을 마시고　　　　　　　　　　　撫病與湯藥
추위 무서워 불 때기 재촉하네.　　　　　　　　　　哀寒促火炭

64　권14, 「驪江」.
65　권15, 「有感」.
66　권16, 「絶句」.

나무하는 아이는 한낮에 나갔고	樵童去近午
밥 짓는 아낙은 개울물 길러 갔네.	爨婦出汲澗
손님 드문 건 오히려 기쁜 일	尙喜賓客稀
주인 또한 느지막이 일어날 수 있으니.	主人亦起晏
이불 뒤집어쓰고 남쪽 창 향해 있으니	蒙頭面南窓
마구간에 엎드린 굼뜬 말과 같구나.	伏櫪如款段
이로부터 다시 무엇을 걱정하랴.	從玆更何憂
토포악발은 주공이 할 터인데.	吐握有周旦[67]

쇠잔한 나이 되어 눈은 침침해지고	年衰昏目視
오랜 병에 허리둘레 줄었구나.	病久減腰圍
생사에 얽힌 꿈은 있는데	有夢纏生死
시비에 관여하는 마음은 없네.	無心管是非
강사(講師)는 찾아와 글자를 묻고	講師來問字
선객(禪客)은 기심 잊길 권하는구나.	禪客勸忘機
향불 피우고 고요히 앉아	寂寂焚香坐
아침 내내 홀로 사립문 닫아두었네.	終朝獨掩扉[68]

앞의 시는 1377년 12월, 뒤의 시는 1378년 1월 작품이다. 앞의 시는
연작 3수 중 마지막 수인데, 첫 수의 앞부분에서 뼈가 시리고 아파
잠을 못 이루고 뒤척이는 모습을 형용하였다. 그러다 새벽이 되어 일
어나 앉아 '지극한 도[至道]'를 생각하고, 평온한 마음으로 '길이 곧음
[永貞]'을 보전하고 내 삶을 순(順)하게 할 것을 다짐한다. 여기까지가
1수와 2수의 내용이다. 인용한 제3수는 한낮 가까운 시간의 풍경이다.
시적 화자는 늦도록 이불에서 나오지 않고 엎드려 햇살을 쬐고 있다.

---

67 권6, 「晨興三首」 중 제3수.
68 권7, 「幽居卽事」.

병든 몸에다 손님도 없으니 누구도 간섭하지 않는다. '主人'으로 객관
화된 화자는 마구간의 굼뜬 말과 같다. 1수와 2수는 독백 조의, 다소
엄숙한 발화로 이루어져 있다. 반면 인용한 제3수는 보다 묘사적이고
분위기도 경쾌하다. 볕을 쪼이는 말처럼 누운 화자는 세상사를 다만
관조할 뿐이다. 이제 현사를 모시기 위해 급급했던 주공처럼 부지런할
필요도 없다고 했다. 두 번째 시 역시 노쇠한 시적 자아가 자신을 돌아
보는 말로 시작된다. 그리고 삶과 죽음과 꿈이 똑같다("平生生死夢, 三者
無劣優.")고 한 소식의 말을 떠올리고, 이제 세상 시비에 관여할 마음이
없다고 하였다. 사립문을 닫고 홀로 앉아 있는 모습은 앞의 시와 같은
정경이다. 강사(講師)[69]와 선객(禪客)이 방문한다 하였지만, 이들은 모
두 승려들로서 화자가 세상과 단절되었음을 보여준다.[70] 위 두 시에서
는 시적 자아는 이미 은(隱)의 상태에 이르러 있다.

　여기서 뒤의 시에 나온 '忘機'가 바로 성찰과 관조의 주체가 궁극적
으로 지향하는 경지이다. 기심(機心)을 잊고자 함, 혹은 기심을 잊은
경지에 대한 형용은 여러 작품들에 반복적으로 나타난다. "거문고에
마음 붙여 끊임없이 타노니 / 고요히 앉아서 문득 기심 잊었네.[寄向琴
中彈不盡, 悄然危坐却忘機.]"[71], "늙은 목은 기심 잊은 지 오래라 / 근래에
집이 얼음과 같다네.[老牧忘機久, 年來室似氷.]"[72], "노쇠한 시절 온통 기
심 잊었고 / 태평한 봄날 사방이 무사하구나.[一昧忘機衰老日, 四方無事

69　이색의 「환가(還家)」(권4)에 "산승은 글자 물으러 멀리서 편지를 보내온다.[山僧問字
　　遠投書.]"는 구절이 있다.
70　권7, 「즉사(卽事)」에서 "자미성에 명성이 진동했을 땐 / 산승들이 알지 못함을 기뻐했
　　었지. / 목은이 병들어 왕래하는 자 적으니 / 시 지어 달라는 산승들이 유독 어여쁘구
　　나.[紫薇名姓動當時, 自喜山僧不得知, 牧隱病餘來往少, 獨憐霞衲索題詩.]"라고 하
　　였다.
71　권7, 「卽事」.
72　권7, 「獨夜八首」 중 제2수.

大平春.]"[73], "광대한 천지에 순응하여 살아가니 / 사물 대함에 기심 잊어 기운 절로 평온하네.[乾坤蕩蕩順吾生, 遇物忘機氣自平.]"[74], "손님 대해 자주 이를 문질러 잡고 / 기심 잊었으니 갈매기 친할 만하네.[對客頻捫蝨, 忘機可狎鷗.]"[75], "고요히 앉아 기사(機事)를 잊고 / 남은 생에 성령을 기른다네.[靜坐忘機事, 殘生養性靈.]"[76] 등이다. 세상사와 거리를 두고 자신의 마음을 살펴봄으로써 노쇠한 시적 자아는 이와 같은 관조의 시선을 확보한다.

성찰의 주체는 기심의 제거를 통해 세상의 명리와 거리를 두는 한편으로 공맹의 도를 추구하고 부지런히 덕을 함양하겠다는 의지를 표출하기도 한다. 이때 오십이란 나이는 결코 늦은 것이 아니다. "나이 겨우 지명(知命)에 이르렀으니 / 묻고 분변하고 생각함에 반드시 신중해야지. / 살얼음 밟듯 조심하면서 / 적진을 깨뜨리듯 날래야 하네.[行年才知命, 問辨思必愼. 慄然如履冰, 仡爾如破陣.]"[77]라고 하거나, "숨이 붙어 있는 한 조금이라도 게으르쏘냐 / 다만 인(仁)을 구하여 홀로 서성인다네.[一息尙存容少懈, 只求仁處獨盤桓.]"[78]라고도 했다. 늙음이 문제가 아니라 나이가 들었는데도 참다운 본성을 회복하지 못한 것이 부끄러운 것이다.[79] 그러므로 "소년 시절엔 누가 명성 드날리고자 하지 않으리오 / 만년엔 응당 성정을 잘 길러야 한다네.[少年誰不立名聲, 晩境應須養性情.]"[80]라고 하였다. 같은 시에서 "자주 변하는 생각이 사라지니 절로

---

73 권13, 「正月」 3수 중 제3수.

74 권16, 「夏日卽事」.

75 권23, 「浮生」.

76 권24, 「小雨」.

77 권15, 「君子」.

78 권11, 「病中」.

79 권12, 「관아희(觀兒戲)」에서 "부끄럽구나, 참된 본성 잃어버리고 / 허둥대다가 이렇게 노쇠해진 것이.[愧我迷眞性, 栖栖已老衰.]"라고 하였다.

허명하다네.[淡忘移念自虛明]"라고 했으니, 허령불매(虛靈不昧)한 마음
의 본체를 회복한다는 성리학의 마음공부를 말한 것이다. 사(私)를 제
거한다는 면에서 앞서 언급한 망기(忘機)와 통하는 면이 있지만, 성(性)
을 보존한다는 데에 더 무게가 실려 있다. 이색은 특히 새벽녘의 청녕
한 야기(夜氣)를 자주 말했다.

　유자의 자기 수양은 죽을 때까지 계속되어야 하는 책무이다. 그런데
공맹과 주공의 도는 천하를 바로잡고 예악을 중흥시키는 행위를 포함
하고 있다. 늙고 병든 화자는 그러한 책무를 감당할 수 없다. 그렇기에
"감히 주공을 좇아 예악을 배우겠는가 / 다만 맹자를 따라 시서를 조술
할 뿐이네.[敢向周公師禮樂, 但從孟子述詩書.]"라고 말하기도 한다. 노쇠
해서도 변치 않는 우국충정과 임금을 향한 단심을 노래한 시도 있지
만, 우세한 것은 홀로 내면을 수양하는 성찰의 주체이다. "쇠잔한 백발
에 한 해 또 다해가는데 / 노년의 학력이 갈수록 성글구나. / 백성에게
은택 입힌단 평소의 뜻 이루지 못했으니 / 도를 바라보며 오직 성리서
에 기대노라.[白髮蹉跎歲又除, 老年學力轉空疏. 澤民未副平生志, 望道唯憑性
理書.]"[81]라고 했듯이, 현실에서 물러난 시적 자아는 내면 수양으로 방
향을 돌린다. 또 이렇게도 읊었다. "나 지금 백발로 시서를 즐겨 읽어
/ 미세한 것 헤아려 본원을 탐구하네. / 담담하여 온통 즐길 만하니
/ 도의(道義) 위해 성성(成性)을 보존할 뿐이네.[82][我今白髮耽詩書, 蠶絲牛
毛探本原. 淡然一味足自娛, 道義成性聊存存.]"[83] 사물의 정밀한 이치를 탐구
하고 성(性)을 보존하여 도(道)로 나아가겠다는 뜻이다.

80　권16,「卽事」5수 중 제2수.
81　권13,「卽事」3수 중 제1수.
82　『주역(周易)』,「계사전 상(繫辭傳上)」에서 "성성(成性)을 잘 보존하는 것이 도의(道義)
　　의 문이다.[成性存存, 道義之門.]"라고 하였다. 성성(成性)은 본성(本性)을 뜻한다.
83　권17,「短歌行」.

현실과 일정한 거리를 두고 기심을 잊고자 했던 시적 자아와 존심양성(存心養性)을 위해 정진하는 자아는 성찰과 관조의 주체가 맥락에 따라 다르게 발현된 것이다. 공명을 좇았던 젊은 날, 그리고 아직도 현실에서 발을 빼지 못한 채 맥없이 늙어가고 있는 자신의 모습이 성찰의 대상이 되고 있다. 이러한 것들이 늙어서야 반성의 대상이 되는 까닭은 바로 노쇠함으로 인해 그 대상들을 상실하였거나 온전히 영위할 수 없게 되었기 때문이다. 질병으로 인한 고통, 정치 일선에서의 소외, 고립되고 곤궁한 생활, 그동안 쌓아왔던 것들이 만족감과 평온함을 주기는커녕 허탈감만을 안겨주는 상황에서 시적 자아는 그것을 극복할 기제가 필요했다고 할 수 있다.

자신이 봉착한 난관을 타파하는 것은 현실 속의 인간인 작가 이색이 해야 할 일이며, '문학적 주체'로서의 시적 자아의 역할은 그러한 난관을 자신의 의식 안에서 수용하고 해석하며 변용해 내는 것이라고 할 수 있다. 기심을 잊음으로써 마음의 평정을 찾으려는 태도는 현실에 대한 유효한 문학적 대응이다. 이는 곧 자아의 노쇠함을 받아들이고 세상과의 거리 두기를 적극적으로 지향하는 태도이다. 반면 도덕과 인의를 추구하는 행위는 '노쇠함에도 불구하고' 이상을 포기하지 않는 행위로서, 자신의 노쇠함을 부정하는 것처럼 보이기도 한다. 그러나 존심양성 역시 시적 자아의 내면에서 일어나는 일이며, 그것은 세상이 아니라 자신을 변화시키는 것이다. 그러한 노력이 성공을 거두게 되면 마음은 이욕에 휩쓸리지 않고 고요히 중심을 잡게 될 것이다. 두 가지 방식의 귀결점을 결국 같다. 그것은 세상 만물을 '관조'하는 흔들리지 않는 자아의 수립이다. 다음 시에서 묘사하는 경지가 이에 가깝다고 하겠다.

크구나, 사물을 바라봄에	大哉觀物處
형세를 따라 절로 모양을 드러내네.	因勢自相形
하얀 물도 깊으면 검어 보이고	白水深成黑
누런 산도 멀리 있으면 푸른빛 보낸다.	黃山遠送靑
자리 높으면 위엄이 절로 무거워지고	位高威自重
집이 누추하면 덕은 더욱 향기롭다네.	室陋德彌馨
늙은 목은은 말은 잊은 지 오래라	老牧忘言久
작은 뜰엔 이끼만 가득하구나.	苔痕滿小庭[84]

'늙은 목은'은 격물의 이치에 통달하여, 사물을 봄에 사물이 형세에 따라 저절로 드러내는 모양을 그대로 받아들인다. 보는 것을 말했지만 듣는 것으로 바꾸면 이순(耳順)의 경지와 유사하다. 물과 산의 빛깔이라는 일상의 사물을 예로 들었는데, 연비어약(鳶飛魚躍)과 마찬가지로 사물의 깊은 이치를 말한 것이다. 지위에 따라 위엄이 높아짐은 세상의 법칙이요, 좁은 집에 덕이 향기로운 것은 군자의 이상이다. 관물의 방법을 깨달았기에 구구하게 말을 늘어놓을 필요가 없다.[85] 이끼 낀 뜰은 고요하고 적막한 은자의 마음을 표현한 것이다.[86] 성찰의 주체가 관조의 주체로 비약한 것이다.

3. 수용과 긍정의 주체

앞서 이색의 '이른 노년'에는 그가 오십 대에 겪은 정치적 소외의 알레고리라는 측면이 있다고 하였다. 이렇게 보면 작품 속에서 노년/

---

84 권16, 「觀物」.
85 이색은 관물에 대해 다음과 같이 읊기도 했다. "슬프다, 내 평생의 관물은 / 우뚝하게 공자와 주공의 뜻이었네.[慨我平生觀物, 森然孔思周情.]"(권7, 「卽事九首」 중 제2수)
86 이는 또한 주돈이(周敦頤)의 '정초불제(庭草不除)'의 고사를 환기하는 표현이다.

노쇠함이 부정적 심상으로 그려졌을 것이라고 생각하기 쉽다. 그러나 실제 작품을 살펴보면 한가롭고 편안한 노경을 묘사한 것들이 많다.[87] 비록 살림은 넉넉하지 않았지만 그럭저럭 소박한 생활을 꾸려갈 만했고, 맛좋은 찬거리와 좋은 술을 보내주는 이웃들도 있었다. 오랜 병이 몸을 괴롭혔지만, 어떤 때는 병세가 나아져서 말을 타고 나가거나 답청을 하기도 했다. 관직에 복귀한 뒤로는 동료들의 잔치 자리에도 가끔 초청받았다. 나이가 들어도 흥취는 여전했으며 필력은 더 왕성해졌다. 고요히 앉아 내면을 돌아보며 평온한 마음으로 사물을 바라보게 되었으며, 시 쓰기에 마음을 붙이고 한가로이 여생을 보낸다. 비록 자의는 아니었지만 정치 일선에서 물러남으로써 현실의 책무에서 벗어나 홀가분하고 자유로운 삶의 영역으로 진입한 것이다.

이색 작품 속의 노쇠한 시적 자아는 세상과의 단절감, 질병으로 인한 고통, 상실한 과거에 대한 탄식, 귀거래에 대한 이루지 못할 열망 등 부정적 속성의 정서를 표출하고 있다. 그러나 그와 동시에 한가로운 삶의 정취와 만족스러운 노년의 삶을 노래하는 시적 자아도 빈번하게 나타난다. 이때 노년/노쇠함의 시적 자아는 수용과 긍정의 주체라고 할 만하다. 이러한 주체가 묘사하는 긍정적인 노경은 관조의 주체가 도달한 '기심을 잊은 자아'의 연장선상에 있다. 욕심을 줄였기 때문에 풍요롭지 않은 현재의 삶을 긍정할 수 있었던 것이기 때문이다. 거기에다 노년에 이를수록 깊어지는 도력(道力)과 필력에 대한 자부가

---

87 김동준(2013), 59쪽에서는 "허물어지지 않으려는 이 고독은 그래서 내적 치열함으로 읽힐 수 있는 반면 느긋한 노년의 서정을 줄이는 쪽으로도 작용하고 있다."고 하며, 이것이 안온한 노년을 맞이했던 후대 시인들의 작품에 나타나는 여유, 관대, 위트 등의 요소와 대비될 수 있다고 하였다. 이색의 한시에 위트와 유머가 많지 않은 것은 사실이지만, '느긋한 노년의 서정'이 적었다고 단정하기는 어렵다. 불안정한 일신상의 처지와 병약한 몸에도 불구하고 노년의 흥취를 노래한 시들이 적지 않으며, 유배기의 작품인 권35에도 그러한 작품들이 있다는 점을 염두에 둘 필요가 있다.

더해진다. 자아에 대한 존중이라는 측면에서 현재의 삶에 대한 긍정은 어떠한 상황에서든 생산적인 현실 대응방식이다. 바로 여기에서 노쇠한 시적 자아의 역할에 주목할 만하다. 거듭 밝혔듯이 이색의 노년은 정치적 실의의 우의라고 할 수 있는데, 아이러니하게도 '노쇠함'이라는 존재 양식이 그러한 처지를 수용하고 긍정하게 만드는 기제로 작용하고 있는 것이다.

그윽한 집은 절로 적막한데	幽居自寂寞
병든 몸은 오히려 씩씩하구나.	病骨尙崢嶸
소반 가운데는 붉은 게의 맛	紫蟹盤中味
베갯머리에는 검은 매미 소리.	玄蟬枕上聲
하늘 높으니 산색이 빼어나고	天高山色秀
이슬 차니 국화 향은 맑아라.	露冷菊香淸
투박한 시구를 때때로 읊어내며	拙句時吟出
태곳적의 성정을 도야한다네.	陶成上世情[88]

늘그막엔 그지없이 유유하구나.	老境悠悠甚
그윽한 집에 한 명의 병든 늙은이로다.	幽居一病翁
빈 뜰엔 찾아오는 손 없고	空庭絶賓客
가랑비 속엔 아이들만 뛰노네.	細雨走兒童
술잔 마주한 창엔 해가 기울고	酒至窓移日
시 지을 땐 붓에서 바람 일어난다.	詩成筆起風
느긋하게 천명을 즐기면서	從容樂天處
다시는 깊은 공력 들이지 않네.	更不著深功[89]

---

88 권11, 「幽居」.
89 권17, 「幽居」 3수 중 제1수.

두 편은 "유거(幽居)"라는 동일한 제목의 오언율시이다. 앞의 시는 1378년 가을, 뒤의 시는 1379년 6월 작이다. 시의 구성도 유사하다. 수련에서 늙고 병든 시적 자아가 조용한 집에서 숨어 사는 모습을 그려내면서 시상을 열고, 함련과 경련에서 유거의 한적한 정취를 읊었다. 미련에서는 화자의 행위와 그에 담긴 의미를 말하며 시상을 닫는다. 앞의 시는 가을의 정경을 읊었다. 뒤의 시는 여름날을 배경으로 하고 있는데, 계절감이 앞의 시만큼 두드러지지는 않는다.

앞의 시의 화자는 병든 몸인데도 오히려 '쟁영(崢嶸)'하다고 하였다. 소반 가득한 게의 맛과 베갯머리에 울리는 매미 소리는 노쇠한 화자의 미각과 청각을 일깨운다. '현선(玄蟬)'은 가을 매미인데, '자해(紫蟹)'와 대를 맞추자면 '검은 매미'라고 풀이할 수 있다. 매미는 소리만 들려올 뿐 눈에 보이지 않지만, 시 속의 글자에는 색채가 있다. 하늘과 산색, 이슬과 국화는 모두 가을의 상쾌한 물색을 보여주는 경물이다. 시각과 후각까지 동원했다. 병들었지만 생기 있는 화자의 눈에 비친 가을은 맑고 시리면서도 수척하지 않다. 적막한 유거라고 하였으나 오히려 풍성하고 다사롭다. 여기서 '졸구(拙句)'란 질박하고 순후한 시를 가리키는 것이다. '정(情)'은 인정이나 마음이라고 할 수도 있으나, 이색의 문학관에 비추어 볼 때 성정(性情)으로 풀이하는 것이 합당해 보인다.[90] 기교를 부리지 않고 자연스럽게 넘쳐나는 시정(詩情)을 펼침으로써 태곳적의 순박한 심성을 기른다는 말이다.

두 번째 시의 유거는 조금 더 조용하다. 그곳의 삶은 그지없이 한가

---

90 이색은 시가 성정을 표현하는 수단임을 강조하였으며, 성정을 도야하는 것을 시작(詩作)의 주된 본질로 생각했다. 이때 성정은 유가적인 덕성과 정서를 비롯하여 사물의 이치와 작가의 개성까지를 포함하는 포괄적인 개념이다.(여운필(1995), 70~74쪽) 이색은 또한 『시경』의 시를 수용함으로써 성정지정(性情之正)을 보존하고자 하였다. (정재철(2003), 『이색 시의 사상적 조명』, 집문당, 187쪽)

롭고 아득하며, 주인은 한 명의 병옹(病翁)이다. 방문객이 끊긴 텅 빈 뜰이라는 묘사는 유거라는 제목과도 어울린다. 그러나 이곳도 완전히 적적한 공간은 아니다. 내렸다 그쳤다 하는 여름철 빗속에서 (아마도 맨발로) 뛰어다니며 놀고 있는 아이들이 있기 때문이다. 경련은 사물을 읊었지만 그 속에 시적 자아의 모습이 있다. 술잔(또는 술병)이 놓인 창 앞엔 어느새 해가 기울고, 시를 쓰는 붓에는 바람이 이는 듯하다.[91] 숨어 사는 병든 늙은이는 종일토록 술을 마시며 시를 쓰는데, 취할수록 필력이 드높아진다. 이러한 화자의 모습은 '從容樂天'으로 표현된다. 경영하는 일에 깊은 공력을 들일 필요도 없다. 천명을 따르며 유유자적하는 삶이란 이미 우주와 합일한 지극한 경지이기 때문이다.

긍정의 주체는 또한 나이가 들수록 시에 더 능해짐을 자부한다.

꿈결같이 아득하게 또 한 봄을 만났으니	夢裏悠悠又一春
세인들은 부질없이 머리 세는 것 탄식하네.	世人空歎白頭新
앓고 난 목옹은 더욱 시에 능해지니	牧翁病起能詩甚
붓 닿은 곳에 바람 일어나 신이 있는 듯하네.	下筆風生似有神[92]

선배들의 재명(才名)이 일월처럼 드리워	前輩才名日月垂
때에 따라 온갖 맑은 정경 그려냈네.	百般淸景自隨時
해동의 풍아 삼천 수를 들자면	海東風雅三千首
병든 후 지은 한산자의 시를 새로 꼽으리.	新數韓山病後詩[93]

---

91 두보의 「기이백(寄李白)」에 나오는 "筆落驚風雨, 詩成泣鬼神."을 점화한 표현이다. 아래 인용하는 작품의 "下筆風生似有神"도 마찬가지다.

92 권7, 「卽事」 3수 중 제3수.

93 권11, 「卽事二首」 3수 중 제2수.

봄바람 급히 불고 날 가는 것 더딘데	東風吹急日行遲
멀리 보이는 풀빛이 한창 좋을 때로다.	草色遙看正好時
목은 노인 앓은 끝에 절구 많이 짓는데	牧老病餘多絶句
기발한 말 쓰려 안 해도 혹 기발해지네.	不期奇語或成奇[94]

순서대로 1378년 1월과 가을, 1379년 3월에 지은 시이다. 시의 화자
는 계절의 경물을 앞에 두고 시를 쓰고 있다. 새봄이 찾아와 또 한
살을 먹는 것을 남들은 탄식하지만 나는 오히려 시에 더 능해진 것이
기쁘다고 했다. 또, 나보다 앞서 수많은 명가들의 시가 온갖 아름다운
풍경을 그려내었고, 나이 들어 쓴 내 시가 여기에 새로 낄 것이라고
했다. 청신한 봄 풍경 앞에서 시를 쓰는데, 굳이 애쓰지 않아도 자연스
레 기이한 말들이 술술 풀려나온다. 이러한 자부가 가능한 것은 시적
화자가 '노쇠함'을 자처하고 있기 때문이다. 젊은 화자라면 자신의 시
를 거침없이 선배들과 나란히 놓을 수는 없었을 것이다. '병든 목옹'이
시에 능해진 것은 또한 늙고 병들어서 시에 의탁하여 소일하고 있기
때문이다. '앓고 나서 절구 많이 짓는데'라는 구절에서 이를 표명하고
있는데, 앞의 두 시도 마찬가지의 정황에서 지어진 것이라고 할 수
있다. 유유자적 세월을 보내는 노쇠한 시적 화자는 공명의 꿈을 상실
한 대신 노련한 붓을 얻었다. 이러한 자부심을 시인은 다음과 같이
읊기도 했다.

강산에 한 해 저물어 감에 백발이 생겨나니	歲晚江山白髮生
다시는 공명 얻기를 도모하지 않으리.	功名不復費經營
옥촉 같은 왕의 교화 끝없이 펼쳐지고	王風玉燭無涯遠

---

94 권15, 「卽事」.

빙호 같은 시의 품격 그지없이 맑구나.	詩格氷壺徹底清
금석으로 공을 칭송하며 북벌의 일 전하고	金石頌功傳北伐
부장(斧斨)으로 덕을 기리며 동정을 노래하네.	斧斨紀德詠東征
한가로운 때 문학은 쓸모없지 않으니	閑中文學非無用
산정함은 오로지 공씨의 밝음에 의거하리.	刪定專憑孔氏明[95]

　1378년 11월의 작품이다. 시적 화자는 나이가 들어감에 더 이상 공명을 추구하지 않겠다고 선언한다. 대신 그가 할 일은 시로써 태평성대의 교화를 읊는 것이다. 이때 시격(詩格)은 왕풍(王風)과 병칭되어 그 가치가 한없이 드높아진다. 북벌(요동 정벌)과 동정(여원연합권의 일본 정벌)은 위대한 공적이지만 관현에 올리고 노래로 전해야만 길이 남을 수 있다. 작품 속 화자는 공명을 사절하고 있으나, 대신 문학(文學)으로써 한 시대를 자임하고자 한다. 노년의 소일거리로 시를 짓는 것이 아니다. 이색은 그 전해인 1377년 공민왕의 비문 찬술을 계기로 국정에 복귀하게 되었다. 비록 노쇠하였으나 무용해진 것은 아니었다. 마지막 구에서 공자의 감식안을 거론한 것은, 자기의 시를 뒷날의 성인이 알아주리라는 커다란 자부이다.

　다음 작품은 노쇠함이 곧 무용함은 아니며, 기회만 준다면 얼마든지 자신의 능력을 증명할 수 있다는 인식을 우의(寓意)를 통해 드러낸 시이다.

해 떨어지고 안개 짙어 밤이 칠흑 같은데	日沈霧重夜如漆
지척인데도 담장 마주한 듯 걷다가 또 비틀대네.	咫尺面墙行且跌
군사에 관한 일은 일찍 정하여 제때 해야 하는데	軍機早定須及時

그치자 해도 할 수 없어 기운이 한창 맺혔네.	欲止未能氣方結
포의(褒衣) 입은 백발의 쇠한 늙은이,	褒衣白髮一衰翁
청하노니 그 가운데 늙은 말을 풀어놓으소.	請釋老馬於其中
분명 월상의 지남거와 같을 것이며	端如越裳指南車
재갈 물리고 따라가면 질풍처럼 빠르리라.	銜枚從之疾如風
당시의 준마들이 번개 쫓듯 달리면서	當時駿蹄摠逐電
만 리에 진주처럼 붉은 땀방울 흘렸다네.	萬里血汗眞珠紅
누가 알겠나, 산보다 뾰족한 고단하고 파리한 몰골로	
	誰知伶俜瘦骨高於山
경각 사이에 사람과 더불어 큰 공을 이룰지를.	頃刻與人成大功
그대 보지 못했나, 태공이 팔십에 위무(威武)를 떨쳐	
	君不見太公八十時鷹揚
화산에 말 돌려보내고 천하를 통일한 것을.	歸馬華山天下同[96]

　시의 제목은 "노마행(老馬行)"이다. 춘추시대 제나라 관중이 환공과 함께 고죽국을 정벌하고 돌아오다 길을 잃었는데, 늙은 말을 풀어주어 그 말을 따라 길을 찾았다는 고사를 제재로 하고 있다. 시적 자아는 길을 잃고 어둠 속을 헤매는 상황을 서술하고, 이어서 작품 속 발화자로서 백발의 늙은이를 등장시킨다. 늙은이는 노마를 풀어놓으라고 권하는데, 이 늙은 말은 길만 잘 찾는 것이 아니라 그 속도도 질풍과 같다고 하였다. 건장하던 때엔 뭇 준마들이 이 말을 따르지 못했고, 지금은 노쇠하였으나 그 속에 어떤 용력과 지혜를 간직하고 있을지는 아무도 모른다. 마지막 운에서 노마는 사람으로 전화(轉化)한다. 강태공이 무왕을 도와 상(商)을 정벌했을 때는 팔십의 노인이었다. 이렇게 말하고 있는 자 또한 백발의 노인이다. 가상의 인물과 상황을 설정하

96　권7,「老馬行」.

여 비유적인 주제를 전달하고 있다는 점에서 우의에 속하는 작품이다. 이 시에서는 노쇠한 시적 자아가 직접 등장하지 않는다. 서두에서 길을 잃은 상황을 묘사하는 화자는 작품 바깥의 객관적인 목소리이다. 그러나 가상의 인물을 백발노인으로 설정하고 그의 발화를 통해 시의를 전달하고 있다는 점에서 이 작품의 시적 주체[97] 역시 '노쇠함'의 자질을 띠고 있다고 할 수 있다.

수용과 긍정의 주체는 자신의 노쇠함을 겸허히 받아들인다. 나아가 노쇠함으로 인해 얻게 된 것들에 주목하고 그것을 긍정적으로 의미화한다. 외물(物外)의 한적한 정취와 시 쓰기의 즐거움이 대표적이다. 위의 작품들 외에 "태평한 세상 기쁠 뿐 내 쇠함을 어이 한하랴 / 병중의 기거에 시골 정취가 꼭 알맞네.[吾衰何恨喜時平, 病裏興居適野情.]"[98], "하늘이 준 득실 끝내 저버리지 않고 / 맑은 일 모두 가져다가 쇠한 얼굴 위로하네.[造物乘除終不負, 盡將淸事慰衰顔]"[99], "쇠한 나이에 흥미는 아직도 호쾌하니 / 일 만나 시를 쓰니 붓이 긴 장대 같네.[衰年興味猶豪甚, 遇事題詩筆似杠.]"[100], "그윽한 곳에서 자적함이 좋으니 / 고요히 앉아 담담히 말을 잊었네.[幽居甘自適, 静坐澹忘言.]"[101], "몸 한가한데 더구나 마음까지 한가하니 / 늘그막에 온통 봄 꿈처럼 난만하네.[身閑況復此心

---

97 본고에서는 '시적 자아'를 '시적 주체'라는 말로 표현했다. 그러나 작품 속 등장인물 역시 '시적 주체'라는 개념으로 포괄할 수 있다.

98 권6, 「卽事三首」 중 제2수.

99 권7, 「卽事」.

100 권9, 「自詠」. '긴 장대[杠] 같은 붓'은 뛰어난 문장력을 빗댄 표현이다. 구양수의 「여산고(廬山高)」에서 "장부의 장한 절개 그대 만한 이 적으니, 아아 내가 말하려고 해도 긴 장대 같은 큰 붓을 어디서 얻을까.[丈夫壯節似君少, 嗟我欲說安得巨筆如長杠.]"라고 하였다.

101 권10, 「雜題五首」 중 제1수. 마지막 구에서 "늘그막에 천지를 사절했노라.[老境謝乾坤]"라고 하였다.

閑, 老境渾如春夢闌.]"102, "병든 뒤에 신세가 절로 맑고 한가하니 / 사물
만나 시 쓰며 흥취가 다하질 않네.[病餘身世自淸閑, 遇物題詩興未闌.]"103
등의 시구가 이에 해당한다. "그윽한 집 흥미를 다 세기 어려워라 /
때때로 한 쌍의 돌아오는 새도 본다네.[幽居有味自難數, 時見一雙飛鳥
還.]"104, "엷은 구름 저녁 햇살이 성긴 울타리에 새어드니 / 백발의 쇠
한 늙은이 홀로 선 때라네. / 정경이 절로 혼융됨을 뉘라서 알꼬 /
예부터 높은 뜻은 늘그막에 생긴다네.[薄雲斜日漏疎籬, 白髮衰翁獨立時.
情境自融誰領得, 古來抗志在衰遲.]"105, "노년에 흥미 있음을 알아줄 이 없
거니 / 날마다 뜰 거닐던 연명과 점점 비슷해지네.[老年有味無人會, 漸似
淵明日涉園.]"106와 같은 시구들에서는 자못 도연명의 지경으로 접어든
것처럼 보인다.

  상식적인 말이지만 작가 이색이 이러한 지극한 경지에 도달했다고
말하는 것은 아니다. 물론 자신의 일상을 소재로 한 작품들에서 시적
자아는 작가의 분신이라고 할 수도 있다. 특히 이색의 시는 시적 자아
가 도달한 경지를 직서(直敍)하는 방식을 취하는 경우가 많은데, 이는
그대로 시인의 생각으로 간주할 수 있다. 그러나 구체적인 형상을 세
웠거나 시인의 생각을 직서했거나 간에 시 속에 표현된 인물의 형상은
순간적이며 일면적인 가상(假象)임을 면치 못한다. 그것이 작가, 또는
실제 인물의 생활을 진실하게 반영하고 있을지라도 그것은 실제 인간
의 삶을 구성하는 복합적인 여러 면모들 중 하나를 초점화한 것이며,

---

102 권11, 「述懷」 2수 중 제1수.
103 권11, 「述懷」 2수 중 제2수.
104 권13, 「幽居」 2수 중 제1수.
105 권9, 「詠菊」 3수 중 제2수.
106 권14, 「卽事」.

모델이 된 실제 인물 또한 작품 속에 형상화된 삶의 양상을 '지속적으로' 영위하고 있다고 보장할 수 없다. 그뿐 아니라 많은 작가들이 작품에서 그려내고 있는 자아상은 그 자신의 염원을 구체화한 것으로서, 현실태라기보다는 이상태(理想態)에 가깝다. 도연명의 「오류선생전(五柳先生傳)」이나 이규보의 「백운거사전(白雲居士傳)」과 같은 작품에서 그러한 예를 찾을 수 있다.

이런 점들을 고려할 때 인용한 작품들에 묘사된 긍정적인 노경의 형상은 시인 이색이 도달하고자 했던 이상을 구체화한 것이며, 동시에 그의 실제 삶을 반영한 가상이라고 할 수 있다. 그렇다고 해서 작품의 내용이 진실하지 않다는 뜻은 아니다. 시는 다큐멘터리가 아니며 시적 자아는 시인의 분신일 뿐 시인 자신이 아닌 것은 당연하다. 이색의 노년시에 나타나는 노쇠한 '시적 자아'는 수용과 긍정의 주체로서 자신의 삶을 담담하게 묘사하고 있으며, 그러한 묘사의 적실함과 구체성에서 시적 진실이 생겨나는 것이다. 여기서 작가의 소망과 이상은 시적 주체에 투영되어 있으며, 그것을 매개로 하여 문학적 진술이 성립하게 된다. 그러므로 이색 노년시 속의 위와 같은 자기 긍정은 '노쇠한 시적 자아'의 자아 성취인 동시에, 현실의 난관에 대응하여 자기의 중심을 수립하려는 작가 이색의 '문학적' 성취라고 이를 만하다.

Ⅳ. 나가며

이색은 비교적 이른 시기인 오십 대에 노년을 맞이하였다. 오십 대 초중반에 해당하는 다작기의 작품들에는 작가 자신의 삶을 제재로 한 시들이 많은데, 여기에는 '노년/노쇠함'이라는 특질을 가진 시적 화자

가 빈번하게 등장한다. 이색이 스스로 노쇠했다고 여긴 일차적 원인은
질병과 그로 인한 쇠약함이었다. 그러나 보다 근본적으로는 당시 작가
가 처한 정치적 소외와 이로 인한 무력감이 그러한 '노쇠한 시적 자아'
를 계속해서 소환하게 만든 것이라고 할 수 있다. 이색의 작품 속에서
노쇠함은 시적 대상이라기보다는 시적 화자의 목소리를 규정하는 주
된 특질로서 나타난다. 이 점에 주목하여 본고에서는 '노쇠한 시적
자아'의 태도와 성격을 살펴보는 방식을 통해 이색 한시에 나타나는
노년/노쇠함의 문제를 고찰하고자 하였다.

　분석을 위해 본고에서는 '문학적 주체'의 개념을 도입하였다. 한시
문학에 있어 주체 개념은 아직 명백히 이론화되어 있지 않으며, 본고
에서는 '문학적/시적 주체'에 대해 잠정적으로 "작가 및 현실 세계의
부분적 반영인 동시에 그것과 분리되어 존재하는 개별적이고 독립적
인 목소리로서, 한 작가의 전체 작품 속에서 상호 간 계열 관계를 이루
며 특정한 기능을 수행하는 시적 자아 또는 작품 속 발화자"라고 정의
하였다. 이러한 규정을 바탕으로 이색의 오십 대 한시에 나타나는 '노
쇠한 시적 자아'의 기능을 '회고와 탄식의 주체', '성찰과 관조의 주체',
'수용과 긍정의 주체'의 세 측면에서 살펴보았다. 이색 한시에서 '노쇠
함'이라는 자질이 시적 자아의 관점과 위치를 특징짓고 있으며, 특정
한 시적 대상을 선택하고 시화하는 데 주된 역할을 하고 있다는 점에서
시적 자아 또는 문학적 주체의 성격과 태도를 확인하는 이러한 방법론
을 적용하고자 한 것이다.

　구체적인 검토의 결과는 다음과 같다. 먼저 회고와 탄식의 주체가
드러내는 목소리를 살펴보았다. 회고의 주체는 젊은 날의 영광과 잃어
버린 과거에 대해 추억한다. 국자감 유학과 한림원 재직 시절은 시적
자아의 자부심의 원천으로서 빈번히 떠올려지며, 이때의 시적 분위기

는 어둡지 않다. 그러나 원나라의 쇠망을 돌아본 시에서는 깊은 탄식과 슬픔이 나타난다. 이때 노쇠한 시적 자아는 세계의 변화상과 개인의 흥망을 포개어놓음으로써 외부 세계를 자아의 영역으로 끌어들인다. 한편 공민왕을 모시던 때를 회고하는 시는 개인적 차원에서 이상적인 관계의 영원한 상실을 애석해한다. 이처럼 시적 자아의 '노쇠함'은 상실한 것들을 떠올리게 만드는 자질인데, 각각의 대상에 따라 발현하는 정서는 조금씩 달라진다.

다음은 성찰과 관조의 주체이다. 노년은 지나온 삶을 돌아보고 현실을 관조하는 시선을 확보하게 하는 바탕이 되기도 한다. 성찰의 주체는 명리를 추구했던 지난날을 반성하며 삶의 일회성을 담담하게 받아들인다. 또 다른 작품들에서는 귀거래에 대한 소망과 함께 여전히 현실을 벗어나지 못하고 있는 자신에 대한 책망을 표출한다. 이때 시적 자아는 성찰의 주체로 나타나지만 현재의 삶을 변화시킬 새로운 다짐에는 이르지 못하고 있다. 그러나 한편으로는 성남에서 한적한 생활을 영위하며 기심을 잊은 물외의 존재로 자신을 형상화하기도 한다. 또한 현실에서 물러난 시적 자아는 내면적 수양으로 방향을 돌려 존심양성에 매진하여 본성을 회복할 것을 다짐하기도 한다. 기심을 잊는 것과 내면의 덕을 함양하려는 자아는 성찰과 관조의 주체가 맥락에 따라 다르게 발현된 것이다. 이 두 가지 태도는 노쇠함과 정치적 소외라는 현실적 난관을 문학적으로 수용, 극복하려는 기제로서, 세상 만물을 '관조'하는 흔들리지 않는 자아의 수립을 지향한다. 이색의 시에는 그러한 관조의 자세가 형상화되어 있으며, 여기에서 성찰의 주체가 관조의 주체로 비약했음을 볼 수 있다.

이어서 수용과 긍정의 주체에 대해 살펴보았다. 이색의 이른 노년은 그가 오십 대에 겪은 정치적 소외의 알레고리라는 측면이 있다. 그러

나 이와 관련한 탄식이나 고립감 등의 부정적 심상 외에 한가롭고 만족
스러운 노경을 묘사한 작품들도 적지 않게 확인된다. 그윽한 거처에서
조용하고 한가로운 생활을 하는 모습, 늘그막에도 변함없는 흥취, 고
요한 내면과 여유로움이 담담하게 그려진다. 거기에다 갈수록 드높아
지는 필력에 대한 자부심도 여러 차례 표출된다. 시에 의탁하여 세월
을 보내니 나이가 들수록 시에 능해진다고 하였으며, 문학으로 한 시
대를 자임하기도 한다. 수용과 긍정의 주체는 노쇠함을 있는 그대로
받아들이며, 노쇠함으로 인해 얻게 된 것들을 긍정적으로 의미화한다.
이러한 시들에서 시적 자아는 도연명과 같은 지극한 경지에 이미 도달
해 있다. 이는 작가 이색의 실제 모습이라기보다는 시인의 염원을 구
체화한 하나의 가상이라는 성격이 짙다. 그러나 문학적 주체의 역할을
염두에 둘 때, 이색 노년시 속의 위와 같은 자기 긍정은 '노쇠한 시적
자아'의 성취인 동시에 '노쇠함'이라는 현실의 난관에 맞서 자신의 중
심을 수립하려는 작가 이색의 '문학적' 성취라고 이를 만하다.

　마지막으로 남은 문제를 덧붙이며 논의를 맺고자 한다. 먼저 이색의
육십 대 작품에 대한 문제를 언급해야 할 것이다. 육십 대는 당시로서
나 현재로서나 노년에 해당하는 나이이며, 이색이 69세에 사망한 것을
고려하면 인생의 말년에 해당하는 시기이다. 그렇다면 엄밀한 의미의
'노년시'에 해당하는 육십 대 작품에서 그의 노년이 어떤 방식으로 그
려지고 있는지를 확인할 필요가 있다. 본고의 방법을 그대로 적용하자
면, '노쇠함의 시적 자아'가 문학적 주체로서 어떠한 성격을 갖고 있는
지, 오십 대의 작품들과 다른 양상은 무엇인지, 그러한 양상이 이색의
문학세계와 관련하여 어떠한 의미를 갖는지 등에 대해 고찰해야 할
것이다. 그런데 문제는 육십 대 작품들이 오십 대 작품과 분량상 균형
이 맞지 않는다는 점이다. 권34의 일부 및 권35의 유배기 작품이 육십

대 시에 해당하는데, 모두 합해 181편(시제(詩題)만으로 계산)에 불과하다. 즉, 오십 대 작품과 일률적으로 비교하기는 어렵다고 할 수 있다.

분량의 문제는 차치하고 육십 대 작품을 간략히 훑어본 결과는 다음과 같다. 권35에 수록된 유배기의 작품들은 이색이 정치적으로 완전히 실의한 이후에 창작된 것들이다. 권34에는 조선 건국 후의 작품도 몇 수 수록되어 있다. 이 시기의 이색은 유배와 복귀, 탄핵과 방축을 거듭 겪으며 이전 시기와는 다른 정치적 파란에 휩쓸리게 된다. 이 시기 작품에는 자신은 잘못한 것이 없다는 당당함, 가족들과의 이별 및 자식을 잃은 슬픔, 정몽주와 이성계에게 자신을 돌아봐 줄 것을 청하는 내용 등 다양한 시적 상황과 정서가 포함되어 있다. 정몽주의 죽음 이후로는 목숨을 건진 것만도 다행이라고 여기는 위축된 모습도 나타난다. 또한 시간이 갈수록 자신을 '쫓겨난 신세'로 여기고 있다. 오십 대의 시에서 자신의 정치적 소외를 노쇠함에 기인한 것으로 보거나, 자발적으로 세상을 멀리하는 것처럼 표현했던 것과는 다르다. 그러나 흥미로운 점은 유배지의 시에서도 여전히 세상을 떠나 한적한 생활을 누리는 것에 대한 만족감이 나타나고 있다는 사실이다. 자기 수양에 대한 의지도 여전하다. 물론 노쇠함으로 인해 무용해진 자신의 모습을 탄식하기도 하는데, 그것이 특별한 비애감을 자아내지는 않는다. 관조의 주체와 긍정의 주체가 여전히 일정한 역할을 담당하고 있는 것이다. 어떤 면에서는 무력한 자신의 처지를 분명히 받아들인, 오히려 더 안정된 자의식을 가진 시적 자아가 느껴지기도 한다. 이상의 지적들은 향후 구체적인 작품들을 통해 증명될 필요가 있다.

또 하나 남은 문제는 본고에서 적용한 방법론의 유효성에 관한 것이다. 문학에서의 주체 개념은 사실 간단하게 말할 수 있는 것은 아니다. '주체' 개념과 관련된 철학적인 논의 및 근현대 문학의 비평사적 맥락까지를 고려해야 하기 때문이다. 본고의 주체 개념은 논의의 필요에 의해 잠정적으로 정의한 것이기에 정교한 개념 규정을 위해서는 더 심도 있는 접근이 필요하다. 또한 다양한 연구대상에 적용함으로써 이러한 방법론의 활용 가능성을 검증할 필요가 있다. 주체 개념의 도입은 이색 문학의 이해를 위해 시도된 것이지만, 근본적으로는 한시 문학에서 작가와 표현의 문제에 대한 성찰에서 비롯한 것이다. 작가와 시적 자아는 어떤 관계를 맺고 있는가. 한시 속의 발화는 현실과, 그리고 작가와 어떠한 관계를 맺고 있는가. 한 작가의 여러 작품들 속의 목소리는 서로 간에, 그리고 작가 및 실제 세계와 어떤 방식으로 연관되어 있는가. 이러한 질문들은 한시 연구의 여러 주제들에서 다양한 방식으로 거론될 수 있다. 이색 문학을 대상으로 한 본고의 시도는 이와 같은 질문들에 대한 하나의 탐색이다. 이에 관해서 향후 더 발전적인 논의를 제출할 것을 약속한다.

제 2 장

소재별 한시 독법

점필재 김종직의 매화시 고찰

Ⅰ. 들어가며

　매화(梅花)는 영물시(詠物詩)의 수많은 제재 가운데서 독보적인 위상을 차지한다. 남조 송의 포조(鮑照)로부터 시작하여[1] 육조와 당송 시기를 거치며 많은 시인들이 매화시의 명편을 제작했다. 한국에서는 고려 최광유의 작품이 가장 오래된 것이다. 고려 후기에 이르러 사대부들 사이에 매화 애호 풍조가 확산되어 이규보, 임춘, 이인로, 이곡, 이색, 이숭인, 정몽주 등 많은 작가들이 매화시를 남겼다.[2] 조선 전기에는 사대부 문화의 정착에 따라 매화시와 매화 그림의 제작이 더욱 유행하였다. 또한 이 시기 사대부들은 성리학적 관점에 따라 자연에서 인간 정신의 상징을 발견하고자 했는데, 특히 사군자와 소나무, 바위 등의 자연물은 고고한 인간성의 표상으로 이해되었다. 그 가운데 매화는 조선 시대 내내 가장 빈번하게 활용된 한시의 제재였다.[3]

　눈 속에서 달빛을 받아 하얗게 빛나는 매화의 자태는 은은한 향기와

1　김재룡(2003), 「朝鮮 前期 梅花詩 硏究 −徐居正·金時習·李滉을 中心으로−」, 원광대학교 박사학위논문, 20쪽.

2　신익철(2013), 「조선시대 梅花詩의 전개와 특징」, 『동방한문학』 제56집, 동방한문학회, 167~168쪽.

3　박혜숙(2000), 「조선의 梅花詩」, 『한국한문학연구』 제26집, 한국한문학회, 421~422쪽.

더불어 찬미의 대상이 되어왔다. 또한 매화는 겨울철 눈 속에서 가장 먼저 피어난다는 속성으로 인해 역경에 굴하지 않는 고고한 선비, 또는 세속을 벗어난 지조 있는 은자(隱者)의 상징으로 형상화되곤 했다. 고결한 모습과 맑은 향기는 그러한 높은 인격의 표상이 되었다. 한편 매화가 움트는 섣달 동지는 역(易)의 세계관에 의하면 음이 극성하여 양이 생겨나는 시기이다. 이에 따라 매화는 생생(生生)의 이치를 체현한 존재, 태극(太極)의 원리를 현시하는 존재로서 받아들여지기도 했다. 이러한 매화의 함의는 고려와 조선의 여러 작가들의 매화시에 공통적으로 나타난다. 그러나 작가의 개성과 시풍(詩風)에 따라 강조점이 달라지며, 대상을 대하는 태도 역시 각이(各異)하다. 즉, 매화라는 공통적 제재를 읊은 작품들을 비교함으로써 작가들 간의 개성의 차이를 확인할 수 있는 것이다. 뿐만 아니라 매화시의 전개 과정을 고찰함으로써 한시문학사, 나아가 지성사의 한 국면을 밝혀낼 수도 있다. 이미 이러한 관점에서 몇몇 의미 있는 연구가 제출된 바 있으며,[4] 개별 작가의 매화시에 대한 연구는 그 성과가 더욱 풍부하다.[5]

조선 전기는 한국 매화시의 전개 과정에서 의미 있는 시기이다. 이전 시기에 비해 매화시 창작이 더욱 활발해졌으며, 퇴계를 필두로 한 조선 중·후기 매화시 성행의 토양을 형성한 시기이기 때문이다. 박혜숙은 조선의 매화시에 대한 논문에서 조선 전기의 대표적인 매화시 작가로 서거정, 김시습, 김종직, 조위, 김인후, 이황을 꼽았으며,[6] 그 가운데서 김시습과 이황의 매화시를 살펴보았다. 한편 신익철은 조선

---

4 박혜숙(2000); 김재룡(2003); 신익철(2004), 「18세기 매화시의 세 가지 양상」, 『한국시가연구』 제15집, 한국시가학회; 신익철(2013).

5 이색, 정몽주, 김시습, 이황, 이수광, 이익, 김창흡, 정학연 등의 매화시에 대한 연구가 있다.

6 박혜숙(2000), 423쪽.

전기의 매화시로 서거정, 김시습, 김안로의 작품을 다루었으며, 이황
은 조선 중기의 작가로 분류하여 별도로 논하였다.[7] 조선 전·중기의
매화시 중에서는 퇴계의 매화시가 가장 많이 연구되었으며, 서거정과
김시습의 매화시 역시 몇몇 연구들에서 집중적으로 다룬 바 있다.[8]
퇴계의 매화시는 그 분량이나 깊이에 있어 조선 시대 전체를 대표하므
로 연구가 집중된 것은 당연하다. 한편 서거정은 80수에 이르는 매화
시를 남겼으며[9] 김시습은 8제(題) 23수(首)의 매화시를 남겼다. 두 사
람은 이른바 관인(官人) 문학과 방외인(方外人) 문학의 대표자로서 둘
다 매화에 대한 혹호(酷好)를 보여주었다는 점에서 흥미로운 비교 대
상이 된다.

  본고는 조선 전기의 매화시 작가들 중 김종직(金宗直, 1431~1492)에
주목하였다. 김종직은 서거정, 김시습과 함께 성종대를 대표하는 한
시 작가이다. 한때는 서거정의 관인 문학, 김시습의 방외인 문학과
나란히 사림파 문학을 대표하는 문인으로 일컬어졌다. 그러나 '사림파
(士林派)'라는 용어 자체에 문제가 있고, 김종직의 문학관이 서거정,
성현 등 관료 문인들과 크게 다르지 않다는 점이 논구되었으므로[10]
이러한 분류 방식이 더 이상 유효하지 않음이 분명해졌다. 그러나 분
류 방식의 문제와 별개로 이 세 사람이 공히 이 시기 문학의 거두라는

---

7 신익철(2013).
8 김재룡(2003)과 신익철(2013)에서 서거정의 매화시를 다루었다. 김시습의 매화시를
   다룬 논문으로는 박혜숙(2000); 김재룡(2003); 박재홍(2006), 「梅月堂 金時習의 詠物
   詩 硏究」, 고려대학교 석사학위논문; 정숙인(2017), 「매월당 김시습의 매화시 연구」,
   『어문논집』 제72집, 중앙어문학회가 있다.
9 신익철(2013), 169쪽. 40수의 연작시인 「노선성댁매화시(盧宣城宅梅花詩)」가 포함
   된 수량이다.
10 김영봉(2000a) 「조선 전기 문인의 道學派·詞章派 구분에 대한 비판적 고찰」, 『동방
   학지』 제110집, 연세대학교 국학연구원 참조.

사실에는 변함이 없다. 김종직의 매화시는 모두 22제 35수이며, 이는 '매화시'라는 범주로 묶어서 살펴보기에 충분한 분량이다. 그러나 지금까지 김종직의 매화시에 대한 본격적 검토가 이루어진 적은 없다. 조선 전기 매화시의 계보를 완성하기 위해서는 그의 작품에 대한 고찰이 필수적이라고 생각된다.

이에 본고는 『회당고(悔堂稿)』 및 『점필재집(佔畢齋集)』에 수록된 매화시를 대상으로 그 표현 양상을 검토하고자 한다. 먼저 II장에서는 김종직 매화시의 현황 및 각 작품의 창작 정황을 개관하고, 이어서 III장에서 김종직 매화시의 표현 양상을 세 측면으로 나누어 살펴본다. 본고의 논의는 동시기, 그리고 다른 시기 작가들의 매화시와 김종직의 매화시가 어떤 점에서 같고 다른지를 확인하는 바탕이 될 것이다.

II. 김종직의 매화시 개관

『점필재집』[11]과 『회당고』[12]에 수록된 김종직의 매화시는 모두 22제 35수로 확인된다. 여기에는 매화 그림을 읊은 제화시(題畫詩) 4수가 포함되어 있다. 아래는 작품의 목록이다.

---

11 작품 원문은 한국문집총간본 『점필재집』(기축본)을 활용하였다. 작품 제목 및 본문의 번역은 김종직 지음, 부산대학교 점필재연구소 점필재집 역주사업팀 역주(2016), 『역주 점필재집』 1~4(점필재)를 따랐다. 다만 번역상의 이견이 있을 경우에는 해당 부분을 정정하고 각주로 밝혔다.

12 啓明漢文學研究會 편(1996), 『佔畢齋先生全書(四)』(啓明漢文學研究會 研究資料叢書IV)에 수록된 『회당고』를 활용하였다. 이 책의 저본은 충남대본이다. (김영봉 (1999), 「『悔堂稿』에 나타난 金宗直의 詩 연구」, 『한국한문학연구』 제24집, 한국한문학회, 102쪽)

〈표 1〉 김종직 매화시 목록

	수록처	제목	형식	창작시기[13]
1	悔堂稿	梅龍引【鄭司諫襄号箴軒昔爲吾先君畫墨梅二軸】	악부체 (잡언 33구)	1456년(26세) 이후
2		閏二月梅	칠언율시	미상
3		梅花二絶	칠언절구(2수)	미상
4	권2	至日詠梅【二首】	칠언율시(2수)	1465년(35세) 11월
5	권5	田隱四時【安典籤名桑雞 世宗大王外孫】8수 중 제1·2수〈梅坡春色〉	칠언절구(2수)[14]	1469년(39세) 6월
6	권6	密陽東軒 梅花初開 吳敎授及城主有詩 次韻	칠언절구(2수)	1470년(40세) 2월
7		孫吳和余二月梅韻 走筆復和【與仲兄同賦】	칠언율시	1470년(40세) 3월
8	권7	學士樓下梅花始開花 病中吟得二首	칠언절구(2수)	1471년(41세) 3월
9		還春塘放翁集 幷寄梅一枝【春塘 朴盈德號也】	오언율시	1472년(42세) 2월
10		和克己詠梅五絶	오언절구(5수)	1472년(42세) 2월
11	권8	正月日大雪 余以久病不出 克己在東軒看梅與竹 仍有小詩 次韻	칠언절구(2수)	1473년(43세) 1월
12		克己以梅數萼來贈 兼有此詩 次韻	칠언율시(2수)	1473년(43세) 2월
13	권9	學士樓下有梅一株 雖半枯朽 而枝梢猶老硬 每歲開花最早 余辛卯春到郡 見而愛之 題詩云學士樓前獨立仙 相逢一笑故依然 肩輿欲過還攀慰 今歲春風太劇顚 蓋懼其爲風所倒也 又嘗與克己 賦詠幾十餘篇 今年三月初九日巳時 西風甚顚 劃然摧倒 就而視之 則所倚以敷榮者 徑僅數寸 中心亦朽矣 如是而猶支持許多年 今日乃萎絶焉 噫 豈非數耶 於是作詩弔之 書以寄克己【時在京洛】	칠언고시(10운)	1474년(44세) 3월
14	권10	昨日摹出梅枝 夜半酒醒 就燈玩之 雖知非眞 猶可彷彿其典刑 吟得二絶句奉呈	칠언절구(2수)	1474년(44세) 10~11월
15	권13	詠善山東軒梅 次子眞韻【具節度使令賦】	칠언절구	1477년(47세) 2월
16		海平縣倉分糶 野人家得梅一枝 揷瓶置案上 殊不知坐紅腐塵土之中也	칠언절구	1477년(47세) 2월

17	권17	本館西墻下有梅一株三月始開	칠언절구	1483년(53세) 3월
18		東墻下有花 如千葉紅桃而色有淺深 同僚云 此乃紅梅 然殊不類於梅也	칠언절구	1483년(53세) 3월
19	권19	月波亭探梅 寄贈士廉	칠언율시	1484년(54세) 3월
20		朴副正衡文請題畫屛 8수 중 제2수	칠언절구	1486년(56세) 1~2월
21	권20	吳愼孫作謝道韞詠梅朱淑眞詠海棠二圖 題 其上 2수 중 제1수	칠언절구	1487년(57세) 1월
22	권22	在羅州西館 折梅之未綻者 揷于膽甁 注以 水 連夜盡開	칠언절구(2수)	1488년(58세) 2월

『회당고』는 김종직의 10대 후반부터 20대 후반까지의 작품을 수록
한 것으로 알려져 있다. 제목에 표시된 간지(干支)와 제목 밑의 주(註)를
통해 각 작품의 창작 시기를 알 수 있는 작품들이 꽤 되는데, 가장
이른 시기의 작품은 18세 작이며 가장 늦은 시기 작품은 29세 작이
다.[15] 그러나 시간 순서대로 편차되어 있는 것이 아니라서 정확한 창작
시기를 알기 어려운 작품이 많다. 1~3번 작품 역시 어느 해에 지은
것인지 알기 어렵다. 다만 「매룡인(梅龍引)」(1번)의 경우 부친 김숙자(金
叔滋)가 사망한 후에 쓴 것이므로 1456년(26세) 이후의 작품이라는 것
은 알 수 있다. 「매룡인」은 정양(鄭襄)이라는 인물이 김숙자에게 그려
준 묵매(墨梅) 그림을 보고 매화의 모습과 정양의 그림 솜씨의 뛰어남,
아버지와의 깊은 우정 등에 대해 노래한 악부체의 장편 고시이다.

한편 『점필재집』은 권19의 일부 작품들을 제외하면 작품이 시간 순

---

13 작품의 창작 시기는 『역주 점필재집』 1~4를 참조하였다.

14 한국문집총간본 『점필재집』에는 여덟 구를 이어 써서 율시인 것처럼 보이지만 운자를
고려할 때 절구 두 수로 보아야 할 것이다. 『역주 점필재집』에서도 절구 두 수로
나누어 번역하였다.(『역주 점필재집』 1, 507쪽)

15 김영봉(1999), 106쪽.

서대로 정연하게 수록되어 있어 창작 시기를 용이하게 파악할 수 있
다. 아래에서는 『점필재집』에 수록된 작품들의 창작 정황을 작품 제작
시기에 따라 살펴본다.

「동짓날 매화를 읊다[至日詠梅]」는 1465년 11월에 지은 시이다. 김종
직은 한 해 전인 1464년 세조가 문신들에게 잡학(雜學)을 배우게 한
것에 대하여 간언했다가 파직되었고, 이 해 말에 영남병마평사로 임명
되기까지 약 1년간 서울에서 벼슬 없이 지냈다. 이 시는 동지 무렵
피어난 매화를 두 수로 읊었는데, 첫째 수는 매화나무를, 둘째 수는
화병에 꽂은 매화 가지를 대상으로 하였다.

「전은의 사계절[田隱四時]」에는 "안 전첨의 이름은 상계이고, 세종대왕
의 외손이다.[安典籤名桑雞, 世宗大王外孫.]"라는 주가 붙어 있다. 1469년
6월 작이다. 다른 작품들이 매화가 피는 시기인 11월부터 2월 정도에
지어진 것과 달리 이 작품은 여름에 지어졌다. 눈앞의 경물로서의 매화
를 읊은 시가 아니기 때문이다. 이 시는 안상계의 은거 생활을 제재로
한 작품이다. 사계절의 풍치를 '梅坡春色', '竹窓夏風', '菊庭秋月', '松
臺冬雪'로 나누어 읊었는데, 이 가운데 봄에 해당하는 첫 두 수가 매화시
이다. 안상계는 세종의 둘째 딸 정의공주(貞懿公主)의 아들로, 계유정난
이 일어난 후 저자도(楮子島)에 은거하였다. 벼슬하지 않고 시주(詩酒)로
세월을 보내다가, 김종직이 위 시를 쓴 1469년(예종1)에 전첨에 제수되
었다.[16] 전은(田隱)은 그의 호이다.

권6의 두 작품은 1470년 잠시 고향 밀양에 머물 때 쓴 시이다. 2월에
일본의 사신을 호송하여 영남으로 내려왔다가 모친을 뵙고 간 것이다.
마침 둘째 형 김종유(金宗裕)도 밀양에 와 있었다. 이때 김종직은 봉산

---

16 『역주 점필재집』 1, 507쪽.

군수 손조서(孫肇瑞, 號 鳳山)와 오 교수(吳敎授)라는 인물, 그리고 밀양 부사 정형(鄭亨), 경상우도 병마절도사 이극균(李克均) 등과 교유하였다. 「밀양 동헌에 매화가 갓 피어 오 교수와 성주가 시를 지었기에 차운하다[密陽東軒 梅花初開 吳敎授及城主有詩 次韻]」라는 제목을 통해 창작의 정황을 알 수 있다. 다음 작품인 「손 봉산과 오 교수가 나의 「이월의 매화[二月梅]」의 운에 화답하였기에, 붓을 달려 다시 화답한다【중형과 함께 짓다】[孫吳和余二月梅韻 走筆復和【與仲兄同賦】]」[17] 역시 제목에서 창작 정황을 밝히고 있다.

그런데 흥미로운 것은 이 시의 제목에서 언급한 「이월의 매화[二月梅]」라는 작품이 『회당고』에 수록된 매화시라는 점이다. 『회당고』에는 '閏二月梅'라는 제목으로 실려 있으며, 권6의 이 작품과 같은 운을 쓰고 있다. 『회당고』 수록 작품을 30대 이전으로 본다면, 지은 지 10년이 넘은 작품에 대한 차운시를 받은 것이다. 다음 세 가지 가설을 떠올려볼 수 있다. 하나는 김종직이 자신이 예전에 지은 시를 이때 와서 두 사람에게 보여주었다는 것이다. 그게 아니면 김종직이 예전부터 손 봉산, 오 교수와 친분이 있어서 옛날에 김종직이 지은 시를 두 사람이 간직하고 있다가 매화가 핀 것에 촉발되어 그 시를 떠올리고 차운한 것으로 생각할 수도 있다. 밀양의 지인인 것으로 보면 젊은 시절의 친우였을 수도 있다. 세 번째는 「윤이월매(閏二月梅)」가 실은 이 무렵에 지어진 작품이라는 가설이다. 『회당고』에 수록된 것이 원제목이라면 이 작품은 윤2월에 지어진 것이다. 마침 한 해 전인 1469년에 윤2월

---

17 『역주 점필재집』 2, 60쪽에서는 "손 봉산과 오 교수가 내가 2월에 지은 매화시의 운에 화답하였기에 주필로 다시 화답하다【중형과 함께 짓다】"라고 풀이하고, 앞에 수록된 '密陽東軒 梅花初開 吳敎授及城主有詩 次韻'가 '2월에 지은 매화시'라고 설명하였다. 그러나 두 작품은 운자가 다르고, 문맥상 '二月梅'를 시 제목으로 보는 것이 자연스럽다.

이 있는 것으로 보면, 이 작품이 실은 이즈음에 지어진 것이라는 추정
도 가능하다. 만약 그렇다면 『회당고』 소재 작품의 창작 시기에 대한
재론이 가능할 것이다. 그러나 이 세 번째 가설은 가능성이 희박하다.
『회당고』가 20대 후반 이후의 작품을 수록했다는 다른 근거가 없고,
28세 때인 1458년에도 윤2월이 있었기 때문이다. 아마도 두 사람이
예전에 지었던 김종직의 시를 간직해 두었다가 그 시에 차운해서 지어
주었다고 보는 편이 온당할 것이다.[18]

이어지는 일곱 편의 작품은 함양군수 시절의 소작(所作)이다. 「학사
루 아래 매화가 처음 피었기에 병중에 두 수를 읊다[學士樓下梅花始開花
病中吟得二首]」는 최치원(崔致遠)의 발자취가 남아있는 학사루(學士樓)
곁에 핀 오래된 매화나무를 읊은 것이다. 함양군수로 내려온 첫해인
1471년에 지은 시이다. 김종직은 이 나무를 특히 아꼈다. 그러나 함양
에 온 지 세 해째가 되는 1474년 봄, 이 나무는 꽃을 매단 채로 광풍에
꺾여 쓰러지고 만다. "학사루 아래 매화 한 그루가 있었는데[學士樓下有
梅一株]"로 시작하는 긴 제목의 시는 이날의 사연을 말한 것이다. 이
시의 제목에서는 "또 일찍이 극기(克己)와 더불어 여러 편의 시를 읊기
도 했다"고 하였다. 극기는 제자 유호인(兪好仁, 1445~1494)을 가리킨
다. 위 목록에서 유호인에게 보낸 매화시가 3편인데, 그중에서 「극기
가 매화를 읊은 절구 다섯 수에 화답하다[和克己詠梅五絶]」 역시 이 나무
를 두고 읊은 것으로 보인다.

「정월에 큰 눈이 내렸는데 내가 오래 병을 앓느라 밖에 나가지 못했
다. 극기가 동헌에서 매화와 대를 구경하고 짤막한 시를 지었으므로
그 시에 차운하다[正月日大雪 余以久病不出 克己在東軒看梅與竹 仍有小詩 次

---

18 *세 가설의 타당성에 관해서는 김영봉 선생님께서 적절한 의견을 제시해 주셨다.
   이 자리를 빌려 감사드린다.

韻」는 관사 동헌의 매화를 두고 유호인과 주고받은 시이며, 「극기가 매화 몇 송이와 함께 이 시를 지어 보냈기에 차운한다[克己以梅數萼來贈 兼有此詩 次韻]」는 병으로 외출이 어려운 김종직에게 유호인이 매화 가지와 함께 시를 보내와서 이에 화답한 것이다. 「춘당에게『방옹집』을 돌려주면서 매화 한 가지를 함께 부치다[還春塘放翁集 幷寄梅一枝]」는 영덕군수로 성이 박(朴)이고 호를 춘당(春塘)이라고 하는 인물에게 보낸 시이다. 방옹은 육유(陸游)인데, 육유 또한 「매화절구(梅花絶句)」를 비롯한 유명한 매화시의 작자이다. 「어제 매화나무 가지를 그렸는데 한밤중에 술이 깨어 등불 앞에 가져와서 살펴보니, 비록 진짜는 아니지만 그래도 그 풍모는 실제와 비슷하였기에 절구 두 수를 지어 바친다 [昨日摹出梅枝 夜半酒醒 就燈玩之 雖知非眞 猶可彷彿其典刑 吟得二絶句奉呈]」[19] 라는 제화시이다. 제목을 보면 자신이 직접 매화 그림을 그린 것 같지만, 제2수의 기구에서 "푸른 눈의 호승이 환술을 잘하여[碧眼胡僧眞善 幻]"라고 한 것으로 보아 승려가 그려준 그림으로 생각된다.[20]

권13의 두 작품은 선산부사 재직 시절에 지은 것이다. 「선산 동헌의 매화를 읊어 자진의 시에 차운한다【구 절도사가 짓게 하였다】[詠善山東軒 梅 次子眞韻【具節度使令賦】]」역시 지인들과의 교유 속에서 나온 작품이다. 자진(子眞)은 김종직의 처남 조전(曺佺)의 자이다. 구 절도사는 당시 경상우도절도사였던 구겸(具謙)을 가리킨다. 「해평현 창고에서 분적을 하다가 시골 사람의 집에서 매화 한 가지를 얻었다. 화병에 꽂아 책상 위에 두니, 썩은 곡식과 먼지가 가득한 창고에 있는 줄 전혀 모르

---

19 『역주 점필재집』 2, 434쪽에서는 "雖知非眞 猶可彷彿其典刑 吟得二絶句奉呈" 부분을 "비록 진짜 같지는 않으나 그래도 모습은 비슷하게 되었기에 절구 두 수를 지어 받들어 올린다."라고 풀이하였다.

20 확실하지는 않으나, 함양군과 선산군의 지도를 그려준 윤료(允了)가 그린 것으로 짐작된다.

겠다[海平縣倉分糶 野人家得梅一枝 揷甁置案上 殊不知坐紅腐塵土之中也]」는 선산부사로서 인근의 고을에서 직무를 수행하며 지은 시이다. 해평현은 지금의 경북 구미시 해평 지역으로, 선산도호부의 속현이었다.[21]

권17의 두 편 작품은 1483년 홍문관 응교로 재직하며 서울에서 지낼 때 지은 것이다. 「본관 서쪽 담 아래 매화나무 한 그루가 있는데 3월에야 비로소 꽃이 피었다[本館西墻下有梅一株三月始開]」는 대궐 관청의 매화를 읊은 것이다. 바로 이어서 수록된 「동쪽 담 아래 꽃이 피었는데 천엽홍도와 비슷하지만 빛깔의 농담에 차이가 있다. 동료들은 '이것이 홍매이다'라고들 하나 매화와는 전혀 다른 종류이다[東墻下有花 如千葉紅桃而色有淺深 同僚云此乃紅梅 然殊不類於梅也]」는 홍매를 읊은 시이다.

권19의 「월파정에서 매화를 감상하고 사렴에게 부쳐주다[月波亭探梅 寄贈士廉]」는 1484년 작으로 추정된다.[22] 매화가 피는 시기가 1~2월이므로 이즈음 김종직은 승정원 우부승지로 재직 중이었을 것이다. 그런데 시의 배경은 밀양에 있는 월파정이어서 어떠한 정황에서 창작된 것인지 분명치 않다. 같은 권19의 「박 부정 형문이 그림 병풍에 화제를 청하다[朴副正衡文請題畫屛]」는 8수의 제화시 연작인데, 여덟 폭의 화훼 그림 및 화조화(花鳥畫)를 대상으로 지은 것으로 보인다. 이 작품의 제2수에서 매화를 읊었다. 이조참판에서 물러난 후의 작품이다. 대략 1년 후의 작품인 「오신손이 〈사도온영매도〉와 〈주숙진영해당도〉 두 그림을 그렸기에 그 위에 제하다[吳愼孫作謝道韞詠梅朱淑眞詠海棠二圖題其上]」(권20)도 제화시인데, 2수 중 제1수에서 매화를 읊었

다. 정확히는 '사도온이 매화를 감상하고 있는 모습'을 그린 작품을 대상으로 한 것이지만 매화와 사람의 교감을 읊었다는 점에서 매화시에 포함시킬 수 있다.

김종직 매화시 목록의 마지막 작품은 권22의 「나주의 서관에 있으면서 아직 피지 않은 매화 가지를 꺾어서 호리병에 꽂아 놓고 물을 부어 놓았더니 이틀 밤이 지나자 다 피었다[在羅州西館 折梅之未綻者 揷于膽瓶 注以水 連夜盡開]」이다. 1488년 2월, 58세의 고령으로 전라도관찰사로서 호남 일대의 고을을 순행하며 임무를 수행하던 시기이다. 나주는 벗이었던 이유인(李有仁)이 목사로 있었기에 김종직이 자주 들렀던 곳이다. 1487년 섣달그믐의 수세(守歲)도 이곳에서 했으며, 남효온(南孝溫)과 만나 뒤늦은 인연을 맺은 곳도 이곳이었다.[23] 이 시 역시 나주의 관사에 머무르면서 매화를 감상하며 지은 것이다. 다음 장에서는 이상의 작품들에 나타나는 매화의 형상화 방식과 각 작품의 미적 특질에 대해 살펴보고자 한다.

III. 김종직 매화시의 표현 양상

1. 일상 속의 친근한 동반자로서의 매화

김종직은 20대의 어느 날로부터 시작하여 30~50대를 거쳐 인생의 마지막까지 봄의 초입에서 늘 매화를 찾고 매화시를 읊었다. '매화시'를 짓기 위해 지은 작품들이 아니라 일상에서, 삶 속에서 매화를 만난 반가움과 기쁨을 꾸준히 노래한 것이다. 그에게 매화는 세속과의 절연

---

23 『역주 점필재집』 4, 386쪽.

이나 은둔하는 삶을 상징하는 것이 아니라 일상의 동반자이자 매년 찾아오는 익숙한 손님이었다.

함양군수 시절의 매화시들에서 이러한 모습을 확인할 수 있다. 이 시기 매화시는 모두 7제 15수이다. 다음은 「학사루 아래 매화가 처음 피었기에 병중에 두 수를 읊다」이다.

학사루 앞에 홀로 서 있는 신선이여	學士樓前獨立仙
서로 만나 한번 웃으니 옛 모습 그대로일세.	相逢一笑故依然
가마 타고 지나려다 다시 붙잡고 위로하노니	肩輿欲過還攀慰
올해는 봄바람이 너무도 거세게 부는구나.	今歲春風太劇顚
봄날의 게으름에 병이 겹쳐 청명절을 지내자니	春慵和疾過淸明
벼슬살이 조용하여 잠에 쉽게 빠져드네.	官況惜惜睡易成
시 읊으며 매화 곁에 가자 그윽한 흥취 일어나니	吟到梅邊幽興動
아전들이 다투어 사또가 깨었다고 하네.	吏胥爭道使君醒[24]

학사루는 경상남도 함양군 함양읍 운림리에 있는 누각인데, 최치원이 함양 태수로 있을 때 자주 올랐다는 구전이 있다. 임진왜란 때 불에 타서 숙종 때 중건했다고 하니, 당시에는 예전 건물이 남아 있었을 것이다. 함양 관청 동쪽에 있었다고 하며, 김종직도 이곳을 자주 찾았다. 첫째 수에서 김종직은 학사루 아래의 매화나무를 '獨立仙', 즉 홀로 선 신선이라고 표현하고 있다. 학사루 아래의 신선이라고 하니 그곳에 있는 매화나무가 마치 최치원의 분신과 같이 느껴진다. 화자는 이 나무에게 봄바람이 거칠다는 위로의 말을 건네본다. 백 년이 넘은

---

24 『점필재집』 권7, 「學士樓下梅花始開花 病中吟得二首」.

고목이기 때문에 거센 바람을 버티지 못할까 염려되었기 때문이다. 옛 벗을 대하는 듯한 은근함이 넘쳐난다.

둘째 수는 관아의 느긋한 봄날을 읊었다. 화자는 춘곤증에다 병까지 들어 봄놀이를 가지 못하고 청사에서 꾸벅꾸벅 졸다 잠이 들었다. 문득 깨어 거닐다가 매화나무 곁에 가서 늦게 핀 꽃을 다정하게 바라본다. 그윽한 흥취에 시 읊는 소리를 조금 높였는지, 아전들이 "사또께서 이제야 깨어나셨군."하고 수군댄다. '憺憺'은 화평하고 느긋한 모양, 또는 그윽하고 고요한 모양을 나타낸다. 기구와 승구의 분위기는 나른하고 한가롭다. 전구의 '幽興動'은 고요한 가운데 자그마한 흥취가 동하는 모습이다. 관청이 한가로운 건 수령의 정사가 원만해서이다. 이 서배들의 말도 정감이 있다. 지방관 생활의 한적(閑寂)하고 아담(雅澹)한 분위기를 잘 살리고 있다. 화락(和樂)하다고 해도 좋다.

학사루 아래 매화나무와의 인연은 다음 시에서 더 구체적으로 그려지고 있다. 함양에 내려온 지 세 해째 되는 봄, 늙은 매화나무는 꽃을 피운 채로 매운 서풍에 꺾여 쓰러지고 만다. 김종직은 제목에서 바람을 걱정하며 지었던 예전의 작품을 인용하면서 이 나무와의 인연을 회고하고, 시를 지어 위로한다고 하였다. 또, 이 매화나무를 두고 자주 시를 주고받았던 유호인에게도 시를 부친다고 했다.

학사루 서쪽 매화나무 백여 살이 되어	樓西梅樹百許年
뿌리와 줄기 오그라들고 가지와 잎새 다했으나	根幹縮蹙柯葉耗
연못가에서 반 밖에 없는 중심에 의지하여	臨池賴有半心存
해마다 꽃을 피우며 천연의 기교 부렸었네.	歲歲開花費天巧
꽃나무들 서로 뒤엉켜 어지러운 뜰에	空園卉木自紛挐
치마와 수건 그윽해 고고한 마음 부친 듯하네.[25]	裙帨蒼然如寄傲
삼 년 동안 시 읊으며 좋은 친구 얻으니	吟哦三載得益友

유자는 실로 내가 좋아하는 걸 안다네.　　　　　俞子實知余所好

봄은 이제 막 만물을 소생시키려 하면서　　　　東君着意方生物

어찌 바람 귀신이 횡포 부리게 두었는가.　　　　忍使封姨更飄暴

비틀거리는 병든 몸으로 버티기 힘에 겨워　　　竛竮瘦質難力爭

도랑에 꽃을 떨구고 갑자기 꺾여버렸네.　　　　花委溝渠忽摧倒

내 어린 자식 잃고 이제 겨우 눈물이 말랐는데　我失幼子淚纔乾

또 이 용이 넘어지니 어찌 슬프지 않으리오.　　復此龍顚寧不悼

지난해에 붙잡고 위로한 건 우연히 그런 것이지　往年攀慰偶自爾

영고에 운수가 있다고 누가 미리 알린 것이겠나.　榮壞有數誰預報

그 옆에 두 그루 나무 내 손수 심었으나　　　　傍邊二株手所植

가지만 무성할 뿐 예스런 풍모 없네.　　　　　縱有繁枝無古貌

어찌하면 유자가 돌아와　　　　　　　　　　何當俞子歸去來

혹 맑은 시를 빌려 이 시름 씻어버릴까.　　　　倘借淸詩愁且掃[26]

앞에서 인용한 작품을 비롯하여 학사루 아래 매화나무에 대한 시는 일반적인 매화가 아니라 특정한 대상을 시화하고 있다는 점에서 주목할 만하다. 이 시들에서 매화는 관념적 형상이 아니라 구체적이고 생생한 사물로서 묘사된다. 이 나무는 뿌리와 줄기가 오그라들고 가지와 잎도 무성하지 않다. 그런데도 봄이 되면 천교(天巧)를 발휘하여 뭇초목들을 뛰어넘는 고고한 자태를 자랑한다. 삼 년 동안 유호인과 이

---

25 『역주 점필재집』 2, 357쪽에서는 "빛나던 매화의 고고한 자태여."라고 의역하였다. '군세(裙帨)'는 한유(韓愈)의 「이화(李花)」에서 "날씬한 미인들 향기 품고 네 줄로 늘어섰는데 / 흰 치마에 흰 수건을 차등 없이 둘렀네.[長姬香御四羅列, 縞裙鍊帨無差等.]"라고 한 데서 온 표현이다. 희고 깨끗한 꽃잎을 빗댄 표현이다.(같은 곳)

26 『점필재집』 권9, 「學士樓下有梅一株 雖半枯朽 而枝梢猶老硬 每歲開花最早 余辛卯春到郡 見而愛之 題詩云學士樓前獨立仙 相逢一笑故依然 肩輿欲過還攀慰 今歲春風太劇顚 蓋懼其爲風所倒也 又嘗與克己 賦詠幾十餘篇 今年三月初九日巳時 西風甚顚 劃然摧倒 就而視之 則所倚以敷榮者 徑僅數寸 中心亦朽矣 如是而猶支持許多年 今日乃萎絶焉 噫 豈非數耶 於是作詩弔之 書以寄克己【時在京洛】」.

나무를 두고 시를 지어 주고받으며 사귐이 깊어지기도 했다. 이상이 제8구까지의 내용이다. 이어지는 제9구에서 시상이 전환된다. 봄을 맞아 만물이 소생하고, 늙은 매화나무도 꽃을 피워냈다. 그러나 혹심한 바람은 나무를 쓰러뜨리고 만다. "비틀거리는 병든 몸으로 버티기 힘에 겨워 / 도랑에 꽃을 떨구고 갑자기 꺾여 버렸네."라고 한 11, 12구는 극적인 상황 묘사를 통해 놀라움과 충격의 정서를 표출했다.

제13구부터 마지막까지는 매화나무를 잃은 화자의 심정이다. 여기서 이 나무가 그에게 어떠한 의미였는지가 드러난다. 이 시는 1474년 3월의 작품이다. 이해 2월 김종직은 다섯 살 난 막내아들 담(紞)을 잃고 슬픔에 빠져 있었다.[27] 아들을 잃은 지 얼마 되지 않았는데 또 이 나무를 잃게 되었다는 한탄은 이 나무가 그동안 시인에게 살뜰한 위로가 되어주었음을 짐작하게 한다. 예전에 "今歲春風太劇顚"이라고 읊었던 것은 우연히 그랬던 것인데, 정말로 봄바람에 꺾여버린 것이다. 겨울 바람이 아니라, 만물을 살리는[生物] 봄의 기운이 이렇게 만든 것이니 더욱 망연하다. 시인은 이 나무의 꽃뿐만 아니라 울퉁불퉁한 가지도 사랑했다. 그래서 새로 심은 매화에 '古貌'가 없음을 탄식한다. 마지막에는 서울에 가 있는 유호인을 얼른 돌아오게 하여 함께 시를 읊으며 이 근심을 쓸어버리고 싶다고 하였다. 매화를 완상하는 데서 그치지 않고 마치 하나의 인격체와 같이 매화나무와의 인연을 곱씹으며 그 '죽음'을 '조문'하는 태도가 인상적이다.[28]

선산부사 시절에 지은 다음 시도 지방관의 관직 생활 속에서 매화와

---

27 이해 여름에 김종직은 잇달아 딸과 큰아들까지 잃고 완전히 실의에 빠지게 되지만, 이때는 아직 그 정도까지의 비극이 찾아오지는 않았다.

28 김종직의 이 시는 그 발상과 의경이 두보의 「남목위풍우소발탄(枏木爲風雨所拔歎)」을 연상시킨다.

함께 한 일을 읊고 있다.

무성한 가지를 골라 주어 화병에 꽂아두니	揀送繁枝揷膽瓶
시골 사람이 사또의 마음을 알고 있는 듯하네.	野人如識使君情
관아 창고의 퀘퀘한 냄새를 씻어버렸으니	官倉掃却陳陳臭
향기가 퍼져 코를 시원하게 해주어서이지.	爲有香浮鼻觀淸²⁹

「해평현 창고에서 분적을 하다가 시골 사람의 집에서 매화 한 가지를 얻었다. 화병에 꽂아 책상 위에 두니, 썩은 곡식과 먼지가 가득한 창고에 있는 줄 전혀 모르겠다」라는 제목에서 이 시의 제작 배경을 알 수 있다. 분적(分糴)은 춘궁기에 백성들에게 관곡을 빌려주었다가 수확 후에 다시 거두어들이는 것이다. 민가에 피어난 매화 가지를 얻어와 업무를 보는 중에 곁에 둔 것인데, 분잡한 지방관의 업무 속에서도 고상한 운치를 즐기는 모습이다. 가지 몇 개의 꽃에서 창고의 묵은 곡식 냄새를 없앨 만큼 강한 향기가 나지는 않았을 테지만, 가느다란 향기만으로도 충분히 콧속이 맑아지는 기분을 느낀 것이다. 곡식 창고에서 번다한 세속의 일에 힘을 쏟고 있지만 마음만은 쾌청한 군자의 그것이다. '使君情'이란 이를 가리킨 것이다. 속(俗)과 아(雅)의 교융이다.

김종직은 고향 밀양에서 지낼 때나 함양군수 및 선산부사 재직 시절, 또 서울에서 중앙관직을 맡았을 때와 노년에 전라도관찰사를 맡아 호남 지방을 순행할 때도 계속해서 매화시를 지었다. 완상하던 매화를 놓고 벗들과 시를 주고받았으며, 매화 가지를 서로 보내주기도 했다. 김종직은 육개(陸凱)가 범엽(范曄)에게 강남의 매화 가지를 보내준 고사

---

29 『점필재집』 권13, 「海平縣倉分糴 野人家得梅一枝 揷瓶置案上 殊不知坐紅腐塵土之 中也」.

를 시에서 즐겨 인용했는데, 그 자신도 시와 함께 매화 가지를 보내곤
했던 것이다. 김종직은 짧은 시간만을 제외하면 급제 후 거의 관직을
떠나지 않았고, 따라서 그의 작품에는 전원시라든가 은거 생활에 대한
시—예를 들어 정치적 실의나 유배, 그 밖의 이유로 인해 관직에서
물러나 있는 처지에서 주로 창작하는—를 찾기 힘들다. 이에 따라 그
의 매화시 역시 관료 생활의 여가에, 혹은 관직 수행 중에 마주치는
매화를 소재로 하고 있다. 퇴계는 매화를 통해 출처의 도를 노래했고,
관청 뜰의 매화를 명리를 좇아 현실에 나아간 사람(자신)에 빗대기도
했다.[30] 그러나 김종직의 매화는 고상함과 저속함으로 나뉘지 않는다.
어느 곳에서든 매화는 반가운 존재이며, 화자는 이 꽃에게 다정한 시
선을 보낸다.

복사꽃 퇴색하고 살구꽃도 떨어지는데   桃花欲黦杏花飄
도리어 담 모퉁이 버들 사이로 (매화꽃이) 피었네.   却得隈墻映柳條
서글퍼라 끝내 어른이 되지 못하니   惆悵終非丈人行
어지러운 벌 나비가 괴롭게 집적대는구나.   紛紛蜂蝶苦相撩[31]

1483년 홍문관 응교로 재직하던 시절의 작품이다. 매화는 섣달을
지나고 추위 속에서 피어나기도 하지만, 지역에 따라 개화 시기에 차
이가 있다. 관청 뜰의 이 매화는 3월이 되어서야 꽃을 피웠다. 제목에
서 이런 정황을 말했고, 정작 시 본문에는 매화를 가리키는 글자가
없다. 도리(桃李)조차 시들어 떨어지는 늦봄에 푸릇푸릇한 버들과 어

---

30 이황(李滉),『퇴계집(退溪集)』권4,「得鄭子中書 益歎進退之難 ﬩吟問庭梅【書言陞拜
　　事】」. "梅花孤絶稱孤山, 底事移來郡圃間. 畢竟自爲名所誤, 莫欺吾老困名關."
31 『점필재집』권17,「本館西墙下有梅一株三月始開」.

우러져 있다고 했다. 장인항(丈人行)은 송(宋) 당경(唐庚)의 「이월에 매화를 보고[二月見梅]」에 나오는 "지금 이미 어른의 항렬이 되었는데 / 어찌 연소배와 봄바람을 다투랴[只今已是丈人行 肯與年少爭春風]"라고 한 데서 온 표현이다. 뭇 꽃보다 일찍 피어나는 매화는 꽃 중의 어른이다. 추운 날 피어나기에 봄바람을 더 받겠다고 애쓰지도 않는다. 그러나 관청 뜰의 이 매화는 늦게 핀 때문에 벌 나비의 집적댐에 시달려야 한다.

뒤늦게 출사한 군자가 소인배들의 이러쿵저러쿵하는 말에 시달리는 것을 은근히 풍자한 것일까? 오래도록 지방관으로 있다가 중앙의 요직에 진출하여 정계의 풍파에 정면으로 부닥치게 된 김종직의 상황이 겹쳐지기도 한다. 그러나 일부러 그런 뜻을 담으려 한 것으로 보이지는 않는다. 그저 늦게 핀 매화를 안쓰럽게, 그러나 반갑고 다정한 시선으로 노래한 것이다. 옛 친구 같은 남쪽 고향 마을의 매화나 공무에 지친 지방관을 위로해주는 오래된 매화와 마찬가지로 관청 뜰의 이 매화 역시 시인의 생활에 흥취와 활기를 더해주는 동반자 같은 존재였다고 할 수 있다.

이처럼 김종직 시의 매화들은 고고한 정신세계를 대표하는 은자의 모습이라기보다는 친근한 벗의 형상으로 그려진다. 마지막으로 한 편을 더 인용한다.

병이 많아 모르는 새 얼굴이 쇠했으니	多病神觀不覺低
꽃도 내 모습에 놀라 슬픈 빛을 띠었구나.	花今訝我亦含悽
인가의 대숲 속엔 응당 매화 빛 찬란하니	人家竹裏應璀璨
가마 타고 여기저기 구경이나 다녔으면.	準擬籃輿東復西

매화꽃이 사향 머금고 봄바람에 서 있으니　　　　　皺氷緘麝立東風
세상살이에 참으로 스스로를 꾸미지 않네.　　　　寓世眞能不自工
병든 나를 만나서 도리어 예쁜 자태 지으니　　　　逢著病夫還嫵媚
그대와 지금 친하는 건 도리어 공정한 게 아니라네. 與君今好却非公[32]

　유호인이 매화 가지와 함께 시를 보내주어 거기에 차운한 작품이다.
화자는 지금 병 때문에 집안에서 지내고 있다. 매화는 그런 나를 애처
롭게 여기고 슬픈 표정을 띠고 있다. 그러나 노쇠함에 대한 탄식은
이 시의 주제가 아니다. 김종직 시 특유의 명랑한 분위기가 이 시에서
도 확인된다.[33] 대숲 사이로 매화가 가득 피었을 터이니 가마를 타고서
라도 구경하고 싶다고 했다. 둘째 수에서는 기교를 부리지 않는 매화
의 소박한 아름다움을 말하고, 병부(病夫)를 꺼리지 않고 예쁜 모습으
로 위로해주는 꽃에 대한 고마운 마음을 '非公'이라며 유머러스하게
표현했다. 제자이자 벗이었던 유호인에 대한 마음을 이렇게 표현한
것인지도 모르겠다. 이 시의 매화는 참으로 다감한 존재라고 하지 않
을 수 없다.

2. 심미적 태도에 바탕을 둔 구체적 형상화

　김종직의 매화시가 주로 일상 속 동반자로서의 매화를 읊고 있음을
앞에서 살펴보았다. 이러한 매화들은 어떠한 고매한 정신의 표상이라
기보다는 봄날의 흥취를 도와주는 '아름다운 존재'로서 그려진다. 관

---

32 『점필재집』 권8, 「克己以梅數萼來贈 兼有此詩 次韻」.
33 김영봉은 김종직의 시풍에 대하여 호방한 성격과 함께 "활달하고 밝으며 상쾌한 기상"
　도 나타남을 지적하였다. 또, 그의 시풍이 "陰柔美'보다는 '陽剛美' 쪽이며, '恨'보다는
　'興'이 주조이며, '沈鬱'보다는 '明朗'을 위주로 한다"고 분석하였다.(김영봉(2000b,
　『金宗直 詩文學 硏究』, 이회, 122~123쪽)

념적인 상징이라기보다는 심미적 대상으로서 완상되고 있다는 뜻이다. 매화는 국화, 대나무, 난초, 소나무 등과 함께 유교 문화에서 특별한 상징성을 지니는바, 이에 따라 관념적·추상적인 의미를 전달하는 매체로서 등장하는 경우가 빈번하다. 예를 들어 눈 속에 피어나는 고고한 절개나 은일하는 선비의 상징 같은 것이 대표적이다. 매화는 또한 역(易)의 원리를 표상하는 상징으로서도 이해되어왔다. 그러나 김종직의 시에서는 이러한 측면이 상당히 약화되어 있으며,[34] 이는 김종직 매화시의 주된 특징이라고 할 수 있다.

이러한 심미적 태도는 매화(나무)의 형상을 구체적으로 재현하는 방식으로 나타난다. 다음은 『회당고』에 수록된 「매룡인(梅龍引)」이다.

황량한 언덕 끊어진 고개에 눈 내리려 하고	荒岡斷隴雪欲雨
구석진 그늘 쓸쓸하고 찬 기운 맺혀 있는데	窮陰慘澹寒氣沍
냇가의 늙은 매화 고목 등걸 되었지만	溪邊老梅成古槎
그래도 푸른 가지 뻗어 나무 가득 꽃피웠네.	猶擢青枝開滿樹
잠헌 어른의 그림은 입신의 경지 이르렀는데	箴軒丈人畫入神
우리 가군을 위하여 종이에 붓을 휘둘렀으니	爲我家君拂毫素
울퉁불퉁한 줄기는 우뚝우뚝	礧砢幹軒軒
가볍게 빛나는 꽃은 나풀나풀.	輕明花緝緝
황혼 뒤에 펼쳐보니	展之黃昏後
홀연 용이 떠나 칩거하는 듯	乍若龍離蟄
구부린 머리는 돌려서 거친 물결 속에 숨겼고	袞首旋隱瀧濤府
꼬리는 푸른 하늘로 던져져 아래로 들어가지 않았네.	
	尾擲青霄猶未塌

---

34 여기서 '약화'라고 한 것은 김종직의 시에 그러한 매화의 표상성이 드러난 작품이 없는 것은 아니기 때문이다. 이에 관해서는 본 장 제3절에서 살펴본다.

짙은 숲에서 갈기 거꾸로 버티고 있는데	陰森鬐鬣自撑倒
옥 비늘 만 조각이 안개에 젖었네.	玉鱗萬片烟霧濕
적막한 모습이 촉(蜀) 정원의 진면모 얻었으니	悄然貌得蜀苑眞
지축이 움직이고 귀신이 우는구나.	地軸移來鬼神泣
묘한 솜씨 사람마다 구해도 허락지 않았으니	妙手不許人人求
두 어르신의 뜻이 금석도 뚫음을 이에 알겠네.	乃知兩翁之志貫金石
이십여 년을 붙잡고 완상하였고	二十餘年在把玩
지금도 홀로 중당 벽에 걸려있다네.	如今獨掛中堂壁
창연하게 늙은 기상이 방불하게 상상되니	蒼然老氣想彷佛
그림 대하면 자못 선친 그리는 마음 위로되네.	對畫頗慰羹墻思[35]

(후략)

이 시는 정양(鄭襄, 號 箴軒)이라는 이가 김종직의 부친 김숙자에게 그려준 매화 그림 두 축에 대한 제화시이다. 부친을 선군(先君)으로 지칭하고 있으며, 그림을 대하면 갱장(羹墻: 선조를 간절히 추모함)의 마음을 위로할 수 있다고 한 것으로 보아 김숙자가 사망한 1456년(26세) 이후의 작품임을 알 수 있다. 칠언고시 편에 수록되어 있으나 잡언의 악부체 고시이다.

제목의 '梅龍'은 육유의 시어를 차용한 것이다. 육유의 「크게 취하여 매화 아래서 주필로 쓰다[大醉梅花下走筆賦此]」의 마지막 부분에서는 "마침내 매룡을 타고서 바닷가에서 봄빛을 보네.[終當騎梅龍, 海上看春色.]"라고 하였다. 또, 「옛날 촉의 별원이 성도 서남쪽 15, 6리에 있었는데 매화가 매우 많았다. 그중 두 그루의 큰 나무는 이상하게 비틀려서 용과 같은 모양을 하고 있어 '매룡'이라고 전해졌다. 내가 처음 촉에

---

35 『회당고』, 「梅龍引【鄭司諫襄号箴軒昔爲吾先君畫墨梅二軸】」(부분). 이 작품 및 아래의 「매화이절(梅花二絶)」의 번역은 김영봉 선생님의 도움을 받았다.

가서 이 시를 지었는데, 이로부터 해마다 방문하였다. 지금 다시 한 수를 지으니, 정유년 11월이다.[故蜀別苑 在成都西南十五六里 梅至多 有兩大樹 天矯若龍相 傳之梅龍 予初至蜀 爲作詩 自此歲常訪之 今復賦一首 丁酉十一月也]」라는 시제가 있다. 후자의 시에 "창연한 노기가 복사꽃 살구꽃을 압도하는데 / 내게 웃으며 하얗게 피어나니 마음은 오히려 어린애 같네.[蒼然老氣壓桃杏, 笑我白髮心尙孩.]"라는 구절이 있는데, 김종직의 위 시에서 이를 빌려 오래된 매화나무의 '蒼然老氣'가 정양의 그림 속에 생생하게 드러난다고 하였다.

'매룡'은 꽃이 아니라 가지와 등걸에 주목한 표현이다. 고목의 비틀린 가지를 꿈틀거리는 용에 빗댄 것이다. 앞 절에서 인용한 학사루 매화에 대한 시에서도 "다시 이 용이 쓰러지니 어찌 슬프지 않으랴[復此龍顚寧不悼]"라고 하며 늙은 매화나무를 용이라고 지칭하였다. 매룡이란 표현은 육유의 창안이므로 김종직 시의 독창적인 발상이라고 볼 수는 없다. 그보다는 위 시에서 매화나무를 용에 빗댐으로써 역동적인 이미지로 형상화하고 있다는 점에 주목할 필요가 있다. 제7구부터 제16구까지의 묘사가 이에 해당한다. 오언으로 이루어진 7, 8구에서는 '軒軒'과 '緝緝'이라는 의태어를 써서 각각 줄기와 꽃의 모습을 리듬감 있게 묘사하였다. 9, 10구에서는 어슴푸레한 저녁 햇살 속에서 그림을 펼치면 묵매가 마치 날아올라 숨어버리는 용처럼 보인다고 하였다. 이어지는 네 구절은 나무가 아니라 용을 묘사하고 있는 듯하다. 용이 물속에 머리를 담그고 꼬리를 하늘로 치켜든 모양을 그려냈다. 이어서 비틀린 채 공중을 향하고 있는 나뭇가지를 거꾸로 매달린 용의 모습으로 그려내고, 습기를 머금은 듯한 고목의 결을 촉촉한 옥 비늘이라고 표현했다. 묵매의 배경이 안개 낀 숲이었던 모양이다. 이는 「등자 운을 뽑아 용괘를 읊다【예문관 월과】[龍掛占騰字【藝文月課】]」(『점필재집』 권1)

에서 "옥 비늘에 붉은 갈기로 거꾸로 버티고 있는데[玉鱗朱鬣自撑倒]"라고 한 것과 유사하다. 『회당고』 수록작이 더 이른 시기에 지어졌다고 한다면, 매화시에 사용한 표현을 나중에 용을 묘사하는 데 다시 쓴 것이다. 15구에서는 '蜀苑'이라는 표현을 써서 바로 이 매룡이 육유가 묘사한 늙은 매화임을 밝히고, 16구에서 정양의 그림이 지축을 움직이고 귀신도 울릴 정도로 실감 나게 그려졌음을 칭송하며 묘사를 마무리한다.

매화나무를 이처럼 역동적인 이미지로 그려낸 시는 흔치 않다. 김종직의 시에서 '용(龍)'은 웅혼(雄渾)한 분위기를 연출하는 시어로 활용되곤 한다. 유명한 구절인 "학은 신라의 보개에서 번드치고 / 용은 부처 하늘의 여의주를 차네.[鶴翻羅代蓋, 龍蹴佛天毬.]"(「仙槎寺」), "상방의 종이 울리니 검은 용이 춤을 추고 / 만규에서 바람이 이니 철봉이 날아오른다.[上方鍾動驪龍舞, 萬竅風生鐵鳳翔.]"(「夜泊報恩寺下 贈住持牛師」)가 여기에 해당한다.[36] 또, 묘사 대상을 용에 비유하여 동적 심상을 강조하는 방식도 확인된다. 장막에 그려진 포도 넝쿨에 대해 "주렁주렁 검은 구슬이 잠든 용에 바짝 붙었네.[磊落驪珠襯睡龍]", "장막 아래 자줏빛 줄기는 검은 용이 달리는 듯[紫莖帳底走驪龍]"(「草龍帳」)이라고 하였으며, 바다를 건너 수박을 실어온 일에 대해 "검은 용을 더듬어서 알(구슬)을 싣고 돌아왔네.[探得驪龍乘卵回]"(「朴錄事由孝饋四水瓜卽進納尙州」)라고 하였다. 「매룡인」에서는 이러한 두 가지 수법이 모두 나타난다. 즉, 정적인 사물인 매화나무를 용에 비유하여 역동적 심상을 부여하고, 그림 속 묵매의 '蒼然老氣'를 구체화함으로써 웅혼한 풍격을 형성하고 있는 것이다.

---

36 김영봉(2000b), 84~98쪽에서 김종직 시의 풍격으로 "放遠·洪亮嚴重의 雄渾美"를 논하면서 이 구절들이 포함된 작품을 거론하였다.

매화나무를 용에 비유한 시를 한 수 더 인용한다. 마찬가지로 제화
시이다.

숨어 있는 용이 꼬리 드러내 화괴로 변한 듯	蟄龍露尾幻花魁
아마도 맑은 향이 바위굴에서 나오는 듯하네.	疑有生香石竇來
비취새가 찬 대나무 위에서 재잘대니	翠羽啾嘈寒篠上
밤 깊어 취한 넋을 불러내려 함인가.	夜深要喚醉魂回[37]

시의 내용으로 볼 때 바위 뒤편에서 매화 가지가 뻗어 나와 꽃을
매달고 있고, 곁에는 대나무가 있고 그 위에 새가 앉아 있는 모습을
담은 그림을 대상으로 한 작품이다. 여기서는 그림 속 매화를 '蟄龍'에
비유하고, 뻗어 나온 가지에 꽃이 핀 모습을 숨은 용의 꼬리가 매화[38]
로 변했다[幻]고 하였다. 그림이기 때문에 향기는 상상으로 맡아야 한
다. 그래서 '疑有'라고 표현했다. 용을 닮은 뒤틀린 가지에 몇 송이
매화가 피어 있는 모습, 그리고 깊은 바위굴에서 피어나오는 듯한 향
기가 고담(枯淡)한 느낌을 준다. 전구와 결구에서는 조사웅(趙師雄)이
나부산(羅浮山)에서 매화의 정령을 만난 고사를 인용했는데, 매화시에
서 빈번히 활용되는 전고이다. 전구와 결구는 다소 평이하지만, 기구
와 승구의 묘사에는 이채가 있다.

위 작품들은 매화를 관념적 상징이 아닌 심미적 대상으로서 다루고
있으며, 매화나무를 용에 빗대어 동적인 이미지로 그려냈다. 심미적
태도로 매화를 그려낸 또 다른 작품들을 살펴보자.

---

37 『점필재집』권19, 「朴副正衡文請題畫屏」 8수 중 제2수.
38 원문의 '花魁'는 '꽃의 우두머리'라는 뜻으로, 매화 또는 난초를 형용하는 말이다.

가까이 부는 바람에도 아른아른 향기 풍겨오는데　荏苒香來步武風
묵은 그루터기의 푸른 가지 짐짓 고요하구나.　青枝宿蘗故從容
뉘엿뉘엿 석양 속에 길이 새로 우호 맺으니　夕陽婉娩永新好
눈 같은 모양 우뚝하여 얽매이지 않으리.　雪貌稜稜不受籠

꽃송이가 부끄러운 듯 봄 그늘에 숨었는데　蠟跗羞澀護春陰
거꾸로 매달린 새가 또 향기를 훔쳐 맡네.　又見偸香倒掛禽
풍표가 드러나니 의당 독보적일세.　捲却風標宜獨步
요사한 복사꽃 미련한 살구꽃은 이심(貳心)을 품고 있으니.

妖桃頑杏畜將心[39]

『회당고』에 수록된 「매화 2절(梅花二絶)」이다. 첫 수는 매화의 고아
(高雅)한 자태를 읊었다. 매화나무 아래를 거니니 미풍에 향기가 실려
온다고 했다. 승구에서는 검푸른 등걸과 가지의 모습을 '從容'하다 하
였는데, 앞서 인용한 작품들과 마찬가지로 매화나무의 줄기와 가지가
완미의 대상이 되고 있음을 볼 수 있다. 전구와 결구에서는 석양 속의
새하얀 꽃의 풍모를 '稜稜'하다고 표현했다. 둘째 수의 묘사는 더욱
섬려(纖麗)하다. 납부(蠟跗)는 황갈색의 꽃받침을 지칭하는 말인데, 문
맥상 꽃으로 풀이된다. 아래를 향하고 있는 매화의 모습을 보고 부끄
러운 듯 봄 그늘에 숨었다고 하였다. 꽃이 아래를 향하고 있으니 거기
에 부리를 파묻고 있는 새는 거꾸로 매달려 있는 모습일 테다. 퇴계의
매화시 가운데 "이 때문에 나는 꽃 아래에서 / 고개 들고서 꽃술을
하나하나 보네.[賴是我從花下看, 昂頭一一見心來.]"[40]라고 한 구절이 떠오
른다.

---

39 『회당고』, 「梅花二絶」.
40 『퇴계집』 권4, 「再訪陶山梅【十絶】」 중 제8수.

매화의 아름다움 그 자체에 주목하는 태도는 다음 시에도 나타난다.
김종직 시 가운데 유일한 탐매시(探梅詩)이다.[41]

대 가마 타고 날마다 동호를 둘러 도니	竹輿日日繞東湖
매화가 하루라도 없어서는 안 된다네.	不可梅花一日無
눈 속 달 빛나서[42] 유독 아리따운데	雪月輝然偏斌媚
강과 산의 좋은 경치에 외려 홀로 떠돈다오.	江山勝處轉羈孤
매화 가지 잡고서 차마 이 우물을 경시하지 못하나니	攀條未忍輕尤物
붓을 쥐고 어찌 자도 따위를 읊은 적 있으리오.	把筆何曾賦子都
칠점산과 삼차수는 봄에도 참 좋은데	七點三叉春亦好
묻노니 그대는 임포 같은 지기가 있는가.	問君知己有林逋[43]

월파정(月波亭)은 밀양의 누정이다. 이곳을 찾아가 매화를 감상하고
그 감회를 시로 써서 김극검(金克儉)에게 보낸 것이다. 권19의 앞부분
에 들어가 있어 1484년(54세) 작으로 추정되는데, 이때 밀양에 내려간
사실이 확인되지 않아 정확한 창작 경위는 알 수 없다. 날마다 죽여를
타고 동호를 돈다고 하였는데, 봄날의 풍경을 즐기기 위해 매일 부지
런히 돌아다닌 것이다. "不可梅花一日無"는 "어떻게 하루라도 차군(대
나무) 없이 보낼 수가 있겠는가?[何可一日無此君耶?]"라고 한 왕휘지(王徽
之)의 말을 점화한 것이다. 사철 푸른 대나무와 달리 매화는 이른 봄에

---

41 탐매시(探梅詩)가 많은 것은 김시습 매화시의 한 특징이다. 김시습은 또한 정매(庭梅)
    보다 야매(野梅)를 선호하였다.
42 『역주 점필재집』 4, 118쪽에서는 "눈빛 달빛 휘황하게"라고 번역하였다. 이렇게 풀이
    하면 눈빛과 달빛이 아름답다는 의미가 된다. 그러나 눈 내리고 달이 밝아서 매화
    핀 풍경이 더욱 아름답게 느껴진다는 의미로 해석할 수도 있으므로 "눈 속 달 빛나서"
    로 고쳤다.
43 『점필재집』 권19, 「月波亭探梅 寄贈士廉」.

잠시 꽃을 피울 뿐이므로 늘 곁에 둘 수 있는 대나무와는 다르지만, 그래도 매화에 대한 사랑을 보여주는 재치 있는 표현이다. 함련에서는 눈빛과 달빛이 어우러져 빛나는 밤 매화가 더욱 어여쁜데, 이런 아름다운 광경을 홀로 즐기니 도리어 외로워진다고 하였다.

경련의 '우물(尤物)'은 진귀한 물건이나 절세미인을 가리키는 말인데, 남송 범성대(范成大)의 『매보(梅譜)』에서 "매화는 천하의 우물이니, 지혜롭고 현명하거나 어리석고 못난 사람을 막론하고 감히 다른 의견이 없다.[梅, 天下尤物, 無問智賢愚不肖, 莫敢有異議.]"고 하여 매화를 지칭하는 표현으로 쓰이게 되었다. 김종직은 다른 시에서도 "우물과 사귀기 어려움은 잘 알고 있으니 / 벌 나비가 어찌 일찍이 엿보았겠는가.[44][極知尤物納交難, 蜂蝶何曾儑眼看.]"(권7, 「和克己詠梅五絶」)라고 읊었다. '우물'이라는 표현 자체가 시인이 매화의 아름다움, 즉 외면적 속성에 주목했다는 뜻이다. 이것은 물론 고상하고 격조 있는 아름다움이다. 그러므로 가볍게 다루지는 못한다고 하며, 일찍이 자도(子都)를 읊은 적이 없다고 하였다. 자도란 춘추시대 미남자의 이름인데, 세속의 기호에 어울리는 존재를 가리키는 것으로 볼 수 있다.[45] 매화의 아름다움은 경박한 말로 아무렇게나 말할 수 있는 것이 아니라는 뜻이다. 미련에서 언급한 칠점산과 삼차수에 대해서는 자주(自註)를 달아 설명해 놓았는데, 김극검의 집이 있는 김해의 산과 물이라고 했다. 그곳에도 지금 한창 봄이 무르익었을 텐데, 자기와 같이 매화에 빠진 벗이 있는지를 물었다. 날마다 매화를 보러 나간다고 한 수련에 호응하는 내용으로 끝을 맺은 것이다.

여기서 시인이 매화의 외면적 속성에 주목했다고 했지만, 그것이

---

44 『역주 점필재집』 2, 190~191쪽에서는 "뛰어난 미인은 사귀기가 어려우니 / 벌 나비 따위가 일찍 엿볼 수나 있었겠나."라고 번역하였다.

45 『역주 점필재집』 2, 190쪽.

피상적인 아름다움에만 탐닉했다는 뜻은 아니다. '아름다움'을 완미하되, 그 아름다움의 '본질'에 도달하려는 태도 역시 나타난다. 아래는 술에 취해 잠들었다가 한밤중 술이 깨어 매화 그림을 꺼내서 완상하고 지은 시이다.

우물 밑에 양이 오를 때를 만나　　　　　　　正値陽升井底時
등잔 앞에 눈 비비고 매화 가지를 살펴보니　燈前揩眼探梅枝
콧구멍에 좋은 향기는 들어오지 않아도　　　從教鼻觀無芳麝
눈 같은 꽃잎과 금 같은 수염은 절로 기이하도다.　雪瓣金鬚也自奇

푸른 눈의 호승이 환술을 잘하여　　　　　碧眼胡僧眞善幻
성긴 대나무 울타리를 그려냈구나.　　　　也能粧點竹籬疎
밝은 창 책상 앞에(서) 하릴없이 마주하니　晴窓桊几空相對
그 뜻은 여황빈모의 바깥에 있다네.[46]　　意在驪黃牝牡餘[47]

이 시에서 흥미로운 점은 매화 그림을 감상하는 화자의 태도이다. 제목에서 "비록 진짜가 아니라는 것은 알고 있지만, 그래도 그 전형에 방불하였다"고 하였는데, 이 말은 마치 진짜 매화처럼 그림을 감상하고 있다는 말이다. 섣달['陽升井底時']을 맞아 '探梅枝'를 하고 있다는 표현에서도 이를 알 수 있다. 아직 피어나지 않은 매화를 대신하여 그림 속 매화를 '눈을 비비고' 들여다 보고 있는 것이다. 아무리 보아도 향기는 느껴지지 않으니, 그림 속 매화이기 때문이다. 그러나 꽃잎과

46　『역주 점필재집』 2, 435쪽에서는 "그 뜻은 생동하는 天機를 보려는 데 있네."라고 의역하였다.

47　『점필재집』 권10, 「昨日摹出梅枝 夜半酒醒 就燈玩之 雖知非眞 猶可彷彿其典刑 吟得二絶句奉呈」.

꽃술은 저절로 **빼**어나서 정말로 매화를 보고 있는 것과 같다. 그림 속 매화를 실제처럼 완상한 일을 읊은 것은 여타 매화시에서 찾기 힘든 독특한 발상이며, 지극히 심미적인 태도이다. 이 시를 비롯하여 심미적 태도로 매화를 감상하고 있는 작품들 중에는 제화시가 다수를 차지한다. 그림 속 대상의 구체적 형상을 언어로 표현하는 것은 제화시의 기본적인 속성이다. 이에 따라 그림 속 매화의 형태에 집중하는 심미적 태도가 발현된 것이라고 볼 수 있다.[48]

둘째 수에서는 이렇게 '진짜 같은' 매화를 그려낸 것이 마치 환술과도 같다고 했다. 그런데 이렇게 그림을 오래도록 완미하는 이유는 화폭에 그려진 고운 형체를 즐기려는 것이 아니라, 바로 '여황빈모(驪黃牝牡)'의 바깥을 보려는 것이다. 이 표현은 『열자(列子)』에 나온 구방고(九方皐)의 일을 용사한 것이다.[49] 이 시에서 이 표현은 이중의 의미를 갖는다. 실체인 매화를 모사한 그림을 보는 것이 아니라 그림 너머의 실체인 매화 자체를 본다는 뜻이 첫 번째이고, 매화라는 사물 자체의 아름다움이 아니라 그 아름다움의 본질―예컨대 천기(天機)라든가 생생지리(生生之理)와 같은―을 본다는 것이 두 번째 의미이다. 아름다움의 본질을 추구하는 태도는 심미적 태도의 연장선에 있으면서, 미학

---

48 또한 그림을 그리고 그것을 감상하는 행위 자체가 일종의 심미적·탐미적 행위로 간주될 수 있다.

49 구방고가 백락(伯樂)의 추천을 받아 진(秦) 목공(穆公)에게 천리마를 구해주었는데, 처음에 '암컷이고 노란 말[牝而黃]'이라고 보고했는데 알고 보니 '수컷에 검은 말[牡而驪]'이었다. 목공이 이를 나무라자 백락이 "구방고가 본 것은 천기이므로, 그 정밀한 것만 취하고 거친 것은 잊어버리며, 안에 있는 것을 중시하고 겉으로 보이는 것은 잊어버리며, 보아야 할 것만 보고 보지 않아야 할 것은 보지 않으며, 살필 것만 살피고 살피지 않아야 할 것은 살피지 않으니, 구방고의 말 상 보는 것 같은 경우는 곧 말의 겉모습보다 더 중요하게 여기는 것이 있습니다.[若皐之所觀, 天機也, 得其精而忘其麤, 在其內而忘其外; 見其所見, 不見其所不見; 視其所視, 而遺其所不視. 若皐之相馬, 乃有貴乎馬者也.]"라고 답했다.

적·철학적인 관물의 자세로 나아간 것이라고 할 수 있다. 이에 관해서는 다음 절에서 상론한다.

3. 매화의 생명력에 대한 경탄과 반가움의 표출

서론에서 언급하였듯이 매화는 고매한 인격을 상징하는 꽃으로서 지사(志士)와 은자의 표상으로 널리 음영되었다. 매화가 피기 시작하는 섣달은 절정의 음(陰)에서 양(陽)이 생겨나는 때다. 동지에 이르러 미양(微陽)이 생겨난다고 하며, 매화는 바로 그러한 천기(天機)의 운행을 상징한다. 매화가 높여지기 시작한 것은 음양오행설의 영향으로 역학(易學)이 성립한 위진남북조 시대이다. 매화는 수·당대를 거치며 시의 재료로 널리 활용되게 되었고, 송대 성리학의 확립 이후로 태극(太極)의 구현이라는 심오한 의미를 부여받게 되었다. 이에 따라 매화시 역시 성행하게 되었다.[50]

앞서 살펴보았듯이 김종직의 시에서 매화는 고고한 정신의 표상이라기보다는 일상 속의 친근한 동반자로 나타나며, 시적 화자는 심미적 태도로 대상을 묘사하는 데 주력하고 있다. 그러나 김종직의 매화시에도 매화가 태극의 원리를 구현한 존재라는 것을 읊은 것이 없지는 않다. 아래는 동지일에 매화를 읊은 시이다.

밑바닥에 숨은 양이 일곱 달 만에 돌아오니　　井底潛陽七日回
일원(一元)이 소생하여 찬 매화에 스며드네.　　一元消息透寒梅
하늘의 마음 환하게 가지 가득 움직이고　　　 天心昭灼盈枝動
봄소식이 곱다랗게 와서 꽃이 마음껏 피었구나.　春信丰茸滿意開

---

50 신익철(2013), 166~167쪽.

향긋한 그림자 하늘하늘 궤석에 비쳐들고	香影微微侵棐几
매화의 정신은 짐짓 금 술잔에 잠겨든다.	精神故故蘸金杯
이로부터 생생의 이치 가만히 보노니	從玆細翫生理
다만 주역을 풀이할 재주 없는 것이 안타깝네.	只恨曾無演易才

세 겹 두르고 명주 편 방안에 갈대재가 움직이니	三重緹室動葭灰
추위가 기세 떨쳐도 매화를 막지 못하네.	縱有寒威未勒梅
문득 옛 가지 가득 새싹이 옴직거리니	忽覺宿枝盈蓓蕾
이제 생의(生意)가 싹터 나오려는가 보다.	卽知生意破胚胎
물병에 꽂은 매화 꽃잎을 보며	膽瓶玄酒神相照
오궤에 기대 경서를 펼치노라.	烏几遺經手自開
조만간 파랑새가 소식을 전해올 테니	早晚翠衣來報信
삼성 비끼고 달이 질 제 술잔 들기 좋으리.	參橫月落好銜杯[51]

이 시는 1465년(35세)의 작품으로 『회당고』 수록작을 제외하면 김종 직 매화시의 가장 첫머리에 놓이는 작품이다. 첫 번째 수를 보면 '一元 消息', '天心昭灼', '春信丰茸'과 같이 매화의 개화에 앞선 '원인'으로 서의 추상적 원리를 노래하고 있음을 볼 수 있다. 그렇게 피어난 매화 의 아름다움은 경련에서 묘사되는데, 향기와 함께 매화의 '정신(精神)' 을 이야기했다. 그리고 매화를 감상하는 것을 "생생의 이치를 자세히 완미한다[細翫生理]"고 하며 매화 자체가 아닌 그 너머의 원리를 보는 태도를 취하고 있다. 둘째 수에서도 마찬가지로 매화가 피어난 것이 생의(生意)의 작용임을 강조하고 있다. 앞에서는 술잔에 매화가 잠겨 든다 하였고, 여기서는 화병에 담은 물에 매화의 정신이 비춘다고 했 다. 책상에 펼쳐놓은 경전은 『주역』일 것이다. 미련의 청조(靑鳥)와

---

51 『점필재집』 권2, 「至日詠梅」.

'參橫月落'은 앞서 언급한 조사옹의 전고를 활용한 표현이다. 태극의 원리를 말했지만 결국 매화 아래서의 흥취를 상상하며 시를 끝맺고 있다.

이 시는 특별히 독창적인 의경(意境)은 없으나, 전체적으로 산뜻하고 맑은 기품이 있다. 봄의 도래에 대한 설렘이 차분하게 표현된 시다. 여기서 태극의 원리를 말한 것은 김종직의 다른 매화시와는 달리 매화라는 대상을 관념적으로 다루고 있는 것처럼 보인다. 그러나 시의 화자가 궁극적으로 추구하는 것은 매화를 통한 이치의 탐구가 아니다. 예컨대 김창흡의 시에서 "깊은 방에 들어앉아 참된 소식 탐구함에 / 책상 앞이 맑아지매 작은 정원이로구나.[深房坐討眞消息, 床榻蕭然卽小 圍.]"[52]라고 끝을 맺은 것과는 다르다는 뜻이다. 김종직의 위 시에도 사물을 관조한다는 철리적인 태도가 나타나고 있다. 그러나 그러한 태도가 작품의 주된 정조를 형성하고 있지 않으며, 오히려 매화의 충만한 생명력에 대한 탄상(歎賞)의 목소리를 이끌어내는 역할을 하고 있다.

한편 아래 시에서는 매화의 개화에서 천기를 읽어내고 있다.

푸른 등잔 소박한 안석으로는 흥을 타기 어려워	靑燈素几興難乘
문득 가지 끝에서 오출빙을 불러내노라.	却喚枝頭五出氷
알아야 하리, 이 꽃의 소박한 곳에	要識此花癡絶處
다소의 천기가 붙어 있는 것을.	天機些子且相憑
서호처사의 시구를 끌어와서	勾引西湖處士吟

52　김창흡(金昌翕), 『삼연집(三淵集)』 권6, 「松栢堂詠梅 又賦」 其二.(신익철(2013), 188쪽에서 재인용)

찬바람에 한 잔 물로 꽃망울을 도왔네.　　　　　尖風勻水助芳心

문득 놀라노니 절후 막 경칩인데　　　　　　　　忽驚節候纔驚蟄

이 추운 때 벌이 용케도 찾아오는 것을.　　　　爲有寒蜂聖得尋[53]

　　1488년(58세) 2월 전라도관찰사 재직 시절 나주에서 지은 시이다. 매화 가지를 꺾어다가 화병에 꽂아놓고 물을 주었더니 밤새 꽃이 다 피었다. 사람이 꽃을 피워낸 것이라서 '喚'이라는 글자를 썼는데, 절묘하다. '오출(五出)'은 다섯 개의 꽃잎을 가진 매화를 뜻하고, '빙(冰)'은 빙혼(冰魂)이나 빙기(冰肌)[54] 등으로 써서 매화를 형용하는 표현이다. '치절(癡絶)'이란 '어리석음이 빼어나다', '어리석기 그지없다'로 풀이 되는데, 고개지(顧愷之)의 전고를 이용한 것이다.[55] 여기서 매화의 치절을 말한 것은 매화가 꾸밈없는 질박한 아름다움을 간직하고 있다는 뜻이다. 대단치 않아 보이지만 바로 거기에 천기가 담겨 있다고 하였다. 여기서 천기란 하늘의 운행이자 우주의 원리를 가리킨다. 음양이 교체하면서 세상을 운행하는 이치가 이 작은 꽃 안에 들어있다. 연비어약(鳶飛魚躍)에서 우주의 이치를 바라보는 것과 같은 방식의 관물(觀物)의 태도다. 둘째 수에서는 이제 겨우 경칩이 되었는데 겨울 벌이 꽃을 알고 찾아들었음에 놀라고 있다. 사람이 꽃을 불러내고, 꽃은

---

53 『점필재집』 권22, 「在羅州西館 折梅之未綻者 揷于膽甁 注以水 連夜盡開」.

54 소식(蘇軾)은 「재용전운(再用前韻)」에서 "羅浮山下梅花樹, 玉雪爲骨冰爲魂."이라 고 하였으며, 송대의 문인 섭옹(葉顒)의 「고포매화(故圃梅花)」에서는 "身世水雲鄕, 冰肌玉色裳."이라고 했다.

55 고개지는 동진(東晉)의 유명한 문인화가이다. 그가 환온(桓溫)의 막부에 있을 때 항상 말하기를 "개지의 몸속에는 어리석음과 교활함이 각각 반반씩이니, 합해서 평론하면 바야흐로 그 평균을 얻을 것이다.[愷之體中, 癡黠各半, 合而論之, 正得平耳.]"라고 하였다. 그래서 세상에서 전하길 고개지를 才絶, 畫絶, 癡絶이라고 일컬었다.(『진서 (晉書)』, 「고개지전(顧愷之傳)」) 이후로 치절(癡絶)은 졸박함을 간직한 것, 세속과 맞지 않음을 가리키는 말로 쓰였다.

다시 벌을 불러낸다. 그러나 꽃을 피웠다 해서 인공(人工)은 아니며 겨울철에 벌이 찾아왔다 해서 역리(逆理)는 아니다. 꽃은 소박한 본성에 천기를 담고 있었기에 때맞춰 피어날 수 있었던 것이고, 벌은 천지 자연의 미묘한 변화를 감지하는 존재이기에 미미한 향기에도 꽃을 찾아낸 것이다.

이 시 역시 앞의 작품과 마찬가지로 어느 정도의 철리적 태도를 보이면서, 궁극적으로는 매화의 생명력에 대한 감탄을 노래한 작품이다. 화자는 매화가 피어난 것을 보고 그 이치에 탄복하고 있지만 그 이치를 배운다는 것이 매화 감상의 목적은 아니다. 애초에 매화 가지를 가져온 것도 흥(興)을 돕기 위해서이다. 하룻밤 사이에 피어난 매화는 화자의 흥취를 돋우는데, 이 흥은 차분한 가운데서 잔잔히 일어나는 유흥(幽興)이다. 관물의 시선이 나타나지만 화자의 태도는 여전히 심미적이다. 이러한 태도와 관련하여 다음 작품 역시 참고할 만하다.

일원이 소생하여 찬 매화를 찾아왔건만	一元消息訪寒梅
동풍이 아직 꽃 피우지 못했음이 아쉬웠는데[56]	却恨東風未放開
코를 찌르는 향기에 고운 꽃잎을 만나니	擁鼻忽然逢粲者
복사꽃 오얏꽃이야 아무 때나 피건 말건.	從教桃李不時材[57]

밀양 동헌에 매화가 갓 피어서 오 교수와 밀양부사가 시를 지어서 이에 차운한 작품 2수 중 한 수이다. 일원(一元)은 우주가 생성했다가 소멸하기까지의 기간을 말하는데, 여기서는 우주의 운행 정도로 볼

---

56 『역주 점필재집』 2, 50쪽에서는 "새봄이 돌아왔기에 매화를 찾았더니 / 봄바람에 아직 꽃 안 피어 아쉬운데"라고 번역하였다. 현재 시점에서는 꽃이 피었고, 기구와 승구에서는 꽃 피기 전의 일을 읊은 것이므로 '아쉬웠는데'로 고쳤다.

57 『점필재집』 권6, 「密陽東軒 梅花初開 吳教授及城主有詩 次韻」 2수 중 제2수.

수 있다. 소식(消息)은 소장(消長)이나 성쇠(盛衰), 또는 변화를 뜻한다.
기구와 승구에서는 동지가 지나 음에서 양의 기운이 싹터 매화 필 시기
가 되었는데 아직 꽃이 피지 않아 안타까웠음을 말했다. 매화가 피기
를 그만큼 기다렸다는 뜻이다. 전구와 결구에서는 기다림 끝에 드디어
꽃이 피어난 기쁨을 읊었다.[58] 태극의 원리에 대한 말로 시상을 열었지
만 매화를 만난 기쁨을 노래하며 시상을 맺었다.

한 작품을 더 인용한다.

아득히 넓은 벌판에서 잔설을 몰아냈는데	漫漫坡壟盡殘雪
한파가 동군을 눌러 봄이 늦어지네.	寒勒東君弭玉節
원림에서 홀연 이 매화를 만나니	園林忽値此粲者
높다란 복숭아 오얏꽃은 모두 시름에 빠졌구나.	桃李箭摻盡愁絶
물가 울타리 친 왕손의 집에서	水邊籬落王孫家
향기 찾아 완보하며 비껴진 매화를 보네.	尋香緩步看橫斜
가냘프고 어여쁜 꽃들 당돌하게 피어나도	縱有纖穠來唐突
충만한 화기엔 조금의 사특함이 없도다.	一團和氣思無邪[59]

위 작품은 안상계에게 지어준 「전은의 사계절[田隱四時]」 연작 가운
데 '梅坡春色'에 해당하는 제1, 2수이다. 전은(田隱)은 안상계의 호이
며, 이 작품은 그의 은자적 삶을 사계절로 나누어 그려낸 것이다. 첫째
수에서는 겨울이 끝나가는데 아직 봄빛이 찾아오지 않은 때에 문득

---

58 아직 피지 않은 매화에게 얼른 개화하기를 권하는 시도 있다. "池邊脈脈倚風斜, 肯怨
天公剪刻多. 二月尙纖新草木, 何妨容易放瓊花.【時欲開未開.】"(『점필재집』 권13,
「詠善山東軒梅 次子眞韻【具節度使令賦】」)
59 『점필재집』 권5, 「田隱四時【安典籤名桑雞 世宗大王外孫】」 8수 중 제1·2수 '梅坡
春色'.

뜰에서 갓 피어난 매화를 만난 기쁨을 읊었다. 이 시는 바로 앞에서
인용한 「밀양동헌 매화초개 오교수급성주유시 차운(密陽東軒 梅花初開
吳敎授及城主有詩 次韻)」(제2수)과 시상의 흐름이 동일하다. 창작 시기도
비슷한데, 「전은의 사계절」이 먼저 지어졌고 「밀양동헌…」이 그 이듬
해에 지어졌다. 앞의 시에서는 "忽然逢粲者"라고 하였고, 여기서는
"忽値此粲者"라고 하여 표현이 거의 비슷하다. 다만 이 시는 화자 자신
이 아니라 은자인 안상계가 주체가 되고 있다는 점이 다르다. 그래서
桃李를 내버려 둔다고 하는 대신 도리가 시름에 빠졌다고 하며 관찰자
의 시각에서 말했다. '一元消息'과 같은 철리적 표현이 없이도 동일한
시의(詩意)를 무난히 읊어냈음을 볼 수 있다.

둘째 수는 봄날 매화를 완상하는 은자의 모습을 그려냈다. 기구에서
'王孫家'라고 한 것은 안상계가 세종대왕의 외손이기 때문이다. 승구
의 "尋香緩步看橫斜"는 매화의 향기를 찾아 거니는 은자의 호젓한 모
습을 묘사한 것이다. '橫斜'는 임포(林逋)의 시구 "疏影橫斜水淸淺"(「山
園小梅」)에서 따온 것인데, 기구에서 물가를 거닌다고 한 것에 호응하
는 표현이다. 결구의 '一團和氣'는 정명도(程明道. 程顥)의 온화한 기상
을 형용하는 말로 쓰였던 표현이다.[60] 말 그대로 풀이하면 '한 덩이의
온화한 기운'으로, 따스한 봄기운을 지칭한다. 결구는 중의적인데, 매
화의 기상을 말한 것이기도 하고 동시에 은자의 풍모를 이렇게 표현한
것이기도 하다. 그런 점에서 이 시는 은자의 상징으로서의 매화의 '정
신성'을 시화한 측면이 있다. 그러나 이는 안상계의 은거 생활을 칭송
한다는 연작시 전체의 의도와 관련된 것으로, 김종직 매화시에서는

---

60 『이정외서(二程外書)』 권12에서 "명도 선생은 가만히 앉았을 때는 마치 흙으로 만든
인형 같은데, 사람을 접할 때는 온통 한 덩이의 온화한 기운이 뭉쳐있는 듯했다.[明道
先生坐如泥塑人, 接人則渾是一團和氣.]"고 하였다.

오히려 예외적인 특징으로 보아야 할 것이다.

본 절에서 살펴본 작품들은 매화에서 태극의 원리와 천기를 읽어내는 등 관물의 태도가 일정 정도 나타나는 시들이다. 매화를 생생지리(生生之理)의 구현물로 보거나 때를 알아 꽃이 피는 것을 천기의 작용으로 보는 것, 일원이 소생하여 매화가 피어난다는 것 등이다. 그러나 이러한 생각이 담긴 시들이라고 해도 매화를 통해 철리(哲理)를 깨닫는다거나 매화를 바라보며 역(易)의 이치를 궁구한다는 것이 작품의 주제가 되고 있는 것은 아니다. 매화의 이러한 속성에 대한 주목은 앞서 살펴본 심미적 태도의 연장선에서 매화의 생명력에 감탄하고 그것에서 흥취를 느끼는 것으로 귀결된다. 매화에 깃든 생의(生意)를 강조하는 것은 개화를 기다리는 마음과 홀연 꽃이 피어났을 때의 반가움을 증폭하는 역할을 한다. 김종직의 매화시는 어떤 것이든 관념화에 빠지지 않는다. 생동하는 미적 대상과의 접촉이 가져오는 기쁨, 그것이 이 작품들을 관통하는 주제이다.

Ⅳ. 나가며

김종직은 서거정, 김시습 등과 함께 성종 대를 대표하는 시인이다. 서거정과 김시습은 조선 전기의 주요한 매화시 작가로 거론되며, 이들의 매화시 작품에 대한 연구 역시 활발히 이루어지고 있다. 김종직 역시 이들과 마찬가지로 상당량의 매화시를 남기고 있지만 이에 관한 논의는 아직 제출되지 않고 있다. 그러나 조선 전기 매화시의 계보를 완성하기 위해서는 김종직의 매화시에 대한 고찰이 반드시 필요하다. 이에 본고는 김종직 매화시의 표현 양상에 대한 검토를 시도하였다.

『회당고』및『점필재집』에 수록된 김종직의 매화시는 모두 22제 35수이다. Ⅱ장에서는 김종직 매화시의 수록 현황과 시기별 창작 정황을 살펴보았다. 이어서 Ⅲ장에서는 김종직 매화시의 표현 양상을 세 측면으로 나누어 검토하였다. 첫 번째 양상은 일상 속의 친근한 동반자로서의 매화의 형상이 나타난다는 점이다. 김종직은 20대부터 말년에 이르기까지 꾸준히 매화시를 지었다. 김종직은 함양군수 시절 학사루 곁의 오래된 매화나무를 특히 아꼈으며, 이에 관해 제자 유호인 등 친우들과 시를 주고받았다. 선산부사 시절에는 분적 업무 중에 곡식 창고에 매화 가지를 꽂아두고 그 운치를 즐기기도 했다. 홍문관 응교로 재직했을 때는 관청 뜰의 늦게 핀 매화를 읊었다. 이 작품들 속의 매화는 고고한 은자의 형상이 아니라 친근하고 다감한 벗과 같은 존재들이다.

두 번째 양상은 심미적 태도를 바탕으로 매화에 대한 구체적인 형상화가 이루어지고 있다는 점이다. 김종직의 매화시에는 매화의 정신성이나 절개, 주역의 원리 같은 관념적 요소가 거의 나타나지 않으며, 대부분 작품에서 구체적인 사물로서 매화의 아름다움을 노래하고 있다. 예컨대『회당고』에 수록된 제화시인「매룡인」에서는 매화 고목의 형상을 역동적 이미지를 활용해 웅혼한 풍격으로 그려내고 있다. 그 외 작품들에서도 고목의 비틀린 형상, 꽃의 고아한 자태와 은은한 향기가 지극히 심미적인 태도로 형상화되고 있다. 그림 속 매화를 마치 실제 매화처럼 감상하고 있는 작품도 있는데, 여기서는 매화의 외적 아름다움 너머에 있는 본질을 찾고자 하는 태도가 나타나기도 한다. 특히 제화시 작품들에서 이러한 심미적 태도가 뚜렷한데, 이는 대상의 형상화 방식에 주목하는 제화시의 기본적인 속성과 관련이 깊다.

세 번째 양상은 매화의 생명력에 대한 주목이다. 김종직의 매화시에도 매화가 피어나는 것을 생생지리의 발현으로 보거나 매화의 '정신'

을 언급하기도 하는 등 관념적 태도가 없지는 않다. 관물의 태도로 매화에 깃든 천기를 읊은 시도 있다. 그러나 이러한 시들에 나타난 관조적·철리적 지향이 작품의 주제가 되고 있지는 않다. 시의 화자는 때에 맞춰 피어나는 매화의 충만한 생명력에 경탄하고 있으며, 이는 반가움과 기쁨의 정서로 이어진다. 매화에서 발견되는 생생의 이치는 화자의 흥취를 증폭시키는 역할을 한다. 생동하는 미적 대상과의 만남과 그 기쁨의 표출이야말로 김종직 매화시의 주요한 주제인 것이다.

이상의 특징을 간략히 요약하면 "관념적 상징성의 약화와 심미적 태도의 전면화"라고 할 수 있다. 이러한 바탕에서 각 작품별로 시인 김종직의 개성을 담은 구체적인 형상화 방식이 나타난다고 정리할 수 있다. 김종직은 매화시에서 관료 생활의 한적한 풍치를 묘사하기도 하고, 웅혼한 풍격을 취하거나 아담하고 청신한 분위기를 담아내기도 한다. 매화의 가지와 등걸, 고아한 꽃잎의 자태와 은은한 향기에 주목하기도 하고 외면적 속성 너머의 본질적 아름다움을 더듬어 보기도 한다. 매화에 깃든 생생의 이치와 천기는 그 생명력에 대한 이끌림이다. 김종직은 평생을 관료로 보낸 문인인 만큼 매화에서 은둔자의 기상을 읽어내는 일은 없다. 그를 여러 제자를 길러낸 도학자로 바라보는 시각이 있다. 그러나 이는 작가의 여러 정체성 가운데 하나이며, 또한 그것이 그의 문학을 규정하는 중요한 요소라고 보기는 어렵다. 그의 매화시는 도학자의 얼굴을 하고 있지 않으며, 고난 속에서 지조를 지키는 선비의 형상을 하고 있지도 않다. 김종직은 중앙 정계에서의 껄끄러운 입장으로 인해 지방 수령을 자청하였는데, 이러한 상황에 좌절하지 않고 지방관으로서 왕도정치를 구현한다는 목적을 갖고 이를 부지런히 실행에 옮겼다.[61] 이러한 작가의 처지와 삶의 자세는 그의 매화시에도 투영되어 있다. 김종직의 매화시에 나타나는 화락한 기상

과 관념성의 부재는 주어진 현실 속에서 주변과 조화를 이루며 자신의
뜻을 성실하게 펼쳐가려고 했던 작가의 삶과 맥이 닿아 있는 것이다.

　김종직의 매화시는 온화한 미의식을 구가하고 있는 서거정의 매화
시와 비슷한 면이 없지 않다. 서거정 역시 심미적 태도로 매화의 아름
다움을 완상하는 작품을 다수 남겼다. 그러나 동시에 서거정은 매화를
통해 현상(賢相)의 이상을 노래하거나 국태민안을 희구하는 등의 태도
는 보이기도 했으니,⁶² 이 점이 김종직과는 다른 부분이다. 한편 탐매
의 시를 즐겨 짓고 야매(野梅)의 아름다움을 고평한 김시습의 시는 김
종직의 시와 절로 그 미의식을 달리한다. 특히 김시습은 매화의 곧음
[貞]과 맑음[淸]을 취하였으며, "비타협의 정신"으로서 매화를 형상화
했다.⁶³ 그런데 서거정과 김시습의 매화시는 비록 그 함의는 상이하다
하더라도 둘 다 강한 관념성—즉, 매화를 일종의 '정신'으로 환원하는
태도—을 띠고 있다는 점에서는 상통한다. 김종직의 매화시는 그 점에
서 두 작가의 작품과 일정한 거리가 있다. 좀 더 세밀하게 비교 검토할
필요가 있겠으나, 대략적인 차이점은 이와 같다.

　김종직의 매화시에 대한 검토는 조선 전기 매화시의 계보를 완성하
는 데 꼭 필요한 작업이다. 서거정과 김시습 외에 동시기 및 다른 시기
작가들의 매화시와 어떠한 공통점과 차이점이 있는지에 대해서도 고
찰할 필요가 있다. 이를 통해 김종직의 매화시가 다른 작품들과 맺고
있는 연관성을 기술한다면 한국 매화시의 전개 양상과 관련하여 유의
미한 논의를 추가하게 될 것이다.

61　김종직의 이와 같은 면모는 정출헌(2020)에서 상세히 검토한 바 있다.
62　「화매이십운 봉교제(畫梅二十韻 奉敎製)」가 그러한 예이다. 김재룡(2003), 54~62쪽
　　참조.
63　박혜숙(2000), 426쪽.

손곡 이달의 이별시 고찰

I. 들어가며

손곡(蓀谷) 이달(李達)은 '이별시인(離別詩人)'이라고 부를 수 있을 정도로 많은 이별시를 남겼다. 현전하는 300여 편의 시 작품 중에서 이별을 제재로 하거나 이별 상황에서 지은 시가 70여 편에 이른다. 그가 이토록 많은 이별시를 지은 까닭은 무엇일까. 첫 번째 이유는 실제 시인의 삶이 방랑과 이별로 점철되어 있었기 때문일 것이다. 한시는 시인의 일상 경험을 바탕으로 창작되기 마련이고, 이에 따라 작자의 삶의 주요한 국면들이 빈번하게 시의 재료로 활용되곤 한다. 둘째는, 당풍(唐風)을 추구한 시인답게 가장 솔직하고 애틋한 인간 감정의 하나로서 이별과 그에 따른 그리움에 주목했기 때문으로 이해할 수 있다. 『손곡시집(蓀谷詩集)』이 작가 사후에 산일된 작품을 수습한 것이고 보면 남에게 준 시를 모은 것이 대부분일 것이고, 그러다 보니 이별하면서 지어준 증시(贈詩)가 많아졌다는 추측도 가능하다. 그러나 증시라고 해서 반드시 이별의 서러움을 읊어야 한다는 법은 없다. 어떤 이유든 이달의 시 속에 '떠남'과 '헤어짐'이 특별한 중량감을 갖고 있다는 것은 분명하다.

이달의 작품 세계에서 '이별'이 중요한 의미를 지닌다는 점은 초기 연구에서부터 지적되어왔다. 허경진은 이달의 시 세계를 구성하는 주된 요소의 하나로 '만남과 헤어짐'을 제시하고 허균과의 만남, 헤어짐을 의미하는 낙화(落花)의 이미지와 그것이 나타난 시, 집을 그리워하는 시, 양사언과의 일화, 정지상의 「송인(送人)」에 차운한 작품 등을 소개하였다. 그리고 이달을 "만남과 헤어짐의 시인"이라고 하며 "그는 헤어짐으로 끝나는 시인이 아니라, 그 헤어짐을 오히려 아름다운 희망으로 극복한 시인"이라고 하였다.[1] 송준호는 이달 시의 제재를 몇 가지로 나누어 그 성격을 살펴보았는데, 그중 '사람을 그리는 情'에 해당하는 작품들이 이별시라고 할 수 있다. 여기서는 「가림별안생(嘉林別安生)」, 「도망(悼亡)」, 「별류총융(別柳摠戎)」 세 편을 소개하고 이들 작품 속에 사람 사이의 진실한 정이 담겨 있음을 강조하였다.[2] 이후 연구들 가운데서는 전관수의 박사논문에서 "生涯와 詩的 對應"이라는 장에서 '現實 속의 哀歡'의 첫 번째 항목으로 "離別과 放浪"을 다룬 것을 들 수 있다. 여기서는 이별과 방랑을 소재로 한 작품 18수를 분석하고, 이달이 한평생 정착하지 못하였기 때문에 "남과 만났다 헤어질 때마다 끓어오르는 감정들을 시의 전면에 극단화하여 나타내는 일이 많았다."고 하였다. 또 "이달 시의 파토스(pathos)는 이별과 방랑을 바탕으로 형성되고 있다고 해도 될 것"이라고 했다.[3]

이처럼 기존 연구들에서는 '이별', 그리고 그것을 유발한 주된 원인으로서의 '방랑'이 이달의 작품 세계에서 중요한 부분임을 적실하게 밝히고 있다. 그러나 일부 작품을 대상으로 전반적인 인상을 도출해내

1 허경진(1978), 「蓀谷 李達 研究」, 『국어국문학』 제78집, 국어국문학회, 112~119쪽.
2 송준호(1989), 「蓀谷 李達 詩 研究 (1) -그 原材의 探究-」, 『동방학지』 제64집, 연세대학교 국학연구원, 83~87쪽.
3 전관수(1997), 「李達의 詩世界와 形象化 方式 研究」, 연세대학교 박사학위논문, 39~53쪽.

거나 이달의 전체 작품 세계와 연관 지어 그 의의를 간략히 서술하는 데 그치고 있다. 즉, 이달의 '이별시' 전반을 대상으로 그 내용이나 표현법을 상세하게 고찰한 연구는 아직 없다고 할 수 있다. 악부시나 제화시와 같이 한시의 한 유형으로 묶을 수 있는 작품들은 별도의 검토 대상이 될 수 있었지만,[4] '이별시'는 그러한 범주 개념이 아니기 때문이다. 그러나 '이별'이라는 제재가 이달의 작품에서 차지하는 비중을 고려할 때 그러한 제재가 어떠한 의미를 갖고 있으며, 각 작품에서 구체적으로 어떻게 형상화되고 있는지에 대해서 심도 있는 고찰이 필요하다고 하겠다.

이에 본고는 이달의 '이별시'에 대한 본격적인 검토를 시도하고자 한다. 본고의 논의가 이달 시의 전체적인 성격에 대한 새로운 관점을 제공하지는 못할지 모른다. 그러나 이별이라는 제재가 이달 시의 성격을 규정하는 핵심적인 요소 중 하나라고 할 때, 이에 대한 검토를 통해 이달 시의 주제의식과 제재의 형상화 방식에 대한 세밀한 이해에 도달할 수 있으리라 생각한다. 본론에서는 먼저 이달의 작품 속에서 '이별'이 갖는 의미 및 이와 관련한 이별시의 전반적 성격에 대해 논하고, 이어서 이별시에 활용된 주된 표현 수법을 심상 활용의 방법과 장법(章法)상의 특징으로 나누어 살펴본다.

Ⅱ. 이달 시에서의 '이별'의 의미와 이별시의 성격

이달의 많은 작품에서 시적 자아는 '나그네'와 '떠돌이'로서의 속성

---

4 최경환(1990),「이달의 제화시와 시적 형상화」,『서강어문』Vol.7 No.1, 서강어문학회; 김종서(2009),「손곡(蓀谷) 이달(李達)의 악부시(樂府詩) 수용(受容)과 미적(美的) 성취(成就)」,『한국한문학연구』제44집, 한국한문학회.

을 지니고 있다. 이러한 시적 자아는 한 곳에 정착하지 못하고 떠돌며
살았던 시인 이달의 실제 삶을 반영한 존재로서, 시적 화자의 자기
진술이 위주가 되는 작품들에서 주로 나타난다.[5] 지인들에게 써준 증
시는 그 성격상 시적 자아가 상대에게 말하는 형식을 취하기 때문에
특히 자기 진술적 속성이 강하다. 이달의 증시는 대체로 이별 상황에
서 지어진 것이 많고, 여기에서 이별의 근본적 원인으로 나그네로서의
시적 화자의 처지가 부각되곤 한다.

이별하는 마음 가눌 수 없고	別意不自制
이별하는 정 참으로 탄식할 만해.	別情良可嗟
바다 끝에서 오래 나그네 생활하니	海隅爲客久
관문 밖으로 사람 보내는 일 많네.	關外送人多
들판 언덕엔 나무에서 꽃 날리고	野岸飛花樹
봄 맞은 다리에는 물결이 이는데	春橋水上波
내 신세 자규새와 같아서	猶同子規鳥
눈물 뿌려 숲의 가지 적시는구나.	洒淚濕林柯[6]

---

5 *여기서 '시적 자아'는 작가와 분리되어 존재하는 '문학적 주체'이다. 한시의 경우
시인과 화자를 분리하기 어려운 경우가 많다. 그러나 시적 자아(화자)는 시인의 실제
모습을 부분적으로 반영한 일면적이고 일시적인 존재(목소리)로서, 그 자체로 작가와
일치하는 것은 아니다. 한편 한 작가의 작품들에 나타나는 시적 자아는 서로 연관된
속성을 지니고 있으며, 종종 하나의 인격이나 형상으로 통합되는 양상을 보인다.
이러한 양상이 나타나는 이유는 시적 자아가 현실의 작가와 긴밀한 연관을 맺고
있는 때문이다. 한시에서의 '문학적 주체' 개념에 대해서는 본서 75~77쪽 참조.

6 이달, 『손곡시집』 권3, 「別李季獻之京」. 작품의 원문은 《한국문집총간》 수록본 『손
곡시집』(국립중앙도서관 소장 활자본)을 이용하였다. 이하 인용문의 각주에서는 저
자명과 책명은 생략하고 권수와 작품명만 표시한다. 번역문은 허경진 역(2006), 『국
역 손곡집』(보고사)과 송준호 편저(2017), 『蓀谷 李達 詩 譯解』(학자원)를 참조하여
필자가 다시 작성한 것이다.

율곡 이이의 아우인 이우(李瑀)를 서울로 보내며 지은 시다. 이달의 이별시는 특정한 상황보다는 이별 그 자체의 서러움을 형상화하는 데 주력하는 경향이 있다. '정감'을 중시하는 당풍적 특성이다. 장면화를 통한 이미지의 전달을 중시하는 것 역시 이달의 시가 갖는 당풍적 속성이다. 이별의 의미와 관련하여 이 시에서 주목할 부분은 함련의 진술이다. 화자가 이곳에 남고 상대방이 떠나는 상황이지만, 이 이별의 근본적 원인은 시적 자아가 나그네[客] 처지이기 때문이라고 하였다. 고향을 떠나 변방 지역에 머물러 있다 보니 관문(關門)을 드나드는 사람들을 맞이하고 보내는 일이 많다는 것이다.

나그네 처지란 항상 옮겨 다니는 것이니, 잠시 머물렀던 곳의 주인을 이별하는 일은 다반사다. 언제까지고 한곳에 머물러 있을 수는 없기 때문이다. 그러나 이러한 이별은 아무리 반복되어도 심상하게 넘길 수 없는, 늘 다시 일어나는 슬픔이다.

세밑이라 나그네 마음 급해지니	歲暮客意促
깊은 관새에 날씨가 추워져서라네.	天寒關塞深
북풍이 옛 마을에 불어오고	北風吹古巷
서산의 해는 교목 숲에 떨어지네.	西日下喬林
나는 돌아갈 길 생각하는지라	以我念歸路
그대 대함에 이별 마음 생겨나네.	對君生別心
시름 일어 단구를 지어 보건만	愁來作短句
너무 슬퍼 음절을 이루지 못하네.	凄斷不成音[7]

시적 자아는 지금 북풍이 혹심한 변방 지역에 머무르고 있다. 날이

---

7 권3, 「贈韓察訪」.

더 추워지기 전에 남쪽으로 가야 하리라. 겨울옷을 입어야 할 때가 지났건만 아마도 짧은 홑옷밖에 없었을 것이다.[8] 완전한 정착은 역시 어렵겠지만 그래도 귀로(歸路)를 생각하는 나그네 마음은 설레고 따뜻했을 법한데, 상대방과 헤어져야 한다는 생각에 시를 읊으려 해도 말이 나오지 않을 정도로 서글퍼하고 있다. 이별 상황에서 지은 시 가운데는 관직을 맡아 떠나는 이에게 지어준 송시(送詩)들도 있는데, 이러한 작품들에는 슬픔의 정서가 없다. 그러나 그 외 다른 증시들은 대체로 이별의 슬픔을 처연하게 읊은 것들이 많다. 이별이 이토록 슬프게 그려진 이유는 오갈 데 없는 시적 자아의 처지가 무수한 이별들을 낳고 있기 때문이다.

'나그네 처지＝반복된, 잦은 이별'이라는 등식은 그의 작품 세계를 지배하는 주요한 의식의 일면이다. 사실 나그네 처지라는 것 자체가 슬픈 것은 아니다. 유람을 위해 떠돌 수도 있고, 정신적 자유를 위해 세속에서 벗어나고자 한 것일 수도 있다. 그러나 이달 시의 시적 자아가 떠돌이가 된 이유는 '전란'과 '가난'이라는, 피해갈 수 없는 현실의 질곡 때문이다.

피난하여 서해까지 왔다가	避地來西海
식구들 이끌고 다시 북쪽으로 옮겼네.	携家又北遷
험하고 어렵기 옛날 같은데	艱難如舊日
떠돌아다니다 올해에 이르렀네.	漂泊到今年
나그네 되어 끼니 잇지 못함을 탄식하고	旅食嗟無繼
아침마다 안위를 알 수가 없네.	安危旦未然[9]

8 「증별한경홍호(贈別韓景洪澔)」(권4)에서 "변방에서 짧은 옷 입으니 풍상이 괴롭고 / 말 한 필로 서울 가니 길은 멀구나.[短衣關塞風霜苦, 匹馬秦京道路長.]"라고 하였다. 앞 구는 자신의 상황을, 뒤의 구는 상대(韓澔)의 상황을 읊은 것이다.

그대와 더불어 난리를 만났으니	與子遭離亂
둘 다 실의한 사람이로다.	俱爲失意人
한때의 명성은 문자 때문에 잘못 얻었고	時名文字誤
사귐의 도리는 웃고 이야기하며 참됨 얻었네.	交道笑談眞
집 옮기는 괴로움 항상 싫었고	每厭移家苦
나그네살이는 가난함이 늘 걱정이라.	長愁旅食貧
이번 길로 멀리 작별하게 되었으니	此行成遠別
어찌 눈물로 수건 적시지 않을 수 있으랴.	安得不霑巾[10]

전란으로 피폐해진 것은 자신의 삶뿐만이 아니다. 피난 와서 근심하며 실의한 처지가 된 것은 벗들도 마찬가지다. 두 번째 시의 마지막 구에 나오는 '霑巾'이라는 표현은 이달의 이별시에서 다양하게 변주되는 표현이다. 시적 자아는 죽은 벗(최경창)의 시골집을 보며 "눈물이 수건에 가득하다[淚滿巾]"[11]고 하고, 피난 중에 만난 벗과 헤어지면서 "나도 모르게 눈물이 옷을 적시네.[不覺涕霑裳]"[12], "그대를 보내매 어찌 옷 적시지 않으랴.[送君安得不沾裳]"[13]라고 한다. 옷깃을 적신다는 표현 말고 '눈물[淚]'이라는 시어를 직접 사용한 시구들도 있다. 이별의 슬픔을 노래한 것이지만, 전란으로 인한 유랑 생활의 아픔이 바탕에 깔려 있다.

서관 땅은 아득히 서울에 닿았는데	西關迢遞接秦京
먼 길에 봄을 만나 풀이 다시 돋아나네.	遠路逢春草又生

---

9 권3, 「別沈秀才大亨」(부분).
10 권3, 「贈別丁學官」.
11 권6, 「望孤竹村莊」. "遙望村莊淚滿巾, 五年墳樹蔽荊榛."
12 권3, 「黃州逢韓子善」.
13 권4, 「贈別韓景洪澋」.

난리 뒤라 집과 나라 깨지고 망했으니   家國破亡離亂後

그대 보내매 흐르는 눈물 감당치 못하겠네.   不堪垂淚送君行[14]

"송인입경(送人入京)"이라는 제목의 시인데, 평안도에서 피란하던 시절 누군가를 서울로 떠나보내며 지은 것으로 보인다. 여기서 이별의 슬픔을 배가하는 것은 '離亂'[15]이라는 상황이다. 전체 시의 의경(意境)과 표현이 두보의 「춘망(春望)」을 연상케 한다. 「춘망」의 수련 "國破山河在, 城春草木深" 두 구를 각각 승구와 전구에 녹여내었으며, 늙음에 대한 탄식을 이별의 한으로 바꿔놓았다. 흐르는 눈물을 감당치 못하겠다는 표현은 "感時花濺淚"의 정서와 통한다. 주지하다시피 이달은 이백, 두보, 왕유, 유장경, 위응물 등 여러 당나라 시인들의 작품을 점화하여 시를 지었다.[16] 위 작품은 두보의 시구를 활용하면서 '전란으로 상심한 시적 자아의 형상'을 함께 차용하였다. 이달의 다른 이별시에 나오는 '無家別'이라는 표현[17] 역시 전란으로 피폐해진 고향을 읊은 두보의 「무가별(無家別)」을 염두에 둔 것이다.

전란으로 인한 떠돌이 생활 – 빈곤은 그것과 짝을 이룬다. 위에 인용한 시에서도 피란 상황과 가난을 함께 말했다. 그러나 전란이 있기 전에도 가난은 늘 있었다. "오랜 병에 가난은 항상 있어서 / 집 없어 한 해에도 여러 번 옮겨 다니네.[久病貧常在, 無家歲屢移.]"[18], "떠돌아다니며 또 가난하고 병들어 / 홀로 서니 온갖 근심 밀려오누나.[流離且貧

---

14 권6, 「送人入京」.

15 離亂은 亂離와 같은 뜻이다. 이 시에서는 離亂이라고 써야 평측이 맞는다.

16 한계호(2008), 「蓀谷 李達의 學唐에 대한 試考」, 『열상고전연구』 제28집, 열상고전연구회 참조.

17 권3, 「次權進士韻」. "此別無家別, 千山更萬山.";권6, 「送鄭士徽點馬之京」. "如今老去無家別, 九月西風近授衣."

18 권3, 「呈柳摠戎」.

病, 獨立萬端憂.]"[19]라는 탄식이 이를 보여준다. 전란과 빈곤으로 인해 정착하지 못하고 떠돌아다니는 삶, 그 때문에 언제나 사람을 떠나고 또 떠나보내야 한다. 반복되는 이별이지만 그 슬픔만은 늘 새롭다. 나그네 생활은 잦은 이별의 원인이기도 하지만, 반대로 계속된 이별이 떠돌아다니는 삶을 아프게 자각하게 만드는 것이다. 이달 이별시의 시적 자아가 한결같이 말하고 있는 것은 이것이다.

실제로 이달은 평생을 곤궁하여 이곳저곳 옮겨 다니며 기식을 했다고 하니[20] 작품 속 자아는 시인의 이러한 현실을 반영한 존재라고 할 수 있다. 시인 이달이 처한 현실과 연관 지어 볼 때 작품 속의 전란은 임진왜란일 것이고, 가난이라는 것을 서얼이라는 그의 신분적 처지와 관련이 있는 것이다. 그러나 작품에서 '전란'은 '임진왜란'이라는 구체적이고 역사적인 현실로 형상화되고 있지 않으며, 화자의 가난 역시 어떠한 사회적 맥락을 갖는 것으로 나타나지 않는다. '이별의 한(恨)'이라는 정감을 표출하는 것이 핵심이고, '전란'과 '가난'은 이러한 감정을 유발하는 시적 정황(나그네 생활)의 형성에 기여할 뿐 그 자체가 유의미한 시적 맥락을 창출하지는 않는다.[21]

---

19 권3, 「次韻呈金沙」.

20 허균의 「손곡산인전(蓀谷山人傳)」과 『학산초담(鶴山樵談)』 등 시화에 나오는 일화들, 시 작품의 제목 등을 통해 이러한 사실을 짐작할 수 있다.

21 이달 시의 이러한 측면은 송준호의 다음과 같은 지적을 통해서도 확인할 수 있다. "그러나 이른바 文士라면 누구나 歷史意識을 갖고 있으며 그것은 엄정한 비판정신을 그 본질로 하고 있었다는 당시 지성계층의 정신자세 일반을 놓고 보면, 李達은 우리가 이미 앞에서 검토해 본 작품들을 통해 보여 주는 바대로 자기 개인의 문제, 그리고 그것과 관련된 자기 개인의 情緒만을 중심으로 거기에만 매달려 시종 시를 짓고 읊었을 뿐, 민족이나 민중, 또는 인간 전반의 참된 삶이나 정의 같은 것들을 詩的 題材로 전혀 삼고 있지 않다는 그 사실만으로도, 이미 大我의 社會意識이나 歷史意識 등의 영역으로 그의 정신세계를 확장, 高揚시키지 못하였다는 것을 확인시켜 주고 있다. 결국 李達은 철저하게 자기 중심적으로 '善於感慨'한 情恨을 기막히게 잘 읊어 낸 시인이었을 뿐이다."(송준호(1989), 114~115쪽)

이러한 특징은 개별 상황에 대한 현실적인 묘사보다는 보편적인 인간의 정감을 미려(美麗)하게 그려내는 데 치중한 그의 작시 경향에서 비롯한 것이다. 그 결과 이달의 작품에서 전란과 가난은 개인이 피할 수 없는 운명의 횡포와 같은 느낌으로 그려지고 있으며, 이별 역시 그러하다.

여강의 나루터 관리와 함께 배를 타고서	驪江津吏具行舟
삼월의 안개와 꽃 속에서 급류를 내려가네.	三月煙花下急流
평소에 서로 알던 사이 아니건만	不是平生舊相識
인간 세상의 이별은 온통 시름 거리일세.	人間離別摠關愁[22]

이 시는 가벼운 필치로 쓴 것으로, 슬픈 감정을 읊은 것은 아니다. 그런데 평소에 알고 지낸 사이도 아니었던 나루터 관리와 잠시 배를 같이 탔다가 헤어진 일로부터 인간 세상의 이별에 대한 감상을 말하고 있다는 점이 매우 독특하다. '떠남[離]'과 '헤어짐[別]'이란 심상하게 있는 일이다. 그러나 반복된다고 해서 익숙해지는 경험은 아니다. 잠깐의 만남 뒤의 헤어짐도 근심[愁]을 불러온다. 이별이란 숙명처럼 붙어 있는, 항시적인 삶의 조건 같은 것이다. 이달 시에는 '이별의 마음', '이별의 근심'과 같은 표현[23]이 자주 쓰이는데, 마치 '희노애락(喜怒哀樂)'과 같이 인간을 늘 따라다니는 감정을 말하고 있는 것 같다.

어둑어둑 밤 구름 모여들더니	翳翳夜雲合
선득한 가을 기운 서글프도다.	凄凄秋氣悲

---

22 권6, 「卽事」.

23 '離憂', '離懷', '離恨', '離魂', '離情', '離愁', '別愁', '別心', '別恨', '別意', '別情' 등이 있다.

가을장마로 들판에 안개 덮이고	秋霖晦平陸
나무 끝엔 바람 다시 불어대누나.	樹梢風更吹
뜨락엔 귀뚜라미 느껍게 울어	蟋蟀感庭宇
길마다 헤어심이 마음 아프네.	道途傷別離
어긋남은 여기부터 시작되니	乖自鈇此始
말하려니 두 눈에 눈물 흥건해.	欲語雙淚滋
떠나면 의당 낡은 오두막에 묵었다가	行當投弊廬
오래지 않아 다시 여기로 돌아오리.	未久復來玆
가고 옴은 모두 여관에 묵는 것이니	去住盡逆旅
허둥지둥할 것 무엇 있으리.	遑遑何所爲[24]

　제1구에서 제4구까지 배경이 되는 가을날의 침울한 풍경을 묘사하고, 뒷부분에서 이별의 소회를 읊었다. 제6구의 "道途傷別離"는 가는 길마다 이별은 있어서 그것이 마음 아프다는 말이다. 이렇게 또 길이 나뉘니 말을 잇지 못할 정도로 눈물이 난다. 그러나 떠났다가 다시 돌아올 것이다. 내게는 오가는 것 모두가 여관에 잠시 몸을 붙이는 것과 같으니 급하게 떠날 것도, 급하게 돌아올 것도 없다. 짐짓 초연한 태도를 보이고 있으나 이별이란 피할 수 없는 숙명이라는 한탄이 짙게 배어 있다. "모이고 흩어지는 데 운수가 있음을 안다[聚散知有數]"[25], "모이고 흩어짐을 예측할 수 없으니 / 아득히 이별이 길기만 하네.[聚散莫可數, 悠悠長別離.]"[26] 등의 시구에도 그러한 인식이 담겨 있다.

　한편 이달의 이별시 가운데는 실제 이별 상황에서 쓴 것이 아니라 가상의 이별을 소재로 한 작품들도 있다. 가(歌)로 분류된 「관산월(關山

24　권1, 「夜來聞雨 留坐忘使君別」.

25　권1, 「錄示李使君巨容」.

26　권3, 「龍成酬唱」.

月)」과 「삼오칠언(三五七言)」은 중국의 악부를 모의한 작품이다. 오언
절구 가운데 「송인(送人)」과 「별의(別意)」, 칠언절구 가운데 「별의(別
意)」가 있다. 또, 『악부신성(樂府新聲)』에 수록된 「옥대체(玉臺體)」[27]도
이별을 다룬 작품이다. 「관산월」과 「삼오칠언」 및 두 편의 「별의」는
여성 화자가 떠나간 임을 기다리는 마음, 또는 여성 인물이 임을 보내
는 장면을 읊은 것이다. 오언의 「별의」는 다음과 같다.

> 정향꽃 피던 나무에 한만 맺히고　　　　　　　　　　　　恨結丁香樹
> 비취빛 곱던 치마엔 먼지만 끼었네.　　　　　　　　　　　塵生翡翠裙
> 원컨대 강가의 바위가 되어　　　　　　　　　　　　　　願爲江上石
> 날마다 낭군 가신 곳 바라보리라.　　　　　　　　　　　日日望夫君[28]

　이러한 작품들은 시인의 실제 삶과는 무관한 가상의 시적 자아가
등장하는 시들이며, 의고적인 성격이 강하다. 여기서 '이별'은 인간
정감의 곡진한 묘사를 위해 채택된 주제이다. 같은 이별을 제재로 하
고 있지만 앞에서 살펴본 증시들과는 성격이 다르다. 그러나 「송인」과
같은 시는 편폭이 짧을 뿐 시적 진술의 내용이나 표현 수법의 면에서
시인의 체험을 바탕으로 한 작품들과 비슷하다.[29] 주로 율시로 창작된
증시들은 정경 묘사가 확대되어 있거나 시적 자아나 상대방의 처지를
말한 부분이 포함되어 있어서 순간적인 인상의 포착과 간결한 정서의
표현을 추구하는 절구 시의 미감과는 차이가 있다. 그러나 '인간 이별

27　『악부신성(樂府新聲)』은 차천로(車天輅, 1556~1615)가 편찬한 악부시 선집이다. 최경
　　창, 백광훈, 임제, 이달, 이수광의 악부시 175수를 수록하고 있다. 이달의 시는 모두
　　50수이다.(황위주(1989), 「樂府新聲에 대하여」, 『국어교육연구』 Vol.21 No.1, 국어교
　　육학회 참조) 「옥대체(玉臺體)」는 『손곡시집』에는 수록되어 있지 않은 작품이다.
28　권5, 「別意」.
29　「송인(送人)」은 다음 장에서 표현 수법을 논하면서 함께 다룬다.

의 서러움'을 처연하면서도 늘어지지 않게 전달한다는 의도는 동일하
다고 할 수 있다. 이는 이달의 모든 이별시를 관통하는 특징이다.

　이상 이달의 시에 나타나는 이별의 의미와 이별시의 성격에 대해
살펴보았다.[30] 이달의 이별시 작품들에 설정되어 있는 시적 자아들은
공통적으로 '나그네'이자 '떠돌이'라는 속성을 지니고 있다. 한곳에
오래 있지 못하고 떠나야 했기에 만났다 하면 이별이고, 변방에서 오
가는 사람들을 만나며 그들을 떠나보내는 일도 많다. 나그네 처지에서
비롯한 반복적인 이별이다. 그러나 이별의 아픔은 그것이 아무리 반복
되더라도 늘 괴로운 것이다. 나그네 처지가 고통스럽기에, 그로 인한
이별 역시 더욱 처연하다. 이달 시의 시적 자아가 떠돌게 된 이유는
전란과 가난 때문인데, 이러한 시적 자아의 모습은 시인 이달의 실제
삶을 상당 부분 반영한 것이다. 그러나 이달의 시에서 실제의 전쟁인
'임진왜란'이나, 가난의 원인인 '서얼 신분'과 같은 현실적인 사회적
맥락을 발견할 수는 없다. 그의 작품 속에서 이별이란 인간 삶에서
마주치는 항시적이고 운명적인 굴레와 같은 것이며, 이달 시는 그러한
처지에 놓인 인간의 감정을 형상화하는 데 중점을 두고 있다. 한편
악부체 시와 같은 몇몇 작품들에서는 가상의 이별을 소재로 하고 있는
데, 여기서 이별은 인간 정감의 곡진한 묘사를 위해 채택된 것이다.
이 작품들은 자기 진술적 속성이 강한 증시들과 그 성격이 다르지만,
이별의 '한' 그 자체를 형상화한다는 창작 의도는 동일하다.

30　송준호는 이달의 시에서 "사람을 그리는 情과 나그네로서의 고달픔, 그리고 향수
　　등은 물론 서로 별개의 것이 아니고 오히려 상응하고 있으면서, 근원적으로는 인생으
　　로서의 상황적, 한계적 삶을 배경으로 하고 있음"(송준호(1989), 91쪽)을 지적한 바
　　있는데, 본 장의 논의와 상통하는 부분이다.

Ⅲ. 이달 이별시의 표현 수법

1. 심상 활용의 방법

1) '하강·어둠'과 '부동(浮動)'의 이미지를 활용한 정경 묘사

이달 이별시에 나타나는 기본적인 표현 수법은 경물 묘사를 통해 이별의 정감을 촉발하는 방식이다. 이때의 경물은 이미 시적 자아의 정서가 투영된, 정(情)을 머금은 경(景)임은 물론이다. 절구 시의 작법에서는 기구와 승구에서 정경을 제시하고 전구와 결구에서 화자의 소회를 말하는 방식이 전형적이다. 율시에서는 주로 함련과 경련에서 경물이 제시되지만, 둘 중의 하나에서만 그렇게 할 수도 있고 수련이나 미련에도 경물 묘사가 나올 수 있다. 우선 다음 두 편의 오언절구를 살펴보자.

오동꽃은 밤안개 사이로 떨어지고	桐花夜煙落
바닷가 나무엔 봄 구름만 훵하구나.	海[31]樹春雲空
풀 고운 때 한 잔 술로 이별하네만	芳草一杯別
서울에서 다시 만나게 되리.	相逢京洛中[32]

산 가까워 저녁 그늘 짙은데	山近夕陰重
해 기우니 가을 기운 슬프네.	日西秋氣悲
내일 아침 백제의 길에서	明朝百濟路
머리 돌리는 건 그리워서라네.	回首是相思[33]

---

31 '海'가 '梅'로 된 곳도 있다.
32 권5, 「別李禮長」.
33 권5, 「嘉林別安生」.

앞의 시는 당대에도 널리 회자되었던 이달의 대표작이다. 기구와 승구는 기존 연구에서 이달 시에 나타나는 '통사 구조의 애매성'을 보여주는 예로서 거론된 바 있다. 오동꽃이 밤안개 속으로 지는 것인지, 오동꽃에 밤안개가 떨어지는 것인지 알 수 없으며 둘째 구 역시 바닷가의 숲이 봄 구름 아래 텅 비었다는 것인지 숲 위의 하늘에 봄 구름이 텅 비어 있다는 뜻인지 분명치 않다.[34] 구름이 텅 비어 있다는 말도, 구름이 없다고 보아야 할지 구름 몇 조각이 휑하게 걸려있다고 보아야 할지 애매하다. 그러나 어느 쪽으로 해석하든 간에 오동꽃과 밤안개, 바닷가 나무와 구름이 어우러져 빚어내는 의경은 신비스러우리만치 아름답다. 보랏빛의 꽃잎이 안개 속으로 지는 것, 푸릇한 나무에 구름이 걸쳐 있는 것은 선명한 빛깔이 경계 없는 흐릿함 속에 녹아들며 아련한 상실감을 자아내는 장면이다. 앞의 시가 봄날의 이별이라면 뒤의 시는 가을날의 이별이다. 봄날의 이별은 생기 있는 방초(芳草)와의 대비를 통해 그 서글픔이 배가되기 마련이고, 가을날의 이별은 조락(凋落)의 분위기가 이별을 더 처량하게 만든다. 산 가까운 고을이라 저녁 그늘[夕陰]이 더 짙다. 이윽고 해가 기울자 서늘한 가을 기운이 사람을 더 슬프게 한다. 이 시에서는 경물만을 말하지 않고 경물에서 배어 나오는 슬픔을 같이 말했다.

그런데 두 작품의 정경 묘사에서 공히 '하강(下降)'의 이미지가 활용된 것이 주목할 만하다. 떨어지는 꽃잎, 지는 해가 그것이다. 또한 하강의 이미지는 '어둠'의 이미지를 수반하는 경우가 많다. 주로 해와

---

34 이종묵(2002),「漢詩의 言語와 그 짜임 -三唐詩人을 중심으로」,『한국 한시의 전통과 문예미』, 태학사, 173~174쪽. 이 글에서는 "어느 쪽이 정당한 해석인가는 어느 쪽이 더 아름다운 의경인가에 달려 있지만 오히려 두 가지를 포괄하는 것으로 보는 것이 좋다. 즉 오동꽃이 지고 밤안개도 지고, 바닷가의 나무도 텅 비고 봄 구름도 텅 비었다고 보면 좋은 것이다."라고 하였다.

달, 구름, 안개, 비, 눈 등 천문(天文)에 해당하는 자연물들이 하강의
이미지로 제시되는데, 이들의 움직임이 '어둠'을 심화하는 작용을 하
기 때문이다. 앞의 예에서 짙은 저녁 그늘이 그것이며, 해가 서쪽으로
기운다는 것 역시 전차 어둠으로 나아감을 가리키는 것이다. 다음 시
들에서도 그러한 이미지가 나타난다.

어둑어둑 밤 구름 모여들더니	翳翳夜雲合
선득한 가을 기운 서글프도다.	凄凄秋氣悲
가을장마로 들판에 안개 덮이고	秋霖晦平陸
나무 끝엔 바람 다시 불어대누나.	樹梢風更吹
뜨락엔 귀뚜라미 느껍게 울어	蟋蟀感庭宇
길마다 헤어짐이 마음 아프네.	道途傷別離[35]
서울에서 헤어진 지 몇 해 되었나	京洛幾年別
지금은 천 리 밖에서 노닐고 있네.	今來千里遊
하늘가에서 길이 나그네 되어	天涯長作客
관외에서 다시 가을을 맞았네.	關外又逢秋
지는 잎이 앞 포구에 날리고	落葉飛前浦
석양 볕이 저녁 물가에 드리우네.	斜陽下晚洲
떠돌이 생활에 또 가난하고 병들어	流離且貧病
홀로 서니 온갖 근심 밀려오누나.	獨立萬端憂[36]

앞 시의 의경은 다음과 같다. 구름 낀 어둑한 밤하늘에 선득한 가을
기운이 처량하다. 가을비가 추적추적 내려서 온 들판이 거뭇한 것은

---

35 권1, 「夜來聞雨 留坐忘使君別」(부분).
36 권3, 「次韻呈金沙」.

원경이고, 바람이 나무 끝을 흔드는 것은 근경이다. 들판에 내리는
비는 하강의 이미지, 그리고 구름과 비로 어둑한 하늘과 땅의 모습은
어둠의 이미지다. 이미 쓸쓸한 풍광이 눈에 가득한데 마루 밑에선 또
귀뚜라미가 운다. 경물 묘사에서 화자의 마음을 다 보여 준 셈이지만,
이별에 마음을 상한다고 하여 서러움을 다시 강조했다. 뒤의 시의 경
관은 낙엽(落葉)과 사양(斜陽)으로 이루어진다. 떨어지는 나뭇잎, 내리
쬐는 햇살은 하강의 이미지이고, 저물녘이란 어둠으로 향하는 시간이
다. 이 시에서는 경락(京洛)과 관외(關外)라는 두 개의 공간이 제시되었
다. 서울[京洛]은 떠나온 곳이고, 과거에 벗들과 이별했던 곳이다. 관
문 밖[關外]은 나그네 처지로 흘러들어온 곳인데, 여기서 뜻밖에 그대
를 만났다. 관문 밖, 즉 변방의 가을은 나그네 처지라서 더욱 춥고
쓸쓸하다.

　위 작품들에 나타난 것처럼 하강·어둠의 이미지를 통해 상실감을
촉발하는 것은 이달 이별시의 경관 묘사에서 자주 구사되는 수법이다.
"정원엔 짙은 그늘 드리웠고 / 저잣거리엔 말소리도 그쳤네.[庭院重陰合,
閭廛市語收.]"[37], "하룻저녁에 가을바람 일어나 / 온 숲의 나뭇잎을 흔들어
떨구었네.[一夕秋風起, 千林葉振柯.]"[38], "북풍은 옛 마을에 불어오고 / 지는
해가 교목 숲에 내려오네.[北風吹古巷, 西日下喬林.]"[39], "바다 가까이엔
모래 연기 거뭇하고 / 구름 어둡고 변방엔 해가 누렇다.[海近沙煙黑,
雲昏塞日黃.]"[40], "옛 역에는 잔설이 남아있고 / 비낀 햇살이 저녁 성으로
내려오네.[古驛連殘雪, 斜陽下晚城.]"[41], "안개 일어나 물가 다리 어둑한데

---

37 권3, 「渡洱江 題裁松亭 −又」.
38 권3, 「寄黃晦之」.
39 권3, 「贈韓察訪」.
40 권3, 「黃州逢韓子善」.

/ 이슬 무거워 꽃가지가 축 처졌네.[煙起水橋暝, 露重花枝卑.]"[42], "안개 낀 하늘에 해 지고 근심스레 새 날아가는데 / 옛 산의 구름 나무엔 원망스레 두견새 운다.[落日煙空愁去鳥, 故山雲木怨啼鵑.]"[43], "한 그루 팥배나무 잎새 / 바람에 불려 뜰 가득 떨어졌네.[一樹棠梨葉, 風吹落滿庭.]"[44], "먼 하늘 해가 서산에 내려오니 / 넓은 들에 나무들이 깊이 잠겼네.[遙空日下山, 曠野沈沈樹.]"[45], "이별하곤 홀로 앉아 마음 아득한데 / 물가 역에 가을 들어 찬 강에 나뭇잎 떨어지네.[離人獨坐意悠悠, 木落寒江水驛秋.]"[46], "홍농 고을 밖으로 해가 막 비끼고 / 그대를 서울로 보내려니 다시 꽃이 떨어지네.[弘農郭外日初斜, 送子秦城更落花.]"[47], "층성에 해 지니 마름풀 물가 어둡고 / 물가 누대 가까이 수양버들엔 바람이 많이 부네.[層城日落暗蘋洲, 楊柳風多近水樓.]"[48]와 같은 시구들이 모두 그러한 예이다.

한편 위의 두 작품에서는 하강·어둠의 속성을 지닌 자연물들과 함께 부동(浮動)·부유(浮遊)하는 사물을 제시하고 있음이 눈에 띈다. 바람을 맞아 흔들리는 나무, 앞 포구에 흩날리는[飛] 낙엽이 이에 해당한다. 갈림길을 두고 차마 헤어지지 못해 머뭇거리는 모습, 그리고 정처 없는 떠돌이로서의 화자의 내면과 조응하는 경물이다. 아래 두 작품은 부동의 이미지를 중심으로 정경을 구성한 예이다.

---

41 권3, 「弘農城外 別李佐郎子張」.

42 권3, 「龍成酬唱」.

43 권4, 「留別洪君瑞」.

44 권5, 「錦江別鄭子愼」.

45 권5, 「上柳西坰」.

46 권6, 「控江亭」.

47 권6, 「送友人之京」.

48 『용성창수집(龍城唱酬集)』에 수록된 이달의 시 가운데 다섯 번째 작품이다. 『손곡시집』에는 실려 있지 않다.(허경진 역(2006), 278쪽)

들판 언덕엔 나무에 꽃 날리고	野岸飛花樹
봄 맞은 다리에선 물결이 이네.	春橋水上波
내 신세 자규새와 같아서	猶同子規鳥
눈물 뿌려 숲의 가지 적시는구나.	洒淚濕林柯[49]

가는 길 나무에는 꽃잎이 날리고	去路花飛樹
이별하는 정자엔 버들이 안개를 스치네.	離亭柳拂煙
그대 보내는 시름 몹시도 괴로우니	送君愁絶劇
그대도 나와 함께 한이 끊이지 않네.	同我恨纏綿[50]

앞의 시는 앞 장에서 인용한 「별이계헌지경(別李季獻之京)」의 경련과 미련이다. 봄날의 풍경인데, 들 언덕의 나무에서 꽃이 '날린다[飛]'라고 표현하였다. 여기서는 '飛花樹'라고 했고, 뒤의 시에서는 '花飛樹'라고 했다. 뒤의 시에서는 흩날리는 꽃과 함께 안개를 스치는 버들, 즉 안개 속에서 흔들리는 버들가지를 묘사했다. 앞 시에서 날리는 꽃은 봄 물결과 함께 아름다운 봄 풍경을 구성한다. 앞서 살펴본 하강·어둠의 이미지로 구성된 경관처럼 암담한 기분을 심화하는 것이 아니라, 오히려 이별 상황과 대비되는 밝은 분위기의 경물이다. 한편 뒤의 시에서는 마찬가지로 꽃잎이 날리고 버들이 흔들리는 고운 봄 풍경을 제시하고 있으나, 이것 자체가 화자의 시름을 상기시키는 역할을 한다. 흩날리는 꽃잎은 떨어지는 잎새와 마찬가지로 소멸과 상실을 환기하며, 버들가지는 본디 이별의 상징이기도 하거니와 날리는 꽃잎과 함께 이별을 앞둔 화자의 불안하고 애틋한 마음을 투영한 대상이기도 하다. 이렇게 볼 때, 심상한 봄 풍경처럼 보이는 앞 시의 묘사 역시 어딘가 애잔한

---

49 권3, 「別李季獻之京」(부분).
50 권3, 「別沈秀才大亨」(부분).

느낌을 담고 있는 것으로 느껴지기도 한다.

한편 하강·어둠과 관련하여 인용한 위의 시구들 중 바람에 불려 떨어지는 나뭇잎들은 '흔들린다'는 점에서 부동·부유의 속성 또한 갖고 있다. 위 작품들 외에도 "지는 해가 빈 행랑채 엿보고 / 찬 바람이 해진 장막을 흔들고 있네.[落月窺虛廡, 寒風動弊幃.]"[51], "지는 잎이 앞 포구에 날리고 / 석양 볕이 저녁 물가에 드리우네.[落葉飛前浦, 斜陽下晚洲.]"[52], "버들솜과 꽃잎들 정처 없이 흩날리고 / 지친 떠돌이 생활과 좋은 모임이 같은 때로다.[飛絮落花無定處, 倦遊良會亦同時.]"[53], "서리 내린 가을 강엔 나뭇잎 날리는데 / 그대 보내는 관로에서 다시금 아련하네.[霜落秋江木葉飛, 送君關路更依依.]"[54] 등의 시구에 이러한 표현이 나타난다. 부유·부동의 이미지와 하강·어둠의 이미지가 어우러져 이별의 한을 촉발하는, 또는 그러한 감정을 투영한 경관을 구성하고 있다는 것이 이달 이별시의 주된 표현상의 특징이다.

2) 청각적 심상의 효과적 활용

한시, 특히 당풍의 시는 그 안에 소리의 울림을 담고 있는 경우가 많다. 이른바 '시중유성(詩中有聲)'이다. 시의 내부에 울려 퍼지는 소리는 독자의 청각을 일깨우면서 작품의 흥감을 고조시킨다. 기존 연구에서 이달을 비롯한 삼당시인(三唐詩人)의 시에 이러한 특징이 있음을 언급한 바 있다.[55] 이달의 이별시 역시 청각적 심상을 활용하여 이별의

---

51 권3, 「旅遊」.
52 권3, 「次韻呈金沙」.
53 권4, 「龍城 次玉峯韻」.
54 권6, 「送鄭士徽點馬之京」.
55 이종묵(2002), 160쪽.

정감을 고조시키는 수법을 자주 활용한다. 다음 작품은 서러움을 촉발하는 봄날의 새 소리를 담고 있다.

오월이라 앵두가 익어가고	五月櫻桃熟
산마다 두견새가 우는구나.	千山蜀魄啼
그대 보내고 부질없이 눈물 흘리는데	送君空有淚
봄풀은 다시 무성하기만 하네.	芳草又萋萋[56]

빨갛게 앵두가 익어가고 온 산에서 두견새가 운다. 피를 토하며 슬프게 운다는 새이니 이별시에 등장하기에 적격이며, 그래서 이별 장면에 두견새가 등장하는 것은 다소 상투적인 표현이기는 하다. 당풍의 시는 참신하고 독특한 시어를 구사하기보다는 익숙한 표현들을 통해 자연스러운 정감을 드러내는 데 주력하기 때문에 이러한 점이 흠이 되는 것은 아니다. 게다가 오월의 붉은 앵두는 진부하지 않고 산뜻하다. 한 마리도 아니고, 천산(千山)에 두견새가 운다고 했다. 앵두가 익고 봄풀 무성한 그림 같은 장면에 처절한 두견새 소리가 더해졌다.

한편 다음 작품들은 가을의 소리를 담고 있다.

홀로 이별의 근심 안고서	獨自抱離憂
다시 옛 역루에 오르니	還登古驛樓
칼집엔 외로운 울분만 있고	劍囊孤憤在
붉은 도록엔 조각구름 남아있구나.	丹錄片雲留
저녁 무렵 해문엔 새 건너가고	鳥渡海門夕
가을 깊은 관문 나무에선 매미가 우네.	蟬鳴關樹秋

---

56 권5, 「送人」.

그대 그리워하나 만날 수 없고	懷君不可見
한 필 말로 서주를 향해 간다네.	匹馬向西州[57]

만나볼 날이 있겠지마는	相見自有日
그리워할 날 얼마나 되랴.	相思知幾時
숲속엔 늦더위 물러가고	樹間殘暑退
뜰 가엔 가을벌레 슬피 우네.	庭際候蟲悲
오랜 병에 가난은 항상 남아서	久病貧常在
집 없어 한 해 누차 옮겨 다니네.	無家歲屢移
그대처럼 날 아끼는 분 아니라면	非君愛我意
누가 감히 긴 넋두리를 늘어놓겠나.	誰敢語支離[58]

앞의 시는 누군가와 이별하고 역정(驛亭)에 올라 지은 시이다. 제목의 구산역은 강릉에 있던 역의 이름이다. 함련은 자신이 실의한 사람임을 말한 것이다. 경련에서는 누대에서 본 풍경을 읊고 있다. 멀리 보이는 바다로 저녁 새는 날아가고, 가을 든 나무에선 매미가 운다. 날아가는 새를 따라 마음도 아득하게 멀리 떠나는 것 같고, 저물녘의 매미 소리는 가슴 속을 파고든다. 다시금 이별한 사람을 생각하고, 이어서 홀로 떠날 자신의 신세를 돌아본다. 매미 소리는 이별의 시름과 함께 뜻을 이루지 못하고 떠돌이로 살고 있는 자신에 대한 착잡한 마음을 일깨우고 있다. 한편 뒤의 시에는 '후충(候蟲)', 즉 귀뚜라미와 같은 가을벌레의 울음소리가 담겨있다. 멀리 숲에선 문득 서늘한 바람이 불어오고, 가까이 뜰에서는 벌레가 운다. 이번에 헤어지면 언젠가 다시 만나겠지만 그동안의 그리움은 어찌하려나, 그런데다 자신은 가난하고 병든 나그

---

57 권3, 「丘山驛」.
58 권3, 「呈柳摠戎」.

네 처지다. 가을벌레의 울음소리가 절로 슬프게[悲] 들린다.

　가을의 소리는 앞 절에서 언급한 하강·어둠 및 부동의 이미지와 어우러져 쓸쓸한 정경에 애절한 음향을 더하는 역할을 한다. 앞서 인용한 「야래문우 유좌망사군별(夜來聞雨 留坐忘使君別)」의 "뜨락엔 귀뚜라미 느껍게 울어 / 길마다 헤어짐이 마음 아프네.[蟋蟀感庭宇, 道途傷別離.]"에서는 밤 구름과 가을장마로 어두워진 하늘과 땅을 묘사하고, 이어서 귀뚜라미 소리를 더해 이별의 시름을 한층 더 짙게 만들었다. 또, 「기고죽(寄孤竹)」의 "내일 서울 떠나 강 길 거슬러 갈 때 / 모래톱에 붉은 잎새 온통 가을 소리 내겠지.[明日離京泝江路, 磧沙紅葉盡秋聲]"에는 '추성(秋聲)'이라는 시어가 보인다. 낙엽이 지는 소리, 즉 잎새를 떨구는 바람 소리와 바스락거리며 굴러다니는 낙엽 소리를 그렇게 표현한 것이다. 붉은 잎이 가득 떨어진 모래톱의 모습이 고운데, 거기에 소리를 넣어 쓸쓸한 분위기를 얹었다.

　겨울의 소리 역시 이별의 정감을 촉발하는 데 기여한다.

푸른 등 깜빡이며 차가운 밤을 비추니	青燈明滅照寒宵
먼 곳 나그네 신세 흩날리는 낙엽 같네.	遠客身同落葉飄
고향의 소식은 오는 날은 적고	故國音書來日少
타향의 산수는 갈 길이 멀구나.	異鄉山水計程遙
서릿바람 구슬프게 처마 끝에서 울고	霜風慽慽鳴簷角
저녁 달 어슴푸레 나뭇가지에 지네.	昏月依依下樹梢
떠나는 사람만 슬퍼지는 것 아니라	不啻離人易惆悵
사또께서도 오늘은 혼이 녹으시리라.	使君於此亦魂銷[59]

59　권4, 「守歲新溪夜分韻」.

이 작품은 섣달 그믐밤의 모임에서 지은 것이다. 나그네 신세인 화자는 이 겨울날 또 길을 떠나야 한다. 흐릿한 저녁달이 나무 끝으로 지고, 처마 끝에는 윙윙 매서운 바람이 분다. '慽慽鳴'이라 했으니 화자의 심란한 마음을 대신하여 바람이 먼저 근심스레 울어주고 있는 것이다. 장지문에 울리는 바람 소리에 떠나는 나뿐만 아니라 나를 보내는 상대방도 혼이 녹을 정도로 애달파한다.

이달 이별시 속의 이러한 소리들은 쓸쓸한 경관으로 침울해진 화자의 마음을 더 짙은 서러움으로 채우면서 감정을 고조하는 역할을 한다. 두견새, 꾀꼬리, 기러기, 괴조(怪鳥), 그리고 가을 매미와 귀뚜라미[蟋蟀], 가을벌레[候蟲]의 울음이 이달 이별시에 자주 나오는 '소리'들이다. 또, "즐겁게 뜨락 풀에 앉아서 / 나를 위해 거문고를 뜯어준다네. / 곡조 다하면 도리어 헤어지리니 / 서글픈 한이 가슴에 가득해라.[怡然坐庭草, 爲我奏鳴琴. 琴盡卽還別, 悢悢恨彌襟.]"[60]를 읽으면 거문고의 곡조가 가슴 가득 맴도는 것을 느낄 수 있다. 대동강을 건너며 지은 시에서는 "뒤돌아보니 외로운 성은 먼데 / 삐걱거리며 나그네 배 건너가네. / 역정엔 아침 해 늦게 뜨고 / 강 나무엔 이른 매미 가을 소리 낸다.[背指孤城遠, 鳴榔渡客舟. 驛亭朝日晚, 江樹早蟬秋.]"[61]라고 읊었는데, 삐걱거리며 노를 젓는 소리와 가을 매미 소리가 어우러져 흥취를 자아낸다. 이 시 역시 머물던 곳을 떠나며 지은 이별시다. 진한 슬픔을 촉발하는 소리는 아니지만 떠나가는 나그네의 마음을 어딘지 들뜨고 아련하게 만드는 소리인 것이다.

---

60 권1, 「尋崔孤竹坡山莊」(부분).
61 권3, 「渡浿江 題裁松亭」(부분).

2. 장법(章法)상의 특징

1) 만남과 이별의 병치

이달의 이별시에서 확인되는 독특한 표현 수법의 하나는 만남과 이별을 병치하여 이별의 서러움을 부각하는 방식이다. 나그네 처지이기에 만나는 순간 이미 이별이 정해져 있다. 전란 중의 만남은 더욱 그러해서, 나뿐만 아니라 상대방도 한곳에 머물 수 없다. 그렇긴 해도 뜻밖의 만남은 늘 반가운 것이고, 그 순간만큼은 굳이 이별을 떠올리지 않아도 될 것이다. 그러나 이달 시의 시적 화자는 이 만남의 끝을 늘 생각한다. 그 때문에 만남의 즐거움을 노래한 시조차 이별시와 같은 정조로 마무리되는 경우도 있다. 만남의 기쁨이 오히려 이별의 서러움을 증폭하는 역할을 하는 것이다.

여러 달을 이별해 있다가	累月抱暌曠
이제야 기쁘게 찾아왔다네.	及此喜相尋
농가는 나무 아래에 있고	田廬樹木下
오이 넝쿨 가을 숲에 매달려 있네.	瓜蔓懸秋林
주인은 진실로 탈 없이 지내며	主人固無恙
가난 따위는 마음에 걸릴 것 없구나.	貧簍不嬰心
즐겁게 뜨락 풀에 앉아서	怡然坐庭草
나를 위해 거문고를 뜯어준다네.	爲我奏鳴琴
곡조 다하면 다시 헤어지리니	琴盡卽還別
서글픈 한이 가슴에 가득해라.	悢悢恨彌襟[62]

이 시는 최경창(崔慶昌)의 별장을 찾아가서 지은 것이다. 여러 달

---

62 권1, 「尋崔孤竹坡山莊」.

동안 헤어져 있었기에 이 만남이 더 기쁘다는 말로 시상을 열었다. 다음 두 연에서는 시골집의 고즈넉한 풍경과 그 속에서 자적하는 주인의 소탈한 모습을 읊었다. 이어서 주인이 손님을 맞아 즐거워하며 거문고를 연주해 준다고 하였다. 시에서는 말하지 않았지만 거문고를 타기 전까지 술을 마시며 밀린 이야기를 나누고 또 시를 지어 주고받으며 오붓한 시간을 보냈을 것이다. 그런데 어쩐 연유인지 하루를 묵지 못하고 떠나야 할 판인 듯하다. 이미 밤이 깊었을 것이고 술도 다 깨어갈 때쯤이다. 거문고가 끝나면 이 애틋한 만남도 끝날 것이니, 악기 소리가 울려 퍼지는 양 가슴 가득 서글픔이 밀려온다. 첫 구에서 이별을 말하고, 이어서 만남을 말했다가 다시 이별을 말하면서 시가 끝난다.

다음 시는 1578년 남원 광한루의 모임에서 지은 시 가운데 한 편이다.[63]

여러 달 집을 떠나 소식 드문데	數月離家音信稀
봄 아쉬워 다시 송춘시를 짓노라.	惜春還賦送春詩
술잔 들고 남루가 좋아 오래 앉았노라니	杯尊坐久南樓好
은하수 더 깊어지고 북두성 옮겨가네.	河漢更深北斗移
버들솜과 지는 꽃잎 정처 없이 흩날리고	飛絮落花無定處
지친 떠돌이 생활과 좋은 모임이 같은 때라네.	倦遊良會亦同時
만났다가 각자 동서로 갈 것이니	相逢各自東西去
무성한 봄풀에 생각이 끝이 없네.	芳草萋萋無限思[64]

---

63 이 모임은 남원부사 손여성이 주최한 것으로, 임제(林悌), 양대박(梁大樸), 백광훈(白光勳)이 참석하였다. 이때의 창수시가 『용성창수집』으로 엮여 당시에 널리 퍼졌다고 한다. 이 책에는 『손곡시집』에 없는 이달의 작품 몇 수가 실려 전한다. 인용한 작품은 『손곡시집』에 실린 것인데 제목에서 옥봉(玉峯, 백광훈)의 운에 차운했다고 되어 있으나 『용성창수집』에 의하면 양대박의 시에 차운한 것이다.(허경진 역(2006), 166쪽)

64 권4, 「龍城 次玉峯韻」.

　최경창의 별장에서 지은 시와 비슷한 뜻으로 시상을 열고 있다. 여러 달을 집을 떠나 있다 보니 가까운 벗들과 편지조차 주고받기 어려웠다. 그런데 봄이 다해가는 지금 이렇게 모여서 시를 짓는다는 말이다. 광한루가 그윽하여 오래 앉아 있기 좋고, 좋은 모임에 절로 밤이 깊어간다. 그러다 주위를 둘러보니 버들솜이 흩날리고 꽃들은 떨어져 간다. 아쉬운 이 계절에 나는 여전히 나그네 처지이지만 그래도 오늘 같은 좋은 만남도 있다. 그러나 여기서도 시적 자아는 "相逢各自東西 去"라며 이별을 말한다. 고양된 만남의 순간에 느닷없이 이별 이야기를 꺼낸 것이다. 그러나 완전히 갑작스러운 것은 아니다. 흩날리는 버들솜과 꽃잎들이 정처 없이 떠돌아다니는 자신의 삶을 떠올리게 했던 것이다. 봄풀 파릇한 이 계절에 무한한 슬픔을 어찌할 것인가. 만남의 즐거움이 클수록 슬픔도 더 크다.

　평시의 만남조차 이렇게 짧고 그 이별이 이토록 서러운데, 전란으로 표박 중일 때의 만남은 더욱 그러할 것이다. 다음 두 편의 시에서는 전쟁통의 짧은 만남을 노래하고 있다.

원주의 객관에서 옛날 오래 머물렀는데　　　　原州賓館昔留連
손꼽아 헤아려보니 지금 이십 년일세.　　　　屈指于今二十年
근력이 쇠한 뒤라 절로 슬퍼지고　　　　　　筋力自嗟衰謝後
명절 되면 난리 전이 더욱 그리워지네.　　　　歲時長憶亂離前
전쟁 속에서 타향의 물색을 보고　　　　　　他鄉物色干戈際
꿈속에서 고향의 산하를 보네.　　　　　　　故國山河夢寐邊
이로부터 만나자 바로 이별이니　　　　　　從此相逢是相別
머리 돌려 아득히 바라봄을 감당치 못하겠네.　不堪回首意茫然[65]

65　권4,「江東逢金基祿話舊」.

지친 나그네 황강 길에서	倦客黃岡路
지친 나그네 황강 길에서	端陽負令辰
만났다가 바쁘게 헤어지니	相逢草草別
둘 다 난리 속 사람들일세.	俱是亂離人[66]

　앞의 시는 이십 년 전 함께 지냈던 벗을 전쟁통에 우연히 다시 만난 일을 읊었다. 이십 년간의 이별을 생각하면 지금의 이 만남은 너무나 짧다. 함련과 경련의 진술은 화자뿐 아니라 상대방에 대한 말이기도 하다. 이렇게 늙어서 만난 것도 한스러운데 피란을 다니느라 좋은 절기를 저버려야 한다. 낯선 타향을 떠돌며 근근이 목숨을 부지하고 있고, 고향에 돌아갈 기약은 없어 꿈에서만 찾아갈 뿐이다. 제목에서 알 수 있듯이 시인은 옛 벗을 만나 밤이 늦도록 이야기를 나눴을 것이다. 그러나 아침이 밝아오면 곧 다시 길을 떠나야 한다. 이십 년 만에 만난 벗과 며칠의 시간을 보내기도 어려운 시절. 늙고 지친 몸으로 또 길을 떠나야 한다. "從此相逢是相別"이라는 구절은 그러한 기막힌 상황을 절묘하게 포착해 낸 시구라서 마지막 구가 도리어 사족처럼 느껴진다. 뒤의 시 역시 피란 중에 잠시 만난 누군가에게 준 시인데, 앞의 시와 같은 시의(詩意)를 전달하고 있지만 어조는 훨씬 담담하다. 마찬가지로 "相逢草草別"의 안타까운 상황으로, "亂離人"이라고 하여 마치 제삼자에 대해 이야기하듯 말하고 있다.

　앞에서 인용한 「별이예장(別李禮長)」이나 위 두 작품의 비교를 통해서도 알 수 있듯이 이달의 절구는 율시나 장편시에 비해 절제된 어조를 띠고 있다. 그러나 덤덤한 시적 진술의 바탕에는 마찬가지로 서러움의 정조가 짙게 깔려있다. 예를 들어 「별이예장」의 전구와 결구, "芳草一

66　권5,「贈人」.

杯別, 相逢京洛中."을 살펴보자. 봄풀이 고운 때 한 잔 술을 나누며 작별하면서 서울에서 다시 만날 것을 기약하는 내용이다. 파릇한 봄풀은 이별의 슬픔을 북돋우는 전형적인 배경이다. 만남의 시에서 이별을 말한 것과는 반대로, 이 시는 이별의 순간에 만남을 말하고 있다. 그렇다고 해서 이 시의 화자가 슬픔을 극복하고 있다고 말할 수는 없다. 필자의 주관적인 인상일 수도 있으나 오히려 그 슬픔을 애써 자위하려는, 입술을 깨물고 억지웃음을 지어 보이는 화자의 모습이 상상된다.

아래의 절구 세 편은 모두 동일한 시상으로 끝맺고 있다.

마을 골목 구불구불 다한 곳	曲巷逶迤盡
옛 관아 옆에 사립문.	柴門古縣傍
만났는데 어찌 그리 급한지	相逢何草草
작별 인사하는데 어느새 해가 지네.	話別已西陽[67]

백제로 글을 보내 양식 구걸해	白帝飛書乞粟
황주에서 나그네 된 지 오래되었네.	黃州作客多時
만나서 바쁘게 말하고 웃었는데	相逢草草談笑
도리어 아득하게 헤어져야 한다오.	還是悠悠別離[68]

중화에서 한 번 웃은 일 옛날의 정인데	中和一笑昔年情
황제 수도에서 만 리를 뗏목 타고 왔었지.	萬里乘槎自帝京
오늘은 대동강 가에서 이야기 나누지만	今日大同江上話
내일 아침이면 다시 의주로 떠나야 하네.	明朝還有義州行[69]

---

67 권5,「逢金爾玉別」. 여기서 '爾玉'은 '璽'를 잘못 읽은 것일 가능성이 있다.(허경진 역(2006), 185쪽)

68 권5,「黃州寄申子方」.

69 권6,「贈權察訪仲明」.

첫 번째 시는 길에서 우연히 마주친 지인과 그 자리에 서서 대화를 나누다가 어느덧 해가 뉘엿뉘엿 넘어가고 아쉽게 이별한 일을 적은 것이다. 만나자마자 곧 헤어져야 할 상황을 "相逢何草草"라고 표현했다. 기구와 승구에서 만남의 장소를 묘사한 것이 담백하다. 두 번째 시도 비슷한 상황이다. 전구에 "相逢草草談笑"라고 하여 앞 시와 비슷한 표현을 사용했다. 기구와 승구에서 나그네 처지를 말하고, 결구에서 유유(悠悠)한 이별을 말하여 사뭇 비감이 강조되고 있다. 세 번째 시의 상대방은 자주 중국을 오갔던 인물인 듯하다. 지난번 중화에서 만났을 땐 중국에서 돌아왔을 때였고, 오늘 만난 건 또다시 중국을 향해 가는 길이다. 「별이계헌지경」에서 "바다 귀퉁이에서 오래 나그네 되었으니 / 관문 밖으로 사람 보내는 일 많다네.[海隅爲客久, 關外送人多.]"라고 읊었던 시구와 같은 상황이다. 지금 화자는 대동강 가에서 또 멀리 떠나는 사람을 보내고 있다. 이 시엔 슬프다는 표현이 전혀 없이 두 차례에 걸친 만남과 이별만을 말하고 있다. '還'이라는 글자에서 안타까움과 아쉬움을 짐작할 수 있을 뿐이다.

만남의 시에서 서로 떨어져 있던 시간을 곱씹는 모습도 나타난다. 「녹시이사군거용(錄示李使君巨容)」의 둘째 수는 해읍(海邑)의 사군 이거용의 환대와 살 곳을 마련해 준 두터운 정의에 감사하는 내용의 시다. 이 시는 "젊은 시절에 한 번 헤어진 뒤로 / 조그만 소식조차 막혀 있었는데 / 중간에 난리를 만나 / 생사조차 알지 못했지.[少年一爲別, 微音猶間阻. 中間遭亂離, 死生不知處.]"라는 말로 시작한다. 지금이 아무리 즐거워도 이별해 있던 긴 시간이 잊히지 않는 것이다. 한편 「유별홍군서(留別洪君瑞)」의 첫 연은 "가림에서 한번 헤어진 것이 벌써 십 년 / 해서에서 다시 그대 얼굴 보았네.[一別嘉林已十年, 重逢顏貌海西邊.]"이다. 지금의 만남과 이별을 말하기에 앞서 오늘 만나기까지 얼마나 오래 헤어져 있었는지를 말한다. 「逢黃廷式令公贈別」에서도 "동릉에서 한번 헤어지며 눈이 얼마나 시리던지 / 그 사이의 소식은 아득히 구름 끝에 있었네.[一別東陵眼幾寒, 中間消息杳雲端.]"라고 하며 예전의 이별과 그동안의 그리움을 먼저 말했다. 과거 함께 지냈던 즐거움을 말하고, 이어서 이별해 있던 시간을 말하는 방식도 나타난다. "옛날 중대에서 밤중에 / 함께 상원사 종소리 들은 일 생각나네. / 떨어져 지낸 이십 년 동안 / 구름과 숲이 몇천 겹이었나.[憶昔中臺夜, 同聞上院鐘. 暎離二十載, 雲樹幾千重.]"[70]가 그러한 예이다. 지금의 짧은 만남은 언제나 오랜 이별 끝에 오는 것이고, 이번의 만남 뒤로 또다시 길이 헤어져 있게 될 것이다. 만남과 이별의 연쇄적 구성이라고 할 수 있다.

　2장에서 살펴보았듯이 나그네 처지인 시적 자아에게 반복적인 이별은 피할 수 없는 것이었다. 우연히 좋은 만남이 있어도 언제나 떠나야 하며, 목적지는 편안한 내 집, 내 고향이 아니다. 전란 중의 만남은 더 기구하여, 우연히 만나 옛이야기를 나누는데 신산한 삶에 오히려 더 눈물이 난다. 만남이란 늘 이별을 전제하고 있어서 어떤 때는 만나는 순간부터 벌써 슬퍼진다. 이러한 생각은 작품에서 이별과 만남을 병치하는 방식에 의해 드러난다. '相逢'은 늘 '草草'하고 만남 뒤에는 '도리어[還]' 이별이 있다. '相逢'이 곧 '相別'인 것이다. 이 때문에 이달의 이별시에서는 만남의 시가 곧 이별의 시가 된다. 반대로 「별이예장」에서는 이별이 곧 만남이 되는데, 이마저도 희망적이라기보다는 '만남→이별'의 순서가 '이별→만남'으로 바뀐 것일 뿐이다. 만남의 시에서 과거의 이별을 말하는 방식도 나타난다. 짧은 만남은 언제나 긴 이별 끝에 오는 것이고, 만남 뒤에는 또다시 긴 이별이 오게 될 것이다.

70　권3, 「贈鑑上人」.

이와 같은 만남과 이별의 병치, 또는 만남과 이별의 연쇄적 구성은 숙명적인 굴레로서의 이별이 가져오는 서러운 감정을 부각하는 효과적인 장치라고 할 수 있다.

2) 이별 장면의 상상적 구성

대개 이별시는 헤어지기 직전보다 전날 밤에 써서 증정하는 일이 많다. 모임 자리에서 즉석에서 시를 짓는다면 지금은 이렇게 함께 있지만 내일 아침이면 각자 떠나게 될 것이라는 말이 자연스럽게 나올 수 있다. 앞 절에서 만남의 즐거움을 노래하는 시에서 이별을 말하는 작품들을 살펴보았는데, 실제로 이별을 앞두고 있었기에 그러한 시상을 떠올리게 된 것이기도 하다. 이와 함께 이별의 순간, 또는 이별 뒤의 자신의 모습을 상상하여 그려내는 방식 역시 이달 이별시에 자주 쓰이는 표현 수법이다.

산 가까워 저녁 그늘 짙은데	山近夕陰重
해 기우니 가을 기운 슬프네.	日西秋氣悲
내일 아침 백제의 길에서	明朝百濟路
머리 돌리는 건 그리워서라네.	回首是相思[71]
한 그루 팥배나무 잎새	一樹棠梨葉
바람에 불려 뜰 가득 떨어졌네.	風吹落滿庭
내일 아침 금강의 물가에서	明朝錦江水
근심스레 푸른 저녁 산 대하게 되리.	愁對暮山靑[72]

---

71 권5, 「嘉林別安生」.
72 권5, 「錦江別鄭子愼」.

　두 시는 구조가 유사하다. 먼저 안타까움의 정이 투영된 쓸쓸한 풍경을 묘사하고, 이별 후의 자신의 모습을 제시하였다. 전구는 각각 "明朝百濟路", "明朝錦江水"라고 되어 있어 '명조(明朝)'라는 시어가 똑같이 쓰였고 '시간+장소'라는 구법도 동일하다. 앞 시는 부여(가림)에서의 이별이기에 '백제(百濟)'라고 하였고, 뒤의 시는 금강(錦江) 가에서의 이별이라 강 이름을 그대로 썼다. 결구는 상대를 떠나보낸 후의 나의 모습이다. 길에서 자주 머리를 돌리는 것은 막 떠난 그대가 그리워서라고 하였다. 아침에 이별했는데 푸른 저녁 산[暮山]을 대한다는 것이 맞지 않지만, 날이 저물도록 강가를 떠나지 못하고 배회할 거란 뜻을 이렇게 표현한 것이다. 간결한 행동 묘사를 통해 아쉬움과 그리움의 감정을 간접적으로 드러냈다.

　마지막 두 구에서 내일 아침의 이별을 말하면서 헤어지는 순간의 자연 경물을 함께 제시하는 방식도 있다. 「봉황정식영공증별(逢黃廷式令公贈別)」은 "내일 아침 다시 관하에서 헤어질 때 / 무성한 봄풀이 말 안장에 비치리라.[明朝又是關河別, 芳草離離暎馬鞍.]"라는 시구로 끝난다. 방초(芳草)가 무성한 모습은 이별의 서러움을 부각하는 경물이고, '馬鞍'은 떠나는 사람의 대유(代喩)이다. 말 탄 객은 촉촉한 풀 위에 흙먼지를 남기고 떠나갈 테고, 남아있는 화자는 그 모습을 아련히 지켜볼 것이다. 비슷한 시구로 "슬프다, 내일 아침 역로 남쪽 길에서 / 봄풀에 이별 시름 가득한 것 견디지 못하리.[怊悵明朝驛南路, 不堪芳草滿離愁.]"[73]가 있다. 한편 「기고죽」의 전구와 결구는 "내일 서울 떠나 강길 거슬러 갈 때 / 모래톱에 붉은 잎새 온통 가을 소리 내리.[明日離京泝江路, 磧沙紅葉盡秋聲.]"이다. 이별의 슬픔을 말하는 대신 낙엽 지는 소리

---

73 『용성창수집』 수록 이달의 시 가운데 다섯 번째 작품.

로 장면을 채웠다. 추성(秋聲)이 시적 화자의 울음을 대신해주고 있다.

'내일 아침[明朝]'의 이별을 말하는 이와 같은 방식은 사실 이백(李白)의 시에 연원을 둔 것이다. 이백의 「야박우저회고(夜泊牛渚懷古)」의 마지막 연, "내일 아침 돛을 달고 떠날 때면 / 단풍잎만 어지러이 떨어지겠지.[明朝挂帆席, 楓葉落紛紛.]"라고 한 구절이 그것이다. 이백 시의 화자는 서강(西江)에 배를 대고 하룻밤을 묵으면서, 사상(謝尙)이 이 강에서 노닐다가 원굉(袁宏)이 읊는 「영사(詠史)」 시를 들었다는 옛일을 회고하며 쓸쓸한 심회를 표출한다. 그리고 나서 내일 아침 이곳을 떠날 때의 장면을 상상한 것이다. 앞서 언급한 「기고죽」의 "明日離京泝江路, 磧沙紅葉盡秋聲."은 이백의 시에서 내일의 이별뿐 아니라 배를 타고 떠날 때 낙엽이 진다는 의경 전체를 빌려왔다. 여기에 강을 '거슬러 올라간다[泝]'는 움직임과 '가을 소리'라는 청각적 심상을 담아서 변화를 주었다. 또한 이달의 다른 시들에서는 '내일' 또는 '내일 아침'의 이별을 말한다는 방식만 동일할 뿐 각 작품 속의 의경은 이백 시와 다르다.[74]

다음 작품에는 상대를 전송하고 홀로 돌아오는 시적 화자의 모습이 한층 애처롭게 그려져 있다.

홍련 막사 안에서 종유하던 나그네여   紅蓮幕裏從遊客
백발로 근심하니 그대 집은 어디인가.   白髮愁中何處家
칼 짚고 영문에서 서로 떠나보낸 뒤   杖劍轅門相送後
산속 눈길 홀로 돌아올 때 새벽 추위 심할 테지.   獨歸山雪曉寒多[75]

---

74 두보의 「증위찰처사(贈衛八處士)」의 마지막 연 "明日隔山岳, 世事兩茫茫."에도 비슷한 표현이 쓰였다. 다만 두보의 이 구절은 이별 후의 아득한 마음을 말한 것으로 이별의 순간 또는 이별 직후의 장면을 그리고 있는 것은 아니다.

75 권6, 「送別柳摠戎」 2수 중 제2수.

「송별류총융」의 제2수이다. 제1수에서는 류총융(柳摠戎)의 위엄 있
는 모습을 변새풍으로 묘사하였고, 제2수에서는 상대를 떠나보내는
시적 화자의 처지를 읊었다. 화자는 유총융의 막사에서 한동안 머물며
지냈던 모양으로, 그가 떠나게 되자 어딘가 머물 곳을 찾아 길을 나서
야 했던 것이다. 이별도 이별이지만 '獨歸'의 처지가 화자를 더 괴롭게
만든다. 산속 추위는 평지보다 더 혹독할 텐데, 나를 보살펴주던 사람
과의 이별이기에 그가 떠남으로 인해 내 처지는 더 가련해지는 것이
다. 다음 시에도 유사한 정서가 나타난다.

나그네로 기식한 것 열흘이나 이어지니	旅食連旬朔
헤어질 걱정 다시 만단으로 일어나네.	離憂更萬端
조각배로 장사꾼을 따라서	片帆隨估客
내일은 강여울을 내려가리라.	明日下江灘
물 얕은데 통발은 헐어 있고	水淺魚梁毀
모래 무너진 풀 언덕 차가울 테지.	沙崩草岸寒
가을바람에 해진 갖옷만 남아있으니	西風弊裘在
어찌 조금이라도 마음을 펴겠는가.	安得寸心寬[76]

사암(思庵) 박순(朴淳)의 시에 차운하여 지은 작품이다. 이미 상대의
집에서 열흘이 되도록 기식하여 떠나야 할 때가 왔다. 그리하여 내일
은 배를 타고 여울을 건너가야 한다. 화자는 내일 배 위에서 볼 풍경을
상상하여 그려내고 있다. 얕은 물에 해진 통발이 여기저기 던져져 있
고, 반쯤 무너진 둑에는 듬성듬성한 풀이 자라있을 것이다. 자못 을씨
년스러운 경관이다. 언덕이 '차갑다[寒]'고 한 것은 다음 구에서 말한

---

76 권3, 「次思菴韻」.

'가을바람[西風]' 때문이다. 이 바람은 이제 곧 추위가 닥칠 거라고 말해주는 것이다. 자신에게 남은 것은 '弊裘' 한 벌. 화자의 가난하고 의지할 데 없는 처지를 보여주는 사물이다. 마지막에는 위축된 마음을 직서하고 있다. 앞의 시와 마찬가지로 자신을 돌봐주었던 인물과의 이별이기에 홀로 떠나는 자신의 가련한 모습을 묘사하는 것으로 이별의 섭섭함을 전했다. 자신을 후대해주었던 이거용에게 준 시에서도 "내일 앞길 향해 길 떠나게 되면 / 속마음을 누구 향해 호소하리오.[明發首前途, 衷情向誰訴.]"[77]라고 하여 자신의 의지할 곳 없는 처지를 토로하였다.

이별 후 떠나가는 상대방의 모습을 상상해 읊은 시도 있다.

양산의 이월 모진 추위 풀리지 않아	楊山二月寒凝苦
산천에 눈 가득해 봄빛 보이지 않네(않겠네).	雪滿山川不見春
내일 서쪽 향해 수양으로 가는 길엔	明日西行首陽路
가마로 편안하게 어머님을 모시겠소.	肩輿穩侍大夫人[78]

고을 수령으로 부임해 가는 한준겸(韓浚謙)을 전송하며 지어준 시다. 양산(楊山)은 황해도 안악(安岳)을, 수양(首陽)은 해주(海州)를 가리키는 말이다. 안악에 있으면서 해주로 떠나는 상황인지, 안악으로 가기 위해 먼저 해주 가는 길에 오른다는 것인지는 정확히 알기 어렵다. 전자라면 눈앞에 보이는 풍경을 읊은 것이고, 후자라면 상대가 도착하게 될 장소를 상상해서 읊은 것이 된다. 어쨌든 전구와 결구는 떠나는 모습을 상상한 것이다. 관리로 부임해 가는 것이므로 슬픈 이별은 아

---

77 권1, 「錄示李使君巨容」 2수 중 제1수.
78 권6, 「贈別韓益之」.

니다. 어머니를 정성스레 모시는 흐뭇한 장면을 상상함으로써 상대방을 효자로 추켜세우고 있다. 앞의 시들과 동일한 표현 수법을 사용하고 있지만, 전하는 의미는 다르다. 한편 「유별홍군서」에서는 "내일 아침엔 다시 돌아갈 길 생각하리니 / 두 곳에서 서로 그리워하며 각자 망연하리라.[明朝又是懷歸路, 兩地相思各惘然.]"고 하며 자신과 상대가 서로 그리워하는 모습을 상상하여 제시하기도 했다.

　이처럼 '내일의 이별'을 말하는 것은 이달 이별시에서 여러 차례 나타나는 특징적인 표현 수법이다. 이러한 표현법은 이별 후 화자의 행동이나 주변의 경관을 제시함으로써 절제된 목소리로 은근하게 감정을 전달하는 효과를 가져온다. 자신을 돌봐주던 인물과의 이별에서는 아쉬운 마음을 직접 토로하는 대신 홀로 떠나는 자신의 처량한 모습을 묘사하는 수법을 사용하기도 한다. 또한 화자 자신의 모습 외에 떠나가는 상대의 모습을 상상해서 읊기도 하고, 두 사람이 헤어진 후 서로 그리워하는 정경을 말하기도 했다. 이러한 시들은 장면화를 통한 '보여주기'의 수법을 구사한 것으로서, 이러한 수법은 자기 진술적 성격이 강한 작품에 나타날 수 있는 설명적 성격을 감쇄하는 효과가 있다. 이달의 이별시 중에는 '離愁'나 '離憂'와 같이 서러움의 감정을 직접 말하고 있는 것들도 있고, '눈물이 옷깃을 적신다'는 등 고조된 감정을 한껏 드러낸 시들도 있다. 장래의 이별 장면을 상상적으로 구성한 작품들은 그러한 시들과 구별되는 절제된 미감을 보여준다고 할 수 있다.

Ⅳ. 나가며

　떠남과 헤어짐, 즉 이별은 이달 시의 핵심적인 제재이다. 이별과 방랑이 이달의 작품 세계에서 차지하는 중요성에 대해서는 기존 연구들에서 몇 차례 지적된 바 있으나, 이별시의 전반적인 특징과 형상화 방식을 집중적으로 다룬 연구는 없었다. 이에 본고에서는 이달의 작품에 나타나는 이별의 의미와 이별시의 성격, 그리고 제재의 형상화에 사용된 표현 수법에 대해 검토하였다.

이달의 이별시 속 시적 자아들은 공통적으로 '나그네'이자 '떠돌이'이라는 속성을 지니고 있다. 한 곳에 머물지 못하고 곧 떠나야 하는 처지는 반복된 이별을 낳는다. 그러나 아무리 여러 번 겪어도 이별의 아픔은 익숙해지지 않는다. 한편 시적 자아가 떠돌이 생활을 하는 이유는 '전란'과 '가난' 때문이고, 그 때문에 이별 역시 더욱 처연하게 그려지게 된다. 이러한 시적 자아의 모습은 실제 이달의 삶을 반영한 것이다. 그러나 작품 속에서는 실제의 전란인 임진왜란이나 시인을 가난하게 만든 서얼 신분과 같은 역사적·사회적 맥락이 부각되지 않는다. 오히려 작품 속에서 이별이란 인간이 벗어날 수 없는 숙명적인 굴레와 같이 그려지며, 그의 이별시는 이러한 운명 속에 있는 인간의 '서러움' 그 자체를 형상화하는 데 초점을 맞추고 있다. 작가의 실제 체험이 아닌 악부시 등에서 이별을 주된 소재로 채택한 것 또한 이별이라는 것이 인간 정감의 곡진한 묘사에 적합한 대상이기 때문이다.

다음으로 이달의 이별시에서 주로 활용된 표현 수법을 두 측면으로 나누어 살펴보았다. 먼저 심상 활용 측면에서의 특징이다. 그중 첫 번째는 이별의 정서를 촉발하는 정경의 묘사에서 하강·어둠의 이미지와 부동·부유의 이미지가 자주 사용되고 있다는 점이다. 떨어지는 꽃 잎, 가을철의 낙엽, 지는 해와 안개, 저녁 구름, 가을장마 등은 하강의 이미지를 구성하는 소재들이다. 하강의 이미지는 어둠의 이미지를 수반하는데, 비와 구름, 안개 등은 하늘과 땅을 어둡게 만들고 해와 달이 지면서 빛이 사라지게 되기 때문이다. 한편 흩날리는 꽃잎과 버들 솜, 바람에 흔들리는 나뭇가지, 바람결에 쓸려가는 낙엽 등은 부동·부유의 이미지이다. 부동의 이미지와 하강·어둠의 이미지가 어우러져 이별의 서러움을 촉발하는, 또는 그러한 마음이 투영된 경관을 형성하고 있다는 것이 이달 이별시의 주된 표현상의 특징이다. 두 번째는 청각적 심상의 활용이다. 두견새, 꾀꼬리, 가을 매미, 귀뚜라미, 기러기, 서릿바람 등 계절감을 보여주는 소리들이 작품 내부에 울려 퍼지면서 이별의 감정을 고조시키는 역할을 한다. 그 외 거문고의 곡조나 노 젓는 소리가 활용되기도 한다.

다음으로 장법상의 특징을 검토하였다. 첫 번째는 이별과 만남의 병치를 통해 이별의 정한을 더 깊게 하는 수법이다. 만남이란 늘 이별을 전제하고 있어서 어떤 때는 만나는 순간부터 벌써 슬퍼진다. '相逢'은 늘 '草草'하고 만남 뒤에는 '도리어[還]' 이별이 있으니, '相逢'이 곧 '相別'인 것이다. 만남의 기쁨은 이별의 설움을 증폭시키고, 전란 중의 짧은 만남은 반가움보다는 슬픔을 가져온다. 만남의 시에서 과거의 이별을 말하기도 하며, 짧은 만남과 긴 이별이 연쇄적으로 구성된다. 만남과 이별을 나란히 제시하는 이러한 수법은 숙명적인 굴레로서의 이별의 서러움을 효과적으로 드러내는 장치이다. 또 다른 기법은 전·결구 또는 미련에서 '내일의 이별'을 말하는 방식이다. 헤어짐의 자리에서 내일의 이별을 상상해서 읊는 것이다. 상대를 떠나보내는 자신의 모습과 이별하는 장소의 풍경을 묘사하기도 하고, 이별 후의 아련한 그리움을 미리 떠올려보기도 한다. 자신을 돌봐주던 사람에게 주는 이별시에서는 이별 후 홀로 떠나는 자신의 처량한 모습을 묘사한다. 또, 떠나가는 상대의 모습, 이별 후 서로 그리워하는 두 사람의 마음을 말하기도 한다. 이러한 수법은 장면화를 통해 절제된 감정을 보여주는 방식이라고 할 수 있다.

이별시를 짓지 않은 시인은 없지만 이토록 많이, 그리고 절절하게 이별을 노래한 시인은 흔치 않다. 이는 평생 떠돌이였던 시인의 삶의 반영이며 낭만적인 당풍시의 한 속성으로 이해할 수 있다. 이달은 조선 중기의 학시(學詩) 방향의 전환을 상징하는 중요한 시인이며, 남아있는 작품 수가 적은 만큼 이 작품들을 더욱 꼼꼼히 읽어볼 필요가 있다. 이때 그의 작품 세계에서 커다란 비중을 차지하는 '이별'—그리고 '방랑'과 '눈물'도 함께—에 대해 세심하게 들여다보아야 할 것이다. 본고의 논의는 그러한 목적에서 시도된 것이다. 이달의 이별시가 동시대의, 그리고 후대의 다른 시인들의 이별시와 어떠한 차이가 있는지에 대해서도 추가적인 고찰이 필요함을 밝혀둔다.

제3장

갈래별 한시 독법

용재 이행의 애도시 연구

I. 들어가며

    허균(許筠)은 『성수시화(惺叟詩話)』에서 국조(國朝)의 시는 마땅히 용재 (容齋) 이행(李荇, 1478~1535)을 제일로 삼아야 한다고 했다. 그리고 이행 시의 풍격을 "沈厚和平, 澹雅純熟."이라고 하였으며 특히 오언고시를 극찬하였다. 또, 「팔월십팔야(八月十八夜)」를 인용하고 이 시에 대해 "감개가 무한하니, 읽으면 서글퍼진다."고 평했다.[1] 허균의 이러한 평가 는 널리 알려진 것이지만 새삼 다시 언급하는 이유는, 허균이 꼽은 용재의 대표작이 바로 벗을 잃은 상실감과 홀로 남은 고독함을 노래한 작품이라는 점이 주목되기 때문이다. 이외에도 『국조시산(國朝詩刪)』, 『기아(箕雅)』 등 시선집들에 수록된 이행의 대표작 가운데 「서중열제화 병시후(書仲說題畫屛詩後)」, 「제읍취헌유고후(題挹翠軒遺稿後)」, 「제천마 록후(題天磨錄後)」, 「추도정순부(追悼鄭淳夫)」와 같은 시들도 죽은 벗에 대한 그리움이나 애도를 담고 있다.

    갑자사화(甲子士禍)(1504)는 이행의 생애 및 그의 작품세계에서 중요

---

1 허균, 『성수시화』. "我國詩, 當以李容齋爲第一. 沈厚和平, 澹雅純熟. 其五言古詩, 入杜出陳, 高古簡切, 有非筆舌所可讚揚. 吾平生所喜詠一絶: '平生交舊盡凋零, 白髮 相看影與形. 正是高樓明月夜, 笛聲凄斷不堪聽.' 無限感慨, 讀之愴然."

한 계기가 된 사건이다. 이행 자신은 요행히 목숨을 건졌으나 젊은 시절의 벗들을 거의 다 잃게 되었다. 이 때문에 그의 작품 속에서 그리움의 정서는 더욱 애틋하고 절실하다. 그렇다면 널리 알려진 몇몇 작품들 외에 벗들의 죽음을 다룬 그의 시들은 전반적으로 어떤 면모를 띠고 있을까. 이행은 중종반정(中宗反正)(1506) 이후로 말년에 김안로(金安老)의 탄핵으로 유배를 가기까지 대략 25년 동안 비교적 순탄한 관직 생활을 했다. 유배기와 반정 직후에 죽은 벗들을 그리워하는 시를 많이 썼으며, 세월이 한참 흘러 〈화주문공남악창수집(和朱文公南嶽倡酬集)〉(1531)을 제작할 때에도 젊은 날의 벗에 대한 추도시(追悼詩)를 썼다. 그 사이 관직 생활을 하면서도 가족과 친지를 비롯하여 가까운 벗들과 동료 관원, 조정의 대신과 지인의 가족을 위해 만시(挽詩)를 썼다. 본고는 이러한 작품들, 즉 『용재집(容齋集)』에 수록되어 있는 이행의 애도시(哀悼詩)를 살펴보기로 한다. 2,000여 수나 되는 용재 시를 읽는 다양한 경로의 하나로서 애도시를 검토하고자 한 것이다.[2]

---

2 이행의 시문학에 대해서는 많은 연구성과가 축적되어 있다. 2000년대 이후의 연구 중에서는 이재숙(2009), 「容齋 李荇의 漢詩 硏究」(고려대학교 박사학위논문)가 대표적이다. 이 논문에서는 이행을 해동강서시파(海東江西詩派)로 분류한 기존의 관점에 문제를 제기하며 이행이 두보를 비롯한 여러 시인을 배워 일가를 이룬 작가임을 보였다. 또, 시기별 작품을 통해 용재 시의 의식양상을 추적하였다. 특정한 유형의 시를 살펴본 연구로는 다음과 같은 논문들이 있다. 이창희(1986), 「용재이행(容齋李荇)의 사행시고(使行詩攷)」, 『한국어문교육』 제1집, 고려대학교 한국어문교육연구소; 이창희(1998), 「용재 이행의 제화시 소고」, 『어문논집』 38권 1호, 안암어문학회; 김기림(1998), 「용재 이행의 영사문학과 그 의의」, 『대동한문학』 제10집, 대동한문학회; 유암천(2019), 「容齋 李荇의 詠物詩 硏究」, 『동아시아고대학』 제54집, 동아시아고대학회. 이행의 애도시에 대한 연구는 아직 없다. 그 외 다른 작가들의 애도시, 또는 만시에 대한 연구성과 역시 풍부한데, 여기서 다 소개하기는 어렵다. 애도시 전반에 관해 논의한 선구적인 연구로는 최재남(1997), 『韓國哀悼詩硏究』, 경남대학교출판부(최재남(1992), 「韓國 哀悼詩의 構成과 表現에 대한 硏究」, 서울대학교 박사학위논문); 안대회(1995), 「한국 한시와 죽음의 문제 -조선후기 만시의 예술성과 인간미-」, 『한국한시연구』 제3집, 한국한시학회 등이 있다.

애도시는 죽은 이에 대한 조상(弔喪)과 추모(追慕)의 뜻을 담은 시를 가리킨다. 상례(喪禮)에 임해 제작하는 만시(挽詩/輓詩)나 만사(挽詞)가 애도시에 해당하며, 일정 시간이 흐른 후 창작한 추도시를 비롯하여 망자에 대한 애도의 취지로 쓴 시가 모두 여기에 속한다.[3] 도망시(悼亡詩), 곡자시(哭子詩) 등도 애도시의 한 유형이다.[4] 이행은 "~挽詞", 또는 "哭~"라는 제목의 만시를 다수 창작했다. 또, 만시는 아니지만 내용상 애도시로 분류할 수 있는 작품들도 몇 편 있다. 한편 최재남은 한국의 애도시에 대한 종합적인 연구에서 "유가적인 교의에 입각한 儀禮的, 또는 典禮的인 공식시"들을 제외하고 "개인적이고도 사적인 동기에서 씌어진 죽음의 시들, 즉 주로 육친의 죽음의 슬픔을 애도한 시들"을 일단 애도시로 명명한다고 하였다.[5] 그리고 애도시를 도망시(悼亡詩), 곡자시(哭子詩), 곡형제시(哭兄弟詩), 도붕시(悼朋詩)의 네 유형으로 나누어 살펴보았다. 본고는 이러한 방식을 따르지 않고, 공적(公的)·사적(私的)으로 창작된 애도시 전체를 검토 대상으로 하였다. 공적 태도로 창작한 애도시라 해도 그 표현 방식의 문학성에 대해 충분히 논할 수 있다고 보기 때문이다.

Ⅱ장에서는 먼저 『용재집』에 수록된 이행 애도시의 목록을 제시하고, 작품의 수록현황 및 창작 경위를 간략히 살펴본다. 이어 Ⅲ장에서 이행 애도시의 주된 내용 및 성격을, Ⅳ장에서는 그의 애도시에서 드러나는 특징적인 의식의 양상을 고찰하고자 한다. 이를 통해 이행의

---

3 만시와 애도시를 같은 개념으로 쓰기도 한다. 본고에서는 만시를 애도시의 하위 범주로 본다. 그러나 이행의 애도시 작품은 대부분 만시이므로 본문에서 그의 애도시 전체를 만시, 또는 만사로 지칭한 곳도 있음을 밝혀둔다. 만사는 곧 만시를 뜻한다.

4 한편 자만시(自挽詩)는 실제 죽은 이를 대상으로 쓴 작품이 아니기에 일반적인 애도시와는 그 성격이 조금 다르다. 이행은 자만시를 남기지 않았으므로 본고에서는 이에 대해 별도로 논하지 않는다.

5 최재남(1997), 11쪽.

시 세계에서 '죽음'과 '그리움'이 어떤 방식으로 그려지고 있는지를 확인하는 것이 본고의 목적이다. 이는 또한 조선전기 애도시(만시)의 한 양상을 검토한다는 의의가 있다.

Ⅱ. 이행의 애도시 개관

『용재집』에는 애도시로 분류할 수 있는 작품이 모두 63제 101수 수록되어 있다. 〈표1〉은 이행의 애도시를 애도 대상 인물과 함께 제시한 목록이다. 대개 제목은 '~挽詞', 또는 '哭~'로 되어 있다. 제목에 '挽'이나 '哭'이라는 글자는 없지만 타인의 죽음에 임해서 지었거나 제목에서 누군가의 죽음을 애도한다는 창작 의도가 드러날 경우 목록에 포함시켰다. 죽은 벗들을 떠올리며 그리움을 표출한 시는 애도시와는 그 성격이 조금 다르다고 보아 제외하였다.[6] 권7 〈해도록(海島錄)〉에 수록된 「여자찬거해도…(余自竄居海島…)」 연작 10수 중 제1수부터 제7수까지 일곱 수가 죽은 벗들에 대한 추도시의 성격을 띠고 있어 역시 애도시에 포함된다. 이 가운데 제1수는 정희량(鄭希良, 1469~1502)의 『허암유집(虛庵遺集)』 속집(續集) 권1 부록(附錄)에 「이용재【행】추도시(李容齋【荇】追悼詩)」라는 제목으로 다른 추도시 및 제문들과 함께 수록

---

6 「書仲說題畫屛詩後」, 「題挹翠軒遺稿後」, 「題天磨錄後」, 「過高靈龍潭村 偶記仲說 天磨錄詩春陰欲雨鳥相語之句 悼歎之餘 分韻以成【七首】」, 「讀翠軒詩 用張湖南舊 詩韻」, 「過沈百源栗亭」, 「過威平公墓【洪公允成】」, 「過幽谷野 望洪直卿舊居 痛楚 之餘 遂成一絶 用谷驛壁上韻」, 「有懷止亭 用定王臺韻」, 「有懷權叔達 用奉懷定叟 韻」 등이 이에 해당한다. '죽은 벗'에 대한 그리움을 담고 있다는 점에서 애도시와 통하는 면이 있지만, '애도' 그 자체가 목적이 아니라 '그리움'을 표출하는 것이 주된 동기가 된다는 점에서 애도시와는 그 성격이 구별되며, 의례적 성격이 강한 만시나 제사(祭詞)와도 거리가 있다.

되어 있어 이 시가 당시에도 만시로 인식되었음을 볼 수 있다. 한편 이행의 대표작의 하나인 「추도정순부(追悼鄭淳夫)」역시 이 시와 함께 『허암유집』에 수록되어 있는데, 여기에는 이 작품이 김정(金淨)의 작으로 잘못 나와 있다.[7] 그 외 「제직경묘(祭直卿墓)」도 제사(祭詞)로 볼 수 있으므로 목록에 포함시켰다.

<표1> 이행의 애도시 목록

	권수	시체	제목	대상인물
1	권1 七言 絶句	七絶	哭君美(4수)	洪彦邦(?~1528 전후)
2			哭金仁老【千齡】○八首	金千齡(1469~1503)
3			哭沈百源【二首】	沈克孝(?~1523)
4	권2 五言律	五律	宋領相【軼】挽詞 *李墍, 『松齋續集』(권1)에 「松峯宋相國【軼】輓」이라는 제목으로 수록[8]	宋軼(1454~1520)
5			李同知【安世】夫人挽詞	李安世 妻
6			沈贊成母氏挽詞【二首】	沈贊成 母
7			金領相【詮】挽詞	金詮(1458~1523)
8			姜正郎先君挽詞【二首】	姜正郎 父
9			哭李應敎【孝文 字忠元】	李孝文
10			哭李參議【均】○代家君作(2수)	李均(1452~1501) *李穡의 증손
11			閔觀察使【師騫】挽詞(2수)	閔師騫
12			朴判官母氏挽詞	朴判官 母
13			哭金斂正	金斂正
14			鄭參判【光世】母氏挽詞	鄭光世 母
15			平城府院君挽詞 *『松齋續集』(권1)에 「平城府院君【朴元宗】輓」이라는 제목으로 수록	朴元宗(1467~1510)

7 정희량이 사망한 1502년에 충암(冲菴) 김정(金淨, 1468~1521)은 17세에 불과했다. 또한 김정은 중종 때 박상(朴祥)과 함께 신씨(愼氏)의 복위를 주청했다가 권민수(權敏手), 이행 등과 대립했으며, 조광조와 함께 대표적인 기묘사림의 일원이었다. 그러므로 그가 훗날에라도 정희량에 대한 추도시를 썼다고 보기는 어렵다.

16			哭長妹氏	맏누이(盧友良 妻)
17			韓司諫【效元】母氏挽詞	韓效元 母
18			大行王妃挽詞【五首】	章敬王后(1491~1515)
19			韓二相【效元】妻貞敬夫人挽詞	韓效元 妻
20			金監司【希壽】挽詞【二首】	金希壽(1457~1527)
21			趙留守【舜】挽詞	趙舜(1465~1527)
22			哭蘇元友【時爲南原府使】	蘇世良(1476~1528)
23			滿浦沈僉使【思遜】挽詞【二首】	沈思遜(1493~1528) *沈貞의 아들
24			李參議【世貞】母氏挽詞	李世貞 母
25			黃長原君【孟獻】挽詞 *『松齋續集』(권1)에 「輓黃長原君叔度」라는 제목으로 수록	黃孟獻(1472~1535)
26			高判府事【荊山】挽詞	高荊山(1453~1528)
27			哭堂兄李監役【荏】	李荏
28			許監司【磁】挽詞	許磁(1471~1529)
29			閔大司成【壽千】挽詞	閔壽千(?~1530)
30			挽詞	?
31			貞顯王后挽詞【二首】 *金克成(1474~1540), 『憂亭集』(권2)에 「貞顯王后挽章」이라는 제목으로 수록	貞顯王后 (1462~1530)
32			朴仲說母氏挽詞	朴誾 母
33			哭曹二相妹氏【二首】	둘째 누이(曹繼商 妻)
34			哭金子誠【克愊】○二首	金克愊(1472~1531)
35			沈應敎【彦慶】母氏挽詞	沈彦慶 母
36			哭外兄柳子榮【仁貴】	柳仁貴(1463~1531)
37			李領府事【惟淸】挽詞	李惟淸(1459~1531)
38			李僉知【誠彦】妻氏挽詞	李誠彦(?~1534)
39			孝惠公主挽詞	孝惠公主(1511~1531)
40			哭伯兄嫂氏	伯兄嫂(李荃 妻)
41			許議政【琮】夫人挽詞	許琮 妻
42			金判書【克成】繼母挽詞	金克成 繼母
43			哭金承旨【未文】	金未文
44			李知事【自健】挽詞	李自健(1455~1524)
45			權右議政【鈞】挽詞【二首】 *『松齋續集』(권1)에 「權相國【鈞】輓【二首】」라	權鈞(1464~1526)

			는 제목으로 수록	
46			成夫人挽詞	成夫人
47			崔同知【命昌】母氏挽詞	崔命昌 母
48			領相挽詞【三首】	金詮(1458~1523)으로 추정
49			黃判書【衡】挽詞	黃衡(1459~1520)
50	권3 七言律	七律	任判書【由謙】挽詞	任由謙(1456~1527)
51			丁同知【壽岡】挽詞	丁壽岡(1454~1527) *부친 李宜茂와 同榜
52			領相挽詞【代家兄作】	金詮(1458~1523)으로 추정
53	권3 五言詩	五古	癸未月日 遣告于沈百源靈柩	沈克孝(?~1523)
54	권6 海島錄	五律	哭趙生【二首】	趙生(?~1506) *咸安의 官奴
55			哭成和甫【孟溫】	成孟溫
56			哭李誠之【守誠】	李守誠(?~1506)
57	권7 海島錄	七絶	余自竄居海島 數與子眞直卿公碩諸公 相唱酬 往復 自念三數年 忘形之交 天禍人殃 凋喪幾 盡 在而不得見者 獨南士華權叔達而已 今因 諸公唱酬之什 聯次爲語 悼故傷生 情亦自至 非日詩乎云也【十首】(제1수~7수) *제1수가 『虛庵遺集』 續集 권2 附錄에「李容 齋【荇】追悼詩【出燃藜抄容齋遺事】라는 제목 으로 수록	鄭希良(1469~1502) 朴誾(1479~1504) 權達手(1469~1504) 金千齡(1469~1503) 李幼寧(1472~1504) 成重淹(1474~1504) 安善之(名은 미상) (?~1504)
58	권7 南遊錄	五律	哭姜主簿【孝貞 患耳聾 不出 二首】	姜孝貞(?~1510)
59			權牧使【轙】母氏挽詞【三首】	權轙 母
60	권7 滄澤錄	五律	哭內兄成應卿【名夢井 時爲忠淸兵使】(2수)	成夢井(1471~1517)
61	권7 嶺南錄	七律	祭直卿墓 *『松齋續集』(권1)에「祭洪直卿【彦忠】墓」라는 제목으로 수록	洪彦忠(1473~1508)
62	권8 東槎錄	五絶	李永元 從余到義州 病死 詩以哀之	李永元(?~1521)
63	권8 和朱 文公 南嶽倡 酬集	七絶	追悼鄭淳夫【用聞長老化去韻】 *『虛庵遺集』 續集 권2 附錄에「金沖菴【淨】 追悼詩【上同(*見東閣雜記)】」라는 제목으로 수록	鄭希良(1469~1502)

목록에서 이행 만시의 대부분은 오언율시 형식을 택하고 있음을 볼수 있다. 권2 〈오언률(五言律)〉은 127번째부터 마지막 172번째까지 46편의 만시를 연달아 수록하고 있다. (〈표1〉의 4번부터 49번 작품) 만시의경우에는 대상 인물의 몰년을 통해 그 창작 시기를 알 수 있는 작품들이 많다. 권2 수록 만시 46편 중 가장 이른 시기의 작품은 「곡이응교【효문, 자 충원】(哭李應教【孝文 字忠元】)」로 보인다. 이효문은 이행과 동방(1495년 급제)이며, 서른여덟에 세상을 떠났다고 한다. 시에서 이행은두 사람이 칠 년 동안 못 만났다가 동방(同榜)으로 해후하였는데, 그가응교에 제수되어 출근한 지 하루 만에 병을 얻어 세상을 떠나게 되어딱 하루 동안 어울릴 수 있었다고 했다. 급제 후 첫 벼슬이 응교였다는말이니, 이 작품은 1495년 즈음에 지어진 것으로 볼 수 있다. 몰년이분명한 인물을 기준으로 하면 이색(李穡)의 증손 이균(李均, 1452~1501)에 대한 만시(10번「곡이참의【균】○대가군작(哭李參議【均】○代家君作)」)가 가장 이른 시기의 작품이다. 가장 늦은 시기 작품은 1531년에 창작된34번 「곡김자성【극핍】○2수(哭金子誠【克愊】○二首)」, 36번 「곡외형류자영【인귀】(哭外兄柳子榮【仁貴】)」, 37번 「이영부사【유청】만사(李領府事【惟淸】挽詞)」, 39번 「효혜공주만사(孝惠公主挽詞)」의 네 편이다. 또 1520년

---

8 〈표1〉에 있는 5편의 만시가 이우(李堣, 1469~1517)의 문집 『송재집(松齋集)』 속집(續集)에 수록되어 있다. 이우는 본관은 진보(眞寶), 자는 명중(明仲), 호는 송재(松齋)이다. 퇴계 이황의 숙부이기도 하다. 이행과 친분이 있어서 『용재집』에 이행이 이우에게지어준 시가 여러 편 수록되어 있다. 이우의 유고 원집(原集)은 재화로 소실되었고퇴계가 원집에서 수서(手書)해둔 시집 1권이 있었는데, 이를 바탕으로 1584년 외종손오운(吳澐)이 간행한 것이 『송재집』의 초간본이다. 속집 및 부록은 1900년에 12대손이원로(李元魯)가 간행한 것이다. 이원로는 후손가에 소장되어 있던 詩·序·記 몇편과 선현유록(先賢遺錄)에 실린 저자 관계 기사를 수집하여 별집을 엮었다고 한다.(오세옥(1991), 「한국문집총간 『송재집』 해제」 참조) 그렇다면 이우가 평소 친분이있던 이행의 시를 보관해 두고 있었는데, 세월이 지나서 후손들이 이우의 작품으로오인하여 그의 문집에 수록했을 가능성이 있다.

부터 1530년까지 지어진 작품이 15편인데, 그중에서도 1527년 이후 작품이 많다. 그 외 창작 시기가 확인되는 것은 2편으로, 1510년과 1515년이다. 즉, 권2의 만시들은 24세부터 54세 때까지의 작품들(오언 율시에 해당)을 모두 거두어 수록한 것이며, 특히 저자가 이조판서와 우의정을 지냈던 시기부터 함종(咸從)으로 유배되기 전까지 지은 작품 이 많음을 알 수 있다.

위 목록에서 저자의 가족·친척에 대한 만시는 5편이다. 또, 지인의 가족(모친, 부친, 계모, 아내)에 대한 만시가 16편이다. 그리고 중종의 계비 장경왕후(章敬王后) 윤씨(尹氏), 성종의 계비 정현왕후(貞顯王后) 윤 씨(尹氏), 중종과 장경왕후 사이의 딸 효혜공주(孝惠公主)에 대한 만사 가 있다. 자신과 지인의 가족, 궁중 여성을 포함하여 여성에 대한 만사 가 21편이다.[9] 그 외 동료 및 선·후배 관료들에 대한 만시가 대부분을 차지한다. '~挽詞'가 의례적(儀禮的)인 측면이 강한 시에 사용된 제목 이라면 '哭~'은 저자와 가까운 관계에 있는 인물에 대한 만시에 사용 하고 있음이 확인된다. 63편 작품 중에 '哭~'으로 명명한 작품은 19편 인데, 그중 가족에 대한 만시를 제외하면 모두 13편이다.[10] 또, 제목에 '挽'이나 '哭'이라는 글자가 들어가 있지 않은 다섯 편의 애도시(53, 57, 61, 62, 63) 역시 저자의 개인적 친분을 보여주는 작품들이다.

반면 '挽詞'라는 제목이 붙어있는 시들의 애도 대상은 '哭'자 시의 대상 인물들에 비해 저자와의 친밀도가 낮은 경우가 많다. 지인의 친

---

9 21편 가운데 46번 「성부인만사(成夫人挽詞)」의 성부인은 지인의 모친이나 아내인 듯한데 누군지 확실치 않다. 30번 「만사(挽詞)」는 그 대상이 명시되어 있지 않지만 내용으로 보아 여성에 대한 만사이다.

10 〈표1〉의 10번 「곡이참의【균】○대가군작(哭李參議【均】○代家君作)」은 저자가 부친 이의무(李宜茂)를 대신하여 쓴 것이므로, 망자가 저자와 직접적인 친분이 없는 인물 이었을 수도 있다.

지에 대한 만시이거나 조정의 중요한 인물, 또는 선배나 원로 관원들에 대한 만시가 여기에 속한다. 물론 그리 가깝지 않은 사이라고 해서 그 내용이 모두 의례적인 것만은 아니다. 이행은 대상 인물의 공적을 따져 적절히 칭송하며 그의 삶과 죽음의 의미를 말하고, 또 자신과 의미 있는 인연이 있었다면 이를 시에서 언급하기도 했다. 물론 남의 부모나 아내에 대한 만사는 대상 인물이 저자와 직접 관계가 없는 만큼 그 내용이 비슷비슷하다는 특징이 있다.[11] 한편 제목이 '哭'이 아니라 '挽詞'라고 되어 있는데도 개인적 친분 및 자신의 비통함을 강조한 작품들도 있다. 이 작품들에 '挽詞'라는 제목을 붙인 것은 사귐의 기간이 길지 않거나 연배나 관품이 높았기 때문인 듯하다.

이행의 만시들 가운데서 사적인 관계가 바탕이 되고 있는 작품들을 제시하면 다음과 같다. '哭~'으로 된 시들과 만시 이외의 애도시들은 모두 여기에 속하며, '~挽詞' 중에서도 그 내용상 개인적 인연에 대한 회고가 담겨 있는 작품은 목록에 포함하였다.[12]

<표2> 개인적 관계를 바탕으로 창작된 애도시

	제목		제목
1	哭君美 (4수)	21	權右議政【鈞】挽詞【二首】
2	哭金仁老【千齡】○八首	22	丁同知【壽岡】挽詞
3	哭沈百源【二首】	23	領相挽詞【三首】
4	宋領相【軼】挽詞	24	黃判書【衡】挽詞
5	哭李應教【孝文 字忠元】	25	癸未月日 遣告于沈百源靈柩
6	哭李參議【均】○代家君作(2수)	26	哭趙生【二首】

---

11 이런 작품들 가운데 지기였던 박은의 모친에 대한 만시(32번 「朴仲說母氏挽詞」)는 다른 작품들과는 그 내용이 구별된다. 이에 관해서는 Ⅲ-2에서 언급한다.

12 '~挽詞'라는 제목의 시들 중 <표2>의 목록에 포함된 작품들은 공적인 성격과 사적인 성격을 함께 갖고 있는 작품들이다. 특히 2수 이상의 연작시의 경우 한 수는 고인의 업적을 중심으로, 한 수는 자신과의 인연을 중심으로 구성한 예들이 확인된다.

7	哭金僉正	27	哭成和甫【孟溫】
8	哭長妹氏	28	哭李誠之【守誠】
9	金監司【希壽】挽詞【二首】	29	余自竄居海島(…)【十首】 제1수
10	趙留守【舜】挽詞	30	余自竄居海島(…)【十首】 제2수
11	哭蘇元友【時爲南原府使】	31	余自竄居海島(…)【十首】 제3수
12	滿浦沈僉使【思遜】挽詞【二首】	32	余自竄居海島(…)【十首】 제4수
13	哭堂兄李監役【荏】	33	余自竄居海島(…)【十首】 제5수
14	閔大司成【壽千】挽詞	34	余自竄居海島(…)【十首】 제6수
15	哭曹二相妹氏【二首】	35	余自竄居海島(…)【十首】 제7수
16	哭金子誠【克愊】○二首	36	哭姜主簿【孝貞 患耳聾 不出 二首】
17	哭外兄柳子榮【仁貴】	37	哭內兄成應卿【名夢井 時爲忠淸兵使】(2수)
18	哭伯兄嫂氏	38	祭直卿墓
19	哭金承旨【未文】	39	李永元 從余到義州 病死 詩以哀之
20	李知事【自健】挽詞	40	追悼鄭淳夫【用聞長老化去韻】

정희량, 박은(朴誾), 권달수(權達手), 김천령(金千齡), 이유녕(李幼寧), 성중엄(成重淹), 안선지(安善之)는 이행의 친우들로서, 갑자사화 전후에 모두 목숨을 잃었다. 이 가운데 김천령에 대한 만시 1편(〈표2〉의 2번)이 남아있는데 8수의 연작시이며, 다른 이들에 대한 만시는 없다. 이후 이행은 거제도에 위리안치되어 있던 시절(1506) 벗들을 회고하며 10수의 연작시를 지었는데, 이 가운데 죽은 벗들을 애도한 제1수부터 제7수(29~35번)는 그들에 대한 뒤늦은 만시의 의미를 띤다. 홍언충(洪彦忠)은 이행과 동방(同榜)으로서, 역시 갑자사화로 거제도에 유배되었는데 이 때 특히 교분이 깊었다. 중종반정으로 풀려났으나 1508년에 사망했다. 홍언충의 묘소는 경북 문경에 있는데, 이행은 1520년 증고사(證考使)로 영남을 순유할 때 그의 무덤에 들러 시를 지었다.(38번) 「곡군미(哭君美)」(1번)는 홍언충의 형인 홍언방(洪彦邦)에 대한 만사이다.[13] 이행은 홍귀달

---

13 홍언방의 몰년은 정확히 알 수 없는데, 시에서 갑자년으로부터 2기(二紀)가 지났다고 했으니 대략 1528년 즈음임을 알 수 있다.

(洪貴達)의 아들인 언승(彦昇)·언충·언방 모두와 가까운 사이였는데, 이 시에서 형제 모두를 애도하고 있다. 언승 역시 사화 때에 거제도로 유배되어 이들과 어울렸다. 성맹온(成孟溫)(27번), 이수성(李守誠)(28번)에 대한 만시는 권6 〈해도록〉에 수록되어 있는 것으로 보아 이들이 1506년 이전이나 그즈음에 졸하였음을 알 수 있다. 성맹온은 성준(成俊)의 조카로, 연산군 때 부관참시를 당했다. 이들은 모두 젊은 시절의 벗들이며, 대개 연산군 치하에서 고초를 겪다 죽은 인물들이다. 이상 작품들의 창작 시기는 「곡군미」를 제외하면 1520년(43세) 이전이다.

〈표2〉에서 가족·친척을 제외하고 1520년[14] 이후에 지은 만시는 13편으로 확인된다. 1523년에 졸한 심극효(沈克孝)에 대해서는 두 편의 애도시(3, 25번)를 썼다. 23번 「영상만사(領相挽詞)」는 누구에 대한 만시인지 정확하지 않은데, 시에서 자신이 그를 '백수(白首)'에 만났다 하였고 소장(少長)을 잊고 우정을 나누었으며 환로에서 궁통(窮通)을 같이하였다고 하였다. 이로 보면 기묘사화의 원종공신(原從功臣)으로 1520년에 영의정에 오른 김전(金詮, 1458~1523)에 대한 만사로 추정된다.[15] 황형(黃衡)은 1520년, 김희수(金希壽)와 조순(趙舜)은 1527년, 소세량(蘇世良)은 1528년, 민수천(閔壽千)은 1530년, 김극핍(金克愊)은 1531년

---

14 이행은 1506년 중종반정으로 목숨을 건진 후 곧바로 홍문관 교리로 부름을 받고 부응교에 전임되어 사가독서하게 되었다. 그러나 1507년 12월 부친상을 당해 사직하고, 1510년 삼년상을 마치고서야 관직에 복귀할 수 있었다. 그러나 1511년 9월 다시 모친상을 당하였고, 1513년(36세)이 되어서야 안정적인 관직 생활을 시작할 수 있게 되었다. (이재숙(2009), 19~20쪽 참조) 〈표2〉의 목록에서 창작 연대를 파악할 수 있는 작품 가운데서 1511~19년에 지어진 시는 「곡내형성응경【명몽정 시위충청병사(哭內兄成應卿【名夢井 時爲忠淸兵使】)」 한 편이다.

15 이행이 고위관료로 있던 시기 영의정으로 사망한 인물은 김전과 남곤 두 사람뿐이다. 남곤은 이행의 젊은 시절부터의 벗이었으니 이 시의 내용과 맞지 않는다. 김전은 이행보다 20년 연상이며, 기묘사림과 대립했다는 점에서 이행과 정치적 행보를 같이 했다고 말할 수 있다.

에 졸하였다. 황형에 대해서는 '동료(同僚)'라고 하였으니 관로에서 만난 것이다. 이들과의 교유가 언제부터 시작되었는지 알 수 없으나, 만시를 쓸 당시 가까운 사이였던 것이니 장년기 이후의 사귐을 보여준다고 하겠다. 예컨대 민수천에 대한 만사(14번)에서는 "만년에 다시 친교를 맺어 / 백발로 함께 즐거움 누리려 하였거늘.[晚年還托契, 白首擬同歡.]"이라는 구절이 있다. 이자건(李自健), 권균(權鈞), 정수강(丁壽岡), 송일(宋軼. 또는 송질)은 연배가 높은 선배 관원이며, 심사손(沈思遜)은 친구의 아들이다.

가족이나 친척들에 대한 만시는 「곡장씨매(哭長妹氏)」, 「곡당형이감역【임】(哭堂兄李監役【荏】)」, 「곡조이상매씨【2수】(哭曹二相妹氏【二首】)」, 「곡외형류자영【인귀】(哭外兄柳子榮【仁貴】)」, 「곡백형수씨(哭伯兄嫂氏)」의 다섯 편이다. 맏누이와 둘째 누이가 모두 이행보다 먼저 죽어 만시를 썼고, 당형과 외형, 맏형수에 대한 만시가 있다. 그 외 눈에 띄는 작품으로는 함안(咸安)에 유배되었을 때 자신을 보살펴준 관노 조생(趙生)의 죽음을 애도한 오언율시 2수(26번), 그리고 원접사로 의주에 갈 때 자신을 따라왔다가 병사한 이영원(李永元)을 애도한 시(39번)가 있다. 이상 개인적 친분을 바탕으로 쓴 애도시들은 의례적 측면이 강한 여타 만시들에 비해 대상 인물의 풍모가 구체적이며 비탄의 심정이 더욱 곡진하게 드러난다는 특징이 있다.

Ⅲ장에서는 이행 애도시를 그 내용에 따라 세 유형의 작품으로 나누어 고찰한다. 먼저 갑자사화 전후에 죽음을 맞은 벗들에 대한 애도시를 살펴보고, 두 번째로 인물의 덕과 공적을 칭송한 작품들, 세 번째로 인물의 특별한 풍모와 개인적 인연의 회고를 담은 시를 검토한다. 다음으로 Ⅳ장에서는 이행의 애도시에 나타난 의식 지향을 두 가지 측면에서 살펴보고자 한다. 하나는 개인적 감정으로서의 비탄의 표출 양상

에 대한 것이며, 다른 하나는 저자의 생사관(生死觀)과 관련된 것이다. 〈표1〉의 작품들 가운데 대표적인 예를 들어 논의를 진행한다.

Ⅲ. 이행 애도시의 주된 내용

1. 사화기(士禍期)의 원통한 죽음에 대한 애도

갑자사화를 전후한 시기 이행은 그 자신 고문과 유배 등으로 극심한 시련을 겪었을 뿐 아니라 가까운 벗들의 연이은 죽음을 목도하며 고통과 상실을 경험했다. 이들은 처형되거나 고문으로 죽기도 했고 유배지에서 병사하기도 했다. 부관참시를 당한 이도 있었다. 이행이나 남곤(南袞)과 같이 살아남은 이들도 유배지에서 고초를 겪고 있었다. 이러한 상황에서 정상적인 상례 거행이 어려웠을 것이며, 따라서 만시가 제작되기 어려웠던 것으로 생각된다. 대신 이행은 거제도에서 유배 생활 중이던 1506년 10수의 연작시를 지어 벗들을 회고했다. 시제(詩題)에서 작품의 창작 동기를 길게 설명했으니, "내가 찬축되어 섬에 살면서 자주 자진, 직경, 공석과 시를 주고받았다. 생각해 보니 수삼 년 동안 망형의 교분을 맺은 벗들이 하늘과 인간의 앙화로 거의 다 세상을 떠나고, 살아있는데 만나지 못하는 이는 남사화와 권숙달이 있을 뿐이다. 이제 여러 공들이 창수한 시편들에 따라 차례대로 차운하여 죽은 이를 애도하고 살아남은 이를 가슴 아파하였으니, 정이 스스로 이른 것이지 시라고 할 수 있는 것이 아니다."라고 하였다.

시제에서 밝힌 창작의 의도, 즉 "죽은 자를 애도하고 살아남은 자를 가슴 아파한다[悼故傷生]"의 '悼故'에 해당하는 작품이 제1수부터 7수인데, 순서대로 정희량, 박은, 권달수, 김천령, 이유녕, 성중엄, 안선지에 대한 애도시이다. 제8수부터 10수까지는 '傷生'의 시인데, 남곤, 권민수(權敏手), 그리고 작가 자신의 처지를 읊었다. 정이 스스로 이르러서 말을 이룬 것이지 조탁을 거쳐 제대로 쓴 시가 아니라는 말을 덧붙였다. 거친 작품이라는 뜻의 겸사로 볼 수도 있으나, 깊은 감정이 자연스럽게 흘러나온 시라는 뜻이기도 하다. 그중 몇 수를 들어본다. 먼저 제1수이다.

> 칭찬과 비방 어지러이 수많은 입에 오르내리는데　　毀譽紛紛萬口騰
> 이 사람의 마음은 책상 모서리 만지는 것 아니었지.　此公心地不摸稜
> 초강 어느 곳에서 남긴 패옥을 찾을꼬　　　　　　楚江何處尋遺佩
> 오색 끈으로 묶은 밥통을 던지고 싶구나.　　　　願寄纏筒五彩繩[16]

제1수는 정희량을 추도한 것이다. 정희량은 1495년(연산군1)에 문과에 급제하여 이듬해 예문관 검열로 관직을 시작했다. 재직 초에 수륙재(水陸齋) 거행을 반대하다가 귀양을 갔다 왔고,[17] 1498년 무오사화에 연좌되어 의주로 유배되었다. 1500년 김해로 이배되었다가 1501년 해배되었다. 그해 모친상을 당해 시묘살이 중에 산책을 나갔다가 종적을 감춘 것으로 알려져 있다. 이행의 위 시의 자주(自註)에서 정희량이 임술년(1502) 5월 5일 강물에 투신했다고 하였다.[18] 기구와 승구는 정

---

16 이행, 『용재집』 권7, 〈해도록〉, 「余自竄居海島, 數與子眞直卿公碩諸公, 相唱酬往復. 自念三數年, 忘形之交, 天禍人殃, 凋喪幾盡, 在而不得見者, 獨嶺南士華權叔達而已. 今因諸公唱酬之什, 聯次爲語, 悼故傷生, 情亦自至, 非曰詩乎云也」. 『용재집』 원문은 《한국문집총간》 수록본(규장각 한국학연구원 소장본)을 저본으로 하였다. 이하 이행의 작품은 저자명과 책명은 생략하고 권수와 편차, 제목만 표시한다. 번역문은 한국고전종합DB 제공 『용재집』(이상하 역)을 바탕으로 일부 수정하거나 이를 참조하여 다시 번역한 것이다.

17 한희숙(2004), 「연산군대 盧庵 鄭希良의 現實認識과 그 변화」, 『한국인물사연구』 제22집, 한국인물사연구회, 191쪽.

희량의 평소 행적이다. 분명하고 강직한 언행은 칭송과 비난을 동시에 불러왔다고 하였다. '摸稜'이란 책상 모서리를 만진다는 것으로, 책임이 돌아올 것을 두려워하여 결단을 내리지 못하는 태도를 뜻한다. 어지러운 시기, 성희량이 주변의 평가에 개의치 않고 언제나 분명한 태도로 시사를 논단했다는 것이 기구와 승구의 뜻이다. 강직한 성품이 시대에 용납되지 않아 강물에 빠져 죽은 것은 굴원과 똑같다. 투신한 날짜 역시 5월 5일 단옷날이다. 그리하여 그가 죽은 강을 초강(楚江)이라 하였고, 강물에 제삿밥을 던져 그 혼을 위로하겠다고 한 것이다.[19] 그가 죽을 수밖에 없었던 것은 강직한 성품 때문이고, 그 죽음은 굴원과 마찬가지로 '원통한 죽음'이다. 강물은 그를 흔적도 없이 집어삼켰고, 남은 이들은 속절없이 젯밥을 던지며 그를 애도할 뿐이다.

이 시는 이행이 1531년에 쓴 또 한 편의 추도시와 비교해 볼 만하다. 권8 〈화주문공남악창수집〉에 수록된 다음 시는 여러 시선집과 시화에 실린 이행의 대표작 중 하나이다.

허암거사 참된 지경을 찾아 떠나니　　　　　　　盧庵居士去尋眞
끊임없이 변하는 세상사 보지 않게 되었네.　　　不見悠悠世事新
상수에 넋 있어 응당 함께 위로하리니　　　　　湘水有魂應共弔
인간 세상에 몸 감출 만한 곳 없었구려.　　　　人間無地可藏身[20]

이 시에서 정희량의 죽음은 '去尋眞'으로 묘사되고 있다. 그의 호인 '허암거사(盧庵居士)'를 그대로 시어로 써서 강건한 미감을 형성하고

---

18 "鄭淳夫, 壬戌五月五日, 自沈江而歿."
19 소식의 「화황로직식순차운(和黃魯直食筍次韻)」에서 "그래도 삼려대부에게 젯밥 올릴 수 있으니 / 밥통을 오색실로 동여맸구나.[尙可餉三閭, 飯筒纏五采.]"라고 한 것을 염두에 둔 표현이다.
20 권8, 〈화주문공남악창수집〉, 「追悼鄭淳夫【用聞長老化去韻】」.

있는데, '허암(虛庵)'이라는 호의 뜻이 '尋眞'이라는 행위와 어울린다. 그가 죽은 지 30년, 연산군이 물러나고 세상이 달라졌지만 그것이 진세 (塵世)임에는 변함이 없다. 허암거사는 이미 참된 세계로 떠나갔으니 이제는 편안하고 자유로울 것이다. 그는 다들 취한 세상에서 홀로 깨어 있어서 제 몸 둘 곳이 없었다. 상수(湘水)에는 굴원의 넋이 있으니 이런 그의 마음을 알아줄 것이다. 앞의 애도시와 비교해 보면 좀 더 넉넉해진 시선을 느낄 수 있다. 앞 시에서 시대의 책무를 저버리지 않은 강직함으로 인해 원통하게 죽은 넋을 슬퍼하고 있다면, 이 시에서는 그의 죽음의 의미를 고결하고 깨끗한 성품으로 인해 천진(天眞)으로 돌아간 것으로 묘사하였다. 또, 앞의 시가 저자의 비탄을 위주로 한 것이라면 이 시는 망자의 마음을 헤아리고 위로하는 성격이 짙다. 30년 세월이 지난 후에도 벗을 그리워하는 마음이 두터운데, 처절한 슬픔이 가라앉은 뒤에 벗의 죽음이 갖는 의미를 차분히 되새기고 있음을 볼 수 있다.

다음은 같은 편의 제3수와 제6수이다.

한길에 비낀 칼날로 홀로 나아갔나니	橫衢白刃獨能前
하늘이 요기를 보내 해 주변을 가렸다네.	天遣妖氛翳日邊
한밤 꿈속의 넋 옛날 모습 그대로니	半夜夢魂如夙昔
몇 줄기 맑은 눈물이 찬 이불을 적시네.	數行淸淚濕寒氈
(제3수)	

서남쪽에서 세월 보내 초췌해지고	憔悴西南歲月重
모진 풍상에 검은 수염 죄다 변했지.	風霜變盡紫鬓茸
죽산 길에서 창황히 마주쳤는데	竹山路上蒼黃面
매서운 불길에 백 길 솔이 끝내 꺾여버렸네.	烈火終摧百丈松
(제6수)	

제3수는 권달수를 추모한 것이다. 자주(自註)에 그 사연이 적혀 있다. 갑자년 이행과 권달수가 함께 옥에 갇혀 고문을 당하던 때, 하루는 권달수가 하늘을 가리키면서 해 아래 흰 기운이 뻗쳐 있는 것이 보이는지 물었다. 이행이 보이지 않는다고 하자 권달수는 누군가가 죽을 것인데 그것이 바로 자신일 것이라고 하였고, 그해에 화를 당하였다고 하였다. 이행은 또 근래 며칠 밤을 꿈에서 그를 보았는데 생시의 모습과 같았다고 하였다.[21] 권달수가 이때 자신이 주모자라고 강변하여 처형을 당하고, 이행은 죄가 경감되어 유배를 가게 되었다고 한다. 그가 보았다는 흰 기운을 이행은 기구에서 '흰 칼날[白刃]'로 형상화했다. '獨能前'은 홀로 용감히 죽었다는 뜻이다. 해 아래 흰 기운이란 곧 임금이 내린 흰 칼날이며, 해 주변을 가린 '요사한 기운[妖氛]'은 자신들을 참소한 세력을 가리킨다. 여전히 유배 중이라 앞날이 밝지 않은 지금, 홀로 죽음으로 나아간 벗의 얼굴이 꿈에 자주 뵈는 것도 당연하다. 자신만 살아남은 것에 대한 미안함과 죽은 벗에 대한 그리움, 그러면서 자신도 곧 그를 따르게 될지 모른다는 두려운 마음도 있었을 것이다. 차가운 이불을 적시는 몇 줄기의 눈물이 그려내는 심상이 처연하고도 맑다.

제6수 역시 창황한 속에서 겪었던 일을 그대로 시화하고 있다. 자주를 보면 무오사화로 인해 의주로 귀양 가 있던 성중엄이 경신년 여름 하동으로 배소를 옮겼고 갑자년 겨울에 화를 당하였다고 한다. 갑자년 6월 이행은 포박되어 한양의 감옥으로 가던 중에 곤장을 맞고 배소로 돌아가는 그를 죽산(竹山) 길에서 만났다. 모습이 너무 초췌하여 얼굴

---

21 "權通之, 甲子冬, 與余▨係獄, ▨▨備至, 一日, 極余手指天曰: '日下有白氣亘空, 子亦見之乎?' 余曰: '未也.' 通之仰天良久曰: '噫! ▨其死矣, 正爲吾也.' 是年十二月初一日, 被禍. 近夜連夢通之如平生, 故幷及之."

을 알아보지 못했다가 말을 세우고 소리 질러 부르고서야 서로 알아보
았다. 그리고는 눈물을 흘리며 이별하였다고 했다.[22] 이날이 바로 이생
에서의 마지막 만남이었다. 기구와 승구에서는 모진 고통 속에 초췌해
진 자신들의 모습을 읊고, 전구에서 죽산 길에서의 짧은 만남을 언급
했다. 결구에서는 백 길 소나무[百丈松]가 불길에 꺾였다고 하여 성중
엄이 결국 죽음을 피할 수 없었음을 말했다. 감정 묘사 없이 사실만으
로 애도시를 구성했는데, 절박한 상황이 인상적으로 그려져 비탄의
심회가 절로 느껴진다.

　이러한 작품들은 시인이 처했던 특수한 역사적 상황을 계기로 창작
된 것들이다. 사화(士禍)로 인해 많은 벗들을 잃었으며 그 자신도 생사
를 오가는 고초를 겪었다. 그러한 상황에서 창작된 시들이므로 때로는
그 상황의 서술만으로도 깊은 비탄을 불러일으킨다. 이들은 평온한
죽음을 맞지 못하였고, 외부의 '불의한' 세력에 의해 원통한 죽음을
맞은 것으로 그려진다. 위 작품들에 나타나는 또 하나의 특징은 죽음
에 이른 인물들의 강직하고 개결(介潔)한 품성이 강조되고 있다는 것이
다. 위 인물들 외에 김천령에 대해서도 "맑기는 가을 하늘에 흰 이슬
무성한 듯 / 굳세기는 지주가 거센 물결 막아선 듯[澹若秋空白露溥, 剛如
支柱鎭奔瀾]"(제4수)이라고 하며 그 인품을 칭송하였다. 김천령은 사화
로 죽은 것은 아니지만 대간으로서 강직한 언사를 펼쳐 죄를 입기도
하였으며, 이로 인해 갑자사화 때 부관참시의 형을 받았다.[23] 이행이

22　"成季文, 戊午秋, 以史事謫義州. 庚申夏, 遷河東, 甲子冬, 遇禍于遷所. 余於甲子六
月, 被繫詣京獄, 遇季文於竹山路中, 蓋以事, 又追杖還配也. 瘁形羸面, 相目不之識,
因叱馬作聲, 方認爲季文也. 揮淚噓息而別."

23　김천령에 대해서는 예외적으로 만시가 남아 있다.(권1, 「哭金仁老【千齡】○八首」)
이행이 아직 유배 가기 전에 그가 죽었기 때문에 만시가 지어질 수 있었던 것이다.
이 시의 어조는 차분한 편인데, 김천령이 사화로 죽은 것이 아니라 병사하였던 것이기
때문이다. 그러나 이 만시에도 그의 강직한 성품에 대한 칭송이 담겨 있다. "심문받을

동료들의 강직함을 부각한 것은 그들이 단순히 '희생'된 것이 아니라 군자의 본분을 다한 결과 의연히 죽음을 맞이했음을 보이기 위해서였을 것이다.

한편 권6 〈해도록〉에는 성맹온에 대한 만시가 수록되어 있다. 『연산군일기』 연산군 12년(1506) 7월 1일 기사에는 성맹온을 부관참시하라는 전교가 실려 있다. 그러면 그가 죽은 시점은 그 이전일 것이다. 성맹온을 곡한 다음의 시는 이행의 만시 가운데 비탄의 심정이 가장 직설적으로 표출된 작품의 하나이다.

끝나버렸구나, 성화보여.	已矣成和甫
우환을 같이한 의리 진실로 돈독하였건만.	同憂義固敦
예부터 누군들 죽지 않으랴만	古來誰不死
지금 이 경우는 가장 원통하도다.	今者最爲寃
장례에 명정도 쓰지 않겠다 하고	不用銘旌識
어찌 천도를 논할 것인가라고 말했지.	寧將天道論
백발로 널을 부여잡고 곡하노니	白頭扶柩哭
혹시 혼이 아직 돌아가지 않았을는지.	儻有未歸魂[24]

성맹온이 죽은 경위를 구체적으로 알 수는 없다. 수련에서는 벗을 잃은 화자의 깊은 탄식을, 함련에서는 그 죽음의 원통함을 직접 말했다. 경련의 자주에서 "군이 유언하기를 '명정을 설치하지 말라'고 하였고, 임종 시에는 한탄하며 '인생이 이에 이르렀으니 천도를 어찌 논하

때 그대가 부끄럽지 않은 것 홀로 알았으니 / 좋은 금은 불길 거셀수록 더욱 강해진다네.[對獄獨知君不愧, 精金經火信逾剛.]"(제3수), "거리낌 없는 충언으로 조정을 뒤흔드니 / 지나던 사람들조차도 어사의 위엄을 알았었지.[忠言謇謇動天扉, 行路猶知御史威.]"(제5수)라고 한 것들이다.

24 권6, 〈해도록〉, 「哭成和甫【孟溫】」.

리오'라고 하였다."²⁵고 밝혀 두었다. 망자가 죽는 순간까지도 자신의
죽음을 받아들이지 못했음을 알 수 있다. 미련에서는 관을 붙들고 곡
을 하는 화자의 모습을 제시하였는데, 아직 넋이 돌아가지 않았을지도
모르니 마지막까지 불러보는 것이다. 수련과 함련에서 비통함을 직서
하여 급박하게 시상을 전개시키고, 경련에서 임종 시의 유언을 회고하
며 호흡을 잠시 고른 후 미련에서 차마 보낼 수 없는 화자의 마음을
드러내 긴 여운을 남기고 있다. 임종 직후에 쓴 만시인 탓에 앞에서
인용한 연작 애도시에 비해 감정의 파고가 높다.²⁶

사화기, 즉 이행 생애에서 유배기로 일컬어지는 시기에 제작한 애도
시들은 그 죽음이 억울한 것이었기에 짙은 비감이 드리워져 있다. 물
론 태평한 시기라고 해서 그 죽음이 슬프지 않은 것은 아니지만, 그것
은 남은 자의 슬픔인 것이지 죽음 자체가 문제시되는 것은 아니다.
그러나 사화기의 죽음은 "하늘에 어찌 물을 수 있으랴 / 창해에 나루터
가 없구나.[旻天何可問, 滄海更無津.]"²⁷라는 한탄이 나오게 하는, 천도(天
道)를 의심하게 만드는 급작스러운 재앙이었다. 그리하여 죽음에 즉하
여 쓴 만시에는 비통한 심회를 직서하는 방식이 나타난다. 또, 여전히
유배 중이던 시기에 쓴 애도시들에서는 망자의 개결한 성품을 강조하
거나 겪었던 일을 그대로 보여주는 방식으로 비탄의 정서를 간접적으
로 전달하기도 하였다. 같은 대상에 대한 애도시지만 30년이 흐른 뒤

---

25 "君遺言: '勿設名旌.' 臨歿, 歎曰: '人生到此, 天道寧論.'"
26 같은 권6에 수록된 이수성에 대한 만사도 납득할 수 없는 죽음을 다룬 것이다. 오랜
   벗은 아니지만 고난을 같이 겪은 동료이고, 그의 죽음의 의미를 하늘에 묻고자 하나
   길이 없다고 했다. 역시 사화기에 억울한 죽음을 당한 이에 대한 만시이다.(「哭李誠之
   【守誠】」. "艱難情自別, 不必舊相親. 肺腑分崩日, 雷霆震蕩辰. 旻天何可問, 滄海更
   無津. 萬古泉臺恨, 終年未見春.")
27 권6, 〈해도록〉, 「哭李誠之【守誠】」.

에는 차분한 어조로 그 죽음의 의미를 곱씹고 좀 더 넉넉한 시선으로 그 넋을 위로하려는 모습을 보이고 있음도 주목할 만하다.

2. 공덕의 칭송과 공적 차원의 애도

기본적으로 만시는 만장(挽章)에 사용하기 위해 제작하는 것이다. 가족과 친지, 가까운 벗의 죽음에 대한 슬픔을 펴기 위해 자발적으로 만시를 짓기도 하지만, 그리 가깝지 않은 사이임에도 망자 가족의 청탁을 받아 만시를 써주기도 한다. 또, 조정의 대신이나 원로 학자에 대해서도 의뢰를 받거나 또는 자발적으로 만시를 쓸 수 있다. 동료 관원에 대해서도 의리와 예에 따라 만시를 써준다. 최재남은 애도시의 유형으로 도망시, 곡자시, 곡형제시, 도붕시의 네 가지를 제시하고, 각 유형별로 애도시의 구성요소인 비탄(悲嘆), 진혼(鎭魂), 칭양(稱揚)의 비중을 조사하였다. 이 가운데 칭양의 요소가 중심이 되는 작품의 비중이 가장 높은 것은 도붕시인데, 그 이유에 대해 "도붕시에서 칭양의 진술이 두드러지는 것은 슬픔을 말하는 절실함보다는 애도 대상이나 애도 대상의 유족을 향한 혹은 사회를 향한 의식이 깊이 자리하고 있기 때문"[28]이라고 지적하였다.

도붕시 중에는 가까운 벗에 대한 애도시가 포함되어 있으므로 화자의 깊은 비탄의 심정을 드러낸 작품들도 적지 않다. 앞 절에서 살펴본 이행의 작품들 역시 도붕시에 속하면서 비탄의 감정이 위주가 되는 작품들이다. 또, 개인적 관계에서 창작된 작품들에도 역시 상대의 인품에 대한 칭송이 담겨 있는 경우가 많다. 그러한 덕이 있는 사람을 잃었기에 슬픔의 크기가 더 증폭되는 것이다. 그 사람이 지기(知己)였

---

28 최재남(1997), 40~41쪽.

다면 개인적인 상실감은 더 커진다. 한편 자신과 그리 가깝지 않은 인물들에 대한 만시에서는 상대적으로 공적인 태도가 나타나기도 하는데, 이행의 만시에서 이러한 특징을 확인할 수 있다. 공적인 태도라는 것은 그 사람의 공적과 인품을 칭송하면서 그의 죽음이 국가와 사회, 또는 상대의 가문에 어떠한 손실인지를 드러내는 방식을 가리킨다. 시인 자신과의 관계보다는 가문과 사회에서의 그 사람의 위상을 말하는 방식이다. 물론 이러한 칭송과 함께 애도자의 개인적 슬픔을 표현할 수도 있다.

상대에 대한 칭송이 위주가 된 애도시는 망자의 공적(功績)과 그 죽음의 의미를 적실하게 드러내는 것이 관건이다. 다음은 『용재집』 권2에 수록된 박원종(朴元宗, 1467~1510)에 대한 만시이다.

나라가 위태롭던 시절	國在顚危日
대인의 힘으로 부지하였지.	扶持待大人
마음 씀은 마치 이윤과 같고	心如伊尹可
공적은 거의 곽광과 가까우리.	功豈霍光親
하늘에선 중태성이 막 갈라졌는데	天室台初坼
운대의 초상화는 아직도 새롭구나.	雲臺畫尙新
법도 있는 모습 다시 뵈올 길 없으니	典刑無復見
이 백성을 위하여 통곡하노라.	痛哭爲生民[29]

박원종은 성종대 출신한 무신이다. 연산군대에도 여러 벼슬을 역임하였으나 연산군의 눈에 나서 몇 차례 좌천되었고, 성희안(成希顔), 류순정(柳順汀) 등과 함께 반정을 모의하여 중종을 옹립하였다. 그 공

---

29 권2, 「平城府院君挽詞」.

로로 1등 정국공신(靖國功臣)으로서 우의정에 임명되었다. 1507년에
는 이과(李顆)의 옥사를 다스린 공로로 정난공신(定難功臣) 1등에 올랐
으며, 1509년에 영의정에 올랐다. 이듬해 평성부원군(平城府院君)에
봉해졌으나 이해 사망하였다. 이행의 만시는 공신으로서의 박원종의
위상을 간결하게 그려내고 있다. 연산군의 폭정으로 나라가 위태롭
던 때 그의 힘으로 나라가 부지되었다. 정승을 지냈던 이력은 이윤의
마음으로, 무신으로서 활약한 것은 곽광의 사적에 빗대었다. 진(晉)
의 명재상 장화(張華)가 죽기 얼마 전에 중태성(中台星)이 갈라지는 변
고가 일어났다고 한다. 즉, 중태성의 변고는 조정의 중신이 죽는 것
을 뜻한다. 또, 박원종이 공신이었기에 운대의 초상화를 언급하였다.
함련과 경련은 각각 상구(上句)에서 정승의 사업을, 하구(下句)에서 장
수의 공훈을 이야기하여 두 연이 긴밀히 호응하고 있다. 이어서 비탄
의 뜻으로 마무리하였는데, 그의 죽음으로 본보기를 잃었으니 자신
의 통곡은 이 백성을 위한 것이라 하였다. 적절한 전거의 사용과 짜
임새 있는 구성을 통해 망자의 공적과 그 죽음의 의미를 효과적으로
드러내고 있다.

　이행의 만시에서는 망자의 죽음이 남은 사람들에게 어떤 의미인지를
부각하는 방식이 자주 활용되는데, 상대의 공업(功業)을 칭송하는 시에
서 이러한 표현이 두드러진다. "성상께서는 거울 잃었다 슬퍼하시고
/ 동궁께선 스승을 잃었다고 통곡한다네.[當宁悲亡鑑, 東宮哭失師.]"³⁰,
"원로 한 분을 끝내 남겨두기 어려우니 / 공평치 못한 창천이 원망스럽
네.[一老終難愁, 蒼天怨不平.]"³¹, "다시 사문을 위해 통곡하노니 / 떠다니
는 먼지가 묵지를 덮었구나.[更爲斯文慟, 遊塵鎖墨池.]"³², "이 사람 아니라

---

30 권2, 「金領相【詮】挽詞」.
31 권2, 「高判府事【莉山】挽詞」.

면 누굴 위해 통곡하랴 / 예로부터 인재 얻기 어려움을 한탄했다네.[非
斯誰爲慟, 自古惜才難.]"[33], "원로들이 다 떠나니 지금 얼마나 있나 / 백발
로 눈물 흘리는 건 우리 유자들 위해서라네.[耆舊凋零今有幾, 白頭揮涕爲
吾儒.]"[34] 등의 시구를 들 수 있다. 시인 자신의 개인적 슬픔이 아니라
임금과 나라, 사문(斯文)과 유림(儒林)을 위하여 눈물을 흘리는 것이다.
박원종의 만사에서 백성을 위해 통곡한다고 한 것도 여기에 해당한다.

　다음 작품은 공적을 위주로 하되, 조금 다른 말하기 방식을 보여준
다. 심사손(沈思遜)에 대한 만시 2수 중 제1수이다.

　　일에 임해선 성인도 조심하는데　　　　　臨事聖猶懼
　　그대는 어찌하여 몸 가벼이 했는가.　　　君胡輕厥身
　　재주 많은 몸 스스로 아꼈어야지　　　　多才須自惜
　　오랑캐를 어찌 가까이할 수 있으리.　　　異類豈宜親
　　국가에 아무런 근심이 없었는데　　　　　國在無虞日
　　하늘이 바야흐로 변괴를 보였구나.　　　　天方示變辰
　　사사로운 마음으로 곡할 겨를 있으랴　　　吾私何暇哭
　　침통함이 대궐에 절박하거늘.　　　　　　沈痛迫楓宸[35]

　심사손은 이행의 친우였던 심정(沈貞)의 아들이다. 심사손은 1517년
문과에 급제하여 사관(史官)으로 일했으며, 1523년 비변사 낭관으로
있으면서 서북면 야인 정벌에 공을 세웠고 이후 병조정랑이 되어 군무
에 숙달했다는 인정을 받아 중요한 일을 전담하여 처리했다고 한다.

32　권2, 「金監司【希壽】挽詞【二首】」.
33　권2, 「閔大司成【壽千】挽詞」.
34　권3, 「任判書【由謙】挽詞」.
35　권2, 「滿浦沈僉使【思遜】挽詞【二首】」 제1수.

1528년 서북 야인들의 준동이 심해졌는데, 이때 만포진 첨절제사(滿浦鎭僉節制使)로서 방어에 주력하다 야인의 기습으로 살해되었다. 나라를 위해 몸을 바친 것인데, 그것을 칭송하기보다는 그가 몸을 아끼지 않고 위험을 무릅쓴 일을 나무랐다. 그러나 사사로운 친분으로 곡을 하는 것이 아니라 명신을 잃은 나라를 위해 슬퍼한다고 하였다. 제2수에서는 두 집안의 친분을 말하고, 그의 죽음에 대해 "사람의 도모함이 지극하지 않은 것 아니었으나 / 천도는 논하기 어려움을 어이하랴.[人謀非不至, 天道奈難論.]"라며 그의 안타까운 죽음을 애도하였다. 제2수에서는 개인적 비탄이 드러나지만, 인용한 제1수에서는 그 죽음의 공적인 의미를 앞세우는 태도를 보이고 있다.

이와 같이 연작시를 이용하여 한 수는 망자의 덕업과 그 죽음의 공적인 의미를 말하고, 다른 한 수는 개인적 관계와 자신의 비탄을 토로하는 방식은 다른 작품에서도 확인된다. 「김감사【희수】만사【2수】(金監司【希壽】挽詞【二首】)」는 제1수에서 망자와의 마지막 만남과 이별의 슬픔을 말하고 제2수에서 그가 임금의 지우를 입은 일과 뛰어난 필적을 남겼음을 칭송하였다. 「곡김자성【극핍】○2수(哭金子誠【克愊】○二首)」는 제1수에서 김극핍의 복된 삶과 훌륭한 가문을 칭송하고, 제2수에서 그가 아팠을 때 문병 가지 못한 미안함을 읊었다. 「영상만사【3수】(領相挽詞【三首】)」는 제1수에서 영상의 업적을, 제2수에서는 자신과의 관계를, 제3수에서는 은거를 꿈꿨던 영상의 지취(志趣)를 이야기했다. 가족·친지에 대한 만시에도 비슷한 방식이 활용된 예가 있다. 「곡내형성응경【명몽정 시위충청병사】(哭內兄成應卿【名夢井 時爲忠淸兵使】)」은 첫째 수에서 옛날에 만났던 일과 이번에 만남이 어긋난 일을 이야기하고, 둘째 수에서는 그의 충과 효를 말하였다.

한편 지인의 가족에 대한 만시에서는 고인의 평소의 덕, 그리고 가문의 융성에 대한 칭송이 주를 이룬다. 특히 여성에 대한 만시에서 이행은 친정과 시집 두 가문의 성대함과 함께 그 부덕(婦德)을 칭양하는 방식을 주로 활용한다. 예컨대 "사대부 집안에서 태어나 / 벌열의 가문으로 시집왔다네. / 남편에게 순종하여 집안 화목하게 하고 / 선행을 쌓아서 많은 자손을 보았네.[自出衣冠族, 于歸閥閱門. 宜家順夫子, 積善見諸孫.]"36라고 한 것이나 "친정과 시댁 두 가문 짝할 데 없고 / 맹모삼천 교육에 경사가 열렸네. / 향년 이미 고령을 넘겼고 / 자제들이 번갈아 정승에 올랐네.[兩大門無敵, 三遷慶有開. 享年踰耋耇, 生子互台槐.]"37라고 한 것이 전형적이다. 해당 인물과 직접적인 관계가 없기 때문에 일반적인 칭송의 말로 만시를 구성한 것이다. 그러나 지기였던 박은의 모친에 대한 만시에는 조금 다른 내용이 담겨 있다.

인사는 슬픔과 영예가 다르고	人事哀榮異
천심은 화와 복 내려줌이 치우쳤네.	天心禍福偏
살아선 범방의 어머니 되고	生爲范滂母
죽어선 백란의 언덕에 묻히는구나.	死托伯鸞阡
이와 같으매 도리어 유감없나니	如此還無憾
훗날 그 덕이 세상에 전해질 테니.	他時亦可傳
당 위에 노인 한 분 남아계시니	升堂餘一老
상여 따르며 갑절로 눈물 뿌리네.	執紼倍潸然38

박은과 같은 훌륭한 선비를 일찍 데려간 것은 천심이 불공평하기 때문이다. 그러나 박은은 곧은 말을 하다가 죽어야 할 곳에서 죽은

---

36 권2, 「李同知【安世】夫人挽詞」.
37 권2, 「沈贊成母氏挽詞【二首】」 제1수.
38 권2, 「朴仲說母氏挽詞」.

것이다. 이행은 박은의 모친을 범방(范滂)의 어머니라 하여 그 덕을 칭송하였다.[39] 백란(伯鸞)은 한나라 양홍(梁鴻)의 자(字)이다. 양홍은 그 아내 맹광(孟光)과 패릉산(霸陵山)에서 밭을 갈며 서로 공경하며 살았다. 이별의 고통을 감내하면서 자식이 올바른 길을 가게끔 격려하였음을 칭송하고, 죽어서는 다행히 남편과 함께 묻혔다는 말로 망자를 위로하였다. 생과 사가 이러하다면 오히려 유감이 없다고 하였다. 그 행적이 훗날까지 전해질 것이기 때문이다. 그 아들과 함께 모친 역시 영명(令名)을 얻게 되었다는 말이다. 역시 지인의 모친에게 써준 다음 시와 비교할 만하다.

대대로 가문이 성대하였고	赫世門闌大
집안을 화목하게 하여 부덕이 온전하였지.	宜家婦德全
장수하여 구십을 넘겼고	遐齡逾九十
남은 경사를 증손 현손에게서 보리라.	餘慶見曾玄
선영으로 운구해 반장하노니	返葬從先葬
새 무덤이 곧 옛 무덤 길이라.	新阡卽故阡
살아서나 죽어서나 한 점 유감없으니	哀榮無一憾
여사의 덕 분명 세상에 전해지리라.	女史定流傳[40]

이 시의 애도 대상인 이세정의 모친은 현달한 가문 출신으로 많은

---

39 후한(後漢)의 범방은 청렴과 지조로 이름이 높았다. 그가 당고(黨錮)의 화에 연루되어 체포되게 되었는데, 같이 도망하자는 곽읍(郭揖)의 청을 뿌리치고 감옥에 가면서 모친을 영결하였다. 이때 그의 모친이 "네가 지금 이응(李膺)이나 두밀(杜密)과 나란한 명성을 얻었으니 죽더라도 또한 무엇을 아쉬워하겠느냐. 이미 아름다운 이름을 얻고서 다시 오래 살기를 구한다면 둘을 겸할 수 있겠느냐.[汝今得與李杜齊名, 死亦何恨! 旣有令名, 復求壽考, 可兼得乎?]"라며 위로하였다. (《후한서(後漢書)》 권97, 〈당고열전·범방(黨錮列傳·范滂)〉)

40 권2, 「李參議【世貞】母氏挽詞」.

자손을 얻고 아흔의 장수까지 누린 인물이다. 여한 없는 죽음이라 딱히 비통함을 표현할 필요 없이 칭송으로 마무리했다. 한 점 유감없는 삶이며, 그 덕은 또한 후대까지 전해질 것이다. 미련의 이 표현은 앞의 박은 모친에 대한 시의 경련과 그 뜻이 비슷하다. 그러나 앞 시의 해당 구절에 쓰인 '還'과 '亦'이라는 글자를 눈여겨보아야 한다. 일찍 아들을 잃은 어머니는 괴로운 삶을 살았다. 그런데도 '도리어' 유감이 없다고 했다. 왜냐하면 그 행적과 덕이 훗날에도 '또한' 길이 전해질 것이기 때문이다. 두 만시에 비슷한 표현을 썼으나 이세정 모친에게는 칭송의 의미로, 박은 모친에게는 현실에서 겪은 고통을 위로한다는 의미로 사용하였다. 또, 이세정 모친의 덕은 가문 내에서 현양할 부덕을 뜻하는 반면 박은 모친의 '可傳'할 만한 덕은 가문을 넘어서 사대부 사회의 정신적 가치를 수호한다는 의의를 지닌다는 점이 다르다.

이상 살펴본 작품들은 반정 이후에 창작된 만시들로, 부탁을 받아 지었거나 조정의 대신과 명사를 위한 만시들이다. 이러한 시들은 상대의 인품과 공적에 대한 칭송이 위주가 되며, 공적인 태도로 망자의 삶과 죽음의 의미를 논하는 방식이 나타난다. 본 절에서는 대표적으로 박원종에 대한 만시를 살펴보았다. 이 시는 공신으로서의 망자의 위상과 정승이자 장수로서의 활약, 그리고 그 죽음의 의미에 대해 적절한 비유를 사용하여 효과적으로 드러낸 작품이다. 이러한 종류의 시들에서 이행은 망자의 죽음이 개인적 차원에서뿐 아니라 백성, 사문, 유림, 임금과 나라에 어떠한 상실을 가져왔는지를 말한다. 친우의 아들이었던 심사손에 대한 만시에서는 그의 죽음이 경솔함의 탓이라 나무라면서도 명신을 잃은 대궐의 비통함을 강조하는 태도를 보인다. 그리고 제2수에서는 개인적 친분을 바탕으로 한 슬픔을 표현했는데, 이처럼 연작시의 각 수에서 공적/사적인 차원의 애도를 각각 표현하는 방식이 활용된 예들도 있다. 한편 지인의 가족에 대한 만시에서는 고인의 덕과 가문의 융성함을 칭송하는 내용이 대부분이다. 그러나 박은의 모친에 대한 만시에서는 망자를 범방의 어머니에 빗대면서 사대부 사회의 정신적 가치를 현양하는 방식이 활용되고 있어 주목할 만하다.

3. 특별한 풍모와 개인적 인연의 회고

만시는 죽음에 대한 시인 동시에 삶에 대한 시이기도 하다. 그 죽음을 슬퍼하고 위로하기에 앞서 그가 어떤 삶을 살아갔으며 어떠한 인물인지를 말하기 때문이다. 본 절에서는 개인적 차원에서 시인이 기억하는 망자의 특별한 풍모와 인연을 회고한 작품들을 중심으로 이행 만시의 주된 내용을 검토하고자 한다. 가까운 관계의 인물이 아니라고 해도 그 풍모를 언급할 수 있지만, 대체로 상대방과 친밀한 사이였을 경우 그 모습이 더 구체적이고 생생하게 묘사되는 경향이 있다. 또, 오래 사귄 사이일수록 그 인연이 더 애틋하게 그려지는 것도 자연스럽다. 그러나 사귐의 기간이 짧았거나 한두 번 만난 사이에 불과하더라도 그 만남이 인상적이었다면 만시의 소재가 되기에 충분하다고 할 수 있다.

아래는 심극효에 대한 만시이다.

영예도 욕됨도 없고 또 바라는 것도 없기론	無榮無辱又無求
사람들 말하길 지금 세상의 심은후라네.	人道當今沈隱侯
골짜기 하나로 천하의 반을 진작 가볍게 여겼거늘	一壑久輕天下半
율정을 어찌 악양루와 바꿀 건가.	栗亭寧換岳陽樓
그대 청학 타고 하늘로 올라가니	君騎靑鶴上靑天

청산에 청학의 자취 완연하구나.　　　　　　　靑鶴靑山迹宛然

백발의 도인은 짝할 이 없어　　　　　　　　　白首道人無伴侶

봄날 술잔 잡으니 눈물이 샘솟네.　　　　　　靑春把酒淚如泉[41]

　심극효는 본관은 풍산(豊山), 자가 백원(百源)이며, 대관재(大觀齋) 심
의(沈義)의 종형이다. 남산에 율정(栗亭)을 짓고 은거하여 율정거사(栗
亭居士) 또는 청학노선(靑鶴老仙)으로 자호하였다. 『용재집』에는 이행
이 중양절에 여러 벗들과 남산에 있는 심극효의 집에 모여 그의 시에
차운한 작품[42]이 있다. 함께 모인 이는 권민수(字 叔達), 안처성(安處誠,
字 誠之), 홍언방(字 君美) 등[43]이었다. 사화 이후의 시로 보이며, 권민수
와 안처성의 몰년이 1517년이므로 이들의 교유 시기를 대략 짐작할
수 있다. 또, 이행이 심극효에게 벽도(碧桃)와 규화(葵花)를 나눠줄 것
을 청하는 시[44]가 그 뒤에 수록되어 있다. 여기서 이행은 심극효를 '老
仙'으로, 자신을 '道人'으로 지칭하고 있다. 권2에는 삼월 삼짇날 이행
의 집이 있던 청학동에서 남곤(字 士華), 김세필(金世弼, 字 公碩), 권민
수, 안처성, 이자(李耔, 字 次野), 홍언방, 소세량(字 元友), 심극효, 조신
(曹伸, 字 叔奮)과 함께 답청하고 지은 시[45]가 있다. 또, 권3에 이행이
심극효의 시에 차운한 작품[46]이 있는데 두 사람의 깊은 우의를 확인할

41　권1, 「哭沈百源【二首】」.

42　권1, 「重九 與叔達誠之君美仲擧 會于沈百源家 次百源韻」.

43　같이 모인 이는 숙달(叔達), 성지(誠之), 군미(君美), 중거(仲擧)인데 시기 '중거'라는
　　자를 쓴 인물로는 이강(李綱, 1479~1523)이 있다. 『용재집』에서는 그 이름이 확인되
　　지 않는다.

44　권1, 「寄栗亭居士乞碧桃葵花【二首】」.

45　권2, 「三月三日 與士華公碩叔達誠之次野君美元友百源叔奮 踏靑于靑鶴洞 翌日遂
　　有作」.

46　권3, 「次百源韻【二首】」.

수 있게 해 준다. 이 시의 제1수 끝에서 이행은 "쓸모없는 이 몸 그대와 사생의 벗 맺었으니 / 청학이 근래 노선을 저버렸다네.[散材相托同生死, 靑鶴年來負老仙.]"라고 읊고, "백원이 평소에 자신을 청학노선이라고 칭하였는데, 청학동이 지금 타인의 차지가 되었으므로 이를 놀린 것이다.[百源常自稱靑鶴老仙, 靑鶴今爲他人所占, 故戲之.]"라고 부기해 놓았다. 새로 청학동의 주인이 된 자는 바로 이행 자신이다. 이행은 또 심극효가 죽은 뒤 「과심백원율정(過沈百源栗亭)」(권1)을 지어 그리움을 표출하였는데, 주인은 없고 복사꽃만 피어 있는 율정을 지나며 배회하는 자신의 모습을 그렸다.

위 만시의 제1수에는 다음과 같은 사연이 담겨 있다.

상사(上舍) 심극효는 중종 때 도성에 은거한 인물로, 남산 아래에 집을 짓고 살았다. 그곳에 율정이 있었는데 매우 좋아서 한때의 이름난 집으로 여겨졌다. 한 재상이 와서 술을 마시며 즐기다가 새집과 그것을 바꾸자고 하였다. 심극효가 웃으며 말했다. "비록 천하의 반을 나누어 주고 거기에 악양루를 보태 준다고 하여도 바꾸지 않을 것이외다." 한형윤(韓亨允) 상(相)이 농담을 잘하였는데, 귀에다 대고 말하였다. "정말로 천하의 반에다 악양루를 더하여 바꿔준다면 자네는 반드시 힘써서 교역을 성사시키게나." 당시 사람들이 호사로 전하였다. 심극효가 죽자 용재가 시를 지어 애도하길 "한 골짜기가 천하의 반을 당해내는데 / 율정을 어찌 악양루와 바꾸겠나."라고 하였다.[47]

---

47 이제신(李濟臣), 「청강시화(淸江詩話)」(《대동야승(大東野乘)》, 『청강선생후청쇄어(淸江先生鯸鯖瑣語)』). "沈上舍克孝, 中廟朝城隱, 家終南下. 有栗亭甚好, 一時以爲名家. 有一宰相來飮樂之, 欲以新宅換之. 沈笑曰: '雖半割天下, 添價以岳陽樓, 殆不可換耳.' 韓相亨允善戱謔, 附耳語曰: '實以天下半添岳陽而換之, 則君之交易須勉成之.' 時人以好事傳. 及沒, 容齋以詩挽曰: '一壑自當天下半, 栗亭寧換岳陽樓.'"

이행은 일화를 이용하여 심극효의 욕심 없고 소탈한 모습을 인상적
으로 그려냈다. 영욕의 벼슬길에서 한 발짝 물러난, 진정한 은자로서
의 풍모를 보이고자 했던 것이다. 제2수는 그가 평소에 청학노선(靑鶴
老仙)으로 자처했던 일을 소재로 했다. 노선은 청학을 타고 푸른 하늘
너머로 사라졌지만, 그가 머물던 산골짝은 여전히 짙푸르다. 최호의
「황학루」를 연상시키는 구법이다. 거기에 '靑鶴'을 두 번, '靑天', '靑
山', '靑春'을 한 번씩 써서 스무자 가운데 '靑' 자를 다섯 번이나 썼다.
선려(仙侶)를 잃은 화자는 학이 떠나버린 푸른 산속에서 홀로 술잔을
잡고 눈물을 흘린다. 신선처럼 살다간 심극효의 풍모를 이제 볼 수
없음과 그와 짝하여 도인과 같은 흥취를 누렸던 시절이 끝났음을 애도
하는 것이다. 두 수 모두 의례적인 만시의 느낌이 전혀 없으며, 둘째
수는 첩자(疊字)를 사용하여 경쾌한 운율감마저 느껴진다. 벗은 저 하
늘로 돌아갔으니 그 죽음이 슬픈 것은 아니다. 그러나 홀로 남은 나는
짝 잃은 처지가 되었다. 푸른색의 이미지에 봄술이 담긴 잔, 샘물 같이
솟는 눈물의 맑은 이미지가 더해져서 서러운 마음이 청량하게 표현되
었다. 이행은 이 시 외에 「계미월일견고우심백원영구(癸未月日遣告于沈
百源靈柩)」라는 시를 지었는데, 이 작품은 위 시와 달리 만시의 전형성
이 잘 드러난 작품이다.

심극효에게 써준 만시는 평소의 깊은 교분을 바탕으로 한 것이다.
이와 달리 짧은 만남의 기억을 소재로 한 만시도 있다. 다음은 영의정
을 지낸 송일(1454~1520)에 대한 만시이다.

예전 남산의 댁에서 뵈올 제	昔謁南山第
매화가 한창 가지에 가득했지.	梅花正滿枝
짧은 시를 한 번 감상해 주셨고	小詩蒙一賞

큰 술잔은 또 사양키 어려웠지.	大爵亦難辭
손꼽아보면 얼마 지나지 않은 듯한데	屈指無多日
마음 아프네, 이 일을 어이하리오.	傷心奈有斯
풍류에다 아량까지 지니셨긴만	風流兼雅量
끝내 다시 몇 사람이나 알아주리오.	端復幾人知[48]

송일은 1513년 영의정에 올랐고 여원부원군(礪原府院君)에 진봉되었다. 그러나 일 년도 못 되어 탐오하다는 대간의 탄핵을 받아 체직되었다. 이미 영의정 직을 내놓았지만 시에서는 영상으로 지칭하였다. 망자의 마지막 벼슬이기 때문이다. 송일은 성종 대부터 벼슬한 조정의 고위 대신이었으나 만시에는 이에 관한 언급이 전혀 없다. 대신 이행은 그리 오래 지나지 않은 어느 날 그의 집을 방문했던 날의 기억을 펼쳐놓고 있다. 그 기억 속에는 남산의 집, 가지 가득 매화가 핀 이른 봄, 이행이 바친 짧은 시[49], 은퇴한 정승이 직접 따라 준 큰 술잔이 있다. 또 뵐 날이 있으리라 생각했는데 그것이 마지막이었다. 그는 분명 이 노인의 풍류와 아량을 흠뻑 느꼈건만 세상은 그의 권세와 지위만을 보았으리라. 그 죽음을 슬퍼하기보다 그 풍모를 세상이 알아주지 않음을 안타까워 한 시다.

망자의 힘겨운 삶을 소재로 한 만시도 있다. 다음은 당형(堂兄) 이임(李荏)을 곡한 시다.

---

48 권2, 「宋領相【軼】挽詞」.

49 『용재집』 권1에 수록된 「알송상공【일】좌상구호(謁宋相公【軼】座上口號)」를 가리키는 것으로 보인다. 시 전문은 다음과 같다. "상국께서 성 동쪽 깊이 집 지으시고 / 다만 매화와 대나무만을 지음으로 삼았네. / 아름다운 흰 꽃송이에 빽빽한 푸른 줄기 / 이 모두가 초탈한 태곳적 마음일세.[相國城東卜築深, 只將梅竹作知音. 盈盈 白蕊森森碧, 共是儵然太古心.]"

예부터 궁한 선비는 있었지만	自昔有窮士
형과 같이 몹시 심한 경우는 없었네.	無如兄最偏
초가지붕에 새는 비 어찌 피하리오.	茅茨寧免漏
죽으로 끼니 잇기도 매양 걱정이었지.	饘粥每憂煎
장례 도구도 친족에게 의지하였고	葬具倚親族
남긴 유산 한 푼의 전답도 없네.	遺資闕寸田
괴로운 삶 여든이 넘도록	辛勤過八十
하루도 편히 잠든 적이 없구나.	一日未安眠[50]

이 시는 마치 삶에 대한 애도와 같다. 무언가 위로할 말이 나올 법도
한데, 신고의 삶을 나열한 것이 전부이다. 세상에 형과 같이 곤궁한
선비는 없었다고 하며 함련과 경련에서 그 정상을 구체적으로 보였
다. 살아있을 때 극도로 궁핍하였고, 죽은 뒤엔 장례 치를 도구조차
없다. 그의 삶에 대한 총평은 여든이 넘는 세월 동안 하루도 편히 잠들
지 못했다는 것이다. 망자의 인품에 대해 일언반구도 없고 죽음에 대
한 애도도 없다. 이행의 만시 중에 이러한 진술이 나타난 것은 이 시가
유일하다. 망자의 삶을 그대로 읊은 것만으로도 구슬픈 마음이 들게
한다.

한편 아래 작품은 특별한 개인적 인연으로 인해 창작한 만시이다.

곤궁에 처했을 때 어느 누가 돌아보았나.	窮阨何人顧
평범한 백성이 선비들보다 낫구나.	凡流勝士流
바둑은 내 적수가 되지 못했다만	與吾碁不敵
주량은 그대가 더 많은 것 알았지.	知爾酒爲優
옛날 서문 길에서 헤어질 때에	昔別西門道

---

50 권2, 「哭堂兄李監役【荏】」.

해질녘 서로 붙잡고 슬퍼했었지.　　　　　　相扶落日愁
왕손이 이러한 처지에 놓였으니　　　　　　王孫有如此
밥 한 그릇의 은혜를 다시 누가 갚을까.　　一飯更誰酬[51]

　　조생(趙生)이라는 늙은 관노의 죽음에 대한 만시 두 수 중 둘째 수이
다. 갑자년에 이행은 충주에 유배되어 있다가 박은의 논사에 연루되어
다시 고문을 받고 함안으로 이배되었다. 이때 조생의 집에 우거하였는
데, 늘 곁에 있으면서 이행을 돌봐주었다고 한다. 이행은 그의 사람됨
이 진실하였고 바둑을 꽤 잘 두었으며, 가난한 살림에도 불구하고 술
과 음식을 장만해 자신을 위로해주었다고 하였다. 또, 가을에 자신이
포박되어 한양으로 압송될 때 조생이 술상을 차려 놓고 통곡하며 슬퍼
했다고 한다. 이행은 자신은 앞날을 예측할 수 없었고 그 역시 늙었으
니 보답을 바라고 한 행동이 아니라고 하며, 선비들 중에서도 이런
사람을 찾기 어렵다고 하였다. 그 후 거제도에서 조생이 죽었다는 소
식을 듣고 만시를 쓴 것이다.[52]
　　이행은 첫째 수에서 자신이 함안에서 그의 집에 우거했던 일, 이별
과 그의 죽음을 말하고 "풀어서 부의로 줄 참마도 없기에 / 고개 돌리
니 눈물이 마구 쏟아지네.[更無驂可脫, 廻首涕橫斜.]"라며 슬픔을 표출했
다. 공자가 위나라를 지나며 옛날 묵었던 집 주인의 상에 참마를 벗겨
부의를 한 고사를 인용했다. 짧은 인연이지만 묵었던 곳의 주인에게
진실한 슬픔을 표하는 것으로, 절묘한 전거라고 할 수 있다. 다만 자신

51　권6, 〈해도록〉, 「哭趙生【二首】」 제2수.

52　"余去歲謫咸安, 主趙生家. 趙生, 老官奴也, 爲人甚眞, 頗解棋. 家貧, 亦時辦酒饌,
欲以娛余者百端, 不敢須臾離去. 至秋, 余被拘上道, 趙於路上置酒, 扶持痛哭, 殆不
可忍言. 趙已年老, 余又事在不測, 此豈望報者耶. 余嘗謂求之士中, 亦未多得. 今
聞其歿, 痛可知也. 詩以哭之, 庶抒余意云."

은 그런 성의조차 표할 수 없어 한없이 슬프다고 하였다. 인용한 제2수에서는 자주에서 전하고 있는 사연을 그대로 담았다. 바둑과 술에 관한 언급은 그의 진솔한 성품을 보여주고자 한 것이다. 마지막에는 한신(韓信)의 고사를 인용했는데, 자신은 여전히 귀양살이 중인 죄인이므로 그의 은혜에 보답할 길이 없다는 뜻이다. 결국 이 시를 써서 남긴 것이 그에 대한 유일한 보답이 된 셈이다.

조생은 이속(吏屬)이나 양인도 아니었고 지극히 낮은 신분의 인물이었으나, 이행은 그의 보살핌에 대한 고마움과 은혜를 갚지 못한 미안함을 시로나마 표현하고자 했다. 조생의 장례엔 만장도 없었겠지만, 오롯이 애도하는 마음으로 시를 쓴 것이다. 다음 시는 그 죽음이 자신으로 인한 것이라는 미안함이 창작 동기가 된 것이다.

인생에 누군들 죽지 않으랴만　　　　　　　人生孰無死
객지에서의 죽음이라 더욱 슬프네.　　　　客死尤可悲
네 죽음은 실로 나 때문이니　　　　　　　汝死實由我
내 마음 그 누가 알 수 있으랴.　　　　　　我懷誰得知[53]

이영원이 어떤 인물인지는 정확히 알 수 없으나, 예전 박은과 함께 잠두봉 아래서 뱃놀이를 할 때 같이 즐겼던 인물이다.[54] 『용재집』에는 「제이영원소장추산도(題李永元所藏秋山圖)」라는 시가 수록되어 있으며, 『읍취헌유고(挹翠軒遺稿)』에도 「이영원장반호남 이화사폭구영 여택지동부(李永元將返湖南 以畫四幅求詠 與擇之同賦)」라는 시가 나온

53 권8, 〈동사록(東槎錄)〉, 「李永元從余到義州病死 詩以哀之」.
54 『용재집』 권4, 〈잠두록(蠶頭錄)〉에 「同遊李永元 得近律一篇 有今日蠶頭飮 當年赤
　　壁遊之句 遂各占韻」이란 시가 수록되어 있고, 『읍취헌유고』에도 「同遊李永元 得近
　　律一篇 有今日蠶頭飮 當年赤壁遊之句 各占韻」이란 시제가 보인다.

다. 호남의 선비로서 이행, 박은 등과 젊은 시절부터 교유했던 것으로 보인다. 1521년 이행이 원접사로 의주로 갈 때 아마 함께 시나 주고받을 생각으로 동행했던 모양이다. 이행이 저토록 미안해하는 것으로 보면 먼 길을 주저하는 그에게 함께 가자고 여러 번 권했는지도 모르겠다. "我懷誰得知"라는 말로 슬프고 미안한 마음을 여운 있게 표현하고 있다.

위 작품들은 죽은 자의 특별한 풍모를 그려내는 데 중점을 둔 만시들이다. 그러한 풍모와 함께 자신과의 깊은 교분, 또는 인상적인 만남의 기억을 담아냈다. 평소 교분이 깊었던 심극효의 죽음을 당하여 이행은 두 편의 애도시와 한 편의 회고시를 남겼다. 시 속에서 저자는 그의 무욕하고 신선과 같은 삶을 구체적인 일화와 감각적 이미지를 활용하여 생생하게 묘사하고 있다. 또 은퇴한 영의정 송일에 대한 만시에서는 어느 하루의 만남을 통해 느낀 망자의 풍류와 아량을 그려냈다. 또, 당형 이임의 만시는 망자의 힘겨운 삶의 실상을 그대로 묘사함으로써 처연한 심정을 느끼게 하였다. 한편 유배지에서 자신을 돌봐준 관노 조생에 대한 만시에는 망자의 애틋한 마음에 대한 고마움과 그것에 보답하지 못한 미안함이 진실하게 드러나 있다. 원접사 수행 길에 자신을 따라왔다가 객사한 벗에 대한 죽음 역시 미안함과 착잡함을 여운 있게 읊은 작품이다. 망자의 독특한 풍모 및 개인적 인연을 회고하고 있는 이러한 작품들은 그 내용이 참신하고 진솔한 만큼 이행의 애도시들 가운데서도 특히 정채로운 시편들이라 하겠다.

Ⅳ. 이행 애도시의 의식 지향

1. 벗의 상실로 인한 적막감의 표출

이행은 갑자사화로 인해 수많은 벗의 죽음을 겪었다. 1520년 作인 「팔월십팔야」에서 "평소의 벗들이 모두 세상 떠나고 / 백발 되어 그림자와 몸뚱이만 서로 보고 있구나. / 바야흐로 달 밝은 밤 높은 누대에서 / 처량한 젓대 소리 차마 듣지 못하겠네.[平生交舊盡凋零, 白髮相看影與形. 政是高樓明月夜, 笛聲凄斷不堪聽.]"[55]라고 한 데서 그의 상실감을 엿볼 수 있다. 사화 이후로 이행은 줄곧 자신의 곁에 남은 벗이 없다고 느낀 듯하다. 벗들이 하나씩 세상을 떠날 때마다 그 시절의 상실감을 떠올렸을 법하다. 특히 유배지에서 함께 고초를 겪고 살아남은 벗이 세상을 떠날 때면 그 감회가 더 컸을 것이다. 다음은 홍언방(자 君美)에 대한 만시 4수 중 첫째, 둘째, 넷째 수이다.

직경(直卿)의 무덤가 나무 벌써 아름드리 되었고	直卿宰木曾成拱
대요(大曜)의 산 정자 빈터 된 지 이미 오래인데	大曜山亭久已虛
백발의 몸으로 또 군미(君美)의 부고 들으니	白首又聞君美訃
옛 친구인 내 심정이 과연 어떠하겠나.	故人情緒果何如

갑자년 지금 이기(二紀) 남짓 지났는데	甲子今垂二紀餘
사림들 모두 함허(涵虛)를 우러러 경모하였지.	士林傾倒仰涵虛
이로부터 그 전형에 다시 기댈 수 없으니	典刑從此還無托
의연히 서 있는 정자를 슬피 바라본다네.	恨望名亭只自如

헤어진 지 지금 이미 십여 년	乖離今已十年餘

---

55 권7, 〈영남록(嶺南錄)〉, 「八月十八夜」.

멀리 떨어져 꿈속에서나 만났었네.	契闊還成一夢虛
우환 속에서 반년을 사귀었으나	半歲相從憂患裏
평생의 사귐 이만한 이 누구리오.	平生交道有誰如

홍언방은 홍귀달(1438~1504)의 둘째 아들이다. 장남 홍언승과 삼남 홍언충(1473~1508)은 갑자년 당시 이행이 거제도에서 교유했던 벗인데, 특히 홍언충과 교분이 깊었다. 첫째 수의 직경은 홍언충의 자, 대요는 홍언승의 자이다. 홍언방의 부고를 듣고 이미 세상을 떠난 그의 형제들을 떠올리고, 벗이었던 삼형제를 차례로 떠나보내는 심정이 어떠하겠느냐 하였다. 둘째 수에서는 형제들의 아버지인 홍귀달의 풍모를 회고했다. 홍귀달은 사화 때문에 죽은 것은 아니지만 역시 갑자년에 왕명을 거역한 죄로 교살되었다. 마지막 수에서는 비록 사귐은 짧았고 헤어져 있던 시간이 더 길었지만 우환을 나눈 벗이니 평생의 교도(交道)가 여기에 있다 하였다. 한 명에 대한 만시에서 역시 친우였던 그 형제들과 존경했던 아버지에 대한 회고까지 담았다. 상실감의 연원이 그만큼 깊었음을 알 수 있다.

벗에 대한 만시에서 이행은 벗들이 떠나고 홀로 남은 세상에서 느끼는 적막감을 자주 표출하였다. 장년기에도 많은 벗들이 있었고 환로에서 사귄 동료들도 있었지만, 한 명 한 명 세상을 떠날 때마다 그러한 상실감이 익숙하게 다가왔다고 할 수 있다.

지난해 성남에서 헤어질 적에	往歲城南別
갈림길에서 다시 한 잔 술 마셨지.	臨分更一巵
돌아온 지 몇 달이 못 되어서	歸來未數月
갑자기 길이 세상을 떠났네.	奄忽見長辭
친구라야 끝내 누가 남았나.	故舊終誰在

내 생애를 이미 알 만하구나.	生涯已可知
서풍에 해로의 노래 실려 오니	西風吹薤露
처량하여 글을 이룰 수가 없네.	悽斷不成詞[56]

　김희수(1475~1527)는 이행보다 세 살 연상이지만 1507년(중종2) 비로소 문과에 급제하여 이듬해부터 관직 생활을 시작하였다. 이행은 그와의 마지막 만남을 회고하고 고구(故舊)가 이제 얼마 안 남았으니 자신의 생애를 알 만하다고 하였다. 이어지는 제2수에 망자에 대한 칭송과 위로를 담았고, 인용한 제1수에서는 자신의 비탄을 표출했다. 같은 해에 조순(1465~1527)에 대한 만시를 지었는데, 여기서도 "옛 벗들 이제 얼마나 남았나. / 내 생애 더욱 쓸쓸해졌네.[故舊今餘幾, 吾生轉寂寥.]"[57]라고 하였다. 1527년이면 이행 나이 오십 세 때다. 노년이 되어 가까운 벗들이 하나둘씩 떠나갈 때가 된 것이다.

　그러나 이행의 시에서 이러한 상실감은 젊은 시절부터 줄곧 나타났던 것이다. 일찍이 김천령에 대한 만시(1503)에서 이행은 "벗들이 세상 떠나 이제 거의 없어졌으니 / 이 생애 누구와 더불어 남은 해를 보낼까.[朋舊凋零今略盡, 此生誰與送殘年.]"[58]라고 읊었다. 이러한 탄식이 「팔월십팔야」를 거쳐 장년기까지 이어지고 있음을 볼 수 있다. 김미문(金未文)에 대한 만시에서는 "평소의 벗들 모두 떠나버려 / 백발의 몸으로 홀로 마음 아파하네.[平生故舊盡, 白首獨傷情.]"[59]라고 읊었는데, 정확한 창작시기는 알 수 없지만 내용상 장년기 이후의 작품으로 보인다. 영상에 대한 만사(1523년 추정)에서도 "뒤에 죽는 것이 오히려 괴롭나니

56　권2, 「金監司【希壽】挽詞【二首】」 제1수.
57　권2, 「趙留守【舜】挽詞」.
58　권1, 「哭金仁老【千齡】○八首」 제8수.
59　권2, 「哭金承旨【未文】」.

/ 남은 생을 누구와 함께 하리오.[後死飜爲累, 餘生孰與同.]"[60]라고 하였다. 이행은「풍수(風樹)」(권2)에서도 "온 세상에 지음이 없나니 / 누구와 더불어 내 마음 이야기하랴.[知音空海內, 誰與一商量.]"라고 하였는데, 꼭 애도시가 아니더라도 이러한 상실감을 종종 표출하고 있음을 볼 수 있다.

벗이 모두 떠나가버리고 홀로 남은 적막한 상황에 대한 탄식, 이것은 이행의 애도시에서 반복적으로 나타나는 비탄의 방식이다. 이와 관련한 표현은 1503년 김천령에 대한 만시에서부터 나타나며, 이행의 대표작 중 하나인「팔월십팔야」로 이어지고 있다. 여러 시선집에 실리며 높은 평가를 받은「팔월십팔야」는 젊은 날의 벗을 모두 잃고 홀로 남은 외로운 심정을 청아하게 읊어낸 작품이다. 시의 표현도 뛰어나지만 사화를 겪은 저자의 실제 경험을 떠올릴 때 그 절실함이 더욱 와닿는다. 그러나 "平生交舊盡凋零, 白髮相看影與形."[61]이라는 표현은 장년기 이후의 애도시에서도 지속적으로 반복, 변주되고 있다. 사실 사화가 있기 전에 부친을 대신하여 지은 이균에 대한 만시에서 이미 "벗들이 모두 떠나버리고 / 백발의 몸 뉘와 더불어 지낼꼬.[故人零落盡, 白首與誰居.]"[62]라고 하여 비슷한 표현을 사용하고 있다. 이로 보면 이러한 표현 자체는 애초에 '절실한 감정'의 소산이었다기보다 하나의 참신한 표현으로 떠올린 것이었는데, 사화를 겪으면서 심상히 쓰던 표현

---

60 권2,「領相挽詞【三首】」제2수.

61 이 구절은 본래 두보의「과고곡사교서장이수·2(過故斛斯校書莊二首·二)」의 "素交零落盡, 白首淚雙垂."를 점화한 것이다. 또, '形與影'은 이밀(李密)의「진정사표(陳情事表)」의 "煢煢孑立, 形影相弔."에 바탕을 둔 표현이다. 이종묵은 이에 대해 점화의 높은 경지를 보여주는 구절이라고 하였다.(이종묵(1995),『海東江西詩派硏究』, 태학사, 235쪽)

62 권2,「哭李參議【均○代家君作】」제1수.

에 무게가 실려 깊은 정감을 자아내게 된 것이라고 할 수 있다.

2. 여경(餘慶)과 가업 계승의 의의 강조

애도시의 중요한 기능 중 하나는 망자에 대한 위로이다. 최재남은 이를 '진혼(鎭魂)'으로 표현하였으며, "사후의 세계에 속하는 죽은 넋을 위하여 목적지에서 편안함을 누리라고 위로하거나 애도자가 스스로 위안을 삼는 애도의 층위에 속한다"[63]고 하였다. 또, 애도시를 짓는 행위 자체가 넓은 의미에서의 진혼[64]이라고 보았다. 또한 진혼은 "현재보다는 미래에 중점을 둔 애도의 층위에 해당"하며 "죽음 뒤의 일을 걱정하는 것은 죽음에 대한 애도자의 思惟를 반영하는 것"임을 지적하였다.[65] 애도자의 슬픔을 표현하는 비탄을 정서나 감정의 측면으로 본다면, 사후의 일을 말하며 망자를 위로하는 것은 이성적 측면, 특히 저자의 생사관과 관련이 있다는 말이다.

한 명의 저자가 여러 차례 만시를 쓰다 보면 비슷한 표현이 반복적으로 활용되는 일이 많다. 이행 만시에서 망자를 위로하는 표현을 보면 유사한 진술이 자주 눈에 띄는데, 이는 삶과 죽음에 관한 저자의 생각이 일정하게 표출된 것으로 볼 수 있다. 다음 두 작품을 예로 들어본다.

예순의 나이 단명이 아니고　　　　　　　六袟年非夭
세 아들의 지위 또한 높다네.　　　　　　三孤位亦尊
차고 기욺은 본디 운수가 있고　　　　　　盈虧元有數

63　최재남(1997), 42쪽.
64　같은 책, 105쪽.
65　같은 책, 106쪽.

화와 복은 본래 문이 없는 것.	倚伏本無門
염교의 이슬은 봄 되어 스러지고	薤露春初謝
무덤에는 또 해가 저무는구나.	泉臺日又昏
가정에 훌륭한 아들과 사위 있으니	家庭賢子壻
그래도 저승의 넋을 위로할 만하네.	猶足慰幽魂[66]

존귀한 왕실 가문에서 나시어	系出璿源貴
벌열의 가문으로 시집오셨지.	歸從閥閱門
뛰어난 자품으로 올바른 법도 폈고	義方資宿稟
부녀자의 법도 지켜 세상에서 우러렀네.	內則世共尊
으앙으앙 울음소리 겨우 들었는데	纔聽呱呱泣
문득 혈혈단신 외론 넋 되셨구나.	翻成孑孑魂
하늘이 응당 무심하지 않으리니	天心應有在
장래의 자손에게서 여경을 보리라.	餘慶看來昆[67]

앞 시는 김극핍에 대한 만시이다. 김극핍은 1530년 김안로에 의해 직첩을 박탈당하고 울분으로 단식하다가 이듬해 목숨을 잃은 것으로 알려져 있다. 심정, 이항(李沆)과 함께 신묘삼간(辛卯三奸)으로 지목되었으며, 1538년 김안로 실각 후에야 신원되었다. 위 만시의 제2수에서 이행은 그가 아팠을 때 오래 문병 가지 못했던 것을 미안해하고 있으며 그와의 관계를 "榮悴舊同源"이라고 표현하고 있다. 그 역시 갑자사화로 유배 생활을 했으며, 이 시기에 이행 또한 김안로 일파와 대립하고 있었기 때문이다. 인용한 첫째 수는 공적이나 인품에 대한 칭송 없이 전체가 김극핍의 몰락과 죽음에 대한 위로의 말이다. 예순 나이니 그

---

66 권2, 「哭金子誠【克愊○二首】」 제1수.
67 권2, 「李僉知【誠彦】妻氏挽詞」.

만하면 오래 살았고 아들들의 지위도 높다고 했다. 본래 영휴(盈虧)에
는 운수가 있고 화복(禍福)엔 문이 없으니 차분하게 천명을 받아들이자
는 말이다. 비록 그대는 쓸쓸히 무덤에 누웠으나 다행히 집안에 훌륭
한 자손들이 있어 가업을 이을 테니 족히 위로가 될 것이란 말로 마무
리했다.

두 번째 시는 이성언의 부인에 대한 만시인데, 시의 내용을 통해
왕실 집안에서 시집온 여성임을 알 수 있다. "內則世共尊"이라는 표현
은 마치 공주나 대비의 덕을 칭송하는 듯한 느낌을 준다. 시의 내용으
로 보아 아이를 낳다가 죽은 것이다. 아이 울음소리를 듣자마자 목숨
이 다했다. 그에 대한 위로로서 천심(天心)이란 것이 응당 있을 테니
부인의 후손이 복록을 누릴 것이라고 하였다. 여경(餘慶)은 "積善之家,
必有餘慶"이라는 『역(易)』의 말에서 나온 표현이다. 망자가 평소에 훌
륭한 덕으로 집안을 돌보았으니 그 덕의 공효가 분명히 있으리라는
말이다. 비록 단명하였으나 그 삶이 헛되지는 않았다는 위로이다.

이행 만시에서 위로의 핵심이 되는 것은 망자가 남겨놓은 것, 즉
가업을 성취할 후손이 있는지의 여부이다. 자손이 많고 높은 벼슬에
올랐다면 살아있을 때도 영예로웠을 테지만 죽어서도 걱정이 없다.
자식이 아직 요직에 오르지 못했더라도 자질이 영민하다면 위로가 된
다. 남은 자식이 어린아이라 해도 후사가 있는 것이니 그것으로 망자
를 위로하기도 한다. 딸을 키워 사위나 손자를 본 것을 언급하기도
한다. 후사가 있기에 그 죽음은 덧없는 것이 아니게 된다. 망자가 생시
에 쌓은 덕으로 인해 후손들이 은택을 입을 수 있다. 이러한 위로는
지인의 부모를 위해 쓴 만시에 자주 나타나는데, 그렇다고 해서 단지
의례적인 말인 것은 아니다. 이행은 둘째 누이에 대한 만시에서도 "그
나마 든든한 건 여경이 이어져서 / 조카들이 모두 훌륭히 자란 것이라

네.[所賴仍餘慶, 諸甥總秀成.]"[68]라며 죽은 누이를 위로하면서 자신을 포함한 남은 가족들의 위안으로 삼았다.

이행의 애도시에 나타나는 위와 같은 발상은 혈맥을 통해 조상의 기(氣)가 계속해서 전해지며, 조상의 음덕(蔭德)이 가문을 번창하게 한다는 유교적 사고이다. 사실 이것은 당시 사회의 보편적 인식이다. 그러나 이행의 애도시에서는 이러한 발상이 인간사의 허무함과 무상감을 극복하는 적극적인 기제로서 나타나고 있음이 특징적이다. "집안에 아들 있어 여경이 장구하리니 / 몸과 사업 모두 부질없다 말하지 마시게.[有子當門餘慶遠, 莫言身事併成空.]"[69], "다시 사후에 아무런 유감 없나니 / 훌륭한 자제에게 가법을 맡겼으니.[更無身後憾, 家法付寧馨.]"[70]와 같은 진술이 대표적이다. 죽음은 분명 슬픈 것이지만 그것은 남은 자들의 슬픔이며, 떠난 자는 안심해도 된다는 말이다. 자신의 역할을 다하고 이제 선영에 묻혀 조상의 대열에 합류하는 것이다. 이러한 사고가 담겨 있기에 이행의 많은 애도시 작품들은 온화하고 화평한 미감을 자아낸다.[71]

어떤 애도시는 망자의 죽음을 위로한다기보다 남은 자제들을 격려하고 그 가문을 축복한다는 취지가 더 크게 느껴지기도 한다.

---

68 권2, 「哭曹二相妹氏【二首】」 제1수.

69 권3, 「丁同知【壽岡】挽詞」.

70 권2, 「閔觀察使【師騫】挽詞」 제1수.

71 이러한 작품들은 사화로 인한 원통한 죽음을 다룬 애도시들과 구별되는 미감을 지닌다. 애도시가 반드시 비탄의 정조를 띠는 것은 아니라는 사실은 기존 연구에서도 언급된 적이 있다. "죽음에 대한 인식은 누구에게나 애통한 일이지만 월사는 한층 다양한 층위로 접근하여 부러운 죽음으로까지 묘사하기도 하고 때로는 한없는 비탄에 젖기도 하였다. 물론 부러움이 비탄의 다른 표현이기는 하지만 월사의 만시는 언제나 비탄의 정조 혹은 슬픈 죽음만이 담겨져 있을 것이라는 선입견을 벗어나게 만든다."(이명희 (2012), 「月沙 李廷龜의 輓詩 硏究」, 『어문연구』 제71집, 어문연구학회, 192쪽)

일흔 살은 예부터 드문 것인데	七十古來少
여든 나이에도 여전히 정정했었지.	八旬今尙强
어찌 알았으랴 한바탕 꿈을 깨듯	那知一夢覺
문득 백 년 인생 바삐 마칠 줄을.	便作百年忙
선경(善慶)이 이에 융성하노니	善慶於斯盛
가성(家聲)이 갑자기 그치지 않으리.	家聲未遽央
집안에 훌륭한 자손 이어져	當門仍有子
대대로 높이 날아오름을 보리라.	世世看高翔[72]

지인의 모친에게 써준 만시이다. 저자와 직접 친분이 있는 인물이
아니다 보니 그 풍모나 인연에 대한 구체적인 서술은 없다. 앞의 이성
언 처와 달리 이 인물은 여든까지 건강히 살다가 문득 세상을 떠났다.
'선경(善慶)'은 선을 쌓아 생겨난 경사, 즉 여경과 같은 말이다. 모친이
쌓은 덕이 있으니 가문의 명성은 계속 이어질 것이며, 훌륭한 자손들
이 대대로 이어져 가문을 빛낼 것이란 송축이다. 비슷한 표현이 다른
작품에도 나타난다. "가업 잇는 것 두 아들의 몫이니 / 적경(積慶)이
천추에 이어지리라.[承家歸二子, 積慶在千秋.]"[73], "집안에 길이 여경이
전하리니 / 훌륭한 자손이 계속해서 나오리라.[傳家餘慶遠, 繼出子孫
賢.]"[74]와 같은 구절들이다. '적경(積慶)' 역시 여경과 같은 말이다.

훌륭한 자제에 대한 언급은 위로뿐 아니라 칭송의 말에도 나타난다.
"백발로 고향을 떠나서 / 청삼을 입고 도성에 들어왔네. / 아들 두면
마땅히 이러해야지. / 세상에 이름난 지 오래로다.[白首去鄕曲, 靑衫朝日
邊. 有兒當若此, 名世亦多年.]"[75], "어미 되어 누군들 자식 없으랴만 / 이

---

72 권2, 「朴判官母氏挽詞」.

73 권2, 「哭金僉正」.

74 권2, 「鄭參判【光世】母氏挽詞」.

같은 자식은 본 적 없어라. / 눈앞엔 한 쌍의 백벽이요 / 천상엔 두 개의 청릉이라네.[爲母誰無子, 如斯見未曾. 眼前雙白璧, 天上兩靑綾.]"[76], "아들 낳아 현달한 것 보았고 / 장수 누려 백 세에 가까웠네.[生兒看顯達, 享壽近期頤.]"[77], "슬하의 다섯 아들 중 셋이 近侍요 / 근래엔 열흘에 아흐레는 노래하며 즐겼지.[膝下五兒三近侍, 年來十日九歌呼.]"[78]와 같은 시구가 그러한 예이다. 자제에 대한 칭찬은 만시를 부탁한 사람의 효성을 칭양한다는 의미도 있다.

후사와 가업 성취의 중요성을 강조하며 망자를 위로하는 방식은 반대로 후사가 없는 죽음에 대한 깊은 애도의 정으로 표출되기도 한다.

뉘라서 큰 우리 가문을 짝하며	孰竝吾門大
어찌 우리 집 며느리만큼 훌륭하랴.	爭如家婦宜
제례에는 정갈한 제수 차리고	蘋藻虔祭禮
평소에는 맛있는 음식 올렸지.	甘旨奉平時
여경이 더욱 멀리라 기대했더니	餘慶期逾遠
깊은 병을 끝내 치료하지 못했네.	沈痾竟莫醫
가신 뒤의 슬픔을 어이 견딜꼬	那堪身後慟
슬하에 자식이 하나도 없으니.	膝下更無兒[79]

백형수에 대한 만사이다. 큰형 이권(李蓥)의 아내이며 집안의 종부(宗婦)이다. 한 명의 아들, 그도 아니면 시집간 딸이라도 있으면 그것으

---

75 권2, 「姜正郎先君挽詞【二首】」 제2수.
76 권2, 「沈應敎【彦慶】母氏挽詞」.
77 권2, 「崔同知【命昌】母氏挽詞」.
78 권3, 「任判書【由謙】挽詞」.
79 권2, 「哭伯兄嫂氏」.

로 죽음을 위로할 수 있건만 형수는 슬하에 하나의 자식도 남기지 못했다. 평소의 덕에 비하여 그 보답이 빈약하니 '身後慟'을 견디기 어려우리라. 이 시에는 위로는 없고 비탄만 있는데, 죽은 형수에 대한 탄식이면서 시인 자신과 남은 가족들의 비탄이기도 하다. 여기서 문제는 혈육이 아니라 후사가 없다는 것이다. 김극성(金克成)의 계모에 대한 만시에서는 "빙례 갖추면 며느리 되는 법 / 아들 있으니 꼭 내 소생일 필요 있으랴. / 종가의 맏며느리 예로 집상하고 / 온 고을 사람들이 조문왔다네.[成聘卽爲婦, 有男何必吾. 執喪宗伯貴, 會葬一鄕趨.]"[80]라고 하였는데, 꼭 아들을 낳지 않았더라도 후사가 있다면 위로할 만한 것이다. 후사와 가업 성취를 중시하는 태도는 이행 애도시에 화평한 미감을 형성해주는 요소이지만, 위 시는 예외적으로 더 깊은 비탄으로 이어지고 있음이 특기할 만하다.

V. 나가며

『용재집』에는 모두 63제 101수의 애도시가 수록되어 있다. 이 시들은 대부분 만시(만사)로서 '~挽詞', 또는 '哭~'라는 제목이 붙어 있다. 이 가운데 후자는 모두 가족이나 친우에 대한 만사이며, 전자는 대체로 의례적이거나 공적인 입장에서 창작한 작품들이다. 전체 작품 가운데 개인적 관계를 바탕으로 창작한 애도시는 40편 정도로 파악된다. 시기별로 살펴보면 1520년 이전 작(作)은 갑자사화를 전후로 하여 죽은 벗들에 대한 애도시가 주를 이루며, 1520년 이후의 작품은 장년기의 벗이나 동료 관원들, 지인의 가족에 대한 만시들인데 특히 1520년

---

80 권2, 「金判書【克成】繼母挽詞」.

대 중반 이후의 시가 많다.

　이어서 이행 애도시의 주된 내용을 세 범주로 나누어 살펴보았다. 첫 번째는 사화기의 원통한 죽음을 대상으로 한 애도시이다. 갑자사화를 전후한 시기 이행은 그 자신 유배와 고문으로 고초를 겪었을 뿐 아니라 많은 벗들을 떠나보내야 했다. 이때 지어진 애도시들에는 천도를 의심하게 만드는 죽음에 대한 강한 비탄이 담겨 있다. 벗의 죽음에 임해 쓴 만시에서는 비통한 심정을 직서하는 방식이 나타나며, 유배 중이던 시기에 쓴 애도시들에서는 망자의 곧고 깨끗한 성품을 부각하거나 사화 중의 체험을 그대로 묘사하는 방식을 활용하였다. 다음으로 반정 이후 작품들로서 망자의 공적에 대한 칭송이 위주가 되는 작품들을 검토하였다. 이러한 작품들에서 저자는 공적인 태도로 망자의 삶과 죽음의 의미에 대해 논하였는데, 개인적인 슬픔보다는 임금과 나라, 유림과 사문, 그리고 백성들에게 그 죽음이 어떤 상실을 가져왔는지를 드러내는 데 중점을 두었다. 지인의 가족에 대한 만시들은 고인의 덕과 가문의 융성함을 칭송하는 내용이 대부분인데, 박은의 모친에 대한 시에서는 고인을 범방의 어머니에 빗대며 사대부 사회의 정신적 가치를 현양하는 방식을 사용하는 등 차별점이 확인된다. 세 번째는 죽은 이의 특별한 풍모와 개인적 인연의 회고를 담은 시들이다. 평소 교분이 깊었던 인물에 대해서는 살았을 적의 일화를 이용하는 등 그의 인품을 생생히 드러내는 방식을 활용하였다. 또, 인상적이었던 짧은 인연을 소재로 쓴 만시도 있으며, 고인의 힘겨웠던 삶의 실상을 그대로 풀어놓은 시도 있다. 유배지에서 자신을 돌봐준 늙은 관노의 죽음을 다룬 시는 그 감정이 특히 절실하다. 이 유형의 시들은 진솔함과 참신성의 측면에서 특히 눈에 띄는 작품들이다.

　끝으로 이행의 애도시에 나타나는 의식 지향을 두 가지 측면에서 살펴보았다. 하나는 개인적 비탄의 표출 양상이다. 이행은 1503년 가까운 벗이었던 김천령에 대한 연작 만시에서 "벗들이 세상 떠나 이제 거의 없어졌으니 / 이 생애 누구와 더불어 남은 해를 보낼까.[朋舊凋零今略盡, 此生誰與送殘年.]"라고 읊었으며, 그의 대표작 「팔월십팔야」(1520)에서도 "평소의 벗들이 모두 세상 떠나고 / 백발 되어 그림자와 몸뚱이만 서로 보고 있구나.[平生交舊盡凋零, 白髮相看影與形.]"라고 하였다. 벗들이 모두 떠나가고 홀로 남은 적막감을 토로하는 이러한 방식은 장년기의 작품들에서도 반복, 변주되면서 이행 애도시의 한 전형을 이루고 있다. 또 하나의 측면은 여경(餘慶)과 가업 계승의 의의를 중시한다는 것이다. 이행은 훌륭한 자제가 있어 가업을 이을 것이며, 고인의 덕으로 후손들이 여경을 누리게 될 것이란 말로 망자를 위로한다. 이는 혈맥을 통해 조상의 기(氣)가 계속해서 전해지며, 조상의 음덕이 가문을 번창하게 한다는 유교적 사고이다. 당시의 보편적인 인식이기는 하지만 이러한 생사관이 이행의 시에서는 인간사의 허무함을 극복하는 기제로서 활용되고 있음이 주목할 만하다. 이러한 사고는 곧 이행 애도시에 온화하고 화평한 미감을 더해주는 역할을 한다. 그러나 반대로 후사 없이 죽은 경우 깊은 비탄으로 이어지기도 한다.

본고에서 살펴본 이행의 애도시는 그 내용과 창작방식에서 여타 사대부 문인들의 만시와 많은 성격을 공유하고 있다. 공적인 태도로 상대의 공업과 인품을 칭송하는 것이나 고인의 특별한 풍모를 부각하면서 개인적 인연을 회고하는 방식은 보편적인 만시의 창작방법이다. 본고에서 이러한 범주를 설정한 것은 그러한 범주 안에서 이행의 애도시가 구체적으로 어떤 양상을 보이는지를 살펴보고 각 작품들의 완성도와 참신함이 어느 정도인지를 가늠해보기 위해서이다. 예컨대 이행 만시에 자주 나타나는 "~를 위해 통곡한다/슬퍼한다"라는 표현은 공적인 태도로 죽음의 의미를 사유하는 효과적인 말하기 방식이다. 또, 심극효와 송일에 대한 만시, 조생에 대한 만시는 내용의 참신함과 감정의 곡진함이 특히 인상적인 작품들이다. 박은 어머니에 대한 만시도 주목할 만한 작품이다.

한편 갑자사화라는 특수한 역사적 상황은 이행의 애도시에 다른 시대의 작가들과 구별되는 특징을 부여하고 있다. 이행 애도시의 의식 지향 가운데 상실감과 적막감을 논하였는데, 이는 애도시뿐 아니라 그의 문학세계 전반을 관류하는 하나의 의식이기도 하다. 인간의 힘으로 어찌할 수 없는 죽음, 인간이 만든 사회에 의한 부조리한 죽음이면서 그 개인으로서는 명(命)으로 받아들일 수밖에 없는 죽음을 대하는 정서적 태도의 하나인 것이다. 사화 이후 이행 자신은 언제나 세상과 화해하고자 했다. 가업의 성취와 여경을 강조하는 태도는 삶과 죽음의 연속성을 통해 무상감을 극복하려는 적극적인 태도이다. 살았을 적의 덕이 후세에 무궁히 전하리라는 말은 위로를 위한 형식적인 말에 불과한 것이 아니라 시인 자신의 바람이기도 한 것일 테다. 그럼에도 불구하고 마음 깊은 곳의 상실감과 적막감은 쉽게 지워지지 않는다. 그리하여 가까운 이들의 죽음 앞에서는 결국 백발로 이 세상에 혼자 남은 자신을 거듭 돌아보게 되는 것이다.

이행 애도시의 성취가 조선전기 문학사에서 어떠한 의미를 지니는지에 대해서는 향후 더 깊은 논의가 필요하다. 특히 사화라는 현실적 맥락이 당대인의 문학 및 의식세계와 어떻게 관련을 맺고 있는지에 대해 더욱 섬세한 고찰이 요구된다고 하겠다.

다산 정약용의 제화시 연구

I. 들어가며

제화시(題畵詩)는 기본적으로 그림의 여백에 적혀 있거나 첩(帖)이나 축(軸)으로 그림과 결합되어 있는 시를 칭하는 개념이다. 그러나 대체로 그림을 대상으로 창작된 시문 전체를 제화시의 범주에서 다룬다.[1] 시뿐 아니라 문(文)을 합쳐서 제화(題畵) 혹은 화찬(畵贊)이라고 하는데 마찬가지로 화폭에 직접 써넣은 것을 협의의 화찬으로 보고, 그 외 별도로 전하는 그림 관련 시문들은 독화시문(讀畵詩文)이라는 용어로 포괄적으로 명명하기도 한다.[2] 제화시, 혹은 화찬에 대한 연구는 회화와 문학의 결합과 상호 소통의 양태를 보여준다는 점에서 전통시대 예술창작의 한 국면을 이해하게 해준다. 개별 문인의 제화시에 대한 검토는 이러한 국면의 구체적 사례를 보여준다는 점 외에도 해당 작가의 詩作 방식이 제화시라는 특수한 양식에서 어떻게 구현되는지를 확인하게 해준다는 점에서 그 의의를 찾을 수 있다.[3]

---

1 구본현(2011), 「題畵詩의 미학적 특징과 구현 원리」, 『동방한문학』 제49집, 동방한문학회, 137쪽.

2 심경호(2020), 『옛 그림과 시문』, 세창출판사, 5~6쪽.

3 고려·조선조 작가들의 제화시 연구는 그 성과가 풍부하다. 기존 연구에서 다루어진 작가는 이규보, 이인로, 이색, 서거정, 이승소, 이행, 신숙주, 성삼문, 이황, 고경명,

본고는 다산(茶山) 정약용(丁若鏞, 1762~1836)의 제화시에 주목하여 그 창작방식과 특징을 고찰하는 것을 목적으로 한다. 정약용이 다수의 제화시를 남기고 있음은 초기 연구에서부터 종종 지적되어 왔다.[4] 또, 2000년대 들어 다산의 회화관(繪畫觀) 및 서화론(書畫論) 등이 주목받기 시작하면서 그의 제화시 작품이 여러 논문들에서 인용되고 있다.[5] 그러나「제정석치호룡소장자(題鄭石癡畫龍小障子)」,「제변사벽모계령자도(題卞尙璧母鷄領子圖)」 등 몇몇 시들을 비롯하여「발취우첩(跋翠羽帖)」 등의 제발(題跋)이 거듭해서 활용되었을 뿐으로, 다산 제화시의 전체적 양상을 밝힌 연구는 아직 시도되지 않았다. 이에 본고는『여유당전서(與猶堂全書)』및 그 외 자료에서 확인되는 정약용의 제화시 전체를 파악하고 이 작품들의 시적 특징을 살펴보고자 한다. 다산은 제화시 외에도 그림에 관한 많은 기록을 남기고 있으나 여기서는 시 작품만을 다룬다. 본고의 관심이 다산 시문학의 한 양상을 드러내는 데 있기 때문이다.

정약용의 시문학은 7, 80년대에 현실비판적 성격의 작품들을 중심으로 연구되기 시작하였고, 이러한 경향은 90년대 후반까지도 사그러들지 않았다. 한편 90년대 이후로는 사회시 외에 다양한 방면에서 다산 문학에 접근하려는 시도가 이루어져서 오늘날까지 적지 않은 성과가 축적되었다.[6] 정약용 문학의 다채로운 실상을 밝힘으로써 그의 문

이달, 권필, 권섭, 박제가, 강세황, 신위, 김정희, 김유근, 이정직 등이다.

4 송재소(2014),『다산시 연구』, 창작과비평사(초판은 1986, 동일 내용의 학위논문은 1984), 76쪽에서 정약용이 상당수의 제화시·관극시를 남겼다고 하였다. 강재철 (1985),「茶山 詩의 繪畫性 考察 -詩畫一致觀에 注眼하여-」,『국문학논집』제12집, 단국대학교 국어국문학과, 56쪽에서는 다산의 제화시가 14여 수라고 하였다. 근래 저술 가운데 심경호(2020), 9~12쪽에서도 다산의 독화시문을 정밀하게 분석할 필요가 있다고 하였다.

5 관련 연구는 Ⅲ장에서 인용한다.

학에 대한 전체적인 이해를 도모하기 위한 연구들이다. 물론 실학자로서의 다산과 그의 현실비판적 사고에 대한 천착이 더 이상 유효하지 않다는 뜻은 아니다. 다산의 철학 및 실천적 사고는 그의 문학세계와 통합적으로 이해해야 하며,[7] 오늘날의 시대적 요구에 비추어 그 의의를 재조명할 필요가 있다.[8] 요컨대 다산 문학 연구의 올바른 방향은 다산의 문학세계의 '구체(具體)'에 대한 풍부한 축적을 바탕으로 하면서 (이전의 성과를 계승하여 오늘날의 지향에 맞게 변용된) 의미 있는 문제의식을 발굴, 이를 바탕으로 내실 있는 전체상을 구축하는 방식일 것이다. 다산 시문학의 한 국면을 조명하는 본고의 논의는 그러한 과정의 한 부분에 해당한다.

Ⅱ. 다산 제화시 개관

1. 작품 현황

정약용의 현전 제화시는 53제 62수로 파악된다. 아래 제화시 목록은 다산학술문화재단 편 『정본 여유당전서(定本 與猶堂全書)』(한국고전

---

6 최근의 다산 연구는 90년대 초반까지의 연구 경향과 판이하게 다른 양태를 보이고 있으며, 분석의 결과 역시 매우 치밀하게 나타나고 있다. 다산 문학 연구의 초기 경향 및 근래의 새로운 연구 조류에 대해서는 김은미(2019), 「정약용 시문학의 노년 인식 양상」, 부산대학교 박사학위논문, 1~5쪽에 자세하다.

7 이러한 시도의 대표적인 성과는 박무영(1993), 「정약용 시문학의 연구 : 사유방식과의 관계를 중심으로」, 이화여자대학교 박사학위논문(박무영(2002), 『정약용의 시와 사유방식』, 태학사)이다.

8 김대중(2015), 「애도의 정치학 : 다산(茶山)의 「파리를 조문하는 글」(弔蠅文)」(『한국고전연구』 제32집, 한국고전연구회)은 이러한 문제의식에서 출발한 연구이다. 이 논문에서는 "다산 실학에 대한 여러 분야의 연구들이 보조를 함께 하면서 사회 역사적 전망을 열어가는 방향으로 다산 문학 연구가 재정위될 필요가 있다."(288쪽)고 하였다.

종합DB) 시집(詩集)과 보유(補遺) 수록 시, 기타 필사본 자료에 수록된
작품을 정리하고 실물로 전하는 제화시 몇 수를 추가한 것이다.

<표 1> 정약용 제화시 목록

	수록처	창작시기[9]	제목	형식	대상 그림[10]
1	詩集 권1	1784년 봄	정석치의 용을 그린 작은 장자에 쓰다【이름은 철조이고 벼슬은 정언이다】[題鄭石癡畫龍小障子【名喆祚, 官正言】]	七古	영모도
2		1788년 여름	《김영장심하사적도》에 쓰다【김 장군 응하】[題金營將深河射敵圖【金將軍應河】]	七古 3首	기록화 /고사도
3		1790년 여름	도림자의 《좌우장랑도》에 쓰다[題陶林子左右長廊圖]	五律	기록화
4	권2	1795년 4~5월	《협접도》에 쓰다[題蛺蝶圖]	七古	초충도
5		1795년 여름	제화 5수(題畵五首)	七絶 5首	산수도 /산수인물도
6		1795년 가을	제화(題畵)	五絶	산수인물도
7	권4	1801년 여름	장난삼아 소내 그림을 그리다[戲作苕溪圖]	五七古	산수도(실경)
8	권5	1807년 가을	《서호부전도》에 쓰다[題西湖浮田圖]	七古	산수도
9		1807년 가을	《동시효빈도》에 쓰다[題東施效顰圖]	七古	고사인물도
10	권6	1827년 가을	변상벽의 《모계령자도》에 쓰다[題卞尙璧母鷄領子圖]	五古	영모도
11		1832년 (추정)	《강천반청도(江天半晴圖)》	五古	산수도
12		1827~32년 무렵(추정)[11]	영명위의 화첩에 쓰다 절구 4수[題永明尉畵帖四絶句] *제2수: 山水圖[碧瓦歸路] (국립중앙박물관 소장) *제4수: 山水圖[殘山剩水] (동아대학교 석당박물관 소장)	七絶 4首	산수도 *2수는 실물
13		1832년	《한안취시도》에 쓰다[題寒岸聚市圖]	七律	산수도

14			《한계반초도(寒溪返樵圖)》	七律	산수인물도
15			《한강범주도(寒江泛舟圖)》	七律	산수도
16			《한애원기도(寒厓遠騎圖)》	七律	산수인물도
17		무렵(추정)[12]	《한암자숙도(寒菴煮菽圖)》	七律	산수인물도
18			《한방소육도(寒房燒肉圖)》	七律	인물도/풍속도
19			《한담욕부도(寒潭浴鳧圖)》	七律	산수도/영모도
20			《한산주응도(寒山嗾鷹圖)》	七律	산수도/영모도
21	補遺/眞珠船	1783~1800년(추정)[13]	현무선사의 벽에서 고호두의 바다 그림을 보고[玄武禪師壁觀顧虎頭滄洲畫]	七古	산수도
22			《위중선유거도》에 쓰다[題魏仲先幽居圖]	七古	고사인물도
23			《향음주례도》의 뒤에 쓰다【본래 제목은 "향음주의 예로 가르쳐서 효제의 행실이 세워지다"이다.】[題鄕飮酒禮圖後【本題云敎之鄕飮酒之禮而孝弟之行立】]	七古	기록화
24			안사고의 《왕회도》에 쓰다[題顏師古王會圖]	七古	기록화
25			《승귀선인행우도》에 쓰다[題乘龜仙人行雨圖]	七古	인물도
26			《금릉전도(金陵全圖)》	七古	산수도(실경)
27	補遺/桐園手鈔	미상	《한창려구루심비도》에 쓰다[題韓昌黎岣嶁尋碑圖]	五古	고사인물도
28			《왕자유산음방대도》에 쓰다[題王子猷山陰訪戴圖]	五古	고사인물도
29			《여산빙렴도》에 쓰다[題盧山冰簾圖]	五古	산수도
30			《갈치천구루극주도》에 쓰다[題葛稚川句漏棘舟圖][14]	五古	고사인물도
31			문승상 화상에 쓰다[題文丞相畫像]	五古	초상화
32			《거록벽관초전도》에 쓰다[題鉅鹿壁觀楚戰圖]	五古	고사도
33			《도연명의장청전수도》에 쓰다[題陶淵明倚杖聽田水圖]	五古	고사인물도
34			《사호위기도》에 쓰다[題四皓圍棊圖]	五古	고사인물도
35			《도홍경이우도》에 쓰다[題陶弘景二牛圖]	五古	고사인물도
36			《유상국누옥지산도》에 쓰다[題柳相國漏屋持傘圖]	七古	고사인물도
37			《경도희도》에 쓰다[題競渡戲圖]	七古	산수도/풍속도

38			《태백호승해호도》에 쓰다[題太白胡僧解虎圖]	七古	고사인물도
39			《소무목양도》에 쓰다[題蘇武牧羊圖]	七古	고사인물도
40			《호학보객도》에 쓰다[題湖鶴報客圖]	七古	고사인물도
41		1813년	*梅鳥圖 (고려대박물관 소장) 제화시	四言	화조노 *실물
42	실물 제화시	1813년	*擬贈種蕙圃翁梅鳥圖 (개인소장) 제화시	七絶	화조도 *실물
43		1827~32년 무렵 (추정)	*山水圖[九里笠亭] (서강대학교 박물관 소장) 제화시	七絶	산수도 *실물
44			*山水圖[草岸小亭] (개인소장) 제화시	七絶	산수도 *실물
45			*藻魚圖 (개인소장) 제화시	七絶	조어도 *실물
46			《주진촌가취도》에 쓰다[題朱陳村嫁娶圖]		고사도
47			《조자앙태계도》에 쓰다[題趙子昻苕溪圖]		고사인물도
48			《구성궁피서도》에 쓰다[題九成宮避暑圖]		산수도/기록화
49	茶山詩 · 雅亭詩[15]	미상	《산음대렵도》에 쓰다[題山陰大獵圖]	미확인	산수도
50			《소운경종과도》에 쓰다[題蘇雲卿種苽圖]		고사인물도
51			《장지화부가범택도》에 쓰다[題張志和浮家泛宅圖]		고사인물도
52			《곽분양행락도》에 쓰다[題郭汾陽行樂圖]		고사인물도
53			《진도남천일수도》에 쓰다[題陳圖南千日睡圖]		고사인물도

9 송재소 외, 「《정본 여유당전서》 해제」(한국고전종합DB) 참조. 그 외 자료를 근거로 추정한 것은 각주로 밝힘.

10 대상 그림은 제목을 통해 확인되는 그림의 종류를 밝힌 것인데, 몇 작품을 제외하면 실물 그림을 알 수 없으므로 정확한 것은 아니다. 또 실제 그림이 산수만을 그린 산수도인지, 산수와 함께 인물이 부각된 산수인물도인지 알 수 없을 경우 두 가지를 병기하였다. 고사인물도의 경우 모두 산수인물도에도 해당한다.

11 영명위는 홍현주(洪顯周)를 가리킨다. 『여유당전서』 권6에 수록된 작품들을 통해 볼 때 홍현주와 정약용의 만남은 1827~32년에 집중적으로 이루어졌다. 그 외 홍현주의 작품에 정약용이 제발(題跋)을 써넣은 것이 있는데(《월야청흥(月夜淸興)》, 간송미술관 소장) 여기에서 제발의 작성 시기를 기축년(1829)으로 명기하고 있다. 이 작품역시 비슷한 시기에 창작된 것으로 보인다. 연작시 4수 중 2수는 실물 그림과 제화가남아 있다. 43~45번 제화시 또한 같은 시기에 지어진 것으로 추정할 수 있다.

12 권6에 수록된 「강천반청도(江天半晴圖)」가 1832년(순조32) 작으로 추정되므로 같은권에 수록된 일련의 제화시들 역시 비슷한 시기에 제작되었을 것으로 추정한 것이다. 심경호 역, 『여유당전서-시문집(시)』 6권, 한국인문고전연구소(네이버 지식백과 제공).

13 『진주선』 수록 시 중에 연대가 표시된 것을 보면 가장 이른 시기의 작품이 1783년(22

창작연대가 확인되는 작품 중 가장 이른 시기의 것은 1784년 작인
「제정석치화룡소장자」이다. 진사 합격(1783) 후 성균관에서 수학하던
시절이다. 이때부터 1795년까지가 6제 12수, 유배기(1801~1818)에 쓴
시가 5제 5수, 해배(1818) 이후의 작품이 14제 17수이다. 그 외 필사본
자료들에 제화시가 많이 수록되어 있음이 주목할 만하다. 『진주선(眞
珠船)』과 『동원수초(桐園手鈔)』, 『다산시(茶山詩)·아정시(雅亭詩)』 수록
작들은 모두 창작시기를 알 수 없는데, 『진주선』의 경우 1783~1800년
의 작품을 수록하고 있으므로 이 제화시들 역시 유배 이전에 창작한
것으로 볼 수 있다. 『진주선』과 『동원수초』 수록 시들은 모두 장편의
고시이며, 대부분이 고사인물도를 대상으로 한 것들이다. 『다산시·
아정시』의 경우 작품을 확인하지는 못했으나, 『동원수초』에 같은 작
품이 5수 실려 있고 대부분 고사인물도 제화인 것으로 보아 비슷한
유형의 작품일 것으로 짐작된다. 전체적으로 장편고시 형식이 많고,
산수도를 제재로 하여 산뜻한 풍취로 그려낸 오언과 칠언의 절구가
섞여 있다. 또, 마찬가지로 산수도를 대상으로 한 일련의 칠언율시
(13~20번)가 있는데 하나의 화첩에 실린 그림을 대상으로 했거나 같은

세) 작이고 가장 늦은 시기는 1800년(39세) 작으로, 대부분 과체시와 응제시이다.
　(「《정본 여유당전서》 해제」참조) 이 제화시들은 연대가 표시되어 있지 않아 정확히
　어느 때에 지어진 것인지 알 수 없으나, 대략 유배 이전에 궁중에서 지은 것들로
　추정된다.

14 『다산시·아정시』에는 제목이 「제갈치천구루련단도(題葛穉川句漏煉丹圖)」로 되어
　있다.

15 『다산시·아정시』(이동환 소장)는 『여유당전서』에는 누락된 필사본 자료이다. 「《정
　본 여유당전서》 해제」에서 이 책에 수록된 시의 목록을 소개하였는데, 여기에 제화시
　15편이 포함되어 있다. 목록의 46~53번(8편) 시는 이 책에서만 발견되는 작품이다.
　나머지 7편 중 2편(8, 9번)은 신조선사본(新朝鮮社本) 『여유당전서』 권5에, 5편(29,
　30, 31, 39, 40번)은 필사본 시집 『동원수초』(『정본 여유당전서』 보유편 수록)에
　수록되어 있다. 단, 필자는 이 자료를 열람하지 못해 목록에서만 소개하고 내용 분석
　에 활용하지는 못했음을 밝혀둔다.

시기에 연작으로 창작한 것으로 생각된다.

한편 실물 제화시 7수가 남아 있는데, 2수는 다산이 강진에서 제작한 것으로 알려진 《매조도(梅鳥圖)》와 《의증종혜포옹매조도(擬贈種蕙圃翁梅鳥圖)》에 적혀 있는 시이다. 나머지 5수는 모두 해거재(海居齋) 홍현주(洪顯周, 1793~1865)의 인장이 찍혀 있는 그림에 대한 제화이다. 이 다섯 점의 그림은 그 크기가 거의 같고(세로 27㎝, 가로 34㎝ 내외) 접힌 자국 등 화폭의 형태도 동일하여 하나의 화첩으로 묶여 있던 것으로 추정된다. 여기에는 모두 작자가 '열초(洌樵)'로 표기된 칠언절구 한 수씩이 적혀 있다. 종래에 이 그림들은 다산의 작품으로 간주되었으나, 제화만이 다산의 작이며 그림은 홍현주의 작으로 밝혀졌다. 이 다섯 수 가운데 두 수는 『여유당전서』 권6의 「제영명위화첩4절구(題永明尉畵帖四絶句)」 중의 두 수이므로, 이 제화시들이 정약용 자신의 그림에 붙인 것이 아니라 홍현주의 그림을 대상으로 창작된 것들임을 확인할 수 있다.[16] 이 작품들은 실물 그림이 남아 있는 몇 안 되는 예들이므

---

16 서강대학교박물관 및 동아대학교박물관 소장 산수도가 정약용의 작품이 아니라는 것은 차미애(2010), 「恭齋 尹斗緖 一家의 繪畵 硏究」, 홍익대학교 박사학위논문, 484~485쪽에서 처음으로 밝혔다. 이 논문에서는 이 그림들을 홍현주의 작으로 보고 있는데, 그 근거로 「제영명위화첩사절구」를 제시하는 한편 간송미술관 소장 홍현주의 《산방독서도(山房讀書圖)》의 화폭의 형태와 크기가 이 그림들과 동일하므로 같은 화첩에서 분리된 작품으로 볼 수 있다고 하였다. 즉, 이 그림들에 찍혀 있는 '顯周私印', '海道印', '顯周雲▨▨煙'과 같은 인장이 소장자를 표시하는 것이 아니라 그린 이를 뜻한다는 말이다. 이후 이원복은 이 작품 외에 나머지 세 점의 작품도 정약용이 아닌 홍현주의 작품임을 밝혔다. 다섯 점이 모두 같은 화첩에서 나온 것이고 이 그림들이 모두 동일 화가의 필치로 그려져 있으며, 화첩의 모든 그림에 일일이 소장인을 찍는다는 것은 납득하기 어려우므로 홍현주의 작으로 보아야 한다는 것이다. (이원복(2017), 「洪顯周 畵帖의 재구성 ─홍현주와 茶山家의 교유의 일면─」, 『대동한문학회 학술대회 논문집』 2017 Vol. 1, 대동한문학회, 190쪽) 그러나 《산방독서도》의 인장 역시 소장인일 수 있으며, 개별 화폭에 도장을 찍어서 보관하다가 이후에 하나의 화첩으로 묶었을 가능성도 있으므로 이상의 논거들이 결정적인 것은 아니다. 즉, 홍현주 도장이 단순히 소장인인지 아니면 작자의 낙관인지를 확정하는 것이 관건이 된다. 여기에 참고할 만한 간접적인 증거가 있다. 간송미술관 소장 《월야청흥(月夜淸

로[17] 다산 제화시의 창작방식을 확인하는 데 유용한 자료가 된다.

2. 유형별 시상 전개방식

정약용의 제화시는 단형의 고시 또는 절구나 율시 작품, 그리고 장형의 고시로 나눌 수 있다. 두 유형의 제화시는 형식만 다른 것이 아니라 시상 전개방식 및 그것이 주는 미감의 측면에서도 일정하게 구별된다.

먼저 산수도를 대상으로 한 단형의 제화시를 살펴보자. 다음은 「제영명위화첩4절구」의 첫 수이다.

봄 나무 바람에 온통 다 헤쳐졌으니　　　　　春樹紛披樹樹同
온 숲에 행화풍이 거세게 불어서라네.　　　　一林吹緊杏花風
창 앞에 홀로 앉은 뜻 무엇인지.　　　　　　　當窓獨坐如何意
다만 흡족하고 드넓은 마음이리라.　　　　　只在熙怡浩蕩中[18]

興)》이라는 수묵화에는 정약용이 쓴 화제(畫題)가 있는데 여기에 "이 묵화 3수는 해거도위의 작품이다.[其墨畫三首, 海居都尉作也.]"라는 구절이 있다.(김진웅 (2020), 「해거재 홍현주의 현전작품 고찰」, 『미술사와 문화유산』 제9집, 명지대학교 문화유산연구소, 18쪽) 이 수묵화의 크기 역시 앞서 언급한 그림들과 같으며, 접힌 자국 등 형태상 유사성이 보인다. 관서(款書) 없이 한쪽 끝에 낙관만 한 것도 동일하다. 2020년 공개된 《소림모옥도(疏林茅屋圖)》(개인소장)라는 작품에는 "倣元人筆法 海道人"이라는 관서가 있어 홍현주 작이 분명한데, 화폭의 크기가 명시되지는 않았으나 사진상으로 볼 때 역시 동일 화첩으로 추정된다. 이런 점을 고려하면 다산의 제화시가 적혀 있는 다섯 폭의 산수화를 모두 홍현주 작으로 간주해도 무방할 것으로 생각된다. (《소림모옥도》에 관해서는 국제신문 2020.5.26., 「[황정수의 그림산책] 홍현주의 '소림모옥도'」, http://www.kookje.co.kr/news2011/asp/newsbody.asp?code=1700&key=20200527.22021007707 참조)

17　그 외 "을해(1815) 중추 원인(元人)의 필법을 모방하여 다산이 열상 아래서 그리다[乙亥秋節, 倣元人法, 茶山寫于洌上之下.]"라는 관서가 있는 10폭의 산수화첩(이원기 소장품)에도 차(茶)와 관련된 오언, 또는 칠언의 대련(對聯)이나 단구(單句)가 각 폭의 여백에 적혀 있다. 그러나 이 구절들은 기존의 시구들을 뽑아서 배분해 놓은 것으로서 다산의 창작이라고 볼 수 없으므로 본고의 목록에서는 제외하였다.

18　『정본 여유당전서』시집 권6, 「題永明尉畫帖四絶句」중 제1수. 원문은 『정본 여유당

이 시에서 묘사하고 있는 대상은 바람에 흔들리는 봄철의 나무와 창가에 홀로 앉은 인물이다. 승구의 '행화풍'은 청명절 전후 살구꽃이 만개할 때 피는 바람을 가리킨다. 기구와 승구에서는 바람 부는 봄날의 풍경만을 그려내고 인물이 있다는 것은 말하지 않았다. 전구에서 돌연 '當窓獨坐'의 뜻을 물음으로써 화폭 안에 인물이 있음을 보여준다. 시 자체만으로 본다면 전구의 질문이 갑작스럽게 느껴지지만 그림을 보면서 읽는다고 가정했을 때는 자연스러운 흐름이다. 결구에서 시인은 그림 속 인물의 마음이 '熙怡浩蕩'할 것이라고 말한다. 흡족하고 호탕한 마음은 봄 풍경 때문이기도 하고, 홀로 그윽하게 거처하는 은자의 툭 트인 마음이기도 하다.[19] 이 작품은 '풍경-풍경 속 인물의 모습-감상자가 대신 읽어낸 인물의 의중'의 순서로 시상을 전개하고 있다. 산수인물도 제화시에서 자주 나타나는 시상의 흐름이며, 정약용의 다른 제화시 작품에서도 확인되는 방식이다.[20]

연작시 가운데 제2수는 실물 그림이 남아 있는 작품이다.

전서』(한국고전종합DB 교감·표점 원문) 참조. 이하『정본 여유당전서』시집 소재 작품은 책명은 생략하고 권수와 제목만 표시한다. 시집 소재 작품의 번역문은 한국고전종합DB 제공『다산시문집(茶山詩文集)』및 심경호 역,『여유당전서-시문집(시)』를 참조하여 필자가 다시 작성한 것이다.

19 심경호는 이 시가 "행화풍이 불어 나무들이 어지러이 휘날리는 때에 독서인이 서재에 홀로 앉아 흡족해하는 모습을 그린 그림"을 대상으로 쓴 것이라고 하였다. (심경호 역,『여유당전서-시문집(시)』) 홍현주의《산방독서(山房讀書)》(간송미술관 소장)가 이 시의 화의와 흡사하여 참고할 만하다. 이 그림에는 숲속의 서재가 그려져 있는데, 한쪽 방에는 책이 쌓여 있고 다른 쪽 방의 창가에 측면 모습의 인물이 보인다.

20 권2,「題畵五首」의 제1수("臨水茅亭只一間, 君家何在欲無還. 攤書不見看書意, 爲有溪頭數點山.")와 제3수("一尊淸酒古松根, 頭上巃嵷爽不喧. 莫問此翁何意坐, 絶無意處此翁尊."), 그리고 권6,「寒厓遠騎圖」("鐵色寒巖似置棋, 北風凄厲馬鳴悲. 正當石櫃天昏處, 好像藍關雪擁時. 一點衣冠黏不動, 三山頭角望猶遲. 依然腹裏含詩氣, 水照爐煙黯有思.") 등의 예를 들 수 있다.

〈그림1〉《벽와귀로(碧瓦歸路)》
지본담채 27.0×34.3cm (국립중앙박물관 소장)

푸른 기와집 깊숙한데 나무가 울타리 이뤘고	碧瓦低深樹作籬
우뚝한 고송은 가지를 거꾸로 드리웠네.	古松奇崛倒垂枝
작은 다리 건너 돌아갈 때 봄 산 저무니	小橋歸路春山晚
시 동산에서 술 깨는 바로 그때라네.	正値詩園酒解時[21]

이 시의 대상 그림은 홍현주의 산수화들 가운데 비교적 세밀한 필치로 그려진 것으로, 총 4단의 구도로 이루어져 있다.(그림1) 원경에 담청색의 산이 보이고, 중경은 우측의 산과 좌측의 작은 언덕과 기와집으로 나뉜다. 근경은 화면 중앙의 소나무와 오동나무, 고목으로 구성된

---

21 권6, 「題永明尉畵帖四絶句」 제2수.

다. 그리고 우측 하단에 다리를 건너 집으로 돌아가는 인물의 모습이 간략한 필치로 그려져 있다.[22] 구도의 중심은 기와집이다. 제화시는 기구에서 '低深'과 '樹作籬'라는 표현으로 이 구도의 핵심을 적절히 집어내고 있다. 이어서 근경의 나무로 시선을 이동하였는데, 그중에서 우측 화면을 향해 가지를 드리우고 있는 고송에 초점을 맞추었다. 거꾸로 드리운 소나무 가지를 따라 시선을 옮기면 인물의 모습이 눈에 들어온다. 화가의 화면 구성 의도를 적실히 파악한 바탕에서 형상 묘사가 이루어지고 있음을 볼 수 있다. 한편 집으로 돌아온다는 것은 날이 저물 때임을 뜻한다. 그림 속 인물은 벗들과 시를 주고받으며 얼근히 취했을 것이고, 집에 다다랐을 때는 막 술이 깨었을 것이다. 집을 향하고 있는 인물의 모습에서 봄날 늦은 오후라는 시간을 포착하고, 그림에는 드러나지 않는 인물의 흥취를 부각했다.[23]

위 두 절구에서는 화경(畫境) 가운데 핵심적인 요소를 부각하여 묘사하고, 이를 바탕으로 인물(때로는 동물[24])의 심중이나 상황을 그려내는 방식이 확인된다. 특히 두 번째 예시의 경우 그림과의 비교를 통해 대상 묘사에서 시인이 그림의 전체 구도를 고려하고 있음을 확인할 수 있었다. 한편 칠언율시로 창작된 여덟 수의 작품(13~20번)도 함께 살펴볼 필요가 있다. 절구에 비해서는 덜 압축적이지만, 다수를 차지하는 장편고시들에 비하면 간결한 묘사 위주의 단형 작품들이다. 이

---

22 김진웅(2020), 22쪽.

23 비슷한 방식으로 창작된 시로 권2에 수록된 「제화(題畫)」("沙上靑驢路, 琴頭皁布囊. 客裝殊酒脫, 疑向海金剛.")를 들 수 있다. 모래밭의 풍경과 나그네의 행장을 보고 해금강으로 가는 길이라고 짐작하였다.

24 「제화5수(題畫五首)」(권2)의 제2수("衣巾飄拂入山粧, 天遠汀洲正夕陽. 行盡野橋逢草樹, 小驢欣悅四蹄狂.")는 騎驢圖에 제한 시로 보이는데, 결구에서 나귀의 기쁜 마음을 그려냈다.

작품들의 대상 그림은 모두 '寒' 자(字)로 시작하는 화제를 갖고 있는데, 겨울 풍경을 그린 그림들을 모아놓은 하나의 화첩에 속해있는 그림들로 짐작된다. 이 시들 가운데는 먼저 풍경을 묘사하고 마지막에 인물의 의중을 그려낸 것도 있고, 작품 전체가 화폭의 풍경과 정취를 재현하는 방식으로 창작된 것도 있다. 또 수련과 함련(혹은 경련까지)에서 그림 속 대상을 묘사하고, 마지막에 그 장면이 감상자에게 촉발하는 정서 또는 의론을 제시하는 방식도 발견된다. 각 작품별로 시상 전개방식에 조금씩 차이가 있으나, 화폭의 핵심적 대상을 간결하게 묘사하고 감상자의 소감을 덧붙이는 일반적인 제화시 창작방식에서 크게 벗어나지 않는다.

다산 제화시에서 특기할 만한 것은 장형의 고시 작품들이 많다는 점이다. 「제정석치화룡소장자」는 12행으로서 그리 길지 않지만 「제서호부전도(題西湖浮田圖)」는 32행, 「제동시효빈도(題東施效顰圖)」는 30행이며 「제변상벽모계령자도」, 「현무선사벽관고호두창주화(玄武禪師壁觀顧虎頭滄洲畵)」, 「제향음주례도후(題鄕飮酒禮圖後)」, 「금릉전도(金陵全圖)」는 40행에 이른다. 가장 긴 「제안사고옹회도(題顔師古王會圖)」는 79행이다. 해당 작품들의 성격을 살펴보면 다음과 같은 경우 장형의 제화시를 선택했음을 확인할 수 있다. 첫째, 그림 속 형상에 대한 묘사 외에 畫題를 부연하여 그 의미를 전달하려는 의도가 중심이 된 경우이다. 「제서호부전도」와 「제동시효빈도」, 「제향음주례도후」, 「제류상국루옥지산도(題柳相國漏屋持傘圖)」가 그런 경우이다. 둘째, 그림 속 대상 하나하나에 대한 주목을 요하는 작품들이다. 「제변상벽모계령자도」, 「금릉전도」, 「희작초계도(戲作茗溪圖)」, 「제안사고왕회도」가 그러한 예이다. 셋째는 고사인물도 제화시인데, 인물의 행적에 대한 구체적 설명 또는 서사를 담기 위해 장형을 택한 것이다. 「제한창려구루심비도(題韓昌黎岣嶁尋碑圖)」를 비롯한 『동원수초』 수록 시들이 대체로 이러한 경향을 보인다.

장편고시들 가운데 고사도/고사인물도 제화시는 14편(미확인 작품 중 비슷한 유형의 시로 추정되는 작품들을 포함하면 20편)에 이르는데, 이 작품들은 시상 전개방식이 유사하다. 「제한창려구루심비도」를 통해 그 방식을 살펴보자.

[1] 죽지로 된 작은 장자	竹紙小障子
그린 자의 이름은 곽희.	畫者名霍熙
[2] 가파른 봉우리 빼어나게 솟아있고	峭峯崒森秀
돌부리 서로서로 기대있네.	石角互傾敧
기울어진 벽엔 등나무 넝쿨 덮였고	側壁藤走蔓
골짜기 동굴엔 소나무 가지 드리웠네.	嵌穴松倒枝
높다란 잔도는 날다람쥐도 겁을 내고	棧懸慄鼯鼬
돌 비탈길 가팔라 원숭이도 근심하네.	磴落愁猴獮
[3] 조심조심 가는 저 사람 누구인가	凌兢彼何人
이 위태로운 길을 붙잡고 오르네.	躋攀乘此危
맨머리에 허리띠도 풀렸는데	科頭褪衣帶
모양새를 돌아볼 겨를 없구나.	未暇看威儀
양발엔 짚신을 신었는데	足躡雙不借
한 발짝 옮기는 데도 오래 걸린다.	良久一步移
움직임은 마치 학이 쪼는 것 같고	行似鶴俛啄
엿보는 것은 비둘기가 비계 훔치는 듯.	窺如鳩竊脂
모습은 찾는 것 있어 보이고	意態有求索
안색은 처량함을 머금었구나.	顔色含凄悲
[4] 이 사람이 바로 한박사(韓博士)이니	道是韓博士
바야흐로 구루비를 찾고 있단다.	方尋岣嶁碑

[5] 옛날 우임금이 구루에 올라　　　　　　　　　　昔禹登岣嶁

　　돌을 깎아 큰 말씀 새기셨다지.　　　　　　　　剔石鐫鴻詞

　　자체는 굳건한 과두체요　　　　　　　　　　　字體科蚪勁

　　필세는 잎 펼친 모양 감추었지.　　　　　　　　筆勢藏葉披

　　삼창(三倉: 蒼頡篇)에서 은미한 옛 뜻 서술했고　三倉述古奧

　　이유(二酉)25엔 진기한 책 소장되어 있네.　　　　二酉藏珍奇

　　벽락비26의 자취는 마멸되지 않았는데　　　　　碧落痕不磨

　　적석(赤石)의 이름 어지러이 치달리네.　　　　　赤石名紛馳

　　뭇 신령이 진적을 보호하노니　　　　　　　　　百靈護眞跡

　　귀부를 아는 자 누구일런가.　　　　　　　　　龜趺知者誰

　　구정(九鼎)은 사수(泗水)에 잠겼고　　　　　　九鼎淪泗水

　　십고(十鼓)는 서기(西岐)에 퇴락해있었지.　　　十鼓頹西岐

　　이 비석 또한 매몰된다면　　　　　　　　　　　此碑又埋沒

　　천 년 동안 다시 만날 기약 없으리.　　　　　　千載無前期

[6] 선생의 마음 홀로 괴로워　　　　　　　　　　先生心獨苦

　　어둠 속을 더듬으며 지칠 줄 모른다.　　　　　冥搜不知疲27

한유(韓愈)가 구루비(岣嶁碑)를 찾는 장면을 묘사한 그림을 보고 지은 시다. 구루비는 우임금의 비석이라고 하는데 남악(南岳) 형산(衡山)의 구루봉(岣嶁峰)에 있어 구루비라고 한다. 위 시의 제재가 된《한창려구루심비도(韓昌黎岣嶁尋碑圖)》라는 그림은 한유의 시「구루산(岣嶁山)」을

---

25 이유(二酉)는 대유(大酉)와 소유(小酉) 두 산을 가리킨다. 이곳에 수천 권의 책이
　　소장되어 있었다고 한다.

26 벽락비(碧落碑)는 당나라 때의 비석으로, 강주(絳州) 즉 지금의 산서성(山西省) 신강
　　현(新絳縣) 용흥궁(龍興宮)에 있다. 전문(篆文)이 새겨져 있는데 글씨체가 빼어나다
　　고 한다.

27 『동원수초』(『정본 여유당전서』 보유), 「題韓昌黎岣嶁尋碑圖」. 『정본 여유당전서』
　　보유 수록 작품의 인용문은 필자의 번역이다. 이하 동일.

회화로 표현한 작품, 즉 시의도(詩意圖)의 일종으로 짐작된다. 한유는 「구루산」 시에서 구루비의 돌과 글자, 형태의 기이함에 대해 묘사하고 그 비석을 찾지 못함을 슬퍼하였다. 시의 마지막 부분에서 "천 번 만 번 찾아봐도 어디에 있는지 / 빽빽한 나무숲 사이로 원숭이 소리만 구슬프네.[千搜萬索何處有, 森森綠樹猿猱悲.]"라고 하였는데, 바로 이 부분이 화제가 된 듯하다. 정약용은 이 그림이 곽희(郭熙)²⁸(1023~1085)의 작이라고 밝히고 있다. 곽희는 송대의 화가로 산수화의 대가이다.

위 작품의 구조는 '[1]대상 그림의 소개-[2]풍경의 묘사-[3]인물의 모습-[4]인물의 정체-[5]인물(또는 감상자)의 소회-[6]최종 논평'의 여섯 단계로 파악된다. [1]은 도입부, [2]~[5]는 화면 속 형상의 재현, [6]은 종결부 또는 논평부라고 할 수 있다. 먼저 배경이 되는 구루산의 험준한 모습을 그려내고 이어서 그 안에 있는 인물로 초점을 옮긴다. 그리고 인물의 옷차림과 행동, 표정을 다양한 비유를 사용하여 실감나게 묘사한다. 처음부터 화제를 명시하는 대신 그림 속 형상을 세밀하게 그려내는 것으로 시상을 열었다. 이 인물이 바로 구루비를 찾는 한유라는 것은 중반부인 [4]에서야 밝혀진다. [5]는 한유가 구루비를 찾아 헤매는 이유인데, 그림 속 인물의 소회이기도 하고 그의 행동에 공감하는 감상자의 생각이기도 하다. "字體科蚪勁, 筆勢藏葉披."라고 한 구절은 「구루산」 시의 묘사를 빌려온 표현이다. 마지막 [6]은 그림의 정경을 총괄해서 논한 부분이다. 즉, 이 그림이 '지칠 줄 모르는 한유의 모습'을 통해 그의 '홀로 괴로워하는 마음'을 묘출(描出)했다는 평이다. 고사인물도의 제화시는 그림의 제재가 된 고사(故事) 자체의 의미를 풀어내는 방식으로 창작되는 경우가 종종 있다. 그러나 다

---

28 원문에는 '霍熙'로 되어 있는데, '郭熙'의 오기로 보인다.

산의 이 작품은 화가가 재현한 그림 속 형상에 초점을 맞추어 그 형상을 통해 드러나는 인물의 심중을 펼쳐냈다는 점에서 '제화'의 의미를 충분히 구현하고 있다.

이러한 구조는 다산의 다른 고사인물도 제화시에서도 반복적으로 나타난다. 위 시의 최종 논평은 그림 속 인물의 마음을 다시 한번 언급하는 방식으로 이루어져 있다. 그러나 이와 달리 감상자가 작품에서 완전히 빠져나와 화제에 관해 논평하거나 그림의 가치를 말하는 경우도 있다. 예컨대 왕휘지(王徽之)의 고사를 주제로 한 그림의 제화시인 「제왕자유산음방대도(題王子猷山陰訪戴圖)」의 끝부분에서는 "빼어난 흥취 광대해 표현하기 어려운데 / 눈 가득 높은 묘취(妙趣) 이루었네. / 호사자가 그림을 그려놓아서 / 천 년에 같은 곡조를 그리워하네.[逸興浩難裁, 滿目成高妙. 好事有描畫, 千載思同調.]"라고 하여 화가의 솜씨와 그림의 가치에 대해 말하였다. 비슷한 유형으로 「제거록벽관초전도(題鉅鹿壁觀楚戰圖)」 역시 "호사자가 그림으로 그려놓아 / 천 년에 한 필 비단으로 전했구나.[好事有描畫, 千秋傳匹絹.]"로 마무리되고 있다. 작품에 따라 위 [1]~[6] 중에 한두 부분이 빠져 있기도 하지만 대체로 비슷한 방식으로 시상이 전개된다. 특히 [6] 부분에서 다산만의 독특한 시각이 표출되는 경우가 있어서 주목할 만한데, 이에 관해서는 Ⅲ장에서 살펴본다.

본 절에서는 다산 제화시의 시상 전개방식을 두 가지 대표적인 유형으로 나누어 살펴보았다. 물론 여기서 예시한 시상 전개방식이 모든 작품에 공통되는 것은 아니다. 특히 의론 위주로 전개된 제화시의 경우 창작방식이 위 예시들과는 상이하다. 예컨대 「제정석치화룡소장자」와 「제도림자좌우장자도(題陶林子左右長廊圖)」는 그림의 화법(畫法)에 주목한 작품들이며, 「희작초계도」는 그림 그리는 과정을 시화한 것이

다. 또, 「제동시효빈도」에서는 '東施效顰'이라는 화제를 중심으로 그
림으로 다 표현되지 못한 인물의 추태를 반복 열거하고 있다. 「제안사
고왕회도」에서는 이역(異域) 민족들의 외양과 특산물을 나열하였는데,
여러 전고를 다채롭게 활용하여 저자의 박물학적 지식을 과시하는 듯
한 느낌마저 든다. 이상의 고찰을 염두에 두고, 다음 장에서는 다산
제화시의 내용적 측면을 중심으로 그 특징을 검토하고자 한다.

Ⅲ. 다산 제화시의 내용상 특징

1. 화론(畫論)의 표출 : 사실적 묘사의 중시

제화시는 그림 속 형상뿐 아니라 화가나 화법, 화론까지 제재로 삼
을 수 있다. 다산의 제화시 가운데 「제정석치화룡소장자」, 「제변상벽
모계령자도」, 「제도림자좌우장랑도」는 「발취우첩」, 「제가장화첩(題
家藏畫帖)」, 「발신종황제묵죽도장자(跋神宗皇帝墨竹圖障子)」, 「칠실관화
설(漆室觀畫說)」 등의 제발(題跋) 및 기문(記文)들과 함께 그의 화론을
보여주는 대표적인 예로서 종종 인용되어 왔다. 다산의 회화관과 화론
에 관해서는 연구성과가 풍부하다.[29] '핍진(逼眞)함의 추구'[30], '객관적
인 사실주의 회화관'[31], '이실득진적(以實得眞的) 서화미학의 추구'[32],

---

29 연구성과에 대한 검토는 이원형(2015), 「茶山 丁若鏞의 書畵藝術論 硏究」, 원광대학교
    박사학위논문, 4~10쪽 참조.
30 김재은(2006), 「다산 정약용의 畫論」, 연세대학교 석사학위논문, 19쪽.
31 윤종일(2007), 「다산 정약용 예술론의 문화운동사적 위치」, 『한국사상과 문화』 제36
    집, 한국사상문화학회, 230쪽.
32 장지훈(2010), 「丁若鏞의 실학적 서화미학에 관한 연구」, 『동양철학연구』 제61집,
    동양철학연구회, 515~523쪽.

'형신묘합(神形妙合)'³³ 등이 정약용의 서화관을 개념 짓는 표현들이다. 기존 연구들에서 공통적으로 지적하고 있는 것은 다산이 형사(形似)의 중요성을 강조했으며, 그의 회화관은 형사를 통해 전신(傳神)에 도달한다는 데 주안점이 있었다는 점³⁴이다.

구체적인 예를 살펴보면 다음과 같다.³⁵ 「제정석치화룡소장자」는 정철조(鄭喆祚)의 용 그림이 세밀하여 마치 살아있는 듯하다고 감탄하며, 대상을 아무렇게 그려서 사람을 현혹시키는 당시 화가들의 세태를 비판한 시이다. "정공이 발분하여 핍진할 것을 생각하여 / 비늘 하나 눈동자 하나도 모두 신을 전한다.[鄭公發憤思逼眞, 一鱗一睛皆傳神.]"는 구절에서 다산이 '逼眞'한 묘사를 통한 '傳神'을 추구하고 있음을 확인할 수 있다. 「제변상벽모계령자도」에서도 변상벽의 그림 속 닭과 병아리가 "터럭까지 하나하나 살아있는 듯[箇箇毫毛活]"하다고 하며 "뛰어난 기예가 여기에 이르다니[絕藝乃至斯]"라고 감탄하였다. 마지막에 "솜씨 없는 화가들 산수화 그린다면서 / 마구 휘둘러 손놀림만 거칠

---

33 이원형(2008), 「丁若鏞의 神形妙合的 藝術論」, 『동방한문학』 제36집, 동방한문학회, 106~107쪽; 김찬호(2012), 「정약용 회화의 전신론 연구」, 『동양예술』 제18집, 한국동양예술학회, 114~115쪽.

34 이 점은 박무영(1993), 43~46쪽(박무영(2002), 81~86쪽)에서 거론한 것으로, 이후 다산의 예술론을 논한 연구들에서 여러 차례 언급되었다. 박무영의 논문은 정약용이 문학에서 '형사전신(形似傳神)'의 형상화 방식으로 실(實)을 구현했음을 논증하기 위해 그의 화론을 제시한 것이다. 정약용이 "대상에 대한 파악과 묘사가 상세하고 정확할 것"을 주장하고 있으나, 이는 "정확한 묘사적 재현 자체를 지향하는 것"이라기 보다는 "'전신'하기 위한 필수적 과정으로서의 '형사'인 것"이라고 하였다. 이때 신(神)의 내용은 "형이상학적 의미가 없는, 대상사물의 속성적 본질 및 생명력 그 자체"를 의미한다. 강세황의 묵죽을 비판한 글을 통해 알 수 있듯이 정약용의 화론은 문인화에 대한 소식의 견해와 대치하는 것이다. 소식은 문여가(文與可)의 묵죽을 평가한 글에서 "대나무의 객체성"보다는 "대나무라는 형상을 통해 표현되는 화가 자신의 정신세계"를 중시하는 태도를 보였는데, 이는 후대의 문인화풍에 커다란 영향을 미친 화론이다.

35 이하 거론하는 작품들은 기존 연구들에서 여러 차례 인용되었으므로 본고에서는 관련 구절을 간단히 언급하는 것으로 대신한다.

다.[麤師畫山水, 狼藉手勢闊.]"라는 말로 형사를 소홀히 하는 화가들을
경계하였다. 「제도림자좌우장랑도」는 건물 그림에 적용된 원근법의
엄밀함을 예찬한 시이다. "비로소 알겠네, 법도의 밖에서 / 참다운 경
지 찾기 어렵다는 걸.[始知繩墨外, 眞境却難尋.]"이라고 한 구절의 '繩墨'
이란 다름 아닌 정확한 관찰과 과학적 묘사를 가리키는 말이다.

   직접적으로 화법이나 화론을 거론하지 않더라도, 그림의 '사실적
묘사'에 주목하여 그림 속 풍광을 읊기도 한다. 다음 시는 「한계반초도
(寒溪返樵圖)」이다.

늙은이 짐진 등은 굽었고 아이는 비스듬히 짊어져	翁擔微痀兒擔斜
자세만 봐도 나이를 알겠구나.	剩將身態識年華
석양빛 멀리서 비쳐 산 바위 붉은데	殘暉遠掛紅峯石
뒤엉킨 그림자가 시내 나무다리를 차례로 지나가네.	亂影連過碧澗槎
골짝 어귀 사립문에서 작은 대열로 나뉘고	谷口柴門分小隊
나루터 갈댓잎에선 문득 맑은 피리 소리.	渡頭蘆葉忽清笳
뒤따라 오는 두어 짐은 작기가 콩알만해	追來數箇纖如豆
올려다보니 강 하늘엔 눈꽃이 맺혀있다.	仰視江天逗雪花[36]

   시의 내용으로 보면 이 그림은 저물녘 강둑길을 따라 나뭇짐을 지고
가는 사람들을 그린 것이다. 석양에 불그스름하게 물든 바위들이 서
있는데 푸른 시내에 걸려 있는 나무다리 위로 나뭇짐을 멘 사람들이
줄지어 건너간다. 골짝 어귀에서 길이 좁아지고 길 끝엔 갈대가 무성
히 자란 나루터가 있다. 겨울 풍경이 화폭을 채우고 인물들은 점경(點
景)으로 등장한다. 산등성이엔 석양이 비치고 있지만 강 하늘은 이미

---

36 권6, 「寒溪返樵圖」.

잔뜩 찌푸려서 몇 점 눈송이가 맺혀 떨어지고 있다. 제화시에서 시인이 첨가한 것은 맑은 갈댓잎 소리, 즉 청각적 심상이다. 그 외에는 모두 화폭의 경치를 재현하는 방식으로 시상을 전개하고 있다.

제일 먼저 감상자(시적 화자)의 시선이 닿은 것은 나뭇짐을 진 두 명의 인물이다. 시적 화자는 그림 속 풍경을 읊되 풍경 안에 들어가 있는 것이 아니라 스스로 감상자로서 그림을 '관찰'하고 있음을 드러내면서 시상을 연다. 인물은 작게 처리되어 얼굴 모습이 그려지지 않았으나 감상자는 이들의 '身態'를 통해 나이를 파악한다. 짐을 진 등이 굽어 있는 모습은 늙은이의 형상이요, 어깨에 가볍게 들쳐메어 비스듬히 기울어 있는 것은 아이의 모습이다. 수련의 묘사는 점경의 인물을 그리면서도 몸의 자세를 통해 인물 하나하나의 특징을 살린 화가의 솜씨를 부각한 것인데, 여기에서 형사의 정밀함에 대한 다산의 관심을 읽어낼 수 있다.

미련에서도 화법에 대한 관심을 표출하고 있다. 첫 구에서 노인과 아이 두 사람에 대해서만 언급했지만 경련의 '小隊'라는 표현으로 볼 때 그림 속에는 나뭇짐을 지고 배를 타기 위해 줄지어 가는 사람들이 등장하고 있음을 알 수 있다. 노인과 아이는 몸의 자세를 분변할 수 있을 정도의 크기로 그려졌지만, 대열 끝의 몇몇 사람은 콩알만한 점으로 그려졌다. 원근에 따라 인물의 크기를 다르게 표현한 것을 지목한 것이다. 마지막 구의 '仰視'는 시적 화자가 시선을 옮겨 화폭 위쪽을 본 것이기도 하고, 그림 속 인물이 고개를 들어 드넓은 강 하늘을 우러러본 것이기도 하다. 후자의 의미로 해석하면 점으로 그려진 인물의 시선을 따라가게 되어 화폭 속의 광대한 공간감이 더 실감 나게 전달된다. 그림 밖 감상자의 위치에 있던 시적 화자가 풍경 묘사의 끝에서 화폭 속으로 끌려 들어가며 시상이 마무리되는 것이다.

제화시는 아니지만 「대릉의 세 노인이 그림 배우는 것에 대한 노래 [大陵三老學畫歌]」에서도 사실적 묘사를 중시하는 다산의 시각이 드러난다.[37] 다음은 그 시의 일부이다.

하물며 말 그리기 예부터 어려운데	況復畫馬古所難
근래 낙서(駱西)만이 자못 도를 깨우쳤네.	近惟駱西頗悟道
지금 윤공(尹公)의 말 그림, 낙서가 남긴 뜻을 얻어	今公畫馬得遺意
툭 불거진 야윈 골상 본모습과 꼭 같다.	瘦骨稜稜逼天造
네 복사뼈가 너무 살찐 것은 아쉽지만	但恨四踝如擁腫
둥근 눈에 뾰족한 귀 모두가 좋구나.	鈴焚竹批餘皆好
기천(歧川)은 신선 좋아해 신선을 그렸으니	歧川好仙畫飛仙
구름 타고 나풀나풀 허공을 걷고 있네.	乘雲步虛何翩翩
화양동 백우선 모두 법도대로 그렸고	華陽白羽俱如法
피리 부는 동자도사 더욱 자연스러워.	道童吹笛尤天然
아쉬운 건 신선 모습 속세인 같아	所嗟仙人貌近俗
벼슬 욕심이며 색욕이 배에 가득하구나.	宦情色慾猶滿腹
오사(五沙)는 온통 꾀를 써서 사람 놀라게 하는데	五沙運智思驚人
특히 호랑이를 진짜처럼 그린다네.	特畫於菟恰如眞
바람 소리 싸늘해 모골이 송연하고	風聲凜冽毛皆竦
번갯불 번쩍이듯 눈동자 부릅떴네.	電光閃爍睛方瞋
고송의 우뚝한 모습 위력을 돕고	古松奇屈助威力
구불구불 백 척 길이 용 비늘 붉다.	蜿蜒百尺龍鱗赤[38]

---

37 이 시는 이정원(2004), 「정약용의 회화와 회화관」, 서강대학교 석사학위논문, 13~15
쪽에서 정약용의 화론을 보여주는 예시로 거론한 바 있다. 다만 여기서는 윤공(尹公)
과 오사(五沙)를 모두 윤덕희로 잘못 파악하였다.
38 권2, 「大陵三老學畫歌」(부분).

대릉의 세 노인은 윤필병(尹弼秉), 채홍리(蔡弘履), 이정운(李鼎運)을 가리키다. 원문의 기천(歧川)은 채홍리의 호, 오사(五沙)는 이정운의 호이다. 이 시는 1795년 작인데, 이때 세 사람이 관직을 맡지 않고 정릉에 거처하며 한묵(翰墨)으로 소요하고 있었다고 한다.[39] 이 시에 의하면 이들은 글로써 이름이 났지만 그림을 잘 그린단 소문은 없었는데 이때 비로소 그림을 배웠다고 한다. 즉, 취미로 그림을 그리는 아마추어 문인 화가들인 것이다. 이 시는 제화시는 아니지만, 세 사람의 그림을 하나하나 품평하고 있다는 점에서 제화시와 유사한 성격을 띠고 있다. 먼저 윤필병의 말 그림에 대해 논하고, 다음으로 채홍리의 신선 그림, 이정운의 호랑이 그림을 평했다.

이들이 전문적인 화공이 아님에도 불구하고 다산은 그림 속 형상이 실제를 얼마나 사실적으로 재현했는지를 기준으로 품평을 하고 있다. 말을 그리는 것은 본래 어려워 낙서(駱西) 윤덕희(尹德熙)[40]만이 그 방법을 터득했는데, 지금 윤필병이 그것을 이어받았다고 칭찬하였다. 윤필병의 말 그림은 '逼天造', 즉 본래의 말 모습과 똑같은데, 다만 복사뼈 부분을 너무 두툼하게 그린 것이 흠이라고 했다. 채홍리의 신선 그림 역시 '俱如法'이라고 평가하고, 인물 모습이 '天然'에 가깝다고 하였다. 그러나 선인들의 용모가 속인과 같아서 욕심이 많아 보이는 것이 아쉽다고 했다. 신선은 실재하는 존재가 아니므로 그 용모는 화가의 해석에 따라 다르게 그려질 것이다. 여기 나타난 다산의 지적은 그가 추구하는 형사가 단지 실물을 똑같이 그린다는 의미가 아니라 형상을 재현할

---

39 「대릉삼로가(大陵三老歌)」(권2)의 서(序)에서 "貞陵有大小二洞【在敦義門內】, 陵旣遷而名猶舊也. 三老者, 尹參判【弼秉】、蔡判書【弘履】、李判書【鼎運】也. 皆不任職事, 以翰墨消搖焉."이라고 하였다.

40 윤덕희(1685~1776)는 공재(恭齋) 윤두서(尹斗緖)의 아들로, 산수화와 인물화 외에 말 그림으로 유명했다.

때 대상의 핵심적인 특성이 잘 드러나야 한다는 의미임을 보여준다. 이정운이 그린 호랑이에 대해서도 '恰如眞'한 모습을 칭찬하는 동시에 배경이 되는 고송이 호랑이의 위세를 돕는다고 하여 화면 전체의 '생동 감'을 중시하는 태도를 보인다. 이러한 점들이 다산이 중시한 이른바 '사실성'을 구성하는 중요한 요소들이라고 할 수 있다.

2. 화의(畫意)의 주관적 해석

다산의 제화시 가운데는 그림 자체의 풍광을 묘사하고 그 정취만을 그려낸 작품들이 있는가 하면 화제가 전달하는 의미에 주목한 작품들도 있다. 이때 묘사대상과 상관없이 화제가 주는 일반적인 교훈을 부연한 경우도 있고, 그림 속 형상을 통해서 시인 스스로 도출한 독창적인 생각을 읊은 시들도 있다. 예를 들어 「제동시효빈도」는 화제 자체가 남을 흉내 내는 일을 조롱하는 것이므로 다산 역시 그와 관련하여 시의를 해석하고 있다. 또, 「제문승상화상(題文丞相畫像)」은 문천상(文天祥)의 화상에 제한 것으로, 그의 외모에서 슬픔과 절의를 읽어내고 있다. 심하전투에서 전사한 김응하(金應河)의 사적을 그린 그림에 제한 「제김영장심하사적도(題金營將深河射敵圖)」 역시 대상 인물의 충절을 노래한 시이다. 이러한 작품들은 그림 속 형상보다는 그 화제를 제재로 취한 시로서[41] 화제에 이미 고정되어 있는 특정 의미를 강조하는 방식으로 창작되었다. 이와 달리 그림 속 형상을 매개로 한 감상자의 깨달음, 또는 대상에 대한 새로운 해석을 담고 있는 작품들이 있는데,

---

41 물론 이 작품들에도 그림 속 형상에 대한 묘사가 포함되어 있다. 예를 들어 「제김장군 응하심하사적도【김장군응하】」의 제1수에서는 나무에 기대 활을 쏘고 있는 김응하의 모습을 제시하였다. 그러나 제2수와 제3수에서는 그림 속 형상이 아니라 김응하의 행적과 충절에 대해 읊고 있다.

이러한 시들에서 다산 제화시의 특징적 면모를 발견할 수 있다. 본 장에서는 그러한 작품들의 실례를 살펴본다.

1) 독창적 해석을 통한 화의의 확장

『진주선』에 수록된 「제승귀선인행우도(題乘龜仙人行雨圖)」는 김홍도(金弘道)가 그린 《승귀선인행우도(乘龜仙人行雨圖)》, 즉 '거북을 탄 선인이 비를 내리는 그림'에 대한 제화시이다. 제목을 통해 짐작할 수 있듯이 연암(燕巖) 박지원(朴趾源)의 『열하일기(熱河日記)』〈산장잡기(山莊雜記)〉에 수록된 「승귀선인행우기(乘龜仙人行雨記)」를 그림으로 옮긴 것이다.[42] 박지원의 글은 열하의 황궁에서 거북 모양의 기기를 이용해 물을 뿌려 뜰을 적시는 모습을 기록한 것이다. 정약용의 제화시는 다음과 같다.

[1] 거북 탄 선인은 예부터 듣지 못했으니 　　乘龜仙人古未聞
　　《우초(虞初)》와 《낙고(諾皐)》에도 그런 말 없네. 虞初諾皐猶無文
　　연암이 동쪽으로 돌아와 기이한 광경 적었는데 燕巖東歸述奇觀
　　그린 자 누구인가 김 단원이라. 　　　　畫者爲誰金檀園
[2] 황제의 산장은 뜨거운 여름에도 서늘하니 皇帝山莊蔭朱夏
　　푸른 전각 누런 휘장에 유리 기와로다. 　碧殿黃幄琉璃瓦
　　채찍 소리 울려 각자 반열로 돌아가니 　鳴鞭一聲各歸班

빈 대궐 뜰이 광야처럼 아득하네.   大庭莽蒼如曠野

[3] 흰머리 늙은이가 거북 타고 나왔는데   皤鬢老叟乘龜出

    푸른 눈동자 붉은 뺨에 고운 자질이라.   綠瞳紅頰嬋娟質

    검정 가선 단 누런 저고리에 홍색 띠 매었고   黃衫黑緣繫紅鞓

    호로병 하나에 선도(仙桃)가 하나라네.   葫蘆瓶一仙桃一

    왼손에는 유소(流蘇)와 푸른 옥장(玉杖),   左手流蘇綠玉杖

    오른손엔 손바닥만한 파초선.   右手芭蕉扇如掌

[4] 거북 움직임 빠르지 않아 편안한 수레 같은데   龜行不疾似安車

    머리 치켜든 채로 뜰 한 바퀴 빙 도네.   繞庭一匝頭常仰

    하늘 위로 물 뿜으니 무지개 드리운 듯   噴水上天如垂虹

    햇살 사이로 가늘게 내려와 아스라이 날아가네.   纖霏白日吹空濛

    거품이 가볍게 튀어 벽돌을 적시고   飛沫輕跳潤瓴甋

    소나기 어지러이 여러 방들에 뿌려지네.   涷雨亂灑連房櫳

[5] 뿜는 기세 높을수록 그 소리도 빨라지며   噴勢益高聲益驟

    처마 물방울 폭포처럼 급하게 도랑물로 달려간다.

                      簷溜瀑急溝水走

    영성의 반절이 석양에 엿보이고   欞星一半窺斜陽

    수정렴과 서로 광채 다툰다.   水晶簾子光相鬭

    전각 기와에 스며들어 습기를 남기고   殿瓦漓漓留宿溼

    궁궐 나무 반짝반짝 물방울에 젖었네.   宮樹瀏瀏滴餘浥

    섬돌과 뜰 씻어내려 다림질한 듯 반반한데   一洗階庭熨帖平

    수놓은 휘장 조금 걷어 거북 타고 들어가네.   繡帳小搴乘龜入

[6] 이 일 황홀하여 자세히 알기 어려우니   此事怳惚不可詳

    시대에 따라 풍속 쇠미하여 근심이 길어진다.   世降俗靡憂思長

    괴력을 말하지 않는 것 아무런 도움 못 되니   怪力不語知無補

    백 가지로 변환함을 누가 막을 수 있을까.   幻遁百出誰得防

    불 뿜고 칼 삼키는 것은 진실로 졸렬한 기예요   吐火吞刀眞拙技

    바람 부르고 비 일으키는 것은 떳떳한 이치 탄식하게 하네

呼風喚雨嗟常理

사람이 귀신을 부림이 아니라 귀신이 사람을 부리니

非人役鬼鬼役人

어리석은 이들 담처럼 둘러서서 괴이한 일 보고 놀란다.

衆愚環堵驚譸詭[43]

　흥미로운 점은 이 시가 박지원 기문의 서술 순서를 그대로 따르는 방식으로 구성되어 있다는 것이다. 박지원의 글은 8월 14일 한낮, 피서 산장에 들어가서 멀리 황제의 모습을 보았다는 말로 시작한다. 황제는 누런 장막 깊숙한 곳에 앉아 있고, 반열에 참석한 사람은 드물다. 그때 거북을 탄 노인 하나가 등장한다. 박지원은 먼저 노인의 외양을 묘사하고, 거북이 물을 뿌리는 모습, 흩뿌려진 물의 기세, 촉촉해진 전각과 들의 모습을 감각적으로 그려낸다. 온 정원이 흡족하게 젖은 후에 거북은 장막 안으로 들어가고 환관들이 나와서 뜰의 물을 쓸어낸다. 그리고 마지막에 "거북의 배에 비록 백 곡의 물을 채웠다 하더라도 이렇게 세차게 뿌릴 수는 없을 것이다. 또 사람의 옷은 젖지 않게 하면서 이렇게 비를 뿌리는 공로는 귀신 같다고 할 만하다. 온 천하가 비가 오기를 바라고 있는데 뜰 하나를 적시는 데서 그친다면 그것 또한 더 말할 것도 없으리라."[44]라는 의론을 덧붙이며 글을 맺는다.

　[1] 도입부는 이 시가 제화시임을 알려주는 부분이다. [2]~[5]에서는 '황제의 전각과 궁궐 뜰-거북 탄 늙은이의 외양-거북의 물 뿌리는 모습-물의 기세와 물에 젖은 궁궐의 뜰(거북의 퇴장)'의 순서로 묘사가

43　『진주선』(『정본 여유당전서』 보유), 「乘龜仙人行雨記」.

44　박지원, 『열하일기』, 〈산장잡기〉, 「乘龜仙人行雨記」. "龜腹雖貯水百斛, 不能如此霧沱也. 且不令霑人衣服, 其行雨之功可謂神矣. 若夫四海之望雲霓而需澤止于一庭則亦已矣."

이루어졌는데, 박지원 글의 구성과 동일하다. 묘사의 세부 내용도 유사하며, '如垂虹', '水晶簾' 등의 표현을 그대로 가져오기도 했다. 시의 제재는 김홍도의 그림이지만, 화제가 된 본래의 글과 밀접한 관련을 갖고 창작된 작품이다. 시의 내용은 그림 속 형상에 대한 묘사로 이루어져 있으나, 그 묘사는 즉물적(卽物的)인 것이 아니라 박지원 글의 재구성이다.

이 시에서 특기할 만한 것은 정약용이 박지원의 글과는 전혀 다른 해석을 내놓고 있다는 점이다. 박지원은 물 뿌리는 거북의 공로에 대해 '可謂神'이라며 감탄하면서도 (비록 뛰어난 기술이지만) 이러한 혜택이 만백성에게 미치지 못한다면 결국 의미 없는 것이라는 결론을 내린다. 사실 '선인'은 신선 차림을 한 '정원 관리인'이고, 거북은 거북 모양의 '기계'이다. 글 전체는 감각적 묘사를 통한 환상적 분위기를 띠고 있지만 마지막의 의론에서 기술의 적용과 경세의 문제로 전환한 것이다. 그런데 정약용은 거북을 탄 신선의 형상을 허탄한 속임수, 즉 '휼궤(譎詭)'한 일로 여긴다. 거북의 실체가 무엇인지를 밝히는 것이 아니라 일이 황홀하여 자세히 알기 어렵다고 하며, 이것을 풍속의 쇠미함 탓으로 돌린다. 그가 보기에 이 일은 '괴력(怪力)'에 속하며 광대들의 기예('幻遁百出')와 도사의 술법('呼風喚雨')에 비견될 일이다. 이어서 우매한 인간들이 허탄한 일에 현혹되는 세태를 비판하며 의론을 마친다.

정약용은 거북 탄 선인의 일을 '기술(技術)'이 아니라 '환술(幻術)'로 받아들이고 있다. 아마도 김홍도의 그림 속 형상이 거북 모양의 기계와 신선 차림의 사람이 아니라, 살아있는 거북과 신선의 모습이었던 듯하다. 그렇다 해도 정약용은 박지원의 글을 직접 읽고 이 시를 쓴 것인데, 이처럼 다른 해석을 내놓은 것은 독특하다. 실용에 대한 다산의 관심을 생각할 때, 건물과 바닥의 열기를 식혀주는 이러한 기기에 대해 긍정적 관점을 보여줄 것으로 기대되기 때문이다. 그러나 다산은 거북 탄 선인의 형상에서 '사람의 눈을 현혹하는 기이한 현상'이라는 의미를 도출하고 그것에 대한 의론을 폈다. 어쩌면 「환희기(幻戱記)」를 비롯하여 『열하일기』에 등장하는 여러 황탄한 견문들을 염두에 두고 있었는지도 모르겠다. 결국 이 시는 그림 속 형상을 '기이한 구경거리'로 받아들이고, 이를 바탕으로 비합리적이고 미신적인 사고에 대한 경계라는 확장된 화의(畫意)를 제시한 작품이라는 성격을 띠게 되었다.

「제안사고왕회도」 역시 주목할 만한 작품이다. 안사고(顔師古)는 당(唐)의 학자 안주(顔籒, 584~648)인데, 그가 당 태종에게 왕회도(王會圖)의 제작을 건의했다고 한다.(『구당서(舊唐書)』 권209, 「남서만열전(南西蠻列傳)」) 왕회도는 사방의 나라의 사신들이 중국 조정에 조회하는 모습을 그린 그림이다.[45] 조공 장면을 주제로 한 그림은 중국에서 왕회도, 직공도(職貢圖), 조공도(朝貢圖) 등으로 불렸는데, 6세기 초 양(梁)나라 원제(元帝) 때의 소역(蕭繹, 508~554)의 《양직공도(梁職貢圖)》로부터 당대를 거쳐 원·명대에 적극적으로 계승되었고 특히 청대 건륭 연간에 활발하게 제작되었다. 조선에서 '왕회(王會)'가 화제로 채택되기 시작한 것은 18세기 말 정조 연간 즈음으로 추정된다. 정조대는 규장각(奎章閣) 차비대령화원(差備待令畫員) 제도의 실시와 함께 궁중회화가 가장 융성했던 때였다. 이들 차비대령화원들을 중심으로 새로운 회화 경향이 창출되었는데, 왕회도 역시 이들에 의해 궁중 그림으로 출발하였을 것이다. 또한 당시 연행사들의 전언에 의해 이국문물에 대한 관심이 높아졌고 국왕을 중심으로 강력한 왕권과 태평성세를 그림으로 그리

---

45 현재 대만국립고궁박물원에는 당나라 화가 염입본(閻立本, 약 601~약 673)이 그린 것으로 전해지는 《왕회도(王會圖)》가 소장되어 있는데, 고구려·백제·신라를 비롯하여 7세기 초 중국과 교류하던 23개 나라 사신들의 복식이 세밀하게 묘사되어 있다.

려는 열망이 형성되었다. 이에 따라 궁중에서 왕회도 병풍 그림이 제 작되기 시작했고, 『순조실록』에서 이에 대한 문헌 기록을 여러 건 확 인할 수 있다.[46]

정약용의 제화시 역시 정조 연간에 궁중에서 제작한 왕회도를 대상 으로 한 작품으로 생각된다. 『진주선』에 응제시임을 확인할 수 있는 작품들이 다수 수록되어 있고 창작시기 역시 1783~1800년으로 추정 되는 바, 이 작품 역시 궁중 그림을 대상으로 한 응제시일 가능성이 높다. 같은 책에 수록된 「제승귀선인행우도」와 「금릉전도」는 김홍도 가 제작한 그림을 대상으로 한 작품들로, 이 그림들 역시 정조의 어람 용으로 생각되는 그림들이다.[47] 또, 정약용은 1790년 "만국의 의관들 이 천자께 절을 하네[萬國衣冠拜冕旒]"라는 제목에 대한 응교시(권1, 「내 각응교(內閣應敎)」)를 짓기도 했는데, 왕회도의 의상(意想)과 동일한 내 용이다. 이는 당시 내각 응교시나 초계문신의 과시(課試), 유생의 응제 (應製), 검서관 취재(取才)에 빈번히 사용되었던 주제이기도 하다.[48] 정 약용의 이 작품 역시 이러한 분위기 속에서 창작된 작품으로 보인다. 그러나 시의 제재가 '안사고 왕회도'라고 했으므로, 대상 그림은 현전 왕회도 병풍과 같은 그림이 아니라 당나라 때의 왕회도에 대한 의작(擬 作)으로 보아야 할 것이다. 조선에서 자체 제작한 것인지 중국에서 수 입한 것인지는 알 수 없다.

---

46 이상 왕회도의 개념과 조선시대 왕회도 제작의 배경에 대해서는 박정혜(2013), 「조선후 기 〈王會圖〉 屛風의 제작과 의미」, 『미술사학연구』 제277집, 한국미술사학회, 107~115쪽 참조. 현전하는 조선시대의 왕회도 병풍 그림은 국내외 10건으로 확인된다. (같은 글, 105~106쪽)

47 김재은(2016), 「다산 정약용의 畵論」, 『다산과 현대』 제9집, 연세대학교 강진다산실 학연구원, 268~269쪽.

48 박정혜(2013), 114쪽.

「제안사고왕회도」는 79행의 장편고시이다. 처음 8행에서 천자를 중심으로 늘어선 장상들과 엄숙한 의장을 묘사하고 만국의 거추(渠酋)들이 천자를 뵈러 와서 대정(大庭)에 공물 광주리가 늘어서 있다고 했다. 이어지는 9행부터 56개 행에 걸쳐 각 민족들의 옷차림과 특산물(조공품), 말씨와 풍속 등을 열거하였다. 동이(東夷)에 속하는 숙신(肅愼)·읍루(挹婁)·낙랑(樂浪)에서 시작하여 33개 민족(부족, 지역)[49]이 등장한다. 그런데 이들에 대한 묘사는 그림 속 대상을 그대로 읊은 것이 아니라 여러 지리지와 역사서에 나온 기록들을 바탕으로 재구성한 것이다. 예컨대 동이의 특산물에 관하여 "과하마가 푸른 고삐 매달고 들어오고 / 세미계 우니 궁녀들 놀라네.[果下馬來靑絲韁, 細尾雞唱駭宮嬌.]"라고 하였는데, 과하마는 『삼국지(三國志)』 위서(魏書) 「동이전(東夷傳)」에서 예(濊)의 산물로, 세미계는 한(韓)의 산물로 언급한 것이다. 다른 나라의 공물에 대해서도 마찬가지이다. 그림의 형상을 전달한다기보다는 그림에서 미처 다 보여주지 못한 정보를 대신 제공하고 있는 제화시이다.

65행부터 마지막 행까지는 왕회도 그림을 본 감상자의 깨달음을 읊은 부분이다.

우리네 발자취는 강역으로 경계 지어져	吾人足跡限封疆
초파리나 개구리처럼 각기 한 곳만 차지하고 있네.	醯雞井蛙各一方
대지가 품은 것 어찌나 아득한지	廣輪所函何茫茫
복연과 무체[50]를 누가 상세히 알 수 있나.	濮鉛無棣誰能詳

---

49 肅愼, 挹婁, 樂浪, 倭, 鰕夷, 流求, 盤瓠, 廩君, 越, 哀牢, 眞臘, 哥羅, 邛笮, 林邑, 車師, 天竺, 西羌, 訶陵, 勃焚, 宕昌, 多摩, 杜薄, 罽賓, 波斯, 羅刹, 康居, 大秦, 鮮卑, 突厥, 頡利, 烏桓, 拔悉, 鄂羅이다. 하나하나 개별적으로 기술한 것은 아니며 "동이족 거동 삼가 그 모습 순량하니 / 숙신과 읍루, 그 곁에 낙랑이네.[東夷愿謹貌循良, 肅愼挹婁鄰樂浪.]"와 같이 묶어서 서술한 부분이 많다.

50 복연(濮鉛)은 남쪽의 끝, 무체(無棣)는 북쪽의 끝을 가리킨다.

적현(중국)이 나라 연 것은 희황부터였고	赤縣闢國自羲黃
순과 우가 흥성하여 남쪽으로 상수를 건넜네.	舜禹之盛南涉湘
북극이 땅에서 나오면 남극이 감추어지니	北極出地南極藏
추연의 대영(大瀛)이 황당한 말 아니로다.	鄒衍大瀛非荒唐
슬프구나 한나라 수나라 살상을 많이 하여	哀哉漢隋濫殺傷
원방(遠邦)의 복종을 끝내 당 문황에게 양보했네.	服遠終讓唐文皇
진기하고도 기이하게 그려놓아서	爲描奇珍与詭裝
이 그림 보고서는 잊지를 못하네.	丹鉛繪畫思不忘
선명한 옥섭(화축)을 중당에 펼쳐놓고	粲粲玉躞展中堂
바다 보는 하백처럼 놀라워한다.	愕如河伯來望洋
그림 바친 이 누구인가 안중랑(顔中郎)이네.	獻圖者誰顏中郎[51]

왕회도를 본 소감은 천자의 은혜나 태평성대에 대한 칭송이 아니다. 그러한 소감은 사실 '중국인'의 관점에서 나올 수 있는 것이다. 물론 외국인이라 해도 '천자의 신하'로서 그러한 경복의 마음을 드러낼 수 있다. 그러나 이 시의 시적 화자는 천자국-제후국 관계를 넘어서 객관적인 눈으로 '이 세계를 구성하는 여러 민족들'을 조감하고 있다. 그러한 시선은 또한 '중국인'이 아니라 '변방의 한 민족'의 시선이다. 이에 따라 시적 화자의 깨달음은 마치 파리나 개구리처럼 좁은 강역에 갇혀서 천지가 넓음을 알지 못한다는 반성적 시각에서 출발한다. 왕회도의 도상이 제시하는 것은 바로 드넓은 대지와 그 속의 다채로운 물상들이다. 이를 대하는 감상자는 마치 황하의 신 하백(河伯)이 북해(北海)를 처음 보고 탄식한 것(『장자(莊子)』, 〈추수(秋水)〉)과 같은 느낌을 받는다. 중간에 중국의 확대와 당 태종의 공로를 언급한 부분이 있지만, 이는 천자의 공을 칭송한 것이 아니라 세계의 확장에 대한 경이감을 표출한

---

51 『진주선』, 「題顔師古王會圖」(부분).

것이다. 화의에 대한 독창적 해석이 주목되는 제화시이다.

두 작품 외에 「제위중선유거도(題魏仲先幽居圖)」에서도 화의의 개성
적인 해석이 발견된다. 위중선(魏仲先)은 송(宋) 진종(眞宗) 때의 은사
위야(魏野)이다. 섬주(陝州) 동쪽 교외에 숨어 살면서 초당거사(草堂居
士)로 자칭하였는데, 황제의 부름을 받게 되자 상소를 올려 초야에서
살게 해달라고 청했다. 그러자 황제가 사신을 보내 그의 거처를 그려
오게 하고 내시를 보내 안부를 묻는 등 극진히 대했다고 한다.(『송사(宋
史)』, 「위야전(魏野傳)」) 이 시에서는 그윽한 산속 풍경과 인물의 한가한
모습, 유거의 청정한 풍취를 묘사하고 은거하는 인물의 곧은 마음을
칭송했다. 그리고 마지막 논평부에서 역시 새로운 화의를 이끌어냈다.

푸른 산 아홉 구비 물을 거듭 노래하노니	三疊靑巒九曲水
천하 어느 곳에 유독 이런 곳 없겠나.	天下何處獨無此
아아, 천하 어느 곳에 유독 이런 곳 없겠냐마는	嗚呼天下何處獨無此
위자(魏子)와 같은 높은 경지 보지 못했네.	不見高標似魏子[52]

그림 속에 묘사된 아름다운 공간이 특별한 곳은 아니라는 말이다.
천하의 어디에서도 이런 곳을 찾을 수 있지만, 은자의 높은 경지는
찾기 어렵다고 했다. "天下何處獨無此"라는 구절을 두 번 반복하면서
앞부분의 묘사에 담겨 있는 찬탄 어린 시선을 거두고, 그 대신 인물의
가치를 부각하고 있다. 유거도의 핵심 화의는 아름다운 경치가 아니라
은거하고자 하는 '의지'임을 강조한 것이다.

다산의 유배기 시 가운데 한 편인 「제서호부전도」 역시 화의에 대한
독창적 해석이 나타난 작품이다. 서호의 부전(浮田) 그림을 보고 "어찌

---

52 『진주선』, 「題魏仲先幽居圖」(부분).

하여 사람 많은데 땅 좁다고 걱정하랴. / 드디어 사람 지혜 천액을 벗어났네.[豈唯民殷嫌地窄, 遂將人智違天厄.]"라고 읊은 것이 그것이다. 이 시는 "기술의 발달과 이에 따른 생산력의 발전으로 인간이 무한히 진보 발전할 수 있다는 다산의 확고한 합리주의적 정신이 표명"[53]된 작품으로 일찍부터 주목을 받았다. 이상의 제화시 작품들에서 확인되는 개성적인 인식은 다산 시문학에 나타나는 사고방식의 한 양상을 보여주는 예로서도 특기할 만하다.

2) 우의와 세태 비판

정약용의 제화시 중에는 그림 속 형상을 우의(寓意)로 해석하며 이를 통해 세태 비판의 의도를 드러내고 있는 작품들이 있다. 화제가 본래 갖고 있는 의미를 풀어쓴 시 역시 그 우의에 초점을 맞춘 것이지만, 본 장에서는 감상자의 주관적 해석을 위주로 하는 작품들만을 살펴본다. 즉 화제를 통해 '주어진 뜻'이 아니라 감상자의 시각에서 새롭게 포착된 우의를 시화한 작품들을 말한다.

먼저 나비 그림에 제한 「제협접도(題蛺蝶圖)」를 들 수 있다. 협접도, 또는 호접도(胡蝶圖)는 조선시대에 널리 제작된 화목(畫目)의 하나이다. 이 작품의 대상 그림은 나비 두 마리가 찔레꽃에 붙어서 꿀을 빨고 있는 장면을 그린 것이다. 시적 화자는 먼저 연약한 꽃술에 위태롭게 매달려 있는 나비의 모습을 묘사하고, 그러한 나비의 행위에 대해 진한 꽃향기에 현혹되어 꽃에 돋아난 뾰족한 가시를 보지 못한 위험한 행동이라는 의미를 부여하였다. 이 시에서 꽃은 은밀한 꾀를 가진 음험한 존재로 묘사된다. 시적 화자는 그것을 알아보지 못하고 안간힘을

---

53 송재소(2014), 170쪽.

쓰며 꽃에 매달려 있는 나비에게 다음과 같이 충고한다.

나비야 나비야 너 믿을 것 무엇이냐	蛺蝶蛺蝶爾何恃
본래부터 전갈 침과 벌 독도 없는데.	本無蠆尖與蜂尾
다만 꽃 바깥에서 펄럭거리고 다니며	但可翩翩花外行
부디 꽃을 사모하여 맴돌지는 말거라.	愼莫遲徊戀花蕊[54]

나비에게는 자신을 방어할 무기가 없다. 그러니 너를 해치는 자에게 다가가지 말고 멀찍이 떨어져 훨훨 날아다니라고 말한다. 꽃은 아마도 환로(宦路)를 뜻할 것이다. 아름다운 꽃잎과 향기, 달콤한 꿀은 벼슬자리가 가져다주는 명예와 부귀의 유혹이다. 그것에 현혹되어 위험을 보지 못하는 나비는 어리석은 존재이면서, 남을 해칠 무기를 전혀 갖지 못한 연약하고 가련한 존재이기도 하다. 힘없는 선비의 형상이다. 이러한 비유 자체가 특별한 것은 아니지만, 나비 그림에서 꽃의 가시와 나비의 연약함을 중심 화의로 포착해 낸 것이 신선하다.

「한담욕부도(寒潭浴鳧圖)」에도 비슷한 방식이 나타난다. 이 시는 겨울날 못에서 놀고 있는 오리의 모습을 그린 그림에 제한 시이다. 선명한 색채로 그려낸 그림의 공에 감탄하고 오리의 움직임을 묘사한 후에 "세간의 시비 진실로 서로 먼데 / 언덕 위의 한 늙은이 탄환 장전하고 섰네.[世間妍醜眞相遠, 岸上裝丸立一翁.]"라고 하였다. 물에서 노니는 오리들은 인간 세상의 시비 분별에는 관심 없는 천진한 존재들이다. 그러나 아무 이유 없이 이들에게 가해지는 위협 앞에서 속수무책이다. 나비에게는 꽃에 가까이 가지 말라고 충고라도 했으나, 이 오리들은 스스로 제자리에서 즐기기만 했을 뿐인데 위험을 피할 수 없다. 실제

---

54 권2, 「題蛺蝶圖」(부분).

이 그림에 사냥꾼의 모습이 그려져 있었는지는 알 수 없다. 즐겁게 노는 오리들의 모습에서 매정한 현실 앞에 방어할 수 없는 존재라는 우의를 읽어낸 것은 시인의 해석이다.

「제한안취시도(題寒岸聚市圖)」에서도 비슷한 시각이 감지된다.

연이은 초가집 평평한 숲을 두르고	延緣草芳帶平林
버팀목 네 개 세우고 일자로 늘어섰네.	一字排行四股森
벌여 앉은 국수집에는 연기가 아른아른	列坐餠湯煙眇眇
멀리서 오는 우마 뒤로 눈 기운 어둑어둑	遠來牛馬雪陰陰
술 마시고 다투는 작태야 잘 구별되지만	微分酒後爭雄態
모랫벌에서 짝지어 속삭이는 마음 누가 알겠나.	誰識沙中偶語心
인간 세상 모두 이 시장과 같으니	大抵人寰皆此市
냄새 나는 도마에 몰려든 파리 떼처럼 가련하네.	可憐蠅蚋聚腥砧[55]

눈 덮인 언덕의 시장을 그린 그림이다. 숲에 둘러싸인 초가집들이 줄지어 서 있고, 주막에는 연기가 피어오르고 멀리서 느릿느릿 짐을 실은 소와 말이 들어온다. 술 마시고 뒹구는 사람들이 있는가 하면 몇몇이 모여서 이야기를 나누기도 한다. 어둑한 눈 기운에 어딘가 쓸쓸하지만, 국수집의 연기와 이런저런 사람들의 모습을 떠올리면 아늑한 느낌이 들기도 한다. 그러나 시적 화자는 이 그림에서 '믿을 수 없는 인간들의 속내'를 향해 의심의 눈길을 던진다. 모래 위에서 이야기를 나눈다는 것은 한(漢) 고조(高祖)의 고사에서 나온 표현으로, 모반하고 배신하는 마음을 가리킨다.(『사기(史記)』, 「유후세가(留侯世家)」) 미련에서는 인간 세상에 대한 환멸감이 느껴진다. 대상 그림이 부정적인

---

55 권6, 「題寒岸聚市圖」.

의경을 담고 있는 것으로 보이지 않는데 이러한 우의를 끌어낸 것이 독특하다.[56] '시장'이라는 묘사대상이 환기하는 부정적 심상이 이러한 사고로 이어진 것이다.

또 하나 주목할 작품은 『동원수초』에 수록된 「제류상국루옥지산도」이다. 이 그림은 고사인물도인데, 중국이 아닌 조선의 인물에 얽힌 고사를 대상으로 했다. 류상국은 세종대 청백리로 유명한 류관(柳寬, 1346~1433)을 가리킨다. 그의 고사에 대해서는 이익(李瀷)이 〈해동악부(海東樂府)〉 「수산행(手傘行)」에서 시화한 적이 있다. 류관은 청렴하고 지조가 있어서 몇 칸의 초가집에서도 만족하며 살았는데, 한 번은 장맛비가 한 달이 넘게 내려 지붕이 새서 방 안으로 비가 쏟아져 우산을 받쳐 들고 비를 가렸다는 이야기이다. 정약용은 그의 일화를 제재로 한 그림을 두고 이 시를 지었다. 모두 32행인데 전반부 18행에서 그림 속 형상과 류관의 청렴함을 읊고, 나머지 14행에서는 그와 대비되는 당시 경상(卿相)들의 사치한 풍조를 비판하고 있다. 아래는 이 시의 후반부이다.

내가 근래 경상들의 집을 보니	我觀近來卿相家
일자반급까지도 세세히 계산하네.	一資半級推巧筭
크고 화려한 누대에 높고 큰 문	樓臺宏麗門闥高
차지한 땅 걸쳐있기론 한계가 없네.	占地橫亙無界限
비바람에도 움직이지 않아 산처럼 편안하고	風雨不動安如山

56 이 작품은 김재은(2016), 275쪽에서 다룬 바 있다. 여기서는 이 시를 일종의 사회시로 파악할 수 있다고 하며 "대상에 대한 객관적 관찰과 이의 묘사를 토대로 사회비판적, 풍자적 정신을 드러내는 정약용 사회시의 성격을 그대로 드러내고 있는 것"이라고 논하였다. 그러나 이 시에 나타난 세태 비판은 대상에 대한 객관적 관찰에서 유래한 것이 아니라 감상자의 주관적 연상의 결과라고 보는 것이 적절하므로, 다산의 이른바 사회시 작품들과는 그 성격이 유사하다고 보기 어렵다.

대나무 통, 흙 멍석까지도 화려하고 곱네.   下筦土簟華而晥

골목 가득 노랫소리 의기가 넘치니   呵唱嗬俰意氣溢

일찍이 꿈에서라도 홍수 가뭄 근심했겠나.   何曾夢裏憂水旱

바람불고 눈 올 땐 담비 갖옷 열 겹이나 껴입고   風雪貂裘被十襲

무더운 날엔 제호주를 몇 잔이나 들이키네.   炎熱醍醐傾數盞

어찌 알랴 궤짝 비어도 푸른 모포⁵⁷ 귀한 줄을   豈知空篋靑氊貴

다만 원하는 것은 낙타고깃국 올린 진수성찬.   但願珍羞紫駝饌

이 그림 주문(朱門)에 걸어 놓아서   欲將此畫掛朱門

누구의 얼굴 붉어지는지 보고 싶구나.   試看誰人面發赬⁵⁸

이 시는 의론 부분이 작품의 40%가 넘는 분량을 차지하고 있다. 물론 형상 묘사도 생동감 있고 구체적이다. 묘사가 생략된 것이 아니라 의론이 길어진 것이다. 그만큼 세태 비판의 의도가 강하다는 뜻이다. 초가집에 살면서 새는 비를 막으려 우산을 받치고 앉아 있는 유관의 모습은 어떻게 보면 해학적이기까지 하지만, 정약용 당대에는 사라져버린 거룩한 청백리의 형상이다. 「제한안취시도」에 나타난 추상적인 차원의 세태 비판과 달리, 이 시에서는 반대의 형상을 통해 현실의 부정적 상이 강하게 환기되고 있다. 오늘날의 경상들은 비가 오나 눈이 오나 아무 걱정이 없으며, 홍수 가뭄 걱정은 꿈에서라도 해 본 적이 없다. 유관의 형상은 단순히 칭송의 대상이 아니라 현실의 존재들에게 '부끄러움'을 가져다주는 강력한 표상으로 의미화된다. 그런 점에서 이 제화시는 다산 사회시의 목록에 추가되기에 충분하다.

---

57 푸른 모포 : 원문의 '靑氊'은 선대로부터 전해온 귀한 보물을 가리킨다. 진(晉) 왕헌지(王獻之)가 자기 집에 도둑이 들자 그에게 "도둑아, 푸른 모포는 우리 집의 유물이니 그것만은 두고 가려무나[偸兒, 靑氊我家舊物, 可特置之.]"라고 말했다고 한다. (『진서(晉書)』, 「왕헌지전(王獻之傳)」)

58 『동원수초』, 「題柳相國漏屋持傘圖」(부분).

3. 대상 그림의 효용 강조

앞에서 살펴본 「제류상국루옥지산도」의 마지막 두 구("이 그림 주문에 걸어 놓아서 / 누구의 얼굴 붉어지는지 보고 싶구나.")는 바로 이 시의 효용에 대해 말한 것이다. 주문(朱門)이란 붉은 문, 즉 높은 관리의 고대광실을 뜻한다. 청렴의 가치를 잊은 인물들에게 교훈을 주겠다는 뜻이다. 고사인물도는 본래 해당 인물의 높은 경지를 본받거나 그 고사의 아취(雅趣)를 즐긴다는 목적에서 제작, 감상된다. 다산은 여기에서 나아가 고사인물도의 사회적 효용을 강조한 것이다. 한편 기술 발전의 성과를 노래한 「제서호부전도」 역시 그림의 효용에 관심을 갖고 창작된 작품이다. 시 내용 가운데 《서호부전도(西湖浮田圖)》를 농부에게 보여주면서 적용해 볼 것을 권하는 장면이 나온다. 그림의 실용성에 주목한 것이다.

애초에 그림의 효용을 부연 설명한다는 목적에서 창작된 제화시도 있다. 『진주선』에 수록된 「제향음주례도후」의 제목에는 "본래 제목은 '향음주의 예로 가르쳐서 효제의 행실이 세워지다'이다.[本題云 " 敎之鄕飮酒之禮而孝弟之行立".]"라는 세주가 달려 있다. 시 전체는 그림의 형상 묘사보다는 선왕이 향음주례를 세운 의미에 대한 칭송이 중심을 이룬다. 다음은 이 시의 마지막 부분이다.

비로소 선성(先聖)이 가르침에 능한 것 알겠으니	始知先聖巧於敎
가르침이 세워지니 왕도가 창성하네.	敎之旣立王道昌
거친 술 마구 마셔 취해서 부르짖으니	野酌無巡醉叫囂
희주(姬周)의 시대 막연하여 내 마음 아프네.	姬周邈矣余懷傷
이 그림 엄숙하니 누가 그린 것인가	此圖整飭誰所作
중당에 걸어 자손들에게 보이리라.	聊示兒孫掛中堂[59]

「제류상국루옥지산도」에서 '주문에 걸어[掛朱門]' 공경대부들에게 그림을 보이겠다고 한 것과 마찬가지로, 이 시에서는 '중당에 걸어[掛中堂]' 자손들에게 보여주겠다고 했다. '그림을 벽에 건다'는 행위는 그 그림의 가치를 현실화하는 방법이다. 시적 화자가 《향음주례도(鄕飮酒禮圖)》를 걸겠다고 한 이유는 이 시대에 그것의 가치가 제대로 실현되고 있지 않기 때문이다. 바로 앞 구절에서 화자는 술을 마셔 마구 부르짖으며 성인의 시대와 멀어졌음을 한탄하고 있다. 《향음주례도》의 뛰어난 가치는 이러한 부정적 현실 인식을 바탕으로 더욱 부각된다. 그 가치는 바로 교화에 있다.

그림의 효용에 대한 주목은 「금릉전도」에서도 확인된다. 산수화의 감상은 주로 심미적인 목적에서 이루어지는 것이다. 그러나 실경산수화의 경우 심미적 목적과 함께 대상 지역에 대한 정보를 얻기 위해, 또는 가보지 않은 장소를 그림으로 대신 경험하기 위해 감상한다고도 할 수 있다. 지도의 경우는 본래 정보 획득이 목적인데, 간혹 지도 자체를 심미적 대상으로 감상하는 경우도 있었다. 정약용의 이 시는 김홍도가 그린 《금릉전도(金陵全圖)》를 대상으로 지은 것이다. 금릉은 본래 중국 남경(南京)을 가리키는 명칭인데, 전라도 강진의 별칭이 금릉이었다고 한다. 즉, 《금릉전도》는 강진의 풍광을 그린 그림인데, 시의 내용으로 보면 강진의 지형과 경물이 두루 묘사된 '실용적인' 산수화로 보인다. 시 속에 '단원의 계화(界畫)'라는 표현이 나오는데, 계화란 궁실, 누대, 수레, 배 등을 그릴 때 계척(界尺: 자)을 이용하는 방식을 뜻한다. 이 그림이 대상을 사실적으로 섬세하게 묘사한 공필화(工筆畫)였음을 알 수 있다.

---

59 『진주선』, 「題鄕飮酒禮圖後」(부분).

시는 강진의 전체적인 경관과 명칭을 소개한 후(1~6행), 못과 성(城), 누각, 촌가와 고기잡이 그물, 돛배들, 곡식이 있는 논밭, 만덕산(萬德山)과 구령피(九靈陂), 누각에서 보이는 새들, 서쪽 성의 공차기 놀이와 기생들, 북쪽 성의 종소리, 진린해(陳璘海)와 이영산(李穎山), 봉화와 고기잡이 등불을 묘사하고 끝으로 수인산(修因山)과 절도영(節度營)의 웅장한 모습을 읊었다.(7~32행) 이어지는 논평부는 다음과 같다.

이름난 성의 물색 구경하기 좋으니	名城物色游觀好
채색 붓으로 옮겨 그린 것 묘한 솜씨로다.	彩筆移描妙手能
소현(蕭縣)의 판도를 사국(史局)에 보내니	蕭縣版圖輸史局
단원의 계화엔 사승이 있다네.	檀園界畵有師承
겹겹 처마 위로 구름 안개 칠해 넣고	烟雲點綴重檐屋
한 폭 그림에 산수를 펼쳐놓았네.	山水排鋪一幅繪
번화함에 크고작음 있다 말하지 말라,	莫道繁華有大小
말릉의 아름다운 기운 이 사이에 엉겨있으니.	秣陵佳氣此間凝[60]

즉, 이 그림은 '名城物色'을 '妙手'로써 그려놓은 것으로 그 지역의 '실제 모습'을 감상하기 위한 자료의 역할을 한다. 시에서 언급한 사국(史局)은 사초를 담당하는 예문관이나 춘추관, 또는 실록청이나 일기청(日記廳)과 같은 관청을 가리킨다. '蕭縣版圖'[61]를 사국에 보냈다고 했으니, 그렇다면 단순히 감상용으로 그린 것이 아니라 지방 고을의

---

60 『진주선』,「金陵全圖」(부분).

61 '소현(蕭縣)'이라고 표현한 이유는 미상이다. 소현은 현재 중국 안휘성(安徽省)에 속한 현인데, 옛날에는 강소성(江蘇省) 서주(徐州)에 속했다. 증공의 「청심정기(淸心亭記)」가 서주 소현의 현령에게 써준 글이다. 또, 정약용은 「爲靈巖郡守李【鍾英】贈言」(『정본 여유당전서』 문집 권17)에서 소현령(蕭縣令)이 부구옹(浮丘翁)에게 통치의 방법을 물은 일을 언급하기도 했다.

형세를 확인할 수 있도록 조정에 바친 그림으로 이해할 수 있다. 마지막 구의 말릉(秣陵)은 금릉의 다른 이름이다. 그렇다면 왜 하필 대도시나 명승지가 아닌 강진의 풍경을 그려서 올렸을까. 아마도 강진의 군사적 중요성 때문이었을 것이다. 이는 제화시의 경물 묘사를 수인산과 절도영에 대한 칭송으로 마무리한 것에서도 짐작할 수 있다. 다음은 이 시의 28~32행이다.

수인산 장대해 관방에 알맞고　　　　　　　　修因山合關防壯
절도영 열려 기세가 웅장하다.　　　　　　　　節度營開氣勢雄
흰 성가퀴 붉은 성루 제도가 광대하고　　　　　粉堞朱樓宏制度
서릿발 같고 번갯빛 같은 위엄 굳세다.　　　　　青霜紫電逞威稜[62]

정약용은 사환 시절에 「수인산축성의(修因山築城議)」(문집(文集) 권9)를 올려 강진에 수인산성을 수축할 것을 주장한 바 있다. 이항복(李恒福)은 수인산은 삼면이 절벽이라 방비에 용이한 곳인데 오직 동쪽이 평탄하여 적의 침공에 취약하며, 또 '물희봉(勿喜峰)'이라는 봉우리가 동문을 굽어보고 있어 이곳을 점령당하면 속수무책이라고 하였다. 이항복의 소는 『만기요람(萬機要覽)』에도 수록되어 있으며, 정약용은 이 견해를 근거로 하여 천연의 요새인 수인산에 성루와 여장과 누대를 설치할 것을 건의하고 있다. 수인산성의 축조에 대한 일은 『고종실록(高宗實錄)』 1870년(고종7) 5월 26일 기사에서 확인된다.[63] 정조대에는 결국 산성의 축조가 이루어지지 않았다는 뜻이다. 그런데 흥미롭게도

---

62 『진주선』, 「金陵全圖」(부분).
63 『고종실록』 권7, 고종 7년 5월 26일(신묘) 두 번째 기사. "又啓: '全羅兵使李承淵, 以本營修仁山城設築已畢, 宜置別將, 請令廟堂稟處矣. 有山城則當有鎭將, 而鎭將之自辟, 不無可援之例, 依所請施行何如?' 允之."

위 시에서는 분첩(粉堞)과 주루(朱樓)를 언급하고 있어 이미 산성이 지어진 것처럼 말하고 있다. 김홍도의 《금릉전도》에 '앞으로 지어질' 성벽과 성루가 그려져 있었는지, 아니면 그림 속에 없는 형상을 상상해서 읊었는지는 알 수 없다.[64] 분명한 사실은 다산의 제화시가 《금릉전도》의 효용성, 즉 국방의 요해처로서의 강진의 실경을 정확하게 보여준다는 점에 주목하고 있다는 것이다. 만약 제화시에서 묘사한 성벽과 성루가 시인이 추가한 가상의 형상이라면 작품의 창작 의도가 더욱 분명해진다고 하겠다.

마지막으로 「희작초계도」를 들 수 있다. 이 시는 정약용이 장기로 유배 온 후에 스스로 고향 소내(한자로는 '苕川'으로 표기하였음)의 경관을 그림으로 그리고 이를 시로 읊은 작품이다. 첫머리에서 소식이 해남도(海南島)에 귀양 갔을 때 자기 고향 산을 닮은 아미산(峨眉山)을 그려서 향수를 달랬던 일을 거론하며 자신도 이를 본받아 소내를 그려보았다고 했다. 처음에는 붓질이 엉망이었으나 점차 익숙해져서 비록 여전히 형상이 모호하지만 "당돌하게 명주 폭에 옮겨 그려서 / 객당 서북쪽 모퉁이에 걸어두었네.[唐突移描上綃面, 掛之客堂西北隅.]"라고 하였다. 마찬가지로 벽에 걸어두는 행위가 언급되고 있다. 앞서 언급한 바 이는 그림의 효용을 강조하는 하나의 표현인데, 《류상국루옥지산도》와 《향음주례도》의 사회적 효용과는 구별되는 개인적 차원의 효용이 나타난다.

시에서는 고향 풍광을 구성하는 경물들(馬峴·雙鳧岩·藍子洲·石湖亭·筆灘·黔山·白屏山·水鍾寺)을 차례로 묘사하고 마지막으로 자신의 정자와 오두막집을 말했다. 다음은 이 시의 마지막 네 구이다.

---

64 물론 정조대에 공사를 시작해서 고종 때에 완공되었을 수도 있다. 다만 『정조실록』에서는 수인산성 축조에 관한 기사를 찾지 못하였다.

소나무 노송나무 우거진 문은 내 정자【망하정】요

松檜蔭門吾亭也【望荷亭】

배꽃 가득한 뜰은 내 오두막이로다.　　　　梨花滿庭吾廬乎

내 오두막 저기 있으나 갈 수 없어　　　　吾廬在彼不得往

이를 대하고 부질없이 서성이게 만든다.　　使我對此空踟躕[65]

　여러 경물들에 대한 묘사가 마지막 부분에서 '吾廬'의 형상으로 수렴
되고 있음을 볼 수 있다. 이 그림은 '내 오두막'이 있는 고향의 모습을
감상자(=시적 화자)에게 제공하는 역할을 한다. 이러한 기능은 '실경을
대신한다'는 실경산수화의 일반적 효용과도 일치한다. 그러나《금릉전
도》가 특정한 의론(수인산의 중요성)을 뒷받침하는 근거로 활용된 것과
달리《초계도(茗溪圖: 소내 그림)》는 정서적 차원의 필요를 위해 창작,
감상되고 있으며, 제화시 역시 이 점에 주목하여 시상을 전개하고 있다.
"吾廬在彼不得往"이라고 한 구절에 이 작품의 시의(詩意)가 응축되어
있으며, 여기서 '在彼' 두 글자가 바로 이 그림의 효용인 것이다.

Ⅳ. 나가며

　본고는 다산 시문학 연구의 일환으로서 그의 제화시에 대한 분석을
시도하였다. 먼저『여유당전서』및 그 외 자료들을 대상으로 다산 제
화시의 목록을 작성하였다. 여기에서 확인되는 작품은 총 53제 62수
이며, 이 가운데 그림과 제화의 실물이 존재하는 것이 7편이다. 작품
유형은 단형의 고시와 절구·율시, 그리고 장편고시의 두 가지로 나눌

65　권4, 「戱作茗溪圖」(부분).

수 있다. 단형의 작품들은 대개 화폭 속의 경물을 간결하게 묘사하고, 여기에 등장인물의 심중에 대한 추측, 또는 감상자의 소회와 의론을 덧붙이는 방식으로 창작되었다. 한편 다산은 화제의 부연이 위주가 되는 시, 그림 속 대상 하나하나에 대한 주목을 요하는 시, 인물의 행적이나 서사를 담기 위한 시의 경우 장편고시 형식을 택하고 있다. 특히 고사인물도 제화시가 많은데, 이 시들은 대체로 '도입부-형상 재현-논평부'의 구성을 따른다. 한편 묘사보다 의론이 중심이 된 시들의 경우 이 두 유형에서 벗어나는 전개방식을 보이기도 한다.

이어서 내용적 측면에서 특징적 면모가 나타나는 작품들을 살펴보았다. 첫째는 화론에 대한 표출이 나타난 작품들이다. 정약용의 예술론을 다룬 여러 논문들에서 자주 인용되는 「제정석치화룡소장자」와 「제변상벽모계령자도」, 「제도림자좌우장랑도」를 비롯하여 「한계반초도」와 「대릉삼로학화가」를 통해 사실적 묘사에 대한 다산의 관심을 확인하였다. 둘째는 화의의 주관적 해석이 이루어진 작품들이다. 「제승귀선인행우도」와 「제안사고왕회도」 및 「제위중선유거도」와 「제서호부전도」는 독창적인 의론을 통해 화의를 확장한 예라고 할 수 있다. 한편 그림 속 형상에서 우의를 읽어내고 그것을 통한 세태 비판이 이루어진 작품으로는 「제협접도」, 「한담욕부도」, 「제한안취시도」, 「제류상국루옥지산도」가 있다. 이 가운데 청백리 유관의 고사를 제재로 한 「제류상국루옥지산도」는 당대 경상들의 사치풍조에 대한 강한 비판이 담겨 있다는 점에서 사회시의 성격을 갖고 있음이 확인된다. 셋째는 제화시 속에서 대상 그림의 효용을 강조하고 있는 경우이다. 「제류상국루옥지산도」, 「제서호부전도」, 「제향음주례도후」, 「금릉전도」, 「희작초계도」가 그러한 예이다. 그림을 통한 세태 비판과 교화, 기술 개발과 지역 정보 확인 등 실용적·사회적 효용을 강조하기도 하고,

고향의 모습을 떠올리게 해준다는 정서적·개인적 효용에 주목하기도
했다.

　본고의 분석은 그동안 알려지지 않았던 다산 시문학의 한 국면을
구체적으로 보여준다는 의의가 있다. 더불어 제화시 연구 방면에서도
의미 있는 성과라고 생각된다. 그러나 위와 같은 특징들이 지금까지
밝혀진 정약용 문학의 여러 특색들과 어떤 식으로 연결되는지, 또 기
존의 분석들에서 드러나지 않은 다산 시문학의 새로운 양상이 무엇인
지 등에 대해서는 미처 논하지 못했다. 다산 시문학의 종합적·총체적
이해라는 과제는 오늘날 관련 분야의 학계에서 진지하게 고민해야 할
부분이다. 본고의 논의가 이러한 목적의 달성에 작으나마 기여하게
되기를 바란다.

치원 황상의 영물시 연구

Ⅰ. 들어가며

치원(巵園) 황상(黃裳, 1788~1863 무렵)은 다산(茶山) 정약용(丁若鏞)의 강진 유배시절 읍중(邑中) 제자 중 한 명이다. 그는 아전의 자식으로서 신분상으로는 미천하였으나, 질박한 성품과 성실한 자세로 다산의 특별한 아낌을 받았다. 다산 사후 그는 다산의 아들 정학연(丁學淵)과 계속해서 교유하며, 추사(秋史) 김정희(金正喜)에게서 그 시적 성취를 인정받아 서울의 문단에서 시명(詩名)을 얻게 된다. 그는 또한 젊은 시절 스승이 써준 「제황상유인첩(題黃裳幽人帖)」의 내용을 마음 깊이 새겨, 만년에 일속산방(一粟山房)을 짓고 그곳에 거처하면서 은자의 삶을 실천하기도 하였다.

1977년 황상의 시문집인 『치원유고(巵園遺稿)』가 발견되고, 이후 2008년 다산연구회에 의해 이 자료가 영인본으로 발간되면서 황상과 그의 문학세계에 대한 연구가 본격적으로 이루어지기 시작했다. 지금까지 다루어진 주제로는 황상과 다산의 관계[1], 일속산방을 제재로 한 황상과 그의 교유 인물들의 작품들[2], 황상의 시에 대한 추사와 다른

---

1 정민(2006), 「다산과 황상」, 『문헌과 해석』 제36집, 태학사.
2 김영봉(2016), 「시(詩)로 읽는 치원(巵園) 황상(黃裳)과 일속산방(一粟山房)」, 『다산

문인들의 평가[3], 황상과 다산가 및 추사가와의 교유[4] 등이 있다. 또,
다산학단 내에서의 황상의 위상을 살펴본 논문[5]과 다산의 영향과 관련
하여 그의 시 작품을 검토한 연구[6]도 있다. 근래에는 황상이 남긴 친필
유고와 서한십 등 새 자료가 발굴되어 이에 대한 연구가 추가됨으로써[7]
황상 시문학 연구를 심화시키고 있다.

　지금까지 황상의 문학은 몇 가지 측면에서 조명되었다. 그중 하나는
다산가 및 추사가와의 교유를 보여주는 작품들이다. 또, 일속산방과
다산의 가르침, 초의선사(草衣禪師)와의 인연을 드러내주는 시 작품들
도 여러 차례 주목을 받았다. 또, 황상에 대한 추사의 평을 통해 그가
다산의 학시론(學詩論)을 충실히 계승했음을 논한 연구도 있다.[8] 한편

　　과 현대』 제9집, 연세대학교 강진다산실학연구원; 김규선·구사회(2012), 「황상의
　　산거 생활과 시적 형상화 연구」, 『한국시가문화연구』 제30집, 한국고시가문학회;
　　정민(2010), 「황상(黃裳)의 일속산방(一粟山房) 경영과 산가생활」, 『다산과 현대』
　　제3집, 연세대학교 강진다산실학연구원; 송하훈(2010), 「황상(黃裳)과 일속산방(一
　　粟山房)」, 『다산과 현대』 제3집, 연세대학교 강진다산실학연구원.
3　이철희(2006), 「다산 시학의 계승자 황상(黃裳)에 대한 평가와 그 의미 -추사(秋史),
　　산천(山泉)의 치원유고서 분석-」, 『대동문화연구』 제53집, 성균관대학교 대동문화
　　연구원.
4　구사회·김규선(2015), 「황상의 추사가와의 교류와 시적 형상화」, 『동양고전연구』
　　제59집, 동양고전학회; 박철상(2010), 「치원 황상(巵園 黃裳)과 추사학파(秋史學派)
　　의 교유」, 『다산과 현대』 제3집, 연세대학교 강진다산실학연구원; 박동춘(2010),
　　「치원 황상과 초의선사의 차를 통한 교유」, 『다산과 현대』 제3집, 연세대학교 강진다
　　산실학연구원.
5　진재교(2002), 「다산학의 형성과 치원 황상」, 『대동문화연구』 제41집, 성균관대 대동
　　문화연구원.
6　이채경(2010), 「치원(巵園) 황상(黃裳)의 시(詩)에 미친 다산 시(茶山詩)의 영향」,
　　『국제언어문학』 제22집, 국제언어문학회; 진재교(2002).
7　이수진(2017), 「치원(巵園) 황상(黃裳)의 노년기 한시 -『치원소고(巵園小藁)』를 중
　　심으로-」, 『한국문학회 학술대회 발표집』, 한국문학회; 구사회·김규선(2012), 「새
　　자료 『치원소고(巵園小藁)』와 황상(黃裳)의 만년 교유」, 『동악어문학』 제58집, 동악
　　어문학(구 한국어문학연구학회); 정민(2012), 「『치원소고』 및 『치원진장』에 대하
　　여」, 『문헌과 해석』 제58집, 태학사.
8　이철희(2006).

황상 작품의 문학적 성취에 대하여 본격적으로 다룬 연구는 많지 않은
데, 그의 사회시를 다산의 작품과 비교·분석한 연구[9] 및 새로 발굴된
『치원소고(巵園小藁)』 수록 한시에 담긴 노년기 정서에 대해 다룬 논
문[10]이 있다. 즉, 황상의 시문 그 자체에 대한 연구는 사실상 미진한
상황이라고 할 수 있다.

이철희는『치원유고』의 해제에서 권2·3·4의 시 작품은 강진을 배
경으로 지은 작품이 전반부를, 서울을 왕래하며 교유한 인물들과 관련
된 작품이 후반부를 이루고 있다고 하였다. 이 가운데 전반부 작품은
크게 세 유형으로 나눌 수 있는데, 이는 곧 다산의 사회시를 계승한
작품, 자신의 신상과 감상에 대해 쓴 작품, 동식물을 읊은 영물시이다.
한편 후반부 작품은 상경하여 교유한 인사들과의 수창시 및 그때를
추억하며 노경(老境)의 감회를 읊은 시들이 주종을 이룬다고 지적하였
다.[11]『치원유고』에 수록된 시 작품은 모두 315제 365수로서[12] 창작시
기는 1840~50년대, 즉 황상의 50~60대 작품이 대부분이다. 새로 발
굴된 『치원소고』 수록 작품은 1855년경부터 1870년에 주로 지어진
것들이다.[13] 즉, 현전하는 황상의 시 작품은 모두 어느 정도 작품세계
가 완숙해진 중·장년기 이후의 시인 것이다.

시기를 따지지 않고 나누자면 황상의 시는 1) 주변 인물들과의 교유
를 보여주는 시, 2) 농촌의 현실을 묘사하고 이에 대한 비판의식을
담은 시, 3) 전원생활의 풍경 및 신상의 감회를 읊은 시, 4) 주변사물을

---

9 이채경(2010); 진재교(2002).

10 이수진(2017).

11 이철희(2008), 「《巵園遺稿》解題」, 임형택 편, 『茶山學團文獻集成(五)』, 성균관대
   대동문화연구원, 7~9쪽.

12 구사회·김규선(2012), 315쪽.

13 같은 글, 317쪽.

대상으로 한 영물시(詠物詩)의 네 가지로 분류가 가능하다. 이 가운데 첫 번째 유형에 대해서는 여러 논문들에서 다루어진 바 있으며, 두 번째 유형에 대해서도 두어 차례 연구가 이루어졌다. 세 번째 유형의 작품들은 전체적으로 논의된 적은 없으나, 몇몇 작품들이 단편적으로 언급되거나 노년기의 작품만을 대상으로 분석이 진행되기도 하였다.[14] 그러나 황상의 영물시에 대해서는 그의 호인 '치원(巵園)'의 의미와 관련하여 치자꽃을 읊은 시를 분석한 논고[15] 외에 별도의 연구가 제출된 적은 없다.

물론 황상은 다산의 계승자로서, 특히 애민시나 사회시의 분야에서 그의 문학의 의의가 돋보이는 것은 사실이다. 그러나 영물시는 대체로 우의(寓意)의 수법을 사용하는바, 시인이 평소에 품고 있던 지취(志趣)가 이를 통해 드러난다는 점에서 특별히 주목할 만한 가치가 있다. 다시 말해 영물시의 제재와 그것에 담긴 주제의식을 살펴봄으로써 한 시인의 작품세계의 주요한 부분을 구명할 수 있게 된다는 것이다. 또, 황상의 영물시는 다산의 영향과 관련해서도 주목할 만하다. 이에 본고는 그동안 연구되지 않았던 황상의 영물시에 주목하여 그의 시문학의 일단을 밝히고자 한다.

본문에서는 먼저 『치원유고』 권2·3·4 수록 시 가운데 영물시로 분류할 수 있는 작품을 선별하여 그 작품들의 제재를 소개하고, 이어서 작품의 양상을 두 가지 측면으로 나누어 살펴본다.

---

14 이수진(2017).

15 김영봉(2016).

Ⅱ. 『치원유고』 소재 영물시의 제재

영물시는 '물(物)'을 읊은 시, 곧 "사물이 시의 주요소가 되어 주제를 결정하는 역할을 하는 작품"[16]을 뜻한다. 그런데 이때 '물'의 범위를 어떻게 설정하느냐에 따라 영물시의 범주가 달라지게 되므로 본격적인 논의에 앞서 이에 관한 개념 규정이 필요하다.[17]

영물시의 정의와 범주에 관한 기존 연구를 살펴보면 다음과 같다. 우선 영물시의 '물'이 가시적(可視的) 구체물(具體物)로서 복합적 구성체가 아닌 단일 개체물(個體物)을 뜻하며 천상(天象), 동물, 식물, 기물(器物), 여인(麗人) 및 신체기관 등이 주종을 이룬다는 전제에 따라 영물시를 "하나의 개체물에 고정적인 시각을 두고 그 物의 전모를 시적 구조로서 美化하여 표현해 내는 문학 장르"라고 정의한 김만원의 논문을 들 수 있다.[18] 또, "天象, 동식물, 기물, 인간, 혹은 인간의 신체 등 구체적 사물에 대해 작가가 시로 읊겠다는 의도를 지니고 그 사물의

---

16 김재욱(2009), 「牧隱 李穡의 詠物詩 硏究」, 고려대학교 박사학위논문, 8쪽.

17 청대 강희제의 명으로 편찬된 『패문재영물시선(佩文齋詠物詩選)』(1706)에서는 고대부터 명대(명대)까지의 고금시체 14,590수를 486류(類)[부(附) 49류(類)]의 물(物)로 분류하였고, 이 책을 모범으로 하여 만든 유재건(劉在建)의 『고금영물근체시(古今詠物近體詩)』(1861)는 중국과 조선(신라, 고려)의 7,588수의 근체시를 409류로 분류하였다. 이 두 책에서 지칭하는 물의 범주에는 인사(人事)와 절후(節候) 등 사물로 보기 어려운 대상들까지 모두 포함되어 있다. (김영철(2014), 「淸代『佩文齋詠物詩選』과의 比較를 통해 照明한 朝鮮『古今詠物近體詩』의 獨自性」, 『중국어문학논집』 제84집, 중국어문학연구회, 290~210쪽) 후자의 경우 전자보다 분류대상은 적어졌으나 도상(悼傷), 송별(送別), 증답(贈答)과 같은 항목을 추가하여 시적 대상의 범위를 더 넓히고 있다. 즉, 이 책들이 지칭하는 영물은 시로 읊을 수 있는 인간세상의 다양한 대상을 포괄하고 있는 것으로, 엄밀한 의미의 영물시를 수록하고 있는 것은 아니다. 따라서 실제 영물시의 사적 흐름을 고려하여 물의 범주를 설정하는 것은 어렵다고 할 수 있다.

18 김만원(1988), 「中國詠物詩試論-六朝를 中心으로-」, 『중국문학』 제16집, 한국중국어문학회, 58, 78쪽.

형상과 자신의 의식을 결합하였을 때" 영물시라고 정의할 수 있다는 정훈의 설명[19]도 참고할 만하다. 또한 '구체적인 형태'라는 것은 실제의 객관적인 외형을 말하는 것이 아니라 "작가에 의해 인식된 대상의 외적 형태", 즉 "시 속에서 특정한 형태로 구현될 수 있는 대상을 의미하는 개념"이라는 윤재환의 견해[20]도 중요하다. 이에 따라 바람이나 구름 같이 형체가 불확정한 사물도 물의 범주에 포함될 수 있게 된다. 자연물과 인공물이 모두 여기에 속하는데, 만약 이 사물들이 시의 배경이나 단순한 소재로 사용되었을 경우에는 영물시로 보기 어렵다고 하였다.[21]

이상의 논의를 바탕으로 본고에서는 "구체적인 형태를 갖거나 작가에 의해 구체적 형체를 가진 것으로 인식되는 자연물과 인공물을 주된 시적대상으로 삼고 있는 작품"을 영물시로 보았다. 이러한 기준에 따르면 황상의 『치원유고』에서 영물시로 분류될 수 있는 작품은 19제 28수이다. 영물시는 대체로 제목에서 그 제재가 드러난다. 물론 그렇지 않은 작품도 있기 때문에 각 작품의 내용을 하나하나 살펴보아야 정확한 분류가 가능할 것이다. 본고에서는 먼저 시제를 통해 영물시임을 알 수 있는 작품들을 뽑고, 그 외 작품들의 내용을 대략 검토하여 동식물이나 물건을 제재로 한 작품들 몇 수를 추가하였다.[22] 다음은 해당 작품의 제목과 형식 및 제재를 표로 정리한 것이다.

---

19 정훈(2016), 「택당 이식의 영물시에 대한 일고찰」, 『국어문학』 제63집, 국어문학회, 108쪽.

20 윤재환(2015), 「玉洞 李漵의 詠物詩 硏究」, 『한문학논집』 제40집, 근역한문학회, 87쪽.

21 같은 글, 87~88쪽.

22 임형택 편(2008), 『茶山學團文獻集成(五)』(대동문화연구원)에 수록된 『치원유고』 영인본을 이용하였다. 『치원소고』 등 새 자료에 대한 추가적인 검토를 통해 더 많은 영물시가 발견될 것으로 생각된다.

<표1> 황상 영물시의 제재

권수	제목	형식[23]	제재
권2	송아지 노래[黃犢行]	오언고시(6구)	송아지와 어미 소
	둥지의 제비를 슬퍼함[哀巢鷰]	오언고시(8구)	제비 한 쌍
	길고 노래[桔槹行]	칠언고시(12구)	길고(두레박틀)
	치자 꿈을 꾸고서[夢梔子]	오언고시(22구)	치자
	전원 2수[田園二首]	칠언시(4구)	대나무
	봄눈 2수[春雪二首]	오언고시(10구)	봄눈
	병아리를 읊다 3수 [詠鷄雛三首]	오언고시(12구)	병아리
	까치 무리 노래[群鵲行]	오언고시(38구)	까치 무리
	전원의 가을 흥취[田園秋興] (5수)	오언시(8구)	감나무, 밤나무, 치자, 석류, 귤나무
	타호 2수[唾壺二首]	칠언시(4구)	타호
권3	두견새[蜀魂]	칠언시(4구)	두견새
	불쌍한 닭을 읊다[詠矜鷄]	오언시(8구)	짝 잃은 수탉
	눈 속의 귤[雪中橘]	오언고시(44구)	귤
	둥지 안의 까치[巢鵲]	오언시(8구)	까치
	귤이 점점 커지는 것을 기뻐하며 [喜橘子漸大]	오언시(8구)	귤
	구름[雲]	오언시(8구)	구름
권4	좋은 새[好鳥]	오언고시(38구)	새
	치자 노래[梔子行]	칠언고시(18구)	치자
	여윈 말 노래[瘦馬行]	칠언고시(20구)	말
합계	19제 28수		

위 작품들의 제재 가운데 동물에 속하는 것으로는 송아지, 제비, 병아리, 까치, 두견새, 수탉, 새, 말이 있고, 식물로는 치자, 대나무,

---

23 황상의 영물시는 대체로 고시(古詩)가 많다. 표에서 오언시(4구), 칠언시(8구)라고 밝혀놓은 작품은 각각 오언절구 또는 칠언율시일 수도 있고 오언 및 칠언의 고시일 수도 있다. 이 작품들의 평측을 검토해 보면 근체시의 정격에 딱 들어맞지는 않는다. 그러나 작품에 따라 근체시의 운율에 근접하고 있는 것도 있고 근체시 역시 변격이 있을 수 있으므로 명확한 구분이 쉽지 않다. 이 때문에 우선 글자 수와 자구 수만을 제시하고 형식을 확정하지는 않았다.

감나무, 밤나무, 석류, 귤나무(귤)가 있고, 물건으로는 길고와 타호, 그 밖의 자연물로는 구름과 눈이 있다. 대체로 전원생활 중에 일상적으로 볼 수 있는 동식물과 사물을 벗어나지 않는 소재들이다. 그의 사회시가 농촌의 부조리한 현실을 다루고 있는 것처럼, 영물시 역시 농촌에서 흔히 볼 수 있는 사물들을 대상으로 하고 있다. 황상은 다산이 해배된 후에는 아예 살림을 아우에게 맡기고 은거 생활을 시작하였는데, 이 때문에 시적대상 역시 산속 집의 주변 경관으로 제한되었던 것이다.[24]

제재가 다양하지는 않지만 각각의 작품의 표현기법 및 전달하고 있는 의미가 단일하지는 않다. 예를 들어 까치를 대상으로 한 작품이 두 편 있는데, 한 편은 여러 까치들이 동료 까치의 어려움을 구하러 오는 장면을 생생하게 묘사한 것이라면 다른 한 편은 까치라는 새의 일반적 속성에 주목한 작품이다. 또 귤을 묘사한 두 작품 역시 한 편은 귤의 뛰어난 맛과 풍미를 예찬한 것이고 다른 한 편은 관아에서 공물로 수탈해 갈 것을 근심하는 마음을 담은 것이다. 이처럼 해당 사물 자체의 속성에 주목한 작품들도 있고, 눈앞의 장면을 포착하여 그 상황을 묘사하고 이에 대한 감회를 표출한 작품들도 있다.

영물시의 표현기법에 따른 양상에 대하여 이국진은 크게 두 가지로 구분하였는데, 첫째는 사물 자체에 대한 객관적인 묘사와 감상을 위주로 한 작품, 둘째는 시인과 사물 사이의 긴밀한 교감을 바탕으로 한 감정이입과 통찰력이 동반된 작품이다. 후자의 경우 영물을 통해 시인

---

24 물론 이는 영물시 제재의 범위가 제한되어 있다는 뜻이지 그의 시 전체의 제재가 그렇다는 뜻은 아니다. 오히려 농촌에서 볼 수 있는 다양한 삶의 모습을 포착하여 시화한 것이 그의 작품의 특성이라고 할 수 있다. 진재교(2012)에서는 황상의 시에 대해 "사회적 모순을 포착한 악부시와 서사한시가 적지 않다"고 하며 구체적 사례를 제시하고 있다. 기생 만덕이나 주인을 구한 청비 등 이 논문에서 언급한 예들 외에도 석이버섯을 캐는 사람, 매 부리는 사람과 같이 특이한 직업에 종사하는 인물을 노래한 시들도 눈에 띈다.

의 주관적 정서와 내면의식을 표출하거나, 혹은 사회현실의 모순을 비판하는 데까지 이를 수 있다고 하였다.[25] 위 표의 작품들 가운데 「군작행(群鵲行)」와 「영계추3수(詠鷄雛三首)」에서는 대상에 대한 세밀한 묘사가 두드러진다. 한편 「몽치자(夢梔子)」와 「치자행(梔子行)」에서는 치자의 속성에 대한 예찬과 시인의 삶의 지향이 전면화되고 있으며, 「수마행(瘦馬行)」에는 삶의 무상함에 대한 정서가 강하게 드러난다.

김만원이 제시한 '직서(直敍)'와 '기흥(寄興)'의 개념 역시 영물시의 표현기법을 이해하는 데 참조할 수 있다. 영물시의 경우 대개 후반부에 서정이 배치되는데, 이때 직서와 기흥 두 가지의 표현법이 주로 이용된다. 화자가 관찰자의 입장에서 벗어나 대상의 처지나 심경에 공감을 보이고 그 감정을 서술하는 것이 직서이며, 대상에 대한 서술 속에 작가의 감흥과 내면의식을 기탁하는 것이 기흥이다. 기흥의 경우 작품의 문면에 화자의 의식이 나타나는 것도 있고, 창작의 맥락을 이해해야 비로소 그 의미가 드러나는 경우도 있다.[26] 기흥은 우의(寓意)의 수법이라고도 할 수 있는데, 영물시에서 특히 두드러지는 표현기법이다. 영물시는 "추상적 대상이 아닌 구체적 사물에 작가 자신의 감정을 기탁하여 작가의 의식세계를 표출하는 것이 가장 큰 특징"[27]이라고 할 수 있기 때문이다. 즉, 특정한 사물의 어떠한 '속성'에 주목하여 그것에 기탁해 시인의 감정과 사고를 드러내는 시인 것이다.

다음 장에서는 위와 같은 영물시의 양상 및 표현기법을 염두에 두고 『치원유고』 소재 영물시의 양상을 크게 두 가지로 나누어 살펴볼 것이

25 이국진(2008), 「이학규 영물시 연구」, 『대동한문학』 제29집, 263쪽.

26 김만원(1988), 72~74, 79쪽.

27 정숙인(2010), 「추사 김정희의 영물시 고찰」, 『어문논집』 제45집, 중앙어문학회, 341쪽.

다. 먼저 영물시의 기본적인 특징인 자연과 사물에 대한 관찰과 묘사가 어떠한 양상으로 나타나는지를 검토하고, 이어서 황상의 영물시가 주로 사물의 어떠한 속성에 초점을 맞추어 대상을 형상화하고 있는지를 살펴본다. 두 번째 양상의 경우 전원생활의 동반자로서의 자연물, 그리고 현실의 고난을 견뎌내는 주체의 형상화라는 두 가지 측면이 나타남을 보이고자 한다. 이 두 가지 양상은 시인이 대상을 통해 드러내고자 하는 주제의식과 밀접한 관련이 있다.

Ⅲ. 『치원유고』 소재 영물시의 양상

1. 사물에 대한 관찰과 묘사

황상이 영물시를 즐겨 창작했다는 것은 기본적으로 그가 주변의 자연물과 사물에 대해 관심을 갖고 관찰했음을 보여준다. 이는 인간 내면이나 자기 수양이라는 주제에 천착했던 향촌의 도학자나 성리학자들의 문학과는 구별되는 지점이다. 조선의 실제 경관과 사회 현실을 주된 시재로 삼았던 다산과 마찬가지로 황상 역시 사회현실을 비롯하여 주변의 자연물과 사물을 주요한 시적 제재로 취했던 것이다.

영물시의 제재는 자연물이 될 수도 있고 인공물이 될 수도 있다. 황상의 영물시 제재는 대부분 자연물이지만, 그 가운데 인공물 2개가 포함되어 있다. 하나는 밭에 물을 줄 때 사용하는 두레박틀인 길고(桔槹)와 침을 뱉는 단지인 타호(唾壺)이다. 아래 두 수를 인용한다.

밭두둑에 해 떠서 북소리 (울리니)　　　　　　田畔日出鼓▨▨
농사꾼들이 어슴푸레한 하늘을 올려다보네.　　野人仰視夢夢天

바늘 같은 모가 겨우 물 위로 솟아났는데　　　　秧生如針纔出水
뜨거운 햇볕 내리쬐어 타들어가려고 하는구나.　　赤日下曝秧將燃
저 맑은 샘물에 고마운 빗물 고였는데　　　　　　冽彼下泉滯膏澤
길고여, 길고여, 자주 끈이 떨어지네.　　　　　　桔橰桔橰屢絕索
앞을 들어 뒤를 가볍게 해 잠시도 쉬지 않으니　　軒前輕後不暫休
한 줄기 물이 바야흐로 마른 논을 적시네.　　　　一線流沫方霱涸
농가들이 중한 보물처럼 물을 다투어　　　　　　田家爭水如重寶
싸우고 살상하는 것이 물길 때문이라네.　　　　　鬥▨殺傷緣水道
음양을 다스리는 대신이 있다면　　　　　　　　　燮理陰陽大臣在
내일 아침에 어찌 꼭 해가 높이 뜨겠나.　　　　　明朝何必日杲杲[28]

금상의 무리요 유(劉)·완(阮)의 사이이니　　　　禽向之流劉阮間
두륜봉 뒤 오관산이로다.　　　　　　　　　　　　頭輪峯後五冠山
동작대의 복사꽃 물결 잊기가 어려운데　　　　　難忘銅雀桃花浪
천릿길 짚신 신고 홀로 슬피 돌아오네.　　　　　千里芒鞋悵獨還[29]

　앞의 시는 두레박틀의 공로를 칭송한 시이다. 먼저 햇볕에 타들어가
는 모를 언급하고, 마른 논을 적셔주는 두레박틀의 고마움을 말했다.
끝으로 물길 다툼이 살상으로 이어지기도 하는데 훌륭한 대신이 있어
음양을 능히 주관한다면 가뭄이 해갈될 것이라고 하였다. 이 시에서
길고에 대한 묘사는 그리 상세하지 않다. 끈이 자주 떨어진다는 사실
과 두레박이 오르내리는 모습을 표현했을 뿐이다. 그보다는 11구의
"음양을 다스리는 대신이 있다면"이라고 한 부분에 무게가 실려 있는

28　황상,『치원유고』권2,「桔橰行」(『茶山學團文獻集成(五)』, 67~68쪽). 이하『치원유
　　고』의 인용문은 작가명과 책명을 생략하고 권수와 작품명만 표시한다. 또,『다산학단
　　문헌집성(5)(茶山學團文獻集成(五))』의 수록 면을 괄호 속에 병기한다.
29　권2,「唾壺二首」중 제1수(101~102쪽).

듯하다. 이는 재상의 역할을 말하는 것으로, 결국 위에서 정치를 잘해야 비가 올 것이라는 당부이다. 영물시이지만 함축성이 두드러지기보다는 소박한 느낌의 사회시와 같은 느낌을 준다.

뒤의 시는 타호를 읊은 시 두 수 중의 첫 수이다. 시의 내용으로 볼 때 타호에 새겨진 문양이나 그림을 소재로 삼은 것이다. 신선세계에서 노닐고 있는 두 명의 인물이 그려진 타구인 듯하다. 이 경우는 사물 자체의 속성보다 그 문양에 주목하고 있어 마치 제화시(題畵詩)와 같은 정취를 보이고 있다.

사물의 속성에 대한 관찰과 묘사라는 주제는 동물을 읊은 다음 시들에서 두드러진다. 각각 병아리, 두견새, 까치에 대한 시이다.

품은 알 열아홉 중에	菢卵十有九
열다섯 마리 간신히 태어났네.	纔生十五雛
붉은 관은 누가 짜준 것인가.	絳幘誰所織
금 발톱은 난로가 필요 없네.	金距不須爐
사랑하여 터럭 하나까지 아끼지만	愛護惜一毛
양주·묵적을 흠모하는 것은 아니라네.	非是慕楊朱
다만 매화 동산에 들어가는 것은 막으니	但防入梅園
혹시 꽃술을 상하게 할까 염려해서라네.	或恐捐花鬚
부리 마주하고 지렁이를 다투고	對吻爭紫蚓
발자국 포개며 개미를 쫓아가네.	疊趾趁玄駒
여기에서 족히 인(仁)을 볼 수 있으니	於斯足觀仁
이천은 진실로 대유로구나.	伊川誠大儒[30]

---

30 권2, 「詠鷄雛三首」 중 제1수(74~75쪽).

사람 괴롭게 하려는 것 아닌데 사람들 스스로 괴로워하니

不爲惱人人自惱

빈 산 밝은 달도 서쪽으로 지려 하네.　　　　　　空山明月欲況西

끝내 알겠구나, 네가 원통한 혼이란 걸.　　　　終知爾也冤魂是

어찌 보통 새처럼 밤낮으로 울겠는가.　　　　　安有凡禽晝夜啼[31]

검소하고 순박해 태고의 기풍 남아있고　　　　　儉淳餘太古

지혜롭고 공교해 누대 위에 올랐구나.　　　　　智巧勝樓臺

칠석날 다리 이루는 밤　　　　　　　　　　　七夕成橋夜

몇 번이나 직녀를 만났느냐.　　　　　　　　　幾逢織女來[32]

첫 번째 시는 병아리를 읊은 시 3수 가운데 첫째 수이다. 황상은
여러 자연물 가운데서도 새들의 생태에 특히 관심을 보였다. 시인은
병아리가 알에서 깨어나기 전부터 기다렸다가 깨어난 후에는 병아리
를 아끼고 돌보면서 몸짓 하나하나까지 관찰하며 지켜보고서 이 시를
지었다. 자신의 그런 모습이 겸연쩍었던지 "병아리를 관찰하면 여기에
서 인을 알 수 있다.[觀鷄雛, 此可觀仁.]"고 한 정호(程顥)의 말로 자신의
행동을 해명하였다. 병아리를 읊은 시 제3수에서는 이제 제법 소리를
낼 줄 알게 된 것을 기특히 여기면서 마지막에 "공야장은 새소리를
알아들었는데 / 명유가 되는 데 문제될 것 없었지.[冶長解禽語, 不害爲名
儒.]"[33]라고 덧붙이며 역시 완물상지의 혐의를 피하고자 하였다. 병아

31　권3, 「蜀魂」(133쪽).

32　권3, 「巢鵲」(부분)(173쪽).

33　『논어』 공야장(公冶長)에서 "공자께서 공야장을 가리켜서 '딸을 시집보낼 만하다.
비록 옥에 갇혀 있지만 그의 죄가 아니다.'라고 하시고는 그 딸을 시집보내셨다.[子謂
公冶長可妻也. 雖在縲絏之中, 非其罪也. 以其子妻之.]"라고 하였다. 황간(黃侃)의
『논의의소(論語義疏)』에서는 공야장이 새소리를 알아듣는 재주가 있었음을 전하고
있다. 공야장이 위(魏)에서 노(魯)로 돌아오는 길에 시냇가에서 사람 시체를 먹자는

리를 키우는 시인의 실생활이 생동감 있게 드러난 작품이기에 오히려 이런 식의 장치가 필요했던 것이다.

한편 뒤의 두 수에서 다룬 두견새와 까치는 황상이 직접 키우거나 애정을 보이고 있는 대상은 아니다. 이 두 편의 시는 두견새와 까치의 일반적인 속성을 제재로 한 작품이라고 할 수 있다. 두견새는 그냥 우는 것일 뿐인데 사람들이 스스로 괴로워하는 것임을 지적하고는, 그 새소리를 계속 듣고 있노라니 역시 원혼임을 알겠다고 하였다. 또, 까치에 대해서는 검소하고 순박하여 태고의 기풍이 있다면서 그 풍모를 칭송하고, 견우직녀 설화를 언급하며 시상을 마무리하고 있다.

병아리의 경우와 마찬가지로 식물과 과일에 대해서 깊은 애호를 표한 시들도 있다. 다산이 지어준 '치원'이라는 호와 관련하여 치자를 읊은 작품들이 여기에 속한다. 아래 시에서는 치자의 향기와 꿋꿋함, 거듭 열매를 맺는 속성 등을 칭송하고 자신의 삶의 이상을 그것에 투영하고 있다.

꽃 가운데 소보·허유 부류이거니	花中巢許輩
어찌하여 고운 가지 읊지 않으랴.	胡不詠鮮支
세속 끊은 그 향기는 비할 바 없고	絶俗香無比
무리 떠난 잎사귀는 시들지 않네.	離群葉後衰
스승께서 이것으로 내 호 삼으니	尊師號我此
네가 그리 담박하기 때문이라네.	而汝澹然其
한 해에 거듭해서 열매 맺으니	一歲重成子

까마귀의 말을 알아들었는데, 자식을 잃어버리고 울고 있는 노파를 만나 시냇가에 가보라고 일러주었다. 이 때문에 그는 살인범으로 몰려 옥에 갇히게 되었다가 나중에 진상이 밝혀져 석방되었다고 한다.

또 누가 그러한지 모르겠어라.   未知更有誰
(치자)   梔子[34]

또, 귤에 대해 읊은 시도 그러한 종류이다.

섣달 바뀔길 조금 기다려   稍待臘月交
눈 덮인 언덕을 실컷 겪었지.   飽經雪滿岡
누런 얼굴이 쇠하는 것 같더니   黃顔似向衰
연분홍빛이 젊은 아가씨 같네.   淺紅如少娘
푸릇푸릇한 속에   蒼蒼碧碧裏
하나하나 향장이 빛나네.   一一耀響墻
그런 뒤에 쪼개서 입에 넣으면   然後剖納口
둘이 먹다 하나가 없어져도 모른다네.   對坐忘一亡
내가 과연 한번 먹어보니   予果後試之
사람들의 말이 황탄한 것 아니었네.   說者言不荒[35]

전체 44구의 장시로서, 귤의 향미와 미덕을 묘사하고 마지막에는
"멀리 맹생(孟生)의 생각이 일어나니 / 두릉은 어찌나 아스라한지.[遠
起孟生思, 斗陵何微茫.]"라고 하여 다산가에 대한 그리움을 표현하였다.
바로 앞 구절에서 구기자뿐 아니라 귤 또한 영약(靈藥)이라고 읊었는
데, 이 말을 하고 보니 병치레를 하고 있었을 두릉의 벗이 떠올랐던
모양이다.

---

34 권2, 「田園秋興」 5수 중 제3수(95~96쪽). 번역은 김영봉(2016), 383쪽 참조.
35 권3, 「雪中橘」(부분)(153~154쪽).

2. 대상의 속성에 따른 주제의식의 표출

1) 전원생활의 동반자로서의 자연물

전원생활의 동반자로서의 자연물은 한시에서 흔히 발견되는 주제이다. 황상 영물시에서도 마찬가지로 이러한 특징이 드러난다. 비록 일반적인 주제이기는 하나, 어떠한 대상의 어떤 속성에 주목하여 이러한 의식을 표출했는지를 살펴봄으로써 시인의 개성을 확인할 수 있다. 먼저 기존 연구에서도 몇 차례 언급된 치자에 관한 시를 인용한다.

초가집은 오이처럼 조그마한데	茅屋小如瓜
마당 빈터 열 평가량 할애하여서	十笏割庭除
작은 밭을 서너 구역 마련했으니	小圃三四區
생계에다 보태려고 한 것 아니네.	匪爲資生計
개간할 빈 터라곤 전혀 없으니	起墾無隙堁
채소 심고 반드시 또 바꿔 심는데	種蔬必更遞
몇 그루의 치자나무 자라고 있어	數株卮子木
작은 섬돌 곁에서 향내 풍기네.	芬芳在小砌
그 꽃은 담박하여 속기가 없고	其花澹絶俗
풍성함과 맑고 고움 겸하였다네.	豐厚兼淸麗
가지가 열 개라면 꽃도 열 개요	枝十花必十
꽃 열 개면 열매도 꼭 그대로라네.	花十子必繼
예쁜 잎은 어찌 그리 빼어났는가.	美葉何亭亭
하나하나 고운 꼭지 달려 있다네.	一一揷芳蔕
어찌 다른 나무에다 비하겠는가.	豈將比衆木
가만히 난초 혜초 짝을 해야지.	竊並蘭與蕙
일곱 모 난 열매 모두 청고(淸苦)한데다	七稜俱淸苦
아울러서 큰 약제로 충당된다네.	兼充大藥劑
이별한 지 대여섯 날 지나고 나니	別離五六日

돌아갈 맘 오래도록 이끌리더니	歸心長牽曳
치자가 내 꿈속에 들어왔으니	厄來入我夢
소중하게 사랑하지 않을 수 있나.	得無重憶憶[36]

영물시 가운데 치자를 읊은 시는 모두 3수이다. 세 편 모두 치자의 질박하면서도 고아한 풍모를 묘사하고 있는데, 그중 위 시는 특히 전원생활의 동반자로서의 치자에 대한 애정이 담겨 있는 작품이다. 마당에 치자를 심은 이유가 생계 때문이 아니라 그 모습과 성질을 사랑해서이며, 며칠 떨어져 있으니 꿈에 나타나기까지 했다는 이야기이다. 치자를 읊은 다른 시에서도 밝혔듯이 치자는 스승 다산의 가르침을 체현하고 있는 사물로서, 바로 이 점에서 시인의 곁에 있으면서 그의 여생의 방향을 가리키며 늘 함께 하는 존재가 될 수 있었던 것이다.[37]

다음은 대나무를 읊은 시이다.

대나무는 모름지기 죽취일 깊었을 때 심어야 하니	栽竹須乘竹醉深
자줏빛 왕대, 검은 대나무 뜰 가득 그늘 드리웠네.	紫篔烏筓滿庭陰
울타리 엮고 바위 쌓을 뿐 다른 일 없어	添籬砌石無餘事
도리어 평상가에서 녹기금을 연주하네.	還理牀頭綠綺琴

뜰 대나무 한 길을 잘라내어	截取園竿一丈長
마을 북쪽 버들 물결 속으로 고깃배 저어가네.	柳浪村北撥漁航
오늘 아침 바람 심해 몹시 괴로웠는데	今朝苦恨風吹甚
연꽃 봉우리 꺾어드니 밭 향기를 품었구나.	減却湖菡蓄田香[38]

---

36 권2, 「夢梔子」(68~69쪽). 번역은 김영봉(2016), 382쪽 참조.

37 자신의 삶의 지표이자 동반자로서 매화나 대나무가 아닌 치자를 택한 것은 매우 독특한데, 그 배경과 의미에 대해서는 기존 연구들에서 여러 차례 언급하였기 때문에 여기에서는 생략한다.

이 시는 제목에서도 알 수 있듯이 전원생활의 흥취를 읊은 것으로, 사실상 대나무는 그러한 정취를 묘사하기 위해 활용된 보조적인 소재이다.[39] 첫 수에서 뜰 가득 드리운 대나무는 시인이 일부러 가져다 심은 것으로서 한가한 은거 생활을 가능케 해주는 존재이다. 둘째 수에서는 그 대나무로 낚싯대를 만들어 배를 타고 나가는 장면을 묘사하고 있는데, 역시 전원생활의 표상으로서 대나무라는 소재를 활용하고 있다.

다음은 새를 제재로 한 시이다. 까치, 제비 등 특정한 새가 아니라집 주위에서 경쾌하게 지저귀는 이름 모를 새에 대한 노래이다. 38구의 장시이므로 일부만을 인용한다.

너는 너를 위해 살지만	汝爲汝爲生
너는 또 나를 위해 사는구나.	汝爲我爲生
한결같이 나를 위해주는 것	斷斷爲我者
나를 가까이 하며 길이 잘 울어주네.	近我長善鳴
(중략)	
하늘이 부여한 소리 마음껏 들으니	任聽天所與
젊은 아낙의 쟁 소리 필요 없다네.	不願少婦箏
노래하니 도리어 눈물이 나니	歌還成涕泣
귀한 몸이 가시나무에서 산다네.	貴亦生▨梗
어찌하여 내 뜰의 새는	何如我園鳥
평생토록 금성(金城)을 만들었나.	終世作金城
이는 숨어 사는 이의 즐거움이니	此是幽人樂

---

38 권2, 「田園二首」(70쪽).

39 이 때문에 이 작품은 표현기법을 기준으로 했을 때 엄밀한 의미에서 영물시가 아니라고 할 수도 있으나, 중심 소재가 사물이므로 우선 영물시와 함께 논하였다.

다시 어찌 심병을 근심하랴.　　　　　　　　　　復何憂心兵
누가 너를 보내와서　　　　　　　　　　　　　有誰遣汝來
나와 더불어 뜻이 맞게 했나.　　　　　　　　　與我志相迎[40]

　첫머리에 새가 나를 위해 울어준다고 하면서 시상을 열고 있다. 생
략한 중간 부분에서는 청아한 새소리를 묘사하고 있으며, 마지막에
그러한 새소리가 어떠한 의미를 갖는지를 직접 서술하고 있다. 새소리
가 곧 하늘이 내린 음악 소리이니 사람의 악기 연주를 들을 필요가
없으며 숨어 사는 내 마음을 알아주고 근심을 풀어준다고 말하고 있
다. 귀한 몸이 가시나무에서 산다는 표현은 물론 시적 화자 자신의
신세를 투영한 것일 테다.
　다음 두 편의 시 역시 전원생활의 동반자로서의 자연물을 노래한
작품이다. 각각 귤나무와 구름을 대상으로 쓴 시이다.

바람 분 뒤에 뭇 나무들 잎새 떨구는데　　　　衆木飄後零
아직도 능히 눈 서리 견디고 있구나.　　　　　猶能耐雪霜
하물며 금빛 열매까지 매달았으니　　　　　　況兼金色實
누가 녹음이 향기롭다 하는가.　　　　　　　　孰爲綠陰芳
가을 흥취에 내 늙음도 잊으니　　　　　　　　秋興忘吾老
과일나무 숲이 너를 얻어 훌륭해졌네.　　　　果林得汝良
동정 한 조각이 온 듯하고　　　　　　　　　　洞庭來一片
혹은 소상에 가까운 듯도 하네.　　　　　　　或者近瀟湘
(귤나무)　　　　　　　　　　　　　　　　　　橘柚[41]

40　권2, 「好鳥」(부분)(216쪽).
41　권2, 「田園秋興」 5수 중 제5수(96쪽).

엷게 일어나 솜같이 가볍고	起嫩輕如絮
편히 처하여 산봉우리 같이 진중하네.	處安重作峯
스님이 지팡이 짚고 가는 것 같고	直疑僧佳杖
학이 소나무에 둥지 틀었나 한번 본다네.	試看鶴巢松
무슨 뜻으로 이 집에 와서	何意來斯屋
늙은 내 곁에 와서 위로해 주나.	慰情傍老儂
비록 반가운 손님 많다 하여도	雖多青眼客
어찌하여 함께 어울리지 않겠는가.	安得不相從[42]

앞 시는 「전원추흥(田園秋興)」 5수 중 한 수이다. 다섯 종류의 나무를 각각 묘사하였는데, 모두 가을날의 정취를 돕는 존재로 그려졌다. 귤나무는 쌀쌀한 날씨 가운데서도 푸른 잎새를 매달고 거기에 금빛 열매까지 열렸다. 가을인데도 녹음 우거진 봄·여름보다 더 싱그러운 모습으로 서 있는 귤나무는 인생의 가을에 접어든 시인으로 하여금 늙음을 잊게 해주는 존재이다. 뒤의 시의 구름 역시 일부러 찾아와서 늙은 나를 위로해 주는 유정한 존재이다. 귤나무 외에 감나무, 밤나무 등도 모두 같은 의미를 지닌다.

황상은 유인(幽人)의 삶을 흠모하여 자발적으로 전원에 파묻혀 살았던 인물이다. 벼슬살이에 환멸을 느껴 낙향하였거나 유배를 당해 하는 수 없이 은거한 것이 아니라는 뜻이다. 그러므로 은거생활을 읊은 그의 작품에는 밀려난 자의 쓰라린 심정이 담겨 있지는 않다. 애초에 벼슬을 할 수 없는 위치에 있었기 때문이다. 그러나 비록 스스로 택한 은거라 해도 고독감과 쓸쓸함이 동반되는 것은 어쩔 수 없다. 게다가 황상은 물질적으로 넉넉하지 못했으므로 마냥 마음이 편안하지만도

---

42 권3, 「雲」(182쪽).

않았을 것이다. 즉 이 생활을 지속하기 위해서는 외부와 단절된 공간에서 혼자만의 즐거움을 찾을 수 있어야 하며, 시시때때로 마주치는 현실적 문제들에 대해서 나름의 태연함을 갖추어야 한다.

위 작품들은 바로 그러한 전원생활의 동반자로서의 자연물을 묘사한 시들이다. 치자, 대나무, 귤나무, 새 등은 모두 다른 속성을 지닌 존재들이지만 시인의 삶에 함께하면서 고적한 은둔 생활에 활력을 불어넣는 역할을 하고 있다. 특히 치자는 황상의 삶의 방식 자체를 표상하는 시적 대상으로서 화자의 동반자인 동시에 분신이라는 의미를 가진다.

2) 현실의 고난을 견뎌내는 주체의 형상화

『치원유고』 소재 19제 28수의 영물시 가운데 6제 8수가 새에 대한 시이다. 앞서 소리가 좋은 새[好鳥]를 다룬 시를 언급하였는데, 이 새는 어떤 종류의 새인지 확실치 않다. 그러나 나머지 7수는 닭 1수, 병아리 3수, 까치 2수, 제비 1수로서 구체적인 시적대상을 가진다. 「호조(好鳥)」는 38구의 고시이며, 까치 무리를 읊은 시도 동일하다. 병아리를 읊은 시는 12구의 오언고시로서 3수를 합하면 모두 36구이다. 이 작품들은 모두 장면 및 대상 묘사가 상세하고 대상에 대한 시인의 친밀감이 더욱 분명하게 드러난다. 식물이 대체로 풍경의 일부로서 시인의 흥취를 더해주는 역할을 한다면 동물, 특히 새에 대해 읊은 작품에는 시적 대상에 대한 화자의 애정 어린 시선이 두드러진다고 하겠다.

다음은 제비를 묘사한 시이다. '애소연(哀巢鷰)'이란 제목에서 알 수 있듯이 제비 부부가 처한 안타까운 상황을 그려낸 작품이다.

둥지 짓느라 둘이 함께 고생하더니	營巢兩相勞
알 품고서 둘이 같이 편안해졌지.	菢卵兩相宴
수놈 날다가 거미줄에 걸려버리니	雄飛胃蛛網
홀로 남은 암놈 구슬피 우는구나.	孤雌悲宛轉
새끼들은 누구와 더불어 키울꼬.	雛生誰與養
이를 생각하니 그 소리 초조하네.	念玆聲悄悄
차마 둥지를 떠나지 못하겠으니	辭巢却未忍
하소연하는 듯도 하고 머뭇거리는 듯도 하네.	如愬復如戀[43]

한 쌍의 제비가 부지런히 둥지를 짓더니 알을 낳고 드디어 편히 쉴 수 있게 되었다. 그런데 수놈이 거미줄에 걸려 빠져나올 수 없게 된 것이다. 기구와 승구에서 이 상황을 덤덤하게 묘사하다가 전구에서 화자의 감정이 제비들에게 투영된다. 다급한 울음소리를, 시인은 남은 새끼들 걱정에서 나온 것으로 이해한다. 마지막 결구에서는 그런 제비 부부를 두고 차마 발걸음을 떼지 못하는 화자의 모습이 묘사된다.

위 시가 제비 부부에게 닥친 얄궂은 운명에 대한 이야기라면, 아래 시는 여러 마리의 까치들이 동료를 위기에서 건져낸 일을 다룬 것이다.

훨훨 날아다니던 까치가	飛飛爰有鵲
내 집 서쪽 나무에서 새끼 낳았네.	雛我屋西樹
이웃집 아이 건장하기가 송아지 같은데	鄰童健如犢
나무에 올라 둥지 아래 이르렀구나.	上樹巢底赴
그 어미 먹이 구해 가지고 왔는데	其母求食來
가까이 다가가도 놀라 겁먹지 않네.	逼近無驚懼
생사가 다만 사람에 달려있는데	生死直向人

---

43 권2, 「哀巢鷰」(63~64쪽).

제 목숨 잃는데도 깨닫지 못하네.	滅身不自悟
거의 머리를 쪼려고 하는데	庶欲啄頭腦
문득 멀리서 달려오는구나.	欻爾遠馳騖
까치 한 마리 동쪽에서 오고	一鵲自東至
서너 마리가 서쪽에서 모여드네.	三四自西聚
잠깐 사이에 열, 백 마리 되니	須臾成十百
변방 지키듯 어려움 구하러 왔구나.	赴難如邊戍
깍깍 또 깍깍	嘖嘖復嘖嘖
다투어 날며 다투어 보호하네.	爭飛復爭護

(중략)

단란히 모인 소리 뒤섞여서	團聚聲相雜
성공했음을 알리는 듯하네.	功成如告訴
각자 날아가 보이지 않게 되고	分飛失所往
까치 한 쌍 한가로이 깃털 고르네.	雙鵲閒調羽
기쁘게 새끼 곁에 가까이 가서	怡然近雛傍
머리 쓸면서 먹이를 건네준다네.	刷頭與其嗉[44]

앞 시의 제비가 속수무책으로 거미줄에 걸려 버린 연약한 존재였다
면, 이 시의 까치들은 용감하고 적극적으로 위험에 맞서는 존재들이
다. 옆집 아이가 나무를 타고 올라가자 이를 발견한 어미 까치는 제
목숨을 돌보지 않고 사람에게 달려든다. 거의 위태로운 상황에 처했는
데 멀리서 수많은 까치들이 날아들어 동료 까치를 구해준다. 생략한
부분에서는 까치들이 이리저리 움직이며 아이를 저지하는 모습, 멋모
르는 새끼들이 어미가 가는 방향으로 고개를 돌리며 먹이를 기다리는
모습, 결국 맥없이 나무를 내려가는 아이의 모습을 생동감 있게 묘사

---

44 권2, 「群鵲行」(부분)(77~78쪽).

하였다. 마지막에는 침입자를 물리치고 기뻐하면서 새끼에게 먹이를 주는 까치 부부의 모습이 그려져 있다.

이 시의 경우 상황 자체가 시를 써서 남길 만한 인상적인 소재이다. 그래서인지 시인의 감상이나 평가가 빠져 있고 서사와 묘사만으로 시상이 채워지고 있다. 시적 대상에 어떠한 뜻을 가탁하고 있다기보다는 상황 자체가 자아내는 흥미와 감동을 전달하고 있는 것이다.

반면 다음 두 작품에서는 동물에 대해 묘사한 후 그것이 연상시키는 삶의 한 단면에 대해 화자가 직접적으로 제시하고 있다. 각각 수탉과 말에 대해 읊은 시이다.

암컷과 이별한 뒤로부터	自從雌別後
먹고 마시면서 부르는 일 그만뒀네.	飮啄廢招邀
느릿한 걸음은 응당 한을 품은 듯	遲步應舍恨
자주 울면서 교만함을 드러내네.	頻唬敢逞憍
나물 꽃은 부질없이 난만한데	菜花空爛漫
봄날이 어찌 이리 쓸쓸한가.	春日奈蕭條
인생사를 가만히 생각해보니	細憶人生事
깊은 시름 족히 노래할 만하구나.	窮愁足可謠[45]

어느 집에서 여윈 말을 길가에 버렸나.	誰家瘦馬遺路傍
짧은 고삐 풀렸는데 까마귀가 등창을 쪼네.	短轡不繫烏啄瘡
높은 발굽 팔뚝 재촉하니 신품이 가련하고	高蹏促腕憐神稟
빼어난 기운 은은한데 아득히 숨어있네.	逸氣隱隱藏微茫
하늘이 기르고 보살펴 좁쌀 콩 다 먹고	天育惠養竭粟豆
사람과 함께 수많은 전투에서 공을 세웠네.	與人成功百戰場

---

45 권3, 「詠矜鷄」(142~143쪽).

말 쉽게 제어하는 이가 타고 나가서	有人乘出易制馬
금 안장 옥 재갈에 청사 고삐 씌웠겠지.	金鞍玉勒靑絲韁
(중략)	
내가 여윈 말을 보고 말도 나를 돌아보니	我見瘦馬馬顧我
처참하여 그 상처 알 것만 같네.	慘悽如知爲渠傷
아아, 통하고 막히는 것이 사물에도 있으니	嗚呼通塞亦於物
하물며 인간의 영고가 중앙을 얻음에랴.	況人榮枯得中央[46]

앞 시는 짝을 뺏기고 삶의 의욕을 잃은 수탉의 모습을 묘사한 후, 그것에서 인생사의 시름을 떠올리고 있다. 두 시상을 연결해 주는 것은 허탈한 수탉의 눈에 들어온 −실은 시인에게 포착된− 화려한 봄꽃들이다.

한편 두 번째 시는 길가에서 병든 말을 보고 노래한 시이다. 시인은 비쩍 마른 채 까마귀에게 등창을 쪼이는 노쇠한 말에게서 '신품(神稟)'을 발견한다. 한때 화려한 차림을 하고 전장을 누비던 준마로서 윤기나는 털과 살찐 몸을 자랑하던 이 말은 고삐가 풀려 길을 헤매고 있어도 찾으러 나오는 사람이 없다. 이 모습이 암시하는 것은 분명하다. 사물 역시 흥망에 일정함이 없는데 하물며 인간 세상은 말해 무엇하느냐는 것이다. 앞 시와 마찬가지로 이 시 역시 말의 모습과 이러한 깨달음을 연결해주는 장치가 있다. 관찰의 대상이었던 여윈 말이 자신을 보고 있는 '나'를 슬쩍 돌아다본다. 그 순간에 화자는 그 말의 아픔에 공감하게 되고, 세상을 관통하는 영고성쇠의 법칙을 떠올리게 되는 것이다. 직접 언급하지는 않았으나, 천품을 타고났으나 끝내 버려진 말의 모습에 시인의 상이 겹쳐지는 것은 물론이다.

---

46 권3, 「瘦馬行」(부분)(231~232쪽).

다음 시는 송아지를 제재로 한 작품이다.

송아지 태어나 어미 곁에서 밥 먹는데　　　　　　犢生旁母食
그 귀가 어찌나 축축한지.　　　　　　　　　　　其耳何濕濕
어미 누운 뜻은 송아지 사랑해서니　　　　　　　母臥意愛犢
송아지 떠나니 어미 울음소리 다급하네.　　　　　犢去母鳴急
네가 멍에 매고 밭 갈 때가 되면　　　　　　　　迨爾駕輭耕
어찌 다시 옛 우리를 돌아다보랴.　　　　　　　　豈復顧故苙[47]

　어미 소는 송아지를 낳고서 정성스레 귀를 핥아준다. 그러나 어미와
자식의 정을 나눌 시간은 잠깐뿐이고, 곧 송아지는 다른 곳으로 옮겨
지게 된다. 어미는 처음 출산한 것은 아닌 모양이다. 한번 떠나보낸
자식을 다시 볼 길이 없음을 잘 알고 있는 것이다. 앞의 네 구는 시적
상황을 보이는 대로 묘사한 부분이고, 뒤의 두 구는 어미의 심정을
화자가 추측해 본 것이다. 어미 소가 다급히 운 것은 단지 그 순간의
안타까움 때문이었을 것이다. 그러나 화자는 한번 제 어미를 떠난 송
아지가 다시 옛 우리를 돌아보지 않을 거라고 말함으로써 어미 소의
울음에 인간사의 일을 덧입힌다.
　앞 절에서 언급한 작품들이 나무나 구름 등 무정물을 대상으로 한
것인 반면, 본 절에서 다룬 시적 대상들은 동물, 즉 유정물이라고 할
수 있다. 식물과 같은 무정물은 시인이 있는 공간에 조용히 함께 있음
으로써 존재 의의를 부여받는다. 그런데 동물들의 경우 그것들이 처한
특수한 상황 때문에 시인의 눈에 들어오게 된 것이다. 시인은 그 동물
들이 처한 상황을 있는 그대로 묘사하기도 하고, 그것들의 행동을 인

47　권2, 「黃犢行」(63쪽).

간의 시각에서 해석하기도 하며, 그들의 처지에서 인간사의 한 측면을 떠올리기도 한다. 그렇다면 황상의 눈에 포착된 이 동물들은 어떠한 모습으로 그려지는가. 이는 달리 말하면 황상이 어떠한 의미 부여가 가능한 대상을 선택하는가, 또는 선택한 대상을 어떤 존재로서 묘사하느냐를 묻는 것이다.

여기에 답하기 위해 위 작품들의 시적대상이 처한 상황을 정리하면 다음과 같다. 수컷을 잃고 우는 어미 까치, 짝을 뺏겨 의욕을 잃은 수탉, 병들어 버림받은 말, 송아지와 헤어진 어미 소 등은 외부의 힘(거미줄, 인간, 세월 등)에 의해 소중한 것을 잃고 홀로 남아 삶을 견뎌야 하거나 혹은 과거의 영예를 뒤로 한 채 남루한 모습으로 남게 된 존재들이다. 게다가 그 외부의 힘은 이 존재들을 괴롭히려는 의도를 가진 무언가라기보다는 무심하고 자연스러운 힘일 뿐이다. 「군작행」에서는 까치들이 떼를 지어 몰려와 곤란에 처한 동료 까치를 구해주는데, 결과적으로는 안식을 찾았지만 상황 자체는 역시 외부의 위협이다. 마찬가지로 그 위협은 천진난만한 어린아이의 장난이었다. 그러나 외부의 힘이 무심한 것과는 별개로 그 위협 앞에 놓인 존재들은 급박한 위태로움을 느끼며 그 여파로 신산하기 짝이 없는 삶을 살아야만 한다.

요컨대 위 작품들에서 황상이 택한 시적 대상들은 모두 현실의 고난을 견뎌내어야 하는 주체로서 묘사되고 있다. 이들은 때로 시인의 모습과 겹치기도 하고, 그의 사회시 작품에 나오는 고통 받는 민중의 모습으로 비치기도 한다. 위와 같은 작품들에 나타나는 이러한 투사, 혹은 투영은 시인이 의도한 것도 있고 우연히 나타난 효과인 경우도 있다. 물론 우연히 나타난 것이라 해도 시인의 무의식적인 지향의 발로일 것이므로 황상의 시 세계를 이해하는 데 도움이 된다. 본 절에서 인용한 작품들은 영물시의 기흥(寄興), 곧 우의의 기법이 황상 시에서 어떻게 드러나는지를 구체적으로 보여주는 예라고 할 수 있다.

Ⅳ. 나가며

이상 황상의 『치원유고』에 수록된 영물시의 제재와 주제 및 각 작품에 나타난 표현기법을 살펴보았다. 『치원유고』에서 영물시로 분류될 수 있는 작품들은 대략 19제 28수로 파악되며, 그 제재는 인공물 2개를 제외하면 모두 자연물이다. 대체로 농촌에서 흔히 볼 수 있는 대상들을 묘사하고 있으며 치자와 귤나무를 비롯한 각종 나무들, 그리고 까치, 제비 등의 동물들이다.

이어서 황상 영물시의 양상을 두 가지 측면에서 살펴보았다. 먼저 사물에 대한 관찰과 묘사가 어떠한 방식으로 나타나는지 살펴보았다. 다음으로 시인이 대상의 어떠한 속성에 초점을 맞추어 주제의식을 표출하고 있는지를 검토하였다. 여기에서 전원생활의 동반자로서의 자연물, 그리고 현실의 고난을 견뎌내는 주체의 형상화라는 두 가지 양상이 발견된다. 주로 식물을 제재로 한 시에 전원생활의 동반자로서의 자연물이 제시되고 있다. 그 가운데 치자는 자신의 분신인 동시에 삶의 이상을 담지한 존재이며 은거생활의 벗이기도 하였다. 다음으로 동물에 대해 읊은 시들에서 외부의 힘에 의해 고난을 겪는 주체들이 형상화되고 있음을 볼 수 있다. 이 주체들은 자연 사물 그 자체를 읊은 것이지만 때로 시인 자신의 모습이 투영되기도 하고 사회시에 등장하는 고통 받는 민중의 모습으로 비치기도 한다.

황상은 다산의 가르침대로 두보, 한유, 소식, 육유를 시학의 정궤(正

軌)로 삼아 정진하였고, 나중에 추사로부터 "강서종파보를 바로 거슬러 올라갔고 / 또 그 옆으로 원우죄인(蘇軾)의 시를 참조했네.[直泝江西宗派譜, 旁參元祐罪人詩.]"라는 평을 받았다. 강서시파의 연원은 결국 두보·한유에 있으니, 다산에게서 물려받은 지론을 성공적으로 실현한 것이다.[48] 황상은 한양과 같은 문화의 중심지에서 생활하지는 못했기 때문에 당대 유행하는 학문적 경향이나 글쓰기 풍조를 접하기 어려웠을 것이다. 대신 그에게는 스승 다산의 영향이 절대적이었으며, 덕분에 추사가 극찬했듯이 '요즘 세상에 없는' 시를 쓸 수 있었던 것이다.

황상이 영물시를 즐겨 지은 것은 그가 인간의 내면이나 도학적인 이상보다는 구체적인 주변 사물을 통해 세상을 인식하고자 하는 경향이 있었음을 보여주는 것이다. 황상이 주변의 자연물과 사물에 관심을 갖고 영물시를 창작한 것 역시 다산의 영향으로 볼 수 있다. 그러나 산천(山泉) 김명희(金命喜)가 황상이 한유와 두보를 배웠으면서도 자신만의 시경(詩境)을 개척했음을 강조했듯이,[49] 영물시의 영역에 있어서도 스승과는 다른 황상만의 개성이 발휘되고 있음도 분명하다. 이 점은 다산 시와의 면밀한 비교 검토를 통해 드러나게 될 것이다. 이는 황상 시문학 연구의 다음 과제라고 할 수 있다. 한편 본고는 『치원유고』 소재 작품만을 대상으로 하였다는 한계를 지닌다. 『치원소고』에 수록된 작품들을 아울러 다룸으로써 황상 작품의 전체적인 면모를 더 구체적으로 확인할 수 있을 것이다.

---

48 이철희(2006), 236쪽.

49 김명희, 「巵園遺稿序」(황상, 『치원유고』). "황상이 50년 동안 오로지 네 사람에게 마음을 쏟았다는 점에서 멀리서 구해보면 두보와 같고, 한유와 같고, 소동파와 육유와 같고, 가까이에서 구하면 다산과도 같을 것이다. 그러나 그들을 따라 지은 것은 없으니, 치원의 시가 될 뿐이다.[卽其五十年, 所專心於四家者, 求其遠而似杜似韓似蘇陸, 近而似茶山. 而竝無有適成, 其爲巵園詩已矣.]"(이철희(2006), 244쪽에서 재인용)

제 4 장

한시와 문화적 맥락

홍현주 시 세계의 일단
: 불교적 사유를 중심으로

I. 들어가며

　홍현주(洪顯周, 1793~1865)는 19세기의 대표적인 경화세족이었던 풍산(豊山) 홍씨(洪氏) 가문 출신으로 1804년 12세 때 정조(正祖)의 딸 숙선옹주(淑善翁主)와 결혼하여 영명위(永明尉)의 작위를 받았다. 자는 세숙(世叔), 호는 해거(海居)·약헌(約軒)이며 해거도위(海居都尉)로 불렸다. 증조는 홍상한(洪象漢), 조부는 홍낙성(洪樂性)이며 부친은 홍인모(洪仁謨)이고, 어머니는 서형수(徐瀅修)의 딸인 영수합(永壽閤) 서씨(徐氏)이다. 당대 문장가로 알려진 연천(淵泉) 홍석주(洪奭周)와 항해(沆瀣) 홍길주(洪吉周)의 동생이기도 하다.

　홍현주에 대한 연구로는 이군선의 논문[1]이 있다. 홍현주와 중국 문인들 사이의 교유를 중심으로 그의 서화수장가로서의 면모를 살펴본 연구이다. 홍현주는 직접 연행을 가진 못하였으나 측근들을 통해 간접적으로 청조 인물들과 교유하였고, 가까운 사이였던 신위(申緯)와 나

1　이군선(2008), 「海居 洪顯周의 書畵에 대한 관심과 收藏」, 『한문교육연구』 제30호, 한국한문교육학회.

란히 중국 문사들에게 알려졌다. 후지쓰카 지카시(藤塚鄰)도 일찍이 김정희(金正喜)에 대한 연구에서 홍현주와 청(淸) 문인 옹수곤(瓮樹崑)의 교유에 대해 개괄한 적이 있다.[2] 또, 최근에 김기완은 19세기 한중(韓中) 교유의 맥락에서 홍현주의 거주지 관련 그림과 시문에 대해 다루었다.[3] 이 연구들을 통해서 홍현주가 신위, 김정희 등과 함께 19세기 문화사의 주된 흐름을 보여주는 대표적인 문인임을 확인할 수 있다.[4]

기존 연구에서 확인된 바와 같이 홍현주는 이 시기 다양한 집단의 문인들과 친밀하게 교류하며 많은 작품을 남긴 작가이다. 또, 청조 문사와의 교유를 통해 당대 문화의 최신 흐름을 공유하는 등 이 시기 경화문인들의 두드러진 특징을 보여주는 인물이기도 하다. 그러나 홍현주의 작품에 대한 본격적인 연구는 아직 이루어지지 않고 있다. 본 논문은 홍현주의 시 작품들을 전체적으로 살펴보되, 작가의 불교적 사유가 나타난 작품들을 중심으로 논의를 전개하고자 한다. 홍현주의 시문집에 실린 작품들에는 전 시기에 걸쳐 뚜렷하게 불교적 색채를

---

2 후지츠카 치카시(2008), 『추사 김정희 연구 : 청조문화 동전의 연구』, 과천문화원, 299~323쪽.

3 김기완(2013), 「한중교유와 19세기 거주지 재현 예술」, 『한국한문학연구』 제51집, 한국한문학회.

4 *본고가 발표된 이후의 성과는 다음과 같다. 먼저 임영길(2021), 「홍현주(洪顯周)와 청(淸) 문단의 신교(神交)와 그 의미」(『동방한문학』 제87집, 동방한문학회)에서 홍현주와 淸 문인 간의 교유의 양상과 그것이 19세기 한중 문인 교류사에서 어떤 의미를 지니는지에 대해 고찰한 것을 주목할 만하다. 또, 홍현주의 서화 예술에 대해 다룬 논문으로 이원복(2017), 「洪顯周 畵帖의 재구성」, 『대동한문학회 학술대회 논문집』 2017 No.1, 대동한문학회; 김진웅(2020), 「해거재 홍현주의 현전 작품 고찰」, 『미술사와 문화유산』 제9집, 명지대학교 문화유산연구소; 김진웅(2020), 「海居齋 洪顯周의 生涯와 繪畵 硏究」, 명지대학교 석사학위논문이 있다. 홍현주 및 그 일가의 차시(茶詩)에 관한 연구도 이루어졌다. 홍천희(2014), 「洪顯周의 生涯와 茶詩에 관한 硏究」, 동국대학교 석사학위논문; 엄미경(2014), 「조선후기 홍현주 일가(一家) 문집의 차시(茶詩) 연구」, 계명대학교 박사학위논문; 양인순(2022), 「海居 洪顯周 茶詩에 나타난 茶認識 硏究」, 성균관대학교 박사학위논문.

띤 시어가 빈번히 등장하며, 이에 대한 검토를 통해 홍현주 작품세계
의 일단이 드러날 것으로 기대되기 때문이다.

본 논문에서 다룰 자료는 다음과 같다. 우선 1806년부터 1831년까지
의 작품이 실린『해거재시초(海居齋詩鈔)』와 1826년부터 1830년 작품
이 실린『해거재미정고(海居齋未定藁)』, 1826년부터 1831년까지의 작
품이 실린『음시거사미정고(吟詩居士未定稿)』[5]가 있다.『해거재시초』
에서 1826년 이후의 작품들은 뒤의 두 권을 편집한 것으로 보이며,
따라서 겹치는 작품들이 상당수 있다. 1832년부터 1833년의 작품은
『해거재시초이집(海居齋詩鈔二集)』에 실려 있다. 33년 이후의 시는『불
휴권(不休卷)』,『우불휴권(又不休卷)』,『우지불휴권(又之不休卷)』,『삼우
불휴권(三又不休卷)』으로 이어진다.[6] 모두 시기 순으로 편집되어 있으
며, 중국에 전달할 목적으로 간행한『해거재시초』를 제외하고는 모두
필사본이다. 전체 수록 작품 수는 696제 1297수이다.

전체 작품 중에서 불교적인 깨달음이 담겨 있거나 불교 용어를 사용
한 시, 선적인 분위기를 묘사한 시는 약 100수 정도로 파악된다. 본문
에서는 우선 홍현주의 작품에 불교적 사유가 나타나게 된 배경을 간단
히 고찰할 것이다. 그 다음 작품들에서 작가의 불교적 사유가 전개되

---

5 규장각 소장본『吟詩居士未定稿』(『洪顯周詩文稿, 其他』제11책)에는 권수제 '吟詩
居士未定稿二集' 위에 '海居齋未定藁卷第一'이라고 쓴 첨지가 붙어 있다. 그러나
이 책은 제10책『海居齋未定藁』와 수록 작품 및 편차에 차이가 있으므로 본래의
권수제에 따라 '吟詩居士未定稿'로 칭하는 것이 적절하다. 한편, 二集이라고 한 것으
로 미루어 볼 때 따로 一集이 있을 수도 있으나 현재 확인되지 않으므로 소장처의
주기사항을 따라 제목을 '吟詩居士未定稿'로만 표시한다.

6 8종의 자료는『洪顯周詩文稿, 其他』(서울대 규장각한국학연구원 소장. 청구기호
3428-392)라는 표제 하에 묶여 있다.『홍현주시문고, 기타』는 홍현주의 시문집을
중심으로 풍산 홍씨 일가의 여러 시문을 합철한 자료이다. 총 25책의 필사본 자료로서
제1책~17책이 홍현주의 시문집이다.(규장각 원문검색서비스,『홍현주시문고, 기타』
해제 참조) 본고의 분석 대상인 8종의 시집은 제1책~11책에 해당한다. 이하 홍현주
작품 인용 시 개별 자료의 제목 및 해당 작품명만 표기한다.

는 양상을 시기 순으로 살펴본 후, 그 의의를 간략히 검토한다.

Ⅱ. 홍현주의 불교적 사유의 배경

1. 개인적 처지로 인한 갈등

다음은 홍현주의 둘째 형인 홍길주가 쓴 『해거재시초』 서문의 일부이다.

> 내 아우는 어릴 때에 독서를 그리 좋아하지 않고 떠들고 뛰어다녔으며 기운이 웅장하여 세상을 좁게 여겼다. 비록 과독(課讀: 그동안 읽은 글을 시험하는 것)이 임박하더라도 옛 경사(經史)를 대강 읽기만 하고 한 구절 한 구절에 얽매이려 하지 않았다. 어릴 때 이미 부귀해져서 화려한 물건과 즐길 거리 보기를 마치 없는 것 같이 하였다. 장년이 되면서 오히려 기운은 더 호방해져서 더욱 머리를 파묻고 연구하는 일을 일삼지 않게 되었다. 이따금 고인의 책을 들춰보았으나 몇 장 넘기지 않아 문득 책을 덮고 일어났다. 그러나 십사오 세에 그 시가 이미 고상하여 위진(魏晉)보다 출중했고 다른 글은 비록 드물게 지었으나 지으면 반드시 웅장하고 미려하며 훨훨 날아오르는 듯했다. 책을 읽고 깊은 뜻을 이해하기가 마치 백정이 칼질을 하는데 지나는 곳마다 핵심 부위를 잘라내는 것과 같았다. 평상시에도 혹 책상에 한 권의 책도 없었으나 옛 서사(書史)와 격언·치어와 작자가 마음을 쓴 것으로 세상의 배우는 이들이 종신토록 골몰하며 다른 일 할 겨를이 없이하여 겨우 파악하는 것을 모두 마치 좌우에서 취하듯이 하였다. 내가 일찍이 두려워하였으나 그 연유를 파헤치지 못하였다.[7]

---

7 홍길주, 「海居齋詩鈔序」(홍현주, 『해거재시초』). "吾弟幼時不甚嗜讀書, 喧呼奮躍, 雄氣狹實宙. 雖迫於課讀, 粗涉古經史, 而意未嘗拘拘行墨間也. 旣蚤貴富, 視芬華玩

홍현주는 12세 때 정조의 부마가 되어 부귀한 생활을 누리게 되었
다. 홍길주의 회고에 의하면 홍현주는 어릴 때부터 경사를 궁구하는
데에는 큰 관심이 없었고, 나이가 들어서는 기운이 더욱 호방해졌다고
한다. 어린 시절부터 이미 시가 고상했고, 책을 읽으면 단번에 요처를
파악했다. 또한 어릴 때부터 부귀했기 때문에 오히려 물욕에서 자유로
울 수 있었다는 사실도 알 수 있다. 학문에 큰 관심을 두지 않은 것은
물론 과거를 통해 입신양명을 해야 할 필요가 없었던 처지와도 관련이
있을 것이다.

그런데 타고난 호방한 기운은 부마라는 신분에 얽매여 쉽게 배출될
수 없었던 것으로 생각된다. 홍현주는 도성 밖을 나가는 것조차 허락
을 받아야 했으며, 청나라 문사들과도 서신을 통해 간접적으로 교유할
수밖에 없었다. 부마들은 벼슬을 할 수 없어 다른 사대부들과 달리
자아실현의 통로가 제한적이었다. 한편 역대 부마들 중 관로에 진출하
는 대신 경제적인 여유를 바탕으로 당대문화를 선도하는 역할을 한
인물들도 있었다. 예컨대 선조(宣祖)의 부마였던 해숭위(海嵩尉) 윤순지
(尹新之), 동양위(東陽尉) 신익성(申翊聖), 금양위(錦陽尉) 박미(朴瀰)가 그
러했다.[8] 홍현주 역시 서화수장에 몰두하며 청 문인들과 교유하고 시
회(詩會)를 통해 활발한 시작(詩作) 활동을 펼치는 등 문화적 영역에서
만족을 구했다.

다음은 홍현주가 김소행(金紹行)의 『삼한습유(三韓拾遺)』에 쓴 후서

好, 若無有者. 顧齒益壯, 氣益豪, 益不以屈首鑽究爲務. 間披閱古人書, 未數頁輒廢卷
起. 然自十四五歲, 其詩已高, 出魏晉上, 他文辭雖罕作, 作必偉麗翔矗. 讀書解奧義,
如庖丁操刀所過無肯綮. 平居或案無一卷, 然古書史格言卮語及作者用心, 世之學者
終其身矻矻不暇他事爲而僅能掇撫者, 皆若左右取焉. 余嘗畏之而不能究其說也."

8 김은정(2008), 「宣祖와 駙馬의 시문수창 연구」, 『열상고전연구』 제28집, 열상고전연
구회, 47쪽.

(後序)로, 1818년 25세 때의 작품이다. 이 글은 김소행의 소설을 읽은 소감을 자신의 인생과 관련지어 서술한 것으로, 홍현주의 글 중 보기 드물게 자신의 삶 전체를 성찰하고 있는 글이다.

　　죽계일사(竹溪逸士)가 『삼한유사(三韓遺史)』를 지었는데, 마왕의 전쟁까지 읽고서 나도 모르게 책을 덮고 탄식하고는 그대로 멍하니 넋을 잃고 망연자실하였다.

　　나는 어려서 공부하여 장성해 실행하려는 뜻을 품은 지 오래였으나, 외람되이 봉비(葑菲)의 자질로 일찍 금련(禁臠)의 선발에 들게 되었다. 맛있는 음식과 화려한 옷, 훌륭한 음악과 귀한 폐백은 풍부하였으나 낭묘에서 문장을 짓고 임금을 섬겨 백성에게 은택을 베푸는 것은 좌절되었다. 내가 장성하여 행하려는 뜻을 잃었으니 마왕의 계책이 성공했구나.

　　내가 문장에 뜻을 두었는데 게으르고 자포자기하여 책을 대하면 잠이 먼저 쏟아지고 붓을 잡아도 글자가 써지지 않았다. 내가 문장을 이루지 못했으니 마왕의 계책이 성공했구나.

　　내가 산수를 좋아하여 나라 밖으로는 연경과 계주, 요동과 심양으로, 나라 안에서는 바다와 산악, 호수와 산을 마음속으로 왕래하지 않은 날이 없었다. 그러나 문득 습속에 얽매이게 되어 비록 가깝더라도 성문 밖으로는 또한 마음대로 오갈 수 없게 되었다. 내가 산수를 유람하지 못하게 되었으니 마왕의 계책이 성공했구나.

　　내가 한가하려 하면 마왕이 어지럽히고, 내가 고요하고자 하면 마왕이 흔들어 놓는다. 앉으나 서나 따라다니고 거처할 때 지키고 있어 가려서 얽매고 막아서 붙들어 두어 내가 사체를 펼치지 못하게 하여 내 일이 어그러지지 않는 것이 없으니 마왕의 계책으로 하지 못할 일이 없구나.

　　석가의 영험함과 항왕의 힘과 제갈공명의 지혜와 백만의 천상군대와 역대 여성들의 현숙함으로도 남김없이 쳐 없애지 못하고 끝내 강화를 맺고서야 전쟁을 끝냈으니 내가 또 어찌 마왕과 대적할 수 있겠는가?

내가 장차 그를 상객으로 맞아 감언이설로 달래어 보낼 뿐이다.[9]

　소설 속에서 향랑의 혼사를 방해하며 전쟁을 일으킨 '마왕'은 불교에서는 불법을 해치고 중생의 수행을 방해하는 마귀를 가리키는 말이다. 홍현주는 소설 속 여러 인물들 중 마왕의 역할에 주목하여 그것을 자신의 삶의 욕망과 의지를 꺾어버리는 '운명'의 힘으로 형상화하고 있다. 부마가 된 것은 내 의지 밖의 일이었으며, 문장을 이루지 못했던 것은 타고난 기질의 탓이라고 하였다. 또 내 마음을 흔들어 놓아 평정심을 잃게 만드는 것도 마왕이다. 그런데 홍현주는 이러한 마왕을 격퇴할 수 없으니 차라리 상객으로 삼고 달래어 보내겠다고 말한다. 마왕을 무찌르는 것이 아니라 오히려 받아들인다고 한 것은 불가항력적인 운명에 대한, 고쳐볼 도리가 없는 타고난 기질에 대한 수용이다.

　홍현주는 명문 경화세족 출신으로 부마의 지위에까지 오르면서 어려서부터 부귀를 누린다. 그러한 신분에 따르는 제약으로 인해 오히려 갈등을 느끼게 되지만, 그것이 자신의 의지 밖의 힘에 의해 '주어진' 것임을 받아들일 수밖에 없음을 깨닫고 있는 것이다. 벼슬을 통한 입신양명이나 천지 사방을 유람하는 일도 좌절되었다. 학문 탐구 역시

9　홍현주, 『해거수발(海居溲渤)』, 「書三韓義烈女傳後」. "竹溪逸士著《三韓遺史》, 余讀至魔王之戰, 自不覺掩卷而歎, 繼之以嗟焉自喪, 茫然自失也. 余幼而學, 有壯行之志久矣, 猥以葑菲之質, 早被禁臠之選. 膏粱綺紈鐘鼎玉帛則富矣, 而黼黻廊廟致君澤民則左矣. 余失壯行之志, 而魔王之計得矣. 余志于文章而懶惰暴棄, 對卷則睡先至, 握管而字不成. 余不能就文章, 而魔王之計得矣. 余喜山水, 域外而燕薊遼瀋, 方內而海獄[嶽]湖山, 未嘗不日往來于中. 而輒爲俗累所絆, 雖近而城闉之外, 亦不得肆意往還. 余不得遊山水, 而魔王之計得矣. 余欲閒而魔王撓之, 余欲靜而魔王動之. 行坐相隨, 居處相守, 沮而格之, 遏而尼之, 使余不展布其四體, 吾之事無所不乖, 而魔王之計無所不得. 夫以釋迦之靈, 項王之力, 諸葛孔明之智, 百萬天兵之神勇, 歷代列女之哲淑, 猶不得殄殄無遺, 竟以講和而罷, 則余又烏能與魔王較哉! 吾將延之爲上客, 甘言利說說之而送焉."

타고난 기질로 인해 불가능하다. 자신을 둘러싼 물질적 풍요로움 역시
너무 당연해서 쓸모없어 보인다. 이러한 개인적 처지로 인한 갈등을
홍현주는 운명에 대한 관조를 통해 극복하려 한 것이다. 3장에서 살펴
볼 홍현주의 불교적 사유는 이러한 바탕에서 싹튼 것으로 이해할 수
있다.

2. 신위와의 교유

홍현주는 30대에 본격적으로 불교 사상에 심취하며 또 그것에 몰입
하기도 한 것으로 보인다. 그 중요한 계기의 하나로 자하(紫霞) 신위
(1769~1845)와의 교유를 들 수 있다. 홍현주의 시문집에서 불교 관련
용어가 처음으로 나타나는 작품은 1826년, 작가가 33세 때 쓴 「차신참
판【위】자하산장도(次申參判【緯】紫霞山莊圖)」이다.

> 취옹의 이웃 벽로장,　　　　　　　　　　　　翠翁隣曲碧蘆莊
> 【자하의 집은 읍취헌의 옛집에 이웃해 있다. 스스로 인장을 새겨 '취옹인곡
> 시인서실'이라 하였으니 이곳이 벽로음방이다.[紫霞宅在挹翠軒故隣. 自刻印
> 章曰'翠翁隣曲詩人書室', 卽碧蘆吟舫.]】
> 글 쓰고 글씨 구하는 일로 고요하면서 바쁜 듯.　文字求書靜似忙
> 안개 낀 굴 구름숲에 그림이 열리고　　　　　　煙岴雲林開繪畫
> 등나무 담장 이끼 낀 바위에 문장이 드러나네.　藤墻苔石見文章
> 대나무는 계곡 물로 세 갈래 길로 나뉘고　　　竹因澗水分三徑
> 사람과 매화가 한 방에 같이 있네.　　　　　　人與梅花共一房
> 온통 선생의 원각일이니　　　　　　　　　　都是先生圓覺日
> 화엄경 속 꿈이 향기롭구나.　　　　　　　　華嚴經裏夢魂香[10]

---

10 『해거재시초』 권1, 「次申參判(緯)紫霞山莊圖」.

이 시는 자하산장에서의 신위의 생활을 묘사한 후, 결련에서 원각(圓
覺: 여래의 원만한 각성, 일체의 사리(事理)에 통달하는 것)과 화엄경 속의 꿈이
라는 불교적 심상으로 시상을 마무리하고 있다. 홍현주의 불교적 사유
가 신위와 교유하는 과정에서 싹트기 시작했음을 이 시는 보여준다.
신위는 자하산장 은거 시절이었던 1830년부터 1834년 동안 특히 불교
적 성향의 시를 많이 지었는데, 이때 단순한 선취(禪趣)를 넘어 신앙의
차원에서 불교를 받아들였다는 점이 기존 연구에서 지적되었다.[11]

홍현주와 신위는 1827년 게송(偈頌)의 성격을 띤 시들을 여러 차례
주고받았다. 다음은 『해거재미정고』에 실린 홍현주의 작품이다.[12] 제
목과 함께 인용한다.

> 나는 최근에 자주 선열몽을 꾼다. 큰 바다 기슭에서 납의를 입은 한
> 노승을 만났다. 현묘한 말을 많이 하는데 모두 용수의 묘전이요, 곤니
> 의 비지였다. 다만 '靑山', '雲夢' 등의 13자["다시 한 점 청산 있으니, 구름
> 밖의 구름이요 꿈속의 꿈이로다[還有一點靑山麼, 雲外雲夢中夢.]"]만 기억난
> 다. 소낙엽두타(掃落葉頭陀)【자하이다.】에게 쓰게 하여 집 벽에 걸고,
> 받은 시에 화답하여 꿈속의 공안을 증명한다.

공은 공이요, 색은 색임을 깨달을 때	空空色色悟來時
면목은 도리어 한 명 백치일 뿐이네.	面目還他這箇癡
만고의 달은 못 아래 그림자를 남기고	萬古月留潭底影
한철 봄 매화는 거울 속에 가지를 드리웠네.	一春梅洩鏡中枝
도사의 진실한 깨달음 만나지 않았다면	際非道士眞如諦

---

11 신일권(2012), 「신위의 紫霞山莊期 시의 한 국면-불교적 성향의 시를 중심으로-」,
『대동한문학』 제37집, 대동한문학회.

12 『음시거사미정고』에도 같은 제목으로 3수의 시가 실려 있다. 『해거재미정고』에는
본문에 인용한 한 수만 실려 있다.

두타【자하이다.】의 대승시를 어찌 얻었겠는가.

那得頭陀【卽紫霞也】上乘詩

흰 구름 바깥으론 점점 푸른 산　　　　　　　　　點點山靑雲白外

어둔 그늘 어느 곳 깨달음의 연못인가.　　　　　玄陰何處是惺池[13]

　　제목에서 홍현주는 선몽을 꾸고 꿈에서 얻은 시구를 신위에게 글씨
로 써달라고 부탁한 일을 기록하였다. 『경수당전고(警修堂全藁)』에는
신위가 홍현주의 꿈 이야기를 듣고 "一點靑山雲外雲夢中夢" 열 글자
를 쌍폭으로 쓰고 "一點點靑山靑, 雲外雲夢中夢"으로 게를 지은 일이
실려 있다.[14] 신위는 게송 세 편을 짓고 또 시 한 수를 지어 홍현주에게
보냈는데 위 시가 그것에 화답한 작품이다. 신위는 이 시를 받고, 또
홍현주가 다시 꿈을 꾸어 "不是惺不不是夢, 也無偈也也無詩"라는 연
구를 얻었음을 듣고 지난 번 운으로 재차 시를 쓴다. 신위는 그 시의
제목에서 "대저 이 꿈은 그 기원이 거울 꽃에서 시작되어 산 구름으로
이어지니 게도 아니고 시도 아니다. 점차 선의 이치로 들어가 떠나기
어려우니, 답하여 하나의 화두를 이루었다."[15]고 하였다.

　　신위는 홍현주보다 24살 연상으로, 불교에 관심을 가진 선배로서
홍현주의 선(禪) 체험을 시를 통해 격려해 주었다고 할 수 있다. 신위는
첫 번째로 보낸 시에서 "낙엽 쓰는 두타에게 선은 곧 먹이요, 구름

---

13 『해거재미정고』, 「余於近日頗習禪悅夢 大海岸遇一磨衲老師 說玄百千萬語 皆龍樹
　　妙詮昆尼秘旨 但記靑山雲夢十三語【還有一點靑山麼 雲外雲夢中夢】要掃落葉頭陀
　　【卽紫霞也】寫雙聯 揭之齋壁 仍和其見贈詩 證此夢中公案」.

14 신위, 『경수당전고』 40책, 〈詩夢室小草一〉, 「海道人夢作禪偈 只記"一點靑山雲外雲
　　夢中夢"十字 書來要酒翰作雙幅 故應之曰"一點點靑山靑 雲外雲夢中夢"復爲偈曰」.

15 신위, 『경수당전고』 40책, 〈詩夢室小草一〉, 「海道人和詩 已極其奇麗 夜又夢得一聯
　　曰不是惺不不是夢 也無偈也也無詩 大似靑蓮舌底口氣 夫是夢也 緣起始於鏡花 因想
　　於山雲 而非偈非詩 漸臻禪理難去 答來成一話頭 古祖師木犀香柏樹子 又無以過之
　　誰知萬丈狂塵內 有此淸淨道場者重公案 不可無細述一篇 復用前韻」.

속에 자는 대사 게가 시가 되네."[16]라고 하며 선(禪)으로 문학의 바탕을 삼는 자신과 깨달음으로 시를 쓴 홍현주를 나란히 놓고 있다. 이는 신위의 시관(詩觀)의 표출이기도 한데, 홍현주 역시 이러한 시관에 공감하고 있음을 다음 시들을 통해서 알 수 있다. 앞의 시는 신위가 두 번째 보낸 시에 화답한 시이고, 뒤의 시는 같은 해 어명능(魚命能)과 함께 지은 시의 마지막 연이다.

꿈속의 게가 오고 가고 할 때	夢偈來來去去時
두타도 백치요 또 도인도 백치라네.	頭陀癡又道人癡
동쪽 고개에 달 떠올라 서쪽 고개로 전해지고	月升東嶺傳西嶺
남쪽 가지에 꽃 지니 북쪽 가지 차례라네.	花謝南枝遞北枝
드러나지 않은 곳 어찌 바야흐로 묘법인가.	那未現頭方妙法
말하지 않는 곳 이가 곧 진시라네.	卽無言地是眞詩
심심상인이 자연스레 그림 되니	心心相印然然畫
어떤 번뇌도 사라지니 다시 묵지로구나.	消息何煩更墨池[17]
다만 눈앞의 환희가 극에 달했으니	祗可眼前歡喜極
만단 회포를 굳이 시로 짓지 않네.	千端懷緒不須題[18]

아래 시 역시 '대승반야게(大乘般若偈)', '삼소원공계(三笑遠公溪)'와 같은 불교 관련 용어와 고사를 사용한 시이다. '환희(歡喜)'는 불교 용어로, 불법을 듣고 믿음을 얻어 몸과 마음이 기쁘고 즐거운 상태를 표현하는 말이다. 1832년에 신위에게 차운한 시에서도 또한 "홀 밖에

---

16 신위, 『경수당전고』 40책, 〈詩夢室小草一〉, 「復題一詩呈海道人」. "埽葉頭陀禪是墨, 眠雲大士偈爲詩."
17 『음시거사미정고』, 「紫霞頭陀統述一篇 別是大乘終敎 復和」.
18 『음시거사미정고』, 「臘夜與而爽共賦」 2수 중 제1수(부분).

어지러이 바친 것 모두 화사(畵史)요, 벼루 앞에 멍청히 앉았으니 곧 시선(詩禪)이로다. 팔병(八病)과 삼매(三昧)는 무엇하러 논하나. 점도 찍지 않고 말도 없이 이미 망연하다네."[19]라고 하여 신위가 내세운 시선일여(詩禪一如)의 뜻[20]에 홍현주가 동조하고 있음을 보여준다. 이상 인용한 작품들을 통해 홍현주의 시에 나타나는 불교적 사유가 이 시기 신위와의 교유 과정에서 촉발된 것임을 충분히 짐작할 수 있다.

Ⅲ. 홍현주 시에 나타나는 불교적 사유의 전개 양상

1. 환(幻)에 대한 깨달음과 탈속의 추구

앞 장에서 살펴보았듯이 30대의 홍현주는 신위를 매개로 자신의 선적인 체험과 깨달음을 시화하고 있으며, 신위의 시관에도 공감하고 있는 모습을 보인다. 이 시기에는 신위와 주고받은 작품들을 비롯하여 제목에 '게(偈)'라고 명기된 작품이 10여 수 발견되어[21] 홍현주가 불교적 깨달음 자체를 시로 쓰는 데에 적극적이었음을 알 수 있다. 한편 1831년에는 처음으로 초의(草衣) 의순(意洵, 1786-1866)과 주고받은 작품[22]이 나타난다. 또, 이 시기 홍현주는 부도명(浮圖銘)을 짓기도 했으

---

19 『해거재시초이집』, 「次韻示紫霞侍郎」. "笏外紛呈俱畵史, 硯前癡坐卽詩禪. 何論八病與三昧, 無點無言已惘然."

20 신일권(2012) 및 손팔주(2001), 「신위의 불교사상」(『동악어문논집』 37집, 동악어문학회)에서 이에 대해 논하고 있다.

21 홍현주의 30대 작품들에서 불교 관련 용어가 사용되거나 선적인 분위기를 묘사한 작품은 약 40수 정도로 파악된다. 본 절에서는 이외에 인생무상에 대한 인식이 드러난 작품들도 분석의 대상으로 삼았다.

22 『해거재시초』권3, 「清涼山房邀草衣上人【法名意洵 善說法 且工詩 亦今之貫休靈一也】同諸君作 用請看石上藤蘿月句 賦各體 禁梵語」; 「清涼山道中逢草衣上人亦向清涼云 喜甚」.

며[23] 초의의 스승인 완호대사(玩虎大師)의 삼여탑(三如塔) 명문, 운길산 (雲吉山) 수종사(水鍾寺)의 모연문(募緣文)과 같이 불사(佛事)와 관련된 글을 요청받는 등[24] 불가와 직접적인 관계를 맺기 시작했다.

30대 초중반 홍현주가 신위와 주고받은 시들을 보면 작가가 '꿈'이 라는 매개를 통한 몽상적인 체험에 경도되어 있다는 것을 감지할 수 있다. 그리고 꿈에서 얻은 깨달음은 대체로 실재(實在)라고 여겼던 물 상들('나'를 포함하여)이 실은 환영일 뿐이라는 사실이다. 앞서 인용한 시(주14 작품)의 함련에서 물에 비친 달과 거울 속 꽃이 실재가 아님을 말하고 있는데, 이러한 '환(幻)', '환몽(幻夢)'에 대한 깨달음이 이 시기 불교 관련 작품들에 두드러지는 요소라고 할 수 있다. 다음 시구들을 통해 이러한 면모를 확인할 수 있다.

거울 가운데 거울 속 아득히 끝이 없고   鏡中鏡裏渺無垠
일렁이는 천 개 등불은 한 몸이 변한 것.   焰焰千燈幻一身
마치 연꽃이 맑은 물에 솟아난 듯   恰似芙蓉清水出
아니면 북두성이 푸른 하늘에 늘어선 듯.   還疑星斗碧空陳
시방에 두루 여래의 눈 비추니   十方遍照如來眼
백 개 그림자 옥국(玉局)의 신령함 나눠 전하네.   百影分傳玉局神
거울 뒤 등불 앞에 고요히 홀로 앉으니   鏡後燈前悄獨坐
장주와 나비 그 무엇이 진짜인가.   莊周蝴蝶是誰眞[25]

---

23 『해거수발』, 「麟谷雷學浮圖銘」(1829~1832년 작으로 추정).

24 조카 홍우건(洪祐健, 1811~?)의 시문집인 『거사시문(居士詩文)』 1권에 실려 있는 「완호대사삼여탑명(玩虎大師三如塔銘)」과 「운길산수종사중수모연문(雲吉山水鍾寺重修募緣文)」 두 편은 홍우건이 계부 홍현주를 대신하여 지은 것이다. 모두 1831년 의 작품이다.

25 『해거재시초』 권1, 「齋壁之北 設玻瓈大鏡 對設一小鏡 燃燈兩鏡之間 鏡中鏡 燈外燈 燈燈相照 鏡鏡生影 晶熒熠爚 移神駭目 戲成一篇」(부분).

거울과 거울, 등불과 등불, 몸도 함께 환영이요	鏡鏡燈燈身共幻
산이며 물은 꿈처럼 모두 가볍다네.	山山水水夢全輕[26]

초당에 비바람 불고 봄 등불 희미한데	草堂風雨春燈微
도인은 관도 쓰지 않고 호상에 기대 있네.	道人不冠胡床據
복숭아꽃 대나무 은은히 어우러지고	桃花竹樹相掩映
대나무 사이론 시냇물 졸졸 흘러가네.	竹間流水涓涓去
나비 한 무리 방초 위를 펄펄 날아다니고	粉蝶一團滾芳草
앉아 있는 스님은 웃지도 않고 말이 없네.	僧坐不笑復不語
내 눈은 분명 이렇게 보고 있는데	我眼分明如是見
내 몸은 텅 비어 붙일 곳 없구나.	我身空空無着處
빗소리에 다시 초당 앞에 돌아오니	雨聲還在草堂前
이웃집 닭 세 번 울고 하늘 밝으려 하네.	隣鷄三唱天欲曙[27]

앞의 두 시는 1827년, 뒤의 시는 1831년 작품이다. 첫 번째 시는
거울 사이에 등불을 세우고 두 거울 사이로 끝없이 늘어선 등불의 형상
을 보고 지은 시이다. 이 '실험'을 통해 작가는 등불 하나가 천 개의
등불로 환화(幻化)하고 있으니 그렇다면 실재라고 생각하고 있는 내
몸도 마치 거울 속 불빛처럼 허상은 아닌지 의심을 품는다. 마지막
연에서 장주의 호접몽을 이 깨달음과 연결지었다. 두 번째 시에서도
역시 거울과 등불을 언급하고 있어 홍현주에게 거울과 등불의 이미지
가 환(幻)에 대한 사고를 강렬하게 촉진했다는 것을 알 수 있다. 세
번째 시는 꿈에서 깨어나 지은 시이다. 이 시의 네 번째 연에서도 호접
몽과 유사한 모티프가 나타난다.

---

26 『음시거사미정고』, 「與人拈韻」 2수 중 제1수(부분).
27 『해거재시초이집』 권1, 「曉夢」.

이러한 환(幻)에 대한 인식은 자연스럽게 인생무상에 대한 사고로 이어진다. 뜬구름 같은 짧은 인생은 부질없고 허망한 것이다. 30대의 홍현주의 시에서는 실재가 모두 환영이라는 인식에서 촉발된 무상감과 그것을 불교적 사유를 통해 극복하려는 노력이 동시에 나타나고 있다. 인생의 좌절을 겪으며 불교에 더욱 몰입하게 된 신위[28]와 달리 홍현주가 어떠한 사고를 통해 불교의 교리에 접근해 갔는지 대략 알수 있다.

유교사회 사대부의 주요한 욕망 중의 하나는 환로에 진출하여 자신의 역량을 펼치는 것이었다. 많은 사대부 문인들에게 그러한 욕망 실현의 과정이 순탄하지 않은 경우가 많았으나, 목표 달성을 위해 나아가는 것 그 자체가 삶의 원동력이 될 수가 있었다. 그러나 그러한 자아실현의 기회를 차단당하고, 또 별다른 수고 없이 물질적 풍요로움을 누렸던 부마 홍현주에게는 자신을 둘러싼 환경이 무상하고 흥미 없게 느껴졌던 것이다. 30대의 홍현주에게는 이러한 자신의 삶을 어떻게 받아들여야 할 것인지의 문제가 불교적 가르침에 대한 탐구로 이어지게 된 것으로 이해할 수 있다.

아래 두 작품은 각각 1828, 1830년의 시이다.

마음속 회포 좋이 열기엔 이보다 좋은 곳 없어	無地襟懷得好開
일어나 은하수 보며 서성거려 보네.	起瞻宵漢一徘徊
꽃 지면 다음 해에 다시 피어나는데	花殘來歲還應着
사람 가면 어느 때나 돌아올 수 있나.	人去那時可復迴
누가 노부와 짝하여 홀로 읊는 시에 화답하려나,	誰伴老夫酬獨咏
부질없이 촛불 밝히고 깊은 잔 마주했네.	空教明燭對深盃

---

28 신일권(2012), 364~365쪽.

봄 근심을 나부의 꿈에 부치려 하는데	春愁欲寄羅浮夢
궁의 물시계는 어이하여 새벽을 재촉하나.	宮漏其如曉箭催[29]

버들 가 꽃 바깥에 작은 시내 흐르고	柳邊花外小溪流
놀러 나온 이들 봄 찾아 곳곳에 머무네.	遊子尋春處處留
안개 노을 속의 한나절, 절로 기쁠 만하니	半日煙霞堪自悅
어떻게 하면 일생을 숲과 골짜기에서 보낼까.	一生林壑得那由
뜬 영화 괴로워 단봉을 고르고	浮榮惱殺調丹鳳
참된 본성 깨달아 흰 소를 되찾아오네.	眞性喩他返白牛
선방의 부엌에 별미 없단 말 마오.	休道禪廚無別味
구장 국에 보리 밥 진미를 압도하네.	羹芋炊麥壓珍羞[30]

위의 작품에서는 꽃과 사람을 대비하여 인생의 허망함을 분명히 드
러내고 있다. 이 시는 직접적으로 불교와 관련된 것은 아니나, 불교적
깨달음으로 이어지는 인생무상에 대한 통찰이 담겨 있다고 할 수 있
다. 두 번째 시에서는 '뜬 영화'가 괴로워 신선이 되길 구하고 진성을
깨달아 흰 소를 되찾는다고 하였다. 흰 소는 일승법(一乘法)을 비유하
는 말로, 부처가 되는 참다운 법은 하나로 통한다는 의미를 담고 있다.
또 두 번째 시에는 속세를 떠나 한가롭게 살고 싶은 뜻을 부치고 있는
데, 이러한 생각 역시 이 시기 시에 종종 드러나고 있다. 다음은 1828
년의 작품이다.

바닷가에 한 누대 있어	海上有一樓
누대 높고 바다는 길이 깊구나.	樓高海永深

---

29 『음시거사미정고』, 「又興而奭呼韻」.
30 『음시거사미정고』, 「寺晚呼韻」 2수 중 제2수.

우러르면 하늘은 끝이 없고　　　　　　　仰觀天無際

내려다보면 땅도 경계가 없어.　　　　　　俯視地無垠

구름 속으로 날아가는 새　　　　　　　　于飛雲間鳥

물 위에 뛰노는 물고기.　　　　　　　　　於躍水面魚

눈을 들면 모두가 색상이요,　　　　　　　擧目皆色相

머리 돌리면 모두 허망하다네.　　　　　　回頭摠虛妄

늙은 나그네에게 말 부치니　　　　　　　寄語龐眉客

뜰 앞 나무를 한 번 보라.　　　　　　　　試看庭前樹

봄이면 온갖 꽃이 무더기졌다가　　　　　春來百花叢

꽃 지면 곧 열매를 맺는다네.　　　　　　花落便成果[31]

　제목에 '게(偈)'라고 명시하였듯이 작가가 선적인 깨달음을 담아서 지은 시이다. 1828년의 작품으로, 처음부터 네 번째 연까지는 색상의 허망함을 탄식하고 마지막 연에서 그것으로 인한 무상감을 극복하고 있다. 앞에서 인용한 「우여이석호운(又與而奭呼韻)」에서 꽃과 인간을 대비하여 무상함을 강조한 것과 반대로, 나무에 꽃이 지고 열매를 맺는 것을 관조함으로써 무상감을 극복하려는 모습을 보이고 있다. 모든 실재가 다 환영임을 깨닫고 이를 관조하는 것, 속세와 거리를 두고 고요한 선열(禪悅)을 추구하는 것이 이 시기 홍현주가 모색한 삶의 방법이다.

삼천사물 소식 혹시 묻거든　　　　　　　三千消息如相問

십이인연 모두 정 끊었다 하리.　　　　　十二因緣摠斷情[32]

31　『음시거사미정고』, 「神圓寺偈【以下東溪南江兩首 並執遂念擬作】」.

32　『음시거사미정고』, 「與人拈韻」 2수 중 제1수(부분).

빈 산 흐르는 물은 계송에 깊이 스미고	空山流水洞乎偈
야윈 대와 찬 매화는 홀로 유정하다네.	瘦竹寒梅獨也情
차 마신 후 옷자락 쥐고 맑은 밤에 섰노라니	茶罷攬衣清夜立
난간 끝엔 뭇 별들 걸려 있구나.	闌干頭上玉繩橫[33]

푸른빛 때때로 시 읊는 자리로 들어오고	翠微時入吟詩席
새벽에 향적 바치려고 불반을 씻네.	香積晨供浴佛盤

【내일 아침이 4월 8일이다.[明朝卽四月八日.]】

가벼운 먼지 별계에 침노할까 혹 걱정되니	或恐軟塵侵別界
문 나설 땐 늘상 야인 의관 챙겨 입네.	出門常着野衣冠[34]

달빛 받은 한 쌍 신발 누구와 짝하려나.	帶月雙鞋誰作伴
반쪽 걸상에 조는 구름, 부처가 이웃이 되었네.	眠雲半榻佛爲隣
숨은 신선 샘물 폭포는 끝내 헤어지기 어려우니	隱仙泉瀑終難別
반드시 띠집 지어 깨끗한 인연 맺으려네.	定欲誅茅結淨因[35]

하계의 태양 늘 그늘진 것 이제야 알겠으니	始知下界日常陰
백 길의 티끌 먼지 모두 내려다보이네.	百丈塵埃摠俯臨
종 치고 등불 사르는 것 도리어 속된 일	鐘撞燈燃還俗事
향 다 타고 재 식으니 곧 내 마음일세.	香殘灰冷卽吾心
해승은 이미 떠나 가을하늘 멀고	海僧已去秋天遠
산객은 이제 막 돌아가 석양빛에 잠겼네.	山客纔歸夕照沈

【초의가 한 달 남짓 절에 머물렀다가 떠났다. 성여는 이때 마침 먼저 돌아갔

---

33 『음시거사미정고』, 「與人拈韻」 2수 중 제2수.

34 『해거재시초』 권2, 「次天民」.

35 『해거재시초』 권3, 「於鶴到庵看月 夜深先下山入城 春山葯農隨之【族姪祐吉 原字成
汝 別字春山 工詩善書畫 葯農 名成謨 字而玉樗園子 亦詩工筆妙】綱堂酉山留宿禪房
判袟時拈韻 約以歸後相對共出而續之」.

다.[草衣留寺月餘去. 成汝是時適先歸.]】

감실의 불상 분명 금빛 얼굴 구면이니 　　　　　龕佛分明金面舊

일찍이 녹야원에서 속마음 나눴던 듯하네.　　　　似曾鹿苑細論襟[36]

　첫 번째 인용한 시구에서는 세상 소식과 두절하고 인연을 끊는 것을 허무를 극복하는 방편으로 삼고 있다. 두 번째 작품은 자연 속에서 홀로 느끼는 고요한 기쁨의 경지를 묘사하였다. 세 번째와 네 번째 작품은 속세와 거리를 두고 깨끗한 곳에서 깨끗한 인연(불가와의 인연)을 맺는 것을 추구하고 있다. 마지막 시는 수종사를 방문하고 지은 작품으로, 첫 연부터 속세에서 벗어난 기쁨을 노래하였다. 이어서 향도 다 타고 재도 식은 후의 차갑고 고요한 상태가 자신의 마음이라고 하고 불가와 인연 있음을 강조하며 마무리하였다.

　요컨대 홍현주의 탈속 지향의 출발점은 실재와 환영에 대한 불교적 깨달음과 이로 인한 인생무상이라고 할 수 있다. 그것을 극복하기 위한 불교 교리의 수용 및 그 과정에서 느끼는 선열의 시화가 이 시기 홍현주 작품 세계의 한 국면이 된다. 탈속에 대한 지향은 유가의 사대부들이 공통으로 갖고 있는 것이지만, 홍현주의 시에서는 특히 불가와 자신의 정인(淨因)을 강조하는 방향으로 드러난다는 점이 특징적이다. 이는 향리로 귀의할 수 없는 부마라는 처지에서 더욱 절실하게 표출된 것으로 이해할 수 있다. 30대의 작품에는 속세와 단절하고자 하는 정서가 드러나는데, 이러한 자신의 처지에 대한 갈등이 마음속에 자리 잡고 있었기 때문이다. 또, 실제로 전원에 거처를 마련할 수 없었고

---

36 『해거재시초』 권3,「辛卯歲十月十六日 到洌上山房 厥明日賓主與偕往游水鐘寺 到寺 日未晡 周覽暢情 洵絕境也 夜劇談諧 得詩不多 厥明鬻菽乳爲歡 下山不覺曛黑 偕者 酉山穉修耘蓮穉裵東樊汝成華山士宗酉山之子士衡族叔而玉族姪成汝 共七人」2수 중 제2수.

이따금씩 산사(山寺)에 유람할 때에만 탈속적인 기분을 느낄 수 있었으므로 특히 불가와의 인연이 강조된 것으로 볼 수 있다.

2. 공(空) 사상의 체화

본 절에서는 『불휴권』과 『우불휴권』 앞부분에 실린 작품들을 위주로 그 특징을 살펴본다. 『불휴권』은 1833년부터 1838년까지, 즉 홍현주 41세부터 46세까지의 작품을 수록하고 있다. 『우불휴권』은 1837년부터 1859년까지, 즉 45세부터 67세까지의 작품을 싣고 있다. 홍현주의 40대 시, 즉 1833년부터 1843년까지의 작품들 중 불교와의 연관성이 발견되는 것은 약 20수이다. 본 절에서는 30대의 홍현주의 작품에서 나타난 불교적 사유가 장년기로 접어들면서 어떤 방식으로 이어지고 있는지를 검토해 볼 것이다.

30대의 홍현주의 작품에서는 모든 색상이 공함을 알았으나 여전히 번뇌를 느끼며, 속세의 인연을 잊고 불가와 인연을 맺으며 탈속의 경지를 추구하고자 하는 경향을 발견할 수 있었다. 한편 40대로 접어들면서 이러한 사고에 약간의 변화가 일어난다. 다음은 1833년, 1835년의 작품이다.

나부산 가는 길 분간할 수 없는데	不辨羅浮徑
찾아가는 길 곳곳이 향기롭네.	行尋處處香
곱고 추함 절로 다투지 않고	娟媸自無競
공과 색도 이미 잊어버렸네.	空色了相忘
인간 밖에 맑은 기운 머무르고	人外留淸氣
술잔 앞에서 가는 세월 느끼네.	尊前感逝光
그리운 이 강마을에 있으니	所懷在江曲

【유산의 집이 두미에 있다.[酉山家住斗尾.]】
목 늘여 긴 저녁 하늘 바라보네.　　　　　　　　　引領暮天長[37]

붉은 촛불 금 술동이 모두 억겁 인연이요,　　　　　紅燭金樽摠劫因
농염한 꽃 여린 버들은 저무는 봄이라.　　　　　　穠花嫩柳亦殘春
색은 공이요, 공은 색이니 모두 이와 같아　　　　　色空空色具如是
환희장 속에 해탈한 사람이로세.　　　　　　　　　歡喜場中解脫人[38]

　30대 작품들과 마찬가지로 색즉시공(色卽是空)의 불교적 사유를 읊
고 있다. 차이점은 40대에 지어진 이 두 작품은 이전 시기와 달리 공과
색을 모두 깨달은 법열(法悅)의 경지를 노래하고 있다는 점이다. 실제
작가가 수행에 정진하였는지는 알 수 없으나, 적어도 이 작품들에서는
이전 시기의 허망함이나 안타까움의 심회가 모두 해결된 느낌을 준
다.[39] 불교적 교리를 탐색하는 단계를 넘어 그것을 체화하고 그 기쁨을
묘사하는 것이 이 시기 홍현주 시의 한 특징으로서 나타나게 된 것이
다. 다음은 가까운 시우(詩友)였던 동번(東樊) 이만용(李晚用, 1792~1863)
의 시에 차운한 작품이다.

　오경 종소리에 망령된 인연 문득 깨달으니　　　妄緣陡覺五更鐘
　기쁘기가 마치 포위된 성 만 겹이 풀리듯 하네.　快似圍城解萬重

---

37 『불휴권』, 「又和雪詩」.
38 『불휴권』, 「次春姪」 3수 중 제1수. 이 시는 족질 홍우길(洪祐吉, 1809~1890. 字
成汝, 號 春山·藕士·研灘)에게 준 시인데, 이 시기부터 홍현주의 불교 사상에 교감했
던 인물이 바로 홍우길로 짐작된다. 홍우길에게 준 시의 경우 불교의 교리를 주제로
한 것들이 상당수 있다.
39 이는 홍현주의 불교적 사유의 변화 양상인 동시에 불교적 사유를 작품 속에서 형상화
하는 방식의 변화라고 볼 수도 있을 것이다.

흩날리는 꽃 가는 물에 이미 띄워 보내고	已遣飛花浮逝水
밝은 달이 고송에 걸린 것 문득 보았네.	却看明月在高松
세 칸 집에는 서적이 키 높이요,	等身圖史三間屋
한 모퉁이 봉우리의 구름이 눈앞을 스치네.	過眼煙雲一角峰
향불 연기 사라지고 발 움직이지 않으니	古篆香銷簾不動
시의 뜻과 선의 맛 함께 짙어가누나.	詩情禪味與俱濃[40]

1835년, 42세 때의 작품으로, 깨달음을 얻은 기쁨을 묘사하는 것으로 시상을 열고 있다. 또, 미련에서 고요한 법열의 경지, 시와 선이 일치한 상태를 그려내면서 예전에 홍현주 자신이 신위의 모습을 묘사할 때[41]와 같은 방식으로 자신을 형상화하고 있음도 발견된다. 30대의 인식과 달라진 점은 45세 때 작품인 「관등(觀燈)」의 한 구절에서도 볼 수 있다. 이 시에서 작가는 관등회를 구경하고 "색은 색이고 공은 공이라 나를 이미 잊었네."[42]라고 하며 환과 실재의 고민을 벗어나 '아(我)'를 잊는 단계로 진입했음을 드러낸다. 불교의 공 사상을 체화한 결과라고 할 수 있다.

그런데 이 시기에는 이러한 시들 외에 친구 및 친지들과 주고받은 시, 함께 지은 연구 등에 작가 자신의 시어로서 불교 용어를 자연스럽게 노출한 경우가 많다. 몇 구절을 인용해 본다.

오늘 밤 좋은 달에 진정을 보리니	好月今宵眞正見
옛날 노닐었던 어느 곳을 꿈에서 찾아갈꼬.	舊游何處夢魂憑[43]

---

40 『불휴권』, 「次東樊」(a) 2수 중 제2수.
41 각주9) 참조.
42 『불휴권』, 「觀燈」. "色色空空我已忘."
43 『불휴권』, 「次東樊」(b) 2수 중 제2수(부분).

신령스런 사귐 다한 곳 형해의 밖이요,　　　　　神交盡是形骸外
현묘한 깨달음 앞선 곳 자구의 앞이라네.　　　　妙悟先於字句前[44]

신선 같은 자태는 청춘 그대로이니　　　　　　　卽見仙姿春尙在
불력이 몰래 도움을 마땅히 알겠구나.　　　　　應知佛力暗相扶
【건옹의 주갑이 이 해 4월 8일이다. 장남이 날을 나누어 잔치를 열고 친척과
손님들을 널리 초대했다. 이것이 그 하나이다.[健翁周甲是年四月八日. 而其
胤子分日設筵, 廣延親戚賓客. 此其一也.]】[45]

화분 속의 꽃 분명히 화엄의 경지이니　　　　　盆花的歷境華嚴
손님들 숲에 앉아 종일토록 머무르네.　　　　　客坐林中竟日淹[46]

공은 색이요, 색은 공이니 묘체를 깨달았네.【해거[海]】
　　　　　　　　　　　　　　　　　　　　　　色空空色妙諦悟余[47]

　　인용된 구절에서는 진정(眞正), 묘오(妙悟), 불력(佛力), 화엄(華嚴),
묘오(妙諦) 등의 표현을 사용하고 있다. 작품 자체는 불교적인 깨달음
과 크게 관련이 없으나, 불교 용어를 사용하여 선적인 느낌을 부여하
거나 표현을 세련되게 한 경우이다. 마지막 구절은 홍길주, 윤정진,
홍우건, 홍현주가 함께 지은 매화에 대한 연구인데, 홍현주는 자신의
차례에서 불교 용어를 사용하여 시상을 잇고 있다. 공 사상의 체화와
함께 자신의 시어로서 불교 용어를 선택하여 시의 주제나 묘사대상과
상관없이 자연스럽게 표현의 한 방식으로 사용하고 있다는 점이 이

44 『불휴권』, 「香橋術衕夜話南絳雪【秉哲原明】惠土【秉吉子裳】」(부분).
45 『불휴권』, 「赴金健翁參判【陽淳元晦】吟席」 4수 중 제2수(부분).
46 『불휴권』, 「健翁枉山房」 2수 중 제2수(부분).
47 『불휴권』, 「閤梅聯句」(부분).

시기 불교와 관련된 홍현주 작품의 한 특징이다.

또한 30대에 작가가 지향했던 불가와의 인연이 40대 작품 속에서 본격적으로 표명되기 시작했다는 점을 덧붙일 수 있다. 이 시기 작품 중에 이러한 인식이 나타나는 작품을 몇 편 인용한다.

한 해 한 해 윤회의 봄이요,	年年歲歲輪廻春
한 해 한 해 과거의 사람이로다.	歲歲年年過去人
묘한 춤 묘한 노래 모두 법보이니	妙舞妙歌皆法寶
삼생에 본디 불가의 인연 있네.	三生自在佛家因[48]

시 읊고 차 마시는 것 모두 선의 맛이니	吟詩啜茗皆禪味
나 또한 인간 세상에 머리 기른 중이라네.	我亦人間有髮僧[49]

구름과 구름, 꿈과 꿈이 겹겹이 가렸는데	雲雲夢夢相遮重
만 리 바다에 하늘이 드리웠네.	海天萬里垂穹窿
숲 아래 팔 붙든지 팔 년 후	林下把臂八年後
내 이미 쇠함 심해 오랜 속진 묻혔다네.	我已衰甚舊塵容
선사께서 금강산 산속에서 오시니	師從怾怛山中來
두 눈에 눈물 모여 천 개 못으로 흐르네.	兩眼瀅集千潭溶
나 또한 전생에 불제자였으니	我亦前生佛弟子
뜻 맞는 벗으로 다시 태어나 다함이 없구나.	苦岑輪回互不窮[50]

첫 번째 인용한 구절은 홍우길에게, 뒤의 두 작품은 초의에게 써준 시이다. 첫 번째 시의 법보(法寶)는 불(佛), 법(法), 승(僧)의 세 가지 보

---

48 『불휴권』, 「次春娃」 3수 중 제2수.
49 『불휴권』, 「瑪莊丙舍逢艸衣師拈韻共賦」(부분).
50 『불휴권』, 「次艸衣楓嶽韻」.

배 중 법을 말하며, 경전을 뜻한다. 두 번째 시는 초의가 대접한 차를 마신 소감을 표현한 것인데, 선의 맛을 알고 있는 자신은 불문에 들지 않았으나 불제자라는 뜻이다. 세 번째 시에서는 초의와의 인연을 강조하기 위해 윤회를 언급하였다. 30대 작품에서는 탈속을 지향하는 과정에서 불교와의 인연을 언급한 반면, 40대에는 일상 속의 깨달음과 교유의 과정에서 불제자로 자처하고 있는 것이다. 이러한 특징 역시 불교적 교리를 체화하여 작품 속에 자연스럽게 녹여내기 시작한 이 시기 홍현주 시 세계의 한 국면을 형성한다.

3. 자득(自得)의 경지

본 절에서는 『우불휴권』, 『우지불휴권』, 『삼우불휴권』에 실린 작품들을 대상으로 50대 이후 시기 작품의 특징을 살펴본다. 5, 60대 작품들 중 불교와 관련된 시는 대략 30수 정도가 된다. 본격적인 논의에 앞서 작품을 한 수 인용한다. 1860년, 67세 때의 작품이다.

내일 그대를 강 남쪽으로 보내니	明日送君向水南
술자리에 나선들 달지가 않구나.	雖造杯酌不成酣
지는 달 푸른 산 머금은 것 이미 보이고	已看斜月含靑嶂
한가로운 구름 푸른 못 곁 지날 뿐이네.	惟有閒雲傍綠潭
소년기엔 시구 찾으며 도사(陶謝)에 견주었고	覓句少年擬陶謝
늙어서는 정을 잊고 장주 노담 배웠다네.	忘情老我學莊聃
가을바람이 정히 돌아갈 길 앞에 부니	秋風正値歸時路
단풍잎과 국화에 한번 말에서 내리네.	紅葉黃花一去驂
(춘파를 보내며)	送春坡[51]

51 『우지불휴권』, 「次放翁東齋夜興 贈李春坡【敦相景濂以下次陸】」 56수 중 제2수.

이 시를 인용한 까닭은 저자가 노년기에 지나온 삶을 돌이켜보는 내용이 담겨 있기 때문이다. 경련에서 젊어서는 사령운과 도연명처럼 되고자 했고, 나이 들어서는 장자와 노자를 배웠다고 하였다. 사령운과 도연명을 배웠다는 진술은 홍현주의 시관을 짐작하게 해 주는 말이며, 특히 언외지미(言外之味)의 선취(禪趣)를 지향하는 작품들과도 연관 지을 수 있기에 주목을 요한다. "묘한 깨달음에 때때로 웃기만 할 뿐이니, 아이들은 나를 미친 사람이라 부르네."[52], "묘한 법은 매번 꽃 아래에서 깨닫고, 기이한 문장은 도리어 새 곁에서 보네."[53]라고 한 데에서도 이를 확인할 수 있다.

그런데 여기서 홍현주 스스로 나이 들어서 장주와 노담을 배웠다고 말한 부분 역시 염두에 두어야 한다. 이미 홍현주는 30대에 불교의 공 사상을 장주의 호접몽과 연결 지어 표현한 작품이 있으며, 그 외에도 호접몽 이미지가 여러 차례 작품에 등장하고 선계(仙界) 지향 모티프 역시 자주 활용되었다는 점을 간과할 수 없다. 이로 보아 젊은 시절부터 노장적 사유가 없었다고 할 수는 없다. 그러나 여기서 이에 대해 거론하는 이유는, 이 시기, 특히 60대 이후의 시들 중 불교적 사유가 드러나는 작품들이 노장(老莊)의 분위기와 무관하지 않기 때문이다. 예컨대 다음의 시들이 그러하다.

내 봄은 본디 평등하니	我觀本平等
만상이 모두 가지런하다네.	萬象摠均齊
다듬이 소리 이웃에서 이어지고	砧響隣相續

---

52 『우불휴권』, 「借李尙書【景在】金雞山莊 留一旬 與葯農共次杜律」, "妙悟時時還自笑, 兒童呼我一狂夫."

53 『삼우불휴권』, 「重餘二客共賦 穉有又至」, "妙法每從花下覺, 奇文還向鳥邊看."

이끼 덮여 있어도 길 잃지 않네.　　　　　　　　　　苔痕徑不迷[54]

마음이 텅 비어 물아가 없으니　　　　　　　　　　　心虛無物我
높이 베고 누우면 곧 편안한 둥지일세.　　　　　　　高枕乃安巢
밤에 누우면 벽에선 벌레 소리　　　　　　　　　　　夜臥蟲音壁
새벽에 일어나면 나뭇가지엔 서리가 가득.　　　　　晨興霜滿梢
다리 위 시장에서 물고기 사고　　　　　　　　　　　沽魚橋上市
성곽 서쪽 푸줏간에서 고기를 사네.　　　　　　　　買肉郭西庖
밥상 대하니 맛있는 음식 있어　　　　　　　　　　　對案有兼味
오래 머물며 이 교외에서 즐긴다네.　　　　　　　　淹留樂此郊[55]

뭇 묘법이 텅 비었으니 노씨를 생각하고　　　　　　衆玅法虛思老氏
시방세계의 공과 색이 여래를 징험하네.　　　　　　十方空色證如來
맹동의 날씨 서늘해지기 시작하는데　　　　　　　　孟冬風日凄凄始
국화만 홀로 무수히 피었구나.　　　　　　　　　　獨有黃花無數開[56]

세 섬의 여러 신선들 모두 옛 벗이요,　　　　　　　三島群仙皆舊友
서방의 노불은 내 전신이라오.　　　　　　　　　　西方老佛是前身
백 년이 다만 오늘만 같아라.　　　　　　　　　　百年但使如今日
날마다 빛나고 또 날로 새롭구나.　　　　　　　　日日輝光又日新[57]

　　앞의 두 작품은 노장적 사유와 그러한 삶의 모습을 묘사한 시이다.
세 번째 시는 노씨와 여래를 병칭하고 있고, 네 번째 시에서도 부처와
함께 여러 신선들을 거론하고 있다. 신선에 대한 동경은 이른 시기의

---

54 『우지불휴권』, 「次杜少陵春日江村」 55수 중 제8수.

55 『우지불휴권』, 「次杜少陵春日江村」 55수 중 제17수.

56 『우지불휴권』, 「次杜少陵春日江村」 55수 중 제37수.

57 『삼우불휴권』, 「杜律無佳字韻 替拈陸律」 제3수.

작품에서도 간혹 등장했으나 이처럼 부처와 나란히 등장한 경우는 없었기에, 이 예들은 이 시기 홍현주 작품세계의 변화를 보여주는 한 예라고 할 수 있다. 물론 이러한 사고가 나타난다고 해서 불교에 대한 정진이 줄어든 것은 아니다. 그보다는 불교의 교리를 이해하고 접근해 가려던 청년기의 모습과 달리 여기에 편안하게 기대고 있다고 보는 편이 좋을 것이다.

특별히 초가집 지으니	特地開茅宇
가을빛이 만 리에 밝구나.	秋光萬里明
천 개 바위에 불기(佛氣) 있어	千巖皆佛氣
초목 또한 오래 산다네.	草木亦長生[58]

가을바람 가을 해 정히 처량하노니	秋風秋日正淒淸
명정과 삽선만 …하게 먼 성에서 움직이네.	旋翣▨▨動遠城
유독 서천에만 극락 땅 있으니	偏有西天極樂地
시방제불이 기쁘게 맞이하도다.	十方諸佛喜逢迎[59]

고승이 구름바다 사이에서 오니	高僧來自海雲間
산사에 종 울리고 저녁 새 돌아오네.	山寺鐘鳴夕鳥還
내 전신 마땅히 부처였음 알겠으니	知我前身應是佛
뜬 인생에 오늘은 다시 맑고 한가롭네.	浮生今日又淸閒[60]

각각 51세, 61세, 62세 때의 작품이다. 첫 번째 작품은 교리를 말하

---

58 『우불휴권』, 「又拈唐詩」 9수 중 제5수.
59 『우불휴권』, 「李同樞【學懋】輓」.
60 『우불휴권』, 「靑蓮寺夏日 華隱上人自東海上至 余亦偶過 談經說偈之餘 誦傳其詩 仍和而贈之【乙卯】」.

고 있기보다는 부처의 공덕을 믿는 소박한 신앙의 모습을 드러내고 있다. 두 번째는 만시인데, 죽은 뒤에 극락에 간다는 표현은 단순하지만 역시 신앙의 차원에서 할 수 있는 말이다.[61] 세 번째 시는 청련사에서 만난 화은상인(華隱上人)의 시에 화답하여 증정한 것으로 역시 불가와의 인연을 강조한 시이다. 68세 작품에서 "산승과 가까이한 인연 점차 무르익어가니 세로의 흥이 전연 드물어짐을 알겠구나."[62]라고 한 것도 이와 통한다. 애쓰거나 구하지 않아도 자연스럽게 불교와의 인연이 느껴진다는 것이다.

요컨대 중년기 이후 홍현주의 작품에는 부처의 가르침에 편안하게 머무는 자득의 경지가 형상화되어 있다고 할 수 있다. 또, 반드시 불교적이라고 할 수 없는 요소들이 불교의 교리와 어우러져 하나의 포괄적인 자득의 경지를 형성하고 있다. 그러므로 30대 시에서 강하게 드러나던 탈속에 대한 지향은 오히려 약화되고, 대신 바로 자신이 머무는 곳이 바로 방외요, 별계라는 생각을 드러낸다. "금단의 소식 하필 물을 것 있겠나. 일 없는 이 진정 지상의 신선일세."[63], "가는 곳마다 다만 풍속 살펴보니, 하필 방외를 따를 필요 있겠나."[64]와 같은 구절 또한 이러한 인식을 담고 있다.

다음 두 작품은 홍현주의 작품에 나타나는 불교적 사유의 종착점이 어떤 것인지를 보여준다. 각각 68세, 70세의 작품이다. 전체 시를 인용한다.

---

61 그렇다고 해서 홍현주를 불교 신자로 단정할 수 있는 것은 아니다. 다만 이 작품들은 이 시기에 이르러 그가 불교를 일상의 차원에서 수용하고 있음을 보여준다고 하겠다.
62 『우지불휴권』, 「又拈一律」. "近與山僧緣漸熟, 從知世路興全疎."
63 『우불휴권』, 「次花士」 5수 중 제5수. "金丹消息何須問, 無事人眞地上仙."
64 『우지불휴권』, 「次杜少陵春日江村」. "隨處祗觀俗, 何須方外從."

삼월이라 천기가 새로우니	三月天氣新
좋은 풍경 맑고 또 깨끗하네.	煙景晴更淑
성 동쪽에 복사꽃 피었다 하니	城東有桃花
꽃 가운데 한 길 익숙하구나.	花間一路熟
아름다운 경치는 본래 무상하니	佳境本無常
가는 곳마다 모두 내 집일세.	隨處皆我屋
멀리 꽃 가득한 하늘 바라보고	遙望花滿天
가까이 꽃핀 나무를 바라보네.	近看花在木
물 곁에선 마음 다투지 않고	臨水不競心
산 오르면 애로라지 멀리 본다네.	登山聊騁目
촌가는 울타리로 경계 지었고	村家限樊籬
누대는 산등성이로 나뉘어있네.	臺榭分岡麓
나를 일으키는 것 누구인가?	起余者是誰
어른 아이 기쁘게 따라오네.	冠童欣相逐
먼 데 종소리에 깊은 성찰 생겨나	遠鍾發深省
상방에 와서 묵길 기약했다네.	上方期來宿
향 사르고 포단에 앉으니	焚香坐蒲團
옷과 두건에 어둠이 생겨나네.	暝色生巾服
포개진 돌과 깊은 소나무	疊石與深松
옛 그림 보기보다 한결 낫구나.	勝似古畫讀[65]

쉴 곳은 반드시 들의 절로 잡을 것이니	棲息必從野寺中
쇠잔한 얼굴에 자금의 공력 빌리고자 함이라.	衰顔欲借紫金功
고개머리에 비로소 초승달 보이고	嶺頭始見初生月
소나무 밖엔 항상 만 리의 바람 분다네.	松外常吹萬里風
사물마다 텅 비고 도리어 실재이니	物物虛虛還實實

---

65 『우지불휴권』,「雨後賞城東桃花 轉向靑蓮蘭若 拈五古十韻」.

등불마다 색이요, 또 공이라네.   燈燈色色又空空
이 사이의 진정한 뜻 누가 능히 알겠나.   此間眞意誰能識
남해와 서천이 모두 동쪽에 있다네.   南海西天盡在東[66]

  아름다운 경치의 무상함을 알지만 슬퍼하지 않고 편안히 내 집으로
여긴다. 다투는 마음 모두 잊고 익숙한 길을 나서서 즐기며, 종소리
듣고 나를 돌아보며 향을 사르고 포단에 앉아 참선을 한다. 그러면
소나무와 돌이 옛 그림처럼 고즈넉하게 다가온다. 청련사에서의 심회
이다. 두 번째 시는 젊은 시절부터 매달렸던 허와 실, 공과 색의 화두
를 던지며 이 사이의 진정한 뜻을 누가 능히 알겠냐고 짐짓 묻는다.
그리고는 남해와 서천이 모두 동쪽, 즉 자신이 사는 곳에 있다는 깨달
음으로 시상을 매듭짓는다. 남해는 관음보살이 있는 곳이다.

  50대 이후 홍현주의 작품들에는 30대 작품들에서 나타나던 무상감
과 이로 인한 비애의 정서는 더 이상 찾아보기 어렵다. 앞에서 언급한
'자득의 경지'는 60대 이후 작품들에 집중적으로 드러난다. 예컨대 69
세 작품에 나오는 "몸은 늙어 진불에 참예하고, 누대 높아 백운 사이에
누웠구나."[67]라는 구절은 그러한 여유로운 심적 상태를 형상화한 시구
이다. 또, 70세 작품 속의 "봄 경물 무성히 눈앞에 있어, 자세히 보니
색도 아니요 또 공도 아니라네."[68]라는 구절은 젊은 시절부터 천착한
공(空)과 색(色)의 문제를 편안한 시선으로 관조할 수 있게 되었음을
보여준다.

---

66 『삼우불휴권』, 「聞孫兒會詩客夜吟韻和之【時在靑蓮寺】」.
67 『우지불휴권』, 「雨後賞城東桃花得春字」. "身老參眞佛, 樓高臥白雲."
68 『우지불휴권』, 「頷頸二聯 換韻故更賦」. "春物芸芸在眼中, 細看非色亦非空."

Ⅳ. 나가며

지금까지 홍현주의 작품에 나타나는 불교적 사유의 발단 및 그 전개 양상을 살펴보았다. 청년기의 홍현주는 부마라는 개인적 처지로 인한 심리적 갈등을 운명에 대한 관조라는 방식을 통해 극복하고자 하였다. 또한 신위와의 교유는 그가 불교에 관심을 갖도록 이끌었다. 홍현주는 30대에 환(幻)에 대한 관심과 깨달음을 통해 불교 교리에 접근해 갔으며, 이것은 인생무상에 대한 인식으로 이어졌다. 이와 동시에 홍현주는 공 사상을 통해 이러한 무상감을 극복하려 하였고, 또 탈속에 대한 강한 지향을 보이면서 고요한 선열을 추구하고자 하였다. 40대에는 이러한 정진의 결과로 공 사상을 체화하였고 그러한 법열이 형상화된 작품들이 나타나게 된다. 이에 따라 시 창작에서 불교 용어를 자연스럽게 사용하며 자기화할 수 있게 되었다. 노년기의 시는 공과 색의 경계를 넘어 자신이 있는 곳을 바로 서방정토로 여기는 단계로 나아갔음을 보여준다. 또한 노장적 사유가 섞여 있기는 하지만 전체적으로 불교적 깨달음에 안주하면서 자득의 경지를 추구하고 있다고 말할 수 있다.

19세기의 문인들 중 불교에 조예가 깊었던 이들로는 신위와 추사 김정희가 주로 거론된다. 신위와 김정희는 문집 속에 불교 관련 작품을 다수 남기고 있다. 김정희의 경우 전체 한시 377수 중 40여 수가 불교 관련 소재나 주제를 다룬 시이며, 그가 교유한 승려도 초의 의순을 비롯하여 15명이 넘는다.[69] 신위의 작품들에 나타나는 불교적 성향의 시에 대해서는 기존 연구에서 왕유와 소식의 영향으로 보고 있으

---

69 임종욱(2006), 「추사 김정희의 불교시 연구」, 『한국어문학연구』 제47집, 한국어문학 연구학회 참조.

며[70] 이에 더하여 신위의 개인사적 처지와 환경에서 그 연원을 찾기도 하였다.[71] 또, 신위가 왕사정(王士禎)의 신운설(神韻說)을 수용하여 '시선일치(詩禪一致)'의 시론을 주장하였음도 알려져 있다. 이들의 불교취(佛敎趣)는 "朱子型 文化와 대비되는 (19세기) 경화세족 사이들의 東坡型 文化"[72]의 영향으로 볼 수도 있을 것이다.

불교 교리를 탐구하며 깨달음을 시로 쓰고 스스로 불제자임을 자처하는 등 홍현주가 보이는 모습은 유·불·선을 넘나들었던 이 시기 사대부 문인들 사이의 사상적 경향성과도 일정하게 관련이 있다. 물론 선승과 폭넓게 교유하고 교리에 대해 문답하기도 했던 신위나 김정희에 비하면 홍현주는 본격적으로 불교를 탐구한 작가라고 할 수는 없다. 노년의 홍현주가 도달한 경지는 불교의 교리를 끝까지 추구한 결과라기보다는 오히려 불교적 깨달음을 일상화하여 현실을 긍정하는 기반으로 삼은 것이었다. 그의 시는 젊은 시절 싹튼 심적 갈등을 불교적 깨달음을 통해 극복하고 자족적인 삶의 태도를 획득해가는 과정을 보여준다. 각 시기 불교적 사유를 작품 속에 활용한 방식에서 그러한 변모 양상이 분명히 드러나며, 이것이 홍현주 시 세계의 한 면모를 보여주는 주요한 특징이라고 할 수 있다.

본 연구는 19세기 조선의 시단 및 청조와의 교유에서 유의미한 역할을 했던 작가인 홍현주 작품세계의 일단을 살펴보는 하나의 방법으로 그의 시에 나타나는 불교적 사유의 흐름을 검토하였다. 이러한 시도는 홍현주의 작품세계에 드러나는 사유방식의 다양한 측면들에 대한 종

---

70 대표적으로 손팔주(2001).

71 신일권(2012).

72 이현일(2010), 「조선후기 경화세족의 동파 수용 양상」, 『중국문화』 제62집, 한국중국어문학회, 206쪽.

합적인 고찰 위에서 그 유효성과 함의를 재고해야 함이 분명하다. 또한 홍현주 작품의 예를 통하여 19세기 경화세족이 불교를 수용하는 하나의 양상을 확인할 수 있는데, 이러한 특징이 당시의 사상적·문화적 시형 속에서 어떠한 위치를 점하는 것인지에 대해서도 추가적인 논의가 필요하다. 이러한 과제들은 작가 연구뿐만 아니라 19세기 문학사의 구체적인 상을 그리는 작업과 관련해서도 흥미로운 지점들을 제공할 것이다.

두실 심상규 시문학의 한 국면
: 동파 숭상과 작품 수용 양상을 중심으로

I. 들어가며

심상규(沈象奎, 1766~1838)는 18세기 말~19세기 전반 경화세족의 문화를 대표하는 인물 중의 한 명이다. 본관은 청송, 자는 치규(穉敎)·가권(可權), 호는 두실(斗室)·소원(蕭園) 등이다. 일찍부터 정조에게 인정을 받아 규장각의 서적 편찬사업에 참여했고, 순조 대에는 요직을 두루 거쳐 영의정에 이르렀다. 서영보(徐榮輔)와 함께 『만기요람(萬機要覽)』을 편찬한 것은 관료 문인으로서의 대표적인 업적이다. 심상규는 당시 안동 김씨 세도정치의 중심이었던 김조순(金祖淳, 1765~1832)을 비롯하여 남공철(南公轍, 1760~1840), 이만수(李晩秀), 서영보, 권상신(權常愼), 김이교(金履喬), 정원용(鄭元容) 등 당대의 명사들과 교분이 깊었다. 또, 아버지 심염조(沈念祖)를 이어받아 장서가로서도 이름을 날렸다. 명문가 출신의 관료 문인으로 정치적·문화적으로 한 시대를 이끄는 위치에 있었던 인물이었다고 할 수 있다.

홍한주(洪翰周)는 『지수념필(智水拈筆)』에서 심상규의 서울 집과 가성각(嘉聲閣), 4만 권의 장서와 생활 모습 등을 소개하고, 그의 문학에 대해 "공은 시문으로 세상에 이름이 났는데 시가 더욱 좋았다. 고체와 근체시를 모두 잘하여 굳세고 힘 있는 절창이 많다.[公詩文名世, 而詩尤勝, 兼長古近體, 勁悍多絶調.]"고 평하였다. 그리고 "『두실집』수십 권이 있는데 아직 긴행하지 못하였다.[有斗室集數十卷, 尙未入梓.]"고 덧붙였다.[1] 그러나 현존하는 그의 작품집은 40대 이후의 시가 수록된『두실존고(斗室存稿)』4권과 서간집인『두실척독(斗室尺牘)』이 전부이다. 즉, 시를 제외한 文이 모두 산일된 것이다. 이 때문에 그의 작품세계의 전모에 대해서는 알기 어렵다. 그러나 젊어서부터 정조의 인정을 받아 규장각에 재직한 점, 그리고 네 차례나 문형(文衡)을 맡은 경력과 당대의 명성을 통해 심상규의 학문과 문학이 뛰어난 수준이었을 것임을 짐작할 수 있다.

지금까지 심상규의 문학에 대한 연구는 부진한 편이었다. 장서, 원예 취미 등 경화세족의 문화를 논한 연구들에서 단편적으로 언급한 것을 제외하면 그의 문학에 대한 본격적인 연구는 세 건 정도가 전부이다. 그중 하나는 심상규의 생애와 시 작품 전반을 다룬 논문[2]이다. 이 논문에서는 심상규의 생애와 교유관계, 저술과 정치적 역정을 서술하고 그의 시를 연행시, 채소와 화훼시, 교유시의 세 부분으로 나누어 간략히 살펴보았다. 또 하나는『두실척독』의 이본 및 그 내용적 특징을 다룬 논문[3]이다. 마지막으로『두실척독』의 이본 중 하나를 대상으로 그 소품문적 성취를 살펴본 논문[4]이 있다. 요컨대 심상규 문학에

---

1 홍한주 지음, 김윤조·진재교 옮김(2013),『19세기 견문지식의 축적과 지식의 탄생(하)-지수염필』, 소명출판, 328쪽.

2 김의동(2012),「斗室 沈象奎의 生涯와 詩 硏究」, 계명대학교 석사학위논문.

3 최일영(2015),「斗室尺牘硏究」, 고려대학교 석사학위논문.

4 강혜선(2016),「沈象奎의 척독집『斗室尺牘』연구」,『돈암어문학』제30집, 돈암어문학회.

대한 연구는 아직 시작 단계라고 할 수 있다.

국문학 연구 초기부터 19세기는 세도정치로 인해 사회가 정체되고 한문학 역시 18세기의 활기를 이어가지 못하고 쇠퇴했다는 인식이 지배적이었다. 이러한 인식을 극복해야 한다는 요구에 따라 근래에는 19세기 한문학의 다양한 측면을 조명하려는 연구가 점차 늘어나고 있다. 19세기 한문학 작가의 발굴과 그들의 문학에 대한 구체적인 검토는 이 방면의 연구에 있어 기초가 되는 작업이다. 심상규 문학 연구 또한 이러한 작업의 일환이다. 심상규가 광주유수 재직 중에 조성한 남한산성 옥천정(玉泉亭) 유적을 통해 경화세족의 정원 문화를 살펴본 연구[5]가 있거니와, 심상규 문학은 19세기의 다채로운 문화적 현상을 이해하는 데에도 도움을 줄 수 있다.

이에 본고는 『두실존고』에 수록된 심상규의 시문을 검토하여 그 특징적 양상에 대해 논의하고자 한다. 기존 연구에서 연행·채소 및 화훼시·교유시를 언급했던 바, 연행·원예·시회(詩會)와 시사(詩社)·정원 문화·조청(朝淸) 문인 간 교류 등이 『두실존고』를 이해하는 키워드가 될 수 있다. 여기에 더해 필자는 동파(東坡), 즉 소식(蘇軾)에 대한 흠모와 소식 작품의 활용을 두실 문학의 주요 국면으로 파악하였다. 19세기 동아시아의 모소(慕蘇) 열풍, 그리고 조선후기 경화세족 사이에서의 동파 애호의 경향[6]에 대해서는 이미 상세한 연구가 제출된 바 있다.[7]

---

5 노재현·김세호·김화옥·박율진(2017), 「斗室 沈象奎의 남한산성 玉泉亭 정원유적」, 『한국전통조경학회지』 35-4, 한국전통조경학회.

6 조선후기의 동파 숭배열에 대해서는 신지원(2009), 「당호를 통해서 본 19세기초 소동파 관련 서화 소장 문화와 대청 문화 교류」, 『한국문화』 제45집, 서울대학교 규장각한국학연구원; 강경희(2010), 「조선후기 崇蘇熱과 東坡笠屐圖」, 『중국어문학논집』 제65집, 중국어문학연구회; 이현일(2010), 「조선후기 京華世族의 東坡 수용 양상」, 『중국문학』 제62집, 한국중국어문학회; 정민(2012), 「19세기 동아시아의 慕蘇 열풍」, 『한국한문학연구』 제49집, 한국한문학회 참조.

그런데 기존 연구들에서는 주로 신위(申緯)와 김정희(金正喜), 조희룡 (趙熙龍)의 동파벽(東坡癖)에 주목하였으며, 심상규의 예는 거론된 적이 없다. 그러나 『두실존고』 수록 시는 이 시기 동파 숭상의 한 예를 여실 히 보여주고 있다. 따라서 이에 대한 분석을 통해 이 시기의 한문학의 하나의 경향에 대한 이해의 폭을 넓힐 수 있을 것이다.

『두실존고』 수록 작품은 권1~4까지 모두 494제(題)이며, 43세부터 67세까지의 작품이다. 본고는 이 가운데 동파 숭상 및 동파 문학의 수용과 관련 있는 작품들에 주목하여 심상규 시문학의 한 국면을 밝히 고자 한다. Ⅱ장에서는 『두실존고』에 수록된 동파 관련 작품의 현황을 제시하고, 이어 Ⅲ장에서 동파 숭상과 작품 수용 양상에 대해 구체적 으로 살펴본다. 이를 통해 그간 알려지지 않았던 심상규 작품세계의 일면을 드러내고자 한다.

---

7 조선조 문인들의 동파 애호는 19세기에 갑자기 시작된 것은 아니다. 주지하다시피 고려시대 문인들 사이에서 동파의 시풍이 크게 유행하였고, 조선 중기 당풍(唐風)의 유행이 있기까지 소동파의 시는 학시(學詩)의 전범이 되었다. 『문선(文選)』을 대신해 당송팔가문이 문(文)의 모범으로 수용되면서 ―비록 개인에 따라 호불호가 있었고, 주자의 영향으로 동파를 부정적으로 보는 시선도 있었으나― 동파 산문의 위상은 20세기 초까지도 흔들리지 않았다. 19세기 경화문인들에게서 나타나는 열렬한 동파 숭배의 풍조는 당시 조청 교류의 영향을 받은 독특한 현상이지만, 소식 당대부터 7백 년 가까이 지속되어 온 문화적 분위기가 그 밑바탕이 되었던 것이다. 고려조부터 조선 말까지의 동파 수용의 전반적 양상에 대해서는 조규백(2016), 『한국한문학에 끼친 소동파의 영향』, 명문당 참조. 조선조 시인들의 동파 문학에 대한 인식의 추이에 대해서는 김성기(2010), 「朝鮮朝 詩人의 蘇東坡 文學에 대한 認識」, 『개신어문연구』 제35집, 개신어문학회 참조. 한편 17~18세기 서화 예술 분야에서의 동파 수용의 양상 및 배경을 학파와 당색이라는 요소를 중심으로 살펴 본 김현권(2018), 「조선후기 문화변동과 蘇軾의 이해―서화를 중심으로」(『동국사학』 제64집, 동국대학교 동국역 사문화연구소)도 참조할 만하다. 이외에 고려, 조선조 문인들의 동파 수용 양상에 대한 각론 역시 여러 논자들에 의해 제출되었다. 2015년까지의 연구사는 조규백 (2015), 「고려, 조선조에서의 소동파 수용'에 관한 연구개황 ―1964~2015 기간을 중심으로―」(『중국학보』 제73집, 한국중국학회)에 상세히 정리되어 있다.

Ⅱ.『두실존고』수록 동파 차운시 및 관련 작품의 현황

『두실존고』[8] 수록 시 가운데 동파 시에 차운(次韻)하거나 동파 시에서 운을 뽑아[拈韻] 지은 시는 22제 36수이다. 그 외 옛 중국 시인들의 작품에 차운한 것으로는 두시(杜詩)에 차운한 2수,[9] 한유(韓愈) 시에 차운한 1수[10]가 전부이다. 즉, 심상규의 동파 시 차운은 확실히 그의 기호를 보여주는 현상임을 알 수 있다. 아래는『두실존고』수록 동파 차운·염운시의 목록이다. 심상규 시의 제목과 함께 동파의 원운(元韻)을 제시하였다. 원운은 시 제목에 명기된 것도 있지만 대부분은 필자가 동파시집에서 해당 운자를 사용한 시를 찾아서 밝힌 것이다.[11]

<표1>『두실존고』수록 동파 차운시 목록

	권수	차운시 제목(두실존고)	동파의 원운
1	권1	扶旺寺監 煎瓊液 雪夜寄楓皐(1809)	次韻答頓起二首 (제2수)
2		灣府使舘 同漢叟善之 用東坡韻詠燭【二首】(1812)	雙石 幷敍
3	권2	雪後楓皐用東坡韻見寄 卽復和之 (1813)	雪後書北臺壁二首 (제1수)
4		東坡此韻元二首 又賦一首 要楓皐和之 (1813)	雪後書北臺壁二首 (제1수)

8 본고에서는 한국고전종합DB『한국문집총간』수록 일본 동양문고(東洋文庫) 소장본 『두실존고』를 활용하였다. 이하『두실존고』수록 작품 인용 시 저자명과 책명은 생략하고 권수와 작품명만 표시한다.

9 권1, 「今年都下篩燈甚盛 觀者坌集於南北諸麓 竟夕甚雨 昏黑淋濕 無不狼狽 朴生善性適到 拈杜韻聊與賦之」; 권3, 「楓皐餞余玉壺山舘 拈杜韻共賦【時方赴箕營】」.

10 권4, 「次韻昌黎贈劉師服」.

11 검색에는《흠정사고전서본(欽定四庫全書)》본(本)『동파전집(東坡全集)』(저장대학 (浙江大學) 소장본. Chinese Text Project 데이터베이스)을 활용하였다. 원운이 2수 이상 표시된 것은 동일한 운자를 사용한 시를 모두 제시한 것이다. 실제로 두실이 활용한 시는 한 수였겠지만, 정확히 어떤 시를 차운한 것인지 알 수 없으므로 같은 운으로 쓴 시를 모두 밝혀놓았다.

5		曾用東坡纖字韻 同楓皐賦雪 今已數年 坡本又有車字韻亦二首 雪後遂復率成 奉寄楓翁 一以自道無聊 一以代簡相邀(1815)	雪後書北臺壁二首 (제2수)
6		用東坡登介亭韻　奉束汾江淵泉命汝尙書兼餽官酒庖肉　未足稱地主之禮爾(1816)	次韻劉景文登介亭
7		南城喜逢蒼野金大卿　拈東城[*坡]韻共賦【二首】제1수(1816)	次韻劉景文周次元寒食同遊西湖
		南城喜逢蒼野金大卿　拈東城[*坡]韻共賦【二首】제2수(1816)	去杭十五年復有西湖用歐陽察判韻
8		束灘樵李弟(1816)	蔡景繁官舍小閣
9		復拈東坡韻共賦(1817)	次韻劉景文見寄
10		題有此山樓 次東坡韻(1817)	龜山辯才師
11		西山將臺 用東坡遊蔣山十韻(1817)	同王勝之游蔣山
12		望西山 用東坡初入廬山韻【三首】(1817)	初入廬山三首
13		五詢亭拈東坡韻 送別金堤新使君【前江西倅李勉沖】(1820)	和歐陽少師會老堂次韻
14	권3	同尹雉重先命十題 隨拈東坡韻賦之(1820)	
		[1] 登樓	和文與可洋川園池三十首 – 天漢臺
		[2] 撫松	山村五絶 (제1수) / 陌上花三首竝引 (제3수) / 藏春塢三首 (제1·2수)
		[3] 看山	沈諫議召游湖不赴明日得雙蓮於北山下作一絶持獻沈旣見和又別作一首因用其韻 (제1수) / 述古聞之明日卽來坐上復用前韻同賦 / 邵伯梵行寺山茶
		[4] 望湖	望海樓晚景五絶 (제4수) / 八月十七複登望海樓自和前篇是日榜出餘與試官兩人複留五首 (제4수)
		[5] 焚香	題李伯時畫趙景仁琴鶴圖二首
		[6] 啜茗	陽關詞三首 (제3수)
		[7] 圍爐	戲贈 / 王莽 / 書寄韻
		[8] 傳盂	出都來陳所乘船上有題小詩八首 不知何人作有感余心者聊爲和之 (제3수) / 九日舟中望見有美堂上魯少卿飲處以詩戲之 (제2수)
		[9] 携妓	鹽官絶句四首-南寺千佛閣
		[10] 秉燭	望海樓晚景五絶 (제5수) / 八月十七複登望海樓自和前篇是日榜出餘與試官兩人複留五首 (제5수)
15		妙香山 同諸使君次東坡金山七古韻(1820)	自金山放船至焦山
16		宿留仙觀 微雨泛舟沸流 次東坡游徑山韻(1820)	與周長官李秀才游徑山二君先以詩見寄次其韻二首

17		至喜亭驟雨旋霽 拈東坡韻(1820)	九日尋臻閣梨邊泛小舟至勤師院二首
18		次雒重用東坡七言長句韻見寄(1820)	送任佽通判黃州兼寄其兄孜
19		絶句【三首】(1829)	次韻秦少游王仲至元日立春三首
20		上元戲爲三絶句(1829)	上元侍歆樓上三首呈同列
21	권4	李生晩來訪拈坡韻 仍寄其尊君泊翁(1830)	觀意在於奪僕不敢不借然以此詩先之
22		明日李生將還 又用坡韻贈之(1830)	次韻送張山人歸彭城

위 시들은 누군가에게 증정하는 시이거나 증정받은 시에 차운한 것, 또는 모여서 함께 지은 시들이 대부분이다. 예를 들어 2번 작품은 1812년 저자가 동지정사로 연경에 가는 길에 용만(의주)의 사관에서 지은 것이다. 이때 정원용(字 善之)이 칙문례관(勅問禮官)으로 그곳까지 같이 왔다. 또, 신위(字 漢叟)가 진주겸주청사(陳奏兼奏請使) 서장관으로 연행을 마치고 돌아와 용만에 이르렀다. 우연한 회합에 기뻐하며 사관에서 밤에 촛불을 밝히고 동파의 운으로 함께 지은 작품이다. 1번, 그리고 3~5번 시는 김조순과 주고받은 시들이다. 1번은 심상규가 보낸 것이다. 3~4번 시의 경우 김조순이 먼저 소식의「눈 온 뒤 북대의 벽에 쓰다[雪後書北臺壁]」에 차운하여 눈 내린 날의 풍경을 읊어 보냈고, 심상규가 여기에 차운하여 두 수를 보낸 것이다. 그리고 2년 뒤 눈 내린 날, 심상규가 같은 작품의 두 번째 수의 운을 취하여 시를 써서 다시 김조순에게 보냈다.

9번「다시 동파의 운을 뽑아 함께 짓다[復拈東坡韻共賦]」는 봄날 김조순의 옥호산장(玉壺山庄)에 모여서 벗들과 함께 지은 것이다. 3월 7일에 극원(屐園) 이만수, 죽리(竹里) 김이교, 풍고(楓皐) 김조순, 강우(江右) 김이재(金履載), 영야(寧野) 서준보(徐俊輔), 북해(北海) 조종영(趙鐘永), 두계(荳溪) 박종훈(朴宗薰), 홍관(葒舘) 이용수(李龍秀)가 심상규의 정원인 소원(蕭園)에서 회식을 했다.[12] 그 며칠 후에 다 같이 옥호산장에 다시 모였다.[13] 동파 차운시를 짓는 관습이 저자의 개인 취미가 아니라 당시 경화 문인들의 시회에서 집단적으로 이루어진 문화적 행위였음을 알 수 있다. 이날 모임을 주관한 김조순 역시 신위와 마찬가지로 동파벽이 있던 인물이다.[14] 남공철은 이때 이조판서와 대제학을 겸하여 공사(公事)로 바빠 참여하지 못하였다고 하였다.[15] 이날 모임에는 빠졌지만 남공철 역시 이 모임의 주요 구성원이었음을 알 수 있다. 남공철 또한 자신이 일생동안 구양수와 소식을 흠모했다고 밝힌 바 있다.[16] 심상규의 동파 차운시는 이러한 인물들과의 교유 속에서 창작된 것이다.

한편 14번 시는 심상규가 평안도 관찰사로 재직하던 때(1819~1821) 창작한 것이다. 정원용은 이때 영변부사로 있으면서 심상규와 자주 왕래하였다. 어느 날 정원용이 방문했을 때 마침 부친 윤상규(尹尙圭)를 따라 성천의 자사(子舍)에 머물고 있던 윤정진(尹正鎭, 1792~?)이 자리에 있었다. 심상규와 윤정진은 10제를 정해 동파의 운을 뽑아 시를 지었다. 10제는 평양감영에서 본 풍경과 그곳에서의 흥취를 대상으로 한 것이다. 먼저 시제를 정하고, 동파집을 넘겨 가며 여러 작품 가운데 적당한 운자를 취하여 한 수씩 써나간 듯하다. 15, 16번은 근방의 여러 수령들과 묘향산을 유람하고 함께 지은 것이다. 17, 18번도 이 시절의

---

12 권2, 「邀展翁楓皋竹里江右寧野北海荳溪小莊飲蕭雁園 展翁輒爲長篇 歷序諸人之齒 楓皋和之 余亦次韻 此集獨思潁不與 以潁方兼冢宰文衡 適有公事無暇也」.

13 권2, 「後數日復集楓皋玉壺山庄」.

14 김조순은 자신이 동파를 '백세사(百世師)'로 여긴다 하였으며, 자신의 시가 동파 시와 비슷하다는 칭찬을 듣고 몹시 기뻐하기도 했다. 또, 동파의 「고림죽석도(枯木竹石圖)」를 매우 높이 평가하였다.(이현일(2010), 203쪽)

15 각주12) 참조. 사영(思潁)은 남공철의 호 가운데 하나이다.

16 남공철, 『금릉집(金陵集)』권24, 「歐蘇畫像帖紙本」. "歐陽公風流溫雅, 蘇長公氣節超邁, 余之一生歆慕者, 不但爲文章妙天下也. 此像卽無名氏作也. 無論其肖似, 每展卷, 如見其爲人, 不能釋手也."(김현권(2018), 397쪽에서 재인용)

작품이다. 18번 시는 윤정진이 먼저 동파의 운으로 시를 써서 보내왔기에 심상규가 이에 화답하여 부친 것이다.

　그 외 작품들을 보면 남에게 증정하기 위해 썼거나 함께 쓴 시들도 있고 혼자 쓴 것도 있다. 6번은 심상규가 김이양(金履陽, 字 命汝)에게 준 시이다. 7번은 김기경(金箕景, 1760~?)과 함께 동파의 운을 뽑아서 지은 것이다.[17] 8번은 심상규, 김조순, 김이양 등과 친밀하게 교유했던 탄초(灘樵) 이노익(李魯益, 1767~1821. 字 君受)의 첩이 아이를 가진 것을 축하하는 시이다. 10~12번은 광주유수 재직 시절(1816~1817) 남한산성에 지은 유차산루(有此山樓)와 그곳에서 보이는 유산(西山)의 풍광을 읊은 것이다. 19~22번은 장단 은거 시절의 작품이다. 그중 21, 22번은 이만용(李晩用)이 방문했을 때 써준 것으로, 21번 시는 그의 아버지 이명오(李明五)에게도 부쳐주었다고 밝히고 있다.

　차운시 외에도 동파에 대한 흠모의 정을 표출하고 있거나 동파 시구를 인용한 것, 동파의 일화를 언급한 것 등 다양한 방식으로 동파 애호를 보여주는 작품들이 있다. 아래 표는 그러한 예를 정리한 것이다. 이해를 돕기 위해 제목을 번역하여 제시한다.

〈표2〉『두실존고』 수록 동파 관련 작품

	권수	제목	활용 양상
1	권1	「남원평이 보내준 두 개의 첩에 차운하여[送示兩帖次韻南元平送示兩帖]」 중에서 「이 시는 도계수 장위의 '동사의 여러분들을 동파공의 제사에 부르며'에 차운한 것이다[右次韻陶季壽章滵邀同社諸子祀坡公]」	중국 문인의 동파 숭상 풍조에 공감
2		부왕사에서 경액을 감전하며. 눈 내리는 날 풍고에게 부치다[扶旺寺監煎瓊液 雪夜寄楓皐]	序에서 동파의 말 언급
3		옥호에서 모이다 2수[會玉壺【二首】]	동파 시구 그대로 사용

---

17 원문에는 '東城'의 운을 뽑았다고 되어 있으나, '東坡'의 오기로 보인다.

4		김공세가 대마주에 신사로 가는 것을 전송하며. 풍고의 운에 차운하다. 3수[寄別金公世馬州信使之行 次楓皐韻【三首】]	동파 시 내용 언급
5		소흑산에서 자며 숙도에게 읊어 보이다[宿小黑山 吟示叔度]	동파 시구 활용
6		신자하가 자신의 초상에 제하여 성원의 첩에 쓴 시에 화운하다[和韻申紫霞自題小照 書星原帖]	동파 숭상에 공감
7		풍고의 「동파가 장자야에게 보낸 시체를 본받아」에 차운하여 경산에게 주다[次韻楓皐效東坡寄張子野體與經山]	동파 시체 본받은 시에 차운. 동파 시구 활용
8		보내며[送]	동파 시 내용 언급
9		다시 두 생과 운을 뽑아서 영물시를 짓다 2수[又與二生拈韻詠物【二首】]	동파 일화 언급
10	권2	극옹이 어젯밤에 나를 찾아와서 술을 조금 마시고 돌아갔는데, 내가 전에 신수지에게 준 시운에 차운하여 아침에 장구를 보내주고 겸하여 옥천 시를 보내주었다. 잘못 고쳐 쓴 것 때문에 집안사람의 원망이 있었으니, 술이 사람의 말을 그르친 것이다. 그대로 다시 차운하여 답한다[屐翁昨夕過余 小飲而歸 用余向贈申受之韻朝寄長句 兼送玉泉詩 因誤改書者 有家人埋怨 麴蘖誤人之語 仍復次韻答之]	동파 일화 언급
11		극옹이 장구를 세 번 부쳤다. 또, "공과 함께 옥호에서의 술 내기를 끝마치려네."라는 말이 있었으니, 대개 내일 풍고의 옥호정사에서 모인다는 것이다[屐翁三寄長句 又有與公訟酒玉壺了案之語 蓋約明日集楓皐玉壺舍也]	동파 시구 활용
12	권3	대보름에 장난삼아 절구 세 수를 짓다[上元戲爲三絶句]	동파 시구 활용
13		숙도를 기다리며[待叔度]	동파 일화 언급 및 시구 활용
14		두소 10운[杜蕭十韻]	동파와 두보의 불우한 삶에 대한 탄식
15		「문복도」 권에 스스로 쓰다[自題捫腹圖卷]	동파 시구 그대로 사용
16	권4	매화 아래에 둔 동파 선생의 초상[東坡先生梅下小像]	동파 숭상 표출
17		숙도에게 보내다[寄叔度]	동파 작품의 창작 동기를 본받고 내용 활용
18		장개항의 「원유사도」를 꺼내놓고. 오철옹에게 차운하다[放張芥航願遊四圖 次韻吳澈翁]	동파 언급
19		「가을 채소를 읊다[雜詠秋蔬]」 중에서 「토란[芋]」	동파 시구 언급

위 표의 작품들은 인용한 시구에 세주(細注)를 달아 출처를 밝혔거나, 본문에서 동파의 이름을 직접 언급한 것들이 대부분이다. 작품

전체를 하나하나 살펴보면 동파의 시구를 전거로 활용한 시들을 훨씬 더 많이 찾을 수 있을 것이다. 다음 장에서는 〈표1〉과 〈표2〉에서 나열한 작품들 및 몇몇 다른 작품들을 대상으로 심상규의 동파 애호와 작품 수용의 양상을 구체적으로 살펴본다.[18] 먼저 심상규의 동파 애호 정황을 보여주는 작품들을 소개하고, 이어서 작품 수용 양상을 구체적으로 검토한다.

Ⅲ. 심상규의 동파 애호와 동파 작품의 수용 양상

1. 동파에 대한 숭상과 동일시

『두실존고』에서 가장 먼저 나오는 동파 관련 시는 중국 문인의 동파 숭상에 대한 공감을 보여주는 작품이다. 「남원평이 보내준 두 개의 첩에 차운하여[送示兩帖次韻南元平送示兩帖]」는 심상규 43세(1808) 때의 작품이다. 원평(元平)은 남공철의 자이다. 남공철은 1807년(순조 7) 동지정사로 연행을 다녀왔는데, 이때 중국 문인들이 만들어 준 첩을 심상규에게 보여준 모양이다. 서(序)의 내용으로 볼 때 이 첩은 여러 문인들의 그림, 글씨, 시가 수록된 서화첩이었던 듯하다. 두 개의 첩에는 오자(吳甫)의 수선화 그림과 「춘음과섭운곡(春陰過葉雲谷)」 시, 이홍빈(李鴻賓)의 비운동(飛雲洞) 율시 두 수, 도장위(陶章潙)의 장편시 「동사사파공(同社祀坡公)」, 홍점전(洪占銓)의 칠언 장편, 등정정(鄧廷偵)의 「고남아순(顧南雅純)」 화권에 붙인 시, 장선선(張船山)의 그림 「총란야국(叢蘭

野菊)」과 그것에 붙인 오숭량(吳嵩梁)의 제시, 오숭량의 「처향헌(萋香軒)」 시 등이 수록되어 있었고, 심상규는 각각의 그림과 시를 간략히 평하고 7수의 차운시를 지었다.

다음은 도장위의 글에 대한 심상규의 감상과 차운시이다.

도계수【장위】의 장편 「동사사파공(同社祀坡公)」은 그 일이 이미 천고에 운치 있는 일이며 시 또한 기이하고 호탕하며 빼어나고 화려하다. 정절(靖節: 陶淵明)의 어진 후예임이 진실로 기쁘다. 또한 秦小▨司寇가 또한 회해(淮海: 秦觀)의 …을 알아서 항주에 소공(蘇公)의 사당을 세우고 매화나무 백 그루를 심었으니 대를 이은 우호를 독실히 하였다고 할 만하다. 다만 소공 뒤로는 지금 들리는 사람이 없으니 무너짐을 탄식할 만하다.[19]

매화 심은 사당에서 동파공을 제사하니	梅花祠屋祀坡公
꿈에서 얼음 …을 씻고 따라가고 싶구나.	夢澡冰▨欲往從
평생에 이 한 줌의 판향 있으니	平生有此一瓣香
후산이 남풍에게만 그러한 것이 아니라네.	不獨后山爲南豐

(중략)

회해(淮海)를 같이 제사 지내니 일 더욱 기특해	幷祀淮海事更奇
두 공의 정령이 응당 앎이 있으리라.	二公精靈應有知
초상이 우뚝하게 서로 마주해…	遺像巍峩相對▨
술잔과 차 주발이 살아있을 때 그대로네.	酒盞茗盌如當時

(중략)

노천(老泉: 蘇洵)의 족보 뒤에 몇 사람 있나.	老泉譜後有幾人

---

19 "陶季壽【章漪】長篇「同社祀坡公」, 其事已韻勝千古, 詩又奇宕秀縟, 眞喜靖節之賢裔. 秦小▨司寇知亦淮海之▨. 建蘇公祠於杭州, 種梅百本, 可謂能篤世好矣. 但蘇公之後, 於今無聞有人, 陵夷殊可嗟歎."

회수 물가에서 신령한 구슬 났단 건 듣지 못했네.	不聞靈珠産淮濱
어찌 꼭 먼 후손이 창 아래서 제사 올려야 하랴.	何必雲仍牖下享
사제(社祭)엔 심상하게 시내 …을 올리네.	社祭尋常薦溪▨
경주와 뇌주, 담이 또한 어느 곳인가.	瓊雷儋耳亦何處
문수보살 보호하여 뗏목 타고 간다네.	文殊擁護乘桴去
권 가운데 낭랑히 웃음소리 들리니	卷中琅然聞笑語
선생이 지금 돌아가셨단 것 믿지 못하겠다.	未信先生今物故
맑은 바람 밝은 달은 돈이 들지 않고	淸風明月不用錢
노을 먹고 별 씹으며 그 사이에 머무르네.	餐霞嚼星間留連
옥국(玉局)의 향불은 황성과 통하고	玉局香火通帝閽
공동산의 봄빛은 붙잡고 오를 길 없네.	崆峒春色攀無緣
이 제사 응당 강하와 함께 폐할 것이니	此祀應共江河廢
해마다 동인들이 사주(社酒)에 취하네.	社酒年季同人醉
사당이 어디쯤에 있는지 묻지 말게나.	莫問祠堂在何許
아마도 물 맑고 산 푸른 곳이리라.	想見水淸山復翠[20]

청나라 문인들 사이에서는 이미 옹방강(翁方綱, 1733~1818)에게서 시작된 모소(慕蘇) 열풍이 한창이었다. 옹방강은 자신의 거처를 소재(蘇齋)라고 명명하고 동파 관련 소장품을 진열해 두었다. 동파의 생일에는 여러 문인들을 초대하여 동파제(東坡祭)를 거행했다. 동파제는 대략 1780년경에 시작되었는데, 옹방강 사후에까지 그 열기가 지속되었다.[21] 심상규의 위 작품은 항주(杭州)에 있는 동파 사당에서의 제사를 다루고 있다. 항주의 사당은 소식의 제자로 소문사학사(蘇門四學士)의 한 명이었던 진관(秦觀)의 후손이 세운 것이다. 이로 인해 동파와 함께

---

20 권1, 「送示兩帖次韻南元平送示兩帖」 중 제4수 「右次韻陶季壽章滃邀同社諸子祀坡公」.
21 정민(2012), 399~407쪽 참조.

진관을 사당에 모신 것이다. 한편 도장위는 도연명의 후손으로서, 심상규가 차운한 원시의 제목이 "동사의 여러분을 동파공 제사에 부르며 [邀同社諸子祀坡公]"인 것으로 보아 동파제를 주관한 인물이다.

위 차운시는 동파 사당의 보습을 상상하며 동파제 거행의 성사(盛事)를 칭송하는 내용인데, 두실 자신의 동파 숭상의 마음을 표출하는 것으로 시상을 열고 있다. 항주의 사당에 가서 제사에 참여하고 싶다고 하며, 자신도 소식에 대해 진사도(陳師道)가 스승 증공(曾鞏)에게 가졌던 존경심을 품고 있다고 하였다.[22] 소씨 가문에 그만큼 뛰어난 인물이 나오지 않았으니 꼭 후손이 아니라도 제사를 지낼 수 있다고 하며, 후대 문인들의 추앙 속에서 마치 선생이 살아있는 것처럼 느껴진다고 하였다. 후반부에서는 동파 작품의 구절들을 인용하며 동파의 자취가 남아 있는 산하의 아름다움을 말하고, 끝으로 이 제사가 영원히 이어지리라 축원한다.

심상규의 이 시는 옹방강이 주관한 동파제 외에 청대의 또 다른 동파 숭앙 행위의 하나를 보고하고 있다는 점에서 눈여겨볼 만하다. 생략된 부분의 시구 가운데 도장위의 기한(飢寒)을 말한 부분이 있는데, 특히 도연명의 후손으로서 불우한 인물이 동파의 제사를 주관하고 있다는 점이 더욱 인상적이었던 것으로 보인다. 소식은 유배지에서 화도시(和陶詩)를 지어 도연명에 대한 경모를 표출했는데, 이제 도연명의 후손이 소식의 제사를 지내고 있는 것이다. 심상규의 차운시가 중국 문인들에게 전해졌는지의 여부는 알 수 없지만, 그들의 동파 숭상 풍

---

22 후산(后山)은 진사도, 남풍(南豐)은 증공을 가리킨다. 진사도의 시에 "지난날 한 줌의 판향을 증남풍을 위해 경건하게 살랐다네.[向來一瓣香, 敬爲曾南豐.]"라는 구절이 있다. 판향은 외씨 모양의 향으로 본래 선승이 남을 축복할 때 피우는 것인데, 남에 대한 앙모와 존경심을 비유하는 말이다.

조에 공명하고 그 감상을 남공철 등 국내의 문인들과 나누었음을 알
수 있다.

한편 심상규는 1812년 연행에서 옹방강의 아들 옹수곤(翁樹崐, 1786~
1815)과 교유하였다. 「신자하가 자신의 초상에 제하여 성원에게 써준
첩에 화운하다[和韻申紫霞自題小照書星原帖]」는 바로 앞의 주청사행에서
신위가 옹수곤에게 남긴 시에 차운한 것이다.[23] 신위의 초상과 옹방강
부자의 일을 살펴보면, 먼저 옹방강이 신위를 환대하여 자신의 문인에
게 그의 초상을 그리게 하고 거기에 제시를 써주었다. 이에 대한 답으
로 신위는 「다시 소조에 제하여 담계 노인께 드리다[再題小照 呈覃溪老
人]」를 써서 옹방강에게 증정했다.[24] 칠언율시로서, 人·身·因·春으로
압운하였다. 한편 신위는 옹성원의 초상에 대해서 같은 운으로 세 수
를 지어주기도 했다.[25] 옹수곤 역시 여기에 차운하여 자하의 초상에
시를 써주었던 모양으로, 신위는 1831년 이를 회고하여 다시 여기에
차운시를 썼다.[26] 심상규가 이때 지은 시 역시 신위가 옹방강 부자와
주고받은 일련의 시와 동일한 운자를 쓰고 있다.

심상규는 이 시에서 "하늘가 검은 구름 엉겨서 흩어지지 않아, 바다
남쪽에 홍두 심어 인연을 맺었다네.[天際烏雲凝不散, 海南紅荳種生因.]"라
고 읊었다. '天際烏雲'에는 "담계(옹방강)에게 동파의 친적(親蹟) 『천제
오운첩』이 있다.[覃溪有東坡親蹟天際烏雲帖.]"라는 주석이, '홍두(紅荳)'

---

23 전문은 다음과 같다. 권1, 「和韻申紫霞自題小照書星原帖」. "喜夢如聞呼起起, 覺來
    靚面是何人. 籠燈影下惟雙頰, 笠屐圖中又一身. 天際烏雲凝不散, 海南紅荳種生因.
    我今幸亦同君遇, 恭壽蘇齋八百春."

24 정민(2012), 412쪽 참조.

25 신위, 『경수당전고(警修堂全藁)』 제2책, 〈清水芙蓉集〉, 「題翁星原小照」.

26 신위, 『경수당전고』 제18책, 〈北禪院續藁〉 4, 「偶檢舊篋 得星原甲戌八月十一日 焚
    香薦茗 遙祝紫霞生辰 因題紫霞小照詩立軸 感次原韻題其後」.

에는 "성원이 홍두실이라고 편액하였다.[星原扁紅荳室.]"는 주석이 붙어 있다. 『천제오운첩』은 동파의 친필 서첩으로, 옹방강이 우연히 이것을 얻게 되면서 동파에 심취하게 된 것으로 알려져 있다. 홍두(팥)는 소식의 황주(黃州) 유배 시절의 일화와 관련이 있다. 당시 동파는 매우 가난하여 식구들을 부양하기 어려워 관부로부터 땅을 조금 얻어 보리를 수확해 내다 팔았다. 그런데 보리값이 하락하고 쌀도 떨어져 보리밥을 지어 먹었는데, 보리에 팥을 섞어서 밥을 지으니 훨씬 맛이 있었다. 그래서 그의 아내가 "이것이 신식 이홍반이다.[此新樣二紅飯也.]"라고 말했다고 한다. 동파의 『구지필기(仇池筆記)』에 나오는 이야기이다.

마지막 연에서 심상규는 "나 지금 다행히 또 그대와 만났으니, 함께 소재의 800번째 봄을 축수하네.[我今幸亦同君遇, 恭壽蘇齋八百春.]"라고 하였다. 소식이 태어난 해가 1036년이니 이 시를 지은 1813년은 그로부터 777년 후이다. 소재(蘇齋)는 옹방강의 당호이니 옹방강을 축수한다는 뜻인데, 그를 소식의 후신(後身)으로 보고 이렇게 말한 것이다. 심상규는 이 사행에서 옹수곤을 만나 깊이 교감하였으며, 사행을 마치고 돌아와서 그와의 만남을 회고하며 그리움을 표출하기도 했다.[27] 두 사람의 교유에 바로 전해에 사행을 다녀온 신위가 매개가 되고 있음을 볼 수 있다. 또한 위 시를 통해서 알 수 있듯이 그러한 공감의 바탕에 동파 숭배라는 공통의 정서가 자리하고 있음은 물론이다.

이러한 심상규의 동파 숭상은 만년까지도 이어진다. 66세 때 지은 「동파선생매하소상(東坡先生梅下小像)」은 동파와 대비하여 자신의 삶을 돌아보는 내용으로 이루어져 있다. 동파에 대한 숭앙과 함께 동일시의 의도[28]가 엿보이는 작품이다. 다음은 이 시의 전문이다.

---

27 권2, 「有懷翁星原【二首】」.

28 조규백(2016)에서는 고려와 조선 문인들의 소동파 작품 수용 양상을 "소동파 시문(산

일이 뜻대로 되지 않음 많았던 것은 따지지 않고

無論事不如意常八九

나이 이미 예순 넘었으니 또한 장수했도다.　　　年過六十亦已壽

동파 선생 어떤 사람인지 우선 보노니　　　且看東坡先生何等人

당시의 참소가 한 몸에 모였구나.　　　當時讒忌萃一身

자질구레하고 흉포하여 개 같은 무리들이니　　　幺麿拏鬘狗子輩

더러운 성명을 지금 모두 갖추었네.　　　姓名臭惡今俱在

끝내 죄를 얽어 오대안을 만들었지만　　　到底捃撫烏臺案

심상한 문자 안을 떠난 것 아니라네.　　　不離尋常文字內

여러 놈들 겨우 수레바퀴 막을 수 있었지만　　　諸傖僅能妨塗轍

만고의 강하를 누가 그치게 할 수 있나.　　　萬古江河誰得廢

없애고자 하지만 도리어 이루지 못하고　　　欲求滅沒還不成

칠백 년간 오히려 요란하게 짖는 소리 전해왔다네.　七百年猶傳群吠

나는 일찍이 공보다 몇 년 더 젊을 때에　　　我曾尙少公數年

곧바로 관리 되어 임금께서 어여삐 여기셨네.　　　一向作官天爲憐

문)에의 심취와 동일화 양상"이라는 측면에서 살펴보았다. 이 책에서는 "동일화 양상
이란 한 인물을 대상으로 설정하여 그 인물의 행적, 문학, 위인 등을 스승으로 삼아
배우고 닮고자 하는 것을 의미한다."(163쪽)고 정의하고, 동파의 전고를 사용하거나
시구를 차용한 것, 적벽 유람의 행적을 재연하는 것, 유사한 경치에 감발되거나 동파
작품이 흥취 발현의 매개체가 된 것 등을 모두 동일화 양상의 사례들로 제시하고
있다.(164~176쪽) 이러한 '동일화 양상'과는 다른 또 다른 수용방식은 "소동파 시문의
창조적 수용"으로 규정된다. 즉, 이 책에서는 소동파의 행적을 선망하고 모방하는
것 외에 본래의 작품이나 전거 등을 특별한 변용 없이 그대로 활용하는 것까지를
모두 '동일화'라는 용어로 포괄하고 있는 것이다. 그러나 본고에서 사용한 '동일시'는
작품 창작의 방식을 포함하는 개념은 아니며, 동파의 정서를 차용하거나 그 행적을
선망하여 모방하는 것(예컨대 적벽유람)과도 구별된다. 여기서는 저자 심상규가 소동
파라는 한 명의 '문인'의 삶을 회고하며 그것과 자기 삶을 비교하면서 공통점을 찾으며
자신도 동파와 같은 삶을 살겠다는 (혹은 살고 있다는) 뜻을 표출한 것을 '동일시'의
양상으로 보았다. 다만 조규백(2016)에서 조선조 문인들의 소동파 산문 수용 경향을
논할 때에는 이러한 의미에서의 동일시에 해당하는 작품을 동일화 경향의 예로 제시
하고 있다. 여기서 예로 든 사례는 신흠과 허균의 작품, 그리고 김정희의 행적이
다.(195~202쪽)

이생에 시종 임금의 돌보심을 입어서	此生終始荷天眷
잠시 시골로 보내어 한직을 누리게 하셨네.	暫遣伊荒飽閒職
천행으로 용서받아 돌아온 지금	天幸赦歸至今日
내년엔 나이가 또 예순일곱.	明年年又六十七
섣달 19일【공의 생일이다.】 매화 앞에서	臘月十九【是公生日.】梅花前
매번 꽃잎의 눈을 한 사발 달인다네.	每烹一甌花上雪
해마다 생일이니 공은 죽지 않아	年年生日公不死
이 판향 하나를 공을 위해 진설하네.	此一瓣香爲公設
다만 부끄러운 건 쇠잔한 나이 점점 늘어가는 것	獨愧殘齒轉轉增
죽음 짧고 삶이 긴 건 끝내 어찌 능할까.	死短生長終何能
눈 침침하고 머리 빠져 마음 또한 잿더미 같지만	眼昏髮禿心亦灰
남들에게서 미움받지 않으리라 자부한다네.	自恃無待人嫌憎
선생의 간장 비록 철석이지만	先生肝腸雖鐵石
나를 용납하여 길이 매화 곁에 있게 하소.	容我長在梅花側[29]

시는 크게 세 부분으로 나눌 수 있다. 제일 앞의 1, 2구에서는 저자
자신의 삶이 항상 뜻대로 되었던 것은 아니지만 예순이 넘었으니 장수
했다고 하며 시상을 열고 있다. 그런데 자신의 이야기를 하는 것이
아니라 "동파 선생 어떤 사람인가.[東坡先生何等人.]"라는 질문을 던진
다. 제목에서 알 수 있듯이 매화나무를 배경으로 한 동파의 초상화를
마주하고 지은 시이므로 이러한 전환이 가능하다. 제4구부터 제12구까
지는 이 질문에 대한 답이다. 소식의 여러 면모 중에서 소인배들의
모함을 받아 시련을 겪은 것을 강조했다. 온갖 참소로 소식의 행보를
방해했지만 끝내 큰 강물을 멈추게 할 수 없었으며, 오늘날까지도 시비
하는 소리만 전해오고 있다는 것이다. 심상규는 「두소십운(杜蘓十韻)」

---

29 권4, 「東坡先生梅下小像」.

에서도 두보와 소식의 삶을 죽지 않은 것이 다행일 정도로 시련에 찬 것으로 묘사했다. "일생을 자득하지 못하였으니, 문장을 이룬들 어디에 쓰랴.[一生不自得, 安用文章爲.]"라는 것이 두 시인의 삶에 대한 그의 평가였다.

이어서 저자는 자신의 삶으로 눈길을 돌린다. 자신은 동파보다도 더 이른 나이에 관직에 올라 임금의 총애를 받았다고 하였다. 24세에 문과에 급제하고 곧바로 규장각에 들게 된 일을 말한 것이다. 소식이 황제가 직접 주관하는 과거시험인 제거(制擧)에 합격한 것은 26세 때였다. 심상규의 이 시는 1831년 그가 관직을 떠나 장단에 있을 때 지은 것이다. 심상규는 사환 초기 가벼운 처벌을 몇 번 받은 것 외에 일생 탄탄한 벼슬길을 밟아왔다. 그러다 1827년 효명세자의 대리청정 후 안동 김씨 세력을 견제하는 분위기 속에서 여러 차례 탄핵을 받게 된다. 순조의 비호에도 불구하고 그는 결국 이천부(伊川府)로 부처(付處)된다. 1829년에는 석방의 명을 받았으나 정계로 돌아오지 않고 1832년까지 고향 장단에서 칩거하였다.[30] 위 시의 제15~18구는 이러한 상황을 읊은 것이다. 동파와 같은 격렬한 정치적 부침을 겪은 것은 아니지만, 재상의 자리에서 쫓기듯 물러나와 한적한 시골에서 조용히 살고 있으니 감회가 있었던 것이다. 자신을 탄핵하고 정계 복귀를 망설이게 만든 세력을 은연중에 동파를 참소한 무리들에 빗대고 있는 듯도 하다.

67세를 앞둔 저자는 12월 19일 동파의 생일날 차를 달여 그의 소상에 바치고 있다. 당대 유행하던 동파 생신제(生辰祭)를 지낸 것이다. '每烹'이라고 한 것으로 보아 매년 그렇게 해온 것인데, 다른 기록이 없어 확인하기는 어렵지만 가까운 문인들과 모여서 제를 올렸을 것이

---

30 김의동(2012), 24~26쪽 참조.

다. 동파의 제삿날이 아니라 생일날을 기념하는 것은 그가 여전히 살아있다는 뜻이다. 이제 자신의 삶도 얼마 남지 않은 것 같은데, 짧은 인생이 끝난 후 동파처럼 오래도록 기억될 수 있을까? 눈도 침침하고 머리도 빠지고 마음속 열정도 사라지고 없는 지금, 다행인 것은 자신을 미워하는 사람들이 많지는 않다는 정도이다. 비록 동파와 같이 굳은 마음의 소유자는 아니지만 만년의 삶을 그에게 의탁하겠다고 하였다. 마지막 네 구에서는 "동파 선생의 마음 이미 재가 되었지만, 그대 시를 사랑해 꽃에 깊이 빠졌네.[東坡先生心已灰, 爲愛君詩被花惱.]",[31] "하찮은 생 우연히 풍파의 땅을 벗어났으니, 만년에도 여전히 철석같은 마음 보존했네.[微生偶脫風波地, 晚歲猶存鐵石心.]"[32]라고 한 동파의 시구를 인용하여 '매하소상(梅下小像)'에 대한 소감이라는 시제(詩題)를 묘출(描出)했다. 심상규 역시 매화벽이 있었던 만큼[33] 매화나무 아래 동파의 모습은 그가 도달하고 싶었던, 이상화된 자아의 모습을 표상한다.

소식을 흠모했던 문인들이 자신을 소식과 동일시하는 것은 자연스러운 현상이다. 특히 소식의 정치적 시련과 오랜 유배 생활이 동일시의 근거가 되었다. 대표적인 사례가 조선중기의 신흠(申欽, 1566~1628)과 19세기의 김정희(金正喜, 1786~1852)이다. 신흠은 계축옥사로 인해 10여 년 동안 방축과 유배를 겪었는데, 이러한 정치적 역경은 그 자신을 소식과 같은 처지로 인식하게 했다. "나의 쇠락함 동파와 비슷하여

---

31 소식, 「和秦太虛梅花」. "西湖處士骨應槁, 只有此詩君壓倒. 東坡先生心已灰, 爲愛
　　君詩被花惱. 多情立馬待黃昏, 殘雪消遲月出早. 江頭千樹春欲暗, 竹外一枝斜更好.
　　孤山山下醉眠處, 點綴裙腰紛不掃. 萬里春隨逐客來, 十年花送佳人老. 去年花開我
　　已病, 今年對花還草草. 不如風雨卷春歸, 收拾余香還畀昊."
32 소식, 「軾以去歲春夏侍立邇英 而秋冬之交子由相繼入侍 次韻絶句四首 各述所懷」
　　제4수. "微生偶脫風波地, 晚歲猶存鐵石心. 定是香山老居士, 世緣終淺道根深."
33 강혜선(2016), 320쪽.

만년에 험난한 길 만났네. 문자 사이에서 부침하노니 동파와 내가 똑같구나.[吾衰似老坡, 晚途坐迍邅. 浮沈文字間, 坡與吾同然.]"[34]라고 읊은 데서 이러한 인식이 확인된다.[35] 김정희 역시 제주도에서 유배생활을 할 때에 이러한 정서를 표출했다. 제자 허유(許維: 許鍊)는 김정희의 얼굴을 넣은 동파립극도(東坡笠屐圖)를 그려서 보내주었다. 김정희의 「자제소조(自題小照)」(『완당전집(阮堂全集)』 권6)는 이러한 그림에 붙인 글로 보이는데, 여기에 "어찌하여 바닷가에서 사립 쓴 모습이 문득 원우죄인(소식)과 같은가?[胡爲乎海天一笠, 忽似元祐罪人?]"라는 말이 있다.[36]

그런데 심상규의 위 시에 나타난 동일화의 지점은 신흠이나 김정희와는 조금 다르다. 물론 심상규 역시 정치적 좌절의 시기에 이 시를 지은 것으로 보인다. "잠시 시골로 보내어 한직을 누리게 하셨네."라는 구절은 정계에서 입지를 상실한 자신의 현재 상황을 에둘러 말한 것이다. 그러나 이 시기를 제외하면 일평생 순탄한 벼슬길을 걸어왔으므로 그 자신의 처지가 동파와 똑같다고 말하기는 어려웠을 것이다. 심상규는 유배된 처지에 대한 강렬한 공감보다는 만년에 이르러 자기 삶을 되돌아보며 동파의 '불후함'을 지향하는 정서를 표출하는 데 주력하였다. 꼭 동파와 같은 인생 역정을 겪지 않았다 해도 삶의 다양한 국면에서의 동일시는 충분히 가능하다.[37] 심상규의 위 시는 비교적 안정된 삶을 구가했던 19세기의 경화문인들 사이에서 동파에 대한 동일시가 어떠한

---

34 신흠, 『상촌집(象村集)』 권6, 「示翊聖翊亮【幷小序】」 (부분).

35 신흠의 동파 애호와 동일시 경향에 대해서는 류소진(2016), 「조선 중기 문인 申欽의 蘇軾觀」, 『중국어문학』 제72집, 영남중국어문학회 참조.

36 이현일(2010), 202쪽.

37 대체로 순탄한 관직 생활을 누렸던 서거정(徐居正) 역시 식생활과 거주지, 풍류 생활 속에서 동파와의 공통점을 찾으려고 애썼다. 류소진(2017), 「조선 문인 徐居正의 생활 속에 투영된 蘇軾」, 『중국어문학지』 제60집, 중국어문학회.

방식으로 나타나는지를 보여주는 흥미로운 사례라고 할 수 있다.

2. 작품 창작에서의 수용 양상

앞 절에서는 심상규의 시 가운데 동파에 대한 숭상과 그 연장선에서의 동일시의 정서가 표출된 작품을 살펴보았다. 본 절에서는 작품 창작 과정에서 심상규가 동파의 시를 어떤 방식으로 활용하고 있는지 그 구체적 사례를 검토한다. Ⅱ장에서 제시한 것처럼 『두실존고』에는 동파 차운시 및 동파와 관련된 고사를 활용한 사례들이 풍부하다. 이 가운데 먼저 동파 시의 정서와 의경(意境)을 시작(詩作)에 활용한 경우를 살펴보고, 다음으로 동파의 시구나 일화를 전거로 사용한 경우를 검토한다.

1) 동파 시의 정서와 의경 차용

심상규의 동파 애호는 동파 작품에 대한 공감으로 이어졌다. 특히 소식과 소철(蘇轍) 형제의 우애가 절실하게 와닿았던 듯하다. 심상규는 아우 심응규(沈應奎)와 특히 돈독했던 것으로 보이는데, 시 속에서 자신들의 관계를 소식 형제와 겹쳐서 보곤 했다. 심응규는 심염조의 둘째 부인인 남양 홍씨 소생으로, 첫째 부인 안동 권씨의 아들인 심상규에게는 이복동생이 된다. 심응규는 1770년생으로, 1790년 진사시에 합격하고 관직은 음직으로 서흥부사에 이르렀으며, 자는 숙도(叔度)이다. 다음은 1829년 64세 때의 시 「숙도를 기다리며[待叔度]」이다.

밤비 내릴 때 차가운 침상에 홀로 누워 생각하니　　夜雨寒床獨臥疑
옛 약속 찾아야지 마땅히 늦어선 안 되겠네.　　要尋舊約未宜遲
봄 되니 다만 지당의 풀을 꿈꾸고　　春來但夢池塘艸

날 저물자 몇 번이나 까치를 탓했나.   日暮幾嗔烏鵲枝
한 말의 곡식도 찧을 만하면 나는 너와 나누니   斗粟可春吾與爾
한 오라기 실 못 걸쳐도 내가 누굴 위하겠나.   寸絲不掛我爲誰
숲 사서 함께 은거하는 것 지금 반드시 해야 하니   買林同隱今須必
또한 집안 전할 훌륭한 아들 있다네.   亦▨傳家有好兒[38]

이 시의 제2구와 제4구, 제8구에는 자주(自注)가 달려 있다. 제4구의 주석은 "嗔烏鵲"이 두보의 시에서 나온 구절임을 밝힌 것이다. 제2구와 제8구에 붙은 주석은 소식과 소철의 일화를 설명한 것으로 그 내용은 다음과 같다.

　　자유(子由: 소철)와 동파가 일찍이 위소주(韋蘇州: 韋應物)의 "어찌 알리오 비바람 몰아치는 밤, 다시 이렇게 침상 마주하고 잘 수 있을지.[那知風雨夜, 復此對床眠.]"라는 구절을 읽고 서글퍼하면서 일찍 은퇴하여 함께 한가로이 사는 즐거움을 누리자고 약속했다. 그 후 자유와 동파는 팽성에서 만났는데, 그때 지은 시에서 "소요당 뒤 천 길 나무, 한밤중 비바람 소리를 길게 보내네. 침상 마주하자던 옛 약속 지킨 것으로 착각해 기뻐하며, 팽성에서 떠돌고 있음은 알지 못하네.[逍遙堂後千尋木, 長送中宵風雨聲. 惺喜對床尋舊約, 不知漂泊在彭城.]"라고 하였다.[39]

　　동파의 「새벽에 파구에 가서 자유를 마중하다[曉至巴口迎子由]」 시에서 "가씨의 숲을 사려고 하니, 여기엔 자네의 결심이 있어야 하네.[欲

---

38 권4, 「待叔度」.
39 "子由與東坡, 嘗讀韋蘇州'那知風雨夜, 復此對床眠'之句, 惻然感之, 乃相約早退共爲閒居之樂. 其後子由與坡彭城相會. 有詩曰'逍遙堂後千尋木, 長送中宵風雨聲. 惺喜對床尋舊約, 不知漂泊在彭城.'"

買柯氏林, 玆謀待君必.]」라고 하였다. 또「자유를 이별하고 겸하여 지를 이별하다[別子由兼別遲]」시에서는 "두 늙은이 은거하는 것 어려운 일 아니니, 다만 집안 전할 훌륭한 자식 있으면 되네.[兩翁歸隱非難事, 惟要傳家好兒子.]"라고 하였다. 遲는 자유의 아들이니, 이는 조카 구상(龜祥)을 빗댄 것이다.[40]

소식과 소철은 함께 제과(制科) 응시를 위해 공부하던 시절 위응물의 「전진과 원상에게 보이다[示全眞元常]」를 읽고 느낌이 있었다. 형제는 아직 떨어져 지낸 적이 없었기에 관직에 진출하여 한 번 헤어지게 되면 언제 다시 만나서 함께 지낼 수 있을지 걱정이 되었다. 그리하여 일찍 은퇴하여 반드시 함께 살자고 약속했다. 소식이 스물여섯, 소철이 스물셋일 때의 일이다. 두 사람이 이때의 약속을 다시 상기한 것은 그로부터 16년 후인 1077년 서주(徐州)에서였다. 형제는 7년 만에 재회하여 서주에서 백여 일을 함께 보내며 그간의 그리움을 쏟아낼 수 있었다. 심상규가 인용한 시는 이때 소철이 지은 시「소요당에서 함께 자며 2수[逍遙堂會宿二首]」중 한 수이다.

그러나 소식 형제는 결국 이 약속을 지킬 수 없었다. 심상규는 이 일화를 인용하면서 자신들도 더 늦기 전에 '옛 약속[舊約]'을 지켜야 한다고 읊었다. 이 시기에 그는 관직에서 물러나 고향에서 칩거하고 있었으므로 아우만 돌아온다면 가능한 일이었다. 미련에서 다시 한번 동파의 시구를 인용했다. 아우의 결단을 재촉하며 집안을 전할 훌륭한 아들이 있으니 걱정할 필요가 없다고 말했다. 그리고 조카, 즉 심응규의 아들을 소철의 아들에 빗대었다고 설명하였다. 심상규의 이 시는

---

40 "東坡《曉至巴口迎子由》詩: '欲買柯氏林, 玆謀待君必.' 又《別子由兼別遲》詩: '兩翁歸隱非難事, 惟要傳家好兒子.' 遲是子由之子, 此喩龜祥侄."

아우에 대한 그리움과 아울러 은거에 대한 소망을 읊은 것이다. 정쟁에 시달릴 때마다 낙향을 꿈꾸었던 소식의 마음을 그대로 자기 마음으로 삼고 있다.

66세 때 쓴 「숙도에게 부치다[寄叔度]」 역시 동파의 작품과 연관이 있다. 이 시의 서(序)에서 심상규는 "동파의 「수조가두(水調歌頭)」에는 '병진년 중추 아침까지 술을 마셔 크게 취했다. 이 작품을 지어 자유를 그리워한다.'라는 말이 붙어 있다. 신묘년 중추에 병으로 홀로 누워 이별의 마음을 거의 감당하지 못하여 마침내 동파의 사(詞)를 풀어서 장구를 지어 부친다."[41]라고 하였다. 「수조가두」는 동파의 대표적인 사(詞) 작품 중 하나로, 밀주지주(密州知州)로 있던 1076년 중추절에 지은 것이다. 그가 밀주지주를 자원한 것은 당시 소철이 밀주 근방의 제주(齊州)에 있었기 때문이다. 그러나 거리가 가깝다고 해서 자주 만날 수 없었고, 중추절을 함께 보내지도 못했기 때문에 이 시를 지어 아우에 대한 그리움을 부쳤다.

심상규는 단지 「수조가두」의 창작 동기만을 본받은 것이 아니라 작품 내용을 풀어서 그것에 응답하는 내용으로 시를 지었다. 전문은 다음과 같다.

동파 선생 일찍이 크게 취하여	東坡先生曾大醉
「수조가」 지어서 남을 대신해 남겼네.	水調歌成留替人
나 또한 술잔 들고 하늘에 묻고 싶으나	我亦把酒欲問天
하늘은 다행히 말이 없어 긴말 늘어놓지 못하네.	天幸無語無可陳
구슬로 만든 천상 궁궐 가장 높은 곳	瓊樓玉宇最高處

---

41 "東坡水調歌頭, 題以'丙辰中秋歡飮, 達朝大醉. 作此篇兼懷子由.' 辛卯仲秋, 病餘獨臥, 離懷別感, 幾不能自勝. 遂繹坡詞爲長句以寄."

찬 하늘 다시 두려운데 날 쉬이 밝지 않네.　　又恐寒宵未易曙

비록 맑은 그림자 인간 세상에 있다 해도　　雖有淸影在人間

문득 일어나 춤추며 바람 타고 떠나고자 하네.　便欲起舞乘風去

문 아래 처마로 들어오는 달빛 어찌나 맑은지　轉簷低戶何皎潔

잠 못 드는 이 비추어 근심을 더하누나.　　照人不眠增愁絶

이별의 슬픔은 본래 사람을 한스럽게 하는 것　爲別銷魂本恨人

달이 무슨 한이 있어 이별을 슬피 여기랴.　　月亦何恨兼憐別

꼭 이별할 때에만 둥근 것이 아니라　　　不時偏向別時圓

도리어 달 둥글 때 유독 이별한 근심이 잡아끄는 게지.

　　　　　　　　　　　　　　　　倒是圓時偏覺別愁牽

한 해의 밝은 달 흐렸다 개었다 하는 것 외에　一年明月陰晴外

둥근 달을 얻는 것 몇 번이나 되려나.　　　能得團圓無幾番

인생 백 년 절반 넘게 살았는데　　　　　人生百年强半

우환과 질병이 계속해서 이어지네.　　　　憂患疾病相纏綿

다시 이 이별이 어느덧 해를 넘겼으니　　又此離別動經年

이 일 예로부터 온전하기 어렵다고 말하지 말라.　莫謂此事古難全

이토록 오래 사는 것 또한 가련하니　　　　如此長久又可憐

헤어지지 않고 달이 없어서　　　　　　　不如無別亦無月

두 몸의 형제가 길이 한 방에서 같이 자는 것만 못하리.

　　　　　　　　　　　　二身兄弟長得甘眠在一室[42]

「수조가두」의 사(詞) 양식과 달리 다섯 차례 환운한 고체시 형식을 택했다. 「수조가두」[43]의 각 구절을 순서대로 언급하면서 각 구절에 대

---

42 권4, 「寄叔度」.

43 소식의 「수조가두」 전문은 다음과 같다. "明月幾時有, 把酒問靑天. 不知天上宮闕, 今夕是何年. 我欲乘風歸去, 又恐瓊樓玉宇, 高處不勝寒. 起舞弄淸影, 何似在人間. 轉朱閣, 低綺戶, 照無眠. 不應有恨, 何事長向別時圓. 人有悲歡離合, 月有陰晴圓缺, 此事古難全. 但願人長久, 千里共嬋娟."

한 자기 생각을 덧붙였다. "술잔을 들고 하늘에 물어본다.[把酒問靑天]"
에 대해서는 하늘이 말이 없어 자신도 긴말을 늘어놓을 수 없다고 하였
다. 이어서 천상 궁궐은 추울 것이라는 내용을 그대로 받았다. 동파는
"일어나 춤추면서 맑은 그림자 희롱하니, 어찌 속세에 사는 것과 같겠
는가.[記舞弄淸影, 何事在人間.]"라고 하며 중추절 달빛 아래 보내는 밤을
신선 세계에 비겼다. 그러나 심상규는 비록 그렇다 해도 날아서 신선
세계로 가고 싶다고 하였다.

　다음으로 달빛이 문으로 들어와 잠 못 드는 이를 비추는 장면, 달이
한을 품고 있을 리 없다고 한 동파의 구절을 그대로 풀어썼다. 그러나
「수조가두」의 절묘한 구절인 "어째서 (달은) 늘 헤어져 있을 때 둥근
가?[何事長向別時圓]"에 대해서는 달이 둥글 때 이별 근심이 깊어지기
때문에 그렇게 느끼는 것이라면서 다른 뜻을 보였다. 마지막 구절 역
시 「수조가두」의 말을 뒤집었다. "다만 바라노니 오래 살아서 천 리에
함께 고운 달빛 보세나.[但願人長久, 千里共嬋娟.]"라고 한 구절에 대하여
헤어져서 오래 살아 무엇하겠나, 달이 없더라도 함께 지내는 것이 좋
다는 말로 마무리했다. 형제간의 깊은 우애와 이별의 회한을 동파의
시의(詩意), 정확히는 사의(詞意)를 빌려 노래한 작품이다.[44]

　앞서 살펴보았듯 『두실존고』의 동파 차운시는 모두 22제 36수이다.
여기에는 단순히 운자만을 빌려온 것도 있고, 원시의 정서와 의경을
일정 부분 이어받은 것도 있다. 유사한 소재를 읊은 시에 차운한 경우
가 그러하다. 예컨대 소식의 「눈 내린 뒤 북대의 벽에 쓰다 2수[雪後書
北臺壁二首]」에 차운한 세 편의 시[45]는 똑같이 눈 온 뒤의 풍경을 소재로

44　소식과 소철의 관계는 형제간의 우애에 대한 전거로 자주 활용되었던 것 같다. 정약용
　　의 시 가운데도 「화동파문자유수(和東坡聞子由瘦)」(『여유당전서(與猶堂全書)』 권
　　4)라는 작품이 있다. 흑산도에 있는 정약전의 건강을 걱정하는 마음을 담은 시이다.

하고 있어 비슷한 이미지의 시어가 나타난다. 눈 내린 후의 차가운
기운, 한밤중에 들려오는 눈 내리는 소리, 소금같이 수북하게 쌓인
눈, 지붕 위에서 우짖는 까마귀 등의 이미지가 차운시에서도 그대로
활용되었다.

또 하나의 예는 동파의 「여산에 막 들어가서 3수[初入廬山三首]」에
차운한 작품이다. 광주유수 재직 시절 유차산루를 짓고, 그곳에서 보
이는 서산에 대하여 읊은 것이다.

일부러 산 마주하게 누각 세우니	開樓故當山
상쾌한 기운이 날로 보기 좋구나.	爽氣日可觀
산으로 하여금 내 얼굴 알게 하려니	使山將識面
예부터 이곳에 노닌 이 몇이나 되려나.	從古幾遊人
그윽한 해는 맑고 고요한데	幽幽日淸閟
그 사이로 푸른빛이 뚝뚝 흐르네.	空翠泫中間
다음엔 응당 심상히 보겠고	他時應常見
이미 꿈속에서 본 산인가도 싶네.	已疑夢裏山
지금은 이미 늙어버려서	如今已老矣
오악 유람은 어렵게 되었네.	難作五嶽遊
이 산 하나를 길이 얻는다면	得爲一山長
만호후라도 쉽게 사양하리라.	易辭萬戶侯[46]

소식 시의 첫 수는 "푸른 산 마치 평소 면식 없는 듯, 우뚝 서서

---

45 〈표1〉의 3, 4, 5번 시.

46 권2, 「望西山 用東坡初入廬山韻【三首】」.

친하게 굴지 않네. 여산의 얼굴 알아둬야 하리라. 나중엔 내 친구가 될 것이니.[靑山若無素, 偃蹇不相親. 要識廬山面, 他年是故人.]"이다. 심상규 역시 남한산성에 온 지 얼마 되지 않아 이 산이 낯설다. 그래서 일부러 산을 마주하게 누각을 지었다. 그리고 날마다 창을 열어보며 산으로 하여금 내 얼굴을 익히게 한다고 했다. 원시의 전구에 쓰인 '面'은 운자가 아니지만 차운시에도 그대로 사용함으로써 산과 사람이 서로 낯을 익힌다는 시의를 이어받았다. 동파 시의 둘째 수는 "옛날부터 여산의 맑은 경치 그리워해, 마음은 아득한 노을 속에 노닐었네. 지금은 꿈이 아니라, 정말로 여산에 들어와 있구나.[自昔懷淸賞, 神游杳藹間. 如今不是夢, 眞個在廬山.]"이다. 동파 시의 제1수에서 나중엔 친구가 될 것이라고 말한 부분을 제2수의 차운시에 끌어왔다. 이제 매일같이 이 산을 마주할 테니 심상히 보게 될 것이다. 이렇게 생각하니 이미 꿈속에서 본 산인 듯도 싶다. 동파가 전부터 여산에 가보기를 꿈꾸었듯이, 서산 역시 심상규에게는 (비록 유명한 산은 아니었지만) 꿈에 그리던 산이라는 이야기이다.

　동파 시의 제3수는 "짚신 신고 푸른 대지팡이 짚고, 돈 백 전 걸고서 돌아다니네. 괴이하구나, 깊은 산 속에서, 사람마다 옛 제후를 알아보누나.[芒鞋靑竹杖, 自挂百錢游. 可怪深山裏, 人人識故侯.]"이다. 소식의 이 시에는 고사가 있다. 소식이 여주로 유배지를 옮겨가는 길에 처음으로 여산을 방문했는데, 경치가 하도 아름다워서 감상만 하고 시를 짓지 않기로 결심했다고 한다. 그런데 얼마 후 승려들과 산민들이 모두 그를 알아보고 '소자첨이 오셨다'고 하는 바람에 자기도 모르게 이 세 번째 수를 읊조리게 되었다. 그러고는 웃으면서 아까 한 결심이 잘못되었음을 깨닫고 앞의 두 수를 지어서 세 수를 채웠다고 한다.[47] 이 마지막 수는 소동파 자신의 소탈한 모습을 묘사하고 그런 행색에도 불구하고 자신을 기억해주는 사람들의 따스한 마음에 대한 반가움을 노래한 것이다. 심상규는 동파와 처지가 달랐기에 같은 정서를 표현하지는 않았다. 다만 자신은 이제 멀리 유람 가기는 어렵고, 아늑한 이곳에서 유유자적 살아가고픈 소망을 담았다. 차운시 제3수는 원시와 그 의경과 정서가 다르지만 소탈한 자아의 모습을 그려냈다는 점은 유사하다.

2) 동파 시구와 일화의 활용

심상규의 동파 애호의 정도로 보건대 자신의 작품에 동파 시문의 구절을 전고(典故)로 활용한 예가 상당히 많을 것임을 짐작할 수 있다. 그 전모는 『두실존고』 전체 작품을 하나하나 살펴봄으로써 파악이 가능할 것인바, 이는 본고에서 다룰 수 있는 범위를 넘어선다. 이에 심상규가 직접 동파의 구절을 인용했다고 언급한 작품들을 중심으로 그 활용 양상을 살펴보고자 한다. 제Ⅱ장의 〈표2〉에서 제시한 작품들이 그러한 예이다.

먼저 「부왕사에서 경액을 감전하며. 눈 내리는 날 풍고에게 부치다 [扶旺寺監煎瓊液 雪夜寄楓皐]」(1809)를 예로 들 수 있다. 다음은 이 시의 서(序)이다.

내가 여기에 온 것이 이미 닷새가 되었는데 백운산에 들어온 이후로 시를 짓지 않는 것을 해탈의 법문으로 삼았으니, 또한 파로(坡老)가 기어(綺語)를 끊는다는 뜻이다. 눈이 그치고 날이 개자 달이 또 차올라서, 이른바 선유대(仙遊臺)란 곳에서 배회하며 완상하였다. 밤이 깊어지자

---

47 소식 저, 류종목 역주(2016), 『정본완역 소동파시집』 3, 서울대학교 출판문화원, 732쪽 참조.

더욱 강물이 넘실거려 맑고 상쾌한 기운이 사람의 심장과 뼈에 스며들었다. 온 산이 적막하고 오온(五蘊)이 모두 텅 비어 거의 기뻐서 미칠 것 같은 기분을 주체할 수 없었다. 결국 짓고 싶어 몸이 근질근질해져서 동파의 운을 뽑아서 거칠게 한 수 지었다. 만약 금강경의 색촉계(色觸戒)를 지닌 자가 있다면 마땅히 나를 벌하여 두타산의 눈을 쓸게 했으리니 진실로 박장대소할 만한 일이다.[48]

소식은 남화사(藍華寺)에서 육조(六祖) 혜능(慧能)의 진신상(眞身像)을 참견하고 「남화사(藍華寺)」 시를 지었는데, 여기서 "조사의 석장으로 파놓은 샘물 빌려다가, 꾸며대는 말 쓰던 내 벼루를 씻어야겠다.[借師錫端泉, 洗我綺語硯.]"라고 하였다. '기어(綺語)'는 실속 없이 아름답게 꾸며댄 말이라는 뜻으로, 시를 쓰는 일을 빗댄 표현이다. 시를 짓는 것은 속세인의 버릇이며 그것을 끊는 것이 해탈하는 길이라고 여긴 것이다. 「승려 잠이 준 시에 차운하다[次韻僧潛見贈]」에서도 "여러 생 동안 말 꾸미는 버릇 갈아도 없어지지 않아, 아직도 완연히 시인의 마음 남아 있네.[多生綺語磨不盡, 尙有宛轉詩人情.]"라고 하였다. 시를 쓰는 것은 해탈하지 못하고 윤회하는 인간 세상의 습관이라는 의미이다. 소식의 선취(禪趣)를 보여주는 작품들이다. 자신이 쓴 글과 시로 인해 계속해서 고초를 겪어야 했던 그로서는 말을 끊어내는 것이 몸을 보존하는 길임을 통감했을 것이다. 그러나 물론 소식은 글쓰기를 그친 적이 없었고, 심상규 역시 자신의 약속을 깨고 시를 짓고 만다. 동파의 예를 끌어들임으로써 '시를 쓰지 않고는 못 배기게' 만든 아름다운 설경을

---

48 "僕來此已五日, 自入白雲山門, 以不作詩爲解脫法門, 亦坡老懺斷綺語之意也. 雪旣旋霽, 月又盈魄, 於所謂仙遊臺, 徘徊眺賞. 夜久益覺空明混漾, 淸爽之氣沁人心骨. 萬山寂歷, 五蘊俱空, 殆不禁喜而欲狂. 遂復癢作, 拈坡韻率成. 如有持金剛經色觸戒者, 當罰我以掃雪頭陀, 眞堪拍手呵呵也."

더욱 돋보이게 했다.

한편 위 서의 "밤이 깊어지자 더욱 강물이 넘실거려 맑고 상쾌한 기운이 사람의 심장과 뼈에 스며들었다."는 부분은 동파의 「전적벽부(前赤壁賦)」에서 "날빛 받은 강물을 치며 밝은 강을 거슬러 올라간다.[擊空明兮泝流光.]"고 한 구절을 연상시킨다. 또, 시 본문의 "신선을 끼고 이생을 잊고자 하네.[欲挾飛仙忘此生.]"라는 구절은 '선유대'라는 명칭에서 나온 것이기도 하지만, 또한 「전적벽부」의 "신선을 옆에 끼고 마음껏 노닐고, 밝은 달을 끌어안고 오래도록 살리라.[挾飛仙以遨遊, 抱明月而長終.]"라는 부분을 염두에 둔 표현이다.

동파의 시구를 그대로 사용한 작품도 있다. 김조순의 옥호정에 모여지은 시인 「옥호에서 모이다 2수[會玉壺【二首】]」에서 그곳에 대나무를 심은 일을 노래하며 "대나무 없으면 사람을 속되게 하네.[無竹令人俗]"라는 동파의 시구를 그대로 썼다. 「어잠 스님의 녹균헌[於潛僧綠筠軒]」에서 소식은 "밥에 고기가 없는 건 괜찮지만, 사는 곳에 대가 없게 해서는 안 된다네. 고기가 없으면 사람이 야위고, 대가 없으면 사람을 속되게 하나니, 여윈 것은 살찌울 수 있지만, 선비의 속됨은 고칠 길 없네.[可使食無肉, 不可使居無竹. 無肉令人瘦, 無竹令人俗. 人瘦尙可肥, 士俗不可醫.]"라고 하였다. 또, 「〈문복도〉 권에 스스로 제하다[自題捫腹圖卷]」에서는 동파 시의 "어리석은 이 몸의 배 가리키며 텅 비었다 웃지 마오.[莫指癡腹笑空洞.]"[49]라는 구절을 그대로 썼다.

또 다른 예는 1811년 김이교가 통신사 정사로 일본에 갈 때 써준 송시(送詩)[50]의 구절이다. 이 시에는 "기도하지 않고도 신기루를 볼 것

---

49 소식, 「過於海舶 得邁寄書酒作詩 遠和之 皆粲然可觀 子由有書相應也 因用其韻賦篇 並寄諸子侄」의 한 구절이다.

50 권1, 「寄別金公世馬州信使之行 次楓皐韻【三首】」.

이니[不煩禱後方觀蜃]"라는 말이 있는데 심상규는 여기에 자주를 달아 "동파가 등주에서 해시를 보았다.[東坡登州觀海市.]"라고 설명해 놓았다. 동파는 오대시안(烏臺詩案)으로 인한 유배 생활을 마치고 수도로 돌아오는 길에 등주를 지나게 되었다. 등주는 산둥반도 최북단에 위치한 고을로, 이곳에선 신기루가 잘 보인다는 소문이 있었다. 본래 등주 지주로 임명된 터였으므로 여기서 신기루를 보게 될 것이란 기대가 있었는데, 이곳에 도착하기도 전에 예부낭중으로 임명되어 곧장 떠나게 되었다. 소식이 신기루를 볼 기회는 단 하루였으나, 이 시기는 음력 10월 중순으로 신기루가 잘 보이는 때가 아니었다. 그러나 미련이 남은 소식은 해신(海神) 광덕왕(廣德王)의 사당에서 기도를 올렸고, 이튿날 거짓말처럼 신기루가 나타났다. 그때 지은 시인 「해시(海市)」의 서문에 나오는 사연이다. 심상규는 김이교에게 여러 날을 배 위에서 보낼 터이니 동파처럼 번거롭게 기도할 필요 없이 신기루를 볼 수 있으리라고 말한 것이다. 동파의 전거를 활용해 재치를 더한 표현이다.

한편 1816년 연행을 가는 누군가에게 지어준 「보내며[送]」라는 시[51]에서는 소식의 「거란으로 사신 가는 자유를 보내며[送子由使契丹]」의 시구를 언급하고 있다. 이 시에 붙인 서에서 심상규는 "이규(李揆)의 거짓 대답은 동파가 또한 일찍이 「송자유사거란」에 인용한 적이 있다."[52]라고 밝혀놓았다. 이규는 당(唐) 덕종(德宗) 때의 인물로, 문벌·인물·문장이 모두 뛰어나 당시에 삼절(三絶)로 일컬어졌다. 그가 번국에 사신으로 갔을 때 오랑캐 군주가 "들으니 당의 제일인자가 이규라

---

51 권2, 「送」. 세주의 몇 글자가 판독이 되지 않아 누구에게 준 시인지 알 수 없다. 마지막 연에서 언급한 '사옹(沙翁)'이 사계(沙溪) 김장생(金長生)이라면 광산 김씨인 누군가에게 준 것으로 추정할 수 있지만 분명치 않다.

52 "至如李揆詭對, 東坡亦嘗引用於《送子由使契丹》之詩."

던데, 바로 공이십니까?"라고 물었다. 이규가 혹시 억류될까 두려워 "그 이규가 기꺼이 오려고 했겠습니까?"라며 거짓 대답을 했다고 한다.[53] 동파 시의 제2수 마지막 연은 "선우가 만약 그대(우리) 집안에 대해 묻는다면, 중조의 제일인이라고 말하지 말라.[單于若問君家世, 莫道中朝第一人.]"이다. 심상규 시의 마지막 연은 "(그대) 집안 제일인 것 응당 알겠으니, 사옹의 자손들 모두 호걸이라네.[家世也應知第一, 沙翁孫子揚賢豪.]"로, 동파 시구의 뜻을 뒤집어서 상대 가문을 칭송하는 뜻으로 쓴 말이다.

시구 외에 동파의 일상과 관련된 사실을 인용한 작품도 있다. 「다시 두 생과 운을 뽑아서 영물시를 짓다 2수[又與二生拈韻詠物二首]」는 향(香)과 유자를 읊은 영물시다. 그중 향을 읊은 첫째 수에서 "침향이든 여범이든 따지지 않고, 스스로 빈아향 만들어 동파를 본받는다.[無論沉水眞如范, 自製貧衙旋效坡.]"라고 하였다. 그리고 이 구절에 "동파가 일찍이 빈아향을 만들었다.[東坡嘗製貧衙香.]"라는 주를 달아놓았다. 본래 아향(衙香)은 침향이 위주가 되는 향인데, 동파의 아향은 침향이 없다고 하여 '빈아향(貧衙香)'이라고 했다고 한다. 이를 '소내한빈아향(蘇內翰貧衙香)'이라고 한다.[54] 한편 앞서 언급한 이홍반(二紅飯)에 관한 고사를 언급한 시도 있다. 이만수에게 보낸 시에서 "부질없이 배 드러내고 옆 사람에게 물으니, 원망 품어 말소리마다 이홍을 내뿜네.[空然露腹問傍人, 埋怨聲聲噴二紅.]"라 하고 "동파가 보리에 팥을 섞어서 밥을 지었더니 왕부인이 웃으면서 '이것은 신식 이홍반이군요.'라고 했다.[東坡作

---

53 『신당서(新唐書)』, 「이규전(李揆傳)」에 나온다.
54 빈아향에 대한 정보는 원전을 찾지 못하였고, 이를 소개한 온라인 기사를 참조하였다.(https://baijiahao.baidu.com/s?id=1683354338177171135&wfr=spider&for=pc 2021.4.20. 검색)

麥飯雜小紅豆, 王夫人笑曰此新撲二紅飯.]"라는 설명을 붙였다. 시서화뿐 아니라 요리와 의약, 건축 등 기술 방면에서도 다양한 재능을 보였던 동파의 면모를 환기하는 전고들이다.

이처럼 심상규는 동파 시구와 일화를 전거로 활용함으로써 시구의 의미를 확장하고 운치를 더하고 있다. 이러한 표현법은 일반적인 한시 작법에 속하는 것이지만, 심상규 문학에 있어서는 '동파'라는 표상이 그 주된 원천이 되고 있다는 점이 특기할 만하다.

IV. 나가며

두실 심상규는 18세기 말, 19세기 초에 활동했던 관료이자 문인이다. 송현(松峴)의 대저택과 4만 권의 장서로 유명했고, 시문으로 이름을 날려 여러 차례 문형을 맡았다. 김조순, 남공철, 신위 등 당대 경화세족 문화를 선도했던 이들과 두루 친분이 있었으며, 연행을 통해 청나라 문인들과도 교유했다. 이와 같은 심상규의 위상은 이 시기 한문학 및 이를 둘러싼 다양한 문화적 현상의 이해를 위해 그의 문학을 참조할 필요성을 말해준다.

본고는 이를 위해 현전하는 그의 시집인 『두실존고』 수록 시문에 대한 검토를 시도하였다. 그의 작품을 이해하는 여러 키워드 가운데 본고가 주목한 것은 '동파 숭상'이다. 『두실존고』에 수록된 동파 차운·염운시는 모두 22제 36수이다. 동파 차운시는 혼자 지은 것보다 다른 문인들과 주고받은 시, 또는 모임에서 함께 지은 시가 많다. 시회를 열고 동파의 운을 뽑아 시를 짓는 것이 아취(雅趣) 있는 행위로 여겨졌던 것이다. 그 외 동파와 관련 있는 작품은 모두 19편으로 파악된다. 후자의 경우 저자가 직접 동파를 언급한 경우이며, 별도의 언급 없이 동파 시구를 전거로 활용한 예는 그보다 훨씬 더 많을 것으로 생각된다.

본문에서는 먼저 심상규의 동파 숭상이 나타난 작품을 살펴보고, 이어서 작품에서 동파의 작품이나 동파 관련 전고를 활용한 양상을 검토하였다. 심상규는 중국 문인들의 동파 숭배에 공감하는 내용의 시를 짓고, 동파 애호의 정서를 매개로 옹수곤과 친밀하게 교유하였다. 또, 만년에는 동파의 삶과 자신의 삶을 대비하며 이상화된 자아상으로서 동파 이미지를 제시한 시를 짓기도 했다. 유배된 처지에서 동파와의 동일시 근거를 발견했던 신흠이나 김정희와 달리 심상규가 시련 속에서 '불후'를 획득한 동파의 삶을 동경하고 있음이 주목된다. 이는 19세기 경화세족의 동파 이해를 보여주는 하나의 사례라고 할 수 있다.

동파 작품의 수용 양상은 두 가지로 파악된다. 하나는 동파 시의 정서와 의경을 차용하는 방식이다. 심상규는 특히 소식과 소철 형제의 우애에 깊이 공감하고 그와 관련한 시적 정서를 적극 활용하였다. 또, 차운시 가운데 유사한 소재를 읊은 시들에서 동파 시의 의경을 빌려온 경우가 있다. 다음은 동파의 시구와 일화를 전거로 활용한 사례들이다. 심상규는 동파의 시구를 그대로 가져오기도 하고 동파의 시어나 일화를 활용해 작품을 구성하기도 하였다. 이를 통해 작품의 의미에 깊이를 더하고 시의를 효과적으로 전달하고 있음을 볼 수 있다. 옛 시인의 시구와 일화를 전거로 활용하는 것은 일반적인 한시의 작법이지만, 심상규 문학에서는 그 주된 원천이 동파 작품에 있다는 것이 특징적이다.

19세기 경화세족의 동파 애호 경향은 이미 학계에 널리 알려져 있는 현상이다. 심상규의 시는 이 시기 동파 숭상과 동파 작품의 수용이 실제로 어떠한 방식으로 이루어졌는지를 보여주는 구체적인 사례가 된다. 심상규는 이 시기 동파 애호의 대표적 인물로 거론되는 신위와 가까이 교유하였음이 확인된다. 또, 자주 만남을 갖고 함께 시를 지었던 김조순이나 남공철 등도 모두 동파열과 관련하여 주목할 만한 인물들이다. 즉, 동파라는 키워드를 통한 심상규 작품의 이해는 19세기의 주요 작가인 심상규 문학의 한 특징을 보여주는 동시에 이 시기 경화세족의 문화적 경향을 보다 심도 있게 고찰하게 해준다는 의의가 있다.

대략 한 세대 뒤의 문인인 조희룡(1789~1866) 역시 자신의 시 작품에 소식의 시구를 차용하거나 소식 관련 일화를 빈번히 활용하고 있다.[55] 심상규 역시 조희룡의 경우와 유사한 방식으로 소식의 시를 활용하고 있는바 그 구체적인 차이를 분석할 필요가 있다. 즉, 소식 시구의 변용 과정에서 심상규가 다른 작가들과 구별되는 독특한 미감을 보여주고 있는지에 대해 검토하는 작업이 요구된다고 하겠다. 다만 본고는 지금까지 연구되지 않았던 심상규 문학의 한 국면을 드러내는 데 초점을 맞추었기에 이러한 점들에 대해서는 충분히 해명하지 못했음을 밝혀둔다. 뿐만 아니라 동파 애호의 측면 외에 심상규 문학의 전반적인 면모에 대해서도 보다 심도 있는 논의가 이루어져야 할 것이다. 이는 19세기 한문학 연구의 '재료'를 확보하기 위한 필수적인 작업의 하나이다.

---

55 류소진(2018), 「조선 후기 문인 趙熙龍 詩文의 蘇軾 관련 用典 양상」, 『중국어문학』 제78집, 영남중국어문학회 참조.

참고문헌

● 이규보 문학에 나타나는 자기형상의 양상과 그 의미

[자료]

李奎報, 『東國李相國集』, 《한국문집총간》, 한국고전종합DB.

[단행본]

김용선(2013), 『이규보 연보』, 일조각.

심경호(2010), 『나는 어떤 사람인가』, 이가서.

심호택(1991), 『高麗中期 文學論 研究』, 계명대학교 한국학연구원.

황병성(2008), 『고려 무인집권기 문사 연구』, 경인문화사.

[논문]

문철영(2020), 「이규보의 나르시시즘과 광기」, 『동방학지』 제193집, 동방학회.

배규리(2020), 「李奎報의〈呈張侍郎子牧一百韻〉분석 -청년기 이규보의 문학세
　　계」, 『한국고전연구』 제50집, 한국고전연구학회.

심경호(2017), 「일본의 자술문학 전통에 관하여」, 『민족문화연구』 제76호, 고려대
　　학교 민족문화연구원.

안영훈(2019), 「한국 고전작가와 술 -이규보와 정철을 중심으로-」, 『동아시아고대
　　학』 제55집, 동아시아고대학회.

이동철(1998), 「高麗 中期 文人들의 自我 認識의 樣相 -林椿과 李奎報의 境遇」,
　　『어문학』 제62집, 한국어문학회.

이희영(2016), 「李奎報 漢詩의 內面意識 研究」, 고려대학교 박사학위논문.

● 이색 시에 나타나는 '노년/노쇠함'의 시적 자아와 그 성격

[자료]

南孝溫, 『秋江集』, 《한국문집총간》, 한국고전종합DB.

李穡, 『牧隱藁』, 《한국문집총간》, 한국고전종합DB.

[단행본]

여운필(1995), 『李穡의 詩文學 研究』, 태학사.

윤채근(1999), 『소설적 주체, 그 탄생과 전변: 韓國傳奇小說史』, 월인.

이익주(2013), 『이색의 삶과 생각』, 일조각.

정재철(2003), 『이색 시의 사상적 조명』, 집문당.

[논문]

강민구(2010), 「牧隱 李穡의 疾病에 대한 意識과 文學的 表現」, 『동방한문학』 제
　　　42집, 동방한문학회.

김동준(2013), 「牧隱 李穡의 漢詩에 나타난 老年의 日常과 詩的 形象」, 『한국한시
　　　연구』 제21권, 한국한시학회.

김보경(2007), 「목은 이색의 버들골살이와 시」, 『동양고전연구』 제27집, 동양고전
　　　학회.

여운필(2013), 「시와 삶이 하나로」, 민병수·김성언 외, 『내가 좋아하는 한시』, 태
　　　학사.

_____(2014), 「다작기의 목은시」, 여운필 외, 『목은시를 읽으면서 주운 이삭』, 월
　　　인.

최재남(2014), 「목은시의 시적 자아의 특성과 그 변모」, 여운필 외, 『목은시를 읽으
　　　면서 주운 이삭』, 월인.

● 점필재 김종직의 매화시 고찰

[자료]

啓明漢文學研究會 편(1996), 『佔畢齋先生全書(四)』(啓明漢文學研究會 研究資料叢
　　　書Ⅳ).

金宗直, 『佔畢齋集』, 《한국문집총간》, 한국고전종합DB.

김종직 지음, 부산대학교 점필재연구소 점필재집 역주사업팀 역주(2016), 『역주
　　　점필재집』 1~4, 점필재.

李滉, 『退溪集』, 《한국문집총간》, 한국고전종합DB.

[단행본]

김영봉(2000b), 『金宗直 詩文學 研究』, 이회.

[논문]

김영봉(1999), 「『悔堂稿』에 나타난 金宗直의 詩 연구」, 『한국한문학연구』 제24집,

한국한문학회.

김영봉(2000a), 「조선 전기 문인의 道學派·詞章派 구분에 대한 비판적 고찰」, 『동
　　방학지』 제110집, 연세대학교 국학연구원.

김재룡(2003), 「朝鮮 前期 梅花詩 研究 −徐居正·金時習·李滉을 中心으로−」, 원
　　광대학교 박사학위논문.

박재홍(2006), 「梅月堂 金時習의 詠物詩 研究」, 고려대학교 석사학위논문.

박혜숙(2000), 「조선의 梅花詩」, 『한국한문학연구』 제26집, 한국한문학회.

신익철(2004), 「18세기 매화시의 세 가지 양상」, 『한국시가연구』 제15집, 한국시가
　　학회.

＿＿＿＿(2013), 「조선시대 梅花詩의 전개와 특징」, 『동방한문학』 제56집, 동방한문
　　학회.

정숙인(2017), 「매월당 김시습의 매화시 연구」, 『어문논집』 제72집, 중앙어문학회.

정출헌(2020), 「김종직의 함양군수 시절, 시문을 통해 본 王化의 비전과 그 실천」,
　　『율곡학연구』 제43집, 율곡학회.

● 손곡 이달의 이별시 고찰

[자료]

李達, 『蓀谷詩集』, 《한국문집총간》(국립중앙도서관 소장본), 한국고전종합DB.

송준호 편저(2017), 『蓀谷 李達 詩 譯解』, 학자원.

허경진 역(2006), 『국역 손곡집』, 보고사.

[논문]

김종서(2009), 「손곡(蓀谷) 이달(李達)의 악부시(樂府詩) 수용(受容)과 미적(美的)
　　성취(成就)」, 『한국한문학연구』 제44집, 한국한문학회.

송준호(1989), 「蓀谷 李達 詩 研究 (1) −그 原材의 探究−」, 『동방학지』 제64집,
　　연세대학교 국학연구원.

이종묵(2002), 「漢詩의 言語와 그 짜임 −三唐詩人을 중심으로」, 『한국 한시의 전
　　통과 문예미』, 태학사.

전관수(1997), 「李達의 詩世界와 形象化 方式 研究」, 연세대학교 박사학위논문.

최경환(1990), 「이달의 제화시와 시적 형상화」, 『서강어문』 Vol.7 No.1, 서강어문
　　학회.

한계호(2008), 「蓀谷 李達의 學唐에 대한 試考」, 『열상고전연구』 제28집, 열상고

전연구회.

허경진(1978), 「蓀谷 李達 硏究」, 『국어국문학』 제78집, 국어국문학회.

황위주(1989), 「樂府新聲에 대하여」, 『국어교육연구』 Vol.21 No.1, 국어교육학회.

● 용재 이행의 애도시 연구

[자료]

李濟臣, 「淸江詩話」(《大東野乘》, 『淸江先生鯑鯖瑣語』), 한국고전종합DB.

李荇, 『容齋集』, 《한국문집총간》, 한국고전종합DB.

許筠, 『惺叟詩話』, 한국고전종합DB.

[단행본]

이종묵(1995), 『海東江西詩派硏究』, 태학사, 1995.

최재남, 『韓國哀悼詩硏究』, 경남대학교출판부, 1997.

[논문]

김기림(1998), 「용재 이행의 영사문학과 그 의의」, 『대동한문학』 제10집, 대동한문
　　　학회.

안대회(1995), 「한국 한시와 죽음의 문제 -조선후기 만시의 예술성과 인간미-」,
　　　『한국한시연구』 제3집, 한국한시학회.

오세옥(1991), 「한국문집총간 『송재집』 해제」, 한국고전종합DB.

유암천(2019), 「容齋 李荇의 詠物詩 硏究」, 『동아시아고대학』 제54집, 동아시아고
　　　대학회.

이명희(2012), 「月沙 李廷龜의 輓詩 硏究」, 『어문연구』 제71집, 어문연구학회.

이재숙(2009), 「容齋 李荇의 漢詩 硏究」, 고려대학교 박사학위논문.

이창희(1986), 「용재이행(容齋李荇)의 사행시고(使行詩攷)」, 『한국어문교육』 제1
　　　집, 고려대학교 한국어문교육연구소.

＿＿＿＿(1998), 「용제 이행의 제화시 소고」, 『어문논집』 38권 1호, 안암어문학회.

한희숙(2004), 「연산군대 虛庵 鄭希良의 現實認識과 그 변화」, 『한국인물사연구』
　　　제22집, 한국인물사연구회.

● 다산 정약용의 제화시 연구

[자료]

다산학술문화재단 편, 『定本 與猶堂全書』, 한국고전종합DB.

심경호 역, 『여유당전서-시문집(시)』 6권, 한국인문고전연구소(네이버 지식백과).

朴趾源, 『熱河日記』, 한국고전종합DB.

『高宗實錄』, 국사편찬위원회 〈조선왕조실록〉 데이터베이스.

[단행본]

박무영(2002), 『정약용의 시와 사유방식』, 태학사.

송재소(2014), 『다산시 연구』, 창작과비평사.

심경호(2020), 『옛 그림과 시문』, 세창출판사.

[논문]

강재철(1985), 「茶山 詩의 繪畫性 考察 -詩畫一致觀에 注眼하여-」, 『국문학논집』
　　제12집, 단국대학교 국어국문학과.

구본현(2011), 「題畫詩의 미학적 특징과 구현 원리」, 『동방한문학』 제49집, 동방한
　　문학회.

김대중(2015), 「애도의 정치학 : 다산(茶山)의 「파리를 조문하는 글」(弔蠅文)」, 『한
　　국고전연구』 제32집, 한국고전연구회.

김은미(2019), 「정약용 시문학의 노년 인식 양상」, 부산대학교 박사학위논문.

김재은(2006), 「다산 정약용의 畫論」, 연세대학교 석사학위논문.

＿＿＿(2016), 「다산 정약용의 畫論」, 『다산과 현대』 제9집, 연세대학교 강진다산
　　실학연구원.

김진웅(2020), 「해거재 홍현주의 현전작품 고찰」, 『미술사와 문화유산』 제9집, 명
　　지대학교 문화유산연구소.

김찬호(2012), 「정약용 회화의 전신론 연구」, 『동양예술』 제18집, 한국동양예술학회.

박무영(1993), 「정약용 시문학의 연구 : 사유방식과의 관계를 중심으로」, 이화여자
　　대학교 박사학위논문.

박정혜(2013), 「조선후기 〈王會圖〉 屛風의 제작과 의미」, 『미술사학연구』 제277집,
　　한국미술사학회.

송재소 외, 「《정본 여유당전서》 해제」, 한국고전종합DB.

오주석(1995), 「金弘道의 龍珠寺 〈三世如來軆幀〉과 〈七星如來四方七星幀〉」, 『미
　　술자료』 제55집, 국립중앙박물관.

윤종일(2007), 「다산 정약용 예술론의 문화운동사적 위치」, 『한국사상과 문화』 제36집, 한국사상문화학회.

이원복(2017), 「洪顯周 畵帖의 재구성 -홍현주와 茶山家의 교유의 일면-」, 『대동한문학회 학술대회 논문집』 2017 Vol. 1, 대동한문학회.

이원형(2008), 「丁若鏞의 神形妙合的 藝術論」, 『동방한문학』 제36집, 동방한문학회, 2008.

_____(2015), 「茶山 丁若鏞의 書畫藝術論 硏究」, 원광대학교 박사학위논문.

이정원(2004), 「정약용의 회화와 회화관」, 서강대학교 석사학위논문.

장지훈(2010), 「丁若鏞의 실학적 서화미학에 관한 연구」, 『동양철학연구』 제61집, 동양철학연구회.

차미애(2010), 「恭齋 尹斗緖 一家의 繪畵 硏究」, 홍익대학교 박사학위논문.

[기타]

국제신문 2020.5.26. 「[황정수의 그림산책] 홍현주의 '소림모옥도'」, http://www.kookje.co.kr/news2011/asp/newsbody.asp?code=1700&key=20200527.22021007707 (검색일: 2021.5.21.).

● 치원 황상의 영물시 연구

[자료]

黃裳, 『巵園遺稿』 (임형택 편(2008), 『茶山學團文獻集成(五)』, 대동문화연구원)

[논문]

구사회 · 김규선(2015), 「황상의 추사가와의 교류와 시적 형상화」, 『동양고전연구』 제59집, 동양고전학회.

_____ · _____(2012), 「새 자료 『치원소고(巵園小藁)』와 황상(黃裳)의 만년 교유」, 『동악어문학』 제58집, 동악어문학(구 한국어문학연구학회).

_____ · _____(2012), 「황상의 산거 생활과 시적 형상화 연구」, 『한국시가문화연구』 제30집, 한국고시가문학회.

김만원(1988), 「中國詠物詩試論-六朝를 中心으로-」, 『중국문학』 제16집, 한국중국어문학회.

김영봉(2016), 「시(詩)로 읽는 치원(巵園) 황상(黃裳)과 일속산방(一粟山房)」, 『다산과 현대』 제9집, 연세대학교 강진다산실학연구원.

김영철(2014), 「淸代『佩文齋詠物詩選』과의 比較를 통해 照明한 朝鮮『古今詠物近
體詩』의 獨自性」, 『중국어문학논집』 제84집, 중국어문학연구회.

김재욱(2009), 「牧隱 李穡의 詠物詩 硏究」, 고려대학교 박사학위논문.

박동춘(2010), 「치원 황상과 초의선사의 차를 통한 교유」, 『다산과 현대』 제3집,
연세대학교 강진다산실학연구원.

박철상(2010), 「치원 황상(卮園 黃裳)과 추사학파(秋史學派)의 교유」, 『다산과 현
대』 제3집, 연세대학교 강진다산실학연구원.

송하훈(2010), 「황상(黃裳)과 일속산방(一粟山房)」, 『다산과 현대』 제3집, 연세대학
교 강진다산실학연구원.

윤재환(2015), 「玉洞 李溆의 詠物詩 硏究」, 『한문학논집』 제40집, 근역한문학회.

이국진(2008), 「이학규 영물시 연구」, 『대동한문학』 제29집, 대동한문학회.

이수진(2017), 「치원(卮園) 황상(黃裳)의 노년기 한시 -『치원소고(卮園小藁)』를
중심으로-」, 『한국문학회 학술대회 발표집』, 한국문학회.

이채경(2010), 「치원(卮園) 황상(黃裳)의 시(詩)에 미친 다산 시(茶山詩)의 영향」,
『국제언어문학』 제22집, 국제언어문학회.

이철희(2008), 「《卮園遺稿》解題」, 『茶山學團文獻集成(五)』, 성균관대 대동문화연
구원.

_____(2006), 「다산 시학의 계승자 황상(黃裳)에 대한 평가와 그 의미 -추사(秋
史), 산천(山泉)의 치원유고서 분석-」, 『대동문화연구』 제53집, 성균관대학
교 대동문화연구원.

정 민(2012), 「『치원소고』및『치원진장』에 대하여」, 『문헌과 해석』 제58집, 태학사.

_____(2010), 「황상(黃裳)의 일속산방(一粟山房) 경영과 산가생활」, 『다산과 현대』
제3집, 연세대학교 강진다산실학연구원.

_____(2006), 「다산과 황상」, 『문헌과 해석』 제36집, 태학사, 2006.

정숙인(2010), 「추사 김정희의 영물시 고찰」, 『어문논집』 제45집, 중앙어문학회.

정 훈(2016), 「택당 이식의 영물시에 대한 일고찰」, 『국어문학』 제63집, 국어문학회.

진재교(2002), 「다산학의 형성과 치원 황상」, 『대동문화연구』 제41집, 성균관대
대동문화연구원.

● 홍현주 시 세계의 일단 : 불교적 사유를 중심으로

[자료]

洪顯周, 『洪顯周詩文稿 其他』, 서울대 규장각한국학연구원 소장본.

洪顯周, 『海居溲勃』, 서울대 규장각한국학연구원 소장본.
申緯, 『警修堂全藁』, 《한국문집총간》, 한국고전종합DB.
洪祐健, 『居士詩文』, 서울대 규장각한국학연구원 소장본.

[단행본]
후지츠카 치카시(2008), 『추사 김정희 연구 : 청조문화 동전의 연구』, 과천문화원.

[논문]
김기완(2013), 「한중교유와 19세기 거주지 재현 예술」, 『한국한문학연구』 제51집, 한국한문학회.
김은정(2008), 「宣祖와 駙馬의 시문수창 연구」, 『열상고전연구』 제28호, 열상고전 연구회.
김진웅(2020), 「해거재 홍현주의 현전 작품 고찰」, 『미술사와 문화유산』 제9집, 명지대학교 문화유산연구소
_____(2020), 「海居齋 洪顯周의 生涯와 繪畫 研究」, 명지대학교 석사학위논문
손팔주(2001), 「신위의 불교사상」, 『동악어문논집』 37집, 동악어문학회.
신일권(2012), 「신위의 紫霞山莊期 시의 한 국면−불교적 성향의 시를 중심으로−」, 『대동한문학』 제37집, 대동한문학회.
양인순(2022), 「海居 洪顯周 茶詩에 나타난 茶認識 研究」, 성균관대학교 박사학위 논문.
엄미경(2014), 「조선후기 홍현주 일가(一家) 문집의 차시(茶詩) 연구」, 계명대학교 박사학위논문.
이군선(2008), 「海居 洪顯周의 書畫에 대한 관심과 收藏」, 『한문교육연구』 제30호, 한국한문교육학회.
이원복(2017), 「洪顯周 畫帖의 재구성」, 『대동한문학회 학술대회 논문집』 2017 No.1, 대동한문학회.
이현일(2010), 「조선후기 경화세족의 동파 수용 양상」, 『중국문화』 제62집, 한국중 국어문학회.
임영길(2021), 「홍현주(洪顯周)와 청(淸) 문단의 신교(神交)와 그 의미」, 『동방한문 학』 제87집, 동방한문학회.
임종욱(2006), 「추사 김정희의 불교시 연구」, 『한국어문학연구』 제47집, 한국어문 학연구학회.
홍천희(2014), 「洪顯周의 生涯와 茶詩에 관한 研究」, 동국대학교 석사학위논문.

● 두실 심상규 시문학의 한 국면 : 동파 숭상과 작품 수용 양상을 중심으로

[자료]

蘇軾, 『東坡全集』(《欽定四庫全書》본), Chinese Text Project(https:// ctext.org).

蘇軾 저, 류종목 역주(2016), 『정본완역 소동파시집』 3, 서울대학교 출판문화원.

申緯, 『警修堂全藁』, 한국고전종합DB 한국문집총간.

沈象奎, 『斗室存稿』(일본 東洋文庫 소장본), 한국고전종합DB 한국문집총간.

洪翰周 지음, 김윤조·진재교 옮김(2013), 『19세기 견문지식의 축적과 지식의 탄생
　　　(하)-지수염필』, 소명출판.

[단행본]

류종목(2005), 『소식평전-팔방미인 소동파』, 신서원.

조규백(2016), 『한국한문학에 끼친 소동파의 영향』, 명문당.

[논문]

강경희(2010), 「조선후기 崇蘇熱과 東坡笠屐圖」, 『중국어문학논집』 제65집, 중국
　　　어문학연구회.

강혜선(2016), 「沈象奎의 척독집 『斗室尺牘』 연구」, 『돈암어문학』 제30집, 돈암어
　　　문학회.

김성기(2010), 「朝鮮朝 詩人의 蘇東坡 文學에 대한 認識」, 『개신어문연구』 제35집,
　　　개신어문학회.

김의동(2012), 「斗室 沈象奎의 生涯와 詩 研究」, 계명대학교 석사학위논문.

김현권(2018), 「조선후기 문화변동과 蘇軾의 이해-서화를 중심으로」, 『동국사학』
　　　제64집, 동국대학교 동국역사문화연구소.

노재현·김세호·김화옥·박율진(2017), 「斗室 沈象奎의 남한산성 玉泉亭 정원유적」,
　　　『한국전통조경학회지』 35-4, 한국전통조경학회.

류소진(2016), 「조선 중기 문인 申欽의 蘇軾觀」, 『중국어문학』 제72집, 영남중국
　　　어문학회.

＿＿＿(2017), 「조선 문인 徐居正의 생활 속에 투영된 蘇軾」, 『중국어문학지』 제60
　　　집, 중국어문학회.

＿＿＿(2018), 「조선 후기 문인 趙熙龍 詩文의 蘇軾 관련 用典 양상」, 『중국어문
　　　학』 제78집, 영남중국어문학회.

신지원(2009), 「당호를 통해서 본 19세기초 소동파 관련 서화 소장 문화와 대청
　　　문화 교류」, 『한국문화』 제45집, 서울대학교 규장각한국학연구원.

이현일(2010), 「조선후기 京華世族의 東坡 수용 양상」, 『중국문학』 제62집, 한국
　　중국어문학회.

정민(2012), 「19세기 동아시아의 慕蘇 열풍」, 『한국한문학연구』 제49집, 한국한문
　　학회.

조규백(2015), 「'고려, 조선조에서의 소동파 수용'에 관한 연구개황 -1964 ~2015년
　　기간을 중심으로-」, 『중국학보』 제73집, 한국중국학회.

최일영(2015), 「斗室尺牘研究」, 고려대학교 석사학위논문.

[기타]

https://baijiahao.baidu.com/s?id=1683354338177171135&wfr=spider&for=pc
　　(검색일: 2021.4.20.)

장진엽

성신여자대학교 한문교육과 조교수
저서로『조선과 일본, 소통을 꿈꾸다: 조선통신사 필담 교류의 역사』(민속원,
2022)(제48회 월봉저작상 수상), 『계미통신사 필담의 동아시아적 의미』(보고사,
2017)(2018 대한민국학술원 우수학술도서) 등이 있다.

한국 한시의 독법

2023년 7월 3일 초판 1쇄 펴냄

저 자 장진엽
펴낸이 김흥국
펴낸곳 보고사

등록 1990년 12월 13일 제6-0429호
주소 경기도 파주시 회동길 337-15 보고사
전화 031-955-9797(대표)
팩스 02-922-6990
메일 bogosabooks@naver.com
http://www.bogosabooks.co.kr

ISBN 979-11-6587-538-1 93810